本课题得到浙江省社科联重点课题立项资助（立项编号：2017Z37）

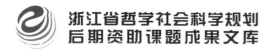

浙江省哲学社会科学规划
后期资助课题成果文库

明清嘉兴望族女性作家研究

李菁 著

中国社会科学出版社

图书在版编目（CIP）数据

明清嘉兴望族女性作家研究／李菁著.—北京：中国社会科学出版社，2020.9
（浙江省哲学社会科学规划后期资助课题成果文库）
ISBN 978-7-5203-7288-6

Ⅰ.①明… Ⅱ.①李… Ⅲ.①女作家—文学研究—嘉兴—明清时代 Ⅳ.①I206.4

中国版本图书馆 CIP 数据核字（2020）第 180244 号

出 版 人	赵剑英
责任编辑	宫京蕾
特约编辑	李晓丽
责任校对	李 莉
责任印制	李寡寡

出 版	中国社会科学出版社
社 址	北京鼓楼西大街甲 158 号
邮 编	100720
网 址	http://www.csspw.cn
发 行 部	010-84083685
门 市 部	010-84029450
经 销	新华书店及其他书店

印刷装订	北京君升印刷有限公司
版 次	2020 年 9 月第 1 版
印 次	2020 年 9 月第 1 次印刷

开 本	710×1000 1/16
印 张	22.75
插 页	2
字 数	385 千字
定 价	138.00 元

目　　录

上　编

下　编

上编

第一章

明清嘉兴望族女性的生存环境

任何文化的产生及流变都与地理环境、经济状况、社会结构息息相关。明清时期嘉兴文化家族的广泛形成并非偶然造就，它是经"家族"这一载体将文学资源整合后的喷发式增长，是长期文化的贮积与经济支撑及地理乡土濡染共同作用的结果，带有强烈的血缘、地缘、业缘特色。

嘉兴为江南水乡的地理环境，境内湖泊纵横、稻桑成片、盐田相望。地处自古人文卓盛的环太湖流域，嘉兴府与周边苏州府、松江府及杭州府的人文交接十分频繁，尚文气息浓厚，据《嘉兴府志》记载："嘉禾之俗，人士好文而崇学，衣冠文物，焕然可观。"① 自宋代始，嘉兴已是江南科举重镇，其进士、举人数量在整个江南流域都不可小觑，据《浙江教育志》统计，宋代嘉兴产生进士459人，状元7人。明清两代江南进士数量激增，占到全国的15%左右，其中嘉兴府共产生968名进士，在江南的八府一州中占12.2%，位居第四。在这些科举士子中，有相当一部分是来自世代仕宦的簪缨望族，祖孙、父子、叔侄、兄弟均为进士的科举家族数量甚多，其中"四世进士""五世进士"也不乏其人。

地处江南环太湖流域的优越地理位置、温润的自然环境及相对开明的家庭文化氛围给嘉兴带来更多文化更新交融的机会，使之孕育出数量众多的精英才子和家族闺秀。据笔者目前统计，在明清嘉兴150余支望族中，有超过2/3的望族家庭产生了闺秀作家，这些来自士绅家庭且受过良好教育的闺阁才媛创作了大量的诗文作品，并与周边的才女作家展开了广泛的文学交流，她们以自己独特的才情活跃在江南文化圈。

---

① （清）许瑶光纂：（光绪）《嘉兴府志·风俗》卷三十四，清光绪五年（1879）年刻本，第2页。

第一节　明清嘉兴府的地理环境及经济状况

嘉兴，古吴越之地，文献之邦，人文蔚兴之所，素有"江南水乡文化之源"的美誉。其地位于浙江东北部，地处长江三角洲的中心地带，北枕太湖流域，南临杭州湾，地理位置得天独厚。境内膏田沃野，湖泊纵横，为典型的江南水乡。

一　嘉兴的建置沿革

嘉兴具有悠久的历史和文化，早在春秋时期吴越两国就在此群雄逐鹿，争夺霸权。嘉兴原以"檇李""语儿""武原""由拳"等名称出现于《春秋》《左传》等典籍中，其建置由来已久，自秦统一中国建立郡县制后，秦始皇在原越地设会稽郡，治吴城（今苏州市）。会稽郡下辖 26 县，其中含海盐、由拳两县，这是全国最早统一建置的行政单位，也是嘉兴有确切史料记载的建置开端。[①]　在随后的历朝历代中，嘉兴一地的行政规划几经变动，直至南宋宁宗庆元元年（1195）升秀州为府，始建置为嘉兴府。元代时又改称"嘉兴路"，直至明宣德四年（1429）朱元璋重新改嘉兴路为嘉兴府，嘉兴下辖县制由 4 县增至 7 县，此后 400 多年这一行政格局基本稳定下来。《大明一统志》对嘉兴的历史建置进行了简洁的概括：

> 嘉兴，春秋时地名长水，又名檇李，初为吴越分境，后为越境。鲁定公时越败吴于檇李，即此，战国时属楚。秦为会稽郡地，汉因之。东汉属吴郡，三国吴于此置嘉禾县，后改嘉兴。晋以后因之，隋废嘉兴、海盐二县，以其地属苏州。唐复置，仍属苏州，后属杭州。五代时钱氏奏置秀州，置嘉兴县。宋属浙西路，政和间名为嘉禾郡。庆元初，升州为嘉兴府。元置嘉兴路，本朝复为嘉兴府，领县七。[②]

---

① 嘉兴市志编委会：《嘉兴市志》，北京书籍出版社 1997 年版，第 19 页。

② （明）李贤、彭时：《大明一统志·嘉兴府》卷三十九，天启五年（1625）刻本，第 1 页。

据上可知，嘉兴在南宋时设府，境辖嘉兴、华亭、海盐、崇德四县。元至正十四年（1277），升嘉兴府为嘉兴路，华亭仍属嘉兴路，元至正十五年（1278）改华亭为松江府，华亭脱离嘉兴路管辖，华亭县分置上海县。元贞元年（1295），升海盐、崇德为州，仍隶本路，元乱为张士诚所据，后明太祖遣左丞华云龙率兵讨伐张士诚，守将宋兴及叶德新以城降吴。明太祖元年（1368）改嘉兴路为嘉兴府，复以海盐、崇德为县，华亭属直隶。明宣德四年（1429）巡抚胡槩以嘉兴地广，奏分嘉兴之西为秀水县，北为嘉善县，又分海盐之东北为平湖县，崇德之东为桐乡县。康熙元年因避太宗年号改崇德县为石门县。①自此，嘉兴府下辖七县，称一府七县，此后四五百年内嘉兴府县体制基本未再变动。

二　地理环境及经济状况

嘉兴是马家浜文化的发源地，其地历史悠久，文化灿烂。经过历代的不断开发与人口迁移，嘉兴的地域范围不断扩大，尤其是隋代京杭大运河的开通，对嘉兴的交通、农业及商业发展有极大的促进作用，嘉兴成为沟通南北的重要城市。

嘉兴地理位置十分优越，它处于苏杭之间，邻近松江，处在环太湖流域的中心地带。其地理的优越性还在于其良好的气候条件。所属区域为北亚热带半湿润区，属典型季风气候，夏冬季风交替显著。年平均气温15.7摄氏度，温差25.1摄氏度，多年平均降水量1193.7毫米。气候条件适宜于农业耕作，尤其适宜栽桑养蚕，为茧丝绸业发展提供了得天独厚的条件和基础。《嘉兴府志》载："嘉兴，泽国也。左杭右苏，负海控江，土膏沃饶，风俗淳秀，生齿蕃而货财阜，为浙右最。"②寥寥数语道出嘉兴位于膏腴富饶的江南水乡的盛况。

平原地貌及适宜的温度给当地人们带来了得天独厚的种植条件，五代吴越在浙江立国，主要依靠杭嘉湖平原的粮食而生存。至唐代，嘉兴已成为国家粮食的重要产区。唐代李翰《嘉兴屯田政绩记并序》中云："嘉禾

---

① （清）吴永芳、钱以垲纂：（康熙）《嘉兴府志·建置沿革》卷二，清康熙六十一年（1721）刻本，第5—6页。

② （清）许瑶光纂：（光绪）《嘉兴府志·形胜》卷三，光绪五年（1879）刻本，第35页。

图 1-1　许瑶光纂《嘉兴府志》书影

注：清光绪五年刻本，采自嘉兴市图书馆。

一穰，江淮为之康；嘉禾一歉，江淮为之俭。"① 因在粮食上的高产，嘉兴也成为粮食贡赋特重之地。明代邱浚曾言："韩愈谓：'赋出天下而江南居十九。'以今观之，浙东西又居江南十九，而苏、松、常、嘉、湖五府又居两浙十九也。"② 明清两代嘉兴为国家的纳粮大户。明洪武年间，嘉兴府所辖三县（不含海宁）田粮税额片米 869462 石，其中嘉兴县为505967 石，增加 2.4 倍，当时嘉兴府田地占全国总耕种面积的 0.5%，而税粮却占全国 3%，占浙江全省的 31.3%。清代时粮食的负担不亚于明朝。清同治年间，嘉兴各县赋米征额为 427000 石，占到全省的 42%，征银额 56 万两，占浙江全省的 23.5%。

此外，嘉兴也是桑蚕丝织业的重要产地，嘉兴因气候、地形、水文等特点十分适合种植桑叶，早在春秋时期嘉兴一地就已开始了种桑养蚕的农

---

① 中国社会科学院图书馆编：《稀见中国地方志汇刊》，中国书店出版社 1992 年版，第15964 页。

② （明）邱浚：《大学衍义补》卷二十四，影印文渊阁四库全书第 712 册，台北商务印书馆1986 年版，第 275 页。

业活动。《嘉兴府志》卷三十二记载："生民之利莫大于农桑，嘉兴吴时野稻自生，是自古有年，农夫之庆也。宋时濮院为织锦地，是匹妇蚕之，五十也可衣帛也。民用充而国用乃足，吴秔以供白粮，贡丝以实筐筐，民事固可缓乎。"① 在宋代，北方先进种桑养蚕技术的带入，使嘉兴的桑蚕业有了跨越式的发展，种桑养蚕在嘉兴已十分普遍，也成为农家主要的家庭副业。明代以后，随着政府采取恢复农业生产、鼓励种植桑麻的举措及伴随江南地区工商业及市镇的勃兴，嘉兴已成为当时江南蚕桑丝织业最集中的区域之一。其丝织业同时带动了丝织品贸易的发展，嘉兴王店、嘉善魏塘、桐乡濮院、乌青成为经营丝织业的主要市镇，濮院最盛，其地"肆廛栉比，华夏鳞次，机杼声轧轧相闻，日出绵帛千计，远方大贾携橐群至，众庶熙攘，于焉集往，亦嘉禾一巨镇也"。②。

负海控江的地理位置为嘉兴的河陆及海陆交通提供了极大的便利，境内广阔水域及平原的生活环境为嘉兴提供了丰富的物产资源，使嘉兴成为生活富足的"鱼米之乡"。农业的发展也推动了嘉兴手工业的发展，明清时期嘉兴丝织业、造船、酿酒、制盐等行业无论是生产的规模、行业种类还是生产技术水平都处于全国前列。宋元时期，宋室的南渡，行政区划的提升及大规模河道的整治都带动了嘉兴经济的发展及人才的聚集，此时嘉兴已成为杭嘉湖平原上的经济重镇。

明代中叶以后，经过明初农业生产的恢复、农村社会经济的高涨和工商业的活跃，嘉兴府市镇数量急剧增加，由宋时 6 个镇增至 30 个。在明代中晚期，江南地区的工商业市镇总数为 316 个，其中嘉兴府就有 41 个。商品经济的发展、手工业的发达及人口的快速增长，农村大量人口涌入城镇，使城市迅速繁华起来，嘉兴俨然已有大都市的气象。《（弘治）嘉兴府志》亦载："嘉兴，巨海环其东南，具区浸其西北，左杭右苏，襟溪带湖，四望如砥。海滨广斥，盐田相望，镇海诸山隐隐列拱，百川环绕，而鸳鸯一湖停蓄其南，诚为泽国之雄，江东一都会也。"③

至清初，虽遭战争的破坏，经康雍乾三朝的励精图治，嘉兴府经济得

---

① （清）许瑶光纂：（光绪）《嘉兴府志》卷三十二，清光绪五年（1879）年刻本，第1页。

② （清）杨树本：《濮院琐志》卷八，《中国地方志集成第》第21册，江苏古籍出版社1990年版，第2页。

③ （明）柳琰：（弘治）《嘉兴府志·形胜》卷二，明弘治五年（1492）年刻本，第3页。

到恢复，市镇的数量除县城外共有 93 个，市镇间交错相通，往来便利，嘉兴的工商业再一次得到快速的发展，成为江南重要的商品集散地。与此同时，嘉兴农村商品经济有了很大的发展，各类经济作物的广泛种植及以丝织、棉纺织为主要农副业的开展都极大地带动了商业贸易的兴盛，嘉兴府更是赢得了"鱼米之乡，丝绸之府"的美誉。经济的快速发展也带来人口快速增长，宋代嘉兴人口共计 122813 户，明洪武年间共有 327532 户，至康熙年间已达到 551460 户。① 人口的聚集与增长为知识人才的出现提供了有力的储备与保障。

第二节　明清嘉兴府的文化生态

嘉兴经济的发达也带动了文化的繁荣，当地百姓形成了一种崇文尚学的传统。《大明一统志·嘉兴府》中云："慕文儒，勤农务，风俗淳秀，信巫鬼，重淫祀，素诱鱼盐之利，人性柔慧，民俗殷富。"② 明清学者朱彝尊在《佟太守述德诗序》中对嘉兴一地风俗的描述甚为客观：

> 陆有蚕、桑、麻、麦、杭稻之利，水有菱、藕、鱼、蟹之租，行者乘船，户外居者织机绞宵中。乡之士大夫好读书，虽三家之村，必储经籍，耻为胥吏，罕习武事。其俗少阴狡讼者，始躁而终柔，有睪恩而不滋怨毒，故易为治。③

在明清两代嘉兴经济文化事业达到鼎盛，科举发达，人文蔚然成风，由宋室南渡后带来大批的世家大族更为嘉兴人文的勃兴提供了人才资源。《嘉兴府志》记："永嘉以后，衣冠士族多渡江而南，艺文儒术于斯为

---

① （清）许瑶光纂：（光绪）《嘉兴府志·户口》卷二十，清光绪五年（1879）年刻本，第 5—7 页。

② （明）李贤、彭时：《大明一统志·嘉兴府》卷三十九，明天启五年（1625）刻本，第 2 页。

③ （清）朱彝尊：《曝书亭集》卷三十八，影印文渊阁四库全书本 1318 册，台北商务印书馆 1986 年版，第 87 页。

盛";"嘉禾之俗，人士好文而崇学，衣冠文物，焕然可观"。① 可以说，明清时期嘉兴文化的繁荣在很大程度上得益于大批北方移民的南迁，经由北方大族的南迁、人口的聚集及经济文化的不断繁荣，嘉兴在明清时期形成人文鼎盛的局面，主要表现在以下几个方面：

一　崇文尚学，体系完备

"学校，政之本也。"② 人才的出现在很大程度上得力于学校之教育，嘉兴望族的聚集兴盛与当地对教育的重视及投入有较大关系。古代的教育体系主要分官学和私学两种，其中州学、府学、县学、社学为地方政府发展教育的机构，属于官学性质。书院则是作为官学机构的一种有效补充，为活跃思想、交流学术的讲学场所。嘉兴学风自宋代以来就相当兴盛，教育体系已相当完备，地方官学、书院、社学、塾学等机构在担负教育嘉兴子弟方面起到了重要作用。

嘉兴学校的设置始于唐代，《（光绪）嘉兴府志》记载道："嘉兴的郡县设学，始于唐，嘉兴笃学亦盛于唐，陆宣公是也。"③ 唐开元二十七年（739），嘉兴县天星湖孔庙后置一学室，供当地学子攻读经术。宋太平兴国二年（977），知州安德裕在孔庙右侧建立州学。宋庆元元年（1195），州学改为府学。后至元二年（1265），府学毁于战火。明洪武二十七年（1394）参议李文华在孔庙后重建明伦堂，随后在学堂周边还建了乡贤祠、启圣祠。嘉兴县学自宋咸淳五年（1269）县令以西城旧驿舍为县学，此后80年未重建，直至元至正十一年（1351），县尹陈伯颜重修大成殿，又经明宣德二年（1427）的校舍扩建，至明嘉靖十四年（1535）县学的体制才得以完备。《（康熙）嘉兴府志》对嘉兴教育之重视进行了概括：

> 禾学之设坊于开元太平兴国之时，而唐、宋人材，自宣公而后，亦遂骎骎乎日盛矣。先师祀典向兴，丛祠并列，兹为归之《学校》之篇。凡良吏之祀于土及士大夫没而祀于乡者，亦附焉。若社学、书

---

① （清）许瑶光纂：（光绪）《嘉兴府志·风俗》卷三十四，清光绪五年（1879）年刻本，第1—2页。

② （清）吴永芳纂：（康熙）《嘉兴府志·学校》卷五，清康熙六十年（1721）刻本，第1页。

③ （清）许瑶光纂：（光绪）《嘉兴府志》卷八，清光绪五年（1879）年刻本，第1页。

院所以广教归以类从者，兹亦如之。为述千年来建置废典之迹，俾释莱之士游息其间者，不忘所自，始志学校。①

明清时期，嘉兴的各级办学机构已十分完备，府学、县学均设有学官掌校。明清两代，嘉兴府学设教授 1 人，训导 1 人，县学设教谕 1 人，训导 1 人。地方政府对学校的建设也非常重视，校舍的改建修缮为经常之举。平湖县学为明宣德五年（1430）所建，后因战火被毁，明清两代先后重修学宫 40 余次。秀水县学在明宣德五年（1430）所建，建立后在原基础上又不断增加了明伦堂、大成殿、文昌阁、尊经阁等建筑，降至清代，也曾多次修葺。

塾学和书院则是嘉兴颇具地方特色和影响力的民间办学机构。塾分为私塾和义塾，往往由地方望族或儒士兴办，为乡里的教育机构。望族的家族教育主要是通过家族兴办的家塾和书院展开。嘉兴一地的望族十分重视儿童的启蒙教育，在儿童五六岁时即由家族安排接受早期教育，启迪心智，为日后的科举考试做准备。明清时期，嘉兴一些中产以上的家族都设有家塾。晚清桐乡士绅严辰在《设立桐乡青镇两处义学记》曾云："故承平时，家弦户诵。苟有中人产者，无不设塾延师，以望其子弟之名列胶庠，为宗族光宠。"② 教育的发达有赖于经济的支撑，望族之家有着较丰厚的物质基础，同时他们也具有教育上的先天优势，这也是诸多望族能够延续长时间兴盛的原因之一。有些地方望族结交甚广，他们为了子弟的成才广延名师，如松江名士陈继儒就曾先后受邀至嘉兴项元汴家族及包柽芳家族中坐馆授课。③ 明末时，一些学者为显示民族气节而隐居乡里，充馆授课。桐乡张履祥，明亡时回桐乡杨园村教儿童读书识字，他还提倡农耕，带领学生在学馆的田地里耕种。这些名师的教习在一定程度上提高了嘉兴的地方教育水平。

嘉兴地方政府及一地望族对教育的重视还体现在资助并创办地方书院。书院作为官学教育的一种补充，具有个人思想释放及学术交流的双重

---

① （清）吴永芳纂：（康熙）《嘉兴府志·学校》卷五，清康熙六十年（1721）刻本，第 1 页。

② （清）严辰：（光绪）《桐乡县志》卷四，《中国地方志集成》，江苏古籍出版社 1990 年版，第 154 页。

③ 李菁：《陈继儒嘉兴诗文交游考》，《牡丹江教育学院学报》2012 年第 4 期。

作用，书院的多寡在某种程度上也能够反映一地学术的氛围及文化的状况。嘉兴最早的书院是在南宋时期成立于城府的宣公书院，后崇德县又建有传贻书院，桐乡县建有白莲书院。明代中期以后，嘉兴书院的建设十分活跃，不少地方望族参与书院建设，有些书院直接从家族的私塾转化为书院，如平湖靖献书院、天心书院即是由陆氏家塾转化而来，明清两代嘉兴书院的数量在整个浙江均位于前列。据地方志及相关文献统计，明代嘉兴府建有仁文书院、宣公书院、闻湖书院、思贤书院、东湖书院、崇文书院、傅贻书院、鹤湖书院、天心书院、介庵书院、正心书院等17所书院。（见表1-1）清代嘉兴府各县书院增至27所（见表1-2），其数量在浙西仅次于杭州，在浙东其数量也仅次于台州和宁波（见表1-3）。这些书院的设立，加强了学术的研究和交流，活跃了文化氛围，吸引了黄宗羲等一大批名流学者云集讲学，为科举考试储备了大量的人才，在很大程度上为明清嘉兴地域文化的发展奠定了坚实的基础，对文化的传承有着重要的意义。嘉兴籍进士人才在明清时期异军突起，在很大程度上应该归功于嘉兴府自身及周边这些书院的贡献。

嘉兴府在地方教育上的投入与重视使得嘉兴百姓普遍受到良好的教育，也使嘉兴一地形成了"好读书，虽三家之村必储经籍"[①]的浓厚学风，从私塾到地方官学体系，这些地方教育机构为科举考试培养了大量的人才，有力地带动了嘉兴科举业的兴盛。

表1-1　　　　　　　　　明代嘉兴府所属各县的书院一览

区域	书院名	建造年代
嘉兴府	宣公书院	建于元至正年间（1341—1368）
	仁文书院	明万历三十一年（1603）知府车大任与嘉兴县郑振光创建
嘉兴县	东湖书院	明正德十五年（1520）建
秀水县	江南书院	洪武元年（1368）建
	闻湖书院	嘉靖元年（1522）建
	景贤书院	不详
	肃成书院	

---

① （清）朱彝尊：《曝书亭集》卷三十八，影印文渊阁四库全书本第1318册，台北商务印书馆1986年版，第87页。

续表

区域	书院名	建造年代
嘉善县	思贤书院	正德十二年（1517）建
	鹤湖书院	崇祯十年（1637）建
	魏塘书院	崇祯元年（1628）建
崇德县	传贻书院	始建于宋，明嘉靖十三年（1534）重建 隆庆间（1567—1572）复建
平湖县	靖献书院	始建于元，明嘉靖间重建
	崇文书院	嘉靖元年（1522）建
	天心书院	嘉靖四十六年（1567）建
海盐县	彭城书院	嘉靖十八年（1539）
桐乡县	正心书院	崇祯十四年（1641）
	绿槐书院	不详

表 1-2　　　　　　　　　　清代嘉兴府所属各县的书院

区域	书院名	建造年代
嘉兴府	仁文书院	清康熙二十四年（1685）建
	鸳湖书院	康熙五十五年（1716）建
嘉兴县	陶甄书院	清光绪二年（1876）建，光绪十年改为讲舍
秀水县	翔云书院	清同治十一年（1872）创建
	振秀书院	光绪十五年（1889）建
嘉善县	思贤书院	明正德十二年（1517）建
	魏塘书院	乾隆二年（1737）建
	枫溪书院	同治七年（1868）建
	平川书院	光绪十二年（1886）建
崇德县	传贻书院	清道光八年（1828）建
	白社书院	清光绪五年（1879）建
平湖县	吕公书院	康熙年间建
	尔安书院	康熙三十一年（1692）建
	柏林书院	雍正六年（1728）建
	当湖书院	乾隆十五年（1750）建
	观海书院	乾隆三十八年（1773）建
	新溪书院	乾隆五十三年（1788）建
	芦川书院	不详

续表

区域	书院名	建造年代
海盐县	观成书院	康熙五十八年（1719）建
	蔚文书院	乾隆四十一（1776）建
桐乡县	崇文书院	乾隆三十一年（1776）建，咸丰十年（1860）毁于战火
	分水书院	乾隆五十二年（1787）建，咸丰十年毁于战火
	开文书院	咸丰元年（1851）建
	桐溪书院	同治三年（1864）建
	立志书院	同治四年（1865）建
	翔云书院	同治十年（1871）建
	分水书院	光绪十二年（1886）建

表 1-3　　　　　　　　明清嘉兴周边各府书院数量一览

州（府）别	明代书院（所）	清代书院（所）	总数（所）
杭州	20	35	55
嘉兴	17	27	44
湖州	12	9	21
宁波	10	35	45
台州	16	65	81

二　科举显达，簪缨不绝

嘉兴是江南水乡的历史文化名城，素称"文化之邦""魁科摇篮"，有着深厚的人文传统。嘉兴文化的繁荣并非一蹴而就，而是经过历朝历代的不断开发积累而成。其中，南北文化的交融是促进嘉兴文化繁荣的重要因素。西晋末年及北宋末年因国家动乱，大批士族南渡定居江南一带，有力地促进了嘉兴的文化交融。南宋时迁都临安，政治中心的南移，不仅带动了嘉兴经济、文化的发展，也使得嘉兴的优良位置进一步凸显，成为全国文化教育的中心之一。

"崇文好学，尤慕文儒"的文化传统造就了当地百姓对读书的推崇，而在封建时代"学而优则仕"的观念更是激励了当地的士子在科举业中奋力拼搏，实现自己蟾宫折桂的人生理想。科举考试自隋朝创立以来，经由唐宋两朝的不断完善，科举考试已成为寒士阶层改变自身命运的一个重要手段，也成为检验一个家族能否长时间保持兴盛的标志。地方望族尤其重视科举，应试科举能力的强弱也直接关系到整个家族的兴衰。汉唐以降，江南多望族世家，嘉兴作为江南流域的重要城市，崇文好学的风气及富庶的地域经济使世家大族的孕育有了优良的土壤。在汉晋时期，由拳、海盐就出现了陆、顾、张、朱四姓名族，其中陆氏和顾氏影响力非常大，被称为江东望族，至唐时更出现了陆贽、顾况两位名臣。陆贽家族科甲极盛，一门祖孙、父子、叔侄、兄弟共产生 8 位进士。至宋代后，随着政治中心的南移及北方大族的南渡，嘉兴更成为望族的聚集之地。据《浙江省教育志》统计，宋代浙江有进士 7307 人，状元 29 人；其中嘉兴有进士459 人，状元 7 人。① 在嘉兴的望族中，还出现了不少科甲连绵的望族世家，如嘉兴的闻氏家族，在整个宋代竟有 25 人登进士；崇德莫氏在南宋100 余年内有 18 人中进士；卫氏家族在宋代共产生 10 名进士。在这些进士中，有半数是来自书香门第的世家大族。元代，浙江共录取进士 138人，其中嘉兴有进士 8 人。

　　明清两代更是嘉兴经济及文化的鼎盛时期。经过宋元时期的文化整合，至明代，嘉兴已成为名副其实的全国文化重镇。有明一代，整个浙江共产生 3818 名进士，其中嘉兴有进士 581 人；明代浙江状元共有 20 人，其中嘉兴有状元 3 人，其数量在整个浙江位列前三。② 这些进士当中有不少是来自望族之家。现代学者多洛肯在《明代浙江进士研究》中统计发现，明代"五世进士"全国仅 3 例，嘉兴项忠家族就是其中 1 例；"四世进士"中全国有 14 例，浙江 4 例，嘉兴屠勋家族占 1 例；"三世进士"全国 60 例，浙江有 14 例，嘉兴占到 6 例，分别为嘉兴项笃寿家族、嘉兴黄锦家族、秀水沈谧家族、平湖陆淞家族、海盐刘术家族、平湖赵汉家族。③ 这些家族不少是父子、兄弟相继登进士的，其家学渊源深厚，在文化、教育方面有着独特的优势，家族的文化传承有很强的代际延续性。这些科举精英在文学、艺术、史学方面均有一定造诣，如海盐郑晓撰《吾学编》六十九卷，记载了明洪武年至正德年间的史事，全书史料精详，叙述

---

① 据浙江教育志编纂委员会：《浙江省教育志》，浙江大学出版社 2004 年版，第 1092 页。

② 据朱保炯、谢沛霖编《明清进士题名碑录索引》中所列进士统计而得，上海古籍出版社1980 年版，第 2415—2871 页。

③ 多洛肯：《明代浙江进士研究》，上海古籍出版社 2004 年版，第 184 页。

清晰，有较高的史料价值；明末学者李日华，工书画、善于鉴赏，著述宏富，在整个江南文化圈都享有盛誉；嘉善书画家、藏书家姚绶，师法吴镇，擅画山水，亦工行书、楷书，是明代早期文人画的代表人物。

清代嘉兴的科举业更胜于明代，进士数量已位居浙江前列。有清一代，浙江录取进士 2808 人，其中嘉兴有进士 562 人，占到全省总数的20%；清代浙江状元共有 20 人，其中嘉兴籍状元就有 6 人，占到全省状元总数的30%。① （各代进士数量见表 1-4）在这些进士中，不乏累世科甲的文化望族，如嘉兴的钱氏、金氏、嘉善曹氏、平湖张氏等家族均为科甲连绵的一地望族。嘉兴钱氏自明代正德年间钱琦中进士后，到清代光绪年间，钱氏家族共计考中进士 16 人，清代出现钱氏祖孙进士 9 人，这其中包括钱陈群、钱载、钱楷、钱仪吉等大学者。嘉兴金氏家族在清代科举极盛，其家族子孙中先后有 5 人考中进士；其他还有乌镇陆氏祖孙、兄弟五进士；桐乡汪氏祖孙、父子五进士；平湖吴氏祖孙、父子三进士；嘉善曹氏父子、叔侄三进士等。嘉兴进士当中有 10 人参与了清代《四库全书》的编纂工作，其贡献之大，光耀史册。这些文坛精英还在当时诗坛及词坛贡献甚巨，其中顺治九年（1652）进士曹尔堪博学多闻，工诗词，与当时曹贞吉并称为"南北二曹"，他的诗作在当时也甚有影响，被称为"清八大诗家"；乾隆十七年（1752）壬申进士钱载，与厉鹗、严遂成、袁枚、吴锡麟等人齐名，被誉为"浙西六家"，是乾隆后期秀水派诗坛的一面旗帜。光绪六年（1880）进士沈曾植，学问根底深博，其诗歌创作达到"学人之诗"与"诗人之诗"结合的最佳境界，被陈衍誉为"同光体"之"魁杰"。

表 1-4　　　　　　　　　　嘉兴历代进士数量统计

朝代	数量	备注
唐代	24 人	
五代	2 人	
宋代	717 人	其中武进士 27 人
元代	20 人	武进士 2 人

① 据朱保炯、谢沛霖编《明清进士题名碑录索引》中所列进士统计而得，上海古籍出版社1980 年版，第 2415—2871 页。

续表

朝代	数量	备注
明代	581	武进士 27 人
清代	562	武进士 60 人
总计	2203	可商榷进士 26 人

三　文献兴邦，遗泽后世

　　不断涌现的科举精英为嘉兴的文坛储备了大量人才，这批精英士子创作了数量可观的诗文作品，为嘉兴地方文献积累留下了丰厚的文化遗产，嘉兴因此而被誉为"文献之邦"。明清嘉兴地方文献非常丰富，其主要体现在地方作品总集的汇编、地方志的修纂及家集文献的存留三个方面。

　　嘉兴地方文献保存十分丰富，各县均有诗文总集存留，据《嘉兴府志》统计，嘉兴自明清以来共存有 17 种地方文献，其中《槜李诗系》收录汉代自清初一郡之诗人 4000 多家，可谓地方文学作品的总集；后《续槜李诗系》又收清初至嘉庆间一郡 1900 多诗家；另有《槜李文系》收录了汉代至清代嘉兴府七县先贤遗文，共得作者 1236 人，遗文 1906 篇。嘉兴地方文献的收编非常细致，大到府、县，小到乡镇一级均有郡邑类文集收录，较为完整地保存了一地文学创作的全貌。如《盐邑志林》为明天启年樊维城任海盐知县时，主持将海盐人的著作汇刻成书，成为我国现存较早的一部郡邑类丛书。乡镇级的地方文献还有《乍川文献》《当湖文系》《梅里诗辑》《濮川诗钞》等（见表 1-5）。

　　除了嘉兴地方作品总集、选集的编纂汇总外，嘉兴方志纂修也十分频繁。地方志的修纂是一项十分浩大的工程，其编订类目繁多，涉及政治、经济、文学、地理、风俗等各个方面，编纂过程需要整理、考订、增修、辑佚、校核、刊刻等步骤，非一人一时可以完成。自宋代有志书修纂以来，嘉兴共修志 73 次（含已佚），府志纂修达 18 次之多（见表 1-6），其中明代修志 6 次（分别在弘治、正德、嘉靖、万历年间），清代修志 6 次（分别在顺治、康熙、嘉庆、道光、光绪年间）。县志纂修达 55 次之多（见表 1-7），另乡镇志的纂修达到 49 次。地方志的修纂十分耗时耗力，不仅需要一定经济的支撑，同时也需要地方文化名人的提倡与支持，频繁修志表明嘉兴一地文化资源丰富，历代名家名作荟萃，地方志书需要不断增补，同时也表明嘉兴人重视对地方文化资源的弘扬与保存，展示出嘉兴人对本土山川风物及文化的热爱与自豪。

家集文献是保存家族文化记忆的一个有效载体，它所收录的家族事迹及文学作品较为丰富，它记载着家族中祖先的历史、家族谱牒及文学创作观念等，是了解研究家族文学及家族内部关系的一扇窗口。潘光旦在《明清两代嘉兴的望族》中列出 91 支嘉兴望族，其中大多为文学家族，为弘扬保存家学文脉并与当时文坛交流衔接，这些文学家族十分注重家族文献资源的保存与流传，家族后人往往将家族先祖成员的作品及相关文集汇集成编，以家集的形式传于子孙，以光耀、激励后人。经笔者考证检阅，目前已查阅到《李氏家集四十三卷》《合刻屠氏家藏二集十二卷》《平湖屈氏文拾》《石门吴氏家集》《秀水王氏家藏集十二种》《秀水董氏五世诗钞》《海盐张氏两世诗稿》《平湖张氏家集》《嘉兴三李合集》《秀水汪氏四家集》《小峨眉山馆五种》《澄远堂三世诗存》《桂影轩丛刊》《闻湖盛氏诗钞》《嘉兴谭氏遗书》《三朱遗稿》《慎行堂三世诗存》等 20 余种家集文献。家集的留存，反映了嘉兴望族注重家族文化因子的传承及家族精神教育的一大特征。这些当地望族以诗书传家，耕读相伴，崇文厚德，使家族的翰墨血脉得以延续。

表 1-5　　　　　　　　　　嘉兴地方文献汇总

文献名 / 著者	收录情况	版本	备注
《盐邑志林》/明樊维城辑	汇海盐人著述	明天启三年（1623）刊本/民国二十六年（1937）商务印书馆《景印元明善本丛书十种》本	41 种 65 卷 是最早的一各部郡邑类丛书
《乍川文献》/清宋景关辑	收乍浦人著作	清乾隆二十二年（1707）刊本	
《乌青文献》10 卷/清张园真撰		清康熙二十七年（1762）刊本	
《槜李遗书》/清孙福清辑	收明清时期属嘉兴府七县人士之著述 26 种 81 卷	清光绪四年（1878）孙氏望云仙馆刊本	24 册
《当湖文系初编》/清朱壬林辑	收南朝陈至清平湖百余家遗文 550 篇	清光绪十五年（1889）刊本	28 卷

续表

文献名 / 著者	收录情况	版本	备注
《武原先哲遗书》/ 谈文红辑	收清海盐人著述	民国十年（1921）谈氏排印本	10 种 10 卷
《槜李丛书》第一集/金兆蕃辑	收俞汝言、周赟、张鸣珂著作	民国二十年（1931）刊线装本/1983 年杭州古旧书店据民国刊本复印发行	4 种 19 卷
《槜李丛书》第二集/金兆蕃辑	收盛枫《嘉禾征献录》50 卷/《嘉禾征献录外纪》6 卷	民国二十年（1931）刊线装本/1983 年杭州古旧书店据民国刊本复印发行	2 种 56 卷
《槜李文系》/忻虞卿、金兆蕃等辑	收集嘉兴府七县先贤遗著，共得作者 1236 人，遗文 1906 篇，上起汉代，下至清光绪中	原稿藏于上海图书馆。文稿内容丰富，为嘉兴全郡清以前文赋之汇总	80 卷 民国十年再辑续编，完成增补，完成 80 卷，计作者 2354 人，文 4041 篇
《槜李诗系》/清沈季友辑	收汉至清初一郡之诗家	清康熙四十九年(1710)敬素堂刊本，乾隆年间重刊本	42 卷
《续槜李诗系》/清胡基昌辑	收清初至嘉庆年间一郡 1900 余家	清宣统三年（1911）刊本	40 卷
《梅会诗人遗集》/清李维钧辑	收秀水梅会里（今郊区王店镇）明清诗人 14 家作品 13 种 39 卷	清康熙六十一年（1722）嘉兴李氏刊本	13 种 39 卷
《梅里诗辑》/清许灿辑		道光刊本	30 卷
《续梅里诗辑》/清沈爱莲辑		道光三十年（1850）嘉兴县斋刊本	12 卷
《濮川诗钞》/清陈裕光、沈尧咨辑	收明清两代濮院诗人 33 家作品，其中明代 1 家 2 卷	清乾隆五年(1740)刊本	45 卷
《嘉禾八子诗选》/清钱陈群等辑	实刊清代四家，即朱琰、朱方霭、董潮、李旦华	清乾隆二十四年（1759）精刊本	8 卷
《澉川二布衣诗》/清吴宁辑	收陈阿宝、许裁诗各一卷	清乾隆四十九年(1784)精刊本/嘉庆十年（1805）续刊本	2 卷

表 1-6　　　　　　嘉兴府志修纂情况

志书名	修纂时间/纂修人	版本	备注
（祥符）《秀州图经》	北宋大中祥符年间修/纂修人不可考		元初失传

续表

志书名	修纂时间/纂修人	版本	备注
《嘉禾志》	北宋年间		北宋已佚
(宣和)《嘉禾郡志》	宋/洪皓纂修		嘉靖年间已无传本
(淳熙)《嘉禾志》5卷故事1卷	宋/张元成修		今无传本
(嘉定)《嘉禾志》5卷	宋/岳珂修、关栻纂		仅纂成5卷，全书未成，已佚
(至元)《嘉禾志》32卷	元/单庆修、徐硕纂	至元二十五年(1288)刊本	有《四库全书》钞本及旧钞本、重刻本流传
明《嘉兴府志》	未详		已佚
(弘治)《嘉兴府志》32卷	明/柳琰修、曾春纂	弘治五年(1492)刊本	
(正德)《嘉兴府志补》12卷	明/于凤喈修、邹衡纂	正德七年(1512)刊本	
(嘉靖)《嘉兴府图记》20卷	明/赵瀛修、赵文华纂	嘉靖二十八年(1549)刊本	
(万历)《嘉兴府志遗稿》	明/龚勉修、严从简纂，曹代萧续修、黄洪宪续纂		今无传本
(万历)《嘉兴府志》32卷图记1卷	明/刘应钶修、沈尧中纂	万历二十八年(1600)刊本	台湾有影印本
(顺治)《嘉兴郡记》	清/李国栋纂修	顺治六年(1649)刊本	已佚
(康熙)《嘉兴府志》18卷首末各1卷	清/袁国梓等纂修	康熙二十一年(1682)刊本	
(康熙)《嘉兴府志》16卷	清/吴永芳修、高孝本、钱以垲等纂	康熙六十年(1721)刊本	
(嘉庆)《嘉兴府志》80卷首3卷	清/伊汤安修、冯应榴等纂	嘉庆六年(1801)刊本	
(道光)《嘉兴府志》60卷首3卷	清/于尚龄等纂修	道光二十年(1840)刊本	
(光绪)《嘉兴府志》88卷首3卷	清/许瑶光修、吴仰贤等纂	光绪四年(1878)鸳湖书院刊本/台北中国方志丛书本/1993年上海书店中国地方志集成本	

表1-7　　嘉兴各县县志修纂情况

志书名	修纂时间/纂修人	版本	备注
明《嘉兴县志》	修于明正统之前	姓名无考	

志书名	修纂时间/纂修人	版本	备注
天启《嘉兴县志》	明/汤齐修、李日华等纂		崇祯间罗炌续修
崇祯《嘉兴县志》24卷	明/罗炌修、黄承昊纂	崇祯十年（1637）继天启志续修合刊	
崇祯《嘉兴县纂修启祯两朝实录》	明/沈纯祐纂	明末纂，旧钞本	
康熙《嘉兴县志》9卷	清/何誌修、王庭、徐发等纂	康熙二十四年（1685）年刊本	
嘉庆《嘉兴县志》36卷首2卷	清/司任能修、屠本仁纂	嘉庆七年（1802）刊本	
光绪《嘉兴县志》37卷首2卷末一卷	清/赵惟瑜修、石中玉纂、吴受福续成	光绪十八年（1892）年创修/三十四年（1908）年刊本/1993年《中国地方志集成》本	
民国《嘉兴新志》上编	阎幼甫修/陆志鸿等纂	民国十八年（1929）铅印本/台北《中国方志丛书》影印本	
《秀水县志》	约修于明弘治初/戴经纂		已佚
嘉靖《秀水县志》	明/周显宗纂修	约修于嘉靖八—九年	未见传本
万历《秀水县志》10卷	明万历二十四年（1596）修/李培修、黄洪宪纂	刊本，传世钞本已残缺，民国十四年（1925）金蓉镜用康熙志校补铅印	
康熙《秀水县志》10卷	清/任之鼎修、范正辂纂	康熙二十四年（1685）年刊本/1993年《中国地方志集成》（合刊本）	
民国《重修秀水县志稿》	金蓉镜修	民国九年（1920）年修/稿本	嘉图藏残稿21册
正德《嘉善县志》6卷	明正德十二年（1517）修/倪玑修、沈概等纂	刊本	
嘉靖《嘉善县志》8卷	明嘉靖二十九年（1550）修/于业修、郁天民等纂		未见传本
万历《嘉善县志》12卷首1卷	明万历二十四年（1596）修/章士雅修、盛唐等纂	刊本	

续表

志书名	修纂时间/纂修人	版本	备注
顺治《嘉善县纂修启祯条款》4卷	清/卞爔修、曹尔坊纂	顺治七年（1650）年刊本	
康熙《重修嘉善县志》12卷	清/杨廉等修、郁之章纂	康熙十六年（1677）刊本	
康熙《续修嘉善县志》8卷	清康熙二十三年（1684）续修/崔维华等续修、沈辰垣纂	刊本	
雍正《续修嘉善县志》12卷	清/戈鸣岐等修、钱元佑等纂	雍正十二年（1734）刊本	
嘉庆《重修嘉善县志》20卷首一卷	清/万相宾纂修、孙燕昌等分纂	嘉庆五年（1800）刊本	
道光《嘉善县志》	清道光十年（1830）/张如梧修、汪能肃等纂		未刊，无传本
光绪《重修嘉善县志》36卷首一卷	清/汪峰青修、顾福仁纂	光绪二十年（1894）刊本/民国七年（1918）年重印本/台北《中国方志丛书》本/1993年《中国地方志集成》本	
民国《校勘光绪嘉善县志札记》	孙传枢校记、唐步云纂	民国八年（1919）铅印本/1993年《中国地方志集成》本。（与光绪《嘉善县志》合刊）	
弘治《平湖县志初稿》4卷	林光纂	抄本	以编以府与府属七县各为一志，平湖卷21至卷24，上图收藏/嘉图有抄本一册
嘉靖《平湖县志》9卷	明嘉靖四十二年修/顾廷对修、法皖纂	抄本	已佚，存序
万历《平湖县志稿》	明万历二十四年（1596）成稿/黄焰修、吴迪甫纂		未刊
万历《平湖县续志稿》	明万历二十七年（1599）修/林梦琦修、陆键纂		稿佚
天启《平湖县志》19卷图1卷	明/程楷修、杨俊卿等纂	天启七年（1627）刊本	
崇祯《平湖县志稿》	明/吴春枝修纂	崇祯十二年（1639）左右修	未刊

续表

志书名	修纂时间/纂修人	版本	备注
康熙《平湖县志稿》	清康熙十二年(1673)成稿/陈孚宸修、周弘起纂		未刊，无传本
康熙《平湖县志》10卷	清/朱维熊修、陆葇纂	康熙二十八年(1689)修，刊本，民国平湖陆氏求是斋抄本	
雍正《平湖县志稿》	清雍正六年(1728)修/白环纂修		稿成未刊
乾隆《平湖县志》10卷	清乾隆十年修/高国楹修、倪藻垣等纂	乾隆十年（1745）刊本	
乾隆《平湖县志》20卷首一卷	清/张力行修、徐志鼎纂	乾隆四十五年(1780)刊本，民国求是斋抄本	
乾隆《平湖县志》10卷首末各一卷	清/王恒修、张諴纂	乾隆五十五年(1790)刊本	
嘉庆《平湖县近事志稿》1卷	清嘉庆四年(1799)编成/李赓芸修、沈国枢纂		未刊，佚
嘉庆《甲子平湖县续志》10卷附《旧志补遗》4卷	清/路鐏修、张跃麟等纂	嘉庆十年（1805）刊本/民国晒印本，求是斋抄本	
《当湖外志》8卷	清/马承昭纂	咸丰八年（1858）辑，咸丰平湖徐锦华刻本。	
《续当湖外志》8卷	清光绪元年(1875)编/马承昭纂		光绪元年（1875）白榆邸舍将《当湖外志》《续当湖外志》合刊
光绪《平湖县志》25卷首末各1卷附《平湖殉难录》1卷	清/彭润章修、叶廉锷纂	光绪十二年(1886)刊本/1993年《中国地方志集成》本	
民国《平湖县续志》12卷	民国/季新益修，金兆蕃总纂	民国十五年(1926)抄本/1993年《中国地方志集成》本	
景德《海盐图经》	宋景德四年(1007)修		宋佚
《武原旧志》			久佚
绍熙《武原志》	宋/李直养修		宋佚
永乐《海盐县志》			久佚

续表

志书名	修纂时间/纂修人	版本	备注
弘治《海盐县志》4卷	明弘治三年（1490）修/谭秀修、陈暹等纂	明弘治三年（1490）刊本	已佚
嘉靖《海盐县志》5卷	清嘉靖十二年（1532）修/夏浚修、徐泰纂	刊本未见，有清抄本	
万历《海盐县近志》16卷	明/张瑀修、仇浚卿纂	万历三年（1575）刊本	今未见
天启《海盐县图经》16卷	明/樊维城修，胡震亨、姚士粦纂	天启四年（1624）刊本，乾隆十三年（1748）重刊本	
康熙《海盐县志》10卷	清康熙间修/彭孙贻、童申祉纂	稿本/1993年《中国地方志集成》本	
康熙《海盐县志补遗》	清/张素仁修，彭孙贻、童申祉纂	康熙十二年（1673）抄本，1993年《中国地方志集成》本	
乾隆《海盐县续图经》7卷	清/王如珪修，陈世倕纂	乾隆十三年（1748）刊本，与《海盐县图经》合刊	
光绪《海盐县志》22卷首末各一卷	清/王彬等修，徐用仪等纂	光绪三年（1877）蔚文书院刊本/台北《中国方志丛书》本/1993年《中国地方志集成》本	
宋《盐官县图经》	约成于宋徽宗建中靖国元年（1101）		宋佚
绍兴《续盐官县图经》1卷	宋/胡尧修		宋佚
《盐官县志》	纂修者无考	有张国淦《永乐大典》辑本	
天顺《桐乡县志》7卷	明天顺五年修（1461）/危山纂		久佚
弘治《桐乡县续志》14卷	明弘治十五年（1502）修/钱荣纂修		已佚
正德《桐乡县志》10卷	明正德九年（1514）年纂/任洛修、谭桓同纂	清初影抄本	
万历《桐乡县志》14卷	明万历间修/唐枢、冯孜等纂	刊本	
顺治《桐乡邑乘》8卷	清/周拱辰辑	稿本未刊，已佚	

续表

志书名	修纂时间/纂修人	版本	备注
康熙《桐乡县志》5卷	清康熙十七年(1678)/徐秉元修、仲弘道纂	康熙十七年（1678）年刊本	
嘉庆《桐乡县志》12卷	清/李廷辉修、徐志鼎等纂	嘉庆四年（1799）刊本	
光绪《桐乡县志稿》	清/柏严居士手定	光绪四年（1878）稿本	
光绪《桐乡县志》24卷首4卷	清/严辰纂修	光绪十三年(1887)年刊本/台北《中国方志丛书》本/1993年《中国地方志集成》本	附《杨园渊源录》4卷,沈曰富纂
淳祐《语溪志》10卷	宋淳祐十年(1251)/黄元直修,钱达善、朱鹏飞纂	刊本	久佚
《崇德县志》5卷	明正德十二年(1517)修/洪昇修、董尊纂	刊本	已佚
隆庆《崇德县志》	明隆庆四年(1570)/朱润纂修	刊本	已佚
万历《崇德县志》	明万历九年(1581)/陈履修、胡其久纂	刊本	已佚
万历《崇德县志》12卷	明万历三十九年(1611)年/靳一派修、李太冲等纂	刊本	
康熙《石门县志》12卷	清/杜森创修、邝世培续修、祝文彦等纂	康熙十六年(1677)续刊本/四十七年增刊本	
嘉庆《石门县志》26卷首1卷	清嘉庆二十三年(1818)年修/耿维祜等修、潘文轺等纂	道光元年（1821）刊本	
光绪《石门县志》11卷首1卷	清余丽元修/谭逢仕等纂	光绪五年（1879）年刊本/台北《中国方志丛书》本/1993年《中国地方志集成》本	

四　积代衣缨，诗礼传家

"望族"一词最早出现于汉晋时期，宋代秦观在《王俭论》中提道：

"自晋以阀阅用人，王谢二氏最为望族。"① 此时的"望族"指在政治上拥有特殊权力和地位的官僚地主阶级，它是中国宗族社会关系的产物，其经济根源是建立在封建社会农民对土地的依附关系基础之上的。"望族"的内涵及外延随着朝代的演进而有所不同。在科举考试之前，公卿贵族的权力以世袭而得，从而在阶层上形成了"上品无寒门，下品无士族"的政治体系。自隋代开科举考试后，这一现状逐渐改变，但旧的官僚体系仍具有较强的影响力，士族与庶族之间的界限仍很分明，旧有的门阀观念依旧根深蒂固。明清时期，随着科举考试及选官制度的日趋成熟，大批庶族士子通过科举取得官职，他们在获得政治权力的同时也教育子弟秉承读书应试之风尚，发扬诗书传家的优良传统，以在科举考试中夺魁并维持其政治上的地位及优势，经由世代累积一些科考突出的世家逐渐形成了一地望族。这一时期的"望族"不同于先秦时代的"世禄""世卿"及魏晋南北朝时期"门阀子弟"的士族，此时的"望族"主要是通过读书应考、科举入仕取得官职延续多代并维持其家世的文化型世家大族。

这些寒门士子通过勤学苦读走上仕途后，为使自己地位巩固，通常采取与世家大族联姻及督促子女教育的方式使得家族书香不绝，举业兴盛不衰。经数代的家族累积，这些文化家族形成了自己独有的文化体系及家学特色，不少家族中藏书丰富，著述丰厚，有些还在书画艺术领域有较高的建树，成为当地人们敬仰的文化望族。

潘光旦先生首先关注到明清时期嘉兴望族兴盛的情况，他查阅了家谱、家集和嘉兴地方志等文献资料，在《明清两代嘉兴的望族》中统计出 91 支活跃在明清时期的嘉兴望族，近年来龚肇智先生又在已有基础上进行了增补，增加了 60 支零星血系，共得 145 支嘉兴望族（不包括海宁）。其中，各县的数量分布分别为：平湖居首，共有 31 支望族，其他几县依次为：嘉善 29 支、秀水 28 支、海盐 19 支、嘉兴 17 支、桐乡 11 支、石门 10 支。这些家族绝大多数在科举方面成就突出，家族中进士举人数量较多，有些家族甚至为连绵多代的科举世家；也有少量家族虽科举不显，但家族成员重视家庭教育及文化传承，其家族成员的品德、学问均为世人敬重，故往往也被推举为一地望族。总体而言，以诗礼传家、重视科

---

① （宋）秦观：《淮海集·王俭论》卷二十二，四部丛刊景明嘉靖小字本，上海商务印书馆第 88 页。

考、授以家学是嘉兴望族的基本特点。此外，笔者在检阅地方资料时发现两位学者未统计全面的两支嘉兴望族：秀水董氏及平湖屈氏。现将发现的材料补充如下。

（一）秀水董氏

笔者在嘉兴市图书馆见到《董氏丛书》稿本 9 种，共 11 册。这其中包括董棨《养素居画学钩元》，董耀《养素居诗草》《养素居文集外编》。董念棻《国语校字》，董宗善《老子屑》《保泽斋书目草稿》《国乐汇考》（董立预辑），董巽观《春雨斋词》。另于《丛书集成续编》集部第 154 册中见到《秀水董氏五世诗钞》，内有董世勋、董鸿、董涵、董棨、董耀、董念棻 6 人诗文。董氏家族为以诗书画而著称于一地的文化望族，《秀水董氏五世诗钞》的题跋中写道：

> 秀水董氏，文献之家也。凤闻以诗、书、画闻于时者五世矣。予既纳交于询五，乃语之曰："云间王氏有《七叶诗》存，君家五世亦有诗，可得闻欤？"询五乃出其所辑《五世诗钞》以畀予，予读之，俊逸清新，使人忘痦，而海内承平，啸歌自适，楹书传世，不求闻达之高致，亦可于此想见之。习凿齿之论繁仲皇也，曰："虽无名德重位，世世作书生门户，吾于董氏，今亦云尔。梼日未若，予又何幸而得友询五，且因之而得友其兄东苏耶？东苏善诗，又善画，询五乃善画。是皆能继志述事，各得父之一绝而不坠家声者也。今之若是者几人耶？"读竟，并以所知五代六先生之履历，注于姓名之下焉。①

董氏家族虽然在科举上并无太大的建树，但他们在诗文、书画方面在嘉兴声名显著，家族中董棨、董耀、董念棻与当地望族来往甚密，桐乡陆承镜妻吴玉书也曾是董耀的女弟子。

1. 家族主要人物

今于夏辛铭所纂《濮院志》卷十八中见董氏家族中董鸿、董棨、董世勋、董涵、董耀、董念棻、董敏藻等人之小传。现将主要人物整理如下：

董鸿，字晴江，号愚堂，父世勋，工诗，性行高复，以布衣老。鸿诗

---

① （清）董宗善：《秀水董氏丛书稿》，稿本。

宗王摩诘、韦苏州，书法宗怀仁圣教序，浑厚如其人。世勋及鸿遗稿多散佚。杭县徐珂刻《董氏五世诗钞》、录存各一首。

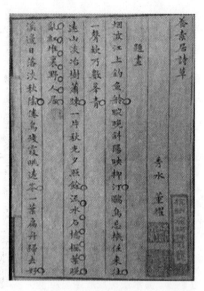

图 1-2 董耀《养素居诗草》卷首书影
注：稿本采自嘉兴市图书馆。

董棨，字汉符，号乐闲，一号石农，又号梅花泾老农，住横屋街。父涵，号养中，治易能诗，精风鉴。棨行修学博，画得石门方薰指授，山水、人物、花鸟、草虫靡不精妙，尤喜写蔬果，点染生新，书法宗鲁公、河南，行草宗文敏、允明，兼工铁笔。性耿介而慷慨，有假达官贵人之名，以重金请绘者，辄却之。晚年构嘉会堂，濡毫吮墨，喜作格言以诫子孙，讽世规俗之诚，每有寓于图画中者，著有《养素居画学钩元》。

董耀，字枯匏，号小农，棨子。幼禀异慧，过目成诵，属文洒洒千言，弱冠补诸生，治虞氏易，兼通释典，后治朱子小学《近思录》，粹然以理学终老。从弟煜，号石亭，善花卉，兼工山水。卒年八十二。著有《养素居诗草》《养素居文集外编》。

董念菜，原名维城，号味青，一号小匏，耀子。少从顾访溪先生游，潜心经史金石之学，亦工骈文，吴光、沈秉成观察苏松常镇，时游其幕，多所赞。画工花卉翎毛，亦善画梅，有"董梅花"之称。书法宗褚虞，行草在思白、南田之间，卒年六十八，著有《国语校字》。季子敏藻，号鹿牲，善花鸟，早卒。杭县徐珂有传。

2. 董氏家族人物系表初考①

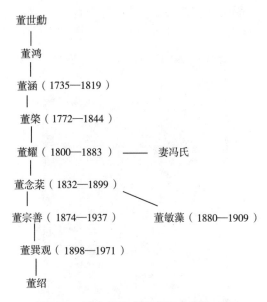

董世勳
｜
董鸿
｜
董涵（1735—1819）
｜
董棨（1772—1844）
｜
董耀（1800—1883）—— 妻冯氏
｜
董念菜（1832—1899）
｜
董宗善（1874—1937）　　董敏藻（1880—1909）
｜
董巽观（1898—1971）
｜
董绍

图 1-3　秀水董氏家族主要家世关系图

注：此图据《秀水董氏五世诗钞》及夏辛铭《濮院志》所载小传整理而得。

（二）平湖屈氏家族谱系增补

龚肇智先生在《明清两代嘉兴的望族》一书中对平湖屈氏家族的家族成员及谱系进行了简单的概括，笔者在上海图书馆查阅到《平湖屈氏文拾》一卷及《屈氏先德录》二卷，并对屈氏的家族谱系进行增补。始祖为屈保，明洪武时自凤阳定远徙松江金山卫。据谱系所载，始迁祖为屈震，屈保之孙，正统间复迁平湖之乍浦。

1. 屈氏家族图谱（此图据《平湖屈氏文拾》及《屈氏先德录》所载之家族谱系绘制）。

2. 家族才女屈凤辉

屈凤辉，字梧清，平湖人。奚逢年曾外孙女，监生奚朝鼎外孙女，屈作霖长女，庠生屈宗到妹，举人屈宗建、增广生屈宗谈姊妹，屈何焕从姊妹，胡德炘子媳，举人胡之恒妻。著有《古月楼诗钞》二卷（未见）。《平湖经籍志》卷三十六评为："工于咏物、清新可诵，见称于《水曹清

---

① 据嘉兴图书馆藏《董氏丛书稿》中的家族世系整理而成。

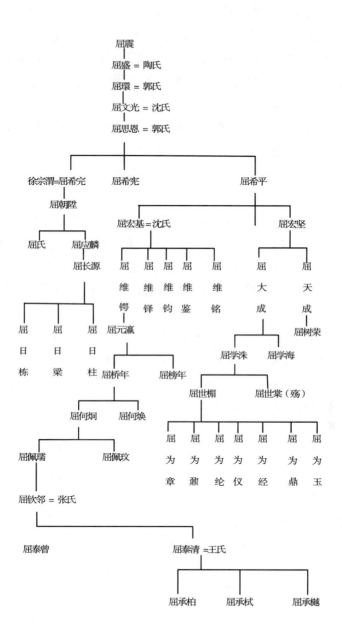

图 1-4 平湖屈氏主要家族谱系图

注：此图据《平湖屈氏文拾》及《屈氏先德录》所载之谱系关系绘制。

暇录》",《名媛绣针集》称其"五言诗冲淡,在韦、柳之间"①。清胡昌基《续槜李诗系》卷三十八中录其诗 3 首,阮元《两浙𫐄轩录》卷四十录其诗 1 首,汪启淑《撷芳集》录其诗 7 首,叶恭绰《全清词钞》卷三十二中录其词 1 首,徐乃昌《小檀栾室闺秀词钞》录其词 1 首。

屈凤辉自幼聪颖好学,喜读诗文,其兄屈宗到在《古月楼诗钞跋》中记:"余妹梧清,幼而性慧,好事仙佛,及读书识字,先君子手选汉魏三唐诸名家诗,俾络绎成诵,及髫龄即工吟咏,长字胡君湘雷,余中表弟也。结缡后,析疑问奇,相得无间,而红窗绣户,唱和无虚日。盖其素好然也。"②

其诗以咏怀居多,如《晓起》《落花》《秋夜和外君客中见怀》《人日喜晴》几首,多五言,风格自然冲淡,善于写景咏物,造语生新精妙,如"玉蝶𥻗舒萼,红螺酒满樽""金钩小帘外,玉笛画楼前",其诗作意象柔美雅致,语言清丽脱俗。她的诗词以日常所感及抒写闺情为主,如《晓起》:

> 梦觉一灯澹,晨光动前楹。余亦自此起,推窗见天晴。巾栉杂花气,活火烹茶声。好风东南来,山鸟一时鸣。日出照树杪,露叶含馀清。坐观群动象,因知天地情。③

诗句萦绕在"花气""烹茶""山鸟""树杪""露叶"构筑的美妙山林风光中,画面不杂烟尘之气,纯净冲淡而自然,带有禅意,体现出诗人淡泊宁静的心境。

除这类诗作之外,屈凤辉还作了不少闺情诗,这类诗作往往感伤哀怨,传达出诗人作为女性细腻柔婉的情思,如她这首《秋夜和外君客中见怀》:

> 寂寂秋宵月影沉,纱窗露冷透香衾。数声蟋蟀惊残梦,不是离人

---

① 陆惟鎏:《平湖经籍志》卷三十六,民国三十年（1941）刻本,第 3 页。

② 屈疆:《平湖屈氏文拾》,稿本。

③ （清）胡基昌:《续槜李诗系》卷三十八,清宣统元年（1912）刻本,第 24 页。

恨已深。①

前两句用"秋宵"和"月影"点染全文，"蟋蟀""残梦"的意象传达出作者抑郁不乐的心境，末尾一个"恨"字更是将自身凄凉不快表现得淋漓尽致。整诗以"思妇"的口吻写出闺中女子寂寞怨恨惆怅的心情。屈凤辉的词作不多，颇婉约动人，有欧阳修所写花间词的风致。如《水晶帘》：

> 春雨濛濛草色齐。绣帘垂，暮云低。愁听林中、时有一莺啼。无奈落花留不住。乱红飞过小桥西。②

词牌《水晶帘》又名《江城子》，其词题材主要写男女之情、咏史及悼亡之作。从她的词中所用"春雨""绣帘""莺啼""落花"意象可知，作者写的是一首伤春的小词，以女子的口吻表达对岁月流逝，大好年华不再的感伤心情。

表 1-8　　　　　　　明清嘉兴 91 支望族基本情况概览

地域	家族姓氏	备注	主要科举成就	家族才女
海盐	张氏	初居钱塘，明洪武初始迁海盐	进士：张惟赤、张元济	杨守闲、杨守俭、徐宜芬
嘉兴竹林	张氏	张廷济为清代金石学家、书法家		朱莹、朱钰
秀水	张氏	由来不详，世居秀水。举人 2 人	举人：张天植、张仁浃	
平湖	赵氏	三世进士	进士：赵汉、赵伊、赵邦秩 举人：赵琮、赵邦黍	
秀水	陈氏		进士：陈懿典、陈廷炜	
海盐	陈氏		进士：陈所学； 举人：陈言、陈遇麒	王炜
嘉善	陈氏		进士：陈于王、陈龙正； 举人：陈秉	

---

① （清）胡基昌：《续槜李诗系》卷三十八，清宣统元年（1912）刻本，第 24 页。

② （清）叶恭绰：《全清词钞》卷三十二，中华书局 1982 年版，第 1670 页。

续表

地域	家族姓氏	备注	主要科举成就	家族才女
海盐	郑氏	家族以收藏著称	进士：郑晓、郑履淳	
海盐	郑氏		进士：郑宣、郑亮	
秀水	郑氏	先世由浙东迁入秀水	进士：郑虎文； 举人：郑世元、郑师雍、郑兆同	
嘉兴	戚氏	由德清迁居嘉兴	进士：戚士彦、戚敉言、戚人铣； 举人：戚人鉴	吴宗宪
嘉善	蒋氏	蒋芬为嘉兴复社成员	举人：蒋英、蒋琦、蒋云翼	
秀水	钱氏	祖居海盐半逻村，至钱陈群迁居秀水。科举尤为突出，明清簪缨连绵不衰	进士：钱琦、钱萱、钱薇、钱陈群、钱汝诚、钱仪吉、钱楷、钱载等； 举人：钱应晋、钱与映、钱陛、钱瑞徵、钱宝惠等	钱与龄、钱德蓉、钱涓、钱卿藻、钱聚瀛、陈书、李心蕙、杨凤姝、姚婧、陈尔士、钱韫素、陈卿箴
嘉善	钱氏	初居杭州，至元至正间钱国冯迁居嘉善。参加复人数众多，抗清斗争突出	进士：钱士升、钱棅、钱鸿文、钱士晋、钱默、钱黯、钱以垲等 举人：钱贞、钱杙、钱棻、钱承陛、钱继章等	钱复、吴黄、沈榛、沈栗、蒋纫兰
桐乡	钱氏		进士：钱贡、钱梦得、钱允鲸 举人：钱汝迈、钱梦祖	
平湖	钱氏		进士：钱祖亮、钱炳奎	
嘉善	钱氏	以医学起家	进士：钱春、钱天允	
秀水	金氏	原籍安徽休宁，后迁浙江仁和，至金德瑛始迁至秀水。金德瑛为"秀水诗派"的创建者	进士：金德瑛、金洁、金忠济、金蓉镜； 举人：金孝槐、金孝枚、金乔年、金孝柟、金兆藩	金孝维、金鸿佶、张荔卿
嘉善	周氏		进士：周翼洙、周升桓； 举人：周震荣、周以炘、周以勋、周鼎枢、周既济	周瑶
秀水	朱氏	本居吴江盛泽，明景泰四年迁秀水。族人朱彝尊为浙西词派的开创者	进士：朱茂曒、朱丕或、朱国祚； 举人：朱休度、朱嵩龄、朱彝政、朱休承、朱大猷、朱麟应	朱逵、黄媛贞

续表

地域	家族姓氏	备注	主要科举成就	家族才女
桐乡	朱氏	原为安徽休宁人，后康熙中始迁桐乡	进士：朱履端	
平湖	朱氏	为桐乡朱明仪子，朱英迁居而至平湖	进士：朱为弼； 举人：朱善旂、朱善骥	
嘉善	朱氏	先世居松江，后迁嘉善	举人：朱岸登、朱锦昌	朱澄、金淑、金兰贞
嘉兴	褚氏		举人：褚廷琯、褚锦春	褚琬
平湖	屈氏		进士：屈为鼎； 举人：屈宗到、屈钦邻	屈凤辉
海盐	钟氏		进士：钟梁、钟兆斗	
秀水	范氏	活跃于明代	进士：范瑎、范言、范应宾、范之箴； 举人：范诰、范明泰	姚青娥
桐乡	冯氏	活跃于明清时期	进士：冯孜、冯浩、冯应榴、冯集梧、冯钤； 举人：冯景夏	
平湖	冯氏	活跃于明代	进士：冯汝弼、冯敏功、冯洪孜； 举人：冯俊、冯洪业、冯伯裡	
秀水	黄氏	先世为江西新淦人，洪武中谪戍黄洋卫，旋改隶嘉兴千户所，后籍秀水。 黄氏为"三世进士"	进士：黄錝、黄正色、黄承乾、黄洪宪、黄承玄、黄承昊； 举人：黄盛、黄相如	周慧贞、沈纫兰、项兰贞、黄双蕙、黄淑德、黄媛贞、黄德贞、黄媛介、黄观娇
嘉兴	项氏	活跃于明代，以收藏宏富著称于时。项氏为"五世进士"家族，科甲鼎盛	进士：项经、项承芳、项锡、项元治、项钶、项笃寿、项德祯、项鼎铉、项声国、项梦原； 举人：项利宾、项元深、项良枋	项珮
嘉兴	徐氏		进士：徐瓒、徐必达； 举人：徐学周、徐世淳	金淑修
海盐	徐氏		进士：徐从治； 举人：徐昌治、徐文治	
平湖	徐氏	以医起家，至清中叶后始渐知名	进士：徐士芬、徐申锡； 举人：徐瀛锡	
嘉兴	高氏	扈跸南渡，至高德始宦居嘉兴。高承埏在经学、藏书负有盛名	进士：高道素、高承埏； 举人：高文登	

续表

地域	家族姓氏	备注	主要科举成就	家族才女
平湖	高氏	初籍钱塘，至高士奇始迁居平湖	进士：高舆； 举人：高抡元	高璪、李檀
嘉善	柯氏		进士：柯元芳、柯耸、柯煜； 举人：柯维桢	
桐乡	孔氏	为曲阜孔氏南宗的分支，世居桐乡	进士：孔自洙、孔传忠； 举人：孔继元、孔广平	孔继坤、孔继孟、孔继瑛、孔昭蕙、孔昭蟾、孔昭燕、孔昭莹、沈宛珠、沈宜人、孔昭灿、胡若兰、郑以和、郑静兰
平湖	过氏		进士：过庭训、过璘	
秀水	李氏	先世为江阴人，明洪武初始迁居嘉兴。活跃于明代中后期，家族以诗学而著称	进士：李芳、李原中、李集、李陈常； 举人：李士嵩、李应徵、李超孙、李衷纯、李文贲、李淦	李瑶京、李璠、吴筠、汪玑
嘉兴	李氏	先世居河北洺州，赵宋时扈跸南渡而入嘉兴	进士：李日华； 举人：李新枝	
海盐	刘氏	刘氏家族为"三世进士"	进士：刘泰、刘玮、刘演、刘术、刘炌、刘世埏、刘泓； 举人：刘熠、刘浑	
嘉善	陆氏			
平湖（靖献支）	陆氏	"三世进士"	进士：陆陇其、陆灿、陆淞、陆杰、陆杲、陆光祖、陆光祚	
平湖（当湖支）	陆氏	先世江西金溪人	进士：陆万垓、陆键、陆筠、陆炯； 举人：陆琳、陆鼋	
秀水	陆氏		进士：陆绍琦、陆树本、陆昌祖； 举人：陆超祖	陆言
平湖（南陆支）	陆氏		进士：陆长庚、陆菜、陆奎勋； 举人：陆浚睿、陆纶	陆言、鲍诗
桐乡	陆氏		进士：陆炘、陆元鋐、陆秉枢、陆以湉； 举人：陆树珠、陆世埰、陆瀚、陆喜曾、陆以润	陈葆懿、陈葆贞、陆蕙心、陆瑀华

续表

地域	家族姓氏	备注	主要科举成就	家族才女
桐乡	陆费氏	陆费墀为《四库全书》总校官		陆费湘于、陆费思温
秀水	吕氏		进士：吕程、吕穆；举人：吕嗣芳、吕本	
平湖	马氏		进士：马千乘、马维铭、马德澧、马嘉植、马绍曾；举人：马嘉桢	
嘉兴	包氏	活跃于明代	进士：包鼎、包节、包孝、包汴、包柽芳、包鸿逵、包尔庚；举人：包世杰、包汝楫	
海盐	彭氏	原为江西安福人，明初以武功任海宁卫指挥金事，始迁居海盐	进士：彭宗孟、彭长宜、彭期生、彭孙遹	彭琬、彭琰、彭孙婧、彭孙莹、彭贞隐、沈彩、徐妙清、陈元琳
秀水	卜氏		进士：卜大同、卜大有、卜大顺；举人：卜五典、卜万祺、卜二南、卜长生	
平湖	孙氏	孙氏家族为"三世进士"	进士：孙玺、孙植、孙成泰；举人：孙成名、孙钟琦	孙兰媛、孙蕙媛、沈媛、周兰秀、黄德贞、屠范佩、陆宛椮
嘉善	孙氏		举人：孙圻、孙正锴、孙兴寿、孙在镐、孙衍	孙淡英
平湖（石庄里）	沈氏		举人：沈懋、沈瑞锡	
平湖（清溪）	沈氏		进士：沈肂、沈垣、沈亚、沈奎、沈崑、沈中柱、沈莘桢、沈炼、沈圻、沈初；举人：沈绍心、沈煦、沈问之、沈杞桢、沈日昆、沈君桢	沈鑫
嘉兴（姚埭）	沈氏	初居海盐，明成化间始迁郡城，入嘉兴县籍	进士：沈叔埏、沈维鐈、沈曾植、沈曾桐；举人：沈涛	沈毂、许英、戴小琼、沈蕊
嘉兴（师桥）	沈氏	先世为河南沈邱人，赵宋南渡时扈跸入浙。明末，因避倭寇，始迁嘉兴，入秀水籍	进士：沈李楷、沈濂、沈瑜宝、沈钧儒；举人：沈光钰、沈洛、沈璋宝	

续表

地域	家族姓氏	备注	主要科举成就	家族才女
嘉兴（西河）	沈氏	先世为江都人，元末避乱嘉兴	进士：沈思孝、沈昌寅、沈昌宇、沈孚先、沈玄华、沈鎜； 举人：沈士龙、沈应明、沈铨	彭淑慧
嘉兴（长溪）	沈氏	先世由松江赘居秀水为“三世进士”	进士：沈谧、沈启原、沈自邠； 举人：沈德符	
平湖（石庄里）	沈氏		进士：沈棻	陆言
秀水	盛氏	靖康时南渡至临安，元代时徙居嘉兴，至盛万年时又徙居郡城北郭，入秀水籍	进士：盛周、盛万年、盛民誉； 举人：盛枫、盛支焯、盛百二	
秀水	盛氏		进士：盛沅； 举人：盛善持、盛时霖	
平湖	施氏	先世徙自湖州，居平湖	进士：施震、施凤来	施璲昭
秀水	施氏	初居桐乡，至施博始迁秀水	进士：施尔志	
秀水	谭氏		进士：谭昌言、谭贞默、谭贞良； 举人：谭吉瑄、谭日森	
嘉兴	陶氏	活跃于明代	进士：陶俨、陶谟、陶朗先、陶煦、陶照； 举人：陶九韶、陶学瞻、陶廷锦、陶涵中	
嘉善	丁氏	赵宋时南渡居嘉兴永安乡，后明代析出为嘉善县	进士：丁宾、丁棠发	
平湖	屠氏	先世陈留人，建炎初南渡，其中一支居嘉兴，初家海盐，后徙平湖，屠应埈又迁秀水。 其家族为“四世进士”	进士：屠勋、屠应埙、屠应埈、屠谦、屠仲律、屠叔方、屠垚、屠象美； 举人：屠蒙、屠弘胤、屠襄孙、屠大壮、屠熙、屠寿徵、屠彪	
嘉善	曹氏	“柳洲词派”的主要成员	进士：曹尔堪、曹鉴伦、曹源郊、曹焜、曹衔达； 举人：曹鉴平、曹源邦、曹庭栋、曹应穀	王允执、朱兰秀
海盐	王氏		进士：王辅、王家栋、王家相； 举人：王廷俊	

续表

地域	家族姓氏	备注	主要科举成就	家族才女
桐乡	汪氏	原籍休宁，至汪可镇始迁桐乡，后又改籍秀水。"秀水诗派"的重要成员	进士：汪孟鋗、汪如藻、汪如洋、汪如渊、汪世樽；举人：汪继燆、汪世柄、汪均	汪玑
嘉善	魏氏	"柳洲诗派"的主要成员	进士：魏大中、魏廷相；举人：魏允枚、魏学渠	
海盐	吴氏	先世为浙东天台人，本姓胡，明洪武初迁嘉兴，为海盐人，并改姓吴	进士：吴中伟、吴麟瑞、吴麟徵；举人：吴之英、吴晋昼、吴曰夔	吴恒、吴慎、吴青霞
平湖	吴氏	本徽州人，吴兆庆时迁钱塘，后吴之锜又于清初迁平湖	进士：吴之锜、吴嗣爵、吴璥、吴若准	吴瑛、吴芳珍
秀水	吴氏		进士：吴铸、吴源起	蒋永瑞
秀水	姚氏	活跃于明代	进士：姚思仁；举人：姚深、姚澄、姚深、姚潜	
桐乡	严氏	先世初居桐庐，明代迁杭，后又迁桐乡	进士：严辰	严永华、严澂华、严昭华、严寿慈、严颂萱、王瑶芬、汪曰桢、周颖芳、严针、严鈇、严钿
秀水	岳氏		进士：岳元声、岳和声、岳骏声	
海盐	虞氏	本为杭州人，至虞勋时始迁海盐	进士：虞廷陛、虞兆清、虞赞尧；举人：虞勋、虞志高、虞相尧	虞瑶洁
平湖	张氏		进士：张大忠、张枢；举人：张大雅、张明昌	
海盐	朱氏	原为新安，元时朱顺为嘉兴路主簿，遂世居海盐	进士：朱方增、朱昌颐；举人：朱之颐、朱大龄	李壬、楼秋畹、胡绣珍、朱玙、周润、朱美英、潘佩芳
海盐	朱氏		进士：朱泰桢、朱学颜、朱兰馨、朱丙寿、朱彭寿等；举人：朱学忠、朱大勋、朱维巍、朱维峻、朱钟赤、朱仁寿等	吴元善

续表

地域	家族姓氏	备注	主要科举成就	家族才女
嘉兴	贺氏	原为山东宁阳人，贺伯颜元末镇守嘉兴管军万户，始为嘉兴人	进士：贺南儒、贺灿然、贺万祚；举人：贺侃修	
海盐	胡氏	海盐胡氏为藏书世家，"好古堂"藏书楼，藏书甚富	进士：胡宪仲；举人：胡震亨	
海盐	许氏		进士：许相卿、许令瑜、许令典、许楢卿、许士奇、许全临；举人：许楫卿、许闻造	
秀水	吴氏	原为海宁人，后明代吴昭始迁秀水	进士：吴鹏、吴绍	
桐乡	俞氏	原出中州，赵宋时南渡入浙，入籍仁和，至俞之炎始迁桐乡	进士：俞之炎、俞长策、俞长城	

第三节　明清嘉兴望族的生成机制

嘉兴地处环太湖流域的中心，经济发达、交通便利，自古就为文化聚集勃兴之地，多望族世家。尤其是明清时期，延续百年以上的大家族比比皆是，其数量并不亚于太湖流域的苏州、松江、湖州几府，对周边的文化繁荣甚至对全国的政治、经济、思想等诸方面均产生了一定的影响。近代学者潘光旦先生首先关注到了嘉兴望族的兴盛情况，并在《明清两代嘉兴的望族》一书中对明清望族进行了细致的搜罗与统计，共整理出91支嘉兴望族"血缘网络图"，展现出嘉兴望族在明清历史中的显赫地位。然其也有不足，潘先生侧重于家谱式的编织结网，而对其家族中的主要人物及事迹分析甚少，对文学家集及文学现象的解读也是空白。而后龚肇智先生又以十年时间写成《嘉兴明清望族疏证》，在以往研究基础上对家族血系进行了注释和增补，并以更加细致的考证展示了明清时期嘉兴望族纵横交错的家族世系和错综复杂的人物关系，贡献巨大。然而龚先生也仍未从文本解读的角度阐述嘉兴地域文学特征及追本溯源地探讨其内在因果规律。现在已有的研究基础上，笔者再从地理生态、文化生态、宗法观念与精神传承及望族联姻的角度对明清嘉兴望族形成的原因做一个探讨。

一　优越的地理人文生态环境

列宁曾论及地理环境与人文生态之间的关系：

> 地理环境的特性决定着生产力的发展，而生产力的发展又决定着经济关系以及随在经济关系后面的所有其他社会关系的发展。[1]

地理在形成各地域、各民族物质生产方式、经济水平、文化的区域特征方面有着密切的关联，其与文学生成的关系曾被梁启超、章太炎、陈寅恪等多位学者所关注。章太炎先生曾将治国学的方法归纳为：辨真伪、通小学、明地理。其中专辟一章陈述"明地理"的重要性，他认为"地理包括地质、地文、地志三项，须做专门的研究"。[2] 以上学者均认为文学的研究不仅要从时间轴线上展开，更应以空间为广阔背景进行考察，文学因广阔的地域差异而体现出多样性，因而从地理环境入手把握文学的特性具有十分重要的意义。地理包括的范围很广，主要有山川、气候、物产等自然条件，还有历史沿革、风俗民情、教育水准、民族交往、人口迁徙、方言特点等社会因素。地理对于形成人的外貌、体格、性情及一地的风俗均有重要影响，进而影响到行文的风格。梁启超曾云："长城饮马，河梁携手，北人之气概也；江南草长，洞庭始波，南人之情怀也。散文之长江大河一泻千里，北人为优；骈文之镂云刻月善移我情者，南人为优。"[3]

嘉兴府在明清时期文化的繁荣与发达，很大程度上得益于地理位置的先天优势。明代嘉兴府下辖嘉兴、秀水、嘉善、平湖、桐乡、崇德、海盐七县，地处杭嘉湖平原的腹心地带，北接苏州府，南临杭州府，辖境海陆兼备，境内河湖交错。陆域中平原面积约占总面积的90%，水面面积占总面积的9%，山地面积约占总面积的1%。《（光绪）嘉兴府志·山川》有着形象的描述："浙西杭州半山半水，湖州亦然，嘉兴水多山少，实为泽国。然澉浦乍浦滨海皆山，则知嘉兴盘郁于东南之气，固不任其坦然而无

---

① 中共中央编译局：《列宁全集》卷三十八，人民出版社 1984 年版，第 459 页。

② 章太炎：《国学概论》，上海古籍出版社 2011 年版，第 11 页。

③ 梁启超：《饮冰室合集·中国地理大势论》，中华书局 1989 年版，第 130 页。

所蓄聚也。"① 良好的气候条件及地理环境对水稻的生长十分有利，至唐代末年，嘉兴成为太湖流域及杭嘉湖地区粮食的主要产区，并成为东南重要的"粮仓"；境内广阔水域的生活环境为嘉兴提供了丰富的水产资源，使嘉兴成为生活富足的"鱼米之乡"。其地理的优越性还在于其良好的气候条件，嘉兴所属区域为北亚热带半湿润区，属典型季风气候，夏冬季风交替显著。气候条件适宜于农业耕作，尤其适宜栽桑养蚕，在明代，嘉兴府居民种桑养蚕、缫丝织绸，成为当时江南蚕桑丝织业最为集中的区域之一。农业的发达带动了手工业及商业的兴盛，也滋生一些工商业的市镇群。明清时期，经营蚕丝的市镇有乌青镇、石门镇，生产丝绸的市镇有濮院镇、王江泾镇，生产棉纱的市镇有魏塘镇等，当时民间甚至流传着"买不尽的松江布，收不尽的魏塘纱"的谚语。明清两代，嘉兴在造船、酿酒、制墨、制盐行业其技术水平都处于全国各地前列。随着明代嘉兴行政建置地位的上升，嘉兴农业、手工业、商业的发达及市镇的繁荣，明清时期，嘉兴已成为"浙西大府""江东一都会"。

水乡泽国也滋育了嘉兴的水乡文化。水本为温柔流动灵性的象征，在水乡成长的嘉兴居民，傍水而居，出入有船，以水为生，小桥、流水、人家的布局形成了人与自然和谐的居住环境。淡雅的居住环境本身就是一首写不完的诗，一桥、一亭、一船、一楼均可入诗入画，成为文人取之不尽的自然素材。水乡静谧的自然环境也影响了居民的体貌性情，嘉兴居民受水的滋养，女子情感细腻丰富，心灵手巧，善于织染；男子温文尔雅，书卷气息浓厚，工诗善画者众。据《明清进士题名碑录》及各方志统计，明代7县有进士581人，清代有进士562人。其中，明代状元3人，约为全省状元人数的15%；清代状元6人，占全省状元的30%，明清两代魏科（状元、榜眼、探花、传胪）28人。近代学者潘光旦评价道："嘉兴是人才的一个渊薮，其地位正和它在地理上的位置相似，即介乎苏杭两地之间。"②

紧邻苏杭的优越地理位置也为众多文化名人交流提供了绝好的条件，嘉兴成为一个文化集散中心，结社活动频繁丰富。经考证，明代嘉兴府的

---

① （清）许瑶光纂：(光绪)《嘉兴府志》卷十二，光绪五年（1879）刻本，第1页。

② 潘光旦：《明清两代嘉兴的望族》，上海书店根据商务印书馆1947年版影印，1981年版，第1页。

结社数量达到 22 个，其数量仅次于杭州。顺治十年（1653）在嘉兴南湖举行了"十郡大社"的集会，"萃十郡名士赋诗，连舟数百艘"，会集了复社及下面分社社员数百人。明遗民作家金堡曾叙述结社的盛况为"人才奔凑，剪烛飞觞。方舟结缟，殆无虚日"。① 结社也促进了文化名人间的交游。晚明松江文化名人陈继儒、董其昌曾慕名多次来到嘉兴进行鉴古、题写字画、观景赋诗甚至在嘉兴坐馆授课。嘉兴文化名人项元汴、李日华、包柽芳、冯梦祯等更是常往来松江、苏州、杭州等地进行文学切磋。大批文人互相交流、切磋诗艺、频繁结社，有力地促进了嘉兴文化的繁荣，也为文化家族的持续发展提供了充足的养分。

优良的自然生态环境及丰富的物产，使嘉兴成为富甲一方的宜居之所。西晋末年众多北方士族的南渡、唐末农民大起义、宋室的南渡都带来大批的北方大族来江南定居，而嘉兴以优良的地理条件成为北方名门望族避难安居的第一站。从嘉兴望族的祖籍地来看，许多家族为移民家族，如海盐的张、董、徐家族，嘉善的郁、曹、俞家族，嘉兴的岳、高、陈家族等。嘉兴从北宋中期到南宋中期，秀州（嘉兴府）人口增长 17.4%，人口密度超过了 20 户/平方千米，明显高于两浙路的平均密度。至清中叶，全府七邑在籍人口为 317 万，每平方千米近 900 人，为全国人口密度最高的府。人口的聚集为文学家族的产生提供了基本前提，一定规模的家族人口关系到家族人才产生的潜在数量。北方大族南迁带来的不仅是人口数量的增长，更有先进的文化理念及家族的管理制度，这些都为后期嘉兴本土文化家族的孕育发展提供了一定的借鉴。

综上可知，地理上的天然优势为嘉兴提供了良好的生存环境及物质保障，再经由物质生产方式这一中介养育了嘉兴居民独特的民性和社会生活格局，进而为地域文化风格的铸造奠定了良好的生态基础。"人类的生活方式，人类创造的文化，不是地理环境单独决定的，而是环境因素与人文环境（社会、历史、心理）的复合创造物。"② 在人类文化的形成过程中，地理环境虽然有较大的制约作用，但人类的社会实践与创造对文化的形成发展有着更强的决定性和选择性。

---

① 魏桥：《浙江名镇志》，上海书店出版社 1991 年版，第 204 页。

② 冯天瑜：《中华文化史》，上海人民出版社 2010 年版，第 19 页。

二　宗法观念与精神传承

中国的社会结构经过漫长的演变至今，由血缘纽带维系着的宗法制度及遗存却长期保留下来。而社会的细胞——"家族"就是其宗法制度的一个缩影，它既是社会结构的基本单位，也是文学生产、消费的基层单位。近代学者钱穆指出："家族是中国文化一个最主要的柱石，我们几乎可以说，中国文化，全部都从家族观念上筑起，先有家族观念乃有人道观念，先有人道观念乃有其他的一切。"①

世家大族之所以能持续几代甚至更长时间的显赫与辉煌，与他们注重宗法教育与精神传承有很大的关系，这包括在父母、兄弟、夫妻、舅姑之间树立孝、悌、贞、顺之观念，以维系家庭成员的和谐关系，保证家族社会秩序的正常进行。同时，家族中的先祖也往往将对子弟的要求以家训的形式写入家谱或家集，以训示激励后人。这些训言大多告诫子孙世守德业，提倡读书，勤俭持家，孝敬友爱，希冀后裔克振家声。此外，一个世家大族还通过一定的家族仪式以密切家庭成员之间的关系。祠堂的出现即是一个重要标志。祠堂的建立具在多种功能，一方面，它为家族子孙提供了婚、丧、寿、喜等仪式举行的场所；另一方面，祠堂也是订立家族家规、商议族内重要事务的所在地。祠堂内往往设立匾额、楹联、碑记以及族规家训，以倡导孝悌、友爱、勤劳、俭朴等为主要精神旨归来约束和激励子孙，同时在祠堂中祭祀共同的祖先也使家族成员之间保持了一种精神上的统一性。据《（光绪）嘉兴府志》记载，嘉兴府在官学机构明伦堂侧先后建有忠义孝悌祠、崇圣祠、名宦祠、乡贤祠，这些祠堂对于传递乡邦文化，凝聚地方文化精神起到了很好的作用。有些祠堂历经岁月沧桑至今仍旧保留下来，海盐的钱家祠堂就是其中之一，钱氏是海盐的一支望族，在明清两代簪缨不绝，人才辈出。钱氏家族十分注重家族的文化传承，其祠堂以耕读传家为主题，堂内设有先祖名人画像、楹联上题有家族训言等以展示钱氏家族的家风和精神内涵。家族每年定期开展祭祀活动，告诫后人不忘先祖遗训及家族的光荣历史，以激励后辈子孙、团结族人。

在嘉兴的一百余支世家大族中，有不少家族有着独特的家学特色及家风，如秀水董氏五世擅诗与画；嘉兴三李名震诗坛，追步文坛朱彝尊；秀

---

① 钱穆：《中华文化史导论》，九州出版社 2011 年版，第 48 页。

水项氏以书画及鉴赏精于时。这些艺文家族通过制定家训、家规、撰写碑文等一系列激励机制使家族才艺风习得以保存及流传。屈疆在《平湖屈氏文拾·先考事略》中谈及："我屈氏世世读书敦行，乡里推为望族。自若仓公后，益究心、理学诸书，不言而躬行，累传勿替，愿汝曹毋坠家声，毋替家学以重，吾不德也不孝，兢兢不敢忘，深以不克负荷是惧。"① 先祖提倡读书重视孝德的家族训言跃然纸上，屈氏家族虽在科举上并不显赫，但其家族子弟屈大成、屈学洙、屈学海、屈世楣、屈世棠等均富有文才，有诸文存世，才德深受乡里敬重，被推为一邑望族。

平湖张氏《忠献公祠后记》中论及了家训教育的重要性："公遗语有云：人道所先，惟忠与孝。又云：幼被家训，粗知仪方。又云：忠则顺天，孝则生福。勤则业进，俭则心逸。又云：学以礼为本，礼以敬为先。子孙闻之，虽二十世以遥，有不奋然兴起者乎？"② 这段话可以看作张氏在乱世后重建家族精神的一面旗帜，提倡忠、孝、勤俭，以礼持家的训言为鼓励后世子孙发奋有为、振兴家族提供了可贵的精神食粮。

图 1-5 嘉兴谭氏家谱书影

注：采自嘉兴市图书馆。

---

① 屈疆：《平湖屈氏文拾》，稿本。

② （清）张元善：《张氏家乘》卷八，民国五年（1916）年刻本，第18页。

　　嘉兴谭氏在《声扬公传》中云："嘉兴谭氏自浙东之山阴迁禾，累传至太仆公而其族始大，其后扫庵、筑岩、舟石、左羽颉颃海内，皆以文章气节名于世，禾中称望族者莫不曰谭氏。三数传后，稍稍中落，然皆克自树立，不坠家声"，并要求"子弟无论智愚，不可不教以读书。四书经史皆可，以闲其邪心，而兴其善念"①。嘉兴竹林高氏也为一支科甲连绵之文化家族，先后出现高道素、高承埏、高佑釲等文化名人，家族中存有《高氏家训》，其中就包括续书香、奖读书、图上进、励官箴、和兄弟、敦族谊、置公产、埋露骨、戒游幕、慎医术十条训言，要求其子弟在耕作之际不忘诵读，其家训包含内容不光只在读书，更有如何为人处世及品德方面的训诫。

　　在诸多世家大族修纂的家谱或家集中，其先祖提得最多的一句即为"勿坠家声，勿失家学"。家规家训在家谱及家集中普遍可见，它成为一个家族的精神符号，警示激励子孙持续不断地进取，以维护家族的声誉及地位，而后世子孙也因祖先取得的荣誉地位而自豪，鞭策自己奋发图强。可以说，一个家族遗留训言的多少及深刻程度直接关系到家族的兴衰。

三　对家族女性的培养及望族的联姻

　　明清时期，西学东渐，社会风气渐开，程朱理学虽仍有较大的影响力，但在江浙经济发展较快的地区，传统礼教对女子的束缚已有了很大的动摇。在明清江南的文化圈里，我们可以发现众多女性的身影。嘉兴一地文风浓厚，家族普遍藏有图书，这给家族女子接受教育创造了良好的文化氛围与客观条件。许多望族之家已开始有意识地培养自己家族的女性成才，以便为日后的望族联姻及女儿成为一个合格的妻子和母亲奠定基础，一个调教得很好的女儿也成为望族声望的一种象征。

　　检索家集文献可发现，多种家集中提及家族女性阅读创作的情况，且不少家集中存留有家族女性的诗文别集。平湖屈氏在家集《平湖屈氏文拾·古月楼诗钞跋》中就记载了家族才女屈凤辉聪颖好学，善吟咏，与丈夫相互唱和的事迹，在屈凤辉病逝后，家中爱惜其才，其夫将她的诗文创作收录整理并汇编成册。秀水的王氏家族堪称典型的文学家族，其家族成员王霭、王璋、王玑、王元鉴、王澄等人均有文集存世，王澄妻吴宗宪是

---

　　① （清）谭之楳：《谭氏家谱·家传》卷五，清光绪三十一年（1905）木活字本，第28页。

一位女诗人，工诗，好吟咏，其家集文献《秀水王氏家藏集十二卷》未因性别而忽视其才华，将其《清闺遗稿》收录家集之中。嘉善钱氏家族中才女甚多，家族男性对她们也十分珍爱，为保存她们的文学创作，家族成员将吴黄、沈榛、蒋纫兰的文集汇结为《彭城三秀集》，以传家族一门风雅。将女性作品列入家集不仅有助于女性才华的展示，提高女性在家族中的地位与价值，更为闺阁文学的传播起到了促进作用。

除女性个人创作外，家族女性诗人群也成为嘉兴典型的文学生态景观。明清之际，以沈纫兰、黄淑德、黄媛介、黄媛贞组成的黄氏女诗人群体及孙兰媛、孙蕙媛、屠范佩、陆宛椝等人组成的孙氏女诗人群以其大量的诗文创作及广泛的交游在整个江南文化圈富有一定影响力；平湖张氏作家群中的鲍诗、顾慈、孙湘宛、沈鑫、张凤、钱蘅生，海盐彭氏家族群中彭琬、彭琰、彭孙婧、彭孙莹、彭贞隐、沈彩等女性作家在当地富有才名，检索《槜李诗系》《全明词》《名媛诗归》《撷芳集》等文集均可见她们的诗文遗存。江南人文地理及家族文化培育了嘉兴才女优良的品性，她们幼染书香，知书达理，多才多艺，更有江南女子的洁身自好和韧性，她们在家族教育方面颇多作为，同时也带动鼓舞男性成员不敢轻易懈怠而逊于女子，从而对家道振兴起到了举足轻重的作用。

女性地位的提高及作用的增强也体现在婚姻之中。在江南望族的文化圈里，门当户对的婚姻仍具有普遍意义。恩格斯研究王公贵族的婚姻行为有一经典论断："结婚是一种政治行为，是一种是借新的联姻来扩大自己势力的机会，起决定作用的是家世和利益，而绝不是个人的意愿。"① 在世家大族中，必定有一群文化精英，他们文化水平普遍较高，因此在婚姻的选择上，他们更倾向于选择知诗书的女子，这一方面是基于夫妻琴瑟和鸣的人生理想，另一方面也是为后代子女优良品性之继承考虑。在嘉兴的百余支文化家族中，世家大族之间的婚姻缔结占有大半，如海盐张惟赤家族与秀水陈德元家族、海盐马维翰家族、海宁杨存理家族有过联姻。张惟赤，顺治十二年进士（1655），所娶秀水陈氏，为秀水陈德元②的孙女。其家族成员或工文章，或经营仕途，在当地甚有影响。后张惟赤之女适海

---

① 中共中央编译局：《马克思恩格斯选集》卷四，人民出版社 2012 年版，第 89 页。

② 陈德元，万历二十六年（1598）戊戌进士，先后任礼部主事、员外郎中、山东按察使、广西巡抚等职。

盐马氏，张氏家族中张宗松娶海宁杨存理之女。秀水黄氏家族与海宁沈淳家族、嘉兴项氏家族、石门吕氏家族、崇德郭鄗家族、乌程潘仲骖家族有过联姻，如黄洪宪子黄承昊娶海宁给事中沈淳之女沈纫兰①，黄洪宪之孙黄卯锡妻项兰贞，为项氏家族中项德成之女，也是一位望族才女。望族之间的婚姻缔结不仅扩大了文化家族的交往圈，也补充更新了文学的血液，使文学的传承有了更好的土壤环境及更大的空间维度。

　　闺阁才女嫁入诗书之家，对家族文学的累积和演进都起到了积极的作用。文化家族的女子有良好的家庭教育，更重要的是，她们可以带来更广泛的家族社会关系，使望族的声誉、文脉、财富得以延续。在这些文学家族中，往往有一两位居于核心地位的女性，她在家族中有举足轻重的身份地位，以其自身良好的文学素养在家族中起到教育子女及倡导族中子女读书赋诗学艺的作用。钱陈群的母亲陈书②就是其中一位。陈书自幼饱读经书，诗词书画皆很出色。嫁监生陈纶光后，育有三子，而钱纶光长期在外任职，陈书留守嘉兴抚育三个儿子，她篝灯课督三子，"口授章句大义"，学完之后，还要熬夜纺织，以补家用。三子后来俱有成就，长子钱陈群中康熙六十年（1721）进士，二子钱峰为贡生，三子钱界中举人，陈书的教育功不可没。再如黄洪宪的子媳沈纫兰，喜作古诗，富有才名。以她为核心，聚集了黄淑德、黄双蕙、项兰贞、周慧贞、项兰贞、黄媛介、黄媛贞等一批才女，她们常以家族为中心组织赋诗唱和，并与吴中叶氏家族、山阴祁氏家族的几位才女展开了跨场域的交往，为闺阁文学的传播起到了重要作用。

---

① 沈纫兰，字闲靓，工诗文，有《效颦集》。父沈淳，字仲丽，为嘉靖三十二年（1553）癸丑进士，福建建宁府推官，选礼科给事中，累迁吏科。

② 陈书，字仲玉，海盐陈尧勋长女，清代女画家，亦工诗，有《复庵诗稿》。

第二章

明清嘉兴望族女性作家群的
形成及生活状态

文学源自生活，研究一地文学的生成及发展规律需要我们首先对这一群体的生活状态有一定的了解，这样才能把握住文学的整体特色和规律。明清嘉兴望族女性作家的大量出现并非短期形成，而是经过了两汉、唐、宋、元时期的积累铺垫及时代对女性要求的提升而逐渐孕育产生。

在明代中后期，造纸技术和印刷技术的提高促进了出版业的发展，江南女性受教育及出版、旅行的机会不断增加，才女文化的消费日渐增多，"这些女性参与到了地区和国家的生活中，主要不是作为经济生产者，而为作为文化生产者和消费者"①。嘉兴作为江南的重要城市，商业和文化的交流十分便捷，经济的发达及重文的传统使得嘉兴在这一时期出现了一大批由官府、书商、文人及民间藏书家经营的刻书作坊，出版、藏书活动十分兴盛。地方文化家族普遍以诗文传家，他们积极参与到刊刻出版业中，以使本家族的文化精髓及家学遗泽后世。

家族中丰富的藏书及崇文的思想观念给这些家族中的闺秀创造了极好的学习成长环境。与此同时，基于"门当户对"婚姻观念的影响及维持望族地位延续的需要，家族男性在其年幼时往往会安排她们接受诗书及才艺学习，以使她们日后获得更和谐美满的婚姻及成为合格的妻子与母亲而做准备，正如《闺秀诗话》所云："闺人工诗虽难，然在书礼之家，亦寻常事。而拘迂俗子，往往秘闺中笔墨，不肯示人，若别嫌明微者。不知男女一例，造物原无所分。自鄙夫淫贱逾闲，行同禽兽，圣人首出，不得不以礼教防之；然仍为小人，非为君子也。但能天真烂漫，不求合礼而自合

---

① ［美］高彦颐:《闺塾师：明末清初江南的才女文化》，江苏人民出版社 2005 年版，第20 页。

礼，则何必分男女哉？"①

　　闺阁女性的生活虽然相对狭窄，但因生在官宦之家，她们也有更多随家族成员宦游的机会，因而她们的眼界相较普通平民女性更开阔，国家社会责任意识也相对更强。因此，作为封建社会的望族女性，较男性而言她们虽也是弱势群体，是受歧视的对象，但在整个女性群体中，她们是一群生活在较优渥的环境，接受了文学熏陶、聪慧识礼的知识女性。

第一节　嘉兴望族中的女性群体

　　中国女性创作实自先秦时代就已出现，但在中国古代封建社会，女性长期生活在宗法社会的压迫之下，她们的才学不被世人重视，也缺少展现自己才学的机会。在封建社会体制中，女性无缘科考并长期被排除在受教育的体系之外，因此在历史的长河中有才学的女性屈指可数。

　　汉代以前仅有极少数女性作家为人所识，直到汉魏六朝始有女性创作的一席之地，这些女性身份多为处于宫廷的王室女子或官宦之妻女，如班昭、蔡琰、左棻、马皇后、谢道韫等，她们所处的社会地位相对较高，有较多接受教育的机会，加上官宦男性的推赏，她们的作品也较易流传下来。至唐宋元时，女性的文学创作有了一定的进展，其女性文集存留数量明显超过前代，在文学创作上出现了鱼玄机、薛涛、朱淑真、李清照、管道升等几位才华横溢、名留青史的才女。据胡文楷《历代妇女著作考》中统计，唐代可考女性作家有22位，存留作品47部；宋代有女性作家46位，存留作品55部；元代有女性作家16位，存留作品17部。这一数量比起男性文人而言虽只是沧海一粟，但令人欣慰的是，其数量一直在不断递增，创作水平也有较大提升，其文学创作主体身份趋于多元，不仅有官宦女子，也有青楼、女冠等贫家女子，这表明文学的接受群体及受教育群体得到了一定的扩展。

一　明清闺阁文学的发展历程

　　自明以降，尤其是明代中晚期，随着城市经济的繁荣、文化世家的不

---

　　①　（清）雷瑨、雷瑊：《闺秀诗话》卷九，王英志《清代闺秀诗话丛刊》，凤凰出版社2010年版，第1123页。

断聚集，一些文化家族为保持本家族在文化、政治上的优势，他们在重视家族子弟举业的同时也开始关注到家族女子的培养。家庭作为主要的受教育场所，女性受教育的机会大大提高了，在文化知识增长的同时也使女性的性别意识及主体意识都有一定程度的增强，她们对文字表达的意愿比以往任何时代都要强烈。尤其是在江南地区，地理位置优越，物产富饶，文化气息浓郁，书法绘画、私家收藏、文人雅集等文化消费活动十分兴盛。因而，才女文化也在丰厚的人文滋养中逐渐孕育。"对无限权威父权制这一神话的更大破坏，来自于女性教育的不断增长和被接受程度，至明末清初，已出现了一个清晰可见的拥有文学和传统教育的闺秀群体。"[1] 据胡文楷《历代妇女著作考》中记载，明代产生女性作家 245 人，近年张清华博士所写《明代女性作家研究》中对这一数据进行了补充，共稽考增补出女性作家 603 人，其中浙江有女性作家 122 人，其总数仅次于南直隶（南京地区）。[2] 这一时期男性文人也开始关注女性创作群体，为使女性作品得到更广泛的了解与传播，不少男性学者加入了对女性作品的收集整理、编纂与刊刻，如钟惺选编《名媛诗归》、郑琰选编《名媛汇编》、江元祚选编《玉台文苑》、周履靖选编《宫闺诗选》等都表明女性作品数量的增多及刊刻价值。女性创作除得到男性文人重视之外，一些有才学的女性在进行文学创作之余，也开始尝试女性作品的采集与编纂，以使女性的声音得到传播。这一时期沈宜修选编《伊人思》、王端淑编《名媛诗纬初编》，她们以女性独到的视角进行选诗、评诗，带有较强的个人情感色彩和主观愿望，展现了女性希望作品流传于世的迫切愿望，有较高的传播价值和女性人文关怀价值。明代出版业的繁荣也为女性文集的保存提供了极大的便利，有些女性作家甚至出身刻书之家或丈夫从事刻书业，如桑贞白的丈夫周履靖曾在杭州设有荆山书林，刊刻《夷门广牍》162 卷，覆盖内容十分广博。

至清代文坛更是闺苑艺盛，蔚为大观。清代自康乾以来，国家政治平稳、经济实力增强，封建王朝达到最为鼎盛的时期。政治局面的稳定及经济的繁荣也极大地促进了文学艺术的发展，女性创作人数急剧增加，远超

---

① ［美］高彦颐：《闺塾师：明末清初江南的才女文化》，江苏人民出版社 2005 年版，第 13 页。

② 张清华：《明代女性作家研究》，博士学位论文，上海师范大学，2011 年。

前几代之总和。据胡文楷《历代妇女著作考》统计，清代有女性作家共计3761人，后史梅女士又通过考证增补118人，近4000家。这一现象表明，女性作家已作为一个被认可的群体，以其独有影响力在文坛崛起。其中，浙江女性是一支重要的创作力量，她们占到总数的50%左右，与明清时浙江一地经济的发达、人文学术思想的活跃互为表里。这一时期的女性创作主体主要为闺秀、妓女和尼姑三类，其中家族闺秀已当仁不让成为创作主力。

与此同时，闺秀总集、选集、别集的刊印都达到了高峰，其中较为大型的闺秀文学总集有汪启淑纂《撷芳集》80卷，入选闺阁作家达1853人；完颜恽珠编《国朝闺秀正始集》20卷，收明末至道光年间女诗人593人；徐乃昌辑《小檀栾汇刻百家闺秀词》，收女词人100家，堪为清代闺秀词总集，后徐氏又进行辑录补遗，于宣统元年续编成《闺秀诗钞》16卷，得闺阁女词人521家；另有黄秩模编《国朝闺秀诗柳絮集》，内收女诗人1942人，成为现存规模最大的清代女性诗歌总集。以上大型闺秀文学总集及选集的编纂刊印，体现出清代闺阁文学的兴盛与女性创作之丰厚。另在个人文集的刊刻上，女性文集也"超轶前代，数逾三千"，诗词别集就更难以计数了。

不少男性学者加入女性诗文集的搜集、文本整理与评点，如雷瑨、雷瑊编《闺秀诗话》《闺秀词话》，陈维崧撰《妇人集》，袁枚撰《闺秀诗话》等。女诗人加入创作、编选、评点闺阁文学作品的队伍也不断壮大，如季娴辑《闺秀集初编》，内收明代闺秀75家；孙蕙媛、归淑芬、沈贞永、沈栗编《古今名媛百花诗馀》，内收明清女词人73家；黄德贞、归素英编《名闺诗选》；施淑仪将闺秀事迹及诗文评点汇编成《清代闺阁诗人征略》，收录了清代1260余位闺阁女性诗人；沈善宝纂《名媛诗话》，收录、品评明末至咸丰年间闺阁女性文人760位；单士厘编《清闺秀正始再续集初编》4卷，收录闺秀308人。

以上丰富的闺秀文学创作及文本的整理汇编都体现了明清两代闺阁文学的兴盛，女性作为一支独立的创作力量已日渐为文坛所重视，闺阁女性的才情与智慧也渐为世人所认可。清代女性文学之盛对传统妇女观有着极大的冲击，女性的生命价值与自我意识得以重新认识和体现，这也为日后女性的思想解放奠定了基础。

二　嘉兴望族女性作家群的形成

在整个明清江南的闺阁女性创作群体中，嘉兴望族女性作家占据了不小的比重。这些女性作家的大量出现是随着嘉兴望族的不断聚集、女性受教育群体的扩大及社会对才女文化的普遍认可后逐渐形成的。

两汉以前，嘉兴地处吴越交界之地，因远离北方的经济与政治中心，经济发展相对滞后。这一情况至三国及南朝时期有了一定改变，北方因战争原因遭到较大的破坏，而南方因偏安一隅而得到相对较好的生存发展条件。西晋末年，由于政治腐败，社会矛盾十分尖锐，加上北方匈奴趁机挑起战乱，导致"五胡乱华"的混乱局面，这一时期北方人民大量南迁，其中就包括不少皇室贵族、官僚地主及文人学士，如王羲之、谢安、孙绰等家族，这些南迁的北方移民同时还带来先进的生产技术，有力促进了南方经济的发展。汉晋时期，吴郡出现了陆、顾、张、朱四姓名族。

隋唐时期，随着京杭大运河的开凿，嘉兴获得极大的交通便利，优越的地理位置使嘉兴成为沟通南北的重要城市。唐代嘉兴已成为中国东南的重要粮食产区，农业、手工业的发展也促进了城市经济的繁荣，嘉兴被称为"江东都会""浙西首藩"绝非过誉。交通的便利、经济的发达给嘉兴的文化发展也提供了优良的生活环境和物质条件，嘉兴的人才数量得以不断增长，据《浙江省教育志》所载，唐代浙江共录取进士 65 人，其中嘉兴就有 11 人，占到总数的 17%。[①] 而这些进士大多数来自地位显赫延续久远的科举世家，如唐代进士陆贽、陆宬就是来自嘉兴陆氏家族的杰出代表。五代时期，浙江共产生进士 7 人，其中嘉兴占了 2 人，占到总数的35%。这些让人侧目的数据表明唐代以来嘉兴文风炽盛，才俊辈出，科举业已逐渐成为嘉兴士子从事社会政治生活及文化活动的一项重要内容。因科举而起家的家族也慢慢在政治及文化上占据了极大优势，他们拥有较高的社会地位和丰厚的文化资源，子弟在学习教育上有得天独厚的条件。唐末大批北方士族的南迁也是促进嘉兴文化发展的一个重要因素。唐代末年引发的"安史之乱"极大地打击了北方士族，导致诸多北方士族大举南

---

① 浙江省教育志编纂委员会：《浙江省教育志》，浙江大学出版社 2004 年版，第 1092 页。

迁，"天下衣冠士庶，避地东吴，永嘉南迁，未盛于此"①。其中，一些北方士族如卫氏，本为齐人，唐末时避乱秀州，其后裔卫泾为南宋孝宗淳熙十一年（1184）状元，后成为南宋大臣。还有谢氏，原为河南陈留人，也为唐末时迁入嘉兴。

宋代，嘉兴因偏安一隅，受到战争的破坏较小，嘉兴的经济得到持续的发展。农田水利建设得到进一步改善，耕地面积进一步扩大，从宋开始，嘉兴已经是我国重要的粮食生产基地和纳税大户，丝织业、手工制造业、酿酒业、造船业在全国也名列前茅。城市规模也逐渐扩大，"环城皆濠，有七十五桥三十五坊，舟车财货丰阜"②。政治中心的南移使大批北方望族南迁，这对嘉兴地方文化走向鼎盛起了有力的推动作用。自宋室南迁以来，有大量的北方世家大族迁居江南定居，嘉兴以其优良的地理环境成为北方大族定居的第一站。"随着宋室南渡，浙江成为全国政治经济中心，也使浙江文化获得空前的发展机遇，其繁盛自然远居他省之上。"③据一些家族的家谱文献记载，如汤阴岳氏、洛阳项氏、浔阳陶氏、颍川陈氏、广陵盛氏、河南萧县高氏等家族经扈跸南渡而迁入嘉兴，黎阳郁氏迁入嘉善、汴梁戚氏迁入平湖、开封吕氏迁入桐乡等，这些世家大族与当地望族一起组成了一张庞大的世家大族网络，他们有些与当地的望族通过婚姻的形式联结在一起，在文化上进行相互的交融，而这个传递的中介就是家族的才女们。

据胡氏统计，唐、宋、元三朝共计有女性作家 84 人，她们主要来自京畿的宫廷才媛或官宦之家的才女，其中少量为尼姑、女冠和娼妓女子。浙籍女性作家在唐宋元三朝共计 16 人，其中唐代仅有 2 人，宋代有 12 人，元代 2 人。从地域上看，主要分布在杭州、湖州、丽水、金华，嘉兴籍望族女性作家在唐宋元三朝均表现沉寂，女性作家数量屈指可数，但这一情况到明代时有了很大的突破。

明清两代嘉兴的经济与文化达到鼎盛时期。明代中后期，嘉兴商品经济发展活跃，工商业及市镇勃兴，嘉兴已成为明代最繁华的工商业城市之

---

① （唐）李白：《李太白诗集注·为宋中丞请都金陵表》卷二十六，影印文渊阁四库全书本第 1067 册，台湾商务印书馆 1986 年版，第 630 页。

② （清）许瑶光：（光绪）《嘉兴府志》卷四，清光绪五年（1879）年刻本，第 5 页。

③ 陶水木：《浙江地方史》，浙江人民出版社 2012 年版，第 124 页。

一，被时人誉为"浙西大府"。入清后，嘉兴的社会经济有了不同的恢复与发展，后经过"康乾盛世"的整治，嘉兴的经济与文化已达到顶峰。因优越的地理位置和自然环境，明清时期迁入嘉兴的望族是比比皆是，如嘉善徐氏，原籍安徽绩溪，其先世于清初迁于嘉善魏塘；嘉兴张氏，明代以来，其后裔遍居嘉兴城乡各地；嘉兴李氏，先世为江阴人，明洪武初年（1368）一派始迁至嘉兴定居，后清代李绳远、李良年、李符均为其族人。经历代望族的聚集，在明清两代，嘉兴一地出现了一百五十余支世家大族，这些世家大族大多注重家学，其中不少具有深厚的学术根底，有些甚至延绵一二百年长盛不衰，成为嘉兴文坛的主导力量。伴随着地方望族的聚集，在这些文学家族中，开始出现众多闺阁女性的身影，如秀水钱氏、李氏、黄氏、朱氏，嘉善钱氏，平湖屈氏、高氏，桐乡孔氏、陆氏，海盐彭氏、吴氏、朱氏，嘉兴沈氏等。

笔者据《历代妇女著作考》《明清两代嘉兴的望族》《槜李诗系》《续槜李诗系》《两浙輶轩录》《两浙輶轩续录》，以及闺秀女性诗文总集、选集、诗话等作品的考证，现查阅出嘉兴在明清两代共产生了 765 名女性作家，其中家族闺阁作家有 374 人之多，占到总数的 48.6%。其中明代有闺阁作家 32 人，清代有闺阁作家 342 人。在这些闺阁作家中，又以家族群为代表特征，即在一个大家族中由因血缘关系成长于本家族内的女性及因婚姻关系而进入家族内的女性组成的闺秀群，她们相互构成了母女、姐妹、姑嫂、婆媳、妯娌的关系，这些家族女性因才华水平的相似及亲密的家族亲属关系而形成天然的纽带。在大家族中，她们有更多家庭的唱和及彼此酬赠赋诗的机会，与有才华的丈夫进行文学切磋也有力地增进了其诗文创作水平，有些女性甚至能够刊刻个人诗文集或对女性的作品文本进行收集整理汇编，她们在文坛的活跃表现构成了典型的嘉兴望族女性作家群现象。据笔者目前的考证统计，明清两代，嘉兴孕育了秀水黄氏作家群、嘉兴钱氏作家群、平湖孙氏作家群、平湖张氏作家群、嘉善钱氏作家群、嘉善孙氏作家群、桐乡孔氏作家群、桐乡劳氏作家群、桐乡严氏作家群、桐乡汪氏作家群、海盐彭氏作家群、海盐朱氏作家群等十几支规模较大的文学家族群落。

第二节　嘉兴望族女性的家庭生活

"家庭作为学术知识集纳地，极大地增加了女性接受儒家经典、哲学和历史教育的机会。明末清初所有最多产的女诗人和作家，都受益于她们家庭的文化资源。"① 因而，家庭生活是嘉兴望族女性生活的一项重要内容，也是了解她们思想及人生轨迹的一扇窗口。

在封建时代，这些望族女子从出生始至长大成人会被灌输传统的妇德教育，在幼年时学习《闺范》《女诫》《女德》之类的训言，以约束她们的行为。除了基本的诗文学习外，有条件的望族女子还能学习绘画、书法、音乐、刺绣等才艺。至婚嫁年龄，她们往往会在父母的指授下进行婚配，过着柴米油盐、相夫教子、侍奉公婆的生活。如遇得丈夫与自己情投意合，鸾凤和鸣，那将是女性一生的幸运，她们也能在家庭中受益良多；反之，如遇丈夫早逝或不够体贴，她们也只能逆来顺受，苦寂一生。望族女性还有着一般女子没有的特殊待遇——宦游，她们中的一部分人能够随父、随夫或随兄借外出做官的机会而一路陪伴，游历山水，增长见识。此外，有些望族女性还在家中管束不严时，相邀到附近踏青郊游。因而，她们的家庭生活相对平民女性而言更加丰富，虽然她们同样受到传统礼教的约束，但较之其他生活更为封闭的女性而言，望族女性的创作视野显然开阔许多，人生阅历更为广泛，对生活的体悟与感受也更加多样，因而她们的诗文包含着较为丰富的题材、更深沉的情感和更阔大的胸襟。

一　早慧，幼禀庭训

纵观嘉兴望族家庭的女子，她们多数能诗擅文，有些还工书画、琴谱等艺术，这些才艺的获得大多得益于其早期的家庭教育与秉承的聪慧天资。在嘉兴的世家大族中，家族男性成员普遍重视子女的早期教育，尤其是在明清江南文化圈中，"才、德、美"已日渐成为衡量一名才女的标准，望族家庭因此也会把家中女儿的培养提到一个重要的位置，幼教就成为一个不可或缺的环节。

在嘉兴的 342 位望族女性中，据各种史料记载其年幼早慧或幼受庭训者有 46 人，占到总人数的 13%。海盐张步萱，字贻令，号纸田，张上发女，诸生李步云室，"纸田幼慧好学，读书能明大义，为诗本性情，参以

① ［美］高彦颐：《闺塾师：明末清初江南的才女文化》，江苏人民出版社 2005 年版，第165 页。

古法，不入时趋"。① 陆瞻云，字蘅矶，康熙进士陆莹清长女，嘉善沈麟振妻，年八十一卒。瞻云自幼读书，精通义理，著有《周易注》《适吾庐诗存》。海盐彭孙莹，字信芳，彭原广与刘氏女，庠生徐复贞妻，女诗人彭孙婧妹，礼部侍郎彭孙遹姊，徐统原、诸生徐拔慧母。"幼颖慧，娴文史，其诗词隽永，著有《碧筼轩诗草》"。②

　　还有些望族女性年幼时即继承家学，成为一个家族家学的代表人物，如张苕荪、朱钰、陶罨、钱与龄等。张苕荪（1843—1871），字月娟，平湖人。兼葭围张氏第二十五世张定闺女，张湘任从女，岁贡张金圻妹，张金澜从妹，胡乃柏继妻，张宝珊、张文珊从姊妹。"幼承其家学，女红之遐，耽于吟咏，著有《饯月楼诗钞》一卷。"③ 朱钰，字双璧，号研溪，又号餐花女史，嘉兴人。朱阶吉次女，女诗人朱莹妹，嘉兴谢雍泰妻。著有《无为室吟稿》《十六国春秋吟》《裁红阁骈体文》《留云居诗稿》《籁阁诗》十卷、《餐花仙史遗稿》（均未见）。《两浙輶轩续录》评曰："女史幼承家学，博通经史。所著诗、古文、词能踔扬艺苑，倾倒群英，在闺阁中不可多得。"④陶罨，字翠娟，秀水闻川人。画家陶琳与沈道娴长女，陶豁姊，女画家沈玉珩姨母。陶罨自幼濡染家学，嗜画花卉，模仿元人小品，辄清洁有致。并嗜作诗，秀雅可诵，著有《翠娟吟稿》。钱与龄，字九英，嘉兴人，钱陈群孙女，举人钱汝恭女，大理寺丞、吴江蒯嘉珍妻。著有《闺女拾诵》《仰南楼闻见集》。《黎里续志》卷十载："少承曾祖母南楼老人家学，尝署所居曰'仰南楼'。复得从兄籫石宗伯指授，无纤媚柔弱之态。工诗，不多作。"⑤

　　由此可见，在明清时期的江南文化圈中，一个调教很好且富有才学的女儿也成为精英阶层进行比较和竞争的一个部分，这些世家大族都希望自己的家族在这样一个大的文化圈中不会被淘汰出局而加强自身综合文化素质的培养。嘉兴也不例外，从望族的联姻我们可以看出，嘉兴与环太湖流

---

　　① （清）胡昌基：《续槜李诗系》卷三十八，宣统三年（1911）刻本，第36页。

　　② （清）许瑶光纂：（光绪）《嘉兴府志·才媛》卷七十九，《中国地方志集成》，江苏古籍出版社1990年版，第569页。

　　③ （清）潘衍桐：《两浙輶轩续录》卷五十四，《续修四库全书》1687册，上海古籍出版社1995年版，第241页。

　　④ 同上书，第200页。

　　⑤ （清）蔡丙圻：（光绪）《黎里续志》卷十，光绪二十五年（1899）刻本，第3页。

域的苏州、无锡、湖州及松江几地的姻亲往来和文化交流十分密切，家族才女成为沟通不同家族间学术与文化的一个重要媒介。

二　琴瑟和鸣的伙伴式婚姻

在中国封建时代，婚姻常常讲究门当户对，望族更加重视婚姻的联结，婚姻甚至成为加强巩固望族地位的一种策略。通过伙伴式婚姻的缔结，不仅可以扩展、加强望族之间的社会关系网络，传承望族优良的文化基因，此外伙伴式的婚姻相对而言也更为稳固和谐。"婚姻纽带的重要性，也成为众多望族家庭甘愿投资女儿教育的一大原因。调教很好的新娘是文化资本的一个引人注目的形式。"①

闺秀女子的婚姻较之平常女子更具备获得幸福美满的条件，他们自幼就受到家庭的良好教育，熟读诗书，知书达礼。因而，婚后她们能够与丈夫探讨诗歌、绘画、书画等，有着更多精神层面的交流。在生育子女后，她们以自己的禀赋，还能成为一个贤良的母亲，承担起教育子女的重任。正是具备自身良好的文化素养，望族女子的婚姻更有伉俪相得，琴瑟和谐的可能。翻阅《槜李诗系》《两浙輶轩录》《清代闺秀诗人徵略》等文献可发现，望族女性中夫唱妇随的幸福婚姻常常可见。

举人沈麟振室陆瞻云，自幼读书，于诗尤工，吟稿甚富。"适同里沈孝廉玉园，日以诗文相倡和，白头偕老。"②嘉善陆观莲适布衣叟丹生，"夫妇二人偕隐于震泽西村，有池尚存，草屋萧萧，烟火时绝。比舍闻欢笑声，则雨鬟诗成，山夫击节而歌，林鸟山鹤，一时惊起。"③翰林院侍讲张金镛室钱蘅生，幼受庭训，读古唐诗数百首。归侍讲，乃以诗相唱和。侍讲尝绘《竹窗留月夜》，评诗意为图。夫妻两人感情甚为深厚，张金镛在京师为官时，钱蘅生则侍姑沈太夫人于家。道光二十六年（1846），钱蘅生病逝，为悼念其妻，张金镛在文集《躬厚堂》集中专书《梦鸳词》一卷以记。钱蘅生又工绘事，张金镛尝绘《秋窗论画图》以纪其事。嘉善沈栗，陈仲严室，沈栗诗词皆工，"归诸生陈仲严，绮窗联

---

① ［美］高彦颐：《闺塾师：明末清初江南的才女文化》，江苏人民出版社 2005 年版，第 167 页。

② （清）胡基昌：《续槜李诗系》卷三十八，宣统三年（1911）刻本，第 1 页。

③ （清）施淑仪：《清代闺阁诗人征略》卷一，民国十一年（1922）铅印本，第 23 页。

句，刻烛拈阄，称为一时佳话"①。桐乡张俪青，乌程诸生沈思美室。《桐乡县志》载："俪青素工吟咏，与夫少年伉俪，情好甚笃。尝于春暮并坐红窗，扫笺涤砚，以唱酬为乐。"②平湖鲍诗，字令晖，适监生张云锦。鲍诗生于望族之家，"姊妹四人俱工书，而诗尤有声，香奁间画，亦点染有致。适张铁珊，伉俪相唱和，雅擅和鸣之乐"③。嘉兴李璠，字瑶圃，为贡生李日华女，张之梁室。《石濑山房诗话》载："瑶圃性敏慧，通习《孝经》《毛诗》《小戴记》《列女传》诸书，尤酷嗜唐人诗。脱口辄谐声律，复秀丽有致。适同里张文石，治家有法，闺阃之内自相倡和。"④还有海盐宫婉兰，进士伟谬之女，与其夫冒褒"曲室唱酬，才情朗畅，伉俪之笃，亚于埙篪矣"⑤。

西窗共剪、曲室唱酬、比翼双飞，望族女性与丈夫情投意合的婚姻令人称羡。望族女子较平民女子有更高的知识平台，她们以自身的文采增加了与男性对话的机会，也更易成为一位受人尊重的妻子，她既是"一位家内的良伴，一位熟练的持家者，也是其丈夫的心灵伴侣。她是新女性——才、德、美的家内化身"⑥。可以说，婚姻是这些望族女性一个新的人生起点，也是文学创作的一个新契机，与丈夫的诗文唱酬研讨在一定程度上增加了女性文学创作的机会，同时也给了她们一个提高创作水准的良机。

三　母教，课子

为使家族长期保持兴盛不衰，望族家庭十分重视子弟的学业，以使他们在科举上有所作为，从而延续政治文化上的优势地位。在明清嘉兴的望族世家中，家庭教育是一个极为重要的方面，而承担此项重任的多半为母亲。因此，督子课读以习举业便成为闺阁女性的一项重任。她们不仅用丰

---

① （清）潘衍桐：《两浙輶轩续录》卷五十四，《续修四库全书》1687 册，上海古籍出版社 1995 年版，第 219 页。

② （清）严辰：（光绪）《桐乡县志》卷十八，《中国地方志集成》第 23 册，江苏古籍出版社 1991 年版，第 801 页。

③ （清）胡基昌：《续槜李诗系》卷三十七，宣统三年（1911）刻本，第 35 页。

④ 同上书，第 27 页。

⑤ （清）施淑仪：《清代闺阁诗人征略》卷二，民国十一年（1922）铅印本，第 7 页。

⑥ ［美］高彦颐：《闺塾师：明末清初江南的才女文化》，江苏人民出版社 2005 年版，第 193 页。

富的学识教习自己的子女，在为人处世方面，她们也亲自做出表率，以树立良好之家风。母教，成为望族闺秀一个重要的生活内容。

嘉兴望族中不少女性以身垂范，教子学习，不遗余力。嘉兴钱仪吉室陈尔士，字炜卿，余杭人。"炜卿幼习经史，工吟咏。仪吉居京师，丁艰奉枢南归。炜卿独居邸第，肃厘家政，督子保惠读，不中程度，夜不得息。体素羸弱，积瘁成疾。殁前一时，犹令幼子读《易》床下，论说如平时。"① 桐乡孔传莲，县丞冯锦继室。生平工诗，善笺札。时"锦在宜川，以勘赈积劳，感时疫，误医成痼，归竟不治。氏维持调护至三十余年始卒。翁景夏官江苏粮道藩司，氏皆随侍。每遇大宾祭，辄命主中馈事。逮引疾归里，夫弟铨供职铨曹，氏率孙浩左右侍养，朝夕承欢。殁后哀毁尽礼。课浩读书极严，每训之曰：'汝父既病废，汝若不成人，吾复何望？且如祖父母之嫡系何？'故浩得发名成业，皆母教也"。② 桐乡沈廷光的妻子孔继瑛，字瑶圃，巡道沈启震之母。"瑶圃工书善画，夫远游，课子读书，而身率小婢终夜纺织。尝有句云：'窗下看儿谈《鲁论》，灯前教婢捡吴棉。'又'夜枕先愁明日米，朝寒又典过冬衣'。皆当时实事也。"③ 桐乡贡生施曾锡之妻金镜淑，施曾锡二十九时病亡，其子施福元才七岁，金镜淑独自抚养福元长大。虽然身处困境，但她并未放松对儿子的教育。《乌青镇志》载："课子极严，督作课文，每至夜分不休。福元后登贤书，应召试高等，入四库馆，氏皆及见，咸谓母教所成，且彰节孝之报。"④ 嘉兴闺秀沈鑫，张湘任妻，张金镛、张炳堃母。"自幼明大义，兄弟姊妹间有疑事，皆赖以决。其训子有云：吾祖宗以浩气为人，吾儿读书入仕，正谊不谋利，吾之愿也。又尝言，仁为人心，须臾不可离。言重词复，皆合经旨。"⑤

这些才情女子以自己坚韧的毅力和自己丰富的学识不遗余力地教育子女，使得子女得以秉承家族的优良传统，勤学苦读，终成良材。在她们的

① （清）潘衍桐：《两浙辅轩续录》卷五十三，《续修四库全书》1687 册，上海古籍出版社1995 年版，第 187 页。

② （清）施淑仪：《清代闺阁诗人征略》卷三，民国十一年（1922）铅印本，第 2 页。

③ 同上书，第 3 页。

④ （清）卢学溥：《乌青镇志》卷三十一，民国二十五年（1936）刻本，第 79 页。

⑤ （清）潘衍桐：《两浙辅轩续录》卷五十三，《续修四库全书》1687 册，上海古籍出版社1995 年版，第 201 页。

诗文中，常可见其辛勤课子的诗句。海盐庠生杨玢妻钱氏，她在《夜课儿子读书》一诗中记录下自己课子的情形：

> 稿砧永诀已经年，窃拟长斋绣佛前。帘外雪飞声淅淅，檐端雨滴泪涓涓。
>
> 米珠薪桂忧何益，画荻丸熊志独坚。儿辈不知尘世事，摊书解诵蓼莪篇。①

嘉善金兰贞，字纫芳，举人王丙丰妻，工诗善画，秀骨天成。她"年二十三归王家，贫，早寡。衰姑年七十。女史以针黹佐甘旨。又值寇难，流离困苦，侍奉维谨。抚孤成立，入邑庠"②。在《自题寒窗课子图》一诗中她写尽教子读书的辛苦：

> 刀尺声中二十年，篝灯课子读遗编。一帘明月寒侵影，半夜邻鸡听未眠。
>
> 历尽冰雪惟汝望，况逢离乱有谁怜。展图顿触当时感，墨泪和来洒素笺。③

这些女性将教子成才当成一项自己的事业，她们不仅亲自陪子女读书至深夜，有些还要操持家务捡棉纺织，十分辛苦，但她们不畏艰辛，教子成才的意愿十分强烈，因为子女代表着家族的希望与未来，也是望族世家得以文化传承延续的根本。

四　宦游与赏游

闺秀女性一般与外界接触相对较少，她们接触对象也仅为自己家庭内部的成员，外出机会不多，仅有节假日的出游或随父、兄长或丈夫外出做官而宦游外地。宦游成为闺秀不可多得的一份人生经历，不仅开阔了她们

---

① （清）胡昌基：《续槜李诗系》卷三十七，宣统三年（1911）刻本，第16页。

② （清）潘衍桐：《两浙輶轩续录》卷五十三，《续修四库全书》1687册，上海古籍出版社1995年版，第189页。

③ （清）金兰贞：《绣佛楼诗钞》，清光绪二年（1876）刻本。

的眼界，也丰富了她们的文学创作素材和生活体验。这在普通妇女身上是不可能实现的。在中国的封建社会，妇女一直处于男权的压制之下，她们的思想和行动均受到很大的约束和限制。尤其是在"帝国中国晚期，所有社会阶层都认为，妇女的幽居以及在家内外使男女分隔不仅仅是'敬'的标志，而是维持社会公共道德的核心因素。女性的领地是家'内'，男性的领地是家'外'，二者是互补的，因而'男不言内，女不言外'"①。

　　明清时期，嘉兴望族女子外出游玩的机会同样非常有限，除非遇七夕或赏春时节女子方可外出。据《嘉兴府志》记载："春分后戊日为春社，田家醵钱为会，牲醴赛神，以祈丰稔。是月，妇女多出游，曰踏青。"②另有些地方节日，如上巳节，"三月三日闻蛙鸣，米贱。是日，竞往小武当进香"。另有避青节，"三日戴荠花，入夏头不晕。是日，妇女出避于外，曰避青"③。在七夕节时，"妇女结彩缕穿针月下，陈瓜果，祀牛女星曰乞巧。捣金凤花染指甲。女子于月下穿针，三穿而过者，谓之得巧"④。这些节日包括踏春、敬神、看戏、观灯、诗会等，女子一般可以外出活动。除此以外，女性大部分时间都处于与外界社会隔绝的状态，只能与家族中有血缘关系的亲属进行近距离的交流。

　　但是，"只是有特权的少数女人有这样的自由，而由于她们能到广阔的天地，奇妙的自然中去，常常被她们那些更与世隔绝的朋友所羡慕"⑤。在嘉兴的望族女性中，也仅有少部分女性有着这种特殊的经历，她们可以跟随父亲或兄长或丈夫外出随宦游历。云南顺宁府知府严廷玉之女严永华，"幼有至性，通书史大义，十余龄即娴吟咏。父殁，随兄谨石阡府任"⑥。嘉善金兰贞（1814—1882），字纫苏，青田教谕金韵铃女，平湖举

---

　　① 白馥兰：《技术与性别：晚期帝制中国的权力经纬》，江苏人民出版社 2005 年版，第99 页。

　　② （清）许瑶光纂：（光绪）《嘉兴府志》卷三十四，《中国地方志集成》第 12 册，江苏古籍出版社 1990 年版，第 818 页。

　　③ 同上。

　　④ 同上。

　　⑤ 白馥兰：《技术与性别：晚期帝制中国的权力经纬》，江苏人民出版社 2005 年版，第144 页。

　　⑥ （清）潘衍桐：《两浙輶轩续录》卷五十四，《续修四库全书》1687 册，上海古籍出版社1995 年版，第 187 页。

人王丙丰妻。她幼随父括苍任，诗、画学皆承父学，著《绣佛楼诗钞》。徐蕙贞幼随父宦粤东，读书不辍。《嘉兴历代人物考略》载："生有异禀，聪颖绝人，经书过目成诵。幼年随父宦粤东，读书不辍。精书法，兼工吟咏，尤长于书札。"① 石门才女吴芬、吴芳幼时随父宦秦中。《嘉兴府志》卷七十九载："幼聪慧。随任秦中，曾贯休沐授以《毛诗》《历朝诗选》，兼与讲论史学，故所著多咏史作。"②《（光绪）石门县志》卷九中记："吴芬性淑慧，父授经史，一过即成诵。幼好杜少陵诗，诗笔苍劲。尝从父宦秦中，跋涉数千里，随耳目闻，见山川风俗，一发之于诗，题曰《西书诗稿》，曾贯尝出以示僚友，见者不知其为闺女诗也。"③ 丰富的途中所见所闻增加了她们诗文创作的素材，在她们的笔下异地的风景、山川风物都可以成为歌咏的主题。

还有些望族女性随夫宦游。嘉善王允执，字舜华，号散花女史，舜华潜心书史，手不释卷，年十八归邑丞曹锡祺，曾随官入蜀。湖北孝感知县钱塘宗景藩室黄珏，"通书史，善绘事，仕女尤工。归子城大令，后随宦楚北。兼得依严亲膝下，极尽孝养"④。

在清代中晚期，对女性外出的限制有一定的放松，除了随家人的宦游经历外，还有不少望族女性约着同伴外出游览当地风景，当然这一般是不被家规所允许的，但有时也有一定的空隙，偷偷地出游成为她们的一种乐趣。阅读晚清时期嘉兴望族女性的诗文可发现数量不少的游览诗作。平湖望族闺秀张凤的三个女儿高孟瑛、高红珊、高佩珩，能诗文，喜游玩，母亲张凤才情甚高，本身爱好游赏作诗，登山、观海、郊外踏青主题常在她笔下出现，三个女儿在诗文方面秉承了母亲的聪慧灵气，天真烂漫的她们常借礼佛之机或闲暇时间相约外出游玩并赋诗，姐姐高孟瑛作有《登陈山最高顶作》《观山望海歌》《镇边楼》，妹妹高红姗作有《游陈山寺次杜少陵铁堂峡韵》《瑞泉亭》二首，妹高佩珩作有《观山望海歌》《访万松台遗址》《观涛阁怀古》等作品，从中可窥见这些家族才女登山、观海、登

① 傅逅勒：《嘉兴历代人物考略》，嘉兴书局出版 2005 年版，第 523 页

② （清）许瑶光纂：（光绪）《嘉兴府志》卷七十九，《中国地方志集成》第 12 册，江苏古籍出版社 1990 年版，第 571 页。

③ （清）余丽元纂：（光绪）《石门县志》卷九，《中国地方志集成》第 26 册，江苏古籍出版社 1991 年版，第 380 页。

④ （清）胡昌基：《续槜李诗系》卷三十八，宣统三年（1911）刻本，第 25 页。

楼、礼佛、访古等丰富的闲暇生活。

　　崇德徐蕙贞幼时聪颖过人，经书过目成诵。她有诸多游玩的经历，其诗作《九日登凤凰台晚眺》《夏日泛西湖》《游兴未尽叠前韵》可看出她丰富的闲余生活。吴江蒯嘉珍妻钱与龄为嘉兴钱氏家族的一位闺秀，她为钱陈群的孙女，举人钱汝恭之女。她曾随夫宦游，在闲暇之余，她还与丈夫一起游历与礼佛，其诗《同外子游湘山寺礼佛》二首，《舟次银江对月同外子作》即是她外出游历的写照。桐乡徐咸安，徐钧次女，南浔张钧妻，生活于清代末年。咸安喜游历，她曾在杭州多处游赏，写下了《云栖寺》《晓登五云山》，此外在她的诗文集中留下了大量的游赏写景之作，如《春日出游》《郊外闲眺》《适园梅盛开》等，透视出这位望族闺秀在家庭空间之外的生活趣味。

　　这类游览诗往往自然灵动、情景交融、意境开阔，极大地增加了诗歌的意趣和想象的空间。外出的游历增长了她们的见识，丰富了她们的情感，同时也加强了她们与社会之间的联系，使这些望族女子有更多的机会感受大自然的美妙和民间百姓生活的疾苦，在她们的笔下，游历成为一个不可多得的主题。这类诗文因濡染了山川的风云之气，其情感更为深沉浑厚，也更具文学的现实性与社会性。

第三章

嘉兴望族女性的精神
世界与文学创作

"文学是艺术的基本样式之一，亦称语言艺术。它以语言文字为媒介和手段塑造艺术形象，反映现实生活，表现人们的精神世界，通过审美的方式发挥其多方面的社会作用。"① 西晋陆机在《文赋》中提出："诗缘情而绮靡，赋体物而浏亮。"② 他认为，诗歌创作是因情而发，言为心声，是诗人内心情感及精神世界的反映。探讨嘉兴望族女性的文学创作首先应关注她们所处的时代、了解她们的生活状况、精神面貌，这样才能从总体上把握她们创作的题材、风格及形成原因。

身为中国封建宗法制度下的女性，她们深受男权的压制和束缚，"三纲五常""男尊女卑""女子无才便是德"等思想观念成为套在女性身上沉重的精神枷锁，有不少女子甚至因抑郁、精神焦虑、忧伤过度而早早去世。在"父母之命、媒妁之言"的婚姻制度下，女性在婚姻的选择上也是毫无自由可言的，成婚后，她们则必须做到"孝、悌、贞、顺、柔"以使夫家满意，而在婚姻中失去丈夫或丈夫有恶行的女性，她们也只有逆来顺受，在孤独悲苦中度过凄凉的一生，守孝与守节是对她们的基本要求。望族女性也不例外，她们虽较平民女子有更高的社会地位，但宗法体制的制约对她们同样存在，有些闺阁女性因学识较多反而更容易导致精神层面的痛苦。

在明清嘉兴望族女性的文学创作中，由于受到时代、制度的束缚，她们的生活常常是不自由的，狭窄的生活空间及眼界，使她们的创作内容大

---

① 胡乔木：《中国大百科全书·文学条》，中国大百科全书编纂委员会，1993 年版，第 1 页。

② 张少康：《中国文学理论批评史资料选注》，北京大学出版社 2013 年版，第 71 页。

多数还停留在闺房及庭院之中，吟风弄月、春恨秋愁、咏物感怀是她们笔下常见的主题，而在沉重精神桎梏下的望族女性书写，不可避免地带有浓重的消极悲观情绪，其文字读来让人悲伤感慨、扼腕叹息。在清代中晚期，对女性外出的限制略有松动，这时有不少望族女性有了随家人宦游或外出游玩的机会，因而她们的笔下增加了一些户外的写景抒情之作，风格也显得更加轻快愉悦。此外，在清朝的晚期，风云激荡的社会政局也影响着嘉兴望族女性的文学创作，她们中也有少数女性具有对时代的敏锐触角及如男性般的阔大胸襟与抱负，黄媛介、项佩、孔继孟、王文瑞、徐自华等女性，她们以诗文记录社会现实，发扬"诗史"之精神，敢于发出质疑和不平之鸣，其诗歌气格之高不逊男子。

第一节 嘉兴望族女子之精神重负

在古代封建社会对女子的束缚甚为严苛，"三纲五常""三从四德"的封建礼法使得女性处于从属地位，在男尊女卑的宗法社会里，妇女是完全没有地位、最为悲苦的一个群体。

嘉兴望族女性虽然较平民女子拥有更好的物质生活及知识储备，但她们仍然难以摆脱封建礼法所带来的悲惨命运。有相当一部分望族女性有着浓重的忧伤情怀，自身存在对命运无法掌控的消极心理；有些体弱多病，不胜生活的磨难；有的生逢乱世，如飘萍柳絮无力抵挡，无法把握自己的命运而早逝。望族女性的婚姻虽较平民女性而言有更大幸福的可能，但如遇丈夫早逝或中途病亡，于她们而言也是极悲惨的，改嫁一般不被允许，且为人所不齿，守孝守节、自杀殉节是他们余生仅可选择的几种生活方式。

一 守孝与守节

在明清时期，对才女的评价往往以"才、德、美"的尺度来衡量，而其中"德"占据了很重要的位置，且妇德成为评价衡量一个女子品行的重要方面。所谓"德"，即"温、良、恭、检、顺、贞"。很多嘉兴望族女子自幼学习《毛诗》《女诫》《内则》《孝经》等一些儒家经典著作，因而其思想行为也为这些训言所渗透。在中国的儒家宗法观念中，孝为百行之首，即出嫁前要孝顺父母，出嫁后孝顺公婆、姑嫂，做好一个媳妇的本分。

在嘉兴的望族闺秀群体中，以孝闻名的女性不在少数。海昌沈纫兰，字闲靓，沈淳女，黄洪宪子媳。"幼工书，雅善临池，业以孝行闻。"[1] 有些望族女性甚至为尽孝及博得孝名而摧残自己的肉体，刲骨、刲臂、割股、割臂等骇人听闻的行为也屡有发生。海盐沈燮文室丁文鸾"性至孝，年十四母王氏疾笃，刲骨以疗。迨明府宦死桂阳，扶榇归葬。延明师训诸孤，力学以绍箕裘"[2]。平湖举人张湘任的妻子沈鑫是位极孝顺的女子，她嫁入张家后，"即脱簪珥以助甘旨，博堂上欢。其在室，尝刲臂疗母疾，孝行纯笃，天性然也"[3]。嘉善冯孝娥事母极孝，"孝娥九岁母病，剜股肉以进，一恸几绝"[4]。这些令人不可思议的行为使人极为痛惜，倘非强大精神信念的支撑，这类自残的行为是无法想象的。她们压制泯灭自身所有的个性以迎合时代对女性的要求，顺从、自轻自贱、牺牲成为她们的人生姿态，甚至可以说她们是封建礼教十足的祭品。还有些女性，因父母去逝痛哭得疾而亡，可悲可叹。秀水李祥芝，教谕李傑女孙，"幼颖悟，从其父授经。性纯孝，母殁号泣不已，遂得疾，及笃，呼婢尽焚其诗，惟未汇入稿者不得焚"[5]。去世时把自己的诗稿也一并焚弃，意味着将女性的话语权也一并抛开，使自己的人生如同一张白纸处于无言失语的状态，女性的精神世界在封建宗法制度压迫下已完全地陨落和扭曲。

"中国古代社会以男子为中心，周朝制礼之初，从未曾顾念到妇女之人格与人权。贞之要义，首在妇不二适。"[6] 在嘉兴的地方志及地方文献中，我们还可以频繁地发现望族女子因夫去世而守节守孝、自杀殉节的悲惨身影。明清时期，理学思想占据了主导地位，在"存天理，灭人欲"的思想指导下，许多女子在婚姻遭遇不幸时选择了守节或以身殉情成为烈

---

① （清）厉鹗：《玉台书史·明五十》，《续修四库全书》第 1084 册，上海古籍出版社 1995 年版，第 411 页。

② （清）胡昌基：《续槜李诗系》卷三十七，宣统三年（1911）刻本，第 17 页。

③ （清）潘衍桐：《两浙辅轩续录》卷五十三，《续修四库全书》第 1687 册，上海古籍出版社 1995 年版，第 201 页。

④ （清）胡昌基：《续槜李诗系》卷三十七，宣统三年（1911）刻本，第 27 页。

⑤ 同上书，第 3 页。

⑥ 高达观：《中国家族社会之演变》，民国丛书第三编，上海书店出版社 1989 年版，第 14 页。

女。据《嘉兴府志·烈女》中记载，明清两朝，府辖各县烈女共 18846
人，其中节妇 14596 人，烈女 3068 人，贞女 479 人，寿女 159 人，孝妇
113 人，贤母 101 人。其中烈女、节妇、贞女、孝妇的数量十分惊人。这
些贞节烈女中望族女性也有不少。平湖张茗荪，字月娟，张定闺女，岁贡
张金圻妹，胡乃柏继妻。著有《饯月楼诗钞》一卷。"及笄后归胡乃柏，
周治辛未年二十八，乃柏亡，绝粒以殉。"① 还有一些女性在丈夫去世后
郁郁寡欢，不久病逝。秀水汪玧，字杏圃，诸生李德华妻，著有《晴岩
草》。其夫早殁，不数年抑郁而亡。桐乡陆费思温，字玉如，监生陆费森
女，陆费湘于妹，沈福荣妻。于归半年而寡，旋以疾卒。

　　大多数嘉兴望族女性在丈夫去世后选择守孝与守节，查阅《嘉兴府
志》《檇李诗系》《续檇李诗系》等地方文献，我们可以看到望族女子中
因守节而旌表的人也比比皆是。在明清炽烈的礼教观中，"旌表"于她们
而言是一种荣誉。孔继孟，字德隐，桐乡人。孔传莲从女，孔传忠次女，
监生夏祖勤妻。幼读书，明大义，娴吟咏，年二十适夏祖勤，然二十六夫
亡，后孔继孟守节三十余年，乾隆年间得到旌表。查氏，嘉善人，知县查
学女，庠生钱庭柯室。早寡，守节三十年，乾隆四十九年题旌，著有《自
怜吟》。吴芬，字酉书，石门人。吴曾贯长女，女诗人吴芳姊，德清沈鹏
飞妻。"性淑慧，父授经史，一过即成诵。尤好杜少陵诗，诗笔苍劲。中
年丧夫，守节终身，著有《仪惠阁遗稿》。"② 孙蕴雪，字贞白，嘉善人。
平湖庠生郭又隗室。好吟咏，年二十归又槐，惜孙二十六时又槐殁，后守
节三十余年。著有《红馀集》《梦楼吟稿》。梅清，字冰若，号月楼，秀
水人。海盐监生张辰竹室，著有《月楼吟稿》。《续檇李诗系》评为："月
楼明慧，善操琴，尤精绘事，设色花鸟娟秀绝伦，既嫔以孝谨称，暇则怡
情翰墨，每写一图，辄题其上，年三十赋未亡，守节三十载，诗笔冲和淡
远，得风雅正范。"③ 金镜淑，字顺之，震泽人。桐乡副贡施曾锡室，乾
隆三十九年举人施福元母。自幼读书，娴吟咏，事父母甚孝。夫因疾亡，
后守节三十二年。这些女性守节时间均长达二三十年，守节生活基本伴随

---

　　① （清）彭润章：（光绪）《平湖县志》卷二十一，《中国地方志集成》，江苏古籍出版社
1991 年版，第 534 页。

　　② （清）余丽元纂：（光绪）《石门县志》卷九，《中国地方志集成》第 26 册，江苏古籍出
版社 1991 年版，据清光绪五年（1879）影印，第 380 页。

　　③ （清）胡昌基：《续檇李诗系》卷三十八，清宣统三年（1911）刻本，第 9 页。

了她们的后半生。然而尽管过着孤独的守节生活，有些家族闺秀并未放弃自己喜欢的诗画创作，不辍吟咏，同时抚育自己未成年的儿女，孝顺公婆、姑嫂，其坚忍顽强的自强独立精神令人敬佩动容。

守孝与守节仅仅为这些女性生活的一部分，嘉兴望族女性承受了生活对她们的种种制约与精神的摧毁之后，她们选择了哀怨悲叹或以悲观暗淡的文字抒发一颗困顿的心灵，而"温柔敦厚"的儒教诗风还要求她们哀而不伤、怨而不怒，有些甚至已经没有了为不平而呐喊抗争的愿望，她们的世界是灰暗而死寂的。"越是饱读诗书的大家闺秀，越是将自己真实的面孔深藏在正统所称道的所谓'德、言、工、貌'的面具背后，对外封闭自己敏感明慧的心灵，自觉地遵守男权社会为她们画定的轨迹，不敢逾越雷池半步，最终沦为宗法制度最彻底的精神囚徒。"①

二　早逝，焚诗

女性对自身命运无法掌控的无力感及整个社会体系对女性的压制束缚，在明清两代的嘉兴望族女性中，有不少女性在生命旅途中早早夭折。据胡文楷《历代妇女著作考》、沈季友《槜李诗系》、胡基昌《续槜李诗系》、施淑仪《清代闺阁诗人征略》的统计，在300余名嘉兴望族女性中，明确记录其早逝或以委婉之语暗示其早卒的有39位。还有些没有生卒年及记载太简略的女性，我们无法确切地统计。她们早逝的原因主要为病亡、抑郁而亡、殉情于礼法及因战乱而亡这四类。为此，部分学者甚至认为才女"福慧难两全"。

这些家族女子本该在盛年时期如花般绽放，但她们或病或悲，最终没有逃出命运的摧折而过早凋零，有些女子甚至还未出嫁即已早亡。桐乡严澂华（1840—1869），字稺芗，严廷玉女，严辰、严谨、严永华妹。"自幼未就外傅，受母姊教，能诗书画，未字卒，以孝女旌。著有《含芳馆诗草》。"②嘉兴才女金荷，字品莲，号小红，金永成次女，亦未字卒。著有《吟香阁稿》。还有些女性在嫁入夫家一两年后即去世。如海盐陈品闺，字筠斋，监生陈克鋐与女诗人朱遂女。"筠斋秉姿名秀，慧业过人。尝读

---

① 段继红：《清代女诗人研究》，博士学位论文，苏州大学，2005年。

② （清）徐世昌：《晚晴簃诗汇》卷一九〇，《续修四库全书》第1633册，上海古籍出版社1995年版，第538页。

二十一史，凡三过，绝无遗忘。作诗操笔立就，不假思索。于归二载，以疾卒，年仅二纪。识者早有福慧难兼之论。"① 再如秀水汪氏家族的才女汪玟，字杏圃，诸生李德华妻，女诗人李蟠从女。"其夫早殁，不数年抑郁以卒。著有《晴岩草》。"②

　　家族女子自幼接受"夫者，妇之天也"的传统礼教思想，于她们而言，婚姻是至关重要的，这关系到她们一生的幸福与否，如丈夫身体健康、夫妻感情融洽、夫唱妇随，则发生早逝的比例要大大降低；反之，丈夫早逝或不够体贴对她们的打击是巨大的，要么守节终身，要么自杀殉夫，要么抑郁早亡，总无善果。因而，才女的早逝，究其根源，仍为封建礼教之戕害。封建的女德教育不仅使女性带有与生俱来的悲剧感和薄命意识，使她们更显敏感脆弱，再遇到生活的不幸，她们极易被摧折。精神上的压抑感很难排解，有些女性为逃避精神压力只好寄托于佛学。如沈纫兰的季女黄双蕙，自幼聪慧好读书，长大后喜好佛学，绝意家室。其诗云："迦陵可解西来意，又报人间梦不长"③，诗句极度悲观消极，让人嗟叹不已，然佛教的世界也未排解她的愁苦，年仅十六岁就早卒了。

　　生命过早地凋零，人生充满着悲凉，纵有千言万言此刻都已心字成灰，许多望族女子在生前喜欢吟咏诗文，有些还汇成文集进行刊刻，而在女性主体意识得不到尊重的时代，这些诗文尽管在一定程度上代表了这些女子的心声，但屈服于"内言不出，外言不入""诗词非闺阁所宜，不可流传于外"的戒律，这些早逝的女子往往将她们用心血凝成的稿子焚烧殆尽，以无牵无挂地离开人间。在嘉兴望族女性中焚稿者不胜枚举。海盐徐妙清，字雪轩，贡生徐恺元女，监生彭骞曾室。"雪轩事亲甚孝，自谓诗词非闺阁中所宜，不可流传于外。死之日悉取而焚之。彭不忍弃逸。"④ 秀水胡顺，州判胡双槐女，丁德致妻，著有《焚馀小草》。"幼颖慧，嗜读书，通《诗》《礼》《内则》及《三唐近体》《词综》诸集。年十三、四见别驾诗词，步韵立就，即中绳度，不逾时，诸体皆工。于归一载而逝，病中尝自焚其稿，所存十不得一。其诗温丽清新，度越寻常。"⑤ 海盐张丹，字涵中，张五松

① （清）胡基昌：《续槜李诗系》卷三十七，宣统三年（1911）刻本，第33页。
② （清）许灿、沈爱莲：《梅里诗辑》卷十二，清道光三十年（1850）刻本，第8页。
③ （清）沈季友：《槜李诗系》卷三十四，影印文渊阁四库全书1475册，第820页。
④ （清）胡昌基：《续槜李诗系》卷三十七，宣统三年（1911）刻本，第9页。
⑤ 同上书，第37页。

女，监生马绪妻，马国纬、马用俊母。"涵中赋姿明秀，自幼以淑慎称。针绂外，颇工吟咏，风晨月夕，搦管赋诗。甫脱稿，旋又焚弃，盖谓吟咏非妇事也。"① 平湖陆锡贞，字若筠，钱天树室。"幼端淑，娴礼，其诗刻划幽秀，颇有隽句。殁前三日，悉以平昔所作投药火燃之。"②

如上这些望族女性均为"吟咏非妇事"的思想观念所左右，因而在历史的长河中，明清时代嘉兴望族女性作家虽多，但作品存留者却微乎其微，甚至历史文献中对众多女性作家的生平简介都只有只言片语，让人印象模糊。可以说，望族女子由于接受的传统儒学思想更多，因而她们的思想负担、心理负担也较普通女子更沉重，受到的约束也更多，也更容易导致她们生命旅程的早早折翼。所谓"福慧难两全"大概就是如此了。诗稿的焚毁代表了她们将女性话语权的舍弃，她们自愿以一种失语的状态黯然消失在历史的长河中。

第二节　精神重负下的女性书写

在封建社会体系中，女性从出生那一天起，就被宗法体系排挤到社会主体之外了。明清时期对女性的束缚非常严酷，明末时，社会甚至流传着"女子无才便是德"③ 的谚语，女性在整个社会中是被歧视的对象。

时代对女性的深重束缚，使她们被迫放弃文学创作，转向纯粹的家庭生活。有些女性将困惑、苦闷寄托于宗教，信佛、礼佛，希图从宗教中寻找精神寄托。她们承受了巨大的心理压力，内心常充塞着一种无力感和迷茫感。雷瑨在《闺秀诗话》中论及闺阁才女的命运时认为："闺阁能诗，率多薄命。大概风华雄浑者鲜，故偶吟竟成诗谶者，往往有之。"④ "福慧难两全""才女福薄"的论调及封建社会体系对女性的压制都使得这群才女内心迷茫、苦闷、忧愁，其心理压力难以缓解。在她们的诗文中时常流淌着悲观、愁怨及失落的情绪意识。在诗歌中我们常可看到如"残、凄、

---

① （清）胡昌基：《续樵李诗系》卷三十八，宣统三年（1911）刻本，第21页。

② （清）王蕴章：《燃脂馀韵》卷五，民国九年（1920）上海商务印书馆铅印本，第116页。

③ 陈东原《中国妇女生活史》，商务印书馆2015年版，第147页。

④ （清）雷瑨：《闺秀诗话》卷一，王英志《清代闺秀诗话丛刊》第二编，凤凰出版社2010年版，第903页。

怜、病、恨、孤、愁、泪、悲"等字眼，以表达她们对自身处境的悲叹之音。在诗歌创作方面，她们的诗歌以抒写自己苦闷的心绪为主，这其中主要包括闺愁与闺怨、悲观的薄命意识、女性身份的失落与否定三个方面。

一　忧患意识：书写闺愁与闺怨

闺阁中的女子生活比较封闭，她们与外界接触较少，没有可以追求的功名与事业，她们的生活基本是围绕家庭进行的，幼时在父母指授下学习诗文书画，待到出嫁年龄则嫁入夫家相夫教子，操持家务，做好后勤保障。文学创作于她们而言，只是生活中的一种点缀，一种打发闲暇时光的文字游戏。生命的意义完全由父母及夫家操纵，加上宗法礼教的束缚，社会价值的剥离，闺阁女性在生命中承受了太多无法摆脱的伤痛。作为社会的弱势群体，她们没有申诉的权利，只能被迫屈从于命运的安排，在忧愁中苦熬一生。美好年华的流逝、贫病伤痛的煎熬、对命运无常的忧虑、与丈夫子女的分离以及婚姻的不如意都能激起这群才情女子书写与倾诉的冲动，加之女性本身情感的细腻，笔力的不足，因而在她们的诗文中，闺愁与闺怨成为她们抒写的主旋律。

在嘉兴望族女性的诗歌创作中，闺怨题材处处可见。她们或伤春悲秋，或感叹命运的不公，或倾诉闺阁生活的寂寞，或感慨青春的流逝等。海盐才女朱玙，字葆英，嘉庆进士朱方增次女，孔宪彝继妻。朱玙年少明慧，幼习诗词、绘画与书法。但她生活十分不幸，在十二岁时母亲病逝，而后诸弟也相继死亡，朱玙随父居于京邸。然而在她二十岁时，其父朱方增也因病去世，在短暂的时间里，朱玙经历了丧失双亲之痛，承受了人生的巨大哀痛。嫁与孔宪彝后，曾度过了一段夫妻相谐的愉快生活，但朱玙身体瘦弱常病，诗不多作，若作则多为悲音苦调，其中《雨窗偶成》二首中道出自己苦难的生活状况：

秋风秋雨易伤神，翰墨消磨病里身。生世堪嗟如梦幻，为谁辛苦为谁颦。

节序初更病已知，日来瘦骨渐支离。棉衣薄薄犹嫌重，又觉新寒透翠帷。[1]

---

① （清）黄秩模：《国朝闺秀柳絮集》卷六，清咸丰三年（1853）刻本，第9页。

人生的悲惨遭遇又加上病痛的折磨并未使她倒下，她以极其坚强的意志用柔弱的双肩挑起了起家庭的重担，她不仅坚持文学创作，写下《小莲花室诗》一卷及《金粟词》一卷，同时家庭也管理得井井有条，"口授子女经传及书，俱有法"①。在她的《琴词相思引·寄外》《浣溪沙·春日书怀》《点绛唇·寄外》《菩萨蛮·小窗即事》几首词中，均带有一"愁"字，如"清寒时节，更觉动离愁"；"又恐成名，翻把归期误，愁无数"；"玩月上帘钩，陡生无限愁"。这些词句写尽诗人的各种愁绪，也是作者生存状态之写照。

平湖施璂昭，平阳训导施鋐女，沈炳孚妻。有遗诗一卷，未刊，早年夭卒。她在《秋闺》二首中写道：

　　满院梧桐带翠凋，竹窗疏雨湿芭蕉。西风吹遍空闺冷，缕缕残香尚未消。

　　雨过幽庭湿翠微，新凉初觉懒添衣。慵拈针线悲秋咏，几向西风怨落晖。②

伤春悲秋是闺阁才女常见的抒情主题，秋季衰飒凄冷的景象更容易激起女诗人心中的悲苦。凋零的梧桐叶、冷风冷雨使诗人倍觉萧索，与冷清的闺阁生活相映衬。第二首诗中作者以"懒添衣""慵拈针线"描绘出其萧索的心境，"悲秋咏""怨落晖"更是道出深闭闺中诗人的愁怨心情。

此外，美好年华的流逝、与亲人的分别都会给闺阁才媛增添愁绪。女性的青春年华是短暂而宝贵的，当青春渐渐逝去后，女性生命的活力也日渐消褪，如遇婚姻和谐顺遂则尚可获得情感慰藉，倘若婚姻不幸，对女性而言则是莫大的打击，这意味着她们将在孤独凄苦中度过余生。桐乡孔继坤在《病起》一诗中写道：

　　徙倚纱窗意悯然，芳春常伴药炉边。绝怜病卧经三月，孤负韶华又一年。

---

① （清）徐乃昌：《小檀栾室汇刻闺秀词》第六集，清光绪二十一年（1895）刻本。

② （清）沈季友：《槜李诗系》卷三十五，文渊阁影印四库全书，第1475册，上海古籍出版社1985年版，第841页。

　　蛱蝶飞来浑似梦，柳花飘尽不成绵。风光满眼增惆怅，剩有离情付小笺。①

　　诗人面对窗外的美景却丝毫无心欣赏，因身体不支久在病中，诗人憔悴不堪，而美好年华的流逝也使诗人倍感伤心，纵有满眼的风光也只是徒增惆怅而已。

　　离愁别绪是闺愁的另一因素。闺阁女性生活空间狭窄，她们常处于家庭内的幽闭状态，与外界隔离。这些女性的感情往往倾注在自己的丈夫和子女身上，如丈夫远行，对她们而言是十分痛苦而忧虑的，一方面她们担心远行的丈夫感情发生转移，另一方面她们的感情世界会面临空虚、无助、寂寞的侵蚀。无论哪一种，于她们而言都是惆怅的，而她们也只有在无尽的等待和思念中度过这段难熬的时光。海盐吴元善在《送夫子之京师》中吐露出自己的心声：

　　命薄无如我，恩深只有君。方期成止水，不道效浮云。
　　甘苦时难共，悲欢远莫闻。别离诚恨事，那禁泪纷纷。②

　　诗人在离别之际眼泪纷纷，一想到离别后的寂寞冷清生活，不禁悲从中来，而相会无期，心头难免涌起离愁别恨。相隔路遥，自己也无法与爱人同甘共苦，悲欢与共，诗人无奈之下唯有感慨自己的"命薄"。

　　望族女子的闺愁与闺怨大多是来自家庭和自身生命的苦痛经历，她们的情绪传达往往带有强烈的个人色彩，由于生活空间的狭窄、阅历的有限制约了她们作为社会主体的深入表达，因而也缺少对于国家、社会层面更深层次的忧患与关怀。

二　薄命意识：书写苦痛与无奈

　　望族女性虽然较平民女子家庭环境优越，有着更高的社会地位，但她们也同样受着"三纲五常""三从四德"封建礼教的束缚。这些望族女性虽自幼受教能读诗文，亦知翰墨，但她们的创作生涯是十分短暂的，在她

---

① （清）汪启淑：《撷芳集》卷六十三，清乾隆五十年（1785）刻本，第1页。
② （清）胡昌基：《续樵李诗系》卷三十七，宣统三年（1911）刻本，第14页。

们嫁夫生子后，她们中大部分人基本就放弃了文学创作，即使再有诗文，也只是残篇零句，存留的数量极少。

婚姻是望族女性生活的一项重要转折，婚姻的好坏直接关系到女性后半生的幸福与否。苕溪生在《闺秀诗话》中形象地概括了望族女性的命运："余尝谓深闺弱质，心事不能自白，望眼盈盈，不过将来得所；至于适非其偶，夫也不良，则一世无所望矣。"① 雷瑨《闺秀诗话》中亦云："女子遇人不淑，无可伸诉，恒藉笔墨以写其抑郁悲惨之怀，使读者不能不叹其才丰遇啬焉。"② 因而，在她们有限的创作生命中，抒写自身命运的不堪、悲凉的遭遇成为她们笔下的主要内容。

桐乡颜畹思，字宛在，号霜葭，颜俊彦女，颜佩芳妹。宛在聪颖，诗才"苍老灵异，识度宏远，洗去近日蹊迳"③。惜宛在所嫁非人，适吴兴贵公子，其性愚蠢，偏多忿忌，"每出，则键宛在于户，庭凉月皓，径暖花香，不许一至吟玩"④。宛在以"苕中人"呼之，结缡后意不聊生，憔悴经年，遂至奄逝。临终遗稿有二绝句云：

> 秋入重门夜似年，麝兰香烬不成眠。梧窗坐听潇潇雨，挑尽残灯独黯然。
> 黛痕消减两眉峰，强起临妆意已慵。对镜自疑非似我，可能描取旧时容。⑤

诗句哀怨欲绝，在作者不幸的婚姻折磨下消了容颜，愁了心境，磨了意趣，读来让人肠断。她在《次姊韵》中同样表达了婚姻中难言的伤心

---

① （清）苕溪生：《闺秀诗话》卷二，王英志《清代闺秀诗话丛刊》第二编，凤凰出版社2010年版，第1671页。

② （清）雷瑨：《闺秀诗话》卷十，王英志《清代闺秀诗话丛刊》第二编，凤凰出版社2010年版，第1174页。

③ （清）阮元：《两浙輶轩录》卷四十，《续修四库全书》第1684册，上海古籍出版社1995年版，第496页。

④ （清）雷瑨：《闺秀诗话》卷十，王英志《清代闺秀诗话丛刊》第二编，凤凰出版社2010年版，第1174页。

⑤ （清）阮元：《两浙輶轩录》卷四十，《续修四库全书》第1684册，上海古籍出版社1995年版，第496页。

与无奈：

> 深闺寂寞意难穷，绣罢伤心每自问。再读高堂怀病句，倍添儿女坐愁中。
>
> 为怜雁队依宵梦，转傍妆台怯晓风。消瘦枕痕缘底事，不情不绪更濛濛。①

诗人以纪实的写法道中自己处于深闺中心曲难诉、寂寞愁闷的心情，而这种抑郁不快的情绪只有通过诗词的写作才能排遣。平湖才女孙兰媛在《薄命女·惜邻女》一词中发出悲愤之语："情绪恶，强写回文屡屡错，珠泪汪汪阁。瘦腰围，如柳弱，多少春愁消却。猛拍栏杆磋命薄，悔杀当时诺。"②词中表达出作者对邻家之女悲惨婚姻的惋惜，同时对旧制度深恶痛绝却又无可奈何的心境。

有些女性在婚后因丈夫病逝而早寡，在封建礼教的体制下，她们不被允许改嫁，这些女性往往必须守节与守孝，过着极为压抑的非常人的清苦生活。命运的不可捉摸及无法主宰自身命运的痛苦无奈也成为她们笔下的主基调。秀水黄氏家族才女黄淑德，字柔卿，幼颖异，髫年通文史，解音律，但她婚后不久丈夫病亡，淑德也成为了寡妇。悲凉的生存境遇使她转而在佛教中寻找精神寄托，自誓长斋礼佛，坐卧于一小楼中，年三十四，遘疾，合掌称佛陀而亡。黄淑德的一生可谓悲苦，感情的缺失使她长久地深陷于寂寞和精神的痛苦折磨中，唯有诗歌和佛学可以略略抚慰她孤苦的心灵。她的诗作多凄苦之音，不胜悲凉。如她作的《春晚》《秋晚》两首小诗：

> 春风日日闭深闺，柳老花残莺自啼。寂寞小窗天又暮，一钩新月挂楼西。
>
> 柳外慵蝉噪晚霞，风床书卷篆烟斜。凭阑自爱秋容淡，闲数残荷几朵花。③

---

① （清）费善庆、薛凤昌：《松陵女子诗徵》卷二，民国七年（1918）铅印本，第18页。

② 程千帆：《全清词·顺康卷》，中华书局2002年版，第472页。

③ （清）钱谦益：《列朝诗集·闰四》第十二册，中华书局2007年版，第6580页。

　　这两首诗中均带一"残"字，感情基调低沉。诗人在春天美好的季节里丝毫感受到不到一点春的生机，只有一个处于深闺中渐渐老去的女子落寞的身影，读来让人颇感苦涩压抑。在《秋晚》诗中也是如此，在落日晚霞中夹杂着蝉的聒噪声，诗人凭栏观景却不胜无聊，数数残荷打发时光，整诗读来让人倍觉伤感低沉，无半点生活的情趣。在另一小诗《七夕》中她写道："鹊驾成桥事有无，年年今夕会星娥。时人莫讶经年隔，犹胜人间长别多。"① 七夕本为有情人鹊桥相会的日子，但在黄淑德的生活中，自己与丈夫阴阳两隔，永无再会之日，唯有借助美好的爱情故事寄托一下自己的思念之情，而末句"犹胜人间长别多"则道出了自己感情世界缺失的悲哀心曲。

　　此类诗作在嘉兴望族女子的作品并不鲜见，女性作为个体生命是那样的柔弱无助，尽管自己天资聪慧并受到良好的教育，但她们同样摆脱不了在男权社会中受歧视的命运，在婚姻面前的无力之感及命运的不可捉摸常使她们迷茫困惑，因此在她们的精神世界中也自然地形成了悲观无助的薄命消极意识。看不到生活的热情与希望，她们的人生如同寂灭的火焰黯然消逝。

三　不平之鸣：书写女性身份的失落与不满

　　《大戴礼记》中言："女者，如也；子者，孳也；女子者，言如男子之教而长其义理者也：故谓之妇人。妇人，伏于人也。是故无专制之义，有三从之道—在家从父，适人从夫，夫死从子，无所取自遂也。"②在中国的儒家宗法体系中，女性处于宗法体制的最底层，居于从属的地位，毫无尊严、权利和独立性可言。

　　在整个封建社会，为了达到对女性的管理和压制，统治阶层陆续出版了《女训》《女教》《闺范》类的教科书，对她们进行思想上的渗透。明清两代对女性的管制并未松动，清政府还大力提倡女子殉节旌表制度，使烈女节妇的数量空前增加。在这种长期儒家伦理的教化下，女性的主体意识逐渐失落，男尊女卑的思想也成为主流文化的常态。身为女性，即便出生于望族之家，在男权面前也同样面临受压制的困境。有些望族女性才华

---

① （清）沈季友：《槜李诗系》卷三十四，文渊阁影印四库全书第 1475 册，第 812 页。

② 方向东：《大戴礼记汇校集解》卷十三，中华书局 2008 年版，第 1300 页。

不逊于男子，但处于封建体制中，她们没有可以施展才学抱负的空间，科举制度将女性排除在外，她们只能在自己的小家庭中自怨自艾。嘉兴才女吴筠在《述怀》一诗中写出了自己对女性身份的尴尬与遗憾："来生作女不作男，我当奋哭天皇前。我欲修国史，绮阁不封女学士。兰台表志妹补之，刊书未曾列名氏。"① 社会角色的失落，使她们产生了深深的自卑，她们甚至痛恨自己作为女性的身份。

项珮，字吹聆，秀水人，凤阳知府同知项濂女，著有《藕花楼集》8卷。吹聆能书擅画，喜读书，工诗。王端淑评她为："贤淑之姿，聪敏之质。为诗高老，不减三唐。"② 项珮生活在明朝末年，她经历了明代国破家亡的社会现状，但她甚讲气节，保持清高的节操与其夫偕隐荒村，诗篇酬和。她在《阅午梦堂·返生香集追赋》二首中写道：

> 霏霏玉影夫全虚，照眼分明白鹿车。梦不堪寻重梦处，凄风吹灭旧遗书。
> 返生香爇返生时，莫倚青蛾认旧眉。绝世才华消不得，自应长揖作男儿。③

此诗为追忆悼念叶小鸾而作，叶小鸾才情过人，琴棋书画皆通，诗词俱佳。有集名《返生香》。然其不幸在婚前五日未嫁而卒，令世人遗憾。诗人前六句为作者对叶小鸾的追忆悼念及死后的美好祈愿，末句"绝世才华消不得，自应长揖作男儿"为诗人对叶小鸾绝世才华的赞叹，同时也是对她不幸生为女子的悲叹。从诗人对小鸾的咏叹中我们可以发现，作者在对这位才女不是男儿身的遗憾与不平中，内心深处流露出对女性身份的失落感及潜在的"才女福薄"的思想意识。

桐乡孔继孟，字德隐，其家族一门风雅，为当地望族。继孟幼读书，明大义，娴吟咏，年二十于归。然在婚后第六年其夫病逝，继孟成为了寡妇。她恪守妇道，守节三十余年，在这漫长的岁月里，她上侍舅姑，下抚遗孤，生活十分艰苦。她在《秋夜登楼有感》中发出感慨：

---

① （清）吴筠：《早花集》，清抄本。
② （清）沈季友：《槜李诗系》卷三十四，文渊阁影印四库全书第 1475 册，第 823 页。
③ 同上书，第 824 页。

残荷香散一楼风，水静天高月在东。云影琳珑飞碧落，雁声凄切叫长空。

庄周梦幻心原达，李贺才高命竟穷。辜负半生男子志，那能一吐气如虹。①

前四句用残荷、凄切雁声写出诗人内心的苦闷心情，后四句诗人使用庄周梦蝶和李贺才高命蹇两个典故，隐喻自己才华不展，命运坎坷的人生。末句作者用"辜负半生男子志，那能一吐气如虹"抒发了自己身为女性纵有男子志向却无法施展的心中不平与压抑。

秀水钱韫素（1818—1895），字定娴，自号又楼，钱景文女。钱韫素是位典型的大家闺秀，她通经史文辞及医学，其书摹孙虔礼书谱，其画承南楼老人家法，皆有韵致。她生活于清代中晚期，亲身经历了 1860 年庚申之变、太平天国农民起义等中国社会的巨大变动。这一时期，女性的思想意识虽仍在传统观念的统治之下，但由于社会封建体制的日渐动摇，西方思潮的东渐，这一时期旧的传统观念已受到极大的冲击，女性自我意识也日渐觉醒。她们对无法建功立业、为国效力的现状感到忿忿不平。钱韫素在《偶书》中写道：

抽毫又作不平鸣，缺陷偏教世界成。往事到心千转恨，人情过眼倏时更。

休夸闺秀才和貌，不及村娃织与耕。慷慨穷途多少愤，如何此理未分明。②

此诗作于庚辰年（1880），当时清朝政府已陷于内忧外患，旧封建体制摇摇欲坠。伴随着近代工业的出现，大量妇女开始走出家庭，就业谋生。传统的妇女观念也发生了巨大的变化，女性要求独立，自强自立的想法日益强烈。作者在开头四句诗中表达对存在严重缺陷的旧社会制度的不平与忿恨，同时对闺秀"吟风弄月"的生活状况且社会隔离而无法为国效力的现状感到不满。末句"慷慨穷途多少愤，如何此理未分明"表明

① （清）胡昌基：《续槜李诗系》卷三十七，清宣统三年（1911）刻本，第30页。
② （清）钱韫素：《月来轩诗稿》，清宣统元年（1909）铅印本，第22页。

作者对闺阁女性在旧封建社会体制中才华不展的愤慨及内心渴望改变这种不合理制度的愿望。

在明清嘉兴望族女性的诗文创作中，忧患意识、薄命意识及不平之气是她们笔下绕不开的几个主题，而这三大主题是随着时代的不断前进而渐进发出的，从明代晚期的忧患意识、薄命意识再到清代中晚期的不平之鸣，我们可以清晰地看到望族女性思想的不断转变及自我意识的不断觉醒，她们从无力抗拒被迫接受命运到积极投身社会，希望改变女性命运的主张，嘉兴望族女性走过了一条漫长的艰难之路，她们用诗文书写了望族女性多样化的精神世界及一个时代的符号印记。

第四章

嘉兴望族女性的时空分布
及文学创作分期

清史学者严迪昌认为："地域文化是华夏文化整体组合的构成部分。随着政治经济的发展变迁，地域文化各自在兴替盛衰的历程中发生着衍变，这种衍变不断地导致地域间的文化差异，从而也促动着华夏文化整体重心的播迁。"① 研究一地的文学我们有必要将不同地区的文化差异及作家的数量与特点进行细致地分析，以便更加深入地把握在一地中不同区域范围内文化对于文学生成的影响及作家的心理特征、创作水平和审美风尚。李时人先生在《论古代文学的"地域研究"和"流派研究"》一文中也曾论及：

> 时间和空间是事物存在和运动的两种基本形式，文学也是在"时空"范围内发生的现象，因此不仅是一种时间现象，也应该是一种空间现象。古代文学研究中，只有既注意时间，又注意空间的多维研究，才能真正描绘出各个历史时代文学发展变化的立体的、流动的图象。②

明清时期嘉兴望族的分布在各地区并不均衡，平湖、嘉善、秀水三县居前，石门数量最少，在这些区域的望族中产生的女性作家分布也不均衡，总体而言，在数量分布及创作风貌上嘉兴望族女性作家在不同的时段、不同地区呈现出较大的差异，体现出地域文学发展的复杂性与多元

---

① 严迪昌：《清诗史》，浙江古籍出版社 2002 年版，第 180 页。
② 李时人：《论古代文学的"地域研究"与"流派研究"》，《赣南师范学院学报》2005 年第 1 期。

化。在胡文楷《历代妇女著作考》的研究基础上，本章对胡氏收录的288位嘉兴女性作家进行考证，并进一步挖掘地方文献资料，增补了104名明清时期的嘉兴望族女性作家，从而使嘉兴望族女性作家得到了一个较为翔实准确的数据。在此基础上，笔者对明清两代嘉兴望族女性作家的地域分布情况进行量化统计，使我们对其时间及空间分布有了一个动态直观的了解。

文学是主体对客观世界的一种再现，其文学体裁和文体风格会随着时代的发展变化而呈现不同风貌。学者王国维称"一代有一代之文学"，特定时代的社会风尚影响着文学的风格与创作倾向，把嘉兴望族女性作家放在整个明清历史长河中进行考察，针对她们在不同时代文学创作的特点进行分期，使我们可以清晰地把握在不同的历史阶段嘉兴望族女性作家所体现的时代特点及文学创作风格之走向与演变。

第一节　明清嘉兴望族女性的时空分布与文学创作分期

一　《历代妇女著作考》中嘉兴女性作家分布及补充

胡文楷所编纂的《历代妇女著作考》是近代女性研究的一部力作，他收录了自汉魏以来至近代中国4000余种妇女作品，可谓古代妇女著述的集大成之作。在其著作中收录嘉兴女性作家作品较为翔实，具有很强的参考价值。经笔者统计，胡文楷在著作中共收录明清嘉兴女性作家288人，其中明代部分18人，清代部分270人。收录面较为广泛，女性身份覆盖闺媛、平民、青楼及方外作家，其中望族女性作家有272人，具体收录名单如下：

表 4-1　　　　　　　　　　　明代嘉兴女性作家地域统计

区域	姓名	数量
嘉兴	卜氏、沈纫兰、姚少娥、徐范、桑贞白、项兰贞、黄淑德、黄双蕙	8人
秀水	陆圣姬	1人
嘉善	沈榛	1人

注：此表据胡文楷《历代妇女著作考》统计而得，因明代婚姻关系而进入嘉兴的女性作家有两人：虞嫄（海宁）、周慧贞（吴江）。

表 4-2　　　　　　　　　　　清代嘉兴女性作家地域统计

区域	姓名	数量
嘉兴	于启璋、孔昭蟾、王文瑞、王元珠、王荃、任梦檀、朱森、朱钰、朱莹、朱薇、朱氏、吴九思、吴元善、吴玉书、吴巽、吴瑛、吴筠、吴润卿、吴氏、李壬、李心蕙、李畹、李道漪、李瑶、李蕙草、李檀、李氏、沈玉筠、沈梅仙、沈琔、沈道娴、沈毅、沈蕊、沈兰、沈鑫、周桐春、金孝维、金松、金芳荃、金荷、金慧珠、金氏、姜氏、查荃、胡兰、范素英、唐敏、夏卿藻、孙芳、孙淡英、孙湘畹、孙潮、孙兰媛、徐淑安、徐源、徐简、徐宝辉、徐氏、高孟瑛、张常熹、张淑、曹珍、王氏、陈受之、陈芬、陈德宁、程氏、黄德贞、黄氏、杨绛子、杨庆珍、钱蕙卿、葛绿、邹淑、虞氏、褚静贞、潘蕙、蔡芸、蔡荘、蔡鸿藻、蒋也吟、蒋纫兰、蒋素英、蒋素贞、蔡继琬、钱涓、钱婉、钱与龄、钱德容、钱徹、钱韫素、钱蘅生、戴小琼、戴素英、归淑芬	95人
秀水	王幼贞、吴宗宪、吴氏、宋君方、李娟、李嫒、汪汝澜、汪氏、金淑修、姚迁霞、胡顺、孙蕙媛、徐锦、马福娥、张云、张畹瑛、曹氏、梅清、陈琳华、陶翯、陶馥、屠茝佩、项佩、黄嫒贞、黄嫒介、黄箴、杨素中、杨素书、杨素英、杨素华、郑辛、郑静兰、蒋永瑞、钱斐仲	34人
桐乡	孔素瑛、孔传莲、孔广芬、孔继坤、孔继孟、孔继瑛、孔兰英、朱曰贞、朱素诚、吴恒、李媚兰、汪亮、沈佩、沈宛珠、姚氏、胡若兰、倪氏、徐咸安、毕氏、张俪青、张玉娴、陆费稚香、陆费鸾玉、劳纺、程芝、程氏、冯佩笄、葛定、郑以和、颜佩芳、颜畹思、魏月如、严永华、严杏徵、严昭华、严颂宣、严钿、严寿慈、严澂华、严赋萍、严针	41人
海盐	王嗣晖、任湘、朱美英、朱逤、朱玗、吾德明、吴慎、沈金蕊、沈恩生、周润、胡绣珍、徐人雅、徐宜芬、徐恒和、徐氏、张步蒦、张保祉、张贞、张镜蓉、陈元琳、陈玉徵、陈若兰、陆瞻云、彭贞隐、彭孙婧、彭孙莹、彭琰、彭琬、虞兆淑、钱稚真、顾德	31人
平湖	朱衣珍、吴瑛、吴诵芬、李贞媛、汪毓英、沈金、沈氏、孟慧莲、屈凤辉、林桂芳、邱杏、郁徵、胡缘、倪梦庚、孙苏友、徐贞、张莒苏、张凤、章韵玉、章韵清、陆全、陆素心、陆彬、陆荷清、廖福蘅、鲍诗	26人
嘉善	王桂、朱澄、吴黄、李玉燕、沈小芳、沈栗、沈琼琚、金兰贞、金淑、周瑶、周之锁、查氏、施芳、孙蕴雪、孙兰溪、陈素贞、陈葆贞、陈葆懿、陈艳玉、陆观莲、钱复、戴素蟾、顾氏、朱又贞	24人
石门	史瑶卿、吴文卿、吴玖、吴芬、吴芳、吴湘、马蔓、徐氏、徐蕙贞、劳纯一、闻璞	11人

注：因婚姻关系而进入嘉兴的外籍女性作家有：王瑶芬（江苏金陵）、丁文鸾（长兴）、王范（海宁）、许玉芬（海宁）、陈克毅（海宁）、陈贞筠（海宁）、陈贞源（海宁）、陈筠（海宁）、蒋桂芬（海宁）、杨守俭（海宁）、奀默（桐庐）、朱兰（江苏吴江）、周兰秀（江苏吴江）、申蕙（江苏长洲）、吴胐（华亭）、周颖芳（钱塘）、顾静（归安）、顾慈（江苏金匮）、赵棻（上海）、赵德珍（德清）、赵畹兰（江苏吴江）、陈书（上海南汇）、陈尔士（余杭）、徐昭华（上虞）、宫婉兰（江苏泰州）、邵振华（安徽绩溪）、金颖第（浙江仁和）、楼秋畹（吴县）、金顺（吴县）、周氏（吴县）、汪曰采（乌程）、汪瓘（乌程）、汪懋芳（乌程）。

笔者查阅检索了大量地方文献及女性诗文总集、诗评集等，发现胡氏对嘉兴望族女性作家的收录也并不完全。查阅的主要文献包括：沈季友《槜李诗系》，胡基昌《续槜李诗系》，阮元《两浙辀轩录》，潘衍桐《两浙辀轩续录》，陶元藻《全浙诗话》《全浙词话》，完颜恽珠《国朝闺秀正始集》，汪启淑《撷芳集》，黄秩模《国朝闺秀柳絮集》，徐世昌《晚晴簃诗汇》，徐乃昌《小檀栾室闺秀词钞》《小檀栾室汇刻闺秀集》，陈维崧《妇人集》，沈善宝《名媛诗话》，王蕴章《燃脂馀韵》，雷瑨、雷瑊《闺秀诗话》，陈芸《小黛轩论诗诗》，施淑仪《清代闺阁诗人征略》，淮山棣华园主人《闺秀诗评》。经过以上文献的考证，现发现《历代妇女著作考》中遗漏了不少明清两代嘉兴望族女性作家，现补充辑录如下：

1. 黄观娇，秀水人。黄鹤年与张氏孙女，湖广按察副使黄镐第三女，黄正色、黄洪宪、黄正宪姊妹，屠应埈孙媳，屠叔章子媳，万历年间诸生屠中孚妻，女诗人沈纫兰、黄淑德姑母，女诗人黄德贞、黄媛贞、黄媛介从姑母。工诗。

2. 张宝珊，字兰君，平湖人。张诚与女诗人顾慈孙女，张湘任与女诗人沈鑫长女，张金镛、张炳堃妹，女诗人张文珊、张炳堃、增廪生张金均、张苣臣姊，诸生沈嗣昭妻。工诗。

3. 张文珊，字子琼，张宝珊妹，平湖人。张诚与女诗人顾慈孙女，张湘任与诗人沈鑫次女，张金镛、张毓达、女诗人张宝姗妹。进士谢恭铭子媳，贡生谢沂妻。工诗。

4. 高红珊，字擎卿，平湖人。张诚孙女，张诚与顾慈从外孙女，女诗人高孟瑛妹，高佩珩姊。

5. 高佩珩，字润卿，平湖人。张诚外孙女，张诚与顾慈从外孙女，女诗人高红珊妹。

6. 陆宛椇，字端毓，嘉兴人。诸生陆渭与女诗人孙兰媛女。适同里刘氏，工诗。

7. 孔昭燕，号玳梁，桐乡人。孔广南季女，诸生杨某聘妻。工吟咏，幼受业于长姊，未嫁而卒。

8. 沈宜人，嘉善人。河南主簿沈潭生与郑以和女，郑凤锵妻，沈佩玉从姐妹。幼娴闺训，读书通大义，性至孝。

9. 劳若华（1834—?），号蕙樨女史，桐乡人。劳勋成与沈蕊女，王桂森妻，劳乃宣姊，劳绅、女词人劳纺、女作家邵振华姑母。诗学宋人，词则清新婉约，著有《绿萼仙居吟稿》。

10. 劳若玉（1838—?），桐乡人。劳勋成与沈蕊次女，女诗人劳若华妹，进士劳乃宣姊，候选运库大使孔庆霖妻。

11. 劳緗（1864—1936），字绚文，桐乡人。劳勋成与沈蕊孙女，劳乃宣与孔蕴薇长女，孔繁淦妻。女词人劳纺、女诗人邵振华姊。识天文、精算术、通音律、善诗词，有才女之称。著有《运筹学》。

12. 劳琳（1895—1972），字善文，桐乡人。劳乃宣幼女，沈曾植媳，沈慈护室。

13. 劳缜，字缎文，桐乡人。劳乃宣三女，适宝应刘启彬。

14. 严鉌，字少畹，桐乡人。严大烈曾孙女，光禄寺署正严宝传孙女，附贡生严廷琛孙女，女诗人严钿、严锦、拔贡严鈖、女诗人严鍼姊妹，光绪十四年（1888）副贡严震、庠生严文浩姑母。未字早夭。

15. 谢韫晖，嘉善人。举人孙在镐孙媳，孙镤嗣孙媳，诸生孙霖妻，女诗人孙淡英、孙兰馨、冯孝娥嫂，孙静娟从母。工诗。

16. 冯孝娥，嘉善人。余杭训导孙慎机妻，孙饴椒嫂，孙淡英、孙兰馨嫂，孙静娟母。

17. 孙兰馨（1698—?），嘉善人。孙衍女，钱黯与沈榛孙媳，钱廷铨聘妻。淑慎通书，刻有《幽贞录》。

18. 孙静娟，嘉善人。孙衍孙女，孙慎机与冯孝娥女，谢韫晖、孙淡英、孙兰馨从女。

19. 徐妙清，字雪轩，海盐人。贡生徐恺元女，彭期生孙媳，女诗人彭孙婧、彭孙莹从子媳。"武原二仲"之一彭孙贻子媳。康熙间监生彭骞曾妻。

20. 李瑞草，嘉兴梅里人。李光暎孙女，李知敬次女，李三才、李四维姊妹，李蕙草妹，李嘉、李宝姊，女诗人李壬姑母。

21. 李嘉，嘉兴梅里人。李知敬三女，李三才、李四维姊妹，李蕙草、李瑞草妹，李宝姊，贡生陈畹兰妻，女诗人李壬姑母。

22. 李宝，嘉兴梅里人。李光暎孙女，李知敬四女，诸生张家穀妻，张锡光母，女诗人李壬姑母。

23. 徐自华（1873—1935），字寄尘，号忏慧，石门崇德人。徐多镠女，梅福均妻，梅履庆、梅子蓉母。生而敏慧，长娴文翰，喜吟咏。著有《听竹楼诗》《忏慧词》《炉边琐忆》。

24. 李纫兰，字介祉，嘉兴人。钱仪吉与陈尔士子媳，钱保惠妻。工诗。

25. 徐蕴华（1884—1962），字小淑，号双韵，崇德人。徐多镠季女，林景行妻，徐自华妹，林北丽母。"秋社"早期社员，"南社社员"，后任崇德女子师范学校校长。

26. 钱庆韶，字文琴，嘉兴人。钱汝恭孙女，侍读学士钱福胙女，钱仪吉姊，户部主事李培厚妻，云南按察使李德莪母。工诗。

27. 钱卿藻，字佩芬，秀水人。举人钱聚朝女，钱卿鈺妹。四川学政朱逌然妻，诸生朱定基母。能诗，兼工画。早卒，遗墨经乱散佚，仅存手稿十余幅及画册八叶。

28. 朱筠，字梅侣，号爱竹，自号东楼老人。嘉兴人。诸生朱万均与女诗人孔昭蕙侄女，女诗人朱森妹，举人钱青选继妻，钱松坪继母。工楷书，得大令十三行笔法，兼擅墨菊。著有《半椽梅吟稿》，附钱青选《小镜湖庄诗集》后。

29. 沈菜，字梦蘅，嘉兴人。沈涛次女，女诗人沈蕊姊，陕西粮储道韩泰华妻，著有《小停云馆诗稿》《维扬吟社稿》。

30. 李瑶京，字西瑶，一作西琼，秀水人。明经李寅与顾静长女，李绳远、李良年、李符姊妹，李瑶生姐，祝翼锽妻。

31. 汪玭，字杏圃，秀水人。诸生李德华妻，女诗人李蟠从女。夫早殁，不数年抑郁以卒。著有《晴岩草》。

32. 计采，字小娥，秀水人。贡生计楠孙女，同邑王氏妻，桐乡诗人孙贯中女弟子。有"闺中三绝"之誉，诗尤擅长。

33. 计珠容，字芸仙，秀水闻川人。计光炘次女，计贻孙姊妹，郎中沈兆珩妻。作诗了思致，亦能画，俱承家学。

34. 计珠仪（1822—1847），字蕊仙，秀水人。计光炘长女，计贻孙姊妹，画家陶琳子媳，陶震元妻。善诗，工写生，又工韵语。卒年二十六。

35. 钱聚瀛（1809—1850），字斐仲，号餐霞女史，别号雨花女史，秀水人。钱宝甫女，贡生戚士元妻。能诗画，兼工倚声。所作花卉，纤丽柔媚，有赵文俶、恽清于之风。致词主姜、张，类多商音，著有《论词十二则》《餐霞吟稿》《雨花盦词一卷》《雨花盦词话》。

36. 陶馤，字月娟，号月娟女史，秀水闻川人。画家陶琳与沈道娴次女，陶曷妹，殷兆钧妻。善画花卉，工诗。

37. 李心慧（1755—1838），桐乡人。阳江知县金孝继妻，举人金升吉、监生金衍鼎母。能诗。

38. 陆蕙心，桐乡乌镇人。进士陆炘孙女，举人陆世埰女，归安名士沈咸孚妻。少娴吟咏，诗格清新。

39. 陆费思温，字玉如，桐乡人。监生陆费森女，陆费湘于妹，沈福荣妻。于归半年而寡，旋以疾卒。

40. 陆费湘于，字季斋，桐乡人。监生陆费森女，云骑尉赵贞复继妻，赵宗侃母。其诗有祖风。

41. 沈云芝，平湖人。海盐谈少琴子媳，谈文烜妻，谈文红嫂。有《云芝遗诗》。

42. 吴惇，字履贞，号砚云，海盐人。吴有榆女，书画家吴修姊，贡生查有新妻，廪贡生查人骏、查人渶母。

43. 张丹，字涵中，海盐人。张五松女，马鸿昌孙媳，马文豪妻子媳，监生马绪妻，马国纬、马用俊母。涵中赋姿明秀，自幼以淑慎称。针纫外，颇工吟咏，风晨月夕，搦管赋诗。甫脱稿，旋又焚弃。

44. 胡玳簪，小字五儿，嘉善人。朱澄侍女，嘉兴钱福胙子媳，钱仪吉侧室。性颖慧，能诗，体弱善病，婚仅两月而没。

45. 周之瑛，字研芬，嘉善人。两淮盐补大使周尔垲女，女诗人周瑶佺孙女，女诗人金兰贞表妹，无锡知县丁廷鸾继妻。幼好词翰，兼精绘事，有扫眉才子之称，风格在中、晚唐之间，与其夫唱随相得。著有《薇云室诗稿》。

46. 李怀，字玉燕，江苏华亭人。瑞金知县李灏女，曹重妻，女诗人曹鉴冰母。能诗，著有《问花吟》《连环乐府》《双鱼谱传奇》。

47. 朱妙端（1423—1506），字静庵，一字令文，又字仲娴，海宁人，后移居海盐。朱祚次女，朱裮妹，周济妻，周梦龄母，嘉靖二十九年（1550）进士周国卿祖母。著有《静庵集》《自怡集》《杂文史论》《静庵剩稿》。著述甚富，时称为"女中诗豪"。

48. 彭淑慧，嘉兴人，明诸生彭谏孙女，比部彭辂女，德府右长史沈铨子媳，大理卿沈玄华继妻。

49. 沈凤华（约1576—约1592），字伯姬，秀水人，沈启原孙女，修撰沈自邠长女，沈德符、沈超宗、沈鸢桢姊妹，嘉善王俸外孙女，项德桢子媳，项鼎铉妻。生而颖异，有诗才，工楷书，其书法遒劲，酷肖欧阳，所书有《墨刻古诗十九首》行世。许字黄承昊，年十八将婚而夭。

50. 沈静专（1691—?），一作尊，字曼君，自号上慰道人，江苏吴江人。沈侃孙女，礼部郎中沈璟幼女，嘉兴吴昌运妻，吴玉蕤母。早寡，著有《适适草》一卷、《颂古》一卷、《郁华楼草》一卷。

51. 沈瑶华，字无非，秀水长溪人。沈自邠次女，沈凤华妹，沈翠华从姊，沈超宗、沈鸾桢姊妹。有诗集，毁于火。

52. 王炜，一作王辰，字功史，又字辰若，江苏太仓人。王家颖女，海盐陈光缵妻，为江宁籍（今南京）女诗人吴山女弟子。能诗善画，书学卫夫人，画竹师管夫人，花鸟师赵文淑。著有《翠微楼集》《燕誉楼稿》《续列女传》。

53. 沈珵，字未男，嘉善人。工部主事丁彦妻。早没。

54. 沈蕙端，字幽馨，嘉兴人。庠生顾必泰室，吴江光禄寺卿沈璟从孙女。少工诗词，尤精曲律，尝作小令，《挽昭齐琼章》为时人所传。

55. 陈瑞麟，字兰若，海盐人。著有《绿窗闲吟》。

56. 沈畹，字振兰，桐乡人，吴雋室。著有《馀香诗草》。

57. 潘畹芳，江苏吴江人，潘凯女，吴江编修潘耒妹，秀水庠生陈鋐室，刑部主事陈王谟母。雅好吟咏。

58. 褚静贞，字绣馀，嘉兴人，桐乡沈灝室。著有《绣馀剩稿》。

59. 范氏，秀水人，嘉善计骏有室。幼娴女红，兼能诗，年十六适计，卒年二十六。

60. 费孺人，姓倪氏，桐乡人，石门费胜初继室，其诗清婉秀雅。著有《映雪吟稿》。

61. 黄钰，字佩珩，海盐人，黄燮清女，湖北孝感知县钱塘宗景藩室。通诗史，善绘事，仕女尤工。

62. 沈宜人，嘉兴人。太常少卿陆绍琦室，编修陆树本母。能诗。

63. 程芬，石门人，乌程庠生施重芬室。有《吐凤轩稿》。

64. 陈莅，字挹芳，嘉善人，诸生许钰室。工于写诗，早寡，守节。《两浙輶轩续录》中收录。

65. 范孺人，钱塘人，州同知范允鈇女，秀水陆绍琦子媳，翰林院编修陆树本室。

66. 沈瑛，字八咏，海盐人，州同知沈兆祁女，庠生朱栋隆室。

工诗。

67. 俞光蕙，字滋兰，海盐人，户部侍郎兆晟女，金坛大学士于敏中室。工诗，善书法。

68. 姚淑，字嗣徽，平湖人。善集唐人诗句成章，组织之工，几天衣无缝。

69. 沈璠，字九如，海盐人，州同知沈兆祁女，庠生冯功遂室。能诗。

70. 陈绚，字莲慧，海宁人，监生陈璞女，海盐监生张上发室，女诗人张步蕙母。幼敏慧，娴习闺范，览书史，知大义。闲习韵语，下辄工，著有《吟香阁集》。

71. 吴氏，字青霞，海盐人，沈锡三室。喜读书，工诗，著有《青霞寄学吟》《惜阴楼剩稿》。

72. 陈品闺，字筠斋，海盐人，运同陈克鋐女，廪生陆肇锡室。聪颖过人，善诗。于归二载以疾卒。

73. 程宜人，桐乡人，编修德清徐天柱室，有《波罗密室琴谱》一卷。徐氏累世簪缨，而家仅中产。宜人勤俭持家，事祖姑及姑甚孝。子养源、养潜、孙璜辈，咸能博闻敦行，卓然负时名，皆宜人所教。

74. 陆锡贞，字若筠，平湖人。钱天树室。幼端淑，娴礼，其诗刻划幽秀，颇有隽句。殁前三日，悉以平昔所作投药火燃之。

75. 李祥芝，秀水人，教谕李傑女孙。幼颖悟，从其父授经。性纯孝，母殁号泣不已，遂得疾，及笃，呼婢尽焚其诗，唯未汇入稿者不得焚。

76. 朱霞（1749—1804），字佩云，海盐人。监生朱艻臣女，庠生祝桂发室，祝旦华嗣母。能诗。

77. 徐秀芳，字蟾女，震泽人，徐蟾长女，秀水监生李大诚室，女诗人徐彩霞姊。早慧，承父教，工吟咏，著有《秀芳遗诗》。

78. 邵文媛，平湖人，邵松长女，邵英媛姊，沈文媛表姊妹。能诗。

79. 徐彩霞，江苏震泽人。徐蟾次女，女诗人徐秀芳妹，秀水监生李大福室。著有《彩霞遗诗》一卷。

80. 梅玉卿，字瑶仙，天津人，海盐监生陈孝治侧室。著有《红豆山房稿》。

81. 卢兰露，钱塘人，杭州卢鹤山女，石门贡生胡家琪室，著有《倡随集》。博览经史，能诗文。

82. 沈玙，字涵碧，一字十洲，海盐人。州同知沈兆祁女，女诗人沈瑛、沈璠姊妹，陈均妻，诸生陈文锦、女诗人陈云涛母，州同知陈钧室。著有《就雪楼诗稿》一卷、《花月联吟》一卷。

83. 朱韫玉，字介石，海盐人。朱九初女，能诗。

84. 曹蔚文，嘉善人，监生曹相龙女，女诗人卢静芳、陈受之、陈顺、陈绚、陈登峰、陈品闺表姊妹，字钱塘举人徐绍堂，未嫁卒。能诗。

85. 彭玉嵌，海盐人，平湖贡生陆烜室，举人陆坊母。工诗。

86. 程静贞，字素庵，海盐人，吴天麟室。工诗善琴。年三十三卒。

87. 许孺人，海宁人，工部主事许惟枚女，嘉兴通判陆昌祖室。著有《篆云楼稿》。

88. 沈文媛，平湖人，庠生潘宗敬室。夫贫复多病，资文媛纺织度日，事姑以孝闻。工诗。

89. 查淑顺，字蕙圃，海宁人，编修查慎行曾孙女，查昌裪女，查莱妹，海盐庠生冯桂牲室。幼慧能诗，著有《揽秀轩稿》。

90. 姚庄仁，字静岩，号静仁，江苏嘉定人。姚天衢女，雄县知县嘉兴汪钺妻。工诗。

91. 邵英媛，平湖人，邵松次女，邵文媛妹，沈文媛表姊妹。能诗。

92. 钱珠，字映川，嘉兴人。监生钱敏修女，海盐崔炆室。能诗。

93. 孟折莲，平湖人，孟用久女。性聪敏，观书过目成诵，诗亦清雅可喜。惜早夭，不能成峡。

94. 徐新庆，字淑媛，海盐人，监生李应占室，贡生徐鉴渭女。幼颖慧，涉略书史。

95. 朱素，字月楼，平湖人。著有《牡丹亭集》。

96. 俞绣，字针史，平湖人。廪生胡金题室，胡基昌长子媳，胡金胜、女诗人胡缘嫂。

97. 袁华，字缦华，嘉兴人。袁逊斋女，杨伯润室。诗作多雅音，闺房唱和诸作，宛转生情，尤得《国风》遗意，有《缦华楼诗钞》。

98. 汪娟，嘉兴人，汪淇女，汪文桂、汪文梓、汪文柏妹。聪慧寡言。许字戴判官之子，年十四未嫁而殁。著有《瓣香楼词》。

99. 许英，字梅村，钱塘人。峻山女，嘉兴沈江春室。有《清芬阁集》。

100. 程娴，字渊湛，号湘蘅，晚号念春老人，桐乡人。少孤，聪慧绝伦，工诗，著有《渊湛诗钞》，未及刊行，毁于劫火。

101. 汪铃（1711—1796），字月珠，桐乡人。候选知州程尚赟室。幼娴吟咏，夫亡年仅二十一，毁容守志，遗两女，亦能诗。

102. 钱继芬，字伯芳，嘉兴人。钱楷从女，阮元子媳，阮祜继妻。工诗画。

103. 陆萼辉，字映楼，桐乡人。嘉庆九年（1804）举人陆瀚孙女，陆以湉、女诗人陆瑀华从孙女，山西解州州判陆宪曾女，同治七年（1868）进士陆芝祥姊妹，归安冯寿金妻。孝友柔和而体弱多病。生二子而卒，年未三十。

104. 陈宝玲，字慧娟，自署慧娟女史，秀水人。陈鸿诰女，著有《学吟稿》。工诗画，人以"不栉进士"目之。

二　明清嘉兴望族女性的时空分布

首先，嘉兴望族女性作家在时间段上分布极不平衡。明清两代嘉兴望族女性作家总计372人，其中明代仅有32人。整个明代前期及中期，因统治阶级的严厉管束、程朱理学的压制及女性受教育权利的限制，望族女性作家虽已出现，但数量寥寥。这一时期，即使位居社会上流的官宦之女能够接受教育，她们大多数学习的也只是关于"女教"方面的内容。在明初，明太祖有鉴于以往宫内后妃干政的先例，为立纲陈纪，洪武元年（1368），明太祖要求儒臣修《女诫》一书以供宫内女子阅读。明成祖时，又命解缙修撰《古今烈女传》一书赐与百官传阅。另明孝仁皇后编有《内训》，章圣皇太后撰有《女训》，这些书籍均由皇帝旨意颁发天下。除皇室成员撰写女性教科书外，还有一些臣子撰修教育妇女的书籍，如明万历十八年（1590），由大臣吕坤撰成《闺范》四卷，此书撰成后，由书商广泛刻印，贩卖四方，成为"闺门至宝"。因统治阶级在思想上的严加管束与控制，在明代中期以前，女性能读书识字且能作诗文者数量极少。

至明中晚期，随着政府对妇女约束的逐渐松弛及都市文化的繁荣，晚明时期对女性审美及评价标准亦发生了变化，女性的才艺日渐受到重视。青楼女性作家及家族女性作家逐渐增多起来，甚至出现了专门从事文化教习的女性教师阶层——闺塾师。在士绅家庭，一些家族女子开始得到一些诗书画的教育，以使她们才艺增进，受到社会的欢迎。这一时期，在嘉兴的地方望族中还出现了秀水的黄氏、平湖孙氏、嘉兴钱氏和海盐孙氏几支较有代表性的女性作家群，她们大都生活在明末清初之际。

进入清代，女性受教育的群体仍以地方望族成员为主。这一时期因社会的变革调整，生产力得到进一步发展，加之男性学者对才女文化的支持与提倡，女性受教育水平及识字率有了很大的提高，在经济发达地区"一些有条件的人家就会请闺塾师来教女孩读书、写字和作诗"①。在清代，母教也十分盛行，望族家庭联姻对象多为家族才女，母亲能把自己的才学直接教给自己的子女，在清代的家族才媛中母女同为诗人的也为数不少。

有清一代，嘉兴经过康雍乾时期的赋税改革与整顿、海塘的修缮及恢复农业生产等一系列政策，至清代中期嘉兴已经出现了全面繁荣的盛况。这一时期望族女诗人的数量大大增加，其中生活在清代康雍乾时期的主要有嘉善钱氏、孙氏及海盐彭氏3支文学家族；乾嘉时期产生的家族女作家最多，在13支典型的家族群落中，有5支家族女作家是生活于乾嘉年间，分别为平湖张氏、桐乡孔氏、桐乡汪氏、嘉善孙氏及海盐朱氏家族。道光年后、咸同及光绪年间的家族群有桐乡汪氏、严氏、劳氏及平湖孙氏家族（见表4-3）。

其次，嘉兴望族女性作家在地域分布上也不平衡。嘉兴下辖各县中嘉兴县闺秀数量最多，共70人；其次为桐乡，65人，其余几县分布相对较均衡，秀水县36人，平湖44人，海盐50人，嘉善29人，而石门（崇德）人数较少，共有15人。另因婚姻关系而进入嘉兴府的家族女性有39人，其中主要来自江苏吴江、杭州钱塘、浙江湖州、海宁，这几处均为经济发达、文化优势十分明显的区域。

各县中桐乡、嘉兴和海盐三县的望族女性作家数量占据绝对优势。其数量分布的不匀衡与地区建置的先后、中心区位的远近及文风的浓郁程度有较大的关系。明清两代，嘉兴府下辖嘉兴、秀水、海盐、平湖、嘉善、桐乡、崇德（石门）七县。在下辖各县中，海盐建置最早，石门县建置较晚（直至康熙元年避太宗年号改崇德县为石门县），其余各县在明宣德四年（1429）建成。建置越早的区域其教育体系的建立也越完善，对人

① ［日］中川忠英:《清俗纪闻》卷八，方克、孙玄龄译，中华书局2006年版，第340页。

才培养的功能也相对完备。而就区位的重要性而言，嘉兴和秀水一直是核心区域，仅为一水之隔，其文化资源相对集中，官学与私学的设立相对较早，人才储备也更多。嘉兴王店镇在明清时期文风浓郁，境内诗文荟萃，人才辈出，不仅涌现了朱彝尊这样的文翰大家，更有李绳远、李良年、李符、周筼、王庭、王翃等一大批蜚声全国的诗人，整个明清时期嘉兴县共产生 20 余支望族，在浓郁文风的熏陶下家族才女的大量产生也不足为奇了。桐乡县紧邻秀州，南邻海宁市，境内文化底蕴深厚，桐乡乌镇不仅风光秀美，更是名人辈出之地，优美的风光吸引着众多南迁文化家族来此定居繁衍，如桐乡的孔氏及劳氏家族即为南迁而来的一郡望族。桐乡濮院的丝织业十分发达，明清时因产销"濮绸"而闻名于世，成为江南五大名镇之一。镇上文风浓厚，居民崇文好学，名士辈出。濮院的科举十分兴盛，据《濮院镇志》记载，明清两代，该镇共产生进士 20 人，举人 62 人，其中康、雍、乾三朝就产生进士、举人 58 人。该镇的地方望族也不少，如濮氏、岳氏、董氏等。望族的聚集、崇文的传统、经济的支撑使得家族才女的产生有了良好的前提条件。

表 4-3　　　　　望族女性诗人群的区域分布及家学特色

区域	主要家族	渊源	代表作家	家学特色
嘉兴	钱氏（10 人）	先世本何氏，次子裕生由同里钱姓家族抱养，遂承钱姓。祖居海盐半逻村，至钱陈群始迁秀水	钱湉、钱卿藻、钱与龄、钱德蓉、钱庆韶、陈书、李心蕙、李纫兰、陈尔士、姚靓	诗、画
秀水	黄氏（8）	黄氏其先为江西新淦人，洪武中谪戍黄洋卫，旋改隶嘉兴千户所，后籍秀水	沈纫兰、黄观娇、项兰贞、黄淑德、黄双蕙、周慧贞、黄媛贞、黄媛介	诗、词、书、画
平湖	张氏（12 人）	张氏家族元末自吴中迁居平湖，世代以农为业，耕读传家	鲍诗、顾慈、钱蘅生、张凤、沈鑫、孙湘婉、张若荪、张文珊、张宝珊、高孟瑛、高红瑛、高佩珩	诗、画
	孙氏（6 人）	孙氏始迁祖明洪武年间由杭州府迁居海盐大易乡（今属平湖）击壤里，遂籍焉，称平湖华亭支	黄德贞、孙兰媛、孙蕙媛、陆宛椒、屠范佩、周兰秀	诗、词

续表

区域	主要家族	渊源	代表作家	家学特色
嘉善	钱氏 （5人）	钱氏为吴越之后，初居杭州，至元至正年间国冯始迁居嘉善	吴黄、沈榛、沈栗、蒋纫兰、钱复	诗、词
	孙氏 （5人）	由来不详，世居嘉善邑城	孙淡英、冯孝娥、谢韫晖、孙兰馨、孙静娟	以诗为主
桐乡	孔氏 （15人）	孔氏当为曲阜孔氏南宗的分支，后在宋高宗建炎二年偕衍里、端友扈驾南渡，寓居衢州，后复迁湖州，于明正统景泰年间再迁于青镇，后世居桐乡	孔传莲、孔继瑛、孔继孟、孔继坤、孔兰英、孔素英、孔昭蕙、孔昭蟾、孔昭莹、孔昭燕、郑以和、沈宜人、沈佩玉、沈宛珠、胡若兰	诗画家族
	劳氏 （8人）	劳氏原籍山东棣州府乐安县，明初迁济南府阳信县，雍正时创修族谱以阳信始迁祖一世	劳若华、劳若玉、劳细、劳纫、劳琳、劳缜、沈蕊、邵振华	诗、词、弹词
	汪氏 （7人）		金顺、汪璀、汪曰杼、汪曰杏、汪曰采、汪懋芳、赵棻	诗、词
	严氏 （10人）	桐乡严氏相传为严光之后，初居桐庐，明代迁杭，后又迁桐乡，至大烈为第八世	严永华、严昭华、严澂华、严鈿、严寿慈、严鈺、严鍼、严颂萱、周颖芳、王瑶芬	诗、画
海盐	彭氏 （8人）	彭氏本江西安福人，元季迁安徽全椒，明初以武功任海宁卫指挥佥事，世袭，始迁居海盐	彭琬、彭琰、彭孙婧、彭孙莹、陈元琳、彭贞隐、沈彩、徐妙清	诗、词、书、画
	朱氏 （9人）	朱氏系出新安，相传为朱文公后，元时有朱顺者为嘉兴路主簿，遂世居海盐	胡绣珍、朱玙、朱美英、李壬、楼秋畹、潘佩芳、张贞、吴元善、胡绣珍	诗、画
	徐氏 （4人）		徐宜芬、徐妙清、徐人雅、徐恒和	诗、文

第二节　明清嘉兴闺阁文学的创作分期

"文变染乎世情，兴废系乎时序。"① 明清两代嘉兴的闺阁文学创作经历了明代社会生活文化的大变迁时期及由明至清的改朝换代、少数民族入

---

① （南朝梁）刘勰：《文心雕龙·时序》译注，上海古籍出版社 2010 年版，第 218 页。

主中原的历史巨变，也经历了清代由封建王朝最后的兴盛至封建制度的彻底没落并最终被推翻的历史改写，风起云涌的太平天国运动，西方列强用坚船利炮打开中国大门后的西方思想的传播及清代末期为自救而发起的洋务运动、维新运动等一系列自上而下的变革，中国的社会形态、社会意识、生存环境都发生着天翻地覆的变化。这些历史事件给嘉兴的闺阁女性创作也带来不一样的素材和视角，她们敏锐地洞察时局的变化，并"以我手写我心"。结合不同朝代的特征分析她们在不同时段的文学面貌及变化，我们可以更好地把握嘉兴闺阁女性创作的发展走向、文学风貌及历史价值。总体而言，明清两代嘉兴的闺阁文学创作可以分为以下五个时期。

一　明代中期——嘉兴望族女性创作的发轫期

生活在明代中期至晚期的嘉兴望族女性作家主要有：卜氏、姚少娥、沈凤华、沈瑶华、沈翠华、黄婉。这一时期政局相对稳定，经由明孝宗实行节制宦官、减免赋税、选贤举能等一系列励精图治的政策，明代中期出现了政治清明、经济繁荣、百姓富裕的"弘治中兴"时期。随后的正德、嘉靖两朝，经济、文化在原有的基础上得到进一步发展，成为整个明朝最为鼎盛的时期。

这一时期，嘉兴望族女性创作随着明代城市经济与商品经济的繁荣而逐渐滋生，作为环太湖流域的一座经济发达、文化繁荣的重要城市，嘉兴拥有极好的地理位置和文化基础，经由唐、宋、元几朝经济的发展，嘉兴聚集了大量由北方南迁的世家大族来此繁衍生息，因此家族才女的出现也成为了必然现象。这一时期的望族女性创作数量虽然不多，但她们却体现了对女性才学与创作的初步接受。

这一时期的女性创作题材相对单一，其视野也仅限于闺房庭院之内，仅以抒怀、写景、咏物为主要内容，抒写闺阁生活的单调苦闷、表达与丈夫的思念之情及表达春恨秋愁成为她们笔下的主旋律。如姚青娥所咏《春闺》二首、《春思》《秋思》《述怀》《送别》等，以清婉深挚的笔调道出闺阁女子的愁绪与细腻敏感的内心世界。

游仙诗是这一时期较为普遍的一种题材，在黄婉、沈瑶华、沈翠华三位才女的诗文中，咏物、游仙是她们的主要创作内容。游仙诗作为游离在现实生活之外的一种题材，在一定程度上体现了当时道教的影响之广及宗教对闺阁女性在精神上的缓释作用。以游仙为主题也传达了明中期闺阁女子狭小、不自由的生活现状，她们只好借助想象与仙共游来抒发内心的忧思与压抑，以期实现"只今跳出污泥窟，碧浪三山汗漫游"①"身同蝴蝶多游遍，不是南华梦里来"②的美好愿望。对现实社会的不满与逃离，也表明这一时期的嘉兴望族女性意识的初步觉醒，但她们对自我价值缺乏合理的认识，也无法找到正确的精神救赎之路，只有借助宗教来宣泄对现实的不满。

二 明代晚期至清代顺治年间——闺阁文学的伤痕与突破时期

晚明至清初为嘉兴闺阁文学发展的另一阶段，这一时期也是整个封建社会的历史转型时期。这一时期，政局上发生了巨大的变动，政治上的腐败加速了统治阶级的分崩离析，尤其万历后期荒于朝政，横征暴敛，阶级矛盾日益加剧，明代逐渐由盛转衰。但与此同时，万历年后，明代的社会经济却在原有基础上得到进一步发展，尤其在江南一带，"商品经济不断向纵深发展，日益深入农村，促使农家经营的商品化度加深，尤其是江南的苏州府、松江府、嘉兴府、湖州府一带，从 15 世纪末到 16 世纪初以来，农业经济的商品化以引人注目的态势发展着"③。随着城乡流动的加快，市镇的发展，市民阶层已形成了一个庞大的群体。经济、政治方面的变化对社会思想、文化艺术方面也产生了重要的影响。明代晚期，随着"以利玛窦为代表的耶稣会士在这时的传教活动，以及随之而来的西方科学文化的传播，向长期封闭的中华帝国吹进了一股清新的空气，让人们接触到了以前闻所未闻的新思想、新事物"④。思想界的活跃、工商业的发展、出版业的繁荣及男性学者的提携与推助使得晚明才女文化有了进一步的发展空间，这一时期，才女数量较明代中期明显增多，其区域仍主要集中在最为富庶及城市化程度最高的江南一带。

明末清初的嘉兴望族才女主要由沈纫兰、黄双蕙、黄淑德、项兰贞、黄德贞、黄媛贞、黄媛介、虞瑶洁、虞兆淑、沈榛、彭琰、彭琬、项佩、陆观莲、陆圣姬、徐范、吴青霞、孙兰媛、孙蕙媛、屠范佩等组成。她们

---

① （清）沈季友：《槜李诗系》卷三十四，阁影印文渊四库全书第 1475 册，上海古籍出版社 1987 年版，第 819 页。

② 同上书，第 803 页。

③ 樊树志：《晚明史》，复旦大学出版社 2003 年版，第 83 页。

④ 同上书，第 178 页。

大都生活在万历后的明末清初时期，明代的灭亡，清代异族入主中原成为影响社会生活的一个重大事件。在这些望族女性的诗词中，明末腐朽的社会现状及明朝的灭亡给她们内心带来不可磨灭的民族伤痕，使她们的诗词创作充满了哀伤忧郁的笔调。

从文体上看，词成为明末清初嘉兴望族女性创作的重要体裁。在上述20名女性作家中，有15位女性进行了词学的创作，这也反映出明末清初词学复兴给望族才女带来了广泛的影响，这一时期，浙江词坛出现了陆钰、彭孙贻、曹元方、周拱辰、李天植、潘炳孚等有一定影响力的嘉兴词人。出生于望族之家，她们受父亲或家族亲友文风影响较大，承其家风与家学，她们在文体创作上也更容易相互靠近。明末时期，"浙江为抗清反清的重要基地，也是词学基地，因此，明末浙江词坛词人众多"①。在明末清初的嘉兴词坛，家族才女也成为词创作的主力军。相较于传统文体诗歌而言，词在抒发内心怀感上要更胜一筹，这与女性本身细腻敏感的特点相吻合，因而，词的创作在明末清初嘉兴望族女性作家群中大放异彩。

此外，这些才女作家与明代中期的女性作家有一个较大的不同点，即经历了明清易代、战乱纷繁及生活的颠沛流离，一部分望族才女被迫走上社会谋求生计，因此在她们的诗文创作中出现了大量关注社会现实的篇目，如黄双蕙的《家严忤珰被放南归》一诗，写自己的父亲"几番抗疏惟忧国，半老归田始作民"的官场混浊与黑暗②，揭露出明末宦官专权的社会现状；还有些望族女性秉承了家族忠君爱国之思想，具有明代遗民的精神，她们以明代遗民身份自居，与自己的丈夫过着隐居山林的清贫生活。因而，在她们的笔下更多地充满着一种禾黍之悲和慷慨之气。如黄媛介、项佩，她们的诗作中就有不少沉郁之作。还有少数的闺阁女子在明清易代之际甚至直接参与到抗清的斗争中去，如望族才女吴黄、沈榛，两位闺秀识大体明大义，在钱氏家族成员参与抗清斗争的同时，她们也变卖金银饰物以助抗清义兵军饷，给家国做出一份贡献。吴黄的诗文铿锵有力、骨力铮铮，有巾帼不让须眉的气魄。她在《闻刘节妇淑英倡义勤王》中写道：

---

① 徐志平：《浙江古代诗歌史》，杭州出版社 2008 年版，第 440 页。
② （清）沈季友：《槜李诗系》卷三十四，影印文渊阁四库全书第 1475 册，上海古籍出版社 1987 年版，第 820 页。

天纲竟坠地，倡义满方隅。白面谭兵有，红妆殉国无。
王章还有女，吕母本无夫。我亦髫髫者，深闺愧执殳。①

诗人对明末腐败的政局深有感慨，心中亦有不平之气，她以慷慨的笔调表达出自己希望投身战争的想法，同时也对深闺女子的弱小而深感愧疚。此外，她还作有《古柏行》，诗句末尾感叹道："君不见，天王制治开明堂，栋隆则吉须才良。暂托山阿君莫惜，知君指日贡岩廊。"②作者笔力雄健，一扫明代中期闺阁女子柔弱之风，传达出闺阁女性胸襟阔大、志向不凡，渴望与男性一样建功立业的另一面。黄媛介是另一位明末清初可圈可点的嘉兴望族才女。她因遭逢乱世而流离失所，明清鼎革之变也给她带来无限伤痛，其诗作充满着对社会现实的忧虑及对故国的怀念。她在《丙戌清明》中写道："倚柱空怀漆室忧，人间依旧有红楼。思将细雨应同发，泪与飞花总不收。"③诗人借助春秋时期鲁国少女"漆室倚柱"这一典故来深切地表达自己对故国的关心与怀念。

明末清初，嘉兴望族女性在文学创作上有了较大突破，她们不仅继承了"诗史"的传统，增加了很多现实主义的诗作，而且表现出女性自我意识的不断增强及对社会的积极参与意识，这种心忧天下的儒家情怀及文学的自觉意识在这群有着良好教育背景的知识女性身上得到了充分的反馈。此外，在文体创作上大量进行词的创作，也为清代女性词创作的勃兴争得了一席之地。

三　康雍乾时期——嘉兴闺阁文学的构建与兴盛时期

康雍乾时期是清代封建王朝的最后鼎盛时期，经历三朝君主的励精图治，中国封建社会的政治、经济、文化均得到较大的发展，此时的中国版图辽阔，政治相对安定，传统农业、手工业在原有基础得以恢复和发展，人口数量快速增长。在文化上，康熙时期开博学鸿儒科网罗人才，并向西方传教士学习西方的科学与文化。思想上，近代民主思想得到进一步发

---

① 钱仲联：《清诗纪事》，凤凰出版社 2004 年版，第 15612 页。

② （清）胡昌基：《续槜李诗系》卷三十七，清宣统三年（1911）刻本，第 2 页。

③ 黄媛介：《黄媛介集》，李雷《清代闺阁诗集萃编·黄媛介集》第一册，国家清史编纂委员会，2015 年，第 35 页。

展，人文主义思潮涌动。康雍乾时期也是女性文学的大发展时期，"有清一代，女性作家有作品传世的超过三千人，其中半数以上生活在'盛世时期'（1683—1839）"①。"盛清时期，女作家的作品开始有了单独刊行的刻本，第一批由女性写作和编撰的文集也已刊刻出版。"②

康雍乾时期是嘉兴闺秀作家创作的繁荣时期，也是闺阁文学创作走向自觉的时期。这一时期，国家安定，民族矛盾和阶级矛盾得到缓和，因而女性创作在诗风上表现得更加轻快圆融，较多体现女性对内心世界的审视与关照。生活在康雍乾时期的嘉兴望族女性作家主要有：孙兰馨、屈凤辉、陆言、陆素心、吴瑛、陈书、朱霞、朱森、汪铃、倪梦庚、倪氏、冯孝娥、蒋纫兰、钱复、谢韫晖、孙淡英、金顺、孔继孟、孔继瑛、孔继坤、鲍诗、陆宛椒、彭贞隐、沈彩、李壬、金颖弟、金孝维、吴筠、李心慧、吴慎、胡缘、王元珠、沈静专、吴玖、顾慈等。这一时段产生的家族女性作家数量大大超过了前代，她们在文学创作方面也体现出了对前代的继承与发展。

首先，在文体创作上，仍以诗词为主要创作体裁。康雍乾时期，嘉兴望族女性的词创作也在原有基础上进一步丰富起来。在上述望族女性作家中，屈凤辉、陆素心、蒋纫兰、吴瑛、陆宛椒、彭贞隐几位均存留有较多的词作。在浙江词坛，"浙西词派"成为清代影响最大的词派，此外，嘉善的"柳洲词派"、嘉兴的"梅里词派"亦十分活跃。海盐的彭氏家族、嘉兴李氏家族、朱氏家族、嘉善钱氏家族、曹氏家族、魏氏家族等均为以词学见长的望族。在当地文学流派的影响下，康雍乾时期的嘉兴望族女性创作中，有较多的闺阁才女加入词的创作领域来，词学也再度中兴。

其次，这一时期的诗词创作风格更趋清新、雅致与舒缓，除少数女性仍旧以闺愁闺怨为主题外，更多女性作家体现出一种愉悦、放松、闲适的心境。歌咏山水、抒怀、咏物、游赏类的题材增多起来。在她们的笔下，原先在诗歌中常出现的"愁、悲、苦、残、泪、恨、怜、伤"等字眼明显减少，有的诗人笔下甚至多次出现了"欢、笑、喜"等词语，内心的

① ［美］曼素恩：《缀珍录：十八世纪及其前后的中国妇女》，江苏人民出版社 2005 年版，第 3 页。

② 同上书，第 22 页。

喜悦之情不言而喻。如鲍诗的《杏花》："蛎粉墙头乍见时，轻舒笑靥淡胭脂。"① 李壬的《由武原至梅里》："望见籍桥心便喜，急收帆脚到侬家。"② 陆宛梾的《锦帐春·元夕和韵》："云母流霞，水晶垂碧。笑凤缬、喧阗九陌。写梅枝，倾竹叶。待华灯焰息。漫酬佳夕。"③ 金孝维的《集近水楼居分韵得鹊字》："谈笑杂琴书，善戏不为虐。佳会忘夜阑，从教凉月落。"④ 上述诸诗句中均展露出闺阁女性轻松愉快的生活场景。

写景咏物也为康雍乾时期嘉兴望族女性创作的普遍题材，有半数以上的闺媛有此创作。平湖望族才女陆素心，字兰垞，举人徐熊飞妻，有《碧云轩诗钞》。她的诗写景甚多，且多清新可诵。如她的《村居雨霁》："雨过山气清，幽兴不在远。白鹭见人飞，池塘秋水浅。隔岸见渔家，濛濛绿杨晚"⑤。整诗清新淡雅，风景如画。这一时期女性的生活较前相对自由，不少家族女性借着空隙时间与姊妹或朋友一同外出游玩。因而，游赏诗成了她们笔下一种新鲜的主题。陆言作《夜游虎丘》《秋日游金鳌玉蛛》，金颖弟作《秋晚登吴山》，孔继瑛作《游大明湖》等，可窥见在清代中期望族女性的活动空间和自由度较前均有较大的扩展。

四　嘉道咸时期——传统闺阁文学的回归与初步转型时期

嘉道咸时期是清代封建王朝走向衰落的时期，这一时期政治腐败，封建体制的弊端日益明显，积重难返，经济发展迟滞，土地兼并严重，各地农民起义风起云涌。闭关锁国的政策使中国的对外交流严重滞后，而西方列强通过工业革命崛起后在经济、军事实力上已远超中国，中国面临着内忧外患的巨大危机。1840 年英国发动了侵略中国的鸦片战争，以坚船利炮打开了中国的大门。自此，中国丧失了独立自主的地位，开始沦为半殖民地半封建社会。

生活于嘉道咸时期的嘉兴望族女性作家主要有：钱蘅生、孙湘畹、沈

---

① （清）胡昌基：《续携李诗系》卷三十七，清宣统三年（1911）刻本，第 35 页。

② （清）潘衍桐：《两浙辅轩续录》卷五十四，《续修四库全书》第 1687 册，上海古籍出版社 1995 年版，第 219 页。

③ 程千帆：《全清词·顺康卷》第一册，中华书局 2002 年版，第 472 页。

④ （清）徐世昌：《晚晴簃诗汇》卷 185，《续修四库全书》第 1633 册，上海古籍出版社 1995 年版，第 399 页。

⑤ （清）胡昌基：《续携李诗系》卷三十八，清宣统三年（1911）刻本，第 30—31 页。

宜人、汪懋芳、劳若华、楼秋畹、胡绣珍、朱美英、朱玙、沈蕊、张苕荪、高孟瑛、劳若玉、严徽华、赵畹兰、计珠仪、钱聚瀛、钱韫素、金芳荃、姚仙霞、王瑶芬、周润、金兰贞、陈尔士、李嬛、严澂华、张常熹等。这一时期的嘉兴望族女性在思想上虽然受到西方思潮一定的冲击，但总体而言仍旧以传统女性面貌出现，节妇和烈妇的数量与同期相比并末减少，旧的封建思想仍占据着强大的根基，加之这一时期《闺秀诗评》《国朝闺秀正始集》等总结性文学批评类文集的出版刊印，闺秀之创作重新走入"温柔敦厚"含蓄蕴藉的诗风之中。在创作题材方面没有大的突破，咏写闺情、感怀、咏物、写景、题画、赠别仍为主要创作内容。

乾嘉时期，中国学术陷入以考据为主要治学方法的风气之中，不少学者在乾隆时期"文字狱"的高压政策下，不再敢评论时政，抒发己见，而是转到典籍之整理、经学之阐发考证上来。这一风气对闺秀创作也产生了一定影响，钱仪吉之妻陈尔士就是一个典型。她生活在乾嘉时期，幼习经史，其夫钱仪吉同样善治经史之学，辑有《经苑》一书，汇编唐宋元代儒家解经之著作，夫妻两人情投意合，经常互相切磋。陈尔士在其散文著述中也体现出典型的传统儒家思想，她著《授经偶笔》38则，其中援引《易》《诗》《礼记》《论语》中经典言论进行阐释发微以训诲子女，还写下《听松楼女训序》《妇职集编序》《述训》等多篇文章宣扬传统之妇德并在家族内推而广之，成为严守儒家传统女教思想的闺阁女性之典型。

但也有少数闺秀已开始关注到新事物的出现及国家的安危与走向，她们敢于冲破旧思想的束缚并在诗文创作中将之传达。秀水望族钱景文之女钱韫素在《苏杭失守怀蕴贞妹》中记录了1860年太平天国农民军占领苏州杭州时的情景：

> 无端浩劫降苏杭，蠢尔黄巾势若狂。扰攘禾城惊遍地，飘零兰契避何方。
> 欲探哪有双飞翼，入梦空劳九转肠。每念多情相逐我，临风想象不能忘。①

---

① （清）钱韫素：《月来轩诗稿》，清宣统元年（1909）铅印本，第10页。

作者虽然站在统治阶级的立场来评价这场农民起义，但因战争带来的无端浩劫却给当地百姓带来了灾难，诗人以历史政治事件为创作主题，传达出作者敏锐的感受力和"诗书历史"之精神。

五　同光宣时期——闺阁文学的嬗变转型时期

同光宣时期已处于清朝的晚期，同治在位期间，清政府与英法求和，太平天国起义也已失败，国家暂时安定下来。这一时期，在西方思想的影响下，中国开始创办洋务运动，但甲午战争的失败使洋务运动受到重挫。在风雨飘摇的困境中，中国走向何方成为当时的重要问题。为挽救时弊，光绪帝开始了"维新运动"以求福民强国，但他未能从根本上解决中国之弊端而最终宣告失败。此时中国已被列强瓜分得四分五裂，阶级矛盾、民族矛盾严重激化，农民起义此起彼伏，清朝走向了最后的衰亡。而这一阶段，接受了新思想的精英阶层开始以近代民主思想审视中国并最终找到了出路，1911年，近代革命之先驱孙中山先生领导的辛亥革命推翻了腐朽的清朝统治，1912年2月，溥仪皇帝宣布退位，清朝宣告灭亡，中国步入近代，历史终于翻开了新的一页。

生活在这一时期的嘉兴望族女性作家主要有：严昭华、严针、严永华、劳绅、劳纺、邵振华、严杏徵、严寿慈、郑静兰、徐自华、徐蕴华、吴玉书、王文瑞等。受整个社会环境的影响，这一时期的望族才女已不再是身处闺阁、与外界隔绝的弱小女子。她们中很多人接受了西方民主进步思想的洗礼，并目睹了晚清政府各种腐败无能的现状，她们已对旧的封建制度深恶痛绝，尤其是对女性受歧视与压迫的现状深感不满，她们以自己的文学创作表达对旧封建礼教制度的强烈不满及追求进步、平等、民主新思想的愿望。此时的嘉兴望族才女开始承担起参与改造旧社会的责任，并以自己的实际行动投身于改造旧社会的洪流，贡献一己之力。女权思想逐渐萌生，她们要求打破性别界限，争取女性平等的生活权利。

晚清末期的闺阁文学呈现出独特的图景，首先，在文体创作上，突破了原先传统以诗词为主的单一创作模式，增加了小说、戏曲、弹词等通俗文学创作。桐乡劳绅章之妻邵振华女士创作了四十四回长篇章回小说《侠义佳人》，成为晚清仅存的章回体小说女性创作者之一，作者借助章回小说叙事的形式表达出追求男女平等，争取女性自由平等权利的思想；桐乡钱氏家族成员严谨之妻周颖芳有感于社会腐败黑暗的现状，写下了以弘扬岳飞精忠报国为主题的七十三回《精忠传》弹词作品，作者突破了以往弹词作品以才子佳人为主题的创作模式，首次以政治事件纳入弹词作品，将作者对英雄的呼唤，对清明政治的渴望表达得淋漓尽致。

其次，这一时期的文学创作具有鲜明的时代特征，标志着闺阁文学的嬗变与转型。国家的政治时局直接关系到这些地方望族成员的政治前途，同时内忧外患的政治时局无不牵动着这群敏感聪慧的家族才女，她们用笔写下了这段耻辱的历史。嘉兴竹里才女王文瑞"夙承家学，能为嗣音，忧愁幽思之怀，往往寄之于诗"①。她在《感事作》写到战争对家园的摧残与破坏："极目遥天心暗伤，苍茫城郭尽荒凉。已无野鹤依官舍，惟有寒鸦噪女墙。画角声哀衰草白，炊烟影断夕阳黄。不堪重泛语溪棹，廛市于今尽战场。"在《先父诗稿遭兵燹感赋》中表达出对战事的痛恨与无奈："更番兵火迭消磨，世事烟云满眼过。读到零星诗几页，泪痕更比墨痕多。"②

石门徐自华是一位具有近代人文思想进步观念的女性，她对近代女革命者秋瑾非常欣赏，曾加入同盟会、光复会，协助秋瑾创办《中国女报》，她在《赠秋璿卿女士》二首中写道："多少蛾眉雌伏久，仗君收复自由权"③，表达出她对女性自由、平等权利的向往与追求。光禄寺署郑宝锴之女郑静兰也是一位追求进步的知识女性，她在南浔与秋瑾结识，并深慕其才华和胆识，两人成为忘年之交。在《送鉴湖女侠秋璿卿瑾之爪洼》一诗中作者对秋瑾之凛然气度十分赞赏："女子能怀报国忧，凛然豪气孰为俦"，"磊落襟期感慨深，满腔热血向谁论"④，表现诗人对争取妇女解放，倡导女权的一种思想认同。后1907年秋瑾起义失败遇害，郑静兰更是痛心写下《吊鉴湖女侠》："一腔热血洒轩亭，噩耗传来不忍听。应共湖山名不朽，敢将侠骨埋西泠。"⑤诗人以革命事件为题，对秋瑾的逝世感到痛惜，传达出作者心系国家之兴亡，怀有"以诗纪史"的责任感及爱国情怀，其境界之高令人赞叹。

同光宣时期的文学创作在总体风格上较前代"温柔敦厚"之诗风有

---

① 朱福清：《鸳湖求旧录》，凤凰出版社2010年版。

② （清）王文瑞：《韵篁楼吟稿》卷下，清同治元年（1862）刻本。

③ 郭延礼辑：《徐自华诗文集》卷二，中华书局1990年版，第108页。

④ （清）郑之章：《问松里郑氏诗存》巳卷，民国十二年（1923）铅印本。

⑤ 同上。

了很大的不同，嘉兴望族女性以敏锐的时代责任感走在了全国众多闺秀的前列，她们以开阔的眼界和胸襟成为全国妇女解放的倡导者和代言人，她们是集传统与现代于一体的新知识女性，她们秉承了"闺秀书史"的传统，以激昂凛冽的文学创作奏响了新时代女性的乐章，并最终完成一地传统闺阁文学创作的构建与转型。

第五章

明清嘉兴望族女性
作家特征概览

在明清两代，嘉兴一地出现了150余支世家大族，这些世家大族大都有着深厚的文化根基，有些延绵一二百年长盛不衰，成为嘉兴文坛的主导力量。在这些文学家族中，有众多闺阁女性开始加入文学创作的队伍，望族女性作家初步凸显。

谈到女子作诗，棣华园主人在《闺秀诗评》中认为："女子能诗者，故家世族为最多，惟富家极少，耳目无所濡染不足怪也。"① 世家大族作为文学产生的基层单位，其物质及精神层面均有利于女子的成长及成才，又兼深厚的文学传统潜移默化地滋养着一代又一代的家族女子，使她们成为家学的传承者。这些家族女性秉承家训，在完成相夫教子重任的同时，将她们的所思所感融入诗、文、书画创作当中，实现自己心灵世界的艺术探索。通过分析嘉兴家族女性的家学特色、时代特征及创作风貌，我们可以了解一地女性的家学文化内涵、精神面貌及地域性的文学创作倾向，也有助于了解女性文学作为文学组成部分的丰富性及互补性。将一地女性放在一个较长时间段来进行考察，也有利于我们清晰了解嘉兴闺阁文学创作的萌发、演进及变化。

第一节 嘉兴望族女性的家学特征

一 风雅相承，闺阁多秀

"对女儿的教育在盛清一世变得越来越重要。在婚姻市场上，博学标

---

① （清）棣华园主人：《闺秀诗评》，清光绪三年（1877）年铅印本，第1页。

志着一个女子成为众人争相延聘的对象，成为一个不仅能生育子嗣还能为儿子们提供最优越的早期教育的未来母亲。"① 嘉兴地处环太湖流域，为典型的江南城市，优越的地理位置造就了嘉兴经济的发达与文化的繁荣。嘉兴闺秀具有江南女子的灵秀，她们往往幼时早慧，在父母的教育下熟读诗书，承其家学。

平湖张氏是个极重教育的艺文家族，张诚妻顾慈幼时即在父亲指授下熟读诗书，"响泉先生家法綦严，训女如子。夫人七岁受《毛诗》《女戒》诸书，能通大义。旁及汉魏六朝、三唐，靡不研其诗"②。张诚女儿张凤亦少时读书，"性贞静，不苟言笑，少就外傅，能读《尚书》《毛诗》《小戴礼》及《离骚》《列女传》《六朝人小赋》。长尤嗜诗"③。张湘任的从弟媳孙湘婉，孙烺之女，"烺无子，延师课读。甫及笄，已工诗善画"④。这些家族女子在幼时即在家庭安排下进行了严格的诗文训练和广博的文史学习，为她们日后的诗文创作打下了扎实的基础。

良好的家庭文化氛围和优越的物质生活给她们提供了增长才艺的条件，读书之余她们还在父母或名师的指授下学习刺绣、书法、绘画、琴类等。在文化家族中，有不少男性成员亦是丹青的名手，在他们的带领熏陶下，家族闺秀便有机会近距离地学习书画。她们在出嫁之前，由父母亲自教授或拜师学艺；出嫁之后，她们还可与其夫论画，共同提高绘画技法。如平湖才女鲍诗，其父鲍怡山在其幼时就邀请善画山水、花卉的程之廉到他家中来教女儿学绘陈白阳的花卉画。秀水钱氏家族中钱陈群的母亲陈书工山水人物花卉，技法精妙，其绘画弟子中有不少是家族成员，在她的带领下，钱聚瀛、钱韫素、钱卿藻、钱卿箴、钱与龄几位才女均传陈书老人之画法。桐乡孔氏中孔兰英、孔继坤、孔继瑛、孙素英、孔昭蕙均为工书画的才女，孔素英的书画更是了得，绘画作诗相辅相成，相得益彰。时人评为："精小楷，得卫夫人笔意，工写山水，画已，即题诗，自书之，时称'三绝'。"⑤ 孔传志之女孔继瑛不仅善诗文、工书画，还精通音律，

---

① 曼素恩：《缀珍录：十八世纪及前后的中国妇女》，江苏人民出版社 2005 年版，第 75 页。

② （清）潘衍桐：《两浙輶轩续录》卷五十二，《续修四库全书》第 1687 册，上海古籍出版社 1995 年版，第 173 页。

③ （清）施淑仪：《清代闺阁诗人征略》卷八，民国十一年（1922）铅印本，第 19 页。

④ （清）孙振麟：《孙氏家乘》卷三，民国二十八年（1939）石印本，第 60 页。

⑤ （清）施淑仪：《清代闺阁诗人征略》卷三，民国十一年（1922）铅印本，第 2 页。

《孔氏东家外史》中记："能诗，工骈体文，善操琴。继瑛归诸生沈廷光，馆吴门。"①

在嘉兴的 13 支较大的家族女性作家群中，几乎每支家族中均有善诗词又兼工书画、懂音律的女子，她们兰心蕙质，喜慕风雅，文学创作风格多样。多才多艺的女子也成为本家族文化特色的代言人，在婚前才艺是调节单调枯燥闺阁生活的润滑剂；婚后她们则是本家族文化的传播者与交流者，沟通着不同望族之间的文化因子。因而，才艺也可谓是她们的立身之本与精神支柱。

二　家族化特色

在中国古代以宗法制为统治体系的封建社会，家族成为社会结构的基本单元，也成为文学生产消费的基本单位。在明清两代嘉兴女性创作群体中，大多数女性来自文学世家，这些文学家族一般都为科甲连绵的艺文之家，如嘉兴的钱氏、朱氏家族；秀水黄氏、陈氏家族；平湖孙氏、张氏、陆氏家族；嘉善的钱氏、孙氏家族；桐乡的孔氏、劳氏、汪氏、严氏家族；海盐的彭氏、朱氏、徐氏家族等，这些文化家族经由科举起家后，往往世代为官，经由多年积累了较丰厚的家底。他们秉承诗书传家的传统，家中藏书丰富，可以为闺阁女子提供较为优越的物质生活和精神食粮，使她们不必为家务生计而操劳奔波，并有充裕的时间来学习诗文艺术类的知识。

这些文化家族为保持本家族的兴盛不衰，他们通过制定家规、家训及望族联姻等一系列方式，教习子弟勤习举业，为他们成为日后科场精英而做准备。同时，他们将家族中女子尤其是早慧的女子也视为珍品，因囿于学校不收女学生的限制，他们则在家庭里由父母亲自教习或拜师学艺，让她们自幼学习诗文，提高文化素养，以成为家学的继承者及为日后嫁入同样的大家族或成为一个受人尊敬的母亲而做准备。因而，在一个世家大族中，其因血缘和婚姻关系而组成的女性家庭成员之间构成了一张家族关系网络，这些女性有一定的学问功底，在空闲之余可以常常聚集在一起探讨诗文、吟咏唱和，极大地促进了文学的生成。平湖才女张凤在《读画楼诗稿》中曾描述自己闲余时进行的文学探讨："家事馀闲，即取汉魏、唐宋

---

① （清）孔宪文：《孔氏东家外史》清光绪三十三年（1907）刻本，第 74 页。

古今诸札，与儿女辈相考论。"① 张凤之女高孟瑛也甚有才情，她常与其
母品读诗文，交流心得，其作《敬和家大人纳凉荷畔瀹茗谈诗原韵》《灯
下读母氏读画楼遗诗》中可窥见她们在闲暇之时探讨文学的生活旨趣。平
湖孙氏家族中黄德贞、孙兰媛、孙蕙媛、屠苌佩、陆宛椀、周兰秀几位才
女均善诗词，她们常以家庭为单位进行文化雅集，其闺门之乐令人称羡，
我们在陆宛椀的《锦帐春·元夕和韵》一词中可窥见她们的生活场景：

> 角动谁寒，星分火熠。凭绣阁、香生翰墨。劈黄柑，传谏果，花
> 胜我先得。小鬟偷识。云母流霞，水晶垂碧。笑凤缬、暄阗九陌。写
> 梅枝，倾竹叶。待华灯焰息。漫酬佳夕。②

　　作者细腻描绘了元宵佳节一群闺秀带有浓郁文化气息的家庭集会，女
子们相互唱和、品尝黄柑、橄榄，佩戴上漂亮的首饰，在一个美好的夜晚
酬赠赋诗直到深夜灯火已熄，词中充满着对生活的热爱与闺秀女子才情的
展露，有着浓浓的家庭生活气息。
　　这些女性作家大都来自世家大族的上流社会，良好的出身及受教育环
境，丰富的文化资源与男性社交网络，都给她们提供了优质的创作平台，
也造就了独特的家族女性作家群现象。家族文学产生于最亲密的"熟人社
会"的人际结构中，因此家庭成员的互动与协作也成为一种自然生发的方
式。家族作为一个具有凝聚力的载体，使文学创作有了更加自觉的组织意
识和良好的环境氛围。

第二节　嘉兴望族女性的时代特征及创作风格

　　任何文学创作均为时代的产物，嘉兴望族女性的文学创作具有典型的
地域家族特色，她们是家学的传播者，更是地域文化的建设者和代言人。
明清两代的嘉兴闺秀以她们出众的才艺崛起于江南文化圈，用自己的慧笔
写下了或清韵、或灵秀、或高亢激昂的诗文篇章，她们作为时代新女性的

---

① （清）张凤：《读画楼诗稿》，肖亚男《清代闺秀集丛刊》第 28 册，国家图书馆出版社
2014 年版，第 465 页。

② 程千帆：《全清词·顺康卷》第一册，中华书局 2002 年版，第 473 页。

开拓者和追随者，为一地文学的演进起到了有力的推动与补充作用。

一　社会思潮的代言人：从贞节烈妇到提倡女权

女性是一个特殊而具有标志意义的群体，她们是家庭与社会的感受者与代言人，其所言能够体现家庭关系、家庭情感及社会评价。女性所处的社会地位及思想状况往往最能反映出整个社会的文明程度，她们是社会思潮的代言人及风向标。经济发达人文活跃的江南是新思潮新事物的勃兴之地，明清时地处江南的女子对社会新事物、新思想的接受速度也是惊人的。

在明代及清代初期，理学思想占据绝对的主导地位，经济发达的浙江也为理学之风甚为炽烈的地区，其对女性的束缚也十分为严酷。在理学的主要思想体系中，妇女的贞节观是一个重要的方面。清代政府甚至将提倡女性贞节的做法与物质奖励直接挂钩，并制定出具体的细则写入法律。[1]在这一思想的引导下，明清两代贞节烈妇的人数大大增加，这点在家族闺秀中也不例外。

明清两代嘉兴闺阁作家的思想与人生轨迹正与她们所处的时代息息相关。在世家大族中成长起来的女子，自幼要诵习《女诫》《闺范》《妇德四箴》之类书籍，接受传统礼教对女子的要求，以体现家族的家风和门楣，因此她们的贞节观念比平民女子更加深重。她们一旦遭遇婚姻不幸或丈夫早逝，则往往选择成为节妇或烈妇，极少有改嫁的记录。桐乡才女孔继孟，字德隐，孔传忠次女，监生夏祖勤妻，著有《桂窗小草》。孔继孟的家庭生活较为不幸，有着长达 30 余年的守节生活，《桐乡县志》中记："幼读书，明大义，娴吟咏，年二十于归。祖勤以攻苦致疾，氏倾奁资助医药，疾革，吁天请代，竟不起，氏年甫二十六，遗孤耀曾，方五龄。……守节三十余年，乾隆间旌。"[2]平湖闺秀张苕荪"及笄后归胡乃柏，周治辛未年二十八，乃柏亡，绝粒以殉"[3]。桐乡汪氏家族的金顺，能文工画，尤以写生为著，工诗，著有《传书楼稿》。《桐乡县志》载：

---

① 见嘉庆朝《大清会典》中《事例》条，嘉庆二十三年（1808）刻本。

② （清）严辰：（光绪）《桐乡县志》卷十七，《中国地方志集成》第 23 册，江苏古籍出版社 1991 年版，第 664 页。

③ （清）彭润章：（光绪）《平湖县志》卷二十一，《中国地方志集成》，江苏古籍出版社 1991 年版，第 534 页。

"孺人承其家学，能诗，兼善写生，年十九归汪，相夫以俭，事舅姑尽孝。"① 然其婚姻不幸，丈夫二十七岁病亡，她上要侍奉舅姑，下要抚养遗孤，受尽艰辛也未改嫁，终在咸丰年间得到旌表。嘉善孙氏家族的冯孝娥为余杭训导孙慎机妻，"孝娥九岁，母病，剜股肉以进，一恸几绝。及笄，归孙明经缄庵，克循妇职"②。以上闺阁女性身上展现的种种不合乎人性的行为举止，在当时的女性来看都是极为自然的，在她们的心里，"饿死事小，失节是大"的理学观念已深入人心，清白的声誉比其他一切都重要。她们自觉自愿地为贞节或孝名牺牲自己的肉体，以换取良好的名声。

而这一思想观念在清代中后期家族女性生活中有了很大的改变。随着封建体制的逐渐腐朽与衰落及 1860 年以后西方列强的入侵，农民起义的频频爆发，故国家园受到破坏，封建旧思想已无法适应社会的变局，此时女性自主意识逐渐觉醒，她们开始抨击封建礼教对女性的戕害，甚至有不少人开始走出狭窄的闺房，进入广袤的社会中，有些开始参与一定的社会政治活动。这表现在她们的诗文创作中，题材进一步丰富，表现社会状况的写实类题材增多了，文风也由原先闺阁中的浅吟低唱、柔婉悲情而转变为质朴刚健的宏大之气。此外，在创作文体上也有了较大的突破，由原先单一诗词为主的文体而涉及弹词、小说的创作，其引领风气之先及思想意识之前瞻，在全国女性范围内都堪称典范。桐乡严氏家族才女周颖芳在经历了连年战乱的动荡生活后，创作了以弘扬岳飞精忠报国精神的长篇弹词作品《精忠传》，其主题内容一改以往以才子佳人为中心的创作类型，首次将民族英雄岳飞纳入弹词的创作中，读来使人荡气回肠，感愤流涕。周颖芳的母亲郑贞华也是一位女诗人，中年后开始写长篇弹词《梦影缘》，为清代涌现的女性弹词作家中的一位佼佼者。母女两人为我国的弹词艺术留下了宝贵的文化遗产。在小说创作领域也首次出现了嘉兴闺秀的身影，桐乡劳纫章的妻子邵振华就是其中重要的一员。邵振华生活在光绪年间，这一时期中国已被西方列强瓜分得体无完肤，中国迫切需要一种新的思想体系来引领民众，同时西方的坚船利炮让国人感到西方工业及文化的先

① （清）严辰：（光绪）《桐乡县志》卷十七，《中国地方志集成》第 23 册，江苏古籍出版社 1991 年版，第 664 页。

② （清）胡昌基：《续槜李诗系》卷三十七，清宣统三年（1911）刻本，第 27 页。

进，传统的中国妇女在此冲击下也开始进行反思，并对腐朽愚昧的旧思想提出了质疑与批判。邵振华在开明父亲的引领下投身于小说创作领域并写下了长篇巨著《侠义佳人》，作者深感于女性所受压迫之深，在其序中发出大声的疾呼：

> 吾心之感非一端，而最烈者，则莫若吾女界之黑暗也。吾生而不幸而为女子，受种种之压制，考吾女子之聪明智慧，非逊于男子，而一切自由利益，则皆悬诸男子之手，天下之事，不平孰甚？然吾女子未尝言其非也。近今有倡女权者矣，有倡自由者矣，而凤毛麟角，自由者一二，不自由者千万，若欲举吾女子而尽复其自由之权，难矣哉！①

作者在小说中深刻地表达了对束缚女性思想枷锁的痛恨，提出了女子争取自由与民主，反抗黑暗，争取女性权利的先进思想。此作引领创作风气之先，视野之开阔，在全国独树一帜，嘉兴闺阁女子的灵秀慧心、对新鲜事物敏于接受与学习的品质再次展现得淋漓尽致。

晚清时期，有些闺阁女子已逐渐接受社会新思想，走出户外参与社会政治生活。徐蕴华、徐自华即是其中两位。徐蕴华，谱名受润，书名蕴华，字小淑，号双韵，崇德人。徐宝谦孙女，徐多镠季女，徐自华妹，林景行妻。徐蕴华为"秋社"早期成员及"南社"社员。徐自华是"南社"女诗人中写革命诗最多，艺术上也最突出的一员，她曾加入同盟会、光复会，协助秋瑾创办《中国女报》，倡导女学、女权，为社会革命摇旗呐喊。"南社"是一个在近代中国历史上产生过重要影响的资产阶级革命文化团体，除徐蕴华外，"南社"中嘉兴籍女作家还有朱颖、沈石揆、范慕蔺、裘明溥和郑咏梅。她们支持资产阶民主革命，提倡民族气节，反对清王朝的腐朽统治，是积极进步思想的倡导者，这些女性敏锐的政治前瞻性及敢为天下先的精神实为可贵。

二　从"温柔敦厚"的闺秀诗学到刚健写实的战争书写

闺秀创作历来受到诸多文学评论家的指责，苕溪生在《闺秀诗话》

---

① 赵青：《嘉兴历代才女诗文征略》下册，浙江大学出版社 2014 年版，第 1034 页。

中指出："大凡闺秀诗，清丽者多，雄壮者少；藻思芊绵者多，襟怀旷达者少。至诗体亦多五七言绝句及律诗，能古风者绝少。"① 望族女性因活动范围及视野的局限，她们与现实社会接触较少，因而创作题材往往仅限于闺阁生活、感怀、写景、咏物等。加之女子本身情感的细腻，世风传统对女子的要求甚严，因而闺秀作诗更多呈现出"哀而不伤，怨而不怒""温柔敦厚"之诗风。

江南翘楚黄媛介是位才华甚高的家族才女，因逢易代且夫家贫困而有较长的漫游为闺塾师的经历，她有较为开阔的眼界和深沉的思想情感，其创作题材也较为多样，涉及咏史、泛游、题赠、感世、写景抒怀等，但尽管遭遇了种种磨难，在她的诗中仍少有激愤之辞，《清代闺秀诗人征略》中评为："其所纪述，多流离悲戚之辞，而温柔敦厚，怨而不怒，既足观于性情，且可以考事变。此闺阁而有林下风者也。"② 桐乡汪氏家族的金顺、赵棻、汪懋芳几位家族女子均工诗，她们的诗清丽俊逸，柔婉含蓄，其中尤以赵棻创作成就最高。赵棻通文史，各体皆工，她作诗尤善使用比兴寄托，在她笔下咏史、拟古为常见题材。《燃脂馀韵》中对其评论道："一门劬学，富有缥缃。棻最晚出，诣亦最进。《滤月》一集，尽多巨制，如《落叶三十首》《读史杂咏三十首》皆寄托遥深，深得风人之旨。"③ 以《诗经》的诗教传统为旨归，嘉兴闺秀善于运用比兴寄托的手法入诗以增强诗歌委婉含蓄的韵味。平湖张氏家族的张文姗作《咏王嫱》一诗云："雁门关冷月明中，环珮翩然气自雄。绝塞琵琶新乐府，长门团扇旧秋风。但将辛苦酬天子，敢为飘零怨画工。家国安危儿女泪，汉庭奇策是和戎。"其诗以昭君出塞为题材，诗风怨而不怒，沈善宝《名媛诗话》中评为："咏王嫱之作甚多，惟此首有温柔敦厚之旨。"④

这一诗风的形成与选诗家在选诗时刻意遵照孔子"温柔敦厚"的诗教传统有较大关系，施淑仪、沈善宝、完颜恽珠在选录《清代闺秀诗人征略》《名媛诗话》《国朝闺秀正始集》时均注重女性诗歌的"诗教"功

---

① （清）茗溪生辑：《闺秀诗话》，王志英《清代闺秀诗话丛刊》，凤凰出版社 2010 年版，第 1681 页。

② 施淑仪：《清代闺阁诗人征略》卷一，民国十一年（1922）铅印本，第 11 页。

③ 王蕴章：《燃脂馀韵》卷六，民国九年（1920）上海商务印馆铅印本，第 133 页。

④ 沈善宝：《名媛诗话》卷四，王志英主编《清代闺秀诗话丛刊》，凤凰出版社 2010 年版，第 419 页。

能，这对清代的女性创作及思想倾向也起了一定的导向作用。施淑仪更在《清代闺秀诗人征略》序中言："'温柔敦厚'四字，能治亿万世之性情；汉、唐、宋、明诸朝，更沐数千年之文化。"① 因此，在实际的闺阁创作中，"温柔敦厚"的诗教传统仍为作诗之宗旨，这不仅符合家族声誉门楣的要求，也符合大众视角下对女性作家身份的广泛认可。

但这一情形在明清易代及清末家国危亡之际有了很大的转变。嘉兴闺秀笔下的诗作已非自娱及抒发心境的传声筒，相反她们以刚毅雄健之笔传达出对家国危亡的担忧与对国家走向的深切关怀。彭孙莹、吴黄、鲍诗、黄媛介、高佩珩、高孟瑛、严永华、陈葆贞、郑静兰就是其中几位典型。她们的拟古及排律之作气势纵横，苍劲有力，丝毫不逊于男子；在作诗题材上也大量将战争、离乱和对英雄的召唤写入诗中，如陈葆贞这首《征人怨》：

> 羽檄传烽岁岁忧，干戈毕竟几时休。生灵枉堕虫沙劫，将吏初无守御谋。
> 淡淡星河千里月，涓涓风露九州秋。军中刁斗楼中笛，思妇征人永夜愁。②

作者在诗中对战争频繁、将吏无谋的军中腐败表达出一种愤恨与声讨，字里行间传达着对战争导致家园被毁、亲人骨肉分离的担忧。再如乌镇才媛郑静兰所作《送鉴湖女侠秋璇卿之爪洼》：

> 女子能怀报国忧，凛然豪气孰为俦。他年遍历环球后，普扇欧风到亚洲。
> 磊落襟期感慨深，满腔热血向谁论。最怜无限思亲意，独向天涯洒泪痕。③

---

① （清）施淑仪：《清代闺阁诗人征略》卷首例言，民国十一年（1922）铅印本。

② （清）沈善宝：《名媛诗话》卷九，王志英《清代闺秀诗话丛刊》，凤凰出版社 2010 年版，第 505 页。

③ （清）郑静兰：《焦桐集》，清光绪二十六年（1900）刻本。

此诗开头两句气势凌云，豪气逼人。诗人以赞赏鉴湖女侠秋瑾为题，表达出作者对进步新女性的欣赏及忧国之心。纵观清代中晚期嘉兴闺秀的诗作，我们可以清晰地看到，嘉兴闺秀因时代巨变而在诗风上产生了巨大的转变，她们在努力书写着对国家、对时代变化的内心忧患，她们有着从旧女性转变为新时代女性的强烈愿望，在创作上突破了原先狭隘的闺秀脂粉气，取而代之是以坚韧、自强、追求进步的气息书写新女性的人生经历与感悟，使"诗史"精神及文学的自觉感、使命感都得到了空前的提升。

三 富有地域特色，与当地创作流派遥相呼应

严迪昌先生在论及清代诗歌的地域性时认为："地域文学流派的兴衰，每决定于文化世族的能量。这种世族群体网络把亲族、姻族、师生、乡谊等联结在一起，组构成或紧密或松散的文学文化群。于是，地域的人文积累，自然气质与具体宗亲间的文化养成氛围，以及家族传承的文化审美习惯相融汇，形成各式各类的群体形态的审美风尚。"① 嘉兴在明清时期一直是江浙文坛的一个重镇，其文学流派兴盛不衰，浙江诗派、秀水诗派、梅里诗派、柳洲词派、浙西词派的出现均在江浙文坛乃至全国产生过一定的影响力，其中朱彝尊、李良年、曹溶、曹尔堪、魏学渠等几位大家的文学创作与相互唱和构成了嘉兴一地重要的文学景观。而这些文学主张也在嘉兴家族闺秀的创作中产生了不小的影响，使她们的创作风格与一地的流派有遥相呼应之势。

乾嘉时期，秀水诗派在嘉兴文坛产生了较大的影响力，桐乡劳氏家族的沈蕊、劳若华、劳纺等几位才女亦作诗响应。她们的诗作冷俏瘦硬，呈现一种散文化、议论化的特点，与秀水诗派追求生新瘦硬、险涩奇崛的宋人诗风十分近似；她们的词作颇类浙西词派，崇"醇雅""清空"，标举神韵、淡远的词境。桐乡劳勋成之妻沈蕊工于写词，著有《来禽仙馆词稿》一卷。其词工于长调，多写景、题画、怀古之作，她的词格调清空醇雅，词风近似浙西词派，如这首《甘州·题杨柳岸晓风残月图》：

　　正天涯酒醒客星孤，扣舷发清讴。渐微茫晓色，霜风乍紧，薄雾初收。江柳丝丝蘸碧，仿佛白门秋。回首关河远，今夜扁舟。

---

① 严迪昌：《清诗史》上册，浙江古籍出版社 2002 年版，第 13 页。

怅望一丸瘦月，问何时双照，人在郦舟。倩万重烟水，流梦渡韩沟。叹年来、俊游未了，算闲情、都付与沙鸥。空赢得、偷声减字，谱尽离愁。①

她的词没有刻意的典故堆砌，受苏轼、辛弃疾"以文为词"的影响较深，读来如诗如文，酣畅淋漓。其词注重锤炼字句却不生涩雕琢，"一丸瘦月"中的"丸"字尤见功力，将月之小之远展露无遗。画面易感，空灵清冷，词风凄美。

嘉善钱氏一门，其闺秀创作词风颇类当地"柳洲词派"。"柳洲词派"为嘉善魏塘处兴起的由明末清初"柳洲八子"组成的一个词人唱和群体。柳洲词人创作初期与云间词人的词风相近，都宗奉"花间"一派，词风轻逸秀丽。嘉善钱氏一门为当地簪缨不绝的文学家族，其家族成员钱棻、钱继登、钱栋、钱继章等均为"柳洲词派"重要词人，其中钱继章的词极受阳羡派著名词人陈维崧赞赏。钱氏家族中沈榛、沈栗、吴黄、蒋绉兰几位闺秀也受其影响，在词风上向"柳洲词派"靠拢，她们均喜作小令，词风柔婉。钱黯妻沈榛所作的小词中闺怨写景题材占了多数，其词风清丽婉约，有花间词风之余韵。如她的《眼儿媚·秋闺》：

秋草萋萋夕阳西。点点泪滴低。一声画角，数行疏柳，寂寞鸦啼。

雁书不见天涯杳。愁对落花蹊。沉吟无语，辽西梦断，月照幽闺。②

此词情景交融，写闺中女子的思念与忧愁，语言清丽动人。其妹沈栗亦善诗词，其夫为"柳洲派"词人陈谊臣，夫妇常相互切磋唱和，深受其益。沈栗工小令与中调，所作咏花词较多，其词造语雅丽精妙，饶有韵致，如她的《苏幕遮·莺粟花》《浣溪沙·西施梦》等。礼部尚书钱以垲妻蒋绉兰诗词皆工，诗以绝句为长，词以咏花、纪事、言情为主，如她所

① 叶恭绰：《全清词钞》卷三十三，中华书局1982年版，第1713页。
② （明）沈榛：《松籁阁诗馀一卷》，徐乃昌《小檀栾室汇刻闺秀词》第三集，清宣统三年（1911）刻本，第5页。

作《点绛唇·秋晚》《前调·秋海棠》《柳梢青·湖山晚望》等小词，造语绮丽柔媚，性灵洒濯。

再如桐乡严氏一门，严永华、严潋华、严昭华、周颖芳、严钿、严针几位闺阁女子生活在道光、咸丰、同治年间，这一时期列强入侵，整个清王朝政局动荡，摇摇欲坠，各地农民起义及反清运动风起云涌。在这一社会环境下，这些闺阁女子摒弃了原先学习宋人生涩险怪的秀水诗风，转向反映深广的现实民情，表达爱国情怀及深沉质朴的现实主义诗风，与嘉兴爱国诗人流派互为表里。严永华的《大风过黄河》《拟古二首》展现了女子的刚劲与骨力，在《湾甸匪变寄呈家大人军中》中她更是发出了"思亲空负从军志，戎马关山壮木兰"的豪壮之语；严针的《金陵寇警闻小云五姊昭华避兵宜兴作此寄怀》《感怀》等诗作表现出女性博大深沉的家国情怀，诗句"夜深但听漏声声，使为愁怀百倍生"将作者忧国忧民的情怀展露无遗。

综上可观，明清嘉兴望族女性作家不仅有着典型的家学特征，她们还与时代及地域相应和，在诗文的创作中寻找到自身存在的价值，以江南女子的才情与聪慧书写了一段柔肠侠骨的历史情怀。

第六章

明清嘉兴望族女性作家的
作品接受与传播

　　女性作家作品的接受认识在很大程度上取决于作品文本的刊印及传播。在明代中期以前，女性作品流传甚少，这一方面是女性创作人数甚少，不成气候；另一方面也缺乏传播文本之意识，因此存世作品微乎其微。至明代中叶后，随着女性阅读、识字人数的不断增加及女性创作群体的与日俱增，一些望族才女在纺织、针黹、井臼、烹饪之余，她们也从事一定的诗文吟咏与文学创作。而传统的封建女教思想使她们更多地采取一种藏置其稿不以示人或焚毁其稿的态度，这使得大量的女性作品无法流传下来。所幸的是，仍有不少家族男性成员持开明与欣赏的态度，他们将家族才女的作品付梓刊刻或将其文稿缀入自己文集之中以使之存留。这一时期印刷业和坊刻业的兴盛也极大地带动了女性创作与刊印的积极性，不少地方望族不仅藏有丰富的典籍，他们还兼从事刻书业，这也使得望族女性的文本流传相对较易。

　　清代后，女性文学创作更是"骈萼连珠，自古妇女作家之众无有逾此时者矣"，① 其数量超前几代总和，达到近四千余人。女性创作已成为一种普遍的社会现象，不足为奇。这一时期女性作品的汇编及评点也大量出现，这极大地推动了闺阁女性作品的保存与传递。与此同时，一些女性学者也积极地参与到闺秀作品的整理刊印及评点中来，她们在秉承传统文学创作观念的同时也希望为广大闺秀作品的认知与接受辟出一片空间，以期她们的作品得到广泛的了解及传播，也为闺阁文学的建构与发展贡献一己之力。

---

　　① 梁乙真：《中国妇女文学史纲》，上海三联书店 2014 年版，第 374 页。

第一节 明清嘉兴望族女性作家作品的收录与刊刻

至明代，随着女性识字率的提升及印刷术的广为流传，一些女性作家开始否定"内言不出于阃"的传统观念，积极地以传播者身份参与文本的写作及刊印，为女性立言，争取女性在文坛应有的地位。据胡文楷《历代妇女著作考》统计，明代有 244 位女性作家，几乎每个女性都有自己的诗集或诗文专集。这些文集的出现，表明了知识女性渴望被人认识与关注的愿望，同时也体现出女性自我意识的觉醒。在明代之前，女性文集的广泛刊刻传播并不多见，明代之后这一情况有了很大的改观。清人朱彝尊进行了一定的总结：

> 妇人诗集，始于颜竣、殷淳，爰有徐陵、李康成玉台之编，蔡省风瑶池之咏，代加甄综。韦縠《才调集》辑闺秀一卷，宋元以降，选家类不见遗，明则郦琥之《彤管新编》，田艺衡之《诗女史》，刘之汾之《翠楼集》，俞宪之《淑秀集》，周履靖之《宫闺诗选》，郑琰之《名媛汇编》，梅鼎祚之《女士集》、《青泥莲花记》，姚旅之《露书》，潘之恒之《亘史》，赵问奇之《古今女史》，无名子池上客之《名媛玑囊》，竹浦苏氏之《胭脂玑》，兰陵邹氏之《红蕉集》，江邦申之《玉台文苑》，方维仪之《宫闺诗史》，沈宜修之《伊人思》，季娴之《闺秀集》，其文亦云富矣。①

一 明清诗文总集与选集对嘉兴闺阁女性作家的关注

从明代中晚期始，嘉兴闺秀创作的数量逐渐增多起来，越来越多的学者开始关注女性作品的整理与收录，这一时期出现了一些文学总集与选集的汇编作品，如沈宜修辑《伊人思》、田艺蘅编《诗女史》、钟惺选编《名媛诗归》、季娴辑《闺秀集》等，这表明女性作为一支独立的创作力量渐渐有了话语权，她们希望自己的作品为世人所认识了解。

处于江南文化圈，嘉兴望族女性作家与周边文人的交往非常频繁，因

---

① （清）朱彝尊：《静志居诗话》，人民文学出版社 1990 年版，第 717 页。

而也得到了较多的关注。其中沈宜修《伊人思》一卷，收明代女性诗人46人，其中嘉兴望族女性作家收录6人，分别为沈纫兰（5首）、周兰秀（5首）、黄双蕙（4首）、黄淑德（3首）、黄媛介、黄媛贞。钟惺《名媛诗归》三十六卷，收古代至明代的女性诗人共107人，诗837首，其中收嘉兴望族女性作家2人，分别为项兰贞（3首）和陆圣姬（9首）。季娴《闺秀集》收明代女作家75人，其中收有黄淑德、沈纫兰、项兰贞、黄双蕙、陆圣姬5人的诗词。

至清代，闺阁文学更是大放异彩，呈喷发式的增长，为女性文集的汇编整理、评点的学者也越来越多，这一时期不仅在大型文学总集中专门收录有闺阁作品，在女性文学总集中也大量收录闺秀诗文作品，使女性的文学创作女性的文学创作及才情得到更多的认识与展现。嘉兴府作为江南流域的一个重要文化基地，在浙江省而言，其望族女性作家的数量仅次于杭州府。据黄秩模《国朝闺秀柳絮集》的统计，清代浙江共有女诗人450人，其中杭州府占绝对优势，共产生304名女诗人，其次为嘉兴府54人，绍兴府位列第三，共有33人。当然这一统计并不完全，但我们可以大致看出这三府女性作家的总体格局。在清代的女性诗歌总集中，汪启淑《撷芳集》、完颜恽珠《国朝闺秀正始集》、黄秩模《国朝闺秀柳絮集》、徐世昌《晚晴簃诗汇》为几部规模较大的女性文集作品。汪启淑《撷芳集》收女性作家1853人，其中收嘉兴望族女诗人60人。完颜恽珠《国朝闺秀正始集》二十卷及补遗一卷中收明末至道光年间女诗人933人，其中收嘉兴望族女性作家38人。《国朝闺秀正始集续集》十二卷，共收女诗人593人，其中收嘉兴望族女诗人37人。黄秩模《国朝闺秀柳絮集》收女诗人1948人，其中浙江有452人，收嘉兴望族女诗人53人。徐世昌《晚晴簃诗汇》卷183—192为闺秀集，其中收嘉兴闺秀诗人37人。

在女性词作的收录方面，主要的词学总集与选集有周铭的《林下词选》十四卷、朱彝尊之《明词综》十二卷、徐乃昌之《小檀栾室汇刻闺秀词》十集及《小檀栾室闺秀词钞》十六卷几种。《林下词选》收录了宋代至清代康熙年间的女性词人近百余家，其中收嘉兴望族女性作家16人；《明词综》收女性词人84家，其中收录嘉兴望族女词人6家；对于清代女词人的收录徐乃昌贡献甚大，其《小檀栾室闺秀词钞》及《闺秀词钞》共计收录女性词人600余人，前者收录了沈榛、蒋纫兰、赵棻、朱屿、钱聚瀛五位嘉兴望族女作家的词集，后者收录了嘉兴望族女词人35家。

近人对女性作家作品的收录以胡文楷《历代妇女著作考》为集大成之作,是书收录从汉魏六朝至清代的女性作家 4000 余种作品,其中嘉兴女作家 288 人,明清时期的望族女性作家有 272 人。

二 地方诗文总集对嘉兴闺阁作家的关注与收录

明清两代,江南诸省如江苏、浙江、江西几省对女性诗歌的收集整理甚为重视,大型的地方诗文总集相继推出。其中,阮元所编《两浙輶轩录》《两浙輶轩录补遗》及潘衍桐所编《两浙輶轩续录》对嘉兴望族女性作家收录甚广。阮元,字伯云,号云台、雷塘庵主,江苏扬州人,乾隆五十四年进士,在浙江任学政期间,他遍访浙江 11 郡,编成《两浙輶轩录》,该书共四十卷,共收浙江女诗人 183 家,其中嘉兴望族女性作家有 52 人;嘉庆八年(1803),又在原先基础上续刊《两浙輶轩录补遗》10 卷,又增录浙江女诗人 91 家,其中嘉兴望族女性作家增录 18 人,因此,阮元共计收录嘉兴望族女诗人 70 人,占总数的 26%。随后,阮元还资助潘衍桐辑成《两浙輶轩续录》,收浙江女诗人 363 家,其中嘉兴闺阁作家有 69 人,占总数的 19%。

嘉兴一直重视对乡邦文献的收集整理,其中对一地女性作家也十分关注,在清代两部大型的地方诗文总集《槜李诗系》及《续槜李诗系》中均收录大量当地的望族女性作家。沈季友,字客子,号南疑,平湖人,清顺治十二年进士。沈季友少有才名,更以传承地方文脉为己任,费十余年之力,编成《槜李诗系》四十二卷,收录嘉兴汉代至清初一郡之诗家,收录女性作家 71 人,其中望族女性作家有 52 人。随后,胡基昌在原有基础上进行增补,收清初至嘉庆间一郡 1900 人。在胡基昌《续槜李诗系》中,女性作家主要分布于卷三十七、卷三十八中,其中卷三十七中有作家 66 人,卷三十八中有作家 83 人,共计收录女性作家 149 人,其中有姓名者 129 人,无姓名者 20 人。经考证,该集共录有望族女性作家 110 人(收录情况见表 6-1)。

三 明清闺阁女性诗文别集的编纂与刊印

闺阁文学作品的进一步传播得益印刷业及刻坊业的兴盛。明代时,我国的造纸技术及印刷技术有了进一步的提高,雕版印刷术与活字印刷术得到了广泛的普及,刻坊遍及全国。"这一时期嘉兴出现了一大批由官府、书商、文人和民间藏书家经营的刻书作坊，形成了官刻、坊刻和私刻三足鼎立的刻书业。"① 明代嘉兴文风鼎盛，人才辈出，不少望族家庭都收藏有大量的图书，其中秀水项氏的"万卷楼""天籁阁"，秀水黄氏的"硕宽堂"，竹林高氏的"稽古堂"，海盐张氏的"研古楼""涵芬楼"，平湖陆氏的"三鱼堂"，平湖沈氏的"书隐楼"等都是享誉江南一地乃至全国都闻名的私人藏书之所。与此同时，当地的藏书家为了增进典籍的交流，他们也参与刻书业，使藏书与刻书齐头并进，其中高承埏、胡震亨、项笃寿、沈德先等都是当时著名的藏书家兼刻书家。

丰富的藏书极大地滋养了望族才女，她们自幼在书香之家成长，随时可读到丰富的国学典籍，这对于闺阁女性才华的积累、眼界的开阔都是极有帮助的。在这些书香世家中，不少家族男性成员的思想较为开明，他们鼓励支持家族闺秀读书识字甚至出版个人诗文集，因而闺秀之作也较易流传下来。沈善宝在《名媛诗话》中言：

> 闺秀之学与文士不同，而闺秀之传又较文士不易。盖文士自幼即肆习经史，旁及诗赋，有父兄教诲，师友讨论。闺秀则既无文士之师承，又不能专习诗文，故非聪慧绝伦者，万不能诗。生于名门巨族，遇父兄师友知诗者，传扬尚易；倘生于蓬荜，嫁与村俗，则淹没无闻者不知凡几。②

经笔者检索查阅，明清两代嘉兴望族女性中有 260 人存有个人文集，其诗文别集数量达到 355 种，其中目前可见的有 67 种。明代个人刊刻文集的女性甚少，至清代时数量骤增。尤其是在清代中晚期，已有不少望族女性在家族的支持下独立刊刻了诗文集，如顾慈、沈蕊、劳若华、严永华、严潆华等女作家，还有一些家族男性成员对闺阁文学传播持积极的支持态度，他们在出版自己文集的同时也将妻子的文学作品附于文集之后，以期达到传扬于后世的效果，如钱青选《小镜湖庄诗集》后附有朱筠的《半缘梅吟稿》；张湘任《抱璞亭诗集》后附其妻沈鑫的《能闲草堂稿》

---

① 丁辉、陈心蓉：《嘉兴刻书史》，黄山书社 2013 年版，第 56 页。

② （清）沈善宝：《名媛诗话》卷一，王英志《清代闺秀诗话丛刊》第一册，凤凰出版社 2010 年版，第 349 页。

一卷；张金镛《躬厚堂集》后附钱蘅生的《梅花阁遗诗》。在嘉兴的不少望族家庭中，其家族男性成员对家族女性的文学创作也颇为重视与珍爱，有些将其纳入家集文献中，如吴宗宪的《清闺集遗稿》一卷即收录在《秀水王氏家藏集》中，还有些家族男性成员将妻子或兄妹的作品集结起来，在妻子或兄妹病逝后由家族男性成员将她们的作品负责刊刻出版，如平湖张凤在病逝后，由其丈夫高兰曾将其文集《读画楼诗稿》刊刻出版。这些诗文集的刊印使女性文学作品在以男性为主导的文学版图中奠定了自己的一席之地。

表 6-1　　　　　　　文学总集对嘉兴望族女性作家的收录情况一览

作品名	收录情况
《檇李诗系》（沈季友）	黄婉、朱妙端、虞姬、彭淑慧、陆圣姬、沈纫兰、沈凤华、项兰贞、沈静专、黄德贞、屠范佩、徐范、周兰秀、沈瑶华、姚青娥、黄双蕙、项珮、归淑芬、申蕙、黄媛介、黄媛贞、孙兰媛、孙蕙媛、沈榛、沈栗、王炜、赵昭、吴䶓、彭琬、彭琰、周慧贞、颜晼思、颜佩芳、吴芳、沈珵、钱涓、施瓅昭、马福娥、陆观莲、殳默、彭孙婧、陆言
《续檇李诗系》（胡昌基）	钱吴黄、彭孙莹、沈蕙端、陈瑞麟、沈晼、潘晼芳、褚静贞、钱徹、徐宜芬、范氏、蒋纫兰、费孺人、陈元琳、梅丽春、徐妙清、沈金、朱逵、蒋素贞、杨守俭、吴元善、闻璞、林桂芳、沈宜人、程芬、丁文鸾、范素英、吴巽、范孺人、沈佩、沈兰、陈克毅、李嫚、陆云、孔传莲、张俪青、沈瑛、孙淡英、俞光蕙、冯孝娥、孔继孟、徐源、李贞媛、沈璠、钱复、陈绚、周云秀、陈品闺、汪亮、陆全、鲍诗、杨素中、吴瑛、徐宜人、张埙、倪梦庚、李氏、陆瞻云、王范、李祥芝、朱霞、邵文媛、王荃、汪如澜、高瑛、金荷、梅玉卿、孙蕴雪、叶定卢兰露、梅清、孔继瑛、杨素、孔兰英、李檀、胡顺、彭玉嵌、程静贞、程芬、朱衣珍、孔昭蕙、陈玉徽、蒋永端、张丹、沈文媛、查淑顺、沈彩、屈凤辉、孙晼兰、王允执、李璠、毕氏、朱文英、赵德珍、戴素蟾、陆素心、周桐春、陆坪、冯溶、唐敏、张镜蓉、胡缘、张步蘐、陆彬、孙湘晼
《两浙輶轩录》（阮元）	彭孙莹、葛宜、杨守俭、丁文鸾、陆全、朱衣珍、孙蕴雪、沈金、孙淡英、程芬、颜芳在、颜宛在、沈兰、沈文媛、汪汝澜、邵文媛、邵英媛、徐锦、沈榛、沈珵、孙兰媛、钱涓、彭琬、陈瑞麟、黄媛贞、黄媛介、陆观莲、殳默、彭孙婧、彭琰、金荷、杨素英、杨素中、马福娥、蒋纫兰、金淑、陆素心、施瓅昭、蒋永瑞、程芬、孔传莲、项珮、戴素蟾、叶定、徐锦、梅丽春、陆言、李贞媛、屈凤辉、吴黄、闻璞、李檀、孔继孟、孔继瑛、吴巽、鲍诗、吴瑛、倪梦庚、金顺、颜晼思、卢兰露、陈绚、朱逵、汪汝澜、梅玉卿、孟折莲、孔兰英、赵德珍、颜佩芳、王荃、李祥芝、德容

续表

作品名	收录情况
《两浙輶轩续录》（潘衍桐）	徐范、潘畹芳、钱复、朱逵、任梦檀、朱澄、冯孝娥、吾德明、吴玖、顾慈、胡缘、陆蕙心、孔昭蕙、汪璀、梅清、钱庆韶、陈尔士、姚婧、吴筠、戴兰英、吴宗宪、陈品闺、吴慎、陆瞻云、周润、金贞贞、陆彬、李贞媛、汪懋芳、陆荷清、赵棻、潘佩芳、沈毅、戴小琼、朱钰、沈鑫、李畹、徐恒和、徐人雅、施芳、朱兰、陈晦生、沈彩、吴文卿、郑以和、汪端、杨素书、沈玉筠、陈受之、朱莹、周之锁、陈葆贞、陈受之、朱莹、朱美英、朱玙、李壬、楼秋畹、胡绣珍、钱蘅生、张凤、吴芬、吴芳、陆费湘于、王瑶芬、陆瑀华、孔素瑛、计珠仪、计珠容、严永华
《国朝闺秀诗柳絮集》（黄秩模）	宫婉兰、朱逵、朱筠、朱玙、吴瑛、吴筠、吴胐、倪梦庚、陈品闺、陈克毅、陈麟瑞、陈尔士、闻璞、孙蕴雪、潘畹芳、颜畹思、钱孟钿、钱庆韶、杨守俭、杨守闲、张步萱、黄媛贞、黄媛介、汪汝澜、彭琬、彭琰、彭孙婧、周兰秀、周瑶、金顺、金淑、孔传莲、孔素瑛、孔继瑛、孔继坤、项珮、李心蕙、李播、鲍诗、马福娥、蒋永瑞、沈瑛、沈彩、沈静专、沈蕙端、顾慈、计埰、戴兰英、陆观莲、陆蕙心、陆荷清、屈凤辉、葛宜
《闺秀集》（季娴）	黄淑德、沈纫兰、项兰贞、黄双蕙、陆圣姬
《国朝闺秀正始集》（完颜恽珠）	黄媛介、孔素瑛、李因、吴山、陆观莲、殳默、葛宜、彭孙倩、孙淡霞、孔继坤、彭幼玉、吴黄、杨素书、闻璞、王梦鸾、屈凤辉、孔继瑛、金顺、鲍诗、颜畹思、陈瑞麟、朱逵、马福娥、孔兰英、戴兰英、金淑、朱澄、周瑶、陆荷青、陆素心、胡缘、孔昭蕙、陈尔士、朱森、陆费湘于、陆费思温、钱聚瀛、汪璀
《晚晴簃诗汇》（徐世昌）	彭琰（4首）、彭琬（1首）、彭孙倩（1首）、黄媛贞（6首）、黄媛介（2首）、殳默（3首）、吴胐（4首）、陆观莲（4首）、宫婉蘭（2首）、陈书（4首）、孔传莲（2首）、孔继孟（2首）、孔继瑛（2首）、孔昭蕙（1首）、孔继坤（3首）、孔素瑛（2首）、孔兰英（2首）、金顺（3首）、徐昭华（4首）、杨素书（1首）、陈克毅（1首）、金顺（3首）、屠沄佩（1首）、沈彩（22首）、钱聚瀛（3首）、周瑶（1首）、金孝维（3首）、彭玉嵌（5首）、胡缘（21首）、张凤（6首）、王允执（1首）、李心慧（1首）、金兰贞（5首）、徐咸安（13首）、严永华（49首）、严澂华（5首）、金芳荃（3首）
《撷芳集》（汪启淑）	孔继瑛（6首）、陈克毅（5首）、孙蕙媛（1首）、金顺（8首）、孔继孟（4首）、孙淡霞（6首）、金氏（5首）、黄媛贞（7首）、黄媛介（8首）、彭孙婧（4首）、彭琬（1首）、孔素瑛（6首）、孙兰媛（3首）、沈榛（3首）、周慧贞（3首）、黄德贞（6首）、朱瑛（1首）、孔兰英（6首）、彭贞隐（1首）、屈凤辉（7首）、汪璀（5首）、屠沄佩（1首）、孔昭蕙（4首）、陈书（4首）、朱文英（2首）、马福娥（7首）、丁文鸾（4首）、杨守闲（1首）、陈麟瑞（7首）、陈品闺（7首）、王梦鸾（2首）、吴芳（1首）、施璲瑶（5首）、颜畹思（3首）、颜佩芳（3首）、孙畹兰（3首）、彭琰（4首）、沈栗（1首）、陆言（4首）、葛宜（15首）、项佩（4首）、褚静贞（5首）、孔传莲（3首）、钱涓（2首）、杨素中（11首）、闻璞（3首）、徐氏（2首）、归淑芬（7首）、蒋永瑞（5首）、鲍诗（9首）、李檀（5首）、金荷（6首）、周兰秀（2首）、孔继坤（7首）、潘畹芳（1首）、戴素蟾（11首）、程芬（3首）、叶定（10首）、吴瑛（7首）、吴筠（1首）

续表

作品名	收录情况
《明词综》朱彝尊	项兰贞（1首）、沈静专（1首）、申蕙（1首）、归淑芬（1首）、吴胐（1首）、周兰秀（1首）
《林下词选》周铭	项兰贞（3首）、沈静专（7首）、周兰秀（3首）、项珮（1首）、归淑芬（4首）、黄媛介（5首）、申蕙（2首）、钱涓（4首）、周慧贞（1首）、孙兰媛（5首）、屠茝佩（3首）、黄德贞（8首）、孙蕙媛（2首）、葛宜（1首）、吴芳（2首）、汪婳（1首）
《小檀栾室闺秀词钞》及补遗	黄媛介（5首）、吴芳（2首）、彭琬（1首）、彭琰（1首）、钱涓（4首）、沈珮（11首）、沈栗（4首）、项兰贞（5首）、吴山（15首）、黄德贞（8首）、姚青娥（2首）、孙兰媛（5首）、孙慧媛（2首）、周慧贞（1首）、周兰秀（2首）、屠茝佩（3首）、项珮（1首）、吴芳珍（1首）、彭孙婧（3首）、葛覃（1首）、屈凤辉（1首）、陈书（1首）、陈尔士（14首）、沈蕊（8首）、朱美英（1首）、劳纺（7首）、李因（2首）、沈纫兰（3首）、沈静专（2首）、陆宛椒（3首）、吴胐（6首）、黄淑德（3首）、黄双蕙（2首）、马福娥（6首）、沈彩（6首）
《小檀栾室汇刻闺秀词》	沈榛《松籁阁诗馀一卷》、蒋纫兰《鲜洁亭诗馀一卷》、赵棻《滤月轩诗馀一卷》、朱屿《金粟词一卷》、钱聚瀛《雨花庵诗馀一卷》

第二节　明清嘉兴望族女性作家作品的汇刻、评点与传播

一　文学理论与批评作品中的收录情况

自晚明起，随着女性阅读群体及消费群体的形成，有不少学者开始参与女性文学总集、选集的编撰，为更方便读者群的阅读，这一时期诗文评点悄然兴起。

晚明至清代期间，不仅大量男性学者参与诗词的评点，而且不少女性学者也加入文学批评的领域中来。明代有江盈科撰《闺秀诗评》、钟惺编《名媛诗归》、陈维崧撰《妇人集》、郑文昂编《名媛汇诗》，至清代则更为繁盛，出现了一大批的闺阁文学评点集，如方维仪的《宫闱诗史》，王端淑的《名媛诗纬》，王士禄的《然脂集》，徐树敏的《众香词》，袁枚《闺秀诗话》，沈善宝的《名媛诗话》，雷瑨、雷瑊《闺秀诗话》，施淑仪《清代闺阁诗人征略》，钱谦益《列朝诗集》等。此外地域性文学批评文集也相继蔚起，浙江一地因女性作家甚多，因而诗词评品文集也十分丰富，主要有《全浙诗话》《全浙词话》《檇李诗系》《续檇李诗系》等。

在上述诸多文学批评文集对嘉兴望族女性作家均有较多的收录。陈维崧《妇人集》中收录彭炎、陈麟瑞、黄媛介 3 人。沈善宝《名媛诗话》十二卷，收录明末至清咸丰中期的女性文人 760 位，其中收录嘉兴望族女性作家 11 人。沈善宝《燃脂馀韵》六卷，为笔记体诗话，主要收录清代江南闺阁女性的诗文评点及事迹，嘉兴闺秀收录也较多，共计 26 人；雷瑨、雷瑊《闺秀诗话》十六卷，收录闺秀 1300 余人，其中嘉兴望族女性作家 39 人；雷瑨、雷瑊《闺秀词话》，收录宋至清代女词人生平与词作，录嘉兴闺秀作家 3 人；陈芸《小黛轩论诗诗》上下卷，共涉及有清一朝女性文人 1000 余人，其中录嘉兴闺秀诗人 18 人；另有施淑仪《清代闺阁诗人征略》十卷，可谓一部清代闺阁诗人的集大成之作，共辑录了从清顺治年间到光绪末年的闺秀诗人 1260 余人，其中录嘉兴闺阁诗人 110 人。

在地方的文学评点总集中，《全浙诗话》《全浙词话》是两部较广泛收录浙江一地作家的大型地方文集。《全浙诗话》收录了浙江一地从春秋始至清代乾隆时期的诗人 1900 余人，其中卷三十七与卷五十一、卷五十二为闺阁女性作家，经笔者统计，其中收录明代嘉兴望族女性作家 5 人，收录清代嘉兴望族女性作家 14 人。《全浙词话》收录嘉兴女性作家共计 19 人。

这些诗、词话评点作品的出现在很大程度上保留了明清时期闺秀文学创作的历史材料，它们传递了当时女性的生平事迹及文学创作水平、特点及时代的创作导向与社会风尚，具有重要的文献价值及文本传播价值。

二　女性文人参与闺秀作品编纂评点

在关于女性的文集整理及创作评点中，我们可喜地发现不少女性学者开始积极地参与闺秀作品的流传与保存。陈芸《小黛轩论诗诗》序中言：

> 妇女有才，原非易事。以幽闲贞静之忱，写温柔敦厚之语。芭经以"二南"为首，所以重《国风》也。惜后世选诗诸家，不知圣人删《诗》体例，往往弗录闺秀之作。即有之，常附列卷末，与释、道相先后，岂不怪哉？且有搜择未精，约略纂取百数十家，一家存录一二首，敷衍塞责，即谓已尽其能，与付诸荒烟蔓草淹没者何异乎？

妇女之集多致弗克流传，正出于此。①

　　作者在文中为女性作品之无法流传而大声疾呼，同时痛责以往传统对女性的束缚，指出"殆将并妇女柔顺之质皆付诸荒烟蔓草而湮没，微特隳女学，坏女教，其弊诚有不堪设想者矣！"② 自明代沈宜修辑《伊人思》之后，陆续有不少女性除了对个人文集的刊印外，也致力于为闺秀文学创作申请一席之地。如王端淑编《名媛诗纬初编》、方维仪纂《宫闱诗史》、季娴撰《闺秀集》、完颜恽珠撰《国朝闺秀正始集》、沈善宝纂《名媛诗话》、施淑仪撰《清代闺阁诗人征略》、陈芸《小黛轩论诗诗》、单士厘《清闺秀正始再续集初编》等。

　　明清时期，嘉兴的闺阁作家也参与了女性文学作品的汇编整理，如黄德贞、归素英辑《名闺诗选》；孙蕙媛、归淑芬、沈贞永、沈栗汇编《古今名媛百花诗馀》，此辑专为咏花词，可视作"寻求女性写作传统，将女性写作从男性写作中独立出来的初步尝试"③。该集收宋至清初女词人91家，其中存嘉兴望族女性作家沈纫兰、周慧贞、黄媛介、黄媛贞、孙蕙媛、孙兰媛、屠蒨佩7人词作。钱氏所刊的《彭城三秀集》及嘉兴李氏所刊的《李氏诗稿》，此二集为女性作品合刻专辑，前者内存3位家族闺秀著述，一为吴夫人黄，字文裳，著有《荻雪集》；二为沈夫人榛，字伯虔，著有《松籁阁遗稿》；三为蒋夫人纫兰，字秋佩，著有《绣余诗存》。姑妇相承，世传风雅；④ 后者存汤淑清之《晚香楼诗词稿》、濮贤娜之《意眉阁诗词稿》、李道漪之《霞倚楼仅存稿》三部女性著述，母女文韵，尽得存之。⑤

　　另有秀水钱聚瀛作《雨花盒词话》，此为继宋代李清照《词论》之后又一部由女性所写的词学批评著作。作者结合诸名家如张炎、柳永、姜

----

① 陈芸：《小黛轩论诗诗》，王英志《清代闺秀诗话丛刊》第二册，凤凰出版社2010年版，第1519页。

② 陈芸：《小黛轩论诗诗》，王英志《清代闺秀诗话丛刊》第二册，凤凰出版社2010年版，第1519页。

③ 黄晓丹：《"花间"与"诗教"之间：清前期女性写作传统的构建》，《苏州大学学报》2011年第4期。

④ 胡文楷：《历代妇女著作考》，上海古籍出版社1985年版，第850页。

⑤ 同上书，第866页。

夔、苏东坡、朱彝尊、厉鹗的词作，针对"今人作词，好巧立名式"的风气对作词之法、读词之法及如何品评词作进行了较详细的论述，表明作者自己对"清高精练"的张炎词及厉鹗词的推崇，同时对秀水朱彝尊的作词法进行了批评。她指出："吾乡朱竹垞先生自题其词曰：'不师黄九，不师秦七、倚新声，玉田差近。'余窃以为未然。玉田词清高灵变，然须运化无迹，而以虚字呼唤之，方为妙手。"她还告诫众读者读词时应"先屏去一切闲思杂虑，然后心向之，目注之，谛审而咀味之，方见古人用心处"①。作者之论虽为一家之言，但她深厚的词学功底、对作词法的深入认识及辩证品评词作的方法也是颇有见地的。

　　这些闺秀文集的整理汇编及品评在很大程度上保存了嘉兴望族女性的文学创作风貌，也体现了她们开始对以往闺秀作品湮没于历史尘埃这一状态的不满，她们渴望为世人认识和接受，希望在文学发展进程中扮演更为积极的角色，更多地体现女性自身的价值，同时为女性文学的传递寻找到一些自己的空间，这也表明一地女性自觉构建文学体系的开始。

三　女性文本的接受群体及传播方式

　　闺阁文学作品传播的方式主要有以口头流传、说唱艺术及舞台表演为主要形式的语言传播和以汇编、选辑、评点、文集刊印为主的文字传播两种，对女性文本而言，主要以文字传播为主。对女性文学作品进行选辑有助于读者直接读到一些创作水平较高且有一定代表性的文学作品，其筛选标准也能体现编者对作品的审美品位；对闺秀文学作品进行评点及出版梓行，则能更深层次地对女性文学作品进行诠释性的鉴赏解读，也有助于指出女性创作的不足，以使后继者在创作手法、创作角度方面加以改进。在这些诗词评点中，有不少传播者会进一步挖掘创作者的生平史料，同时从美学的角度进行评析，这也极大地提高了闺阁文学作品在受众心中的地位与影响力。

　　多样化的传播方式主要来自传播中的受众群体。作为女性文本的传播者，其家族中存在血缘与姻亲关系的家族成员是闺阁文学传播和接受的主体，丈夫与儿女、兄弟姐妹构成了望族女性文本的第一受众群。丈夫作为妻子才华的欣赏者，他能够最近距离地收集到妻子的作品，并给予妻子一

---

① 赵青：《嘉兴历代才女诗文徵略》，浙江大学出版社 2014 年版，第 253 页。

定的意见和指导。不少才女身前有一定数量的创作，然受传统"内言不出于阃"思想的影响，她们往往不将自己的作品付梓刊刻；有些才女英年早逝，丈夫爱惜其才，为纪念妻子，他们会将妻子文稿整理刊印以传后世。嘉兴王氏家族的才女王荃，嫁给秀才史先震，未两载即病，后病中尽焚其稿，病逝后，她的丈夫"检其奁具，得零草数纸，汇钞成帙"①。嘉善才女周瑶，生于嘉善周氏望族之家，为乾隆十九年进士周翼洙孙女，陕西武功知县周鼎枢女，礼部尚书姚文田妻，工诗，病逝后其夫将她的作品附于自己的《邃雅堂文集》中。槜李才女虞兆淑，生于嘉兴虞氏望族之家，嫁海盐徐赓元，她尤工于写词，婚后也不废吟咏，积成卷轴。惜中年病殁，后其夫惜其才华从零篇断简中得《玉映楼诗馀》若干首，将其作品保存下来。

儿女往往也是母亲学问的继承者，在一个大家族中，有些男性成员长期宦游在外，因而课子的重任就落在了母亲的身上，一个有才学的母亲可以将自己平生所学悉数教给自己的儿女，母亲的勤勉、严厉与督促不仅有力地促进了子女学问的积累，同时母亲的用心良苦也更能激励子女勤学苦读、传扬家学、光耀门楣。在儿子科举取得一定成绩后，他往往想报答自己母亲的辛苦养育之恩，有些把家母的诗文创作汇集刊刻，以记念母亲为传扬家族文化所做的贡献。嘉兴钱陈群的子媳李心蕙，自幼工诗，甚有才情，殁后由诸子辑其遗诗，名《偶吟存草》。桐乡汪氏家族才女赵棻，精通文史，长于写古文及骈体，婚后她的创作也得到了丈夫的支持，赵棻"性懒不自收拾，夫子时为录存之。岁辛卯命儿子曰桢芟写定为二卷"②。

家族男性除为才女结纂个人文集外，男性成员还以题写序跋的方式对望族女作家进行提携与褒扬。在诸多的闺秀个人别集中，其卷首序言多由兄长或丈夫题写。如桐乡严永华作《纫兰室诗钞》，前有其兄长严辰的题序；沈彩之《春雨楼集》卷首为其夫陆烜题序，序中赞其"清华端重，智慧聪俊。其书与诗，皆能入格，小文亦有佳致"③；平湖陆荷清之《唐

① （清）杨谦纂：《梅里志》卷十四，《续修四库全书》第716册，上海古籍出版社1995年版，第855页。

② （清）赵棻：《滤月轩诗集》序，《丛书集成续编》第134册，上海书店出版社1994年版，第633页。

③ （清）沈彩：《春雨楼集》，胡晓明《江南女性别集》三编，黄山书社2010年版，第6页。

韵楼诗钞》卷首由其弟陆敦伦题序，序中述其"姊生贫家，一字一韵，皆得中馈之余，非有所为而为者焉。其言也诚，则其传之必永可信也"①。嘉兴钱蘅生之《梅花阁遗诗》卷首则由其小叔张炳堃撰序，序中赞曰："嫂以一身兼事畜之重，然犹间理吟事米盐凌杂之会，琢句清新，皆可喜者。"②

　　除自己家族内的亲人外，家族外的友人也是家族女性作品的另一重要阅读群体。清代以来，女性的交往圈及活动范围有了进一步的扩展，有些女性可随父或随兄外地做官宦游，有些女性为闺塾师四处漫游，有些女性甚至也与男性文人交友，谈诗论道。扩展的交往空间给了这些望族女子更多的情感体验，也使她们有了更加丰富的创作素材，友人之间的交往与切磋也给了她们不断提高文学修养和创作水平的机会。她们创作的诗文在交往的朋友中得到展示与认可，并由其友人传播发散出去，使得更多的受众群体能接触了解到她们写的诗文作品，从而在另一个侧面提升了女性创作者的知名度。嘉兴才女黄媛介曾为闺塾师，有较多的漫游经历，她也因此结识了钱谦益、余怀、王士祯、吴伟业、毛奇龄等一批在文坛享有盛誉的男性文人，他们通过为其题诗、撰文、写序等方式使黄媛介在江南的名气得以扩大。

　　通过对女性作品的整理收录、女性诗文别集的编纂与刊印、参与对女性作品的评点及男性成员的提携与褒扬，嘉兴望族女性的文学作品得到了极大的传播，她们在文学历史进程中扩大了自己的影响，也在文坛中找到了自己的一席之地。闺阁文学的传播活动体现了女性希望主导文坛话语的愿望，她们以细腻的情思、敏感的观察力和丰富的想象力传达了江南女子特有的地域文化气息，而其多元的身份也为人类思想文化的传播注入了更丰富的内涵和深远的意义。

---

① （清）陆荷清：《唐韵楼诗钞》，胡晓明《江南女性别集》四编，黄山书社 2010 年版，第 1169 页。

② （清）陆荷清：《唐韵楼诗钞》，胡晓明《江南女性别集》四编，黄山书社 2010 年版，第 1155 页。

下编

第七章

秀水家族女性作家群概览

《（万历）秀水县志》载："秀水，古槜李地，故属吴。其星野疆域，具详《郡志》中。春秋越败吴于槜李，始见简书。秦分郡，属会稽，为长水县，即今嘉兴郡地。《郡志》载：'郡郭外有秀水'。"①秀水县之得名，为明宣德四年（1429），大理寺卿胡㮣巡抚是邦，以嘉兴地广赋繁，奏请分嘉兴自郡城之西伍福等乡为秀水县。其地东至嘉兴县界三里，南至嘉兴县界十五里，西至桐乡县界三十五里，北至苏州府吴江县界三十里。

秀水一地兴学重教，文风浓郁。《（万历）秀水县志》载："宣德分邑，遂建黉宇，即有秀才异等，龙变云蒸，趋海内前茅。嘉隆迄万历初尤盛。今士多读书，娴文辞，而公车乃少诎焉。"②整个明代秀水县共产生进士 81 人，占到整个嘉兴府进士总人数的 18%。清代秀水县共产生进士 81 人，占整个嘉兴府进士总数的 16%。秀水的望族主要由张氏、陈氏、郑氏、朱氏、钱氏、金氏、朱氏、黄氏、李氏等家族组成，其中嘉兴秀水女性作家群主要由黄氏及钱氏、李氏的闺秀组成。明清两代，秀水望族女性作家共产生 36 人，占总数的 9.7%。这些女性作家大都来自世家大族的上流社会，以血缘为纽带，以深厚的家族学养为根基，秀水的文学家族孕育了数量众多的闺阁才女。良好的出身及受教育环境，丰富的文化资源与男性社交网络，都给她们提供了优质的创作平台，同时也造就了独特的家族女性作家群现象。

第一节　黄氏女性作家群

秀水黄氏其先为江西新淦人，洪武中其先人谪戍黄洋卫，旋改隶嘉兴千

---

① （明）黄洪宪纂，李培修：（万历）《秀水县志》卷一，《中国地方志集成》第 31 册，江苏古籍出版社 1990 年版，第 545 页。

② 同上书，第 567 页。

户所，后籍秀水。黄洪宪《中宪大夫贵州按察司副使先公邃泉府赠恭人先母叶氏行实》中记："先世出江夏文疆之裔，其后徙婺之华，析为五枝，或在豫章，或在信州。信州者，元至正间，旅寓嘉之崇德，后因兵乱，莫知所之。豫章者，子姓蕃衍，散处江右。而黄氏之居嘉兴。国初，起新淦从军，后随宜春侯戍鹰扬武雄。洪武九年，归苏州卫守御嘉兴千户所，遂家焉。"①

秀水黄氏家族在明代嘉万时期科举达到极盛，从嘉靖三十五年（1556）至万历四十四年（1616），仅 60 年间，就产生 6 名进士。学者多洛肯在《明代浙江进士研究》指出："三世进士"全国 60 例，浙江有 14 例，嘉兴郡共有 6 家，分别为：嘉兴项笃寿家族、嘉兴黄镐家族、秀水沈谧家族、平湖陆淞家族、海盐刘术家族、海宁查秉彝家族。② 黄氏家族科甲之盛可见一斑。科甲的鼎盛、文化的熏陶也带动了闺阁女性的成长，在黄氏家族中先后出现了沈纫兰、黄双蕙、黄观娇、黄淑德、黄媛介、黄媛贞、黄德贞等一大批才女作家。她们在明末清初时期的江南文化圈影响甚大，并同周边的苏州府望族才媛展开了广泛的文学交游，以诗词才情卓立于女性作家群中。

一 家族世系

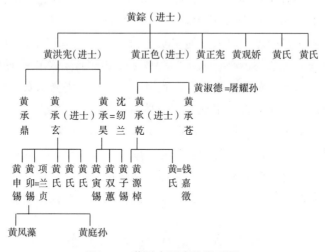

图 7-1 黄氏主要家族世系图

注：此图据《秀水县志》及《嘉兴明清望族疏证》参考所绘。

---

① （明）黄洪宪：《碧山学士集》卷六，《四库禁毁丛刊》第 30 册，北京出版社 1998 年版，第 215 页。

② 多洛肯：《明代浙江进士研究》，上海古籍出版社 2004 年版，第 184 页。

二　进士举人名录及小传

嘉兴黄氏家族为"三世进士"，在明代嘉万时期不仅科举达到极盛，其家经学、史学、文学方面都在文坛折射出耀眼的光芒。现将进士及举人名录列表如下：

表 7-1　　　　　　　　　黄氏家族进士及举人名录

姓名	生卒年	登科时间	官职
黄錝	1552—1578	嘉靖三十五年（1556）丙辰进士	湖广按察副使
黄正色		万历五年（1577）丁丑进士	樟南副使
黄洪宪	1541—1600	隆庆五年（1571）辛未进士	少詹事
黄承玄	1564—1614	万历十四年（1586）丙戌进士	副都御史
黄承乾		万历四十一年（1613）癸丑进士	推官
黄承昊	1576—约 1645	万历四十四年（1616）丙辰进士	评事
黄盛		成化十三年（1477）丁酉举人	官礼部司务
黄涛		崇祯十五年（1642）壬午科解元	官龙游县教谕，擢滋阳县令
黄相如		康熙二十三年（1684）甲子科举人	

黄盛，洪宪曾祖，黄錝祖父。

黄錝，字崇文，号邃泉，豫章籍，秀水人。黄鹤年子，黄正色、黄洪宪、黄正宪父。嘉靖三十五年（1556）丙辰科进士，历官兵部主事、郎中，直隶安庆府知府，官至湖广按察副使，改贵州，乞归。

黄洪宪，字懋中，号葵阳，别署碧山居士，人称葵阳先生。黄錝次子，黄承元、黄承昊父。隆庆五年（1571）辛未进士，改庶吉士，官至少詹事；掌翰林院事，兼侍读学士。曾奉使朝鲜，富藏书，室名曰"硕宽堂"。著有《朝鲜国纪》《玉堂日钞》3 卷、《碧山学士集》21 卷、《别集》4 卷、《周易集说》4 卷、《学诗多识》《读札日钞》《四书石床随笔》《性理要删》6 卷、《春秋左传释附》27 卷、《资治历朝纪政纲目》74 卷、《銮坡制草》5 卷、《蒙庄独契》《辎轩录》4 卷、《箕子实纪》《离骚解》等，纂修《嘉兴府志遗稿》（续解）、《秀水县志》10 卷。

黄正色，初名遵宪，后更名，字懋端，号贞所。黄錝长子，黄洪宪兄，黄承乾父。万历五年（1577）丁丑进士，官樟南副使，著有《两台奏草》。

黄承玄，一作承元，字履常，一字宇参。黄洪宪长子，黄申锡、黄卯锡父。万历十四年（1586）丙戌进士，授工部主事，出理张秋河道，历官副都御史、福建巡抚。著有《盟鸥堂集》14 卷、《河漕通考》2 卷、《安平镇志》11 卷，万历四十二年（1614）与冯珣同刊有冯惟讷《诗纪》130 卷等。

黄承乾，字履谦，黄正色子。万历庚子顺天举人，万历四十一年（1613）癸丑进士，授凤阳府推官，四十六年（1618）戊午充本省同考官，继充湖广同考官，补兵部给事中，未赴，卒。

黄承昊，字履素，号暗斋，自号乐白道人。黄洪宪次子，黄寅锡、黄子锡父。万历四十四年（1616）丙辰进士，历官福建海防按察司副使，以功调广东按察使。精医理，著有《暗斋吟稿》《白乐道人集》《律例析微》《读律参疑》《律例互考》《阐幽录》《折肱漫谈》9 卷、《医学摄精》等，评辑《薛立斋内科》10 卷。

黄盛，黄洪宪曾祖，成化十三年（1477）丁酉举人，官礼部司务。

黄涛，字观只，号符愚山人，嘉兴籍，嘉善人。黄卯锡子。崇祯十五年（1642）壬午科解元。陈子龙门生。入清后，官龙游县教谕，擢滋阳县令。著有《赋日堂诗稿》《羁旅诗》《檇李古迹考》各一卷。

黄相如，黄涛子。康熙二十三年（1684）甲子科举人。

三　婚姻关系

黄氏家族与嘉兴境内及周边吴中、南浔诸多望族之家联姻，如湖州南浔的董氏家族、海宁的沈淳家族、朝中首辅申时行家族、秀水朱氏家族、嘉兴名门项氏家族、平湖屠氏家族、石门吕氏家族、秀水郁氏家族、秀水钱氏家族均为当地的世家大族。望族之间的联姻促成了黄氏在政治上的稳固，权力的互补，进而占据了优厚的文化优势，为子女的成才奠定基础。其姻亲谱系如下：

黄鏓娶嘉兴叶琪女，继娶嘉善陆垚女

黄鏓次女适秀水卜大观子卜曰时

黄鏓三女观娇适平湖屠中孚

黄洪宪长女适吴江周应懿

黄洪宪次女适平湖陆锡恩

黄洪宪三女适秀水吴显科

黄洪宪四女适秀水李懋端

黄洪宪五女适石门吕元启

黄洪宪长子黄承玄娶平湖屠谦女，继娶嘉兴沈爔女

黄承玄长子黄申锡娶南浔董嗣成女

黄承玄孙黄凤藻娶吴江周文亨女周慧贞

黄承玄女适秀水吴弘济长子吴兆荣

黄承玄次女适吴县申用懋子申传芳

黄承玄三女适吴江吴恪

黄卯锡娶嘉兴项德成女项兰贞

黄卯锡子黄涛娶秀水谭贞默女

黄洪宪仲子黄承昊娶海宁沈淳女

黄承昊次子黄子锡娶申时行孙女、申用懋女

黄子锡女适秀水朱茂暻子朱彝性

黄正色娶嘉兴陶诺女

黄承乾女适秀水钱嘉徵

黄承乾子黄源棹娶秀水朱茂晖女

黄承苍女适秀水朱彝教

黄正色女适秀水郁嘉庆

黄正色女适平湖孙弘祚

黄正宪聘秀水朱国贤女

黄正宪子黄承鼎娶嘉兴沈国良女

黄承鼎适秀水谭吉颐

四　黄氏女性作家述略

黄氏家族为"三世进士"，其家族中的主要代表人物为黄洪宪，官至翰林侍读学士，纂修《嘉兴府志遗稿》《秀水县志》，他同时也是位经学家，名文冠天下。黄氏家族中更具特色的是其家族中的女性诗人群，钱谦益评论这一家族为："彤管之盛，萃于一门。亦近代所未有也。"[1]

---

[1]　（清）钱谦益：《列朝诗集小传》，上海古籍出版社 2008 年版，第 752 页。

黄氏诗人群可分作两支：一是以黄洪宪子媳沈纫兰为首，由黄淑德、黄双蕙、项兰贞、周慧贞等人组成。沈纫兰，字闲靓，黄洪宪子媳，黄承昊妻。"喜作古诗，不为平熟之调，七言亦仿佛温李。"① 有《效擎集》《锄隐》《宾庐》诸稿。今存诗38首，词3首，题材以写景、咏怀、题画、友人唱和、追思悼念为主，富有浓郁的生活气息。纫兰仲女黄双蕙，字柔嘉，髫年喜禅，年十六而逝，诗词才华可比叶小鸾，有《禅悦剩稿》。今存诗3首，词2首。纫兰从妹黄淑德，字柔卿，通文史、音律，早寡，礼佛隐居，卒年不满四十，著《遗芳草》。今存诗14首，词3首，其诗情韵交织，超然有致。项兰贞，字孟畹，著名藏书家项元汴之孙女，有《裁云草》《月露吟》《咏雪斋遗稿》。今存诗49首，词12首，诗风清婉细腻，犹工写景。周慧贞，字小朗，又作挹芳，吏部尚书周用玄孙女，孝廉黄凤藻妻，惜年二十六而卒，吟诗虽少，意调颇逸。有《剩玉篇》。时人王瑞淑评价为："挹芳与孟畹项兰贞、柔嘉黄双蕙鼎足三分，为一时之胜。"②

二是由黄洪宪族女黄媛介、黄媛贞组成。黄媛介，字皆令，布衣杨世功妻，女诗人黄德贞、沈纫兰、黄淑德从妹，项兰贞、黄双蕙、孙兰媛、孙蕙媛、屠瑶芳姨母。娴于诗画，为闺塾师，著《越游草》《离隐歌》《湖上草》《如石阁漫草》等，为明末清初众多才女之翘楚。今存诗82首，词19首，文1篇，赋7篇。其诗题材多样，视野开阔，有男性胸襟；其赋词句雅丽，有魏晋风致。黄媛贞，媛介之姊，字皆德，能诗词，工书法，有《云卧斋诗集》《云卧斋诗馀》。今存诗12首，词15首，落笔凝练，语言平易传神。

五 黄氏望族女性作家的广泛交游唱和及作品文本的传播

（一）家庭范围的交往唱和

"家庭作为学术知识的集纳地，极大地增加了女性接受儒家经典、哲学和历史教育的机会。明末清初所有最多产的女诗人和作家，都受益于她

---

① （清）沈季友：《槜李诗系》卷三十四，影印文渊阁四库全书第1475册，上海古籍出版社1987年版，第810页。

② 同上书，第837页。

们家庭的文化资源。"① 较高的诗艺才华及浓厚的家庭书卷氛围，使得这群闺门的女子常以结社、赋诗、书画为乐，不仅母女、姐妹之间常作诗赠诗，甚至在姑嫂、妯娌、婆媳之间也常吟诗作赋，进行文学的切磋。纵观《槜李诗系》《全浙诗话》《全明词》及其他诗文集，可以清晰地看到她们的闺阁交游生活。

沈纫兰，沈淳之女，幼攻书史，喜作古诗。其夫黄承昊为黄洪宪之子，身在科举世家，其家族在当地文坛及政坛都富有影响力。沈纫兰为黄双蕙之母，黄媛介的从嫂，项兰贞的从母，特殊的身份与地位，使她成为整个黄氏家族的核心与纽带。在她的诗作中多有酬赠往来，如她的《悼柔卿遗扇》《柔卿孟婉泛月寄怀和韵答之》《禊日怀黄皆令却寄》即写给黄淑德、项兰贞、黄媛介的作品。纫兰之女黄双蕙，赋性温慈静慧，好读书，然而不幸 16 岁而卒。对女儿的英年早逝，沈纫兰十分痛心，其诗《旅邸伤女》写道："音容宛尔昔长安，此日珠沈泪不干。"② 表达了母亲对女儿深切的悼念与伤怀。

黄氏家族中，项兰贞的交际圈比较广泛，她不仅与从母沈纫兰唱和往来，也与从姑母黄淑德过往甚密。项兰贞的孝顺与才情深得淑德的喜爱，两人一并游玩赋诗，在《中秋写泛月鸳湖次韵项孟婉韵》中云："笛韵凌空汉，歌声渡满湖。遥思天外客，知我断肠无。"③ 表达了对项兰贞的思念。然惜兰贞 32 岁而卒，黄淑德感伤不已，写下《秋暮寄怀孟婉》以示悼念。在黄淑德存留的诗文中，虽与黄德贞、黄媛贞、黄媛介为从姐妹，却未见有唱酬之作，项兰贞的受重视程度可见一斑。

此外在黄氏家族中，黄媛介、黄媛贞的交往圈亦十分惊人。黄媛介在当时因诗、赋、书画而名重一时，她写给家庭内部成员的唱和诗文不在少数，如她的《怀闲靓黄夫人》《捣练子·送姐皆德》《金菊对芙蓉·答姐月辉见怀》就是分别写给沈纫兰、黄媛贞、黄德贞的诗词。其姐黄媛贞，能诗词，工书法，与妹媛介感情深厚，她有多首写给媛介的作品，如《丁

---

① ［美］高彦颐：《闺塾师：明末清初江南的才女文化》，江苏人民出版社 2005 年版，第165 页。

② （明）叶绍袁：《彤奁续些》卷上，《丛书集成续编》第 39 册，上海书店出版社 1994 年版，第 68 页。

③ （清）沈季友：《槜李诗系》卷三十四，影印文渊阁四库全书第 1475 册，上海古籍出版社 1987 年版，第 812 页。

卯冬十二月留别媛妹皆令》《临江仙·新夏怀妹》等。

家族文学产生于最亲密的"熟人社会"的人际结构中，因此家庭成员的互动与协作也成为一种自然生发的方式。家族作为一个具有凝聚力的载体，使家族文学创作有了更加自觉的组织意识和良好的环境氛围。

（二）家庭之外的社交网络

这群家族闺秀不仅在家庭内部进行唱和互动，相当部分闺阁中的女子还将空间扩展到家庭之外，与周边众多知识女性有一定时空的交往。地缘的相似性、江南市镇的发达、交通的便利为这群女子的交往提供了极为有利的条件。

吴中的叶氏家族是黄氏诗门的密切交往对象。在沈纫兰的《悼叶琼章》十首、《再和叶夫人芳雪轩原韵》诗作中多次提及吴中才女叶小鸾。沈宜修的长女叶纨纨也多次在黄德贞、黄媛介的诗文中提及，如黄德贞作《挽叶昭齐》五首，《挽叶琼章》五首；黄媛介作《叶昭齐挽诗十绝》《叶琼章挽诗十绝》《读叶琼章遗集》《伤心赋·哀昭齐》，表达了对叶纨纨的欣赏与怀念。

在黄氏家族中，项兰贞不容忽视。项兰贞为嘉兴大藏书家项元汴的孙女，收藏家项德成的女儿，黄卯锡的妻子，黄淑德的侄媳。得天独厚的文化资源与较高的颖悟力，使她的交际网络覆盖甚广。在她的《寄慰寒山赵夫人》《附寒山陆卿子》中提及了她与苏州赵昭、陆卿子的交游。此外，她还与当时名妓王微过从较密。王微在《湖上曲》序中记："癸亥秋杪，病归湖上，卜筑葛洪岭下，门掩飞泉，径埋落叶，意迥然也。适黄茂仲携细君孟畹礼佛灵鹫，寓与予近，轻舟就谈。"①项兰贞作有《鹊桥仙·七夕和女冠王修微》，王微以《湖上次韵答黄孟畹夫人》相酬。项兰贞去逝后，王微作《哭黄夫人孟畹》悼念之，足见两人情谊不同一般。

黄媛介因家贫为谋求生计为闺塾师，有较为漫长的游历生涯。她与苏州的沈宜修母女、绍兴的商景兰母女、吴山母女、名媛王端淑、归淑芬、名妓柳如是均私交甚好。其中与商景兰家族的交往可谓频繁，黄媛介曾在绍兴住了较长一段时间，与祁氏家族成员展开了丰富的文化活动并写下多篇诗文，如《同祁夫人商媚生祁修嫣湘君张楚缠朱赵璧游寓山分韵》二

_____

① （明）江元祚：《续玉台文苑》卷三，《四库全书存目丛书》集部第375册，齐鲁书社1997年版，第375页。

首、《采菱同祁修嫣湘君赵璧》二首、《别祁夫人并弢英诸社姐舟中作》《密园唱和同祁夫人商媚生祁修嫣湘君张楚缠朱赵璧咏》等诗作就多次提及商景兰、祁修嫣、祁湘君、张楚缠、朱赵璧几位祁氏家族的夫人及子女。黄媛介还与男性作家交往，在《和吴梅村题鸳湖闺咏》中与吴梅村相互唱和，赋诗四首。在《湖心酬余澹心》中提到了与余怀的交往："一湖秋水似闲人，桥外朱楼迥绝尘。我伴梁鸿因适越，君寻黄石为逃秦。芙蓉憔悴今何地，燕雀生成只此身。寄语孤山林处士，满船烟月锁松筠。"①

广泛的跨区域、跨场域的交游，使闺秀的创作水平得到不断提升和补充，增进了闺阁文学的传播与接受；才女文学创作网络群的构建，不仅丰富了不同文学家族的创作经验，同时也为清代女性文学的进一步发展奠定了基础。

（三）黄氏望族女性作品的收录与传播

在明末清初，随着江南城市经济的繁荣及女性识字率的提高，女性的自我意识逐渐觉醒。为使闺阁诗文得以传播并拥有更多的读者群，有些家族女性作家将闺阁作品收集整理成编，如黄德贞与归淑芬同为词坛主持，共辑《名闺诗选》；孙蕙媛与女诗人申蕙、沈榛、黄德贞合编了《古今名媛百花诗馀》，展现了女性独特的欣赏视角与艺术价值。嘉兴黄氏女性作家中多创作有个人文集，但散佚较多，今可见到的仅有黄德贞参编的《闺秀百花词馀》、黄媛贞的《云卧斋诗集》及《云卧斋诗馀》、黄媛介的《离隐歌》。

以血缘及姻亲关系而结成的家庭成员是闺阁文学传播与接受的第一主体，她们通过互相唱和、结社、宴会、游玩、题序等方式使彼此的作品得到交流互赏，并通过自身作品集的传递进行文学的探讨与传播。因此，家族女性的受众群体首先是在家族内部，由家族成员进行文学传播，而后再由姻亲、社交关系而产生家族之外的受众群体。如在吴中交游圈中结识的沈宜修、叶绍袁家族，其家族刊印的《伊人思》《午梦堂集》中大量收入了黄氏的闺秀作品，其中《伊人思》收沈纫兰诗5首、收黄双蕙诗4首、收黄淑德诗3首、收周兰秀诗5首、收周慧贞诗3首；叶绍袁《彤奁续些》中收沈纫兰诗17首、收黄媛介诗20首，附文一篇。

---

① （清）姚佺：《诗源初集·列女》卷十二，《四库禁毁丛刊》集部第169册，北京出版社1998年版，第503页。

除家族女性直接参与文学传播外，明末清初还有不少女性文人对家族女性作品加以关注并结集，其中较为重要的有王端淑之《名媛诗纬初编》、季娴之《闺秀集初编》、完颜恽珠之《国朝闺秀正始集》。在《名媛诗纬初编》中，收沈纫兰诗 3 首、收周慧贞诗 2 首、收项兰贞诗 1 首、收黄媛介诗 11 首；《闺秀集初编》中收沈纫兰诗 9 首，收项兰贞诗 20 首、词作 1 首，收黄双蕙诗 2 首，收黄淑德诗 1 首。

然而，在封建社会，女性文人的数量毕竟有限，更多的闺阁作品是由男性文人加以编选、刊印及传播的，收录黄氏女性作家较多的有汪启淑、王士禄、钱谦益、徐世昌、田艺蘅、屠隆等。王士禄《然脂集》中收黄淑德诗 1 首、收项兰贞诗 3 首、收黄媛介诗 25 首。除结册刊印外，男性文人还以作序题词、诗评的方式对家族女性文人进行提拔与支持，钱谦益曾为黄媛介的诗集作序曰："今天下诗文衰爡，奎壁间光气黯然，草衣道人与吾家河东君，清文丽句，秀出西泠六桥之间。马塍之西，鸳湖之畔，舒月波而绘烟雨，则有黄媛介皆令。吕和叔有言'不服丈夫胜妇人'，岂其然哉！①"对黄媛介甚为推许。

女性文人的参与及男性文人的推助，使女性作品已成为中国文学不可忽视的重要组成部分，无论在地域文学总集、地方志还是在大型文学总集的选编过程中，都会将其纳入，作为不可分割的部分。在嘉兴的地方文学总集中，沈季友的《槜李诗系》是一部重要的诗歌创作总集，收汉至清初一郡之诗家，共计四十二卷，其中三十四、三十五两卷分别为闺秀作品，其中录沈纫兰诗 10 首、录黄淑德诗 4 首、录周慧贞诗 1 首、录项兰贞诗 16 首、录黄双蕙诗 3 首、录黄媛贞诗 5 首、录黄媛介诗 13 首。明代之前地方志往往只收录贞节烈妇，至明清时期，江浙才女文学凸显，越来越多的女性凭其才华逐渐进入地方志体系，成为被言说和审视的对象。如崇祯年《嘉兴县志》收沈纫兰诗 6 首、收黄淑德诗 3 首、收项兰贞诗 7 首、收黄媛贞诗 3 首、收黄媛介诗 3 首。此外，朱彝尊、王昶、钱谦益、阮元等人均表达了对闺秀文章的关心与倡导，他们在文学总集《明诗综》《明词综》《列朝诗集》《两浙𬴂轩录》中对黄氏女作家及孙氏女作家的文学作品有一定收录。在文学总集《全明词》《全清词》的修纂中，对才女作品亦收录甚丰。在《全清词》及其补编中，收项兰贞词 4 首、收黄双

①　（清）钱谦益：《钱牧斋全集》，上海古籍出版社 2003 年版，第 967 页。

蕙词 2 首、收黄媛介词 19 首。地方志及文学总集对女性文人作品的收录，为女性作品的广泛传播提供了新的途径，也为女性文学作品在以男性为主导的文学版图中奠定了自己的一席之地。

六　嘉兴家族女性作家群的文学创作活动及特点

美好的年龄，才情尽擅的诗心，这群大家族的女性在单调的闺门生活中用一支慧笔写下她们生活的点滴。在她们的诗文创作中，总体来说有以下几个方面的特点：

1. 题材体式多样精巧

在家族女性作家群中，虽身处闺阁，但在她们的笔下却不只是吟风弄月、感伤抒怀的文字，咏史、泛游、题赠、感世等主题也时常出现。其文体涵盖了诗、词、文、赋几大门类，创作的诗歌体式包括拟古、律诗、绝句等各类作品，其意境的构筑也颇为精巧独特。如黄媛介的这首《为新城王阮亭写山水小幅并自题》：

懒登高阁望青山，愧我年来学闭关。澹墨遥传缥缈意，孤峰只在有无间。[1]

这首题画诗以高阁、青山、淡墨、孤峰营构出幽远缥缈的意境，同时也以此自喻，传递出作者欲过闲散隐居生活的想法，"孤峰"二字更是自我境况的写照。文字凝练传神，冲淡而自然。

此外，黄媛贞的《吊黄鹤》《秋窗阅史》均是较好的咏史之作。值得一提的是，黄媛介的赋写得华美秀丽，其《伤心赋·哀昭齐》《琴赋》《闲思赋》《秋怀赋》《竹赋》《兰花赋》都堪称美文，展现了较高的文学素养。

2. 细腻的女性特质与情思

江南文化家族的文学创作与环太湖流域的水环境特质息息相关，江南水乡的成长环境赋予这群善感的女子以水的柔情，在她们的笔下徜徉着一股流动的诗性气质。梁启超云："长城饮马，河梁携手，北人之气概也；江南草长，洞庭始波，南人之情怀也。散文之长江大河一泻千里，北人为

---

[1] （清）王士禛：《池北偶谈》卷十二，中华书局 2005 年版，第 289 页。

优；骈文之镂云刻月善移我情者，南人为优。"①

细腻的景致描绘与真挚情感的抒发是她们常见的笔法。作为女性作家，细腻善感的心灵和纯净的艺术视角，使她们笔下多有抒怀之作，笔调也颇清婉动人。如项兰贞的《移居别旧舍》：

> 十载相依处，今宵忍别离。小窗明月夜，深院画眉时。
> 去去愁无路，行行步较迟。庭梅解人意，落尽最繁枝。②

这首小诗以景语写情语，以"画眉"这一独具女性特质的生活镜头写不舍之柔情。再如项兰贞的《咏梅》：

> 冰玉孤清世外姿，娟娟新月上疏枝。无情短笛休轻弄，未是春风点额时。③

诗作雅洁疏朗，情思有节，清新动人。时王端淑评为："夫人玉碎珠沉，犹惜诗之不传，岂蛾眉凡质乎？风凄月淡鸟怨花愁中，无三寸苦毫，徒为七尺土木矣。选其诸诗，音节清洁，居然名手。"④

3. 基调感伤的末世心境

这群闺阁作家大都生活在晚明，风云际会的动荡时局使她们也无法置身世外，她们的命运与国家的命运、家族的命运均紧密相连。身处末世，又为女性，生活面相对狭小，因此，她们只好在自己的小天地中感慨悲叹。

她们的诗作整体基调比较低沉，心境不够明朗，作品中常以寒风、孤鸿、残月、萍絮、幽窗、深闺、孤馆等意象入诗，反映出作者对现实的逃避与无奈之感。母亲失去孩子的悲痛，生命易逝的感伤，独守空闺的寂寞，流离失所的悲痛是她们笔下的主要题材。如黄淑德的《秋怀》：

---

① （清）梁启超：《饮冰室合集·中国地理大势论》卷十，中华书局 1989 年版。

② （清）沈季友：《槜李诗系》卷三十四，影印文渊阁四库全书第 1475 册，上海古籍出版社 1987 年版，第 813 页。

③ 同上书，第 814 页。

④ 同上书，第 813 页。

寂寞不禁秋，凄凄独倚楼。露凝砧欲动，风冷扇初收。

征雁惊残梦，吟蛩引暮愁。多情窗外月，斜影到床头。①

　　诗人以秋景入诗，借景抒怀，将思妇的闺怨与秋的愁思联结起来，展露作者内心的孤独、寂寞与淡淡哀愁。沈纫兰的女儿黄双蕙16岁即离开人世，这一事件给沈纫兰以极大的打击。此外，从女项兰贞也是沈纫兰颇为喜欢的一位，她才情过人，苦吟不辍，但命运弄人，项兰贞也英年早逝。一系列的打击，使沈纫兰的诗作风格呈现出一种哀怨感伤的基调，她写下了大量的悼亡诗，如《旅邸伤女》《悼孟晼侄妇》《悼叶琼章》《悼柔卿遗扇》等。其他的女性作家如黄媛介、黄媛贞、黄淑德、屠范佩均家中遭受变故，诗文笔调哀怨悲戚，"其所纪述多流离悲戚之辞，而温柔敦厚，怨而不怒，既足观其性情，且可以考事变。此闺阁而有林下风者也"。②

　　总体而言，秀水黄氏望族女作家的创作文体以诗词创作为主，亦有赋作，创作的题材丰富多样，她们以深情或细腻柔婉的笔调传达自己身处末世深切的生活体验及无奈感伤的情绪基调，诗词灵动隽永，深具"温柔敦厚"之诗文风格。

第二节　钱氏家族女性作家群

　　钱氏家族为嘉兴一大望族，其先世本为何氏，因幼时为同里一钱姓家族所抱养，故后承钱姓。其祖居海盐半逻村，至清代钱陈群时始迁居秀水。之后钱氏家族逐渐发展为嘉兴巨擘，其家族科举极盛，明清以来进考中进士16人，举人40余人，其中任职翰林院编修、翰林院侍读学士多人、知府及地方官职有多人，涌现了钱陈群、钱仪吉、钱楷、钱载、钱世锡几位"秀水派"的中坚力量。其家族男性成员不仅驰骋于乾嘉文坛，更有钱聚瀛、钱韫素、钱卿筬、钱卿藻、钱与龄、钱德蓉、钱涓、陈书、陈尔士这一群才艺双全的家族女性成员相互辉映，为嘉兴地方文学及艺术

---

　　①　（清）沈季友：《檇李诗系》卷三十四，影印文渊阁四库全书第1475册，上海古籍出版社1987年版，第812页。

　　②　（清）王士禛：《池北偶谈》卷十二，中华书局2005年版，第289页。

增添了一抹亮丽的色彩，成为嘉兴文化望族的典型代表。

一 主要家族谱系

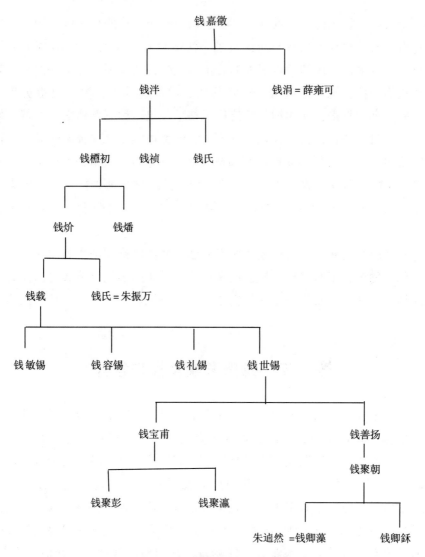

图 7-2 钱氏主要家族谱系图

注：本图据《秀水县志》及《嘉兴明清望族疏证》绘制。

二 进士、举人名录

1. 进士名录

钱琦（1469—1549）正德三年（1508）戊辰进士

钱芹（1501—1570）嘉靖十七年（1538）戊戌进士

钱萱，嘉靖十四年（1535）乙未进士

钱薇（1502—1554）嘉靖十一年（1532）壬辰进士

钱陈群（1686—1774）康熙六十年（1721）辛丑进士

钱汝诚（1722—1779）乾隆十三年（1748）戊辰进士

钱豫章（1750—1811）乾隆五十二年（1787）丁未进士

钱开仕，乾隆五十四年（1789）己酉进士

钱福胙（1763—1802）乾隆五十五年（1790）庚戌进士

钱仪吉（1783—1850）嘉庆十三年（1808）戊辰进士

钱栩，咸丰六年（1856）丙辰进士

钱骏祥（1848—1934）光绪十五年（1889）己丑进士

钱楷（1760—1812）乾隆五十四年（1789）己酉进士

钱载（1708—1793）乾隆十七年（1752）壬申进士

钱世锡（1733—1795）乾隆四十三年（1778）戊戌进士

钱宝甫（1771—1827）嘉庆四年（1799）己未进士

2. 举人名录

钱应晋，万历四年（1576）丙子举人

钱千秋，天启元年（1621）辛酉举人

钱应普，万历四年（1576）丙子举人

钱与映（1534—1600），嘉靖四十三年（1564）甲子举人

钱陞（1574—1627）万历四十六年（1618）戊午举人

钱润徵，崇祯十二年（1639）己卯举人

钱清焰（1820—1894）同治六年（1867）丁卯举人

钱瑞徵（1520—1702）康熙二年（1663）癸卯举人

钱汝恭（1725—1774）乾隆十二年（1747）丁卯举人

钱宝惠，道光二十年（1840）庚子举人

钱炳森（1816—1854）道光二十四年（1844）甲辰举人

钱汝器，乾隆三十年（1765）乙酉钦赐举人

钱械，嘉庆三年（1798）戊午举人

钱泮，崇祯九年（1636）丙子举人

三　主要婚姻关系

钱氏家族与秀水陈尧勋家族、平湖冯千英家族、嘉善程维岳家族、上海李宗袁家族、嘉兴沈游家族、嘉兴胡斌家族、桐乡沈炳垣家族、平湖薛振猷家族、仁和陈鸿宝家族、余姚朱逌然家族、海盐曹龙川家族、平湖俞咨伯家族、海盐冯皋谟家族、海宁祝萃家族、海盐沈藻家族、海盐吕元美家族、溧阳史瑗家族、归安沈涵家族、仪征阮元家族、江都张馨家族、江西新建尚溁家族、嘉兴朱振家族、平湖姚士慎家族、嘉兴巢鸣盛家族联姻。其主要婚姻关系如下：

钱薇娶海盐孙浩女

钱福徵娶平湖姚士慎女

钱嘉徵娶秀水黄承乾女

钱泮娶秀水谭昌言孙女、谭贞和女

钱炌娶秀水朱振侄女

钱敏锡娶仁和陈熹女素贞

钱聚朝娶嘉善谢墉女

钱纶光娶陈尧勋女陈书

钱陈群娶桐乡俞长策女，继娶山阴俞金鳌姊

钱汝诚娶江苏溧阳史瑗女

钱汝悫娶平湖冯千英孙女冯巨钦女

钱汝丰娶上海李宗袁女李心蕙，娶海宁陈人麟女

钱汝器娶江苏江都唐绥祖女

钱汝恭娶归安沈涵孙女、沈柱臣女

钱福胙子钱仪吉娶余杭陈绍翔女陈尔士

钱复娶嘉兴沈大业女

钱泰吉娶嘉兴胡斌女

钱嘉徵女钱涓适平湖薛振猷子薛雍可

钱卿藻女适余姚朱兰子朱逌然

钱聚朝女钱卿文适秀水金福曾

钱汝恭女钱与龄适吴江蒯嘉珍

钱韫素适上海李尚暲

钱宝甫女适德清戚士元

钱楷女钱德蓉适阮元子阮祜

四　家族主要女性作家及创作

钱卿箴，秀水人。善画花卉。

钱韫素（1818—1895），字定娴，自号又楼。钱景文女，适闵行李氏，李邦黻母。工书善画，画学陈南楼老人家法，著有《月来轩诗稿》。《嘉秀近代画人搜铨》："字定娴，秀水文端公玄孙女，出为闵行李尚暲室，通经史文辞及医学，书抚孙虔礼，画守南楼家法，故自号又楼。所著有《月来轩诗稿》，卒年七十八。"[1]

钱韫素的诗作题材较广泛，有感怀诗、赠寄诗、题画诗、纪实诗等，其诗作语言简练质朴，能直抒胸臆，少杂脂粉。如其所作《苏杭失守怀蕴贞妹》《偶书》两首分别作于1860年及1880年，此时中国饱受外国列强凌辱及国内农民起义的困扰，诗人敏锐地感受到了时局的变化，将其素材纳入诗歌创作，体现了诗人"以诗纪实"的现实主义创作诗风。《寄嫂》一诗作于1841年，诗中表达与嫂嫂的两地相思之情，末句"准待春来风信好，梅花香里是归期"语句畅达，情韵兼备，体现了诗人深厚的诗学功底。《题红楼梦》一诗作于清光绪十八年（1892），诗人已至暮年，她以自己的人生体会对《红楼梦》中出现的虚空情景深表感慨，作者写道：

> 色空空色本无因，一念沈迷遂失真。修到仙家还历劫，钟情难怪梦中人。
> 业缘尘海几时休，幻境生前种此愁。细数古今多缺陷，痴心岂独是红楼。[2]

作者以佛道之语对《红楼梦》中的太虚幻境及故事中的人生悲喜进行解读，以如游梦境的形式阐明人生的福祸因果，同时对现实世界的种种不如意而深感无奈，表达自己人生如梦却不改痴心之感。

陈尔士（1785—1821），字炜卿，一字静友，余杭人。陈绍翔女，钱仪吉室。工诗。著有《听松楼遗稿》四卷。《两浙𬨎轩续录》卷五十三

① 倪禹功：《嘉秀近代画人搜铨》，上海书店出版社1998年版。
② 钱韫素：《月来轩诗稿》，清宣统元年（1909）铅印本，第26页。

载："氏幼习经史，工吟咏。仪吉居京师，丁艰，奉枢南归。氏独居邸第，肃庀家政，督子保惠读，不中程度，夜不得息。体素赢，积瘁成疾。殁前一时，犹令幼子读《易》，床下论说如平时。"①

姚靓，嘉兴人，钱仪吉妾，工诗。《两浙辅轩续录》录其诗 3 首。

陈书（1660—1736），字南楼，号复庵，自号上元弟子、萝轩女史、画署秀州女史，晚署南楼老人。清代女画家，陈尧勋长女，钱纶光室，陈榖姊，钱陈群母。工山水人物花卉。亦工诗，室名曰"复庵"，著有《复庵诗稿》《纺馀闲课》（未见）。《国朝画徵录》载曰："善花鸟草虫，笔力老健，风神简古。上舍家贫而好客，夫人典衣鬻饰以供。尝卖画以给粟米，虽屡空，晏如也。课子严而有法，长陈群，康熙辛丑进士，入翰林，今官通政、北直学政；次峰，廪生，早卒；次界，宝鸡县知县，亦善花草。夫人以陈群官诰封太夫人。卒年七十有七。"②

陈书诗词皆工，诗较词多，其诗五七言皆工，落笔精于点染，以题画、咏物诗为主，描摹细致，善用作画笔法，如在《题自画秋葵赠邹太夫人》一诗开头写道："叶出裁青玉，花舒染淡金"，诗句对仗工整，将秋葵之叶与花之色与形态以妙笔写出，色形俱佳。陈书的题画诗或咏物诗，并不是简单地对物体进行描摹，她很善于以托物言志之法传达内心的情怀，如《盆中小松》：

> 数尺来何所，风霜郁断枝。虽非老丘壑，且喜傍书帷。
> 偃蹇逃斤斧，青葱耐岁时。天公如有意，留雪伴寒姿。③

此诗中作者并没有直接描摹盆中松树的形态，而是从松之神韵来着笔，以松树的经风霜、耐岁寒之特点传达作者对松树坚韧之姿的喜爱。

陈书还善作词，她的词作今不多见，叶恭绰《全清词钞》中录其词《瑶华·水仙》一首，徐乃昌《小檀栾室闺秀词钞》亦录此词。其词风细

---

① （清）潘衍桐：《两浙辅轩续录》卷五十三，《续修四库全书》第 1627 册，上海古籍出版社 1995 年版，第 187 页。

② （清）张庚：《国朝画徵录》下，《四库全书存目丛书》第 73 册，山东齐鲁书社 1997 年版，第 603 页。

③ （清）徐世昌：《晚晴簃诗汇》卷一八三，《续修四库全书》第 1633 册，上海古籍出版社 1995 年版，第 311 页。

腻、清雅脱俗，她在《瑶华·水仙》中写道：

> 峭寒孕寂。每到花时，被春风先识。凌波去也，早减了冷月三分颜色。罗帏对影，尽愁织、帘痕凄碧。试问他、琼蕊开残，谁解隔年相忆。
>
> 香芽寸许才抽，渐出水亭亭，看已盈尺。今宵梦里，应许我、细诉离尘心迹。冰魂未醒，怎萼绿、偷传消息。便肯教、仙子重来，禁得几番沦滴。①

作者以水仙入题，咏水仙抽芽时亭亭玉立之美，同时作者借花喻人，以水仙短暂的花期喻闺中女子美好年华的转瞬即逝。词中语言雅致，曲调婉转蕴藉，呈现一种清幽冷隽的风格，具有南宋格律词人之风。

钱卿藻，字佩芳。钱聚朝女，钱卿钚妹，詹事余姚朱逌然妻。能诗善画。《两浙輶轩续录》云："淑人能诗，兼工画。早卒，遗墨经乱散佚，仅存手稿十余幅及画册八叶。王光禄家璧为各题五言绝句一首。跋称其'娟秀清逸，大足传世'，非过誉也。"②《两浙輶轩续录》存其诗3首，诗作句协音律，用语浅切，多写闺阁生活。如《观荷》：

> 万柄荷花半亩塘，竟香亭北午风凉。偶乘清暇来凭槛，隔岸蝉声在绿杨。③

诗作描绘了盛夏时荷花之美以及赏荷的闲暇心情。另一首为题画诗《画蜡梅一枝即题其后》：

> 庭前一树蜡成团，开向西风独耐寒。剪得斜枝饶画意，为描清影上齐纨。④

---

① （清）徐乃昌：《小檀栾室闺秀词钞》卷十四，清宣统三年（1911）刻本，第23页。

② （清）潘衍桐：《两浙輶轩续录》卷五十四，《续修四库全书》第1627册，上海古籍出版社1995年版，第240页。

③ 同上。

④ （清）潘衍桐：《两浙輶轩续录》卷五十四，《续修四库全书》第1627册，上海古籍出版社1995年版，第240页。

诗人不仅写蜡梅的清雅，更借物咏志，抒发蜡梅耐寒坚忍之品质，作者造语诗画相衬，用意颇远。

钱涓，字褧文，钱嘉徵女，钱泮妹（胡文楷《历代妇女著作考》中写为钱泮女），平湖薛简仍室，明末清初女诗人，工诗。著有《抱雪吟》（未见）。钱涓诗词皆工，善作写景诗及咏物词，其作思绪飞动，造语生新出奇，注重炼字炼句。如她的《秋夜》：

> 玉盘皎夜光，冲飚荡林壑。刁调发天籁，萧瑟卷败箨。
> 井梧黯浮烟，辘轳冷空索。长睇静徘徊，兹景何寥廓。①

此诗中，诗人未用平常意象，而是使用"林壑""天籁""井梧""浮烟""辘轳"等生僻意象渲染一种荒僻、空阔的秋夜场景，"飚荡"一词将月光的皎洁呈现一种迅疾之感。用语之雄奇，不似闺中女子所作。再如《虞美人歌》：

> 楚歌四面起，项王兵败兮。项王败矣虞何为，死王剑兮魂相随。长梦应怜歌舞宴，月明从此照空帷。堪叹八千子弟也，终无一个挥戈者。玉颜飞血逐东风，化作年年淮草红。人春常带伤心雨，至今犹自泣重瞳。②

诗人采用歌行体的写作体式，以英雄人物项羽与虞姬的爱情故事为主题，称颂虞姬对爱情的忠贞及表达对项王兵败自刎乌江的遗憾。

钱涓词作多为写景咏物之作，如《相见欢·山图》《菩萨蛮·蜂蝶》《清平乐·蜡梅》《秋波媚·芙蓉》《满路花·段桥春霁》等，多作小令，语言柔媚，有花间词风。

钱与龄（1763—1827），字九英。钱汝恭幼女，吴江蒯嘉珍室。工写生，尤长画梅，慕曾祖母南楼老人笔意。又得从兄箨石指授，作画处曰"仰南楼"。著有《闺女拾诵》《仰南楼集见闻》。《黎里续志》卷十《列

---

① （清）沈季友：《檇李诗系》卷三十四，影印文渊阁四库全书第 1475 册，台湾商务印书馆 1986 年版，第 840 页。
② 同上。

女七》："少承曾祖母南楼老人家学，尝署所居曰'仰南楼'。复得从兄箨石宗伯指授，专精六法，无纤媚柔弱之态。工诗，不多作，有自题画帧云：'玉簪堕地无人拾，化作东南第一花'为时传诵。"① 《嘉秀近代画人搜铨》载："字九英，嘉兴文端公孙，雨时郡丞女，得曾祖母南楼老人传，写生清逸，山水秀劲，一扫闺阁习气。从父箨石，亦极称之。尺幅寸缣得者珍若拱璧，其诗多能传诵，如'玉簪堕地无人拾，化作东南第一花'之句尤妙。所居曰'仰南楼'，以志不忘，出适广西州牧蒯铁崖，诗画相娱，极尽闺房韵事。"②

图 7-3 钱聚瀛《雨花盦诗馀》书影
注：采自上海图书馆。

钱聚瀛（1809—1850 后），幼名钱十三，字斐仲，号餐霞，别号雨花女史。钱宝甫女，德清戚士元妻。能诗文，擅填词，作花卉有南楼老人之风韵。著有《论词十二则》《雨华盦诗存》2 卷、附《诗馀》1 卷。今于徐乃昌《小檀栾室汇刻闺秀词》中见《雨花盦诗馀》1 卷，内中存词 41 首。《嘉秀近代画人搜铨》评曰："能诗画，兼工倚声。所作花卉，纤丽柔媚，有赵文俶、恽清于之风。致词主姜、张，类多商音，亦性使然也。所著《雨花盦诗存》一册及《诗馀》一卷。同治初，其夫戚曼亭所梓行。"③

---

① （清）蔡丙圻：《黎里续志》卷十，清光绪二十五年（1899）刻本，第 3 页。
② 倪禹功：《嘉秀近代画人搜铨》，上海书店出版社 1998 年版。
③ 倪禹功：《嘉秀近代画人搜铨》，上海书店出版社 1998 年版。

钱聚瀛工诗善画，但更擅填词，她对词有较深入的研究，曾写下词学批评《雨华盦词话》，文中对柳永、苏东坡、张炎、朱彝尊、厉鹗几位词人的词作进行评价，并批评秀水词人朱彝尊作词的弊病，指出"先生富于典籍，未免堆砌"。她认为，"余读古人词，惟心折张、姜两家而已"，"本朝词家，我推樊谢。佳什是不多，而清商精炼，自是能手"①。此外，她还就作词之法及读词之法阐明了自己的观点，颇有见地。

清代前期，浙西词派在全国影响甚大，秀水钱聚瀛也曾受其影响，推崇姜夔、张炎词，追求一种清雅幽妍的词风，如其作《绿意》：

> 吟香笛馆。甚绮疏静掩，花榭尘满。笑指鸳鸯，定守空池，依然蓼溆莎岸。风裳水佩分明在，但隔了、晶帘一片。怅问舟、仙侣难携，赢取者番幽怨。
>
> 还有雕栏倚遍，袜罗迟不到，游兴全懒。渍泪红衣，卷恨遗簪留与浣纱人看。云痴雨老芳期误，怕后约、年华偷换。待西风、扫尽闲萍，来照波清浅。②

此词为作者道光戊申年（1848）所作，当时作者过广东罗浮，见池中荷花因雨水浸泡而心生怅然之感而作。词人以荷为主题，由荷花之遇联系到人的境遇，慨叹其芳华不存。词人用语清丽幽怨，句协音律，格调凄清，颇似张炎词作之风。

钱庆韶，字文琴，嘉兴人。侍读学士钱福昨女，钱仪吉姊，户部主事李培厚妻。工诗。《两浙輶轩续录》录其诗一首。

钱德容，字孟端，钱楷女，郎中阮祜继妻。有《德容诗》一册。

---

① 赵青：《嘉兴历代才女诗文征略》上册，浙江大学出版社 2014 年版，第 301 页。

② 钱聚瀛：《雨花盦诗馀一卷》，见徐乃昌《小檀栾室汇刻闺秀词》第四集，清光绪二十一年（1895）刻本，第 8 页。

第八章

平湖家族女性作家群

平湖自明宣德五年（1430）年析海盐为大易、武原、齐景、华亭四乡，建平湖县，属嘉兴府，隶浙江承宣布政使司。其境内濒海，有乍浦港为天然良港，海外贸易十分繁荣。良好的地理环境及经济的繁荣也推动了文化教育的兴盛，其境内人文显赫，自明宣德五年（1430）年置县至清末，平湖先后出过209名进士，文化望族不断涌现，陆氏、张氏、屠氏、沈氏、孙氏均为科甲鼎盛，贵显一郡的大家族。在这些文化大家族中，闺阁才女占据了相当的比例，张氏和孙氏就是两支典型的望族女性作家群。

第一节　张氏女性作家群

张氏家族是一个典型的崇文重学的江南文化世家。张氏家族元末自吴中迁居平湖，世代以农为业，耕读传家。据张显周《三修张氏一支谱序》云："稽吾张氏，明处士、国朝副敕赠登仕郎完初公，系出于宋之广汉。旧谱所溯为始祖者，则魏国忠献公也。公之长子宣公，四传而德夫公，肇迁当湖邑境，其乡曰芦川。而两传而松隐公，始居独山。又三传而静庵公，始宅葭围。又八传而完初公，生于葭围而隐居。"[1]

自清康熙年间始，张氏科举开始崭露头角，据《张氏家乘》记载，至乾隆中，张氏一门有进士3人，举人5人。张敦瞿、张炳堃被授以翰林院编修，张诚、张庆成、张炳堃三人著述甚丰。雍正十三年（1735），张云锦、叶銮等人结洛如诗社，唱和诗歌，此社一直延续到乾隆二三十年

---

① （清）张元善：《张氏家乘》，民国五年（1916）年刻本，第8页。

间。后在咸丰同治年间，张金镛、张炳堃等家族成员又结平湖竹林诗社，晨夕唱和，成为士林佳话。张氏的文化活动，今可见诸记载的，以清代康熙之后最为繁盛，在这 200 余年间，张氏一门从二十二世的张汉年、张永年兄弟至二十七世张宪和祖孙七代，在经学、文学和弈道等不同文艺门类中都取得了巨大成就。张氏闺门作家同样群星璀璨，一共产生 13 位女性作家，其中 7 位存留文集，一门风雅在嘉兴文坛可圈可点。

一 家族谱系

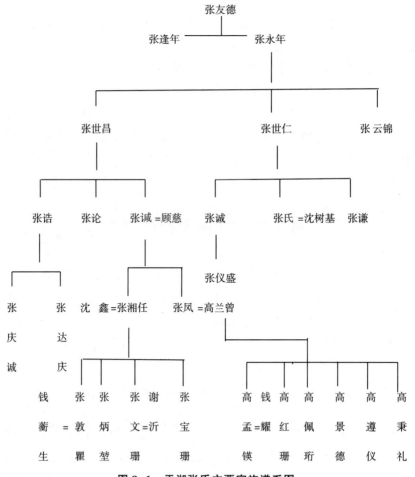

图 8-1 平湖张氏主要家族谱系图

注：此图据张诰所纂《张氏家乘》中家族谱系绘制。

二　进士、举人名录及小传

表 8-1　　　　　　　　　　张氏进士及举人名录

姓名	生卒年	登科时间	官职
张敦瞿	1805—1860	道光二十一年（1841）辛丑进士	授翰林院编修，晋官侍讲
张炳堃	1817—1877	道光二十七年（1847）丁未进士	授翰林院庶吉士，编修
张诚	1749—1815	乾隆四十二年（1777）丁酉举人	
张庆成	1774—1833	嘉庆三年（1798）戊午举人	授直隶望都知县，万金知县，官至深州知州
张湘任	1785—1836	嘉庆二十四年（1819）己卯举人	知兴化

张敦瞿，后改名张金镛，字良甫、韵笙，号海门、笙伯、忍庵。钱佩芬夫，张湘任子。道光二十一年（1841）辛丑进士，改庶吉士，授翰林院编修，晋官侍讲。擅长诗文，善分隶，与嘉善金眉生相契。著有《躬厚堂全集》25 卷、《绛跗山馆词录》3 卷。

张炳堃，原名瀛皋，字鹤甫，号鹿仙。张湘仁次子，张金镛弟。道光二十七年（1847）丁未进士，授翰林院庶吉士，编修，遂以督粮道分发湖北。工诗文，与兄金镛齐名，时有"双丁二陆"之目。著有《圣教集对前后集》2 卷、《抱山楼词录》4 卷。

张诚，字希和，号熙河，张世昌子，张湘仁父，张金镛祖父。乾隆四十二年（1777）丁酉举人，工诗。著有《婴山小园诗集》15 卷、《婴山小园文集》6 卷、《梅花诗话》100 卷、《鹤厂词》《峨眉山小志》。《平湖张氏家集·显考熙河府君行述》载："府君生于乾隆十四年六月九日丑时，卒于嘉庆二十年正月初三日亥时，享寿 67。授文林郎丁酉科举人，銓选知县。"

张庆成，原名庆盛，字嵩山，号秋樵。张世昌孙，张浩子。嘉庆三年（1798）戊午举人，授直隶望都知县，万金知县，官至深州知州。著有《秋樵诗文钞》8 卷。

张湘任，字宗辂，号笠溪，平湖人。张诚与女诗人顾慈子，张金镛、张炳堃、张文珊、张宝珊、张金钧、张苕臣父。嘉庆十六年（1811），应西巡召试钦取二等，充文颖馆誊录，嘉庆二十四年（1819）举人。好学能文，事亲孝。著有《抱璞亭诗文集》。

三　婚姻关系

张湘任娶沈翼鹏女沈鑫

张诚娶无锡顾光旭女顾慈

张凤适平湖高兰曾

张金镛娶钱人杰女钱佩芬

张世昌娶曹廷枢长女

张文珊适谢墉孙谢沂

张世仁女适平湖沈树基

四　张氏女性作家述略

平湖张氏一门在举业上取得了不俗的成绩，其家族的女性亦十分出彩，诗词翰墨，各有千秋。其家族女性作家群主要由鲍诗、顾慈、沈鑫、钱蘅生、张凤、孙湘畹、张苕荪、张宝姗、张文姗、高孟瑛、高佩珩、高红姗、张兰君13人组成。她们之间互为母女、姐妹、婆媳、姑嫂、从姐妹的关系。

鲍诗，字今晖，平湖人。鲍怡山次女，张云锦室，女诗人顾慈从母。姐妹四人，皆工诗善画，而诗尤有声。画从徽州程之康学，传程淳法，点染有致。著有《鹤舞堂小稿》《吾亦爱吾庐诗钞》2卷、《吾过集》。

顾慈，字昭德，江苏无锡人。监察御史顾光旭女，女诗人顾端妹，平湖张永年孙媳，诸生张世昌子媳，举人张诚继妻，举人张湘任母，女诗人张凤从母。著有《韵松楼诗稿》1卷。内存诗75首。

沈鑫，字韫珍，嘉兴人。沈翼鹏女，张湘任妻，张诚与顾慈子媳，张金镛、张炳墅、张宝姗、增廪生张金钧、张苳臣母，张宪和祖母。著有《能闲草堂稿》1卷（附张湘任《抱璞亭诗集》）。

张凤（1788—1833），字含珍，号兼葭女史，平湖人。张诚、顾慈女，张湘仁妹，高兰曾妻。诗多唐音，著有《读画楼诗稿》2卷。文集由其夫高兰曾刊行并撰序。

孙湘畹，字九兰，号荪友，平湖人。增广生孙烺女，张湘任从弟媳，府庠生张采妻。著有《茜窗居诗钞》2卷（一名《茜窗吟稿》）、《红馀词》。

钱蘅生（？—1846），字佩芳，号杜香，平湖人。钱人杰女，张金镛妻，张宪和、张缵和（早殇）母。著有《梅花阁遗诗》（附张金镛《躬厚

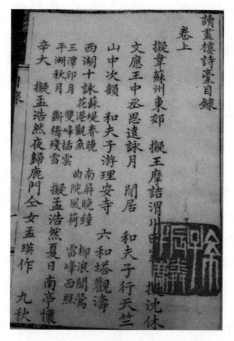

图 8-2　张凤《读画楼诗稿》卷首书影

注：清道光十四年刻本，采自上海图书馆。

堂集》后）。

张茗荪（1843—1871），字月娟，平湖人。蒹葭围张氏第二十五世张定闺女，岁贡张金圻妹，张金澜从妹，胡乃柏继妻，张宝珊、张文珊从姊妹。及笄后归胡乃柏，同治辛未年二十八，乃柏亡，绝粒以殉。著有《饯月楼诗钞》1 卷（附张金圻《园居录诗鉴》后）。

张宝珊，字兰君，平湖人。张诫与女诗人顾慈孙女，张湘任与女诗人沈鑫长女，张金镛、张炳堃妹，女诗人张文珊、张炳堃、增廪生张金均、张苠臣姊，诸生沈嗣昭妻。

张文珊，字子琼，张宝珊妹，张诫与女诗人顾慈孙女，张湘任与诗人沈鑫次女，张金镛、张毓达、女诗人张宝姗妹。进士谢恭铭子媳，贡生谢沂妻。工诗。

高孟瑛（？—1860），张诫与女诗人顾慈从外孙女，国子生钱耀妻，高红珊、高佩珩姊。著有《审韵楼诗集》16 卷（佚）、《审韵楼词》（佚）。五言、七言兼擅，诗作题材丰富，含咏烈诗、题画诗、写景诗、唱和诗，亦能作词，多为小令，语言刚柔并济。

　　高红珊，字擎卿，平湖人。张诚与顾慈外孙女，女诗人高孟瑛妹，高佩珩姊。

　　高佩珩，字润卿，平湖人。张诚与顾慈外孙女，女诗人高红珊妹。擅写写景诗、感怀诗。

五　张氏闺门特色

　　张氏一门才女众多，她们自幼聪颖不凡，在父母的教育下饱读诗文，学习书画艺术，秉承其家学传统，用自己的独特经历描绘了一幅江南闺阁女子的生活画卷。张氏闺门的特点主要有：

　　1. 家风甚严，幼时受教

　　在明清时期众多文化家族中，家族不仅重视男性的培养教育，对女性的教育也同样重视。"有才学的女孩成为大户人家的无形资产，在家中因聪明伶俐而备受宠爱，在外人中间则被当成家学渊源的明证来夸耀。"[①]

　　张氏家族也不例外。顾慈、鲍诗、钱蘅生、孙湘婉为张氏中以妻室身份进入家族的，她们均来自当地的文化望族。顾慈为无锡大族顾光誉之女，鲍诗为别驾鲍怡山之女，钱蘅生为翰林院庶吉士钱人杰之女。她们自幼在家庭中受到父母或塾师的良好教育。鲍诗在幼时即拜师学画，顾慈幼时熟读诗书，"响泉先生家法綦严，训女如子。夫人七岁受《毛诗》《女诫》诸书，能通大义。旁及汉魏六朝、三唐，靡不研其诗"[②]。张诚女张凤"性贞静，不苟言笑。少就外傅，能读《尚书》《毛诗》《小戴礼》及《离骚》《列女传》《六朝人小赋》。长尤嗜诗"[③]。孙湘婉，增广生烺女。"烺无子，延师课读。甫及笄，已工诗善画。"[④] 钱蘅生"幼受庭训，读古唐诗数百首，归侍讲，乃以诗相唱和"[⑤]。

---

　　① 曼素恩：《缀珍录：十八世纪及其前后的中国妇女》，江苏人民出版社 2005 年版，第 36 页。

　　② （清）潘衍桐：《两浙輶轩续录》卷五十二，《续修四库全书》第 1627 册，上海古籍出版社 1995 年版，第 173 页。

　　③ （清）潘衍桐：《两浙輶轩续录》卷五十四，《续修四库全书》第 1627 册，上海古籍出版社 1995 年版，第 219 页。

　　④ 孙振麟：《孙氏家乘》卷三，民国二十八年（1939）刊本，第 60 页。

　　⑤ （清）潘衍桐：《两浙輶轩续录》卷五十四，《续修四库全书》第 1627 册，上海古籍出版社 1995 年版，第 219 页。

这些闺门才女在幼时即受到了严格的诗画、训练，诗与画成了闺门生存中两项重要的技能，才艺的学习不仅为她们成长过程中增添了诸多情趣，更为望族之间的联姻增加了分量，也为婚后夫妻琴瑟和鸣打下了基础。

2. 风雅相承，雅擅丹青

在中国古代，绘画与诗歌如同孪生姐妹，并为风雅传统。张氏家族不光诗文创作丰厚，其家族也兼有丹青传统，张金镛擅画梅花，《当湖历代画人传》称其"豪情跌宕，雅喜画梅，疏影横枝，得水边篱落之致，兼擅分隶"①。张金澜，金镛族弟，字憬甫，号茗泉，《张氏家乘》载其"喜写梅"。

在翰墨飘香的家庭环境里成长，闺门女子自幼便能与书画进行近距离的接触，家中丰富的藏品也直接熏陶着她们的艺术修养，激发她们进行书画创作的兴趣。在张氏闺门中，鲍诗、顾慈、孙湘婉、钱蘅生自幼学画，均为翰墨高手。鲍诗为鲍怡山次女，幼时即专程拜师学画。《国朝画徵录》卷下记："别驾怡山有四女，皆知书、善画、能诗。徽州老诸生程立岩名之廉者，善山水花鸟，来游东湖，姊妹从之专学花草，传白阳法也，令晖笔尤长，适余族侄徵士云锦。"②张金镛的妻子钱蘅生工于绘事，《两浙輶轩续录》载："宜人又工绘事，侍讲尝绘《秋窗论画图》以纪事。"③孙湘婉亦善画。《孙氏家乘》卷三载："孙湘婉，增广生烺女。烺无子，延师课读。甫及笄，已工诗善画。归府庠生张采为室。"④

绘事的进行也得益于开明家庭的允许，特别是来自婚后丈夫的看法。传统观念中，女性婚后应"闭门相夫，关门教子"，服侍公婆，操办家务，而写诗作画则往往是分外之事，即"内言不出于阃"。张氏家族中，鲍诗与其夫张云锦相得和谐，常互相唱和。张金镛与钱蘅生也是如此，两人彼此欣赏亲密无间。其《梅花阁遗诗》中，小叔张炳堃在序中记："嫂以道光二年壬午十月来归吾兄，性好吟咏，晨昏之暇，与兄酬唱极乐，兄

① （清）孙振麟：《当湖历代画人传》，民国二十四年（1935）刻本，第15页。
② （清）张庚：《国朝画征录》下，《四库全书存目丛书》第73册，山东齐鲁书社1997年版，第624页。
③ （清）潘衍桐：《两浙輶轩续录》卷五十四，《续修四库全书》第1627册，上海古籍出版社1995年版，第219页。
④ （清）孙振麟：《孙氏家乘》卷三，民国二十年（1931）刊本，第60页。

图 8-3　钱蘅生《梅花阁遗诗》书影

注：清同治三年刻本，采自上海图书馆。

尝绘图以纪事。"① 开明的家庭环境为闺秀诗画的创作与提升创造了良好的氛围与前提。

3. 德才兼备，重视母教

在众多的文化家族中，母亲是个十分重要的角色，她们在家庭中除了承担着内部的各项协调管理事宜，还担负着教育子女的重任。可以说母教是整个家族兴盛的关键，母亲的素质直接决定着后代的成才与否。在张氏家族的闺秀才媛中，有不少女性都是德才兼备、贤良淑德的传统闺秀典范。其中，沈鑫、顾慈、张凤堪为代表。

沈鑫是位极有孝行的女性，她曾为医治母亲割臂疗疾，对孩子的教育也十分重视。《两浙輶轩录》卷五十三载："孝廉事亲孝。夫人初至，即脱簪珥以助甘旨，博堂上欢。其在室，尝刲臂疗母疾，孝行纯笃，天性然也。自幼明大义，兄弟姊妹闻有疑事，皆赖以决。其子有云：吾祖宗以浩气为人，吾儿读书入仕，正谊不谋利，吾之愿也。又尝言，仁为人心，须

---

① （清）钱蘅生：《梅花阁遗诗》，清同治三年（1864）刻本，第 1 页。

臾不可离。言重词复，皆合经旨。"①

顾慈则课子严而有法，极善持家。其诗集中曾载其家事："太孺人持家以俭，课读书严而有法，鲜兄弟同气惟姊一人。自幼至长，太孺人从不加以鞭笞，惟五岁时与童仆戏于舍，随众作媟嫚语，太孺人闻之怒呼至庭下，命长跪而痛责之曰：'读书人岂堪蹈市井行径耶?! 若复，尔非吾子也。'涕泣，奉教居恒尝谕曰：'吾所望于汝者，惟读书敦品而已，人能读书，则言动举止盎然有静穆气度，而品自无不敦，若致声名、猎科第亦无不从读书中来。'"②

顾慈之女张凤亦秉承其母教，不仅诗文出众，其为人处世亦宽容随和，对子女教育毫不松懈。顾慈"年十七归芝亭，芝亭性刚而妹顺受之，家以多事中落而妹无慽容，疾为余言曰：'我次子非我出，他日析产，妹婿或以我厚薄其间，兄必止之，以成妹志。'可谓明大义矣。钱福昌序曰：'含珍女史，才德兼备，事舅姑以敬，处妯娌以和，事夫子以顺，抚子女以慈，暇日拈题分韵陶写性情，尤得三百篇之旨'"③。《读画楼诗稿》高兰曾序云："教子未尝稍姑息，秉礼方夜读，漏下三鼓，犹课不已。"④ 其中高遵仪并非张凤亲出的孩子，但在病中留言仍嘱咐家人要对其一视同仁，其心胸之宽广可见一斑。

正是母亲勤俭持家、宽容待人、孝顺父母、课子有法的家庭教育，使得子孙后辈得到了最直接良好的家教，也是张氏家族得以秉承家训长盛不衰的重要原因之一。

六　张氏闺门女性的文学创作及文化活动

1. 以家庭为聚集地的文学创作活动

在张氏闺门中，崇文尚学、诗画持家的艺文氛围使才情相似的女子常聚在一起吟诗唱和，酬赠赋诗。在她们的诗文别集中，我们可以频繁地发现她们文集中姐妹、母女、夫妻之间的题序唱和及在家庭活动中以拈题分韵式赋

---

① （清）潘衍桐：《两浙輶轩续录》卷五十三，《续修四库全书》第1627册，上海古籍出版社1995年版，第201页。

② （清）顾慈：《韵松楼诗集》，清道光六年（1826）刻本，第3页。

③ （清）潘衍桐：《两浙輶轩续录》卷五十四，《续修四库全书》第1627册，上海古籍出版社1995年版，第220页。

④ （清）张凤：《读画楼诗稿》，清道光十四年（1834）刻本，第4页。

诗的文化活动。拈题分韵是文人集会作诗的一种常见方式,拈题是各人自认或拈阄定题目,分韵是在限定的韵部中自认或拈定诗韵。这类作诗方式在家族女性中是颇受欢迎的一种文化娱乐方式,如孙湘畹的《题碧窗琴韵楼诗稿》《胡碧窗女史自题扇头美人索和即次原韵》二首,张凤与丈夫高兰曾的唱和诗《和夫子行天竺山中次韵》《和夫子游理安寺》《和夫子东湖竹枝词九首》等唱和之作;张凤之女高孟瑛、高佩珩、高红姗三姐妹也时常一起唱和,她们借在外游赏观景之机,登临唱和。高佩珩与高孟瑛两人同作《观山望海歌》,高孟瑛所作的《镇边楼》为同擎卿、润卿两妹赋作而写的诗。张凤《读画楼诗稿》中曾描述自己闲余生活进行的文学探讨:"家事馀闲,即取汉魏、唐宋古今诸札,与儿女辈相考论。"① 我们在高孟瑛的《敬和家大人纳凉荷畔瀹茗谈诗原韵》及《灯下读母氏读画楼遗诗》可窥见她们在闲暇之时读诗品文,探讨文学技巧的生活旨趣。

2. 家族内风格迥异的诗风

闺阁女子的诗歌创作因其视野及阅历总体境界较为狭小,她们时常将内心苦闷的情感寄托于诗歌,因而咏物、伤春悲秋、感怀、写景是她们笔下常见的主题。但也有部分女性胸襟不凡,诗格较高。在张氏女性作家中,鲍诗、张凤、高佩珩这三位能突破常规女子风格与题材,境界阔大奇雄,不逊男子。

鲍诗喜慕魏晋及唐人诗风,可作歌行体古诗,她作的《钱塘江观潮歌》《黄梅花歌》,气势磅礴,境界开阔。如这首《钱塘江观潮歌》:

> 烟非烟,云非云,钱塘江上潮纷纭。婆留当年骋霸业,强弩曾挽三千军。怒如雷霆吼,攫如龙虎斗。环环玉带一痕白,海门直下水忽立。君不见妒妇津、孝女江,精英聚处惊波撞。何况鸱夷千古莫诉,白马灵旗舒一怒。②

诗歌如潮水倾泻,意境壮阔,语句飞动。写景之外,间以吴越争霸的历史典故,联想当年惊心动魄的战争场面,更增添了几分雄奇之气。此等诗作纵为男子也不易为,鲍诗为之,更不愧为女中英才。咏史也是她拿手

---

① （清）潘衍桐:《两浙輶轩续录》卷五十四,《续修四库全书》第 1627 册,上海古籍出版社 1995 年版,第 219 页。

② （清）汪启淑:《撷芳集》卷五十五,清道光十四年（1834）刻本,第 3 页。

的创作题材，在《于忠肃公墓》中她写道：

> 群小谋何炽，功臣死可哀。擎天空赤手，埋骨剩青苔。
> 石马嘶风立，灵旗卷雨回。谁居喉舌地，燕雀永无猜。①

该诗以爱国英雄于谦为创作主题，作者为功臣之死而深感悲哀遗憾，同时在字里行间也透露着对于谦刚正不阿、凛然正气风骨的欣赏与钦佩。作者诗风刚直雄健，爱国激情溢于言表，完全突破了以往弱女子的纤柔诗风。

张凤诗作与一般女性诗歌不同，少有儿女情长的闺情之作，更多以田间、农家生活入诗，对孟浩然等人的诗风也十分欣赏而有意仿作，如《拟孟浩然夏日南亭怀辛大》《闲坐》《寒郊》等，语言自然玲珑、神韵超然，展现出超出寻常女性的才气。再如这首《拟王摩诘渭川田家》：

> 落日淡馀辉，迢遥望林麓。指点竹篱中，时露几间屋。
> 枷板喧前村，仓庚催布谷。牧笛牛背横，桑叶墙头绿。
> 对此忘世情，翛然惬所欲。②

诗人以农家黄昏时分为背景，衬以山林、竹篱、草屋，而牧笛的吹奏将诗人带入了遐想的境界，桑叶的绿芽展示着勃勃生机，诗人沉醉其中，忘却了世间的烦恼，欣然向往之。

高佩珩，字润卿，平湖人。张诚与顾慈从外孙女，女诗人高红珊妹。她擅写写景诗、感怀诗，如其所写《观山望海歌》《访万松台遗址》《飞星石》《观涛阁怀古》。作诗喜用典，语言雄奇，境界开阔，有男性风致。如这首《飞星石》：

> 何处忽星殒，飞来此逗留。在天成景象，掷地骇龙虬。
> 历劫饱风雨，腾辉含斗牛。至今已千载，犹令鬼神愁。③

---

① （清）汪启淑：《撷芳集》卷五十五，清道光十四年（1834）刻本，第3页。
② （清）张凤：《读画楼诗稿》卷上，清道光十四年（1834）刻本，第1页。
③ （清）沈筠辑：《乍浦集咏》卷十五，清道光二十六年（1846）刻本，第11页。

　　而家族中其他几位如钱蘅生、孙湘畹、张茗荪的诗作题材则以写景、咏物、题画、抒情诗为主。钱蘅生的《梅花阁遗诗》中有诗 39 首，词 2 首。其诗主要为写景、咏物、寄赠、题画等闺阁生活，语言柔婉流丽，如她这首《病起》：

　　　　连绵小病累亲忧，乍起梳头静倚楼。燕子不来帘不卷，落花无语也知愁。[1]

　　诗人写了一位病中倦梳妆的闺阁女子，因身体欠佳而独自倚楼赏景，"帘不卷"道出了女子的慵懒，而"落花无语"也将女子内心的愁绪展露无遗。诗作有李清照、温庭筠之风。

　　孙湘畹的诗多咏物、写景、唱和，能用白描手法写景物，烘托内心情感，语言清新雅致，对仗工整，音韵流畅。如这首《春雨》：

　　　　满庭香雨尽廉纤，小阁春深懒卷帘。草色一番青欲滴，人家几处绿新添。

　　　　声来隔巷看花展，影失前村卖酒帘。一枕梦残听不得，等闲愁思上眉尖。[2]

　　诗中看似写景，实则写一位闺房中女子的闲愁，而在春季雨后的细节点染更易写出这位女子的无名思绪及光阴虚度的惆怅。

　　综上，我们可以看到在张氏家族中活跃着一群才华横溢的闺阁女子，她们生活在政治稳定、经济繁荣的乾嘉道时期，她们有着善感的文学触角，以精巧灵动之笔写下了闺阁生活的点点滴滴，其文学创作风格多样，不拘一格。其乐融融的大家庭生活给她们带来了无限的生活乐趣与创作素材，而琴瑟和鸣的婚姻也激发了她们创作的灵感，提升着自己的文学创作水平。

第二节　孙氏闺门作家群

　　平湖孙氏其先世徙自杭州，据《平湖孙氏家乘》指出："始迁祖及明

---

[1]　（清）钱蘅生:《梅花阁遗诗》，清同治三年（1864）刻本，第 4 页。

[2]　（清）孙振麟:《孙氏家乘》卷三，民国二十八年（1939）石印本，第 32 页。

洪武年间由杭州府迁居海盐大易乡（今属平湖）击壤里，遂籍焉，称平湖华亭支。"① 平湖孙氏家族在明代科举辉煌，家族成员孙玺、孙植、孙成泰分别为正德戊辰、嘉靖乙未及万历丁丑的"三世进士"。家族中另产生孙成名、孙钟琦举人两名。

家族文风甚浓，以结社唱和为乐事。天启年监生孙宏祖与陆澄原、赵韩、陆启浤、洪广业等结"诗酒社"，在当地颇有名气。

在家族书卷文化的熏陶下，家族中闺秀们也爱好文学及绘画艺术，其诗词创作之丰堪与黄氏女诗群比肩。在孙氏家族中由黄洪宪同族黄守正孙女黄德贞及妯娌周兰秀、女儿孙兰媛，孙蕙媛姐妹、儿媳屠范佩、外孙女陆宛椠组成一个典型的平湖孙氏女性诗人群。

一　家族谱系

二　进士、举人名录及小传

表 8-2　　　　　　　　　　　孙氏进士及举人名录

姓名	生卒年	登科时间	官职
孙玺	1474—1544	正德三年（1508）戊辰进士	兴化知县，扬州府同知，终山西按察佥事
孙植	不详	嘉靖十四年（1535）乙未进士	南京刑部主事
孙成泰	不详	万历五年（1577）丁丑进士	官湖广道知州，南直苏州府同知，江西饶州知府、北直大名府、按察副使
孙成名	不详	万历七年（1579）己卯举人	
孙钟琦	不详	崇祯九年（1636）丙子举人	官中书舍人

孙玺，字朝信，号峰溪，自号峰溪道人，平湖人。孙璧弟，孙植父，钱萱岳翁。正德三年（1508）戊辰进士，知兴化，曾为扬州府同知，终山西按察佥事，执法不阿。工经史，善诗。著有《云山履历稿》。

孙植，字斯立，号蜃川，谥简肃。平湖人，寓居嘉兴。孙玺子，孙成泰、孙成纪、孙成文、孙成纶、孙成名、孙成宪父。嘉靖十四年（1535）乙未进士，官到南京刑部主事，累官刑部尚书、工部尚书。著有《嘉乐堂集》《嘉言便乐》《孙简肃公家训》。

---

① （清）孙振麟：《孙氏家乘》卷首，民国二十八年（1939）石印本，第32页。

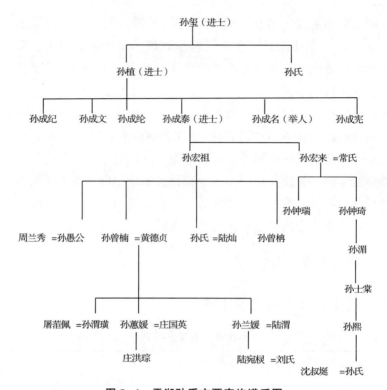

图 8-4　平湖孙氏主要家族谱系图

孙成泰，字允交，号云衢，又号景厓。孙植子，孙成名、孙成宪弟。万历五年（1577）丁丑进士。官湖广道知州、南直苏州府同知、江西饶州知府、北直大名府、按察副使。万历四十三年（1615）刻印戚继光《纪效新书》14卷，著有《孙简肃家谱》。

孙成名，字允仁，号仪厓，自号超然道人。孙植子，孙成宪、孙成泰兄。万历七年（1579）己卯举人。著有《薄游漫草》《两京浪游集》《孙氏家乘》。

孙钟琦，孙植曾孙。崇祯九年（1636）丙子举人，官中书舍人。

三　婚姻关系

与嘉兴黄守正家族、吴江周采家族、桐乡陆渭家族、嘉兴（麟溪）沈士立家族、海盐常文烆家族有联姻。其姻亲关系如下：

孙玺子孙植娶平湖沈圻女

孙玺女适秀水钱琦子钱萱

孙植子孙成宪娶平湖俞咨伯女

孙成宪子孙弘祚娶秀水黄正宪女

孙植子孙成纶娶平湖陆光祖女

孙植子孙成泰娶秀水汤日新女

孙成泰孙、孙弘祖子孙愚公娶吴江周邦鼎女周兰修

孙弘祖子孙曾楠娶嘉兴黄守正孙女黄德贞

孙曾楠子孙渭璜娶嘉兴屠范佩

孙曾楠女孙蕙媛适桐乡庄国英

孙曾楠女孙兰媛适桐乡陆渭

孙植孙女、孙成名女适嘉兴沈士立子沈师昌

孙熙女适嘉兴沈叔埏

四　家族女性作家述略

黄德贞，字月辉，黄守正女孙，黄媛介从妹，孙曾楠室，女诗人周兰秀妯娌，女诗人孙兰媛、孙蕙媛母。著有《冰玉》《雪椒》《避叶》《蕉梦》《劈莲词》《藏笑曲》。与归淑芳、申蕙共辑《名闺诗选》《彤奁词选》《闺秀百家词馀》，华亭陈继儒为其《冰玉集》《避叶咏》写有题诗。今存诗 18 首，词 23 首。其诗善用意象典故，用语生新奇异。其词以闺情、咏花类居多，词风雅致清空，善于用典。

孙兰媛，字介畹。孙曾楠长女，孙蕙媛姐，陆渭室，陆宛梂母，黄德贞女。濡染家学，雅工词语。兼善画，擅兰竹。与妹静畹同为禾中闺秀之冠。著有《砚香阁词》。

孙蕙媛，字静畹，自号天水内史，平湖籍，嘉兴人。黄德贞次女，孙兰媛妹，庄国英继妻，庠生庄洪琮嫡母，陆宛梂姨母。著有《愁馀草》。

屠范佩，字瑶芳，嘉兴人。屠成烈女，黄德贞媳，孙渭璜妻。著有《咽露吟》《钿奁遗咏》。其词善用白描手法，情思婉约，清丽雅致。

周兰秀，字叔英、弱音，诸生周邦鼎与女诗人沈媛女，周应懿孙女，诸生孙愚公妻。与嘉兴籍女诗人黄德贞为妯娌，女诗人孙兰媛、孙蕙媛、屠范佩从母。幼承庭训，雅善吟咏，又工绘事。《伊人诗》选其诗作五首。著有《粲花遗稿》。

陆宛梂，字端毓。陆渭、孙兰媛女。适同里刘氏，工诗。今所见均为词作，词风轻快婉约。

五　孙氏闺阁的艺文创作与交游

在孙氏闺阁作家群中,黄德贞为当仁不让的核心人物。她为女诗人孙兰媛、孙蕙媛之母,又与归淑芬同为词坛主持,才华甚高。《樵李诗系》评曰:"少工诗赋,与归淑芬辈为词坛主持,共辑《名闺诗选》。"①她诗词皆工,今存诗 18 首,词 25 首。《全清词顺康卷》中收其词 15 首,后《全清词顺康卷补编》中又收录词 9 首。其诗善用意象典故,用语生新奇异。其词以闺情、咏花类居多,词风雅致清空,善于用典。如她的七绝《新秋坐月次皆令韵》:

> 夜静鸣蛩到处闻,碧天如洗绝纤云。忽飘一叶添愁思,独坐闲庭每忆君。②

此诗上句写景,下句写情,情景相衬,以鸣蛩、落叶的意象写出了秋天夜晚的寂静,而静夜更添愁思,作者与自己的好姐妹黄媛介的深深情谊跃然纸上。整诗语句干净,凝练传神。再看她的词作《雨中花慢·游北山草堂看九松》:

> 鳞水乔松,秀挺郁蟠,北山堂构清幽。羡亭台依旧,溪石临流。九老风规楚楚,千寻品地悠悠。任凌霜濯雪,凝露餐霞,青映丹丘。
> 韶华转瞬,红紫空妍,故人何处琼楼。只趁取、芳时登眺,缓步夷犹。选胜濡毫兰径,忘归问鹤汀洲。听涛轩外,徘徊好景,欲去还留。③

此词音韵清蔚疏雅却不晦涩,毫无纤秾艳丽之感,虽有韶华逝去的伤感意,却不悲苦,超出一般女子娇柔的风貌,境界开阔,不愧为登临怀古的一首好词。

---

① （清）沈季友:《樵李诗系》卷三十四,文渊阁影印四库全书第 1475 册,上海古籍出版社 1985 年版,第 815 页。

② 同上书,第 815—816 页。

③ 程千帆:《全清词·顺康卷》第一册,中华书局 2002 年版,第 466 页。

　　文学创作往往来源于生活，丰富的交游经历能给创作带来更多的素材与灵感。黄德贞不仅创作甚丰，其交游也十分广泛。以她为纽带，展开了家庭内外的一系列交游唱和。在家族成员中，她与黄媛介唱和较多，《新秋坐月次皆令韵》《踏歌辞·送皆令北游》《花娇女·送皆令之西泠》展示了她对黄媛介的欣赏与情谊。黄德贞与外界交游也相当广泛，她与苏州叶氏家族成员、王炜、赵昭、吴山、归素英、申蕙、徐灿等闺秀有较多来往，写有《寄吴文如》《寄赵子惠》《答王若辰》等书信。在词坛上她与归素英并为词坛主持，共编《名闺诗选》，并为归素英的《云和阁诗草》作序。

　　黄德贞的两个女儿也颇有才情。孙兰媛，字介畹，黄德贞长女，孙蕙媛姐，陆渭室，陆宛椟母，黄月辉女。著有《砚香阁词》（未见）。《全清词顺康卷》中收其词9首，后《全清词顺康卷补编》中又收录词4首。介畹濡染家学，不仅精于诗词，还兼善画，擅兰竹，与妹静畹同为禾中闺秀之冠，《槜李诗系》卷三十五评为："工诗词，多韵语，不杂粉脂。擅写兰竹。王端淑曰：'介畹诗如行云流水，在有意无意间。'"[1]其画作在当地也甚有名气。孙振麟《当湖历代画人传》卷六有其小传："《画史绘传》引《两浙名画记》：兰媛误作兰枝。太仓王辰若女史有题介畹《画竹卷》云：'自昔管仲姬，抽毫染修竹。娟娟绮石旁，琅玕照人目。犹属闺阁才，胸中少林麓。只今介畹氏，泼墨较纯熟。生绡百尺强，渭川千亩簌。初苞间枯梢，暮雨秋烟绿。笔床螺黛殷，琳珑戛寒玉。潜招湘女魂，碧窗伴幽独。'题句清秀，推崇备至矣。"[2]

　　孙兰媛作诗能融合前人诗句而另出新语，所写诗句以绝句为多。如《雨夜闻梅香作》：

　　　　湿尽孤窗烛冷时，呆花香破一枝枝。逋翁未解黄昏雨，清浅间临照影池。[3]

　　① （清）沈季友：《槜李诗系》卷三十五，文渊阁影印四库全书第1475册，上海古籍出版社1985年版，第832页。
　　② （清）孙振麟：《当湖历代画人传》卷六，民国二十四年（1935）年刻本，第3页。
　　③ （清）沈季友：《槜李诗系》卷三十五，文渊阁影印四库全书第1475册，上海古籍出版社1985年版，第832页。

诗句对仗工整，音韵流畅，所写梅花有林逋《山园小梅》之影，但是在雨夜中的梅，别有一番风姿。相较其平易的诗歌而言，孙兰媛的词更有特点。她擅写小令，造语柔婉，清隽疏朗。如这首《一叶落·美人蕉》：

> 桐叶落。风寒箔。小亭残暑浑如削。凉生茉莉香，秋浅红蕉灼。红蕉灼。无那人萧索。①

此词为后唐皇帝李存勖《一叶落》词的改写，原词为"一叶落，搴珠箔。此时景物正萧索"。孙兰媛融合了李词却另出新意，用独特女性的视角写香气，写色彩，使整词无重复感，而增强了画面感及内在情韵，将一位女子孤寂的内心世界展露无遗。再如这首这《河满子》：

> 罗扇半遮粉颊，宝钗长坠香肩。十二栏干凭曲处，敛眉此际堪怜。却爱绿窗睡重，羡他红抹生妍。②

此词上片起首两句用罗扇、粉颊、宝钗、香肩四词将一位精心妆扮的女子形象刻画出来，后两句道出女子的境况，凭栏观曲处，眉深敛毫无喜悦之情，独自惆怅顾影自怜，却羡慕贫家女子自由无拘无束的心情。一位歌女心中的痛苦跃然纸上。

其妹孙蕙媛，字静畹，自号天水内史，黄德贞次女，庄国英继妻，庠生庄洪琮嫡母，陆宛棋姨母。著有《愁余草》。孙蕙媛"早寡，词工小令，与姊介畹争胜"③。今见诗 1 首，词 14 首，《全清词顺康卷》中收其词 8 首，《全清词顺康卷补编》中又录其词 6 首。蕙媛词尤工小令及中调，善用典故，语言雕琢，词义含蓄不露。如她这首《青玉案·偕素英夫人赏花暮归》：

---

① 程千帆：《全清词·顺康卷》第一册，中华书局 2002 年版，第 471 页。

② 同上。

③ （清）沈季友：《樆李诗系》卷三十五，文渊阁影印四库全书第 1475 册，上海古籍出版社 1985 年版，第 832 页。

园林景媚春朝叙，觊望海棠红晕。燕掠梨花开满墅。晴烟遥映，香风轻举。坐惯流莺语。

闲游拾翠邀同侣。更向小山池畔路。贪赏忘归频引竚。一溪明月、醉馀芳醑，仍似花深处。①

此词语言精雅，研音炼字，突破常语，有周邦彦风致。"晴烟遥映，香风轻举"几句甚妙，不落俗套，雅致传神，一个"举"字将风的拂动感传达出来，仿佛可闻、可见、可触。作者巧用通感，以逼真的画面感入词，其炼字功力非同一般。

孙氏姐妹唱和交游颇多，孙兰媛的《绮罗香·读弟姒屠瑶芳遗稿》，孙蕙媛的《春云怨·悼弟姒屠瑶芳》，展现出孙氏姐妹对屠莲佩的深厚情谊。孙氏姐妹也与归素英交好，孙蕙媛为其写《青玉案·偕素英夫人赏花暮归》《古今名媛百花诗馀题序》。

屠莲佩，字瑶芳，嘉兴人。屠成烈女，黄德贞媳，孙渭璜妻。著有《咽露吟》《钿奁遗咏》。瑶芳喜作词，"词情思婉约，不让乃姑"②。今存诗1首，词12首。其词善用白描手法，情思婉约，清丽雅致。屠莲佩的《锦帐春·元夕和孙夫人》：

绣户留春，华灯呈熠，看层层、飞空剔墨。今夜里，重门启，好景春游得。参商难识。

袖拥金貂，簪遗珠碧，听歌声、声阗巷陌。记繁华，似开元，不使笙箫息。已过丙夕。③

这首中调写得情思婉转，真挚动人，颇有李清照伤春小词的风范。"飞空剔墨"一词用得极妙，把夜色的流动烘托如水墨画卷，动态逼真。

周兰秀，字叔英、弱音，诸生周邦鼎与女诗人沈媛女，诸生孙愚公妻。与嘉兴籍女诗人黄德贞为妯娌，为孙兰媛、孙蕙媛、屠莲佩从母。叔

① 张宏生：《全清词·顺康卷补编》第一册，南京大学出版社2008年版，第192页。

② （清）沈季友：《槜李诗系》卷三十四，文渊阁影印四库全书第1475册，上海古籍出版社1985年版，第816页。

③ 程千帆：《全清词·顺康卷》第七册，中华书局2002年版，第3751页。

英幼承庭训，雅善吟咏，又工绘事。《槜李诗系》评为："母沈媛著声香
奁，淑英秉其家学，雅喜吟咏。王端淑称其："出口妍冷，自非凡
品。'"① 著有《粲花遗稿》，未及刊刻而亡，其夫有《悼内诗》。作诗以
七言较多，用语平易晓畅，所咏以闺阁题材为主，富有生活气息。如她的
《闺思》：

　　　　花影摇窗晓色鲜，燕泥斜坠雨风天。寒深小帐春无绪，衣卷残香
忆梦眠。②

此诗为典型的闺阁女子春季雨天慵懒生活的写照，风雨天气不适宜游
赏，在深闺中百无聊赖，最适宜的就是入眠了。诗句音韵流畅，浅近自
然。其词作亦有此风，情感细腻，工于写景状物。再如《踏莎行·
秋怀》：

　　　　叶落平沙，云迷远树。山色模糊人唤渡。芙蓉笑摘上兰桡，轻鸥
鞳入波心去。
　　　　衰柳含烟，凉蝉吟露。年年重觅王孙路。可怜人静玉楼空，满庭
芳草家何处。③

词写离情，上阕写行人离别，下阕写对离人的思念之情。此词意境迷
蒙凄切，"云迷远树"用语精妙，善于渲染。以衰柳、凉蝉的意象凸显出
秋季的萧索，人去楼空纵有满庭芳草也无法填补对离人的思念。整词语境
情深意远，柔婉动人。实为婉约词作的典型作品。

陆宛椂，字端毓。陆渭、孙兰媛女。适同里刘氏，工诗。《全清词顺
康卷》中收其词 6 首，《全清词顺康卷补编》中又录其词 1 首。今所见均
为词作，词风轻快婉约。如她的《浣溪沙·采莲》：

_____

① （清）沈季友：《槜李诗系》卷三十四，文渊阁影印四库全书第 1475 册，上海古籍出版
社 1985 年版，第 817 页。
② （清）费善庆、薛凤昌：《松陵女子诗徵》卷二，民国七年（1918）铅印本，第 2 页。
③ 徐树敏：《众香词·射部》，上海大东书局 1933 年影印本，第 34 页。

窄袖轻衫试薄罗。鉴湖如镜映青螺。兰舟宛转荡微波。
日落溪头归去晚，隔船越女歌清歌。莲花欲采愁刺多。①

词中为一群女子在夏日里划船采莲图，小船荡起波澜，听着当地女子婉转的歌声去采摘莲花，美不胜收，而令作者略感忧虑的是担心被莲花上的刺扎到手，词作富有浓郁地方色彩及生活情趣。莲与少女融为一体，丰富的画面感给人以美的享受。再如她的《锦帐春·元夕和韵》：

角动谁寒，星分火熠。凭绣阁、香生翰墨。劈黄柑，传谏果，花胜我先得。小鬟偷识。
云母流霞，水晶垂碧。笑凤缬、喧阗九陌。写梅枝，倾竹叶。待华灯焰息。漫酬佳夕。②

作者写出元宵佳节与闺中好友相互唱和、翰墨生香的场景，品尝黄柑、橄榄，佩戴上漂亮的首饰，在一个美好的夜晚赋诗酬赠直到深夜灯火已熄，词中充满着对生活的热爱与闺秀女子才情的展露，有着浓浓的生活气息。

孙氏闺门是个典型的以词学见长、兼工绘画的艺文型家族。黄德贞、孙兰媛、孙蕙媛、屠茝佩、陆宛椒、周兰秀均词作多于诗作，她们所写以婉约词为主，细腻柔美，基调喜悦，多写闺阁生活，有浓郁的生活情趣。"一切景语皆情语"，浓浓的书香氛围及相对安定平稳的生活带给她们内心的愉悦，与丈夫夫唱妇随的唱和，大家族的文化雅集都时刻熏陶着家族中的女子，让她们体会到在单调闺门生活之外的文学创作乐趣。

---

① 程千帆：《全清词·顺康卷》第一册，中华书局 2002 年版，第 472 页。
② 同上书，第 473 页。

第九章

桐乡家族女性作家群

明宣德五年（1430），析崇德县东境 6 乡而置桐乡县，设县治于梧桐乡凤鸣村。桐乡设县后，东北与嘉兴县相接，南邻海盐、西毗德清，据元《至元嘉禾志》载，其时县境"东西五十里，南北三十五里"。[①] 桐乡农耕历史悠久，盛产粮食及各种经济类作物。在农桑发展的基础上，先后出现了一批以商业和手工业为经济主体的集镇，明清盛时，濮院、乌青镇皆有"烟火万家"的城府气象。

良好的经济基础及丰富的物产，优良的自然生态环境，桐乡涌现了大量的文化名人及文化家族，其一门中父子兄弟同中进士者屡见不鲜。桐乡一郡历来有崇文传统，史志记载："桐邑，古吴越之疆，泰伯辞让，夏禹勤俭，兼而有之，慕文儒，尚农务。"[②] 尤其是宋室南渡以来，大批的世家大族南迁汇集于此，兴学授徒，其人文蔚兴，盛极一时。仅乌镇一地，明代就产生进士 9 人、举人 20 人；清朝时产生进士 37 人，举人 125 人。[③]崇文的传统培育了为数众多的文化家族，明清时期，桐乡的陆氏、孔氏、冯氏、汪氏、劳氏均为科甲连绵的一郡望族。这些文化家族中才女甚众，产生了孔氏、汪氏、劳氏、严氏几大家族闺秀群。

第一节　孔氏女性作家群

孔氏当为曲阜孔氏南宗的分支，在宋高宗建炎二年偕衍圣、端友扈驾南渡至武林，寓居衢州，复迁西安，后复迁湖州，于明正统景泰年间再迁于青镇，后世居桐乡。《孔氏东家外史序》中记："自宋代衍圣公、子交

---

① （元）徐硕纂：《至元嘉禾志》，上海古籍出版社 2010 年版，第 8 页。

② （清）严辰纂修：（光绪）《桐乡县志》卷二，清光绪十三年（1887）刻本，第 2 页。

③ （清）卢学溥：《乌青镇志》，民国二十五年（1936）刻本，第 7—28 页。

公随驾南渡至武林，复迁西安，建有家庙。至后溪公迁于湖州东阡塘，复迁于青镇时在先朝景泰年间，即为东园始祖，由来四百数十年代。"① 其家族"四百年来载在谱者不下千人，人文秀美，科第不绝，家传忠厚，人知礼仪。"② 孔氏中七世十五人，其中闺门女子占八人。《续槜李诗系》卷三十八中评为："孔氏世居乌镇，代出名媛，姊妹风雅，萃于一门，足补妆台佳话。"③ 家族中女性传承家学，不仅擅长诗歌、绘画，而且在家族的教育方面也发挥着重要作用，为家族举业持续兴盛做出了重大贡献。

一 家族谱系

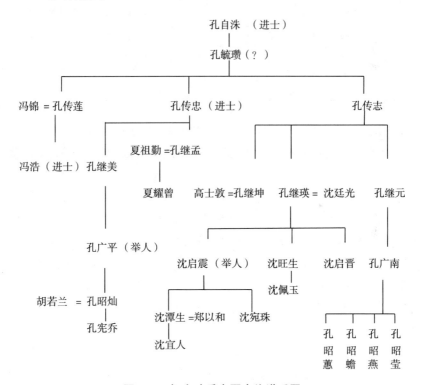

图 9-1 桐乡孔氏主要家族谱系图

注：此谱系据孔宪文《孔氏宗谱不分卷》考证绘制。

---

① （清）孔宪文纂：《孔氏宗谱不分卷》，清光绪三十三年（1907）刻本，第1页。

② 同上。

③ （清）胡昌基：《续槜李诗系》卷三十八，清宣统三年（1911）刻本，第18页。

二　进士、举人名录及小传

桐乡孔氏家族为曲阜孔氏南宗的分支，自明景泰年后世居桐乡。在整个明清时期，青镇孔氏科甲辈出，共产生 5 名进士，2 名举人，政绩及文学成就斐然，成为当地望族。

表 9-1　　　　　　　　　　　孔氏进士及举人名录

姓名	生卒年	登科时间	官职
孔自洙	1627—1685	顺治六年（1649）己丑进士	刑部主事，湖广荆西道
孔传忠	不详	康熙四十八年（1709）己丑进士	山西孟县知县，解州知州
孔继元	不详	顺天榜举人	景山官学教习，晚年主讲嘉定书院
孔广平	不详	乾隆十六年（1771）辛卯举人	广西陆川知县
孔广南	不详	乾隆辛酉（1741）拔贡，即中顺天举人	景山官学教习

孔自洙，字文在，号竹湄、皓庵，别号行湄居士，桐乡青镇人。顺治六年（1649）己丑进士，官刑部主事，湖广荆西道。著有《行湄居士集》。

孔传忠，字贯原，号恕甫，桐乡青镇人。孔自洙曾孙，孔毓瓒次子。康熙四十四年（1705）举人，康熙四十八年（1709）进士。任山西洪洞、介休知县，雍正三年（1725）升山西解州直隶州知州。前后为官十年，清操为人称道。例授奉政大夫，娶朱氏，封宜人。后迁居嘉兴范蠡湖。

孔广平，字赋梅，号蔚庐。乾隆十六年（1771）辛卯举人，官广西陆川知县。著有《碧山寺轩初稿》《赋梅吟草》《竺桥渔唱词》《慢画钞存》。

孔广南，字笙陔，号焜斋，桐乡人。乾隆五十五年（1790）恩贡生。七岁丧母，父继元以需次留京，乃寄养舅氏皇甫家。无子，女三，俱娴吟咏，人目为小刘三妹。著有《三教同源论》（见《孔氏家谱》）。

孔继元，字元之，号裕堂。孔传志子。乾隆六年（1741）辛酉拔贡，顺天榜举人，教景山官学，选湖北枝江，调襄阳，晚年主讲嘉定书院。著有《裕堂诗钞》。

三　婚姻关系

已知婚姻关系五次，二次与桐乡望族冯氏及秀水谭氏通婚。其余与嘉善沈廷光家族、嘉兴朱其镇家族、归安夏祖勤家族联姻。

孔自洙孙女孔传莲适桐乡冯锦

孔传忠女孔继孟适归安夏封泰子夏祖勤

孔传忠曾孙、孔广平子孔昭灿娶平湖胡若兰

孔昭灿子孔宪桥娶秀水朱休瑞女朱氏

孔宪桥女适秀水朱畅生

孔继瑛适嘉善沈廷光

孔继坤适嘉兴高佑鈵孙高士敦

孔继元孙女、孔广南女孔昭蕙适嘉兴朱万钧

孔广南女孔昭蟾适钱塘钱璜

四　孔氏家族女性作家述略

孔氏闺门作家群由孔传莲、孔继孟、孔继瑛、孔继坤、孔兰英、孔素英、孔昭蕙、孔昭蟾、孔昭燕、孔昭莹及其婚姻关系进入家族的胡若兰、沈宛珠、郑以和、沈宜人、沈佩玉 15 人组成。

孔传莲，康熙二十七年（1688）岁贡孔毓瓒幼女，孔传忠、孔传志妹，陕西宜川县丞嘉兴冯锦继妻，乾隆十三年（1748）进士冯浩母，乾隆二十六年进士（1761）冯应榴、乾隆四十六年进士（1781）冯集梧、廪贡生冯省槐祖母。著有《礼佛馀吟》。

孔继孟，字德隐，桐乡人。孔传莲从女，孔传忠次女，监生夏祖勤妻。著有《桂窗小草》。

孔继瑛，字瑶圃，桐乡人。孔传莲从女，乾隆七年（1742）举人孔继元姊妹，女诗人孔继坤姊，女诗人孔继孟从妹，沈廷光妻，乾隆三十年（1765）进士沈启震、沈启晋母，女诗人沈宛珠、郑以和祖母。著有《南楼吟草》《诗馀》1 卷、《鸳鸯佩传奇》。娴吟咏，善书法，兼工绘事。

孔继坤，一字继堃，字芳洲，桐乡青镇人。孔传志次女，孔传莲从女，孔继元姊妹，女诗人孔继瑛妹，孔继孟从妹，知县高士敦继妻。著有《听竹楼偶吟》。工诗词，善画。

孔兰英，监生孙世球女，诸生汪圣清聘妻。工诗画。著有《爱日轩诗草》。

孔素瑛，字玉田，桐乡人。诸生孔毓楷女，贡生嘉定金尚东继妻。著有《兰斋稿》2 卷，《飞霞阁题画诗》2 卷，《画跋》1 卷。工诗，精于书画。

孔昭蕙，字树香，贡生孔广南长女，孔兰英从女，孔昭燕姊、孔昭莹从姊，女诗人沈宛珠、郑以和表姊，嘉兴诸生朱万钧妻，朱其镇、朱其镽母。幼娴文翰，楷则亦工。著有《桐华书屋诗钞》。

孔昭蟾，孔广南次女，孔昭蕙妹，上舍钱璜妻。擅诗，著有《月亭诗钞》。

孔昭燕，号玳梁，孔广南季女，诸生杨某聘妻。未婚卒。工吟咏，诗多唱和。

孔昭莹，字明珠，沈廷光与女诗人孔继瑛孙媳，孔广田女，沈启震子媳，沈禄生妻，孔昭蕙从妹，孔昭蟾、孔昭燕从姊妹。诗作以赠别为主，咏闺中姐妹情谊。诗作语言浅近易知。

胡若兰，字畹香，平湖人。胡炯女，诸生孔昭灿妻，孔宪乔母。著有《锄月山房诗草》。擅文辞，娴吟咏。年三十四夫亡，遗孤宪乔抚之成立。

沈宛珠，字月波，号淑园，桐乡人。沈廷光与女诗人孔继瑛孙女，沈启震女，县丞唐晋锡妻，乾隆四十二年（1777）举人唐以增子媳。工诗词，著有《怡致轩诗稿》。

郑以和，郑树声孙女，举人郑熙女，河南主薄沈潭生妻，沈启震子媳，沈宜人母，女诗人沈宛珠弟媳。幼娴吟咏，著有《爨余集》。

沈宜人，嘉善人。沈潭生与郑以和女，郑凤镛妻，沈佩玉从姐妹。幼娴闺训，读书通大义。

沈佩玉，字竹君，桐乡人。沈启震孙女，沈宜人从姊妹，内阁中书叶克昌妻。工诗。

五　孔氏闺门的家学特色

1. 重视幼教

"在很多世代书香的家庭，早慧的女儿是父亲的宠儿，也是母亲和兄弟姊妹们切磋学问的对象和温慰感情的伴侣。"[1] 在传统文学家族中，作诗的水平是衡量一个才女的基本功，为达到这一要求，家族长辈往往会在她们幼时有意识地进行培养，因此她们的成才除了她们先天良好的遗传基

---

① ［美］曼素恩：《缀珍录：十八世纪及其前后的中国妇女》，江苏人民出版社2005年版，第73页。

因外，与在幼时进行大量的诵读及诗法的传授也息息相关。

孔氏一门的闺秀中，个个能作诗，除孔昭燕、沈宜人、沈佩玉因婚姻、疾病而早卒外，其余均著有个人诗文集。在《桐乡县志》中，对孔氏家族女子有较为详细的记载，其中均提到孔继孟、孔昭蕙、沈宜人、郑以和幼时受教及早慧的情况。此外，督课子女也是传承家风家学的一个重要途径，在望族家庭中尤为重视。孔传莲、孔继孟、孔继瑛、孔继坤都是勤于课子的母亲典范。她们的子女也因受家族读书风气的熏陶而成才，孔传莲子冯浩成为乾隆十三年（1748）进士，孔继孟的儿子夏耀曾也幼受母教，少即能诗，其家传经学在很大程度上得到其母孔孺人的指授；孔继瑛课子以严厉勤勉著称，县志中记："继瑛课子严而有法，家贫，不能购书，令长子启震借书抄读之，抄未竟辄代为手缮。尝有句云：'手写儿书供夜读，身兼婢职佐晨餐。'"① 沈启震在《孔太恭人行略》中记叙了孔继瑛勤于课子的画面：

　　先大夫远客在外，每日黎明必促震起，令入学。晚归，辄间一日中所集业。夜率小婢终夜纺织，而令震坐于侧。是以寄先大夫家信中有云："窗下看儿读《鲁论》，灯前教婢捡吴棉。"又云："夜枕先愁明日米，朝寒又典过冬衣。"及启震官运河，贻书戒之曰："毋虑不足而多取一钱，毋恃有余而多用一钱。"无锡嵇文恭公题其言，手书"慎一斋"额以寄。②

正是孔继瑛坚持不懈地课子伴读与品行教育，才使沈启震在家庭条件并不宽裕的条件下考中了举人并清廉为官。

2. 雅重诗文

在孔氏闺秀诗人群中，孔继孟、孔继瑛、孔昭蕙几人文采较高。孔继孟，字德隐，孔传忠次女，监生夏祖勤妻。孔继孟的生活较为不幸，丈夫早年去世，孔继孟守节三十年并将遗孤耀曾抚养成人。《桐乡县志》中记载："幼读书，明大义，娴吟咏，年二十于归。祖勤以攻苦致疾，氏倾奁

---

① （清）严辰纂：（光绪）《桐乡县志》卷十八，《中国地方志集成》第23册，江苏古籍出版社1991年版，第794页。

② （清）孔宪文：《孙氏宗谱不分卷》，清光绪三十三年（1907）刻本。

资助医药，疾革，吁天请代，竟不起，氏年甫二十六，遗孤耀曾，方五龄。……守节三十余年，乾隆间旌。"① 艰辛的生活使她的诗歌创作多凄苦之音。她所作以七言律诗为主，抒情题材较多，情感基调忧郁苦闷，愁郁悲叹。她的《白秋海棠》《秋夜登楼有感》《春日感旧》《伤逝》《送春》几首诗均借景抒情，托物咏叹。"残丛""残荷""落花""残英""空枝""寡鹄"是她诗中常见意象，展露作者凄苦孤寂的内心世界。如《秋夜登楼有感》：

> 残荷香散一楼风，水静天高月在东。云影琳珑飞碧落，雁声凄切叫长空。
> 庄周梦幻心原达，李贺才高命竟穷。辜负半生男子志，那能一吐气如虹。②

诗人以庄周、李贺的典故入诗，在秋夜雁声的衬托下更加凄凉迷离。寄托了作者才华不展，无人赏识，空有男子志向的不平之感慨。

孔继瑛，孔传莲从女，乾隆七年（1742）举人孔继元姊妹，女诗人孔继坤姊，沈廷光妻，乾隆三十年（1765）进士沈启震、沈启晋母。著有《南楼吟草》《诗余》1卷、《鸳鸯佩传奇》（均未见）。孔继瑛的丈夫沈廷光为乾隆元年进士，良好的出身及家庭环境给孔继瑛的创作提供了一个良好的创作平台。她的诗作内容题材较为丰富，涉及游览、咏怀、唱和、悼亡、咏物等。语言平易朴素写实却真挚情深。如这首《梅花》：

> 雅澹偏宜雪，横斜合有诗。有明清梦远，风冷暗香迟。
> 庾岭春先占，秦楼笛漫吹。江南空有信，不解寄相思。③

此诗糅合了林逋"疏影横斜水清浅，暗香浮动月黄昏"之句描摹梅花的情态与香气。下句将时空拉远，借梅的迟开及南北的距离写内心的思

---

① （清）严辰纂：（光绪）《桐乡县志》卷十八，《中国地方志集成》第23册，江苏古籍出版社1991年版，第664页。

② （清）胡昌基：《续檇李诗系》卷三十七，清宣统三年（1911）刻本，第17页。

③ （清）胡昌基：《续檇李诗系》卷三十八，清宣统三年（1911）刻本，第10页。

念。语句清警、凝练。

　　孔昭蕙，字树香，贡生孔广南长女，嘉兴诸生朱万钧妻，朱其镇、朱其鑅母。著有《桐华书屋诗钞》（未见）。孔昭蕙在孔氏家族中幼娴文墨，少闻诗名，诗才敏妙，吴澹山、顾樊桐皆推重之。《桐乡县志》卷十八中载："嘉兴诸生朱万均妻孔恭人名昭蕙，字树香，为青镇贡生孔广南长女也。幼读闺范、列女传诸书，能书，工诗词，得外大母芳洲老人之传，秉性娴雅贞静，事父母孝，友爱诸姊妹及从兄弟。诗才敏妙，远近索者麇至。信笔酬之洒如也。檇李诗人吴澹川顾樊桐皆推重之，称为闺秀之冠。"[①] 孔昭蕙古体、近体、五言、七言兼擅，诗作内容主要为咏物、写实、感怀、寄赠。诗作音韵和谐，语句流畅，自然浅切。如这首《夏日自遣》：

> 凉风不可得，炎日烁帘帷。双燕窥绣户，一蝉鸣高枝。
> 敧枕北窗卧，闲吟消夏诗。此时农家妇，二茧方成丝。
> 缫丝犹未毕，携饭田间驰。畏日苦难避，流汗凝肤肌。
> 愧我深闺内，晏息犹云疲。[②]

　　诗作以炎炎夏日为背景，细致描写了夏日里农妇汗流浃背辛勤劳动的场面，并对照诗人自己却能敧窗而卧吟消夏之诗，其差别之巨大引发了诗人自己身在闺中不事农耕却还言累的自责与羞愧之情。诗句纪实质朴，诗人能够关注到民间百姓的疾苦，在一定程度上具有"文章合为时而著，诗歌合为事而作"的现实主义创作精神，较之一些肤浅、软媚的闺秀诗更具写实的社会意义，实为可喜。除写实之作外，孔昭蕙还创作了一些咏物诗，如《黄莺》：

> 雅擅芳名到处扬，清音婉转日初长。迁于乔木阴阴碧，点入垂杨袅袅黄。
> 绣户晓来惊远梦，璃窗静里助诗肠。交交织就三春景，遍引游人

------

① （清）严辰：（光绪）《桐乡县志》卷十八，《中国地方志集成》第23册，江苏古籍出版社1990年版，第802页。

② （清）汪启淑：《撷芳集》卷五十三，清乾隆五十年（1785）刻本，第16页。

醉羽觞。①

诗人以黄莺入题，不光写其形态，更将黄莺的美好与诗人的闺中生活联系起来，增加了生活的意趣，同时也传达出作者内心的愉悦之意。

孔素瑛的创作亦有特色。她擅作七言绝句及律诗，题材有题画、游历、唱和等，其诗以描写自然景物见长，善于点染，以作画的手法作诗，使诗画结合，自然灵动。如她的《和闺友松筠来游小园韵》：

> 吟情偏爱傍池亭，嫋嫋垂杨恰恰莺。流水也知描影好，经时扶着曲栏行。②

诗中池亭、垂杨、流水、曲栏恰到好处地构成了一幅小画，拟声词的叠用使画中的景物动静结合，相得益彰。

家族中沈启震子媳郑以和的诗作也别具一格，她作诗才情勃发，用韵工整。《（光绪）桐乡县志》称其："少具咏絮才，与诸兄相唱和。归沈后，玉台联咏，人艳称之。性情豪爽，无巾帼气，谈诗娓娓不倦。朱九山观察称为天仙化人。居禾郡报忠埭，与夫姊沈宛珠及孔树香老人倡和诗络绎于道。暮景清寂，遂多侘傺之音。"③她能作长篇排律，亦可为短篇小章，诗作少脂粉气，语言清警。如这首《题孙蕴山女士停琴伫月图》：

> 松风间竹阴，拂石且眠琴。别鹄不成操，归鸿何处音。
> 悬知遥夜月，定鉴美人心。直待清辉遍，白莲花气深。④

此作如诗如画，高士月下操琴气韵逼人，又将白莲的色与气联为一体，增加了诗的意境，琴声袅袅知音为谁呢？诗人的画面中不仅光影色音俱在，更有一种超越画面的遐想与思索。

---

① （清）汪启淑：《撷芳集》卷五十三，清乾隆五十年（1785）刻本，第16页。

② （清）完颜恽珠：《国朝闺秀正始集》卷一，清道光十一年（1831）刻本，第17页。

③ （清）严辰：（光绪）《桐乡县志》卷十八，《中国地方志集成》第23册，江苏古籍出版社1991年版，第802页。

④ （清）郑以和：《爨余集》，清光绪二十八年（1902）刻本，第3页。

3. 娴于书画

在孔氏一门中孔兰英、孔继坤、孔继瑛、孙素英、孔昭蕙均为工书画的才女。孔继瑛聪颖才高，不仅善诗文，还兼工书画，善操琴，是位真正意义上的才女。《续檇李诗系》中描述："瑶圃性嗜风雅，善书法，兼工绘事。早年矢志柏舟，荼苦备尝，晚境娱情，莱彩蔗甘，独享天之报施，善人果不爽欤。"① 《孔氏东家外史》中记："能诗，工骈体文，善操琴。继瑛归诸生沈廷光，馆吴门。"②

孔继瑛的妹妹孔继坤也工诗善画。《桐乡县志》卷十八载："氏工诗词，善画。"③ 另一位才女是孔广南之女孔昭蕙，《冷庐杂识》中言："幼娴文翰，楷则亦工。观察（朱其镇）书法秀劲，负盛名于时，盖得其母教者多。"④《续檇李诗系》卷三十八题为："孔氏世居乌镇，代出名媛，姊妹风雅，萃于一门，足补妆台佳话。"⑤ 树香系孔昭蕙，工诗画。监生孔世球女，孔昭蕙从姑孔兰英亦工绘事。《国朝闺秀正始集》卷十二云："兰英工绘事，余曾见其《汉宫春晓图》，工致微妙，必传之作。"⑥ 孔毓楷女孔素瑛的书画更是了得，绘画作诗相辅相成，相得益彰。她"善画山水人物花鸟，画毕即题诗其上。能作晋人小楷，人称闺中三绝"。⑦ 著有《兰斋稿》2卷，《飞霞阁题画诗》2卷，《画跋》1卷。《国朝闺秀正始集》中评为："玉田精小楷，得卫夫人笔意，工写山水，画已，即题诗，自书之，时称'三绝'。片纸人争宝贵，余藏有楷书《金经》一部，端庄流丽，希世之珍也。"⑧

孔氏闺秀一门主要生活在清朝康熙、雍正、乾隆三朝，这一时期政治相对太平，经济得到快速发展。国力的增强为文化家族的发展提供了

① （清）胡昌基：《续檇李诗系》卷三十八，清宣统三年刻本，第10页。

② （清）孔宪文：《孔氏宗谱不分卷》，清光绪三十三年（1907）刻本。

③ （清）严辰：（光绪）《桐乡县志》卷十八，《中国地方志集成》第23册，江苏古籍出版社1991年版，第802页。

④ （清）陆以湉：《冷庐杂识》卷八，中华书局1984年版，第449页。

⑤ （清）胡昌基：《续檇李诗系》卷三十八，清宣统三年（1911）刻本，第18页。

⑥ （清）完颜恽珠：《国朝闺秀正始集》卷十二，清道光十一年（1831）刻本，第19页。

⑦ （清）严辰：（光绪）《桐乡县志》卷十八，《中国地方志集成》第23册，江苏古籍出版社1991年版，第800页。

⑧ （清）完颜恽珠：《国朝闺秀正始集》卷一，清道光十一年（1831）刻本，第17页。

更为有利的条件。与此同时，相对宽松的社会环境使闺秀创作更加自由，她们很多走出闺房创作了更多的游览诗与反映现实生活的诗文作品。但婚姻对她们的影响依然是巨大的，夫妻举案齐眉者创作往往较多，情感基调平和愉悦；而婚姻不幸者其创作数量也相对较少，情感基调低沉、悲苦。总体而言，望族女子受传统的闺阁文化影响更深，受到的精神束缚也更多。

第二节　汪氏女性作家群

桐乡汪氏是另一个闺阁文学浓郁的家族，其家族女性成员主要由赵棻、汪懋芳、汪曰采、汪曰杏、汪曰杼、金顺、汪璀几位组成，是一批饮誉清代后期文坛的女诗人，她们基本生活在嘉庆、道光、咸丰三朝，其创作处于传统女性的回归与初步转型时期，尤其是咸丰年间的巨大社会变革使得身处闺阁中的女性开始走出户外，投身于广阔的社会生活中，她们的诗作也在一定程度上反映出时代的风貌。

一　家族谱系

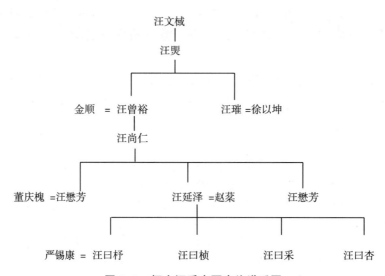

图 9-2　桐乡汪氏主要家族谱系图

注：本图据《嘉兴府志》及《桐乡县志》绘制。

二　进士、举人名录及小传

汪曰桢（1813—1881），字刚木，号谢城，又号新浦，桐乡人。汪曰杼兄，咸丰二年（1852）壬子举人，会稽教谕。博洽多闻，尤钻研算学、天文。著有《二十二史明考》200卷，《莲漪文钞》8卷，《玉鉴堂诗集》6卷，《湖雅》9卷，《湖蚕述》4卷。

三　婚姻关系

汪氏家族与南浔董庆槐家族、上海赵文哲家族、桐乡严琛家族有过联姻

严锡康娶桐乡汪延泽女汪曰杼

汪曰采适华亭袁修瑾

汪懋芳适南浔董庆槐

汪曾裕娶江苏太仓金檀女金顺

汪璀适德清徐以坤

汪延泽娶上海赵秉冲女赵棻

四　家族中主要女性作家及创作

汪氏家族虽非科举大族，但家族中的男性成员汪延泽、汪昊、汪曾裕、汪曰桢、汪尚仁等人均能诗文并著有个人文集。其家族女性主要由金顺、小姑汪璀、汪延泽之妻赵棻、其女汪曰杼、汪曰采、汪曰杏及汪懋芳组成。

金顺（1720—1750），字德人，江苏太仓人。金檀女，适桐乡汪曾裕。能书工画，尤以写生为著，工诗。著有《传书楼诗稿》。金顺父博学好古，经史图籍，靡不遍览，著述丰富。金顺承其家学，工诗善画。《桐乡县志》卷十七载："孺人承其家学，能诗，兼善写生，年十九归汪，相夫以俭，事舅姑尽孝。"[1] 然其婚姻不幸，丈夫二十七岁病亡，她上要侍奉舅姑，下要独抚养遗孤，经历了很多的艰辛。因此，她的诗作大半愁苦之音。

———————

[1]（清）严辰：《桐乡县志》卷十七，《中国地方志集成》第23册，江苏古籍出版社1990年版，第664页。

今见《传书楼诗稿》一卷，前有乾隆五十八年郑澐题序、乾隆癸丑湖州府事雷轮撰序及嘉庆二年丁巳秋新安曹文埴撰序。文末有乾隆五十七年壬子春汪尚仁题跋及咸丰癸丑三月孙妇赵荣题跋。其生卒年见于文末赵荣之题跋，曰："太宜人孀居三载，卒于乾隆庚午正月，年止三十。"①"当时以与守节已阅十五年以上或年四十而殁者得表，其间之例未符，仅采其事迹入府县志。迨咸丰初元，乃以新例即据府县志所载得邀旌表。"据此我们可知，金顺生于 1720 年，卒于 1750 年。

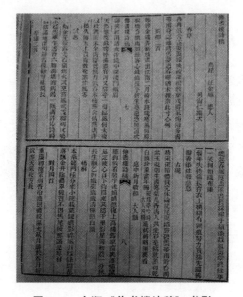

图 9-3　金顺《传书楼诗稿》书影

集内存诗 91 首。所作大多为七言诗，其诗写闺阁生活，内容主要为作画、女红、咏物、写景、寄赠、悼念等题材。如《学绣》二首其一：

　　晓起春风度画帘，昼长彩线手频添。裁红剪翠终余事，一笑何如织布缣。②

此诗为题写学习女红的画面，为典型的闺阁生活之写照。末句语调一

---

① （清）金顺：《传书楼诗稿》，《丛书集成续编》第 131 册，上海书店出版社 1994 年版，第 910 页。

② 同上书，第 902 页。

转，从学习女红诗人又联想到学习如何纺线织布。再如《题管夫人画竹》：

> 墨妙由来数仲姬，闺房静对写风枝。王孙若解凌霜节，合署鸥波老画师。①

此为题画诗，诗句对仗工整，语言浅近平易，其闺阁生活尽览无余。

赵棻（1788—1856），字仪姞，一字子逸，号次鸿、婉卿，晚号善约老人，上海人。袁枚随园女弟子归佩珊表妹，汪延泽继妻，汪曰桢、汪曰枢、汪曰桓、汪曰采、汪曰琛、汪曰杼、汪曰杏母。工诗文。曾评注《温氏母训》，著有《滤月轩集》7 卷，《滤月轩诗余》1 卷，见于徐乃昌《小檀栾室汇刻闺秀词》第四集中，内收录其词 48 首。

赵棻通文史，诗文皆工，又通医药，才情逼人。《两浙𬨎轩续录》卷五十三评为："棻生而有文在手，曰'文'，性耽文史，长于议论，幼即能诗词，长乃写古文及骈体。女红之暇，常手一编，尤喜读《通鉴》，论史事，多特识，创议出人意表。曾评注《温氏母训》，每举以教人。其课子曰桢，以求根柢，近者旧相勖。又通医籍药性，传方施药，疗人多数。"② 其《滤月轩集》由其夫收集录存。

她的创作较丰，这与其婚后丈夫的支持密不可分。她在序中写道自己的成长及出嫁后的生活："予年十四，师授以唐人诗，每私效其体，为五、七字，先大夫见之以为可教，命遂为子。会遭疾，母氏禁使弗为，遂从事针黹。迨疾平，无俚时时以此自娱。于归后米盐鳞杂所作不多，亦未尝弃置也。性懒不自收拾，夫子时为录存之。岁辛卯命儿子曰桢芟写定为二卷，词一卷附焉。"③

《滤月轩集》内有子汪曰桢的《荔墙词》1 卷。其中题材多样，包含《读淮阴侯传》《春日》《听蝉阁》《暮春》《荷花》《将进酒》《拟古六首》《宫怨》等各类咏物写景诗。赵棻与当时桐乡董氏家族有一定交往，

---

① （清）金顺：《传书楼诗稿》，《丛书集成续编》第 131 册，上海书店出版社 1994 年版，第 903 页。

② （清）潘衍桐：《两浙𬨎轩续录》卷五十三，《续修四库全书》1627 册，上海古籍出版社 1995 年版，第 191 页。

③ （清）赵棻：《滤月轩诗集》序，《丛书集成续编》第 134 册，上海书店出版社 1994 年版，第 633 页。

常为其作题画诗，如《题董乐闲柳荫消夏图二首》《寄董菽园兄》《题董研斋云壑探奇图二首》等。她的诗五言七言皆工，尤工于写景，描摹细腻，善于渲染，语句清新。其诗音韵谐婉，平易动人。如这首《春日》：

> 东风何处一声箫，晓梦初回敞绮寮。欲雨欲晴飞燕子，轻寒轻暖酿花朝。
>
> 小桃阶下红将绽，新涨池边绿渐饶。十二碧阑春昼静，学书且自剪芭蕉。①

诗人描绘了一幅盎然春意图，从听觉、视味调动起读者的感官，有静有动，色彩红绿相衬，画面灵动清新，句协音律，读来使人愉悦。赵棻亦擅词，能小令、中调、长调，词风香软婉约，多写闺房之思，有花间词人风貌，如《天仙子》：

> 满腹闲愁皆自取，美人消息知何处。芳心许，芳魂与，偏到相逢无一语。②

词人以男子口吻写对一位女子的相思之闲愁，未见时想念对方，但相逢后却无言不语，词中作者虽不用丽语，却对恋人心理的描摹十分到位。再如《深院月》：

> 情脉脉，思悠悠，霜满闲庭月满楼。何处歌声风送到，隔邻亲按小凉州。③

此词同样写闺妇的思念之情，词境悠闲惬意，设语精美含蓄，秀丽有情思。《瑞云浓》也是颇为精致的一首：

---

① （清）赵棻：《滤月轩诗集》卷上，《丛书集成续编》第 134 册，上海书店出版社 1994 年版，第 635 页。

② （清）赵棻：《滤月轩诗余》，徐乃昌《小檀栾室汇刻闺秀词》第四集，清宣统元年（1909）刻本，第 1 页。

③ 同上。

红丝片玉，螺香犹沁腴此。素袖频翻井华洗。樱桃雨润，记伴著瑶宫仙史。梦影镇匆匆，化飞云逝水。

十样新图，谁拓出、初三月子。细字银钩认题识。优昙花谢，想膜拜、猊床禅偈。墨晕流芬，小鞌似此。①

此词实为题写书画墨砚而作，词人用语精美，如梦如幻。上阕从色、形、味三处着眼写砚之精美及诗作之韵味，下阕则描绘书画作品中的题诗，写其雅致之感。词人善用丽语，词风蕴藉宛转。

汪曰采，字伯荀，号于繁，汪延泽长女，华亭袁修璞室，承母训娴吟咏，著有《醉愚轩诗稿》（未见）。她喜作五言诗，有陶柳、风致。如她这首《从苕溪返德清》：

秋思入寒砧，帆飞度远林。溪分前路合，桑密晚烟深。
白发慈闱梦，青年昧旦心。孤城遥在望，鸟外见云岑。②

她的诗意境悠远，以山林景致为主题，"秋思""远林""溪流""孤城""飞鸟"意象的运用使整首诗顿感空寂，语言冲淡清冷。

汪曰杼，字七襄，号绚霞，桐乡人。汪延泽次女，桐乡严锡康妻，工诗善画，著有《雕清馆诗草》（一卷）。汪曰杼出自书香世家与官宦门第，家族中女性诗人辈出，曾祖母金顺著有《传书楼稿》，曾祖姑汪璀著有《修竹吾庐诗》，汪懋芳著有《寿花轩诗集》，母亲赵菜著《滤月轩集》7卷，表姨归佩珊则是文学大家袁枚的随园女弟子之一。

浓厚的文学氛围使得汪曰杼耳濡目染，自幼便工诗善画、文采斐然，婚后与丈夫严锡康也唱和相得。其兄汪曰桢在《雕青馆诗草》中评价其妹："吾妹绚霞，幼承庭诰，群羡芝荣，早肆闺箴，便工茗赋，娱神暇景，时复斐然。及其萎楚于归，菫萱及所，本是蒋侯三妹合住青溪，宛如刘氏一门，并娴黄绢，夕阳花坞，春水桃潭，笙磬同音，喁于互唱，加以

---

① （清）赵菜：《滤月轩诗余》，徐乃昌《小檀栾室汇刻闺秀词》第四集，清宣统元年（1909）刻本，第 2 页。

② （清）阮元：《两浙輶轩录》，《续修四库全书》本，上海古籍出版社 1995 年版，第177 页。

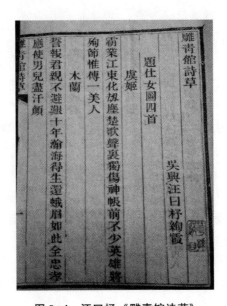

图9-4　汪曰桢《雕青馆诗草》

注：清咸丰十一年刻本，采自上海图书馆古籍部。

擘绢写生，调膠设色，云烟落纸，每契匠心，花鸟传神，特开生面。"①
今于上图见《雕清馆诗草》（一卷），清咸丰十一年刻本，共收诗81首。
《雕清馆诗草》中诗题材多样，内有《题仕女图四首》《春雨》《文姬》
《明妃》《晚秋》《题自画牡丹》《春草同闺友作》《咏瓶中水仙》《春闺闲
咏》《寒夜偶成》《西湖泛舟》《抵滇南作》《游海心亭》《望雪》《戊申
孟春夫子从军南诏有诗见寄赋此奉答》《游雪崖洞》《舟次宜昌》《晓发夔
州》《庚申仲春 夫子从军浙西作此寄之》《题自画梅花帧子》《春日沪城
官舍偶作》。其中以题画诗、咏史诗、写景诗、游赏诗、寄赠诗、感怀诗
为主。其诗语言质朴自然，语协音律。如这首《西湖泛舟》：

> 西泠入梦已多年，今日才来泛画船。秋水绿添新雨后，好峰青断
> 夕阳边。
> 六桥衰柳啼闲鸟，三竺疏钟隔远烟。消受湖山无此福，征帆催挂
> 暮江天。②

---

① （清）汪曰桢：《雕青馆诗草》序，清咸丰十一年（1861）刻本，第1页。
② （清）汪曰桢：《雕青馆诗草》，清咸丰十一年（1861）刻本，第5页。

诗句首联与颔联写西湖泛舟之美景,后两联移景写情,表现作者匆匆来此无心细赏美景的心情。诗句情景交融,自然晓畅。再如《七夕同夫子作》:

> 暂抛机杼出璇宫,絮语河梁恨万重。天帝似怜离别苦,一年一度许相逢。①

诗句以牛郎织女的典故入诗,表达了对丈夫的思念之情,语句凝练委婉情深。而汪曰桢的《抵滇南作》《舟次宜昌》《晓发夔州》《庚申仲春夫子从军浙西作此寄之》则更多地反映出当时社会环境及时局,有较强的现实意义。

汪懋芳,字兰畹,乌程籍,桐乡人。议叙主事汪尚仁女,诸生董庆槐妻,董恂母。工诗,著有《寿花轩诗集》,内中存诗 48 首。道光癸巳(1833)冬赵棻女史题序云:"女妣兰畹夫子之伯姊也。先舅静圃公性喜词赋,命诸女读书习吟咏,惟兰畹最慧,为先舅所钟爱,迨兰畹归董氏而先舅弃养,遂辍不复为。夫子时方幼,初未知其能诗也。岁戊子兰畹称未亡人,老怀惨怛,始谓予曰:'吾少时好为五七言近体,非矜罄悦,盖以博堂上欢耳。故三十余年人无知者,今藉此消遣,子幸教我,予唯唯谢不敏,自是晨夕苦吟,楮墨遂伙,甫阅数载而遽永诀矣'。其子恂录成一帙,乞序于予并属校阅。"②《清代闺阁诗人征略》卷七评为:"懋芳为台山尚书母。尚书少孤,赖母教以成。寿花轩所存诗不多,《鬻钗行》结句云:'呜呼!寒闺一钗视如宝,一旦弃之殊草草。但得子孙清白守家风,何惜一钗不能保。'又《晚年自述》云:'喜长孙枝百事宽,牵衣问字足承欢。浮生肯向愁中老,贫贱荣华一例看。'实为有德之言,不愧贤母也。"③ 其诗多写景、咏物、感怀,诗风意境清新浅切,情韵盎然。如这首《夏夜》:

> 黄梅雨过芰荷香,水面风来白纻凉。十二湘帘齐卷起,一庭清露湿萤光。④

---

① (清)汪曰桢:《雕青馆诗草》,清咸丰十一年(1861)刻本,第 5 页。

② (清)汪懋芳:《寿花轩诗略》,《丛书集成续编》第 139 册,上海书店出版社 1994 年版,第 639 页。

③ (清)施淑仪:《清代闺阁诗人征略》,民国十一年(1922)铅印本,第 17 页。

④ (清)汪懋芳:《寿花轩诗略》,《丛书集成续编》第 139 册,上海书店出版社 1994 年版,第 639 页。

这首七绝语句流畅雅致、句协音律，将夏日所见所感所思入诗，富有浓郁的生活意趣。再如《见燕》：

> 彩燕分巢爱我庐，衔泥啄草借梁居。乌衣旧主休重问，且向芸窗伴读书。①

作者用生活中燕子来衔泥题咏，表达作者对生活的热爱与内心的喜悦。诗虽简却不落俗套，自然晓畅。汪懋芳也有气韵沉雄的诗作《有感》：

> 书剑埋尘几度秋，那堪独雁过妆楼。嗟君先我骑鲸去，何日同归十一邱。②

作者开头两句英气逼人，与女子的柔弱气质很不相符，而后一句"独雁""妆楼"两词又回归到女性的生活空间来，传达出作者孤独苦寂的心绪。上下两联对照鲜明，用语凝练。末尾两句表明自己对丈夫的思念与坚贞之情。

汪璀，字催弟，乌程人。德清徐以坤室。工诗，著有《修竹吾庐诗》。

汪曰杏，字六仙，桐乡青镇人。贡生汪曾裕与女诗人金顺曾孙女，贡生汪尚仁孙女，女诗人汪懋芳侄女，国学生汪延泽与女诗人赵菜女，汪曰桢、女诗人汪曰采、汪曰琛、汪曰杼妹。今于《雕青馆诗草》中见汪曰杏的题词一首，其余未见有文集留存。

第三节　严氏女性作家群

桐乡严氏相传为严光之后，初居桐庐，明代迁杭，后又迁桐乡，至严大烈为第八世。四世七人，六见于《府志》。严氏家族是一个诗画家族，家族中严廷玉工诗，喜欢收藏书画，其子严辰为咸丰九年（1859）己未进士，官翰林院庶吉士、刑部主事，著述甚丰。严辰子严谨也官至石阡知府。严氏家族与归安沈澍家族、桐乡汪曾裕家族、金陵王凤生家族均有联

---

① （清）汪懋芳：《寿花轩诗略》，《丛书集成续编》第 139 册，上海书店出版社 1994 年版，第 639 页。

② 同上书，第 636 页。

姻，望族之间的联姻有力地巩固了严氏家族在文化圈的地位和影响力。

　　桐乡严氏闺门女性也是一支不可忽视的女诗群，严廷钰之妻王瑶芬为两淮盐使王凤生次女，是位闺阁才女。在她熏陶下，她的女儿严昭华、严永华、严澄华，孙女严寿慈、严颂萱，皆有诗名。她们大多生活在清朝晚期，此时清朝已经受内忧外患，兵乱较多，旧的封建体制受到极大动摇。此时，很多的闺阁女子已开始走出闺房，投身于广阔的现实生活之中，这反映在她们的诗文中除了传统的闺阁诗句外，已出现大量反映现实生活的题材，如烽火战乱，逃离家园，寓居他乡等诗作。诗的风格也渐渐转变，由之前的清浅吟唱转向刚毅沉郁的诗风。

一　家族谱系

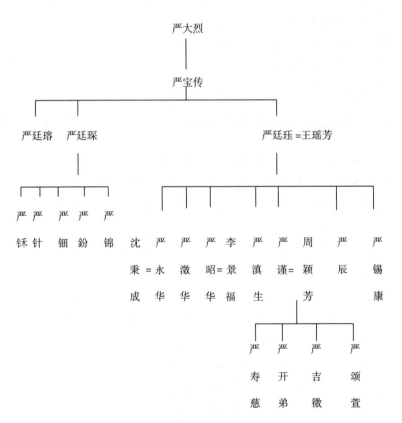

图 9-5　严氏主要家族世系图

注：据《嘉兴府志》及《桐乡县志》人物志所载整理。

二　进士举人名录及小传

严辰（1822—1893），字子钟，一字芝生，晚号桐溪达叟。严廷钰次子，严开元父。咸丰九年（1859）己未进士，官翰林院庶吉士、刑部主事。同治四年（1865）归里，重建分水书院。书室曰"墨花吟馆"，纂修有《（光绪）桐乡县志》20 卷，著有《墨花吟馆诗文钞》18 卷、《病儿读钞》4 卷、《感旧怀人集》2 卷、《沾沾集》1 卷、《续集》1 卷、《同怀忠孝集》。

三　婚姻关系

与金陵王凤生家族、桐乡汪曾裕家族、归安沈澍家族联姻。

严廷珏娶金陵王友亮孙女、王凤生女王瑶芬

严廷珏女严永华适归安沈秉成

严廷珏子严锡康娶桐乡汪延泽女汪曰杼

严廷珏女严昭华达江宁李福景

四　家族主要女性作家及创作

王瑶芬，字云蓝，金陵籍，桐乡青镇人。婺源两淮盐运使王凤生女，严廷钰室。工诗。著有《写韵楼诗钞》。《两浙辅轩续录》卷五十四载："瑶芳于归时，严氏富甲一乡。夫人逮事姑蔡太淑人，乘间言保家之道，惟在积善。奁具中携有前哲格言，呈之堂上劝行。育婴恤嫠及施药施棺施绵衣，诸善举，从此乡里号严氏为善门。晚年归里，又以千金赈。奉旨建'乐善好施'坊于门。"①

严永华（1836？—1890），字少蓝，清末女诗人兼画家。严廷钰女，沈秉成继室，沈延馨、沈瑞琳、沈瑞麟母。能诗善绘，为母所授。著有《纫兰室诗钞》3 卷、《鲽砚庐诗钞》2 卷、《联吟集》1 卷、《古文词》若干卷。集中录有《中秋月》《夜坐偶成》《拟古》《水仙花》《明妃》《红叶》《画竹》《武侯祠》《题绚霞嫂雕青馆诗钞》等诗作。前有其兄严辰撰序。《憩园词话》卷五载："沈仲复廉访秉成，归安人。由翰林大考开

---

① （清）潘衍桐：《两浙辅轩续录》卷五十四，《续修四库全书》第 1627 卷，上海古籍出版社 1995 年版，第 221 页。

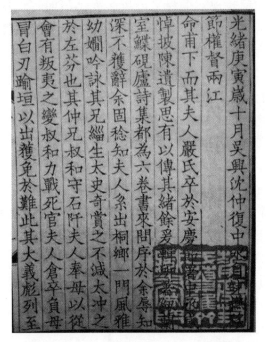

图9-6　严永华《纫兰室诗钞》书影

注：清光绪十七年刻本，来自上海图书馆。

坊，授江苏常镇道，调松太道，升河南臬司。未行，调补蜀省，遽以微疾引退。侨居吴门，葺耦园，与少蓝严夫人啸吟其中，著述并富。夫人为伯雅太守芝僧太史之妹，幼承母教，素工书画诗词，有不栉书生之号。"①

严永华为人甚孝，《两浙輶轩续录》卷五十四中记："朱福诜《传略》：夫人幼有至性，通书史大义，十馀龄即娴吟咏，尝刲股疗亲疾。父殁，随兄谨石阡府任，谨御叛夷巷战死。夫人仓卒负母踰垣避，获免。旋归里。适沈公。自公备兵润州至尹京，德政多资内助。光绪十六年，畿辅水，夫人制棉衣以施皖南。北久不雨，公方阅兵，寿春夫人躬自祈祷，应时霈足，体素羸，以劳剧遽卒，年五十五。"②

严永华各类诗体皆工，能作拟古及排律，题材多样，既作闺阁生

———————

① 杜文澜：《憩园词话》卷五，见唐圭璋辑《词话丛编》第三册，中华书局1986年版，第2953页。

② （清）潘衍桐：《两浙輶轩续录》卷五十四，《续修四库全书》第1627卷，上海古籍出版社1995年版。

活题材，也可作反映现实题材。诗风多变，闺阁诗作情深意挚，而现实及咏史之作则少脂粉气，诗句气势飞动，有男儿气魄。如她的《武侯祠》：

> 丞相祠堂吊夕晖，森森翠柏俨成围。百蛮风俗留铜鼓，一代勋名本布衣。
> 北伐未能恢帝业，南人终古慑天威。当年将略难轻议，长有风云听指挥。①

此诗以诸葛亮这一历史人物为题材，感叹诸葛亮北伐失败的遗憾。写咏史之作往往需要较高的文学素养，更须史德、史才、史识兼备。严永华对这类素材的自如驾驭表现了一个闺阁女子的襟怀与抱负，类似的题材还有《大风过黄河》《拟古二首》等，诗风刚健沉郁。严永华有随其兄严谨宦游的经历，因而在她的诗作中还有较多反映现实的题材，如《湾甸匪变寄呈家大人军中》二首，《送缁生兄赴黔》等。随宦期间她还亲历了与叛夷激烈的巷战，严永华负母冒白刃逾墙逃出，这段惊心动魄的经历，她在《乙丑五月十四日判苗陷石阡叔兄巷战》四首中记录下来："狭巷短兵相接战，亲闱永诀敢图全""早办靴刀一死轻，全家蕉萃困围城""已拼沉水丛先络，谁使逾垣作吕荣"②这些实战的场面由一个女子写出，其勇敢与智慧让人惊叹。

严澂华（？—1887），字稑芗。严廷玉女，严辰、严谨、严永华妹。能诗善画，未字卒。著有《含芳馆诗草》。

严昭华（1834？—1896后），字小云，严永华姊，上元李景福室，中年丧夫，后又丧子女及幼孙，研习道书，强抑悲思，晚居苏州。著有《紫佩轩诗稿》（含词稿）。

周颖芳（1829—1895），字惠凤，钱塘人。女诗人、女弹词家郑贞华女，云南石阡府桐乡严谨妻，女诗人严杏徵、严寿慈、严颂萱与严开弟母，女诗人李淑、荫生沈瑞琳与女画家龚韵珊、沈瑞麟舅母。著有《砚香阁诗草》2卷、《精忠传弹词》2卷。周颖芳的母亲郑贞华是一位女诗人，

---

① （清）严永华：《纫兰室诗钞》卷一，清光绪十七年（1891）刻本，第5页。
② （清）严永华：《纫兰室诗钞》卷三，清光绪十七年（1891）刻本，第7页。

早年写诗，留有《绿饮楼诗遗》，中年后开始写长篇弹词《梦影缘》，为清代大批涌现的女弹词家中一位佼佼者。受其母影响，周颖芳亦善诗，是一位多才多艺的女子。郑贞华的《梦影缘》与周颖芳的《精忠传》为我国的弹词艺术留下了宝贵的文化遗产。

严杏徵，字兰初，桐乡人。海宁马敏妻，女诗人严寿慈、严颂萱姊。云南顺宁知府严廷钰与王瑶芬孙女，云南石阡知府严谨与女诗人周颖芳长女。著有《品箫楼诗钞》。

严寿慈，字吟侣，自号白凤词人，桐乡人。云南石阡知府严谨与女诗人周颖芳次女，女诗人严杏徵妹，女诗人严颂萱姊，平湖乍浦举人许文勋妻。著有《敷教录》《白凤吟馆诗稿》。

严颂萱，字玫君，桐乡人。上元李梦梅妻，云南石阡知府严谨与女诗人周颖芳三女。著有《澹清吟馆诗草》（又名《澹香吟馆诗摘钞》）。

严钿（？—1894），字也秋。严辰从妹，适马桥马氏，工诗，诗名颇著，曾题许羹梅画兰四绝，颇秀隽。著有《布衣女子诗钞》。

严钿与堂兄严辰关系较为密切，有大量唱和诗，如《和严辰伞墅看灯词》《和严辰重题伞墅养疴图》《赠别》等。在严辰《墨花吟馆诗钞》中也有不少他与堂妹的唱和，如《和也秋妹赠别诗韵》《沪上寓楼听雨与从妹也秋从弟笠溪联句》《夏日避暑桐村咏西瓜灯和也妹旧作韵》《雪阻西泠寄怀也妹》等。严钿是位心地善良的女子，在伯父严廷钰家遭不幸之后，慷慨伸出了援手，将伯母王瑶芳、堂妹严澂华、堂嫂周颖芳及其三女一子都接到马家居住，并且始终如一，照顾周到，这也是严辰与这个堂妹关系密切的原因。

严钿作诗对仗工整，音韵相谐，读来无顿涩之感。诗风流丽响亮，无低沉悲苦之音。如这首《赠别》：

　　锦囊珍惜别离词，莫负平原旧绣丝。再世今生皆梦影，精忠雪耻是男儿。

　　因缘翰墨终难了，得失文章岂不知。何日尘凡真摆脱，清风明月独来时。①

---

①　（清）严辰：《墨花吟馆诗抄》卷九，清光绪十五年（1889）刻本，第23页。

此诗是写与严辰的离别之作，离别虽惆怅，但严钿在诗中却非完全的伤感，她以诗赠兄长进行勉励，希望兄长有所建树，其诗情深义重，乐观阳刚。

严铄，字少婉，桐乡人。严大烈曾孙女，光禄寺署正严宝传孙女，附贡生严廷琛孙女，女诗人严钿、严锦、拔贡严鈖、女诗人严针姊妹，光绪十四年（1888）副贡严震、庠生严文浩姑母。未字早夭。

严针（1834? —1877?），字指坤，桐乡人。严大烈曾孙女，光禄寺署正严宝传孙女，附贡生严廷琛季女，云南顺宁知府严廷珏与女诗人王瑶芬从女，严宝善妻，周积荫、周积兰、周积茜母。著有《宜琴楼遗稿》《红鹅阁诗稿》。

《宜琴楼遗稿》中有《喜晴》《花月亭》《咏篱豆花》《秋虫》《咏渔火》《晓雨》《舟中晚眺》等闺阁题材作品。堂兄严锡康为其文集题词曰："镂月裁云韵事赊，一篇诗思最清华。深闺拥髻联吟处，压倒人间姊妹花。"[1] 亦有反映现实的题材，如《金陵寇警闻小云五姊昭华避兵宜兴作此寄怀》：

> 白下送君去，匆匆逾十年。赤眉乘舰至，黄耳断书传。
> 谈笑知何日，烽烟况满天。穿针楼上月，两地想团圆。[2]

此诗为寄于严昭华的寄怀之作，"赤眉"喻指农民起义军，严昭华因太平天国兵乱而避居宜兴，"谈笑知何日，烽烟况满天"一句表明当时战乱频繁的现实状况，多年未见的姐妹倍感思念，诗句最后一句表达出作者内心期望团圆的愿望。诗句平易感情真挚，有较强的现实意义。

第四节 劳氏女性作家群

劳氏先世为山东阳信，该支始祖为树棠、长龄者始占籍桐乡。据《劳氏遗经堂支谱》载："劳氏原籍山东素州府乐安县，明初迁济南府阳信县，雍正时创修族谱，以阳信始迁祖一世。清嘉庆时，十二世迁桐乡，与

---

① （清）严鍼：《宜琴楼遗稿》，清光绪二十三年（1897）刻本，第9页。

② 同上书，第8页。

阳信分支。南中一支，咸丰间录一稿，同治丁卯，劳乃宣辑《遗经堂支谱》一编，为《南中支谱》，其后，修订数次。"①

劳氏家族在桐乡甚有名望，在清代共产生两名进士、两名举人，家族中女子亦诗词俱佳，彤管遗香。劳氏女性作家群主要由劳若华、劳若玉、劳绅、劳纺、劳缜、劳琳、孔蕴薇、沈蕊和邵振华9人组成。

一　家族谱系

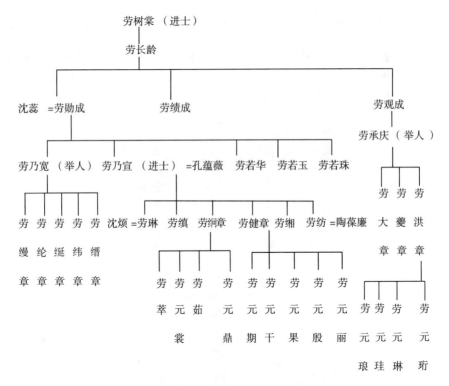

图9-7　劳氏主要家族谱系图

注：此谱系据《劳氏遗经堂支谱》所绘。

---

① 劳健章：《劳氏遗经堂支谱》，民国十五年（1911）石印本，第1页。

二　进士举人名录及小传

表 9-2　　　　　　　　　　　劳氏进士及举人名录

姓名	生卒年	登科时间	官职
劳树棠	1739—1816	乾隆四十九年（1784）甲辰进士	兵部主事，江苏苏松太道。
劳乃宣	1843—1921	同治十年（1871）辛未进士	京师大学堂总监
劳乃宽	1836—1902	咸丰十一年（1861）辛酉举人	江苏候补知县
劳承庆	1826—1881	光绪己卯科举人	

劳树棠（1739—1816），榜名瑾，字宝琳，号镜浦，行三。乾隆丁酉科副贡癸卯科举人，甲辰科进士，兵部车驾司主事职方司员外郎，武选选司郎中，江南道监察御史，江南河库道直隶通永河道。江苏督粮巡道。嘉庆戊辰科江南文闱监试。诰授中议大夫。

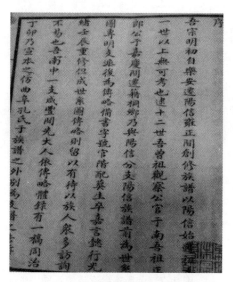

图 9-8　《劳氏遗经堂支谱》卷首书影

注：民国十五年石印本，采自嘉兴市图书馆。

劳长龄（1786—1842），字松岩，号小山。行一，监生。候选郎中，诰授奉政大夫，晋授中议大夫。公始于嘉庆二十五年（1820）迁浙江嘉兴府桐乡县籍。

劳勋成（1813—1856），字介懋，号介夫，一号桐叔，行三。监生。

历任江宁布政使、藩仓大使。著有《双红豆室词稿》1卷。

劳绩成（1816—1841），字汝熙，号功甫，年二十六，未婚而卒。

劳乃宽（1836—1902），字仲敷，号偶庵，桐乡青镇人。寓居江宁，劳乃宣兄。咸丰十一年（1861）辛酉举人，官江苏候补知县。与弟乃宣撰有《归来吟》《归棹埙篪》。

劳乃宣（1843—1921），字季瑄、玉初，号榘斋，桐乡青镇人。同治十年（1871）进士。曾任京师大学堂总监。张勋复辟时任法部、学部尚书。著有《各国约章汇录》《古筹算考》《劳山词存》《简字丛录》《垛积筹法》《衍元小草》《共和正解》《筹算浅释》《筹算蒙评》《筹算分法》《清续文献通经考籍考》《韧叟自订年谱》等。后人编有《桐乡劳先生遗书》。《桐乡劳先生遗稿》："韧叟姓劳，名乃宣，字季瑄，号玉初。自号榘斋，又曰韧叟。劳氏自古为劳山之民，以地为姓，世居山东。明初自乐安迁阳信，曾祖观察公嘉庆间官江苏粮道，祖正郎公，寓居苏州，以浙江桐乡县青镇劳氏为宋时同族，因入桐乡籍。先大夫仓曹公官直隶，沧州减河主簿，丁忧开缺。是年，与先太夫人居久祖沈西雍公广平府任所。九月二十三日午时，生于府廨，生即出嗣，于胞叔先嗣考功甫府君。"

三　婚姻关系

劳勋成娶嘉兴沈涛女沈蕊
劳乃宣女劳琳适嘉兴沈增植子沈烦
劳乃宣女劳纺适秀水陶模子陶葆廉
劳乃宣娶曲阜孔蕴薇
劳若玉适孔庆霖
劳若华适王桂森
劳承庆娶江西宜黄黄凤音
劳乃宽娶钱塘范氏
劳观成娶王端平
劳大章娶嘉善蔡氏

四　主要家族女性作家述略

劳若华（1834—?），号蕙榜女史，桐乡人。王桂森妻，劳勋成与沈蕊女，劳乃宣姊，劳缃、女词人劳纺、女作家邵振华姑母。著有《绿萼仙居吟稿》。

劳若玉（1838—?），劳勋成与沈蕊次女，女诗人劳若华妹，进士劳乃宣姊。候选运库大使孔庆霖妻。《劳氏遗经堂支谱》载：劳若玉，戊戌生。适山东曲阜孔子第七十三代孙、钦锡主簿昭煐孙，同知衔江苏候补知县宪怡子，候选运库大使庆霖。

劳缃（1864—1936），字绚文，劳勋成与沈蕊孙女，劳乃宣与孔蕴薇长女，孔繁淦妻。女词人劳纺、女诗人邵振华姊。识天文、精算术、通音律、善诗词，有才女之称。著有《运筹学》。

劳纺（1867—1901），字织文，自号织文女史，劳勋成与沈蕊孙女，劳乃宣与孔蕴薇次女，劳缃妹，劳缜、劳绅章、劳健章、劳琳姐，同治七年进士陶模子媳，陶葆廉继室。著有《织文女史诗词遗稿》《女诫浅释》。

沈蕊（1816—1882），字止乡，嘉兴人。沈涛女，劳介甫室。词工长调，多写景、题画、怀古，格调清新。著有《来禽仙馆词稿》一卷。

邵振华（1881—1924），一名在刚，字襄君，自号绩溪问渔女史，安徽绩溪伏岭下村人。劳绅章继妻，劳勋成与沈蕊孙媳，女诗人劳纺弟媳，劳元裳、劳茹母。著有《侠义佳人》四十四回。

劳琳，字善文，劳乃宣幼女，沈曾植媳，沈慈护室。

劳缜，字缄文，劳乃宣三女，适宝应刘启彬。

注：以上劳氏家族成员的生平考证均据《劳氏遗经堂支谱》所留生卒年，龚肇智《嘉兴明清望族疏证》中多数未列生卒年，现笔者考证以增补之。

五　劳氏闺门作家创作特色

1. 工于写词

在劳氏闺门中，以词唱和较为多见，劳勋成之妻沈蕊工于写词，并著有《来禽仙馆词稿》一卷。沈蕊出生于文化世家，其父沈涛为清代学者，嘉庆十五年（1810）年中举，他曾师从段玉裁治经学，在金石考订方面颇有心得。他还雅好藏书刻书及诗词，著述甚富。家学的熏陶，沈蕊在才学上得其家传，诗词皆工，尤其作词功力深厚，其词入选《全清词钞》。沈蕊工于长调，多写景、题画、怀古之作，如她的《霜叶飞·题介甫霜林觅句图》《玉女迎春慢·雪美人》《绿意·芭蕉簟》等。她的词格调清新，如这首《甘州·题杨柳岸晓风残月图》：

　　正天涯酒醒客星孤，扣舷发清讴。渐微茫晓色，霜风乍紧，薄雾初收。江柳丝丝蘸碧，仿佛白门秋。回首关河远，今夜扁舟。

　　怅望一丸瘦月，问何时双照，人在郦舟。倩万重烟水，流梦渡韩沟。叹年来、俊游未了，算闲情、都付与沙鸥。空赢得、偷声减字，谱尽离愁。①

　　她的词没有刻意典故的堆砌，受苏轼、辛弃疾以文为词的影响较深，读来如诗如文，酣畅淋漓。其词注重锤炼字句却不生涩雕琢，"一丸瘦月"中的"丸"字尤见功力，将月之小之远展露无遗。画面易感空灵清冷，词风凄美。再如她这首《玉女迎春慢·雪美人》：

　　衣织冰绡，妆初竟、悄立玉楼琼户。脉脉新愁旧恨，泪滴斜阳红处。芳容难驻。怕弱质、不胜风露。前因曾悟，消得冶情，羞比飞絮。

　　亭亭独对梅花，无言敛黛，似传心素。好把聪明忏尽，莫化唐宫鹦鹉。月痕微度。更冷胃、一身香雾。雅韵天然，恐有隔窗人妒。②

　　此词写雪后之美景，以雪喻美人的冰肌弱骨，字协音律，词句清丽雅致，擅长铺叙，设境清冷却浑然一体。她的女儿劳若华孙女劳纴均得其指教，也雅擅填词。劳若华，号蕙樘女史，桐乡人。王桂森妻，劳勋成与沈蕊女，劳乃宣姊，劳绅、女词人劳纴、女作家邵振华姑母。著有《绿萼仙居吟稿》。她的词细腻婉约，如这首《春光好·春游》：

　　寻芳买得扁舟，荡两桨垂杨渡头。挑菜堤边闲斗草，逸兴悠悠。春风十里扬州，有几处青旗酒楼。竹叶尊开招客饮，醉后方休。③

　　这首小令节奏欢快，作者以写美丽春景入手，描写荡舟、斗草、游赏、一醉方休的生活，字里行间充满着对生活的激情及少女情怀无拘无

---

① （清）沈蕊：《来禽仙馆词稿》，稿本。

② 同上。

③ （清）劳若华：《绿萼仙居吟稿》，稿本。

束、天真烂漫展露无遗。其词语言活泼秀丽。

劳纺（1867—1901），字织文，自号织文女史，劳勋成与沈蕊孙女，劳乃宣与孔蕴薇次女，劳湘妹、劳缜、劳绚章、劳健章、劳琳姐，同治七年进士陶模子媳，陶葆廉继室。著有《织文女史诗词遗稿》《女诫浅释》。《嘉兴历代人物考略》评为"其词作精湛，堪与宋代著名词人李清照、朱淑真媲美"。①

劳纺留词较多，写有《如梦令·春日微雪》《桂殿秋·偶集词调名》《霜天晓角·病起独坐微寒中人寂寞无聊感忆姊妹》《减字木兰花·初夏雨后》《清平乐·玉簪》等词作。其词风婉约，语言雅致纤柔。如这首《好事近·春雪初晴》：

> 斜日下林端，相映数峰残雪。清致宛然图画，更何消明月。
> 碧天如水喜初晴，几缕澹云抹。小院泥融苔润，恰种花时节。②

这首小令写雪后初晴的景致，作者用"斜日、山峰、残雪、碧天、澹云、青苔"构筑出一幅意境淡雅的画面，语言清韵，词风纤柔。

2. 诗学宋人

劳氏一门作诗亦深得宋人风致，其诗有较强散文化、议论化的特点，喜熔铸前人词语入诗，诗风平直质朴。这一点在沈蕊、劳若华身上体现得较为明显。

沈蕊善铺叙的风格在诗中亦有体现，如她的《落叶》：

> 霜落吴江万木凋，停车有客感飘摇。僧归野径和云扫，烟冷山厨代槲烧。
> 古篆虫书愁新绿，夕阳鸦影怨红销。庭前一夜西风紧，多少秋声入绮寮。③

其诗以霜落、凋木、僧侣、野径、冷烟、古篆、夕阳等意象入诗，将

---

① 傅逯勒：《嘉兴历代人物考略》，嘉兴书店出版社 2005 年版，第 519 页。

② （清）劳纺：《织文室词》下，稿本。

③ （清）沈蕊：《来禽仙馆诗稿》，稿本。

秋来叶落的悲凄之感刻画出来，诗风瘦硬冷峭。劳若华的诗风则更为明显，她在太平天国时，曾避居苏州，拟移家虞山。与弟妹等结诗社，唱和酬答。她诗学宋人，熔铸前人词语，以出新意。如她这首《秋蝶》：

> 谁将旧谱写滕王，瘦影伶俜绕曲塘。疏柳堤边闲晒粉，菊花篱畔漫寻芳。
>
> 舞衣零落迷衰草，歌板抛残冷夕阳。惆怅罗浮仙梦醒，金风玉露不胜凉。[①]

这首诗以瘦影、疏柳、衰草、夕阳的意象组成一幅寒凉凋零的秋意图，此情景下诗人漫步菊花篱畔感受着这衰败之景，心中的惆怅也油然而生。整首诗瘦硬，工于写景，语句简练含蓄。

3. 女权意识初现

劳氏闺门基本生活在嘉庆后的晚清时期，这一时期国家已蕴藏着深重的社会危机，传统的封建守旧思想遭到严重质疑，随着西方的坚船利炮打开了中国的大门，西方新思想也随之而来，给沉睡的中国大地吹来一缕新鲜的空气。这些新思想在劳氏闺门中也有所反映，邵振华就是其中一位。邵振华（1881—1924），一名在刚，字襄君，自号绩溪问渔女史，安徽绩溪伏岭下村人。劳绅章继妻，劳勋成与沈蕊孙媳，女诗人劳纫弟媳，劳元裳、劳茹母。

她一反传统女性以诗词写作为主的创作模式，加入到清代章回小说的写作洪流中，欲在长篇巨著中展示广阔的社会生活及思想来唤醒沉睡国人的心灵，创作了《侠义佳人》四十四回。邵振华的父亲邵振舟是位具有国学根基的开明之士，他曾任职天津支应局。光绪十三年（1887）完成《邵氏危言》二十八篇，旨在启迪民智，倡导向西方学习，被广为流传。又作《论文八则》，总结古文创作历史与手法，可谓文章学之滥觞。邵振华的丈夫劳绅章曾于宣统元年（1909）当选为浙江省谘议局议员，为当时嘉兴府八位议员之一。可以说父亲与丈夫均为追求进步的开明人士，这给邵振华的思想与创作也带来极大的影响。她以其大家族生活的人生背景并结合自己的游历为创作底版，完成了这部女性创作的章回小说《侠义佳

---

① （清）劳若华：《绿尊仙居吟稿》，稿本。

人》。她在《侠义佳人》自序中写道：

> 凡物不平则鸣。其鸣之大小抗卑虽不同，而其不平之气则一也。金石激而后鸣，人心感而后鸣。吾心之感久矣，无已，其举吾心之所感，而托鸣于《侠义佳人》乎？
>
> 吾心之感非一端，而最烈者，则莫若吾女界之黑暗也。吾生而不幸而为女子，受种种之压制，考吾女子之聪明智慧，非逊于男子，而一切自由利益，则皆悬诸男子之手，天下之事，不平孰甚？然吾女子未尝言其非也。近今有倡女权者矣，有倡自由者矣，而凤毛麟角，自由者一二，不自由者千万，若欲举吾女子而尽复其自由之权，难矣哉！
>
> 作者不敏，不能著书立论，唤醒吾女子脱离黑暗，同进文明，以享吾女子固有之权，故聊为小说体，录以平日所见所闻，复参以己见，错杂成篇。虽不足供大雅一笑，而私心则窃愿吾女子睹黑暗而思文明，观强暴而思自振，庶几近之矣。此《侠义佳人》之所以作也。①

作者在序言分析了今日女子受到压制，遭遇不公正待遇的原因，希望借此书来唤醒女子学习西方之文明，自立自强，脱离黑暗与愚昧。邵振华与闺秀女子吟写诗词以留名后世不同，她有了鲜明的女性主导意识，并敢于发声表达女性对自由、民主的向往及为争取女子自身权利的主张，她一反传统诗词写作的表达方式，借新体裁小说这一载体来进行尝试，可谓勇气可嘉的一位新时代女性的代表。

---

① 赵青：《嘉兴历代才女诗文征略》下册，浙江大学出版社 2014 年版，第 1034—1035 页。

第十章

嘉善家族女性作家群

嘉善于明宣德五年（1430）建县，由当时嘉兴县东北境的迁善、永安、奉贤3乡和胥山、思贤、麟瑞3乡之部分析置为嘉善县。嘉善具有源远流长的历史文化积淀，这里曾是中华文明之源马家浜文化的发祥地之一。

嘉善素称文化之邦，崇文尚教、忠孝仁义之风经久不衰，历代人才辈出。《（光绪）嘉善县志》记："嘉善膏腴之壤，平铺如席，无高山大泽，邑之俊造，皆师古好学，人文郁勃，风气敦庞。尺寸之土必垦，机杼之声不绝，不劝而耕，乐从乎上，视他邑固易易也。"① 据嘉善县志统计，明清两代，嘉善共有巍科人物 11 人，占同时期嘉兴府所属 7 县 40 名巍科人物的 27.5%，为全国出巍科人物最多的 26 个县之一。明清历代《县志》收录历代文苑人物 788 人。明清两代，嘉善境内望族主要由钱氏、孙氏、朱氏、陆氏、曹氏、魏氏等家族组成，这些家族均为簪缨不绝、人文焕然的文化世家大族，在当时文坛产生过一定的影响力。

钱氏闺门诗书传家，精通书画，娴于词翰，与嘉善的"柳洲词派"相互呼应，将闺阁词创作推向了一个新的高度。受忠义爱国家风的濡染，钱氏闺媛在明亡之际不仅出资抗清，更以雄健之笔纪国破家亡的禾黍之悲，具有心忧天下的儒士情怀；嘉善孙氏闺门主要生活在清康乾时代，国内太平安定，但在诗歌创作上又重新回到经学与理学为主导的风气中，因而她们的创作雅正崇理，复归温柔敦厚的诗教传统。孙氏一门重文尚学，其家族成员博学嗜书，能诗文，擅书画，反映了乾嘉时期嘉善一地儒雅尚文之风习。钱氏及孙氏的闺阁作家群以其兰心蕙质、焕然之文采在历史上留下了非凡的一笔。

---

① （清）顾福仁纂，江峰青修：（光绪）《嘉善县志》卷八，《中国地方志集成》第 19 册，江苏古籍出版社 1990 年版，第 430 页。

第一节 钱氏女性作家群

钱氏为吴越之后，初居杭州，至元至正间钱国鸿始迁居嘉善。钱氏自钱贞始发展壮大，钱贞是一个"博学积行"的人，居官有惠政。后钱士升、钱士晋两支都很繁荣，钱士晋一支后劲尤大，尤以钱黯的后辈为甚。整个明清时代，钱氏家族簪缨不绝，共产生了 11 名进士，11 名举人。其家族成员以忠义报国，钱继振、钱继章、钱栴、钱棻、钱栻、钱熙加入复社，切磋学问，砥砺品行，提倡气节，加入抗清的政治斗争；钱士晋崇祯时任云南巡抚，疏浚河流，平息暴乱，多有惠政；钱棻、钱栴在清兵入关时，共举抗清义旗，捐家产资助粮饷，松江失陷后，在战斗中钱棻自沉殉国，钱栴被捕遇害。钱氏一门忠烈，彪炳史册。

在钱氏抗清斗争的同时，大墙门内的闺阁千金，如钱复、吴黄、沈榛、沈栗姊妹也积极参与抗清的政治斗争，她们变卖金银首饰以助抗清义兵军饷，更以诗文相唱和呼应，写下了感时伤怀凄丽哀婉的抗争诗篇。

一 家族谱系

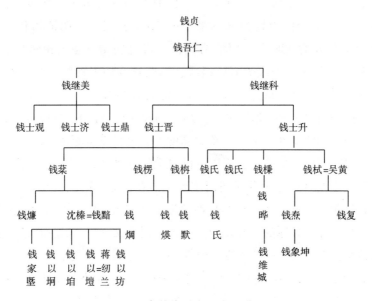

图 10-1 嘉善钱氏主要家族谱系图

注：此图据《嘉兴府志》《嘉善县志》及《明清两代嘉兴的望族》所载家族谱系整理而得。

二　进士、举人名录及小传

进士名录：钱士升、钱鸿文、钱士晋、钱默、钱黯、钱以垲、钱棐、钱继登、钱伯埙。

举人名录：钱贞、钱栻、钱棣、钱鸿业、钱栴、钱棻、钱以㙺、钱鉴、钱承陛、钱清履、钱吾德、钱继章。

钱贞，字子元，号柏峰。钱尊孙，钱晒子，钱贺兄。钱士升曾祖。嘉靖十六年（1537）丁酉举人。历官尤溪和县，抚州通判、汝宁府同知。辑有《尤溪县志》。

钱士升（1575—1652），字抑之，号御冷，晚号塞庵、息园老人，嘉善天凝蒋村人，迁居魏塘。钱栻、钱棣父，钱棻嗣父，钱焘、钱燨祖父。万历四十四年（1616）丙辰状元，授翰林院修撰，累官太子太保，仕至礼部尚书兼东阁大学士。著有《周易揆》12卷，《南宋书》68卷，《皇明表忠记》12卷，《逊园逸书》7卷，《庄子四篇诠》2卷，《赐余堂集》10卷，《楞严外解》《论扉奏草》《五子近思录》等。

钱棣（1619—1645），字仲驭，号约庵。钱士升次子，陈龙正婿，钱栻弟。崇祯十年（1637）丁丑进士，授南都兵部职方事，后升吏部郎中，官至广东按察使金事。与余怀友善。清顺治二年（1643）毁家充饷，集义旅抗清，兵溃投水死。著有《南园唱和集》《新儒园诗文集》《文部园诗》。

钱黯（1631—1729），字长孺，一字书巢，一作书樵，号墨樵。钱棻长子，钱燫兄，沈德滋婿。顺治十二年（1655）乙未进士，官至江南池州府推官，工画及书法。壮年归里，杜门著述。寿九十五。著有《洁园存稿》。

三　婚姻关系

与嘉善吴志远家族、华亭夏允彝家族、嘉善麟溪沈德滋家族、嘉善叶继美家族、嘉善周宗文家族、嘉善袁黄家族、嘉善孙籥家族有婚姻关系，这些家族都为文化家族，在当地有一定影响。姻亲谱系如下：

钱士升娶嘉善孙朝宗女

钱士升长女适嘉善叶继美子叶培志

钱士升次女适秀水沈孚先子沈士珀

钱士升长子钱栻娶嘉善西塘吴志远女吴黄

钱栻女钱复适海宁查嗣瑮季子查开

钱栻子钱焘娶嘉兴叶绍显女

钱栻子钱燡娶嘉善曹尔堪女

钱燡孙钱佳娶平湖曹宗柱女

钱佳孙、钱浩充子钱庭柯娶海宁查嗣瑮孙女查学女

钱佳玄孙孙启锟娶嘉善黄其福女

钱士升次子钱楝娶嘉善陈于王孙女陈珑正女

钱士升嗣子钱棻娶嘉善顾尧京女

钱棻长子钱黯娶嘉善麟溪沈德滋女沈榛

钱棻次子钱熑娶嘉善周宗文女

钱栴女适华亭夏允彝子夏完淳

钱楞次子钱煐娶嘉善孙籀女

钱煐子钱以垲娶嘉善蒋纫兰

钱以垲子钱鎏娶桐乡朱明仪女

钱以垲女适嘉善朱岸登

钱家暨孙钱清履娶嘉兴汪孟鋗女

钱蓴娶嘉善袁祥女

钱继章娶嘉善陆继铉女

钱继章子钱士贲娶嘉善曹勋女

钱士贲女适秀水朱德馨

四　家族主要女性作家及创作

吴黄，字文裳。吴道中孙女，礼部司务吴志远女，钱士升长子媳，举人钱栻妻。女诗人钱复，沈榛从母，女诗人蒋纫兰从祖母。幼承庭训，擅长词翰书画。栻弱冠中举，黄书《玉台赠答》以贺，画兰题诗，勉励夫婿"亲贤如芝兰"，其诗为流辈传诵。顺治二年（1645）与钱复（士升女），夏淑吉、沈榛（钱黯妻）等变卖金银饰物以助抗清义兵军饷。夫早逝，叔钱楝殉难，全家赖其筹划操劳。乡人盛赞吴黄深明大义。著有《获雪诗文稿》6卷。

《续槜李诗系》评其为："端淑，娴词翰。归钱孝廉栻，为塞庵相国冢媳。相夫，惠而庄，动必以礼。《闻刘节妇淑英倡议》，有'吾亦髡髦者，深闺愧执殳'之句。贞明执操，冠帻其渐哉。金题曰：孺人幼秉异

姿，嗜书，好风诗与楚词。雅善诗赋，尤工绘事，下笔潇洒，有邱壑志。外家茜溪鹤湖，文水萦带左右，每秋来月白风清，荻花皎洁如雪，孺人怀之不忘，爰名其集，以志肥泉竹竿之思。又以遭逢多故，所天见背，作《自悼赋》以寄志。诗笔雄健，睥睨一切，所谓闺阁中带须眉之气者。金胜曰：孺人《示蟾儿》一诗，词义严峻，志节踔然，勿当第以扫眉才子目之。"① 光绪《嘉善县志》卷二十九载："幼承庭训，以端静称。娴于词翰。杕，相国子，弱冠魁乡，书《玉台赠答》，居然博士也。后杕从黄石斋讲学于大涤山，黄画兰题寄，勉以'亲贤如芝兰'，其诗为流辈所传诵。杕早世，叔氏文部君又死国难，仰事附育，皆出黄手。方文部倡义时，黄撤其环瑱助之，其明大义类如此。"②

吴黄才华甚高，能作七言、五言、拟古诗及赋。所作有题画、写景、纪事诗。她的诗无女子娇柔纤弱之貌，其诗富于思考与想象，有宋诗平实质朴的风貌，作诗善以故为新。如她的《秋雨》：

　　浙沥通宵雨，空阶滴到明。无心添夜漏，有意作秋声。
　　香冷诗方就，衾寒梦不成。朝来问侍女，新涨一池平。③

诗中以秋雨生寒为题写出闺中的清冷与寂寞，她的诗虽少意象典故的运用，但议论化的诗句增加了思索的空间，一扫女性闺阁作诗的纤弱气质。"空阶滴到明"为作者化用温庭筠的词句。再如她的《古柏行》：

　　君不见，庭前古柏高参天，名山移植凡几年。百尺霜皮溜朝雨，千重黛色含秋烟。溜雨含烟三进载，奇姿异质何森然。金风作势老蛟怒，玉盘泻影潜虬眠。负荷他年应不小，名材岂合岩壑老。劲节殷勤慎护持，根深自觉枝叶好。君不见，天王制治开明堂，栋隆则吉须才良。暂托山阿君莫惜，知君指日贡岩廊。④

①（清）胡昌基：《续槜李诗系》卷三十七，清宣统三年（1911）刻本，第1页。
②（清）顾福仁纂，江峰青修：（光绪）《嘉善县志》卷二十九，《中国地方志集成》第19册，江苏古籍出版社1990年版，第821页。
③（清）胡昌基：《续槜李诗系》卷三十七，清宣统三年（1911）刻本，第3页。
④同上书，第2页。

拟古诗以其灵活的句式及字数要求深得诗人喜爱，它极大地扩大了诗的容量，使诗产生文气纵横的气势。作者以"古柏"喻贤才，其虬劲之姿让人赞叹，柏树虽老却不失其威，仍是好的木材，而人亦如此，有才名者终会被会慧眼识珠成为良材。此诗语势飞动，气势磅礴，沉郁敦厚，有李杜之遗风，非一般女子能为。

沈榛，字伯虔，一字孟端，嘉善麟溪人。江西南昌府推官沈德滋女，云南巡抚钱士晋孙媳，举人钱棻子媳，池州府推官钱黯妻。与嘉兴黄德贞、归淑芬、申蕙、孙兰媛合辑《古今名媛百花诗余》，著有《洁园全稿》《松籁阁诗余》。卒年五十二，室名曰"松籁阁"。《松籁阁诗余》内中存词 45 首。光绪《嘉善县志》卷二十九载："工吟咏。虽诗笔不逮其姑，而诗馀一体远接《漱玉》。"① 沈榛喜作词，尤工小令和中调，工于写景，词风清丽婉约，有花间词风之余韵。如她的《长相思·春暮》：

> 云悠悠，水悠悠。花落青苔触目愁。徘徊倚画楼。
> 蜂意休，蜂意休。寂寞风光却似秋。东君那可留。②

作者以闺阁女子的所见所感为主题，写闺阁女子倚画楼眺望而生相思之愁，"花落青苔触目愁"道出身在闺中女子的愁思，如此美景女子却无心欣赏，无人相伴只有独自赏春，眼中所见未因心情而美丽起来，反而如秋天般惆怅。此词虽短却读词见人，甚有风韵。再如这首《眼儿媚·秋闺》：

> 秋草萋萋夕阳西。点点泪滴低。一声画角，数行疏柳，寂寞鸦啼。
> 雁书不见天涯杳。愁对落花蹊。沉吟无语，辽西梦断，月照幽闺。③

作者在上片中用"秋草、夕阳、疏柳、画角、鸦啼"意象构筑了一

---

① （清）顾福仁纂，江峰青修：（光绪）《嘉善县志》卷二十九，《中国地方志集成》第 19 册，江苏古籍出版社 1990 年版，第 821 页。

② （明）沈榛：《松籁阁诗余一卷》，徐乃昌《小檀栾室汇刻闺秀词》第三集，清宣统三年（1911）刻本，第 2 页。

③ 同上书，第 5 页。

幅感伤萧索的秋景图，下片写秋景中女子的愁思，"愁对落花蹊"一"愁"字着眼，闺中女子寂寞孤单却又无奈，只有在等待中消遣着岁月。沈榛的词擅长写景与渲染，造语软媚细腻，音律和谐，但题材较为单一，基本不出闺房、闺怨、写景之类。

沈栗，字仲恂，号麟溪内史。沈德滋次女，沈榛妹，"柳洲派"词人陈谊臣妻，钱烈岳母，蒋绋兰姨母。著有《麟溪内史集》。《全清词顺康卷补编》中收其词 18 首。

沈栗亦善诗词，尤工小令与中调，她的丈夫为"柳洲派"词人。"柳洲派"为地处嘉善魏塘处兴起的由明末清初"柳洲八子"组成的一个词人唱和群体。身处一个爱好词作的大家族中，沈栗也深受其益。沈栗所作咏花词较多，造语雅丽精妙。如她的《苏幕遮·莺粟花》：

> 草连天，花匝地。燕羽差池，遍啄香泥翠。昨夜小桥新涨水。无限幽怀，目极云山外。
> 忆新春，增旧思。呖呖莺声，惊起纱窗睡。欲望姮娥栏独倚。风雨无端，日日催花泪。①

作者借花而生发感慨，将过去现在连缀在一起，突破时间限制，写景与写意相结合，用语富丽精工，情韵相生。

蒋绋兰，字秋佩，嘉善人。钱楞孙媳，诸生钱煐子媳，礼部尚书钱以垲妻，能诗词，著有《绣余诗存》《鲜洁亭诗余》一卷。《鲜洁亭诗余》内中存词 27 首。《续槜李诗系》评曰："夫人十龄通经史大义，机杼组纫之馀，潜心翰墨，工韵语，尤善长短句。性灵洒濯，有道韫遗风。"②

蒋绋兰诗词、皆工，诗以绝句为长，词以咏花、纪事、言情为主，设语质朴率真。《燃脂余韵》卷一载："蒋夫人生长金闺，于归巨族，秦嘉上计，徐淑工愁，故弄笔然脂，多绮丽缘情之作。"③ 如她的《秋晓忆外》：

---

① 张宏生：《全清词·顺康卷补编》第三册，南京大学出版社 2008 年版，第 1430 页。
② （清）胡昌基：《续槜李诗系》卷三十七，清宣统三年（1911）刻本，第 7 页。
③ （清）王蕴章：《燃脂余韵》卷一，民国九年（1920）上海商务印书馆，第 1 页。

　　相思相望路漫漫，制得罗衣欲寄难。小阁梦回金钏冷，料应江北不胜寒。①

图 10-2　蒋纫兰《鲜洁亭诗余》卷首书影

注：清宣统三年刻本，来自上海图书馆。

　　此诗晓畅明白，开头"相思"两字已表明作者心迹，在寒冷的天气里妻子制好罗衣欲寄丈夫却因路途遥远多有不便，回到闺阁寒气逼人，心里又想着远在他乡的丈夫是否一样处境。诗作语言直白，情深意重。她的词也有类似风格，言情之作较多见。如她的《前调·七夕简外》：

　　　天上相逢，人间偏把佳期误。伫看碧树。渐觉斜阳暮。
　　　倚遍朱阑，罗袂沾琼露。伤幽素。人迷津渡。咫尺天涯路。②

　　此词言情，上片以七夕男女之恋情入手进行渲染，下片写闺中女子的思念。词风婉约，语言自然率真。

　　钱复（1713—1775），字象缘，又字吹兰，号蓉裳，明末清初女诗人。

---

① （清）胡昌基：《续槜李诗系》卷三十七，清宣统三年（1911）刻本，第 8 页。
② （清）蒋纫兰：《鲜洁亭诗余一卷》，徐乃昌《小檀栾室闺秀词》，清宣统三年（1911）刻本，第 1 页。

明大学士钱士升孙女，翰林院侍讲查嗣瑮第三子媳，河南中牟县丞查开继妻。著有《桐花阁诗钞》《拾瑶草》。她善于组织唐人诗句成章，几天衣无缝。《两浙輶轩续录》卷五十二云："吹兰《拾瑶草》一卷，仿竹垞蕃锦而作，都集唐人句成章，组织之工，几于无缝天衣。"①

她精通唐人诗句，作诗喜纳入唐人好诗句组合成一首新诗，使之融为一体。如她的《送香雨赴试北闱》十首中就集入了唐代皇甫冉、杨凝、李绅、薛逢、白居易、元稹、李商隐、高适等人的诗句。如《送香雨赴试北闱》其七：

> 日暮风吹山女萝，无由缩地欲如何。遥知别后西楼上，雁引砧声北梦多。②

此诗融入了戴叔伦、元稹、白居易、李绅四人的诗句，前两句写景，后两句写分别后的思念之情，情景交融。分散的四句组合起来亦可平仄相谐，字谐音律，其大家之作语言也甚为凝练传神。不过，因只是别人诗句的缝合而缺乏自创性也为一大缺点。

五 钱氏闺门作家创作特色

钱氏一门科举辉煌，家族学术根砥深厚，不少学者博通经史，著书立说，泽被后世。万历四十四年状元钱士升精通周敦颐、朱熹之学，钱继登精研经史，尤邃于《易》，晚年还精禅乘之学；钱棻通经史，尤擅书法绘画，其山水深得黄公望笔意；钱栻曾师事黄道周，精通易学；钱继章雅擅词章，为"柳洲词派"的重要词人，极受阳羡词人陈维崧的赞赏；钱枌工诗，亦擅画山水。浓厚的家学氛围也造就了钱氏闺门忠义持家，喜好风雅，一心向学的风气。

1. 雅善诗赋，尤工绘事

明清两代，钱氏家族举业昌盛，人才辈出，族中学者工诗善画，著述甚丰。受家族良好艺术氛围的熏染及家族的培养，吴黄、沈榛、沈栗、蒋

---

① （清）潘衍桐：《两浙輶轩续录》卷五十二，《续修四库全书》第1687册，上海古籍出版社1995年版，第164页。

② 同上。

纫兰、钱复均善吟咏，工诗文，喜翰墨。在家族倡忠义报国之风带动下，钱氏才女也深明大义，常以家国为念，在诗词创作上多有纪实爱国内容，诗作也呈现雄健有力，刚劲峻切的风貌。吴黄的诗取材甚广，常以现实题材入诗，其诗无纤弱绮艳之气，常怀沉郁沧桑之感，可与男性诗作相媲美。蒋纫兰十三岁就通经史，明大义，性情洒脱，诗风蕴藉清雅，有道韫遗风。沈榛、沈栗亦善诗，诗风疏朗清隽。

吴黄、蒋纫兰皆工诗赋，吴黄尤甚，落笔潇洒，有丘壑之志。其诗多有现实之作，如《蟾儿入继文部叔口占之》《闻刘节妇淑英倡义勤王》，表现她对抗清斗争的支持和决心。其古体诗《古柏行》《秋夜听琴》则写得遒劲有力，气势充沛，诗中蕴含忧国忧民、爱惜良才的儒士之风。吴黄才情甚高，还善作赋，其赋写得洋洋洒洒，气势宏大，想象丰富，语言瑰丽，可称为女性赋作中的佼佼者。其作《分湖赋》可为代表：

> 其为水也，纤余浣湃，撇烈汪洋。嚣乎滴滴，汨乎汤汤。澄焉如练，平乎如庄。激焉如水，立焉如墙。虚涵玉宇，直走银塘。感微风以激滟，腾越罗楚炼之文章。鼓奔涛而震荡，若黄钟大吕之铿锵。春水灌而不溢其量，秋潦尽而不涸其藏。远以滩濑，环以阡陌，汀渚纵横，沙砾所积。[①]

她在写分湖之水时用骈散相错的句式，对仗工整，用语铿锵，以形象之语将湖水的波澜与平静状态写得生动传神，文字大气雅洁，显示出较高文学功力。

2. 娴于词翰

明末清初之际，嘉兴作词风气鼎盛，先后出现了"柳洲词派""梅里词派""浙西词派"等一系列影响较大的郡邑词派。这一词派在明历万间创始至崇祯年间大盛，其创派之早、历时之久、词人之多，在环太湖流域的郡邑词派中颇为突出。词派的成员多为嘉善望族，以钱氏、魏氏、曹氏为主要代表。在钱氏家族中，钱士升、钱棅、钱继登、钱棻、钱继振、钱继章及沈栗之夫陈谊臣均为"柳洲词派"的重要词人，其中钱继章专力作词，有《雪堂词笺》一卷、《菊农词》一卷。

---

① 葛嗣澎、金兆蕃著：《槜李文系》第七十九卷，稿抄本。

在词风炽盛的家族中，闺秀承其词学风韵，在创作上也堪为巾帼不让须眉，家族中吴黄、沈榛、沈栗、蒋纫兰均娴于词翰并有词集存世，其中蒋纫兰有《鲜洁亭诗余》一卷，内存词 27 首；沈榛有《松籁阁诗词稿》；沈栗有《麟溪内史集》，内中存留多首词作。词作题材涉及写景、抒怀、咏物、题画、赠答等，词风婉约清丽，很好地将女性柔婉的情思传达了出来，与"柳洲词派"的轻柔词风相应和，如蒋纫兰的《长相思·病中述怀》《前调·忆别》《点绛唇·秋晚》等，词风承花间之风习，以纤柔秾丽的语言展现女性闺思愁怨。蒋纫兰能作小令、中调及长调，落笔疏朗清新；沈榛亦善吟咏，其词多写闺怨、写景、题画，以小令为主，用语较纤秾；沈栗则偏好作咏花小令词，所存词作中咏花词占据大半，如《踏莎行·玫瑰》《一剪梅·梅花》《如梦令·兰花》《虞美人·杨妃山茶》《一斛珠·瑞香花》《风入松·桃花》《菩萨蛮·绣球花》等，其设语精妙清丽，能很好地把握每种花的特点神韵，刻画描摹细致传神。如她写梨花姿态：

> 腻粉匀梅白，凝脂分杏红。盈盈神女下巫峰，院落自溶溶。
> 淡淡黄昏月，轻轻杨柳风。一枝带雨逗娇容。多被晓烟笼。①

词人对梨花的色泽、质地与形态进行了细致的描摹，巧妙设喻，展现梨花的神采，下片词人将梨花置于月下、风中、雨中几个场景，更衬托出梨花的娇弱之态。再如她的《踏莎行·玫瑰》：

> 日暖蜂喧，群芳开足。药栏烂漫非金谷。柔条弱刺惹罗衣，摘来蛱蝶犹相逐。
> 蕊绽骊珠，花凝紫玉。秦楼初度霓裳曲。香分太乙殿中烟，相公服色新妆束。②

词人首句渲染氛围，点明玫瑰生长的时节，又用柔条弱刺、蜜蜂、蛱蝶环绕衬托玫瑰花惹人怜爱的美好形态，下阕中用秦楼箫史弄玉之典故入词，将玫瑰花开的色、形与美妙的乐声相比，又写玫瑰之香如太乙殿中的

---

① 程千帆：《全清词·顺康卷》第十六册，中华书局 2002 年版，第 9401 页。

② 同上。

香气，巧妙地将各类感官都调动起来，具有丰富的想象力。

第二节　孙氏女性作家群

孙氏世居嘉善邑城，传十二世，其中十一人见于《府志》，孙氏后辈姓氏见诸（光绪）《嘉善县志》者百余人。孙氏一族科举较为兴盛，在明清时共产生 5 名举人，在诗词方面也颇可称道。孙氏家族闺秀作家主要由谢韫晖、冯孝娥、孙淡英、孙兰馨、孙静娟五人组成，她们幼染家学，明慧工诗，其诗作反映了康乾时代下女性的生活状态及精神面貌。

一　家族世系

二　进士、举人名录及小传

表 10-1　　　　　　　　　　孙氏家族进士及举人名录

姓名	生卒年	登科时间	官职
孙在镐	未知	崇祯九年（1636）丙子举人	赠长山知县
孙衍	未知	康熙二十三年（1684）甲子举人	授长山知县
孙圻	未知	嘉庆十二年（1807）丁卯举人	
孙正锴	未知	道光二年（1822）壬午举人	成都府同知
孙兴寿	未知	同治十二年（1873）癸酉举人	闽县侯官

孙在镐，字西自。孙枝良子，孙衍父。崇祯九年（1636）丙子举人。与从弟孙镖同受业于徐远，赠长山知县。

孙衍，字宰工。孙在镐子。康熙二十三年（1684）甲子举人，授长山知县，著有《长山邑县》《孙氏宗谱》。

孙圻，字端五，号戢斋。嘉庆十二年（1807）丁卯举人。深通汉学，精考订，尤致力于《易》《诗》二经。刻有《鸿泥录》。门下弟子如曹衔达、周尔墉、高锡蕃等皆有名于诗。

孙正锴，字三浦。道光二年（1822）壬午举人，官成都府同知。

孙兴寿，字小濂。孙成彦子。同治十二年（1873）癸酉举人，闽县侯官。

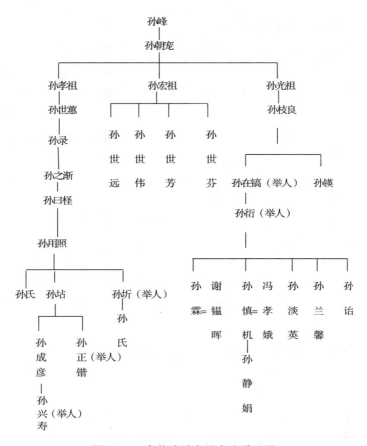

图10-3　嘉善孙氏主要家族谱系图

注：此图据《嘉兴府志》《嘉善县志》及《明清两代嘉兴的望族》
所载家族谱系整理而得。

三　婚姻关系

与嘉善郁之章家族、嘉善钱士升家族、嘉善顾际明家族、曹尔堪家族、朱岸登家族联婚，以上五家均为嘉地望族。

孙朝宁女适同邑郁之章

孙缵祖娶顾际明女顾氏

孙德寀娶朱岸登女

孙圻女适嘉善曹衔达

孙兰馨适嘉善钱黯孙钱廷铨

孙衍仲子孙慎机娶嘉善冯孝娥

孙衍子孙霖娶嘉善谢韫晖

四　家族主要女作家及创作

谢韫晖，举人孙在镐孙媳，孙锁嗣孙媳，诸生孙霖妻，女诗人孙淡英、孙兰馨、冯孝娥嫂，孙静娟从母。工诗。

冯孝娥，余杭训导孙慎机妻，孙饴椒嫂，孙淡英、孙兰馨嫂，孙静娟母。《续槜李诗系》卷三十七曰："孝娥九岁，母病，剜股肉以进，一恸几绝。及笄，归孙明经缄庵，克循妇职。"①《续槜李诗系》中存诗三首，题为《赠别小姑兰馨过门守贞》：

> 岁岁纱窗话寂寥，忽惊缟素别今朝。赠行为欲标贞操，折得松枝当柳条。
> 裙钗个个羡霜筠，誓死谁弃未嫁身。名节今凭君独占，江城感泣到行人。
> 满帘风雨叫钩辀，君自全贞妾自愁。极目消标何处是，梅梢掩映暗香浮。②

这三首均为题与孙兰馨的赠别之作。孙兰馨为钱廷铨的聘妻，然而兰馨未婚却丈夫夭卒，十分不幸，但兰馨却力请守贞未曾改嫁，为此作者题诗赞其品行。三首诗中作者以"松枝""梅梢"设喻，赞美她的坚贞与坚忍，同时诗人也表达对她不幸遭遇的同情，诗作从一个侧面也反映出封建体系下女性遭受的精神之摧残。

孙淡英，字兰雪，号菊人，嘉善人。孙在镐孙女，孙霖、孙饴、孙慎机姐妹，监生浦永妻。著有《绣闲集》。孙淡英幼年早慧，嗜书能诗，擅画。《续槜李诗系》卷三十七曰："兰雪为颂年孝廉霖妹，明慧工诗，年十六适同里浦西眉上舍。事太翁姑暨姑，以孝行称。佐理家政，严肃有法。"③"姊妹五人皆博学能诗文，兰雪尤嗜书，熟精《孝经·内则》《列

---

① （清）胡昌基：《续槜李诗系》卷三十七，清宣统三年（1911）刻本，第27页。

② 同上书，第27页。

③ 同上书，第25页。

女传》、雅好《名媛》《香奁》诸集，工吟咏，善绘兰竹，有管夫人笔法。"①

孙淡英所作多为酬赠、唱和诗作，今于《续槜李诗系》中存四首，《嘉善县志》存一首。所作音韵谐婉，不事雕琢，语淡而情深。如《和长水女史莲亭题浮屠璧韵》：

> 冻雨声声打绿蕉，满林秋色渐萧条。万家烟霭迷孤塔，一带池塘跨小桥。
> 乘兴能来情自逸，含愁欲诉韵难调。鹤湖长水怜遥隔，何日相逢听风萧。②

此为唱和诗，诗人善以景抒情，开头四句以"冻雨""秋色""烟霭""孤塔""池塘""小桥"构筑全篇的语境和情感基调，传达出秋日萧瑟、清冷的景象，后四句情景交融，抒发作者内心的所思所感，表达自己的愁思及对对方的思念之情。另一首赠别诗为《酬伯兄次韵》：

> 帆挂东风挽不留，送君添得一番愁。如何愁思无公道，只锁眉尖不锁舟。③

诗人起笔意境开阔，开头以江帆入诗点明为分别之际，送别时作者愁绪满怀。后两句诗人笔锋一转，"只锁眉尖不锁舟"是诗人对离别无奈的内心愁思之自我排遣与安慰。另一首为题扇诗《题三姊扇头采药仙》：

> 出入名山无定居，闲寻芝草带云锄。人间多少春闺病，借问灵丹可辟除。④

诗人虽为题扇之作但诗人并未简单停留在扇画的描绘上，而是由采药

---

① （清）胡昌基：《续槜李诗系》卷三十七，清宣统三年（1911）刻本，第25页。
② 同上书，第26页。
③ 同上。
④ 同上。

之境联想到女子的心病——春闺之怨，使"采药"赋予了一语双关之效。

孙兰馨，孙衍女，钱黯与沈榛孙媳，钱廷铨聘妻。（光绪）《嘉善县志》卷二十七《列女》曰："淑慎通书。许字司理钱黯孙廷铨，年十六，未婚，夫夭，饮泣，更荆布，俟父宦归，力请守贞，遂诣钱。孝养重闱，茹荼七载。康熙庚子营夫殡。后以疾卒，远近赋诗文，刻有《幽贞录》。"①

孙静娟，孙衍孙女，孙慎机与冯孝娥女，谢韫晖、孙淡英、孙兰馨从女。工诗。今见有《汾湖烟霭》一诗：

> 碧空掩映媚晴晖，恍睹霓裳衬羽衣。光散水中旋黯黮，影消天际转依稀。
> 骚人搦管摹难肖，侍女添香篆已微。绝似富春江景丽，就中只少钓鱼矶。②

此为写景之作，诗人以富有想象力的笔法将汾湖的烟霭进行细腻的描绘，开头一句以"碧空"衬托湖水的柔媚，宛如身披霓裳羽衣的美丽女子，而作者未将湖水的静态美流于空疏，后两句中诗人借助光影交织的景象将烟雾迷蒙的湖面糅合起来，使画面美轮美奂。这种朦胧之美连诗人也难以用笔描摹下来，最后作者只得以富春江景如画的美景作喻。整首诗空间开阔，意境优美，用语凝练畅达。

---

① （清）江峰青：（光绪）《嘉善县志》卷二十七，《中国地方志集成》第 19 册，江苏古籍出版社 1990 年版，第 764 页。

② （清）江峰青：（光绪）《嘉善县志》卷三十三，《中国地方志集成》第 19 册，江苏古籍出版社 1990 年版，第 909 页。

第十一章

海盐家族女性作家群

海盐县地处杭州湾北侧，南邻海宁县，北连平湖和秀州。《（光绪）海盐县志》描述其地理环境为："大海环其东南，诸山踞乎左右，西引苕霅，北控吴淞，河水百折萦迴，甫田一望如掌，可为东南胜状。"① 海盐建置较早，在秦王政二十五年始设海盐县，其地历史悠久、文化昌盛。海盐境内崇学风气甚浓，史志载："士人学务宏博，文擅典雅，崇道艺者搜玄秘；业举子者尚清新，词章书翰皆有师法，足称名家。田野小民，生理颇裕，皆知教子孙以读书为事，文物衣冠，蔚然为东南之望。"②

海盐的地理位置十分优越突出，其地东临杭州湾，北连平湖和秀州，海盐澉浦在南宋时期就是重要的对外通商港口，与阿拉伯、东南亚各国贸易往来频繁。宋元时已渐成浙北名镇。经济的发达也有力地促进了文化的繁荣，海盐一地文风甚浓，望族聚集，其中以科甲而著称的"三世进士"刘氏家族，在明代"累世缨绂，门阀甲于一郡"。还有以著史而闻名的许氏家族，以忠节传世的彭氏家族，蜚声艺苑的朱氏家族等，他们在文学、艺术、藏书方面在浙江甚至全国均有一定影响力。其家族闺秀在艺文的濡染下成长，诗、词、文、书、画等均有可观之处。其词采清华、风韵遗响，颇可称述。

第一节　彭氏女性作家群

彭氏本江西安福人，元季迁安徽全椒，明初以武功任海宁卫指挥佥事，世袭，始迁居海盐。彭氏以武功起家，至彭端始与"海内名公达士

① （清）王彬修、徐用仪纂：（光绪）《海盐县志》卷四，《中国地方志集成》第 21 册，江苏古籍出版社 1990 年版，第 564 页。

② （清）王彬修、徐用仪纂：（光绪）《海盐县志》卷八，《中国地方志集成》第 21 册，江苏古籍出版社 1990 年版，第 686 页。

游"，"实在文墨嚆矢"。① 彭氏家族以忠节著称，彭大年、彭长宜均曾抗
击过倭寇，彭长宜在明亡后，绝食而死；彭期生曾任官江西按察使，分巡
湖西，守赣州，清顺治三年九月清军破赣州城，彭期生城亡后自缢。传至
绍贤，始"为诸生，累试辄高等，不屑从介胄起家"。② 彭氏从彭绍贤始
由武转文，彭绍贤世职武官，历任浦口守御，中都留守，晋阶昭毅将军。
虽为武职，但他亦工古文词，有《击壶集》。至其孙彭孙贻及彭孙遹，其
家族兴盛达到顶峰。彭孙贻擅山水、工墨兰，又善诗文，虽未仕进，但他
喜唱和，与同邑吴蕃昌、胡震亨创立瞻社，为名流所推重，时称"武原二
仲"。彭孙遹举康熙十八年（1679）己未鸿博第一，其才学富赡，善作诗
词，与清初文坛大家王士禛齐名，时号"彭王"，著述甚富。

彭氏科名不在郑氏之下，在明清两代共产生 4 名进士，家族著述及藏
书均堪称丰厚。在彭家深厚文化积淀中孕育了一大群家族女诗人：彭婉、
彭琰姐妹及彭孙婧、彭孙莹姐妹、彭逊遹孙女彭贞隐及她的婢女沈彩，她
们均工诗善画，闻名一时。

一 家族谱系

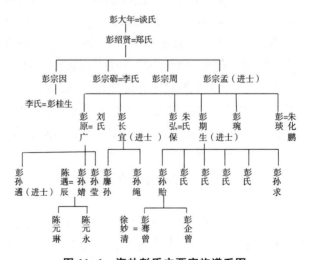

图 11-1 海盐彭氏主要家族谱系图

注：此图据彭孙贻《彭氏旧闻录》及《嘉兴府志》所载人物整理而得。

---

① （明）彭孙贻：《彭氏旧闻录》，《丛书集成续编》第 29 册，上海书店出版社 1994 年版，第 224 页。
② 同上书，第 229 页。

二　进士、举人名录及小传

表 11-1　　　　　　　　　　彭氏进士及举人名录

姓名	生卒年	登科时间	官职
彭宗孟	不详	万历二十九年（1601）辛丑进士	河南道监察御史，巡抚湖广
彭期生	1593—1646	万历四十四年（1616）丙辰进士	江西按察使，分巡湖西
彭长宜	1602—1645	崇祯十六年（1643）癸未进士	上海知县
彭孙遹	1631—1700	顺治十六年（1659）己亥进士	授编修，充明史馆总裁，历官吏部右侍郎兼翰林院学士

彭宗孟，字孟公，号天承，又号十海渔人。彭绍贤长子，彭宗砺、彭宗因、彭宗周兄，彭长宜、彭期生父，彭孙贻祖父。万历二十九年（1601）辛丑进士，河南道监察御史，巡抚湖广。著有《侍御集》《江上杂疏》，万历刻印自撰《楚台疏略》10 卷，万历四十二年（1641）刊印郑晓《今言》4 卷。

彭期生（1593—1646），字观民，号弱水，又号孝弱。彭宗孟五子，彭长宜弟，彭孙贻父。万历四十四年（1616）丙辰进士，历官江西按察使，分巡湖西，守赣州，城亡自缢。室名曰"介石轩"，著有《弱水山人诗集》。

彭长宜（1602—1645），字申伯，号德符。彭宗孟长子，彭期生兄。万历乙卯（1615）举人，崇祯十六年（1643）癸未进士，除上海知县，因平寇治安有方，巡抚荐于朝。平生喜旅游，尝北至京口，南至越海，所历必纪以诗。明亡，挂冠归，未几绝食死。治尚书。著有《瞿瞿斋诗稿》《小草吟稿》《问业居草》《上海公遗稿》。

彭孙遹（1631—1700），字骏孙，号羡门、金粟山人。彭孙贻从弟。顺治十六年（1659）己亥进士，康熙六年（1679）举鸿博第一，授编修，充明史馆总裁，历官吏部右侍郎兼翰林院学士。才学富赡，词采清华，为清初著名诗人，与王渔洋尚书齐名，时号"彭王"。著有《延露词》3 卷，《词藻》4 卷、《南淮集》3 卷、《金粟词话》1 卷、《松桂堂集》37 卷。

三　婚姻关系

婚姻关系共知十九次，附一次，得诸《旧闻录》者为多。其婚姻主要与嘉兴谈相家族、平湖李天植家族、海盐陈遇辰家族、嘉善李奇珍家族、海盐马孟骅家族、平湖陆烜家族联姻。

彭大年娶嘉兴谈相女

彭大年子彭绍贤娶海盐郑晓女

彭宗因子彭贵生娶平湖李天植女

彭宗孟孙女彭孙莹适海盐徐复贞

彭宗孟孙女彭孙婧适海盐陈遇辰

彭宗孟女彭琬适海盐马孟骅

彭宗孟女彭琰适朱化鹏

彭期生娶彭戡之女彭氏

彭期生子彭孙求娶平湖沈萃桢女，继娶平湖陆澄原女

彭期生子彭孙贻娶秀水岳骏声孙女，续娶海盐刘世教孙女

彭期生长女适嘉善李奇珍子李梴

彭期生次女适海盐朱泰桢子朱景肃

彭期生三女适嘉兴徐必达孙徐格

彭期生四女适海盐朱正标

彭期生孙彭复曾娶平湖施鉽女

彭光曾娶平湖沈日晃女

彭企曾娶秀水范奕文女

彭骞曾娶海盐徐恺元女

彭期生长孙女适海盐刘光夏

彭期生次孙女适盛涟子盛朝宗

彭期生曾孙女适海盐朱洮

彭期生曾孙彭德培聘朱濯女

彭期生曾孙彭德垲聘刘道宾女

彭孙遹孙女彭贞隐适平湖陆烜

四　家族主要女性作家及创作

家族中彭孙贻、彭孙遹皆善诗词，在当时评价甚高。受家学的影响，彭氏闺秀也雅好诗词，其诗风清雅，巧慧自然。彭氏女性作家主要由彭琬、彭琰、彭孙婧、彭孙莹、彭贞隐、沈彩、陈元琳、徐妙清八人组成，她们分别构成姐妹、姑嫂的关系。

彭琬，一作季琬，字玉映，海盐人。明昭毅将军彭绍贤孙女，彭宗砺女，上海知县彭长宜、南昌知府彭期生从妹，女诗人彭琰姊，南京右军都督府金书提督马孟骅媳，德安知县马士宏妻，马受黄母，女诗人彭孙莹、彭孙婧姑母，女诗人彭贞隐曾祖姑。著有《挺秀堂集》（一名《萝月轩集》）。《槜李诗系》卷三十五评曰："与妹琰称双璧。王端淑曰：'琬诗巧慧、俊冷，不作浅浮小语。'"① 彭琬能作诗词，诗风峭拔清冷，词则以深婉见长。如她的《怀王辰若夫人》：

湖上烟生碧树枝，柴扉昼掩落花时。何当得睹双文貌，堪羡擎来道韫诗。

曲迳茶香留夜月，朱栏鸟下看围棋。三春风雨愁深浅，病骨支离无限思。②

诗句以碧树、落花起句，后两句写诗人对王辰若夫人才学的倾羡之情。颈联及尾联写出了女性文人的闲余生活及作者对她的怀念。全文感情基调悲伤凄冷，语言清警凝练。再看其词《蝶恋花·悼女侄》：

多少韶华愁里度。粉泪梨花，万点当窗户。帘幌葳蕤香袅雾。春闺不见深深坐。

琼葩却被东君妒。极目云山，何处归来路。旧日芳姿凭梦睹。萧萧烟雨朱楼暮。③

此词深婉含蓄，情调凄楚，情感深挚，音律和谐。作词善于营造凄迷伤感的意境，以渲染外在之景烘托内在之情，用笔细腻，富有艺术表现力。

彭琰，一作季琰，字幼玉，海盐人。明昭毅将军彭绍贤孙女，彭宗砺女，上海知县彭长宜、南昌知府彭期生从妹，女诗人彭琬妹，邑庠生朱叔

---

① （清）沈季友：《槜李诗系》卷三十五，文渊阁影印四库全书本第 1475 册，上海古籍出版社 1985 年版，第 837 页。

② 同上。

③ 程千帆：《全清词·顺康卷》，中华书局 2002 年版，第 1023 页。

荀子媳，诸生朱嘉生妻，邑增生朱正标、邑廪生朱毓期母，女诗人彭孙莹、彭孙婧姑母。（光绪）《海盐县志》卷二十载："读书通经史，容德冠一时"，"工诗，与姊季琬及太仓王氏炜唱酬。"①著有《闲窗集》《彭幼玉遗集》。彭琰作诗题材宽泛，落笔爽利。《槜李诗系》卷三十五评曰："诗不多见，而名句络绎。王端淑称其才情两足，似胜姊氏。姊惟幽艳，妹则英特而博大矣。"②彭琰与姊彭琬同作了《怀王辰若夫人》，但风格各异：

> 碧草萋迷接柳枝，匆匆良晤夕阳时。纤眉画就春山色，素纸裁成白雪诗。
> 风送花香沾去袂，鸟啼竹径冷残棋。归来静掩闲庭月，欲向清光寄所思。③

此首七律较之彭琬气韵更为流畅，虽也为寄怀之作，但字里行间是彼此生活片段的写照，语言自然和婉，节奏明朗，而彭琬之作更具宋词瘦硬风貌。彭琰词风爽利，富有生活意趣。如她的《雪狮儿·咏猫》：

> 乌圆何在，岂厌斋期，邻家去远。来落书窗，喷落墨珠盈砚。惊疑松鼹。常对看，绿阴如翦。卧藤甃、鸡苏酣饮，态同春倦。
> 过了薰风吹栋。便冷气恹恹鼻端微颤。丝雨濛濛，衔着尾儿频吮。梨花小院，惹昨夜、琴声多变。归来晚。半扇角门兜转。④

以动物为题材的词作甚为少见，而彭琰作之却极富情趣，猫儿在她笔下灵动可爱，猫落书窗碰落了砚台，一阵冷风吹过猫儿鼻端微微颤动，微雨飘来，衔着尾儿吮吸雨水的情态，形象逼真，带着浓浓的生活趣味，也体现出作者观察的仔细和对生活细腻的感受度。

彭孙婧，字娈如，海盐人。彭宗孟孙女，闽清令刘世教外孙女，廪生

---

①（清）王彬修、徐用仪纂：（光绪）《海盐县志》卷二十，《中国地方志集成》第21页，江苏古籍出版社1990年版，第1017页。

②（清）沈季友：《槜李诗系》卷三十五，文渊阁影印四库全书第1475册，上海古籍出版社1985年版，第837页。

③ 同上。

④（清）钱树敏、钱岳：《众香词·乐部》，上海大东书局1933年影印本，第48页。

彭原广与刘氏女，彭长宜、彭期生、女诗人彭琰、彭琬从女、彭孙遹、彭
孙莹姊，诸生陈昌懋子媳，锦县县令陈遇辰妻，钱塘教谕陈遇麟嫂，陈元
永、陈元琳母。著有《盘城草游》（又名《盐城草游》）。《（光绪）海盐
县志》卷二十载："仁孝端淑，生子元永，复为遇辰置侧室，生五子，抚
庶子如己子，身为保抱，憔悴不恤也，年五十四，能诗。"① 《晚晴簃诗
汇》评为："娈如与兄羲门侍郎，儿时同塾读书，聪慧绝伦，有思、芬之
目。"② 其诗以寄赠、感怀、写景为主，语言浅切平易朴素。如她的《临
清舟中感怀》：

　　远道辞家已隔年，俄惊归雁绕河边。黄花白草秋江老，画舫兰桡
客未眠。
　　默坐篷窗看落叶，闲凭棐几理芸篇。含情无限伤心事，又听砧声
过枕边。③

诗句流畅，语言平易，精于环境的渲染与人物心理的描写，笔法娴
熟。其词作亦以文为词，有一定口语化的特点，如《醉蓬莱》：

　　问天公何故，皎皎清光，将云遮去。风鹤频传，奈魄惊逆旅。种
种愁怀，重重离恨，况连宵风雨。檐滴难休，馀寒犹峭，拥衾无语。
　　回忆当年，乡关乍别，世态炎凉，人情如絮。今日重来，叹故居
何处。临流怅望，水泛平堤，更烟迷前浦。虚负春光，因循误却，赏
梅新句。④

她的词作造语质朴，其词有散文化特点，善于化用经史小说中的词语
入词，用表现力强的口语俚语入词，新鲜活泼，体现出较高的驾驭语言之
能力。

---

① （清）徐用仪纂、王彬修：（光绪）《海盐县志》卷二十，《中国地方志集成》第21册，
江苏古籍出版社1990年版，第1018页。
② （清）徐世昌：《晚晴簃诗汇》卷183，《续修四库全书》第1633册，上海古籍出版社
1995年版，第308页。
③ （清）汪启淑：《撷芳集》卷二十六，清乾隆五十年（1785）刻本，第12页。
④ （清）钱树敏、钱岳：《众香词·礼部》，上海大东书局1933年影印本，第10页。

彭孙莹，字信芳，海盐人。昭毅将军彭绍贤曾孙女，彭宗孟孙女，彭原广与刘氏女，彭长宜、彭期生、女诗人彭琰、彭琬从女，女诗人彭孙婧妹，礼部侍郎彭孙遹姊，山东巡抚徐从治子媳，庠生徐复贞妻，徐统原、徐拔慧母。著有《碧筠轩诗草》。《续槜李诗系》评为："自幼颖慧，娴文史。居恒针黹之暇，好以吟咏自娱。其诗词旨隽永，风格秀丽，得唐贤遗响。"① 今于上海图书馆见《碧筠轩诗草》抄本，前有西泠钱以宁题序。内有诗 121 首，词 10 首。内中写有《立春》《早秋夜坐》《苏堤吊古》《闻雨不寐》《明妃梦还汉宫》《鸳湖夜泊》《泥美人次韵》等诗。其词作有《长相思·秋夜》《苏幕遮·七夕》《菩萨蛮·早秋夜坐》等。彭孙莹诗风清新隽永，各体皆工，刚健质实。如她的《苏堤吊古》：

> 湖上重来记胜游，两峰相对旧神州。云横鹫岭春阴薄，雨锁虹桥晚树秋。
> 故园烟波犹溅泪，西风冷落总含愁。苏公往迹堪凭吊，惟有江山万古留。②

有首怀古诗中用语无绮丽纤柔之态，却显示出博古通今的君子气概，甚为可贵。"故园烟波犹溅泪，西风冷落总含愁"表现出她对现实社会的担忧之心，身在闺阁却心忧天下，这也是超出一般女子的胸襟与气度。整首诗环环相扣，气韵畅通，有一气呵成之感。她的词则清冷凄楚，工于写景。如她的《减字木兰花·春雨》：

> 数声凄切，窗外芭蕉因雨折。因柳摧花，抹杀春光景色赊。
> 峭寒相逼，染就胭脂和泪湿。浅润苍苔，一夜阶前积翠来。③

这首词一反春天之美好，以春雨、春寒、春景、春愁入词，声情并茂地将春寒料峭的天气渲染出来，使人读来寒气逼人，苦涩难言。

彭贞隐，字玉嵌，海盐人。礼部侍郎彭孙遹孙女，女诗人彭孙莹、彭

---

① （清）胡昌基：《续槜李诗系》卷三十七，清宣统三年（1911）刻本，第 3 页。

② 同上。

③ （明）彭孙莹：《碧筠轩诗草》，稿本。

孙婧从女，平湖贡生陆烜妻，举人陆坊母。著有《彭瑟集》《铿尔词》二卷。《晚晴簃诗汇》评之曰："玉嵌工诗词，书学钟太傅《荐季直表》。其题沈虹屏《春雨楼集后（瑞鹤仙）》词有云：'算来色色宜人，只有新诗妒汝。'虹屏有诗云：'十三娇小不知名，学弄乌丝写未成。却拜良师是大妇，横经曾作女书生。'人艳称之。"①

沈彩，字虹屏，号扫花女史、供香小史，吴兴人。平湖贡生陆烜侧室。著有《春雨楼集》十四卷，《春雨楼书画目》一卷。沈彩有咏絮之才，著述甚富，《续槜李诗系》评云："虹屏为老友陆梅谷爱姬。梅谷家多储藏，凡图书铅椠纷置左右，虹屏以一身掌之。性明慧，工诗善画，尤工小楷，得管夫人笔妙。"②

陈元琳，字玉英，海盐人。彭广元外孙女，陈所学曾孙女，锦县县令陈遇辰与女诗人彭孙婧女。女诗人彭孙莹、彭孙遹甥女，清康熙八年（1669）武举人沈定颖妻。著有《渤海遗吟》。《续槜李诗系》评曰："《渤海诗》于性灵洒洒，饶有韵致。惜乎，优昙顷刻，令人生造物忌才之憾。"③

徐妙清，字雪轩，海盐人。贡生徐恺元女，彭期生孙媳，女诗人彭孙婧、彭孙莹从子媳。"武原二仲"之一彭孙贻子媳。康熙年间（1662—1722）监生彭骞曾妻。《续槜李诗系》卷三十七载："雪轩在事亲甚孝，自谓诗词非闺阁中所宜，不可流传于外。死之日，悉取而焚之，彭不忍弃，逸其《新柳》二律，虽未免有脂粉气，然其琢句选词，颇为新鲜可喜。"④

第二节　朱氏女性作家群

海盐朱氏系出新安，相传为朱文公后，元时朱顺为嘉兴路主簿，遂世居海盐。朱彭寿《安乐康平室随笔》云："我安朱氏，系出婺源茶院公之后。元成宗元贞间，迁祖勉轩公（自茶院公起，至公凡十三世）官嘉兴

---

① （清）徐世昌：《晚晴簃诗汇》卷185，《续修四库全书》第1633册，上海古籍出版社1995年版，第394页。

② （清）胡昌基：《续槜李诗系》卷三十八，清宣统三年（1911）刻本，第21页。

③ （清）胡昌基：《续槜李诗系》卷三十七，清宣统三年（1911）刻本，第9页。

④ 同上书，第10页。

路主簿，既卒，卜葬于澉浦之陈湾山。子孙遂占籍海盐，居邑之尚胥里。数传而后，支分派列，生齿日繁，今世次已衍至二十五六代矣。余行辈为二十一世，自明及清，科第相属，其驰声艺苑者，代不乏人。"①

　　海盐朱家，明清两代共出了 13 名进士，其中翰林学士 1 人、状元 1 人。举人共 29 人。海盐朱家，有著作者约 100 人，闺媛之中有著述者 11 人，她们诗画兼修，文采风流，驰名一地。

一　家谱世系

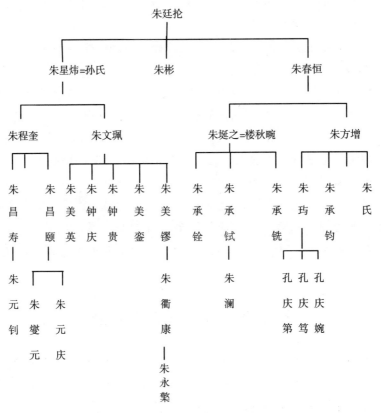

图 11-2　海盐朱氏主要家族谱系图

注：此谱系据朱丙寿《海盐朱氏族谱》所绘制。

---

① 朱彭寿：《安乐康平室随笔》，民国二十九年（1940）铅印本，第 2 页。

二　进士、举人名录

1. 有进士 13 名，分别为：

龙沙支：朱方增、朱昌颐

三峰支：朱学颜、朱泰桢

廷珍支：朱兰馨、朱丙寿、朱彭寿

廷瑞支：朱以诚、朱琰、朱鸿绪、朱瑞椿

北溪支：朱挟镟

东溪支：朱右贤

2. 有举人 29 名，分别为：

龙沙支：朱大龄、朱文珮、朱泰修、朱昌泰

三峰支：朱学忠、朱维巍、朱维峻、朱大勋、朱钟赤

廷珍支：朱光亨、朱有源、朱仁寿

可六支：朱廷璋、朱宗城、朱永嘉

龙溪支：朱庆时、朱庆松

廷瑞支：朱宗文、朱亮斌、朱铨达、朱汤骏、朱瑞榕、朱亮采

北溪支：朱丕基、朱宏模、朱模烈

东溪支：朱彤、朱正蒙、朱鸣凤

三　婚姻关系

与嘉兴（梅里）李光映家族、山东曲阜孙昭杰家族、钱塘潘庭筠家族、平湖孙裔蕃家族有过联姻。

朱春煊娶桐乡程尚赟女

朱春煊子朱方增娶平湖孙照女

朱方增子朱承均娶山西洪洞刘大懿孙女、刘肇绅女

朱方增子朱承鋕娶桐乡程拱宜孙女

朱方增次女朱玙适山东曲阜孔宪彝

朱方增女适德清徐天柱孙徐珣

朱方增女适归安姚梦薇

朱埏之娶嘉兴李三才女李壬，娶嘉兴楼秋畹，娶嘉兴胡绣珍

朱文佩娶钱塘潘庭筠女潘培芳

朱文佩女朱美英适钱塘蒋勤施

朱星炜娶孙江孙女、孙纶女

朱泰桢次子朱景肃娶海盐彭期生女

朱景泰孙朱洸娶海盐彭企曾女

朱泰桢孙女、朱尔邺女适海盐许全临

朱权女适海盐马中骥

朱彭寿娶嘉兴金兆椠女金慧珠

朱有龄娶海宁吴敦女

朱兰枝女适嘉兴竹里徐大杭

朱文煌娶海盐张贞

朱奏娶海盐吴元善

朱籍娶海宁祝继伦女

朱籍女适海盐刘仲镇

朱籍妹适秀水钱蓼子钱何知

朱洪娶海盐刘杰女

四　家族主要女性作家及创作

海盐朱氏女性作家群主要由吴元善、张贞、潘佩芳、李壬、楼秋畹、胡绣珍、朱美英、朱玙8人组成。她们大都生活在清朝乾隆、嘉庆、道光年间，这一时期社会总体较为太平，社会经济仍在进一步发展，文化也呈现一派繁荣景象。朱氏家族在这一大环境下在文学及艺术方面都有较高的成就，不仅科甲绵延不绝，其家族闺秀也甚有才名，工诗词，还善画，其中张贞、潘佩芳、李壬、朱玙4人均画史留名。

吴元善，贡生吴化龙女，朱之沆嗣孙媳，朱桢长子媳，庠生朱奏妻，邑庠生朱衣母，邑庠生朱璋、朱璜、朱琮祖母。著有《玉轩吟稿》。

张贞，字慕洁，海盐人。候选州同张宏基女，监生朱文煌妻，朱宗城、女诗人朱淑娟母。著有《漱香集》四卷。善书画，工诗词。

潘佩芳（1766—1787），侍御潘庭筠女，朱星炜孙媳，朱程奎弟媳，朱文佩妻，朱潘森母。著有《画兰室稿》。《海盐画史》载："画兰法钱、戴。乾隆丙戌生，丁未卒，年二十有二。"[1]

李壬（1777—1807），字佩青，嘉兴人。贡生李三才女，监生朱春烜

---

[1]　朱端：《海盐画史》，民国二十五年（1936）石印本，第29页。

子媳，诸生朱诞之妻，朱承铨母。《海盐画史》载："世居嘉兴，年二十三归海盐朱茂才元搏。好读书，能为诗。兼工绘事，作禽鱼花鸟，皆栩栩有生趣。"①

楼秋畹（1793—1838），字佩馨。诸生朱诞之侧室，朱承铨、朱承钺母，朱澜、朱潮祖母。著有《兰韵楼诗稿》（一作《兰韫楼诗稿》）。

胡绣珍，字宠仙，诸生朱埏之侧室，朱承铣母。著有《寒香室存稿》。

朱美英（1803—1838），字蕊生，海盐人。朱文佩女，朱星炜孙女，附贡生朱昌颐从妹，女诗人朱玙从姊，蒋勤施妻，史学家朱希祖姑。著有《倚云楼遗草》一卷。《国朝杭郡诗三辑》卷九十六评曰："儒人为小珊广文女，虹舫阁学犹女，朵山修撰、彦山广文妹。幼而聪慧绝人。针黹中馈之事，入手即娴。归蒋氏，得姑嫜欢，其壻敏轩故刻苦于学，以馀事为诗倡随。弥适其殁也，敏轩有《悼亡诗》四十首，附刻《遗草》后。"② 其诗雅洁秀丽，疏朗传神。例举其作《苔痕》：

> 东风二月丽人天，匝地莓苔分外妍。浓绿层层缘砌畔，遥青点点贴阶前。
> 杂将芳草痕难辨，衬到残花色倍鲜。正是当窗无个事，终朝相对擘吟笺。③

这首写初春的写景诗色彩明媚动人，"丽、妍、鲜"三字使整个画面明亮起来，盎然春意使诗人从书斋的沉闷中摆脱出来，欣赏这窗外满地的春色，心情也颇感愉悦。诗作富有节奏感，情随境生，用语饶有韵致。再如《纸扇》：

> 裁云叠雪总相宜，谁剪湘筠费巧思。出手正当三伏候，聚头要订百年期。

---

① 朱端：《海盐画史》，民国二十五年（1936）石印本，第32页。

② （清）钱塘丁氏：《国朝杭郡诗三辑》卷九十六，清光绪十九年（1893）刻本，第5页。

③ （清）沈善宝：《名媛诗话》卷五，《续修四库全书》第1706册，上海古籍出版社1995年版，第606页。

　　粘将蝶粉春归后，扑到流萤月上时。出人愿随怀袖里，奉扬也许绣闺知。①

　　诗人善于设喻，"裁云、叠雪、粉蝶、流萤"几词生动秀丽、明艳活泼，诗中将写意与议论巧妙结合，使诗句避免了单调，显得更富生活情趣。

　　朱玙，字葆英，一字小茝，海盐人。朱方增次女，监生朱春恒孙女，孔宪彝继妻。著有《金粟词》一卷、《小莲花室遗稿》二卷。清徐乃昌《小檀栾室闺秀词》第六集中收录其所作词 18 首。《曲阜县志》卷五载："幼失母，事父至孝。年二十归孔氏。不获事姑，事祖姑亦至孝，孔氏族人、姻众、宾客，酒浆束修之供馈，能内外支拄，不见镵漏。又以其馀，功习诗词、绘画、隶楷，女姻好学者，多从之游。其性情好尚，固绝异乎常女子也。卒年三十五。所著诗词各一卷。"② 其诗多写闺阁生活，语言清警谐婉。如她的《题织云楼合刻诗稿》：

　　湖山秀色露华妍，织就云章韵欲仙。四座俱钦工白雪，一门共仰继青莲。
　　名高岂借随园品，诗好犹传古粤镌。开卷淋漓遗序在，那堪挥泪忆当年。③

　　此诗设语雅洁，以"湖山、云章、白雪、青莲"作喻，道出诗人高雅的生活情趣及对美好诗句的追求与锤炼。全诗语句通顺，质朴淡泊。再如她的《秋夜忆家》：

　　故国千余里，烽烟动海滨。天涯怜弟妹，何日得相亲。
　　月照关山远，天高银汉新。江南佳丽地，瞻望一伤神。④

---

①　（清）沈善宝：《名媛诗话》卷五，《续修四库全书》第 1706 册，上海古籍出版社 1995 年版，第 606 页。

②　李经野、孙永汉：《曲阜县志》卷五，《中国方志丛书》，台湾成文出版社，第 476 页。

③　（清）黄秩模：《国朝闺秀诗柳絮集》卷六，清咸丰三年（1853）刻本，第 3 页。

④　同上书，第 9 页。

　　诗句用语朴素无华，但情感真挚。抒发因烽烟战乱作者有家不能回的惆怅心情及与兄弟姐妹无法团圆的思念之情。诗句反映了作者感时伤怀的情感及对国家故土的关心与热爱。诗句情景交融，感情深沉。朱玙作词以小令和中调为主，词风轻浅雅致，字协音律。如她所作《浣溪沙·春日书怀》：

> 小阁晴窗烟篆轻，檐前海燕弄新声，倚阑无语自含情。
> 杨柳初垂逢社日，杏花欲放近清明。思乡可奈又愁生。①

　　此词以春日景色为描写对象，小阁晴窗、檐前海燕、杨柳初垂、杏花含苞待放的景致使人心情愉悦，社日与清明节已过，天气也转晴了，本该在这美好的春天里尽情地歌唱，但作者最后一句因为思乡之绪而又生出许多愁绪来。词作情随境生，驾驭自如。

---

①（清）朱玙：《金粟词一卷》，徐乃昌《小檀栾室汇刻闺秀词》第六集，清宣统三年（1911）刻本，第1页。

第十二章

明清嘉兴望族女性作家个案研究

　　本章选取黄媛介、陈尔士、沈彩三位闺阁女性作为个案，对她们的生平活动、文学创作成就进行较详细的分析考察。黄媛介在江南文化圈的影响甚大，不仅因为她卓越的才华，更因为在当时她敢于冲破传统闺阁女性的活动空间成为闺塾之师，因而也备受争议。陈尔士是传统女性的典型代表，她熟通经史，授子女以经学，督课子女尽心竭力。她才华富赡，著书立说引经据典，是深具乾嘉学风的一位闺秀。沈彩生活在乾隆时期，时政治稳定，国泰民安，聪明俊慧的沈彩虽身为陆氏之妾，但她性喜风雅，诗词皆能入格，小文亦有佳致，还喜藏书、刻书，其自刻《春雨楼集》十四卷，成为收藏界的佳刻名本。她的诗文作品明快雅致，成为盛世之下优游文风的典型代表。

第一节　闺塾为师，名冠江南——黄媛介

　　黄媛介在明末清初的江南文化圈中影响甚大，不仅是因为她诗、书、画皆工的咏絮之才，更重要的是她为闺塾诗的身份及丰富的漫游经历，成为区分庭居于内闺秀的一个代言人。她有着受人争议的一生，因与男性文人及青楼女性的交往，她也被一些学者称为近"风尘之色"，然其诗、文、书画作品清隽高洁，气韵苍老，胸襟开阔，一扫闺阁纤弱气质，更为难得的是，她为谋生四处跋涉，在贫困的生活处境中依然坚持创作之精神。她以不凡的才华和胸襟气度赢得了众多大家的称赞，因而也成为江南闺阁女性的杰出代表。

一　生平述略

黄媛介，字皆令，秀水人，黄洪宪族女，布衣杨世功妻，兄黄象山，黄媛贞妹，杨德麟、杨本善母。其生平的确切年份不可考，从现存的资料看，她大约生活于 1614—1669 年。黄媛介生于文化家族，父亲及兄、姊均能诗文。黄媛介少时即聪慧好学、雅好文墨，她"十二岁能诗，十三岁能赋。适杨子世功，布衣蔬食。性玄澹，耻事繁饰，不苟言笑。吴中闺阁争延置为师"①。

黄媛介一生文学创作甚丰，文体涉及诗、词、赋，著有《南华馆古文诗集》《越游草》《湖上草》《如石阁漫草》《离隐歌》，以及与梅市胡夫人、祁修嫣等倡和的《梅市倡和诗钞》，作诗逾千首，然大多散佚不存。民国胡文楷《历代妇女著作考》记："黄皆令诗全集已佚，今从《然脂集》辑得二十五首（《越游草》十五首，《湖上草》六首，《扶轮续集》一首，《诗源》一首，《诗媛》十名家选二首），《撷芳集》九首，《彤奁续些》（上）二十首，《梅村诗话》八首，《柳絮集》七首，《两浙𬨎轩录》二首，共七十一首，录成一卷。"② 最近中华书局编成《清代闺阁诗集萃编》，从众多选本古籍中重新收集，共得黄媛介诗 123 首，词 17 阕，辑为《黄媛介集》，此集较原先选本数量更丰，有很大的参考价值。黄媛介的赋则收录于清人王士禄《然脂集》中，共得 7 篇。

黄媛介不仅诗文称于一时，"其书画也为时所珍"③，其书法宗"钟王"，时人称其为古代的卫夫人，善小楷，笔意萧远。寓居西湖时，为谋取墨资黄媛介还曾以卖字画为生。姜绍书《无声诗史》中载："髫龄即娴翰墨，好吟咏，工书画。楷书仿《黄庭经》，画似吴仲圭，而简远过之。"④ 黄媛介绘画主要学习吴镇，擅画山水，潇洒有元人笔意。《无声诗史》中评："皆令书画不可多得，郡城萧仪九装潢家名手也。余从其处得

---

① （清）邹斯漪：《诗媛八名家集·黄皆令小引》，李雷《清代闺阁诗集萃编·黄媛介集》，国家清史编纂委员会，2015 年，第 51 页。

② 胡文楷：《历代妇女著作考》，上海古籍出版社 1985 年版，第 664 页。

③ （清）周铭：《林下词选》卷十一，《续修四库全书》第 1729 册，上海古籍出版社 1995 年版，第 630 页。

④ （清）姜绍书：《无声诗史》，《续修四库全书》第 1065 册，上海古籍出版社 1995 年版，第 45 页。

皆令诗画扇一出，以视客，知画者谓逼真梅花道人笔意，字亦遒婉，有古法。"① 文坛大家王士禛在得知黄媛介书画之名后，还要求媛介为其作一幅山水图，媛介画后并作《为新城王阮亭写山水小幅并自题》："懒登高阁望青山，愧我年来学闭关。澹墨遥传缥缈意，孤峰只在有无间。"② 厉鹗也曾为黄媛介的《江山秋帆》画扇题诗："寥落江山发兴新，疏松列翠指通津。闺中也自伤秋旅，写出双帆不见人。"③ 黄媛介的作品现不多见，据《式古堂书画》载："辛巳春日（1641），媛介作《南轩松图并题》，冬日又作《烟水疏林图并题》。"④ 她的作品遗存数量甚少，今仅见《流虹桥遗事图》，图以吴江文士叶元礼的爱情故事为题材，清丽动人。

黄媛介生活于明末清初的社会大动荡时期，明朝灭亡、清军入关的社会现实迫使黄媛介遭受着战争带来的流离失所和精神上的双重折磨。她在《离隐歌》序中写道："乃自乙酉逢乱被劫，转徙吴闾，羁迟白下，后入金沙，闭迹墙东。虽衣食取资于翰墨，而声影未出于衡门。"⑤ 黄媛介的丈夫杨世功虽也为读书人出身，但同样家境贫寒，娶亲时甚至都不能给黄媛介一个像样的婚礼，身逢乱世，求进无门的杨世功在惭愧之下选择了离开家乡。此时，太仓才子张溥因慕媛介之才前来求亲，但忠贞如一的黄媛介却不为所动依然坚定地选择嫁给杨世功。婚后生活虽然并不富裕，但夫妻两人相敬相爱，倒也过得其乐融融。为谋生计，杨世功放下读书人的面子，以贩卖畚箕为生。黄媛介则靠自己的才华，在江南四处游历，或为闺塾师，或以卖字画翰墨取资。

因在家乡谋生有限，夫妻两人又来到热闹的杭州，在西湖畔租住房屋，靠卖字画营生。这段日子是十分清苦的，钱谦益曾在顺治七年（1650）到西湖处见到黄媛介一家的生活状况，他在《黄皆令新诗序》中记："今年冬，余游湖上，皆令侨寓秦楼，见其诗骨格老苍，音节顿挫。

① （清）姜绍书：《无声诗史》，《续修四库全书》第 1065 册，上海古籍出版社 1995 年版，第 45 页。

② （清）王士禛：《池北偶谈》卷十二，中华书局 2005 年版，第 289 页。

③ （清）汤漱玉：《玉台画史》卷三，《续修四库全书》第 1084 册，上海古籍出版社 1995 年版，第 362 页。

④ （清）卞永誉：《式古堂书画汇考》，正中书局 1958 年影印本，第 2070 页。

⑤ （清）周铭：《林下词选》卷十一，《续修四库全书》第 1729 册，上海古籍出版社 1995 年版，第 630 页。

雪山一角，笔落清远，皆视昔有加，而其穷亦日甚。湖上之人有目无睹，绳鸣之诗，鸦涂之字，互相题拂，于皆令莫或过而问焉。衣帔绽裂，儿女啼号，积雪拒门，炊烟断续，古人赋士不遇，女亦有焉。吁，其悲矣！"①钱氏见到衣着褴褛，一双儿女哭啼待哺的情形，媛介家中因贫困只能饥一顿饱一顿，这样的文字读来让人何其伤感悲哀！而在这样贫寒的生存环境中，黄媛介还要写诗作画维持家计，其不坠其志的坚韧品质让人喟叹，无怪乎钱谦益评她为："皆令虽穷，清词丽句，点染残山剩水间，固未为不幸也。"② 对她的精神境界推崇备至。

　　身为一介女流，本应安守闺房，操持家务，相夫教子，但处在乱世，丈夫又进仕无门，黄媛介不畏艰辛，承担起了养家糊口的重任，漫游为闺塾师也成为她的人生常态。但一个深闺弱女子要完成这种重任是需要极大勇气的，在传统"三从四德""内言不出于阃"的封建礼教思想制约下，黄媛介要不顾世俗的目光，这无疑是一种极大的挑战，同时她也承受了漫游路途中的种种艰辛。她的丈夫杨世功曾向当时学者毛奇龄描述过一次媛介出游的情形："皆令渡江时西陵雨来，沙流湿汾，顾之不见，斜领乃踟蹰于驿亭之间，书奁绣帙半弃之傍舍中，当斯时，虽欲效扶风橐笔撰述东征，不可得矣。"③ 一个即将远游的行人，路途中忽遭遇暴风雨，随身行李和所带书籍散落一地，这是何等的狼狈不堪，更何况是一介弱女子。幸而，黄媛介以坚韧的毅力都一一克服了。随着媛介的四处漫游，她的阅历和识见也得到了提升，山水装在她心中，也常游走在她的笔下。当众多的闺阁女子还只是在闺门内写些吟风弄月、轻柔软媚的诗文时，她已是一个有着丰富社会阅历、眼界宽阔的卓然大家了。她的诗虽"多流离悲戚之辞，而温柔敦厚，怨而不怒，既足观于性情，且可以才事变。此闺阁而有林下风者也"。④ 这一极高的评价，显然已远胜于当时足不出户的闺秀。

　　历经种种艰难困苦，黄媛介的声名已渐起于江南文化圈，不仅"吴中

---

① （清）钱谦益：《有学集》卷二十，李雷《清代闺阁诗集萃编·黄媛介集》，国家清史编纂委员会，2015 年，第 51 页。

② 同上。

③ （清）毛奇龄：《西河文集》，影印文渊阁四库全书第 1320 册，上海古籍出版社 1986 年版，第 523 页。

④ （清）施淑仪：《清代闺阁诗人征略》卷一，民国十一年（1922）铅印本，第 11 页。

图 12-1　黄缓介《越游草》序书影

闺阁争延置为师",而且"宫人亦啧啧知有皆令"。① 她结交了商景兰、吴山、朱中楣、柳如是、王端淑、沈纫兰等女性文人。这些友人不仅诗歌唱酬,有些还给予她经济上的一些资助。当时的一些男性文人也对黄媛介十分推崇关注,如吴梅村、施闰章、毛奇龄、钱谦益、余怀等,他们十分欣赏媛介的才华,同时也很同情她的贫苦遭遇,他们通过题诗、题序、酬赠等方式在文坛中给予黄媛介一定的声援帮助。随着她声名日隆,她的丈夫杨世功也跟随她出入文人雅士的馆阁,持其书画片纸而易米数石。媛介的一双儿女也很可爱,她曾带着女儿一同拜访当时才媛朱中楣,朱氏曾记:"犹记皆令携幼女过访,髦方覆额,遂能以咏诗写帖,楚楚可人,今依然梦想间。"② 有这样一个聪明乖巧的女儿陪伴在身边,他们也度过了一段稍稍安逸且幸福的日子。

但命运弄人,康熙五年(1666),"会石吏部有女知书自京邸遣书币强致为女师,舟抵天津,一子德麟溺死,明年女本善又夭,介遂无子。潓

---

① (清)邹斯漪:《黄皆令小引》,李雷《清代闺阁诗集萃编·黄媛介集》,国家清史编纂委员会,2015 年,第 51 页。

② (清)施淑仪:《清代闺阁诗人征略》卷一,民国十一年(1922)铅印本,第 12 页。

甚，南归过江宁，值佟夫人贤而文，留养疴于僻园，半岁卒"①。儿女的不幸遭遇给了黄媛介沉重的打击，原虽贫寒却也温暖幸福的家庭在瞬间坍塌了，本可去京师为一位官员之女做塾师的良机也因此失去，她再也无心北上，心中满怀苦闷南下至南京，并在南京的佟夫人家中养病半年后带着无限的遗憾而病亡。

二　文学创作与交游

黄媛介一生交游广泛，身份多样，与闺秀才媛、名妓、名士等均有交往。黄媛介出身嘉兴黄氏家族，其父、兄、姊均能诗文。黄氏家族在当地也甚有才名，其家族成员如沈纫兰、黄德贞、黄淑德、项兰贞、孙兰媛、孙蕙媛等均为闻名当地的才媛，在这个文化氛围浓厚的大家族中，自然少不了诗文唱和。

她与黄氏家族成员常以书信或诗文相酬。沈纫兰，字闲靓，黄洪宪的子媳，她喜作古诗，常与家族成员赋诗唱和，如媛介写给沈纫兰的《怀闲靓黄夫人》及《长相思·春日黄夫人沈闲靓招饮》，沈纫兰亦作有《禊日怀黄皆令却寄》《虞美人·雪夜寄黄皆令》。黄媛贞，字皆德，黄媛介之姊，她在十五六时即被贵阳知府朱茂时聘为侧室，从此姊妹二人天各一方、相隔甚远，黄媛贞为其妹皆令写下了《丁卯冬十二月留别媛妹皆令》一诗，嘱其妹"但得频寄书，毋使相望深"，分离后黄媛贞还为妹媛介写下《临江仙·新夏怀妹》。媛介亦写有《捣练子·送姊皆德》二首，表达了对姐姐媛贞的想念。黄德贞，字月辉，她与黄媛介为从姐妹，关系甚为亲密，两人常诗文往来，黄德贞曾为黄媛介写下多篇诗词，如《新秋坐月次皆令韵》《踏歌辞·送皆令北游》《送皆令之西泠》等，在《新秋坐月次皆令韵》中末句写道："忽飘一叶添愁思，独坐闲庭每忆君"，对媛介的思念之情写得言真意切。黄媛介同样以诗相酬，《秋夜怀月辉孙夫人》《忆秦娥·秋夜忆姊月辉》《金菊对芙蓉·答姊月辉见怀》表达了对黄德贞的思念之情。

黄媛介的一生中有大部分时间都是在漫游中度过的，因她的诗、词、文、赋皆很出众，江南很多才媛都争相与她交友或延置为师。她先后与当

---

① （清）施闰章：《学馀堂文集》，影印文渊阁四库全书第 1313 册，上海古籍出版社 1986 年版，第 216 页。

时文坛的祁氏家族成员、吴山、朱中楣、吴绡、柳如是、王端淑等名媛往来唱和。绍兴的商景兰及她的四个女儿（祁德渊、祁德玉、祁德琼、祁德茝）是当时围阁文坛一支重要的创作群体，名震吴越。因慕其才华，黄媛介"入梅市访之"并"尝楼山阴梅市与诸大家名姝静女唱酬"。① 顺治十五年（1658），黄媛介还将这段时间所作的诗文辑录为《梅市倡和诗钞》。在梅市的日子，媛介与商景兰及家族成员进行了雅集唱和、拈题分韵、观戏、游赏观景、泛舟采菱等丰富的活动。她创作了《采菱同祁修嫣湘君赵璧二首》《丙申予客山阴中承丁夫人王玉映过访居停祁夫人许弱云即演鲜云童剧偶赋志感》《密园唱和同祁夫人商媚生祁修嫣湘君张楚纕朱赵璧咏》《乙未上元吴夫人紫霞招同王玉映赵东玮陶固生诸社姊集浮翠轩迟祁修嫣张婉仙不到拈得元字》等诗作，从时间上看，她在山阴的停留主要集中在顺治十二年（1655）至顺治十四年（1657）。围绕着祁氏家族成员，黄媛介还与祁氏家族的亲戚朋友如王端淑、许弱云、张德蕙、朱德蓉、王静淑、陶履坦、赵东玮等才媛相熟并往来。

在山阴的日子是非常快乐的，以致媛介在离开时有太多的不舍和留恋，她在《别祁太夫人并彀英诸社姊舟中作》中写道："书字谁相违，嬉游慎勿忘。可怜相望处，只有树苍苍。"② 一同嬉游的快乐时光总是短暂的，离别后唯有孤树陪伴自己，不舍之情溢于言表。商景兰对黄媛介亦是十分赞赏，她在《赠闺塾师黄媛介》一诗中写道："才华直接班姬后，风雅平欺左氏馀。八体临池争幼妇，千言作赋拟相如。"③ 将黄媛介比作班昭与左芬，其赋也可与司马相如一较高下，才华之高不言而喻。在黄媛介离别山阴之际，商景兰又写下《送别黄皆令》一诗，诗中写道："交深多远怀，忧来不可绝。竚立望沧波，相思烟露结。"④ 诗句深怀友人离别的相思之情，也表明两人交往确实非同一般。祁氏家族成员也大量写有对黄媛介的送别诗，如祁德渊作《送黄皆令归鸳湖》，祁德茝有《送别黄皆令》，祁德琼有《送黄皆令归鸳水》《喜黄皆令过访》《同皆令游寓山》，

---

① （清）施闰章：《学馀堂文集》，影印文渊阁四库全书第 1313 册，上海古籍出版社 1986 年版，第 216 页。

② （明）王士禄：《然脂集·诗部二十二》，稿本。

③ （清）商景兰：《锦囊集补遗》，李雷《清代闺阁诗集萃编·黄媛介集》第一册，国家清史编纂委员会，2015 年，第 23 页。

④ 同上。

张德蕙有《送别黄皆令诗》，朱德蓉有《送别黄皆令》等，以上诗作均可展现祁氏家族才女同黄媛介的相处之乐及别离的不舍之情。

王端淑是另一位黄媛介结交的闺阁才女。王端淑，字玉映，号映然子，是文学大家王思任之女，她与黄媛介一样曾有过为闺塾师的经历，相同的身份与经历使两位才女惺惺相惜。媛介来山阴后，她们有了更多的交往。在祁氏的家庭活动中，她不仅多次参加，而且同媛介拈题赋诗，十分交好。王端淑曾在《读鸳湖黄媛介诗》对其诗进行评价："击音秋水寂，空响远烟闻。脂骨应人外，幽香纸上分。"① 对媛介诗歌的艺术技法称赞有加，另写有《寄皆令梅花楼》："买舠急欲探先春，风雪偏羁病裹身。闻有梅花供色笑，客途如尔未全贫。"② 诗句是对媛介病苦穷愁生活状态的写照，也是诗人对媛介不畏贫寒风骨的欣赏。

在黄媛介的江南交游圈中，吴山、朱中楣、吴绡、柳如是也是其中重要的几位友人。施闰章在《黄氏皆令小传》中记："卞处世妻吴岩子以诗名假馆留数月，为文字交。"③ 黄媛介曾客于虞山柳如是的绛云楼中，"吴岩子偕其女卞元文，皆有诗名，媛介相得甚"④。吴梅村在《题鸳湖闺咏》四首中，第四首末句"谁吟纨扇继词坛，白下相逢吴彩鸾"即是描写两人的交往。吴山曾在《送黄皆令闺媛》中写道："一肩书画一诗囊，水色山容到处装。君自莫愁湖上去，秣陵烟雨剩凄凉。"⑤ 诗中既是对媛介职业生涯的形象刻画，同时也表达了对黄媛介的离别之苦。朱中楣，字远山，是一位江西才媛，她曾与黄媛介在西湖相邻而居。朱中楣作有《客秋偶憩西子湖与皆令比邻而居瀹茗谈诗方谐夙愿惜匆遽别去值此春光能无怀念因赋却寄时戊戌三月上浣日也》《西湖喜遇黄皆令率尔言别诗以赠之》《黄皆令寄来自寿诗依韵得四章》等诗文，媛介也曾携女儿拜访朱中楣。

---

① （清）王端淑：《映然子吟红集》，李雷《清代闺阁诗集萃编·黄媛介集》第一册，国家清史编纂委员会，2015 年，第 91 页。

② 同上。

③ （清）施闰章：《学馀堂文集》，影印文渊阁四库全书第 1313 册，上海古籍出版社 1986 年版，第 216 页。

④ （清）吴伟业：《梅村诗话》卷十，《续修四库全书》第 1697 册，上海古籍出版社 1995 年版，第 497 页。

⑤ （清）吴山：《吴岩子诗》，李雷《清代闺阁诗集萃编·黄媛介集》，国家清史编纂委员会，2015 年，第 430 页。

吴绡,字素公,为苏州才女,她生于望族之家,工书画诗词,吴绡是媛介在游历吴中时结识的闺友,她的《题医宜斋次黄皆令韵》《金陵元宵美人灯诗步鸳黄皆令韵二首》展现了两人的交往片段。

黄媛介的交往圈十分惊人,除了名媛闺秀外,她还结交了名妓出身的柳如是,并与"与河东氏称莫逆交"①。柳如是为明末清初的一代名妓,才华不凡,名贯江南,其夫为明末遗臣钱谦益。在晚明青楼文化十分发达的江南一带,名妓已不再是简单以色取悦的代名词,她们当中不乏才艺双全的才女。出于谋生考虑,黄媛介也不弃与她们交往。当时,她"时时往来虞山,与柳夫人为文字交"②。柳如是因其特殊的身份和地位,她常邀江南才妹唱和赋诗,黄媛介即是其中的一位。钱谦益在《黄皆令新诗序》中记:"绛云楼新成,吾家河东邀皆令至。砚匣笔床,清琴柔翰,挹西山之翠微,坐东山之画障。丹铅粉绘,篇什流传,中吴闺阃,侈为盛事。"③ 黄媛介与柳如是有很多的唱和之作,如《眼儿媚·谢别柳河东夫人》《前调》等,"黄金不惜为幽人,种种语殷勤"此句可见柳如是给了黄媛介较多的资助,两人关系非同寻常。与柳如是交往后,黄媛介还结识了当时名妓王微、李因等。在传统的思想观念中,青楼与闺阁是两个不同的空间领域,彼此因出身背景、家庭环境的截然不同而无太多交集,但在明末清初的江南文化圈中,有才华的名妓已逐渐为士大夫名流及闺阁才媛所接受,她们以才艺为沟通手段,实现了名妓与闺媛之间的互动交流。黄媛介因往来名妓之间,因而也被当时一些名士认为"时时载笔朱门,微嫌风尘之色,不若皆德之冰雪聪明也"④。

除上述交游群体外,黄媛介在苏州还与吴江叶氏家族成员、女画家文俶、王炜、赵昭、徐灿、胡应佳、郑庄范等闺媛有过一定的交集。更不同寻常的是,黄媛介的交往群体不单单限于女性群体,她还与当时的男性文

① (清)邹斯漪:《黄皆令小引》,李雷《清代闺阁诗集萃编·黄媛介集》,国家清史编纂委员会,2015 年,第 51 页。

② (清)阮元:《两浙輶轩录》卷四十,《续修四库全书》第 1684 册,上海古籍出版社 1995 年版,第 478 页。

③ (清)钱谦益:《有学集》卷二十,李雷《清代闺阁诗集萃编·黄媛介集》,国家清史编纂委员会,2015 年,第 51 页。

④ (清)朱彝尊、王昶:《明诗综·闺门》卷八十五,影印文渊阁四库全书第 1460 册,台北商务印书馆 1986 年版,第 1448 页。

人谈诗论画，交流心得，这其中就包括钱谦益、吴伟业、毛奇龄、王士禛、施闰章、余怀等江南名士。晚明时期，随着都市文化的发展、坊刻的兴盛及女性受教育的不断增长，江南才女文化逐渐兴起，此时不少男性作家也成为女性创作的推助者与支持者。点评、编辑、出版女性作家的诗文成为当时男性文人的一股潮流。因与柳如是的交往，黄媛介得以结识钱谦益这位当时名重一时的文坛大家并得到他的题序。钱谦益在《黄皆令新诗序》中描述了他们交往的过程："今年冬，余游湖上，皆令侨寓秦楼，见其诗骨格老苍，音节顿挫。"① 当时钱谦益来西湖游赏，媛介正身处贫困之境，但他为媛介的坚韧精神所感动并发出赞叹："世非无才女子，珠沉玉碎，践戎马而换牛羊，视皆令何如？皆令虽穷，清词丽句，点染残山剩水间，固未为不幸也。"② 王士禛也与黄媛介以诗画交游，王士禛为清初杰出诗人、文学家，与朱彝尊并称为"南朱北王"。他在《池北偶谈》中提及与媛介为其作山水小幅之事，媛介还为王士禛写了《为新城王阮亭写山水小幅并自题》，王士禛对黄媛介的赋颇为欣赏，赞其为："皆令作小赋，颇有魏晋风致。"③ 另外为黄媛介诗文题序的还有毛奇龄与施闰章，两人分别作有《越游草题词》和《黄氏皆令小传》，其赞赏之情溢于纸间。《和吴梅村题鸳湖闺咏四首》及《湖上酬余澹心》是媛介写与吴梅村及余怀二人的唱和诗文。黄媛介与当时商人汪然明也有交往，汪然明为徽州盐商之子，富甲一方，为人仗义疏财，乐善好施，他曾在西湖造了一艘画舫，名为"不系园"。汪然明喜欢结交才学之士，这其中也包括当时名气甚大的柳如是、黄媛介、草衣道人王微等。媛介寓居西湖时，汪然明曾招黄媛介至不系园赋诗作画，写下了《次汪然明先生代西子赋答张樵明府原韵》《七夕汪夫人游舫燕集即席和韵》及《汪夫人招集游舫即席和韵》的唱和诗文。在与男性文人诗文唱和及交游的过程中，黄媛介的名气得以扩大，创作水平也有一定提升，可以说这些都与男性名士的提携与帮助有很大的关系。

---

① （清）钱谦益：《有学集》卷二十，李雷《清代闺阁诗集萃编·黄媛介集》，国家清史编纂委员会，2015年，第51页。

② 同上。

③ （清）王士禛：《池北偶谈》卷十二，中华书局2005年版，第289页。

三　文学创作特点及风格

（一）诗的创作

黄媛介作诗逾千首，今存 123 首，主要涉及题材有写景、咏怀、赠别、题画、纪事等。她曾学唐人诗，有杜少陵之风。王端淑称其诗为："落纸如烟，苍然劲秀。"她的诗总体而言有如下几个特点：

1. 笔力苍老，质朴清隽

在黄媛介的笔下，"秋"是个常见的主题，其所含的萧瑟、苍然、忧思之感很符合媛介的心境，如她的《旅中秋日》《秋夜怀月辉孙夫人》《野夕远望》《秋寒》等诗作。在这些诗中，"秋风""秋草""秋雨""秋声""秋月"都带着作者的凄清之感。媛介作诗，常用白描点染的手法，以细微的景物构筑诗的意境。如这首《旅中秋日》：

> 忧危只有客心微，赢得湖光蔽竹扉。囊有新诗聊寄赏，家存旧壁亦怀归。
> 青山断处饶红叶，黄菊开时少白衣。近水阴晴容易过，忽惊风雨打窗飞。①

诗句前两联抒发作者客居在外急切思归的心情，后两联则以景物烘托内心的感受，"青山""红叶""黄菊""白衣"四词有着浓烈的色彩感，也是秋季的主要色调，作者敏锐地捕捉到这些色彩，将其绚染出来，生动而贴切。第二联中"新诗"与"旧壁"构成对照，映衬出作者目前的处境及家中困顿的情形。"黄菊开时少白衣"化用晏几道"黄菊开时伤聚散"一句，表现一种聚散无常的忧伤之情。末尾两句用"阴晴风雨"四字道出了旅人在外的辛苦遭遇，整首诗笔法老练，细腻中透着一股沧桑之感。黄媛介的诗作除工于写景抒怀之外，还有一些写实之作，如她的《五绝》二首：

> 倾橐无锱铢，搜瓶无斗升；相逢患难人，何能解相救。

---

① （清）沈季友：《槜李诗系》卷三十五，影印文渊阁四库全书第 1475 册，上海古籍出版社 1986 年版，第 830 页。

　　一日饥寒见，三年感愧深；君看水流处，一折一回心。①

　　这首诗是作者自己贫困生活的写照，自嫁于杨世功后，黄媛介一直过着十分清贫的生活，为缓解生活压力，她不得已为闺塾师而四处游历坐馆，甚至以卖字画为生。钱谦益曾过西湖拜访黄媛介，发现她"衣帔绽裂，儿女啼号，积雪拒门，炊烟断续"②，十分悲惨。这种生活体验媛介感慨颇深，也使她有了忧国忧民之心，"相逢患难人，何能解相救"也可谓是皆令深怀济民之心的一种表现。一个闺阁女子能有这样的胸襟实属不易。《玉镜阳秋》评此诗为："家无儋石，而心存济物，襟情不凡。"③

　　2. 爱乡忧国，情真意切

　　在媛介笔下，家乡处处皆美景，她曾多次题咏嘉禾的山水，如《鸳鸯湖》二首、《南湖竹枝词》三首、《烟雨楼》《范蠡湖》《南湖新曲》《将归嘉禾》等。这些诗句清韵动人，字句之间流动着作者对家乡的热爱。如她作的《鸳鸯湖》：

（其一）

　　轻风贴水飞春燕，佳人宛自帘中见。向水栏干处处园，梅花草叶春香变。

　　昨夜云晴日影孤，中洲曲沼生新芦。嘉兴风景知何处，乱帆烟柳鸳鸯湖。

（其二）

　　阴雨悲风吹若秋，树满湖上谁家楼。小山小水争分得，荡柳飘丝绿不收。

　　春风放桨樱桃下，菱蔓荷华赏秋夏。秀色全分水一湖，那堪孤月生波夜。④

---

① 胡文楷：《历代妇女著作考》清代十，上海古籍出版社1985年版，第664页。

② （清）钱谦益：《有学集》卷二十，李雷《清代闺阁诗集萃编·黄媛介集》，国家清史编纂委员会，2015年，第51页。

③ 胡文楷：《历代妇女著作考》清代十，上海古籍出版社1985年版，第664页。

④ （清）沈季友：《槜李诗系》卷三十五，影印文渊阁四库全书第1475册，上海古籍出版社1986年版，第830页。

嘉禾的人文风物滋养了媛介一颗灵慧的心，家园风景在她的笔下显得那样的明快灵秀。第一首中首句将鸳湖比作佳人一般美丽，"向水栏干处处园"说明景色的雅致，"梅花草叶"及贴水而飞的"春燕"让人仿佛身临其境，同时动静结合的景物更加生动活泼。第二首风格也是欢快秀丽的，首联先以一湖一楼起笔，简洁却不落俗套，颔联中甚是活泼，作者以拟人的手法用一个"争"字将山水及柳丝融为一体，争相分得湖水之秀，用语极妙富有情趣。颈联与尾联作者展开游湖的畅想，放桨荡舟吟赏秋夏之景，美丽的湖水甚至将孤月也衬托得更加动人起来。她的《南湖竹枝词》三首也颇具民间风情，"嘉兴美女惯浓妆，绝样南珠间翠珰。广袖绣完裁四帛，外头单罩紫绡裳"[1]。其语甚俗俚却觉得可爱，将嘉兴女子喜爱妆扮与心灵手巧的特点很好地表现出来。

媛介笔下的嘉禾景物是灵动秀丽可爱的，家国亦是如此，黄媛介的漫游经历使她有更开阔的眼界和更博大的心胸去感受家国的山川美景，但身处改朝换代的动荡社会中，媛介无心赏景，更多的是对国家动荡的不安与忧思。在她的诗文中，为国为民而忧时常可见。如《丙戌清明》：

> 倚柱空怀漆室忧，人间依旧有红楼。思将细雨应同发，泪与飞花总不收。
> 折柳已成新伏腊，禁烟原是古春秋。自云亲舍常凝望，一寸心当万斛愁。[2]

媛介曾遭受乙酉（1645）战乱，这一年嘉兴民众起兵抗清而遭遇惨败，明朝的灭亡使她不得不离开家乡过着颠沛流离的生活，这首诗作于乙酉战乱第二年（1646）的清明时节。黄媛介身为明朝的"遗民"在凭吊中表达了对故国的怀念。全诗含蓄隐晦，首句运用了"漆室"这一典故，以鲁国少女倚柱而啸，为国而忧来隐喻自己对无力扭转江山易主这一客观事实的哀叹，首联上下两句形成强烈的对比，表现即使国家危亡，但公卿

---

① （清）沈季友：《槜李诗系》卷三十五，影印文渊阁四库全书第 1475 册，上海古籍出版社 1986 年版，第 831 页。

② （清）黄媛介：《黄媛介集》，李雷《清代闺阁诗集萃编·黄媛介集》第一册，国家清史编纂委员会，2015 年，第 35 页。

权贵们依旧在红楼中歌舞升平。"细雨"与"飞花"应和着清明节的忧伤之感。颈联中作者以"折柳"和"禁烟"两个典故表明自己对改朝易代的感叹，"新""旧"形成鲜明的对照。末句"白云亲舍"的典故表明自己对家乡亲人的想念，"一寸心当万斛愁"是庾信《愁赋》中"谁知一寸心，乃有万斛愁"句的化用，以"万斛"言愁之多，比喻形象生动。

黄媛介在面对国家的残破而感发黍离之悲，具有一种位卑未敢忘忧国的士大夫情怀，这点与杜甫十分相近。梁乙真在《中国妇女文学史纲》中云："黄媛介学杜甚力，一转历来女子所沿袭的婉约纤弱之风，为清代女子文学在内容及风格方面开了一个好头，实为清代女子学杜的首创者。"① 遭受离乱贫苦却守志弥坚，仍可谈笑自若自作诗，黄媛介之"德"已经超越了一般闺阁女子的境界，这也是当时众多学者对其推崇的原因。

3. 温柔敦厚，怨而不怒

"温柔敦厚，怨而不怒"是儒家所提倡的传统诗教精神，闺秀作诗体现得更为明显，她们自幼接受儒家礼仪的熏陶，要求女性性情温柔顺从，以符合社会的规范。在作诗方面，"含蓄蕴藉""风人之旨""温柔敦厚"也成为女性作诗的航标。黄媛介的诗虽气韵苍老，清隽高洁，但总体而言仍不脱儒家传统诗风。姜绍书《无声诗史》中评为："其所纪述，多流离悲戚之辞，而温柔敦厚，怨而不怒，既足观于性情，且可以考事变。此闺阁而有林下风者。"② 即使遭遇了改朝换代、流离失所、贫寒困苦的生活，黄媛介在诗文中也少有尖锐的悲愤之词，其诗透着儒士般的高洁之气，其诗风怨而不俗，凄而不厉。她在《冬夜望月》中写道：

> 霜流孤月静，雁度关山深。远意未能竟，寂寥悲自吟。
> 暗香栖树影，峡水走秋琴。见此萧萧意，虚光满竹林。③

作者起笔静谧深邃，用"霜流""雁度"来渲染季节，"静"与"深"两字写出了作者内心对周围世界的感受，这种意境不可言传只可意

---

① 梁乙真：《中国妇女文学史纲》，上海三联书店 2014 年版，第 374 页。

② （清）姜绍书：《无声诗史》，《续修四库全书》第 1065 册，上海古籍出版社 1995 年版，第 551 页。

③ （清）黄媛介：《黄媛介集》，李雷《清代闺阁诗集萃编·黄媛介集》第一册，国家清史编纂委员会，2015 年，第 35 页。

会，唯有寂寥地悲吟。"暗香栖树影"为"暗香疏影"的巧妙化用，将月光的朦胧感烘托出来。末句"萧萧"二字映照了凄清、寒冷、萧条之感，"虚光满竹林"如入禅境，给人一种静美、寂悦的感觉。整首诗造语含蓄蕴藉，弥漫着一种清虚、高洁幽远之气。钱谦益在《女士黄皆令集序》中谈及皆令的诗风："草衣之诗近于侠。河东君曰：'皆令之诗近于僧。'夫侠与僧，非女子本色也。"① 媛介笔力之苍老，诗境之旷达颇具林中隐士的风范。再如她客居西湖时作的《苦雨思归仍留湖上感吟》：

> 客里那堪雨复风，乡心若与断云通。独登破阁如天上，自笑愁颜落镜中。
> 枝冷花寒莺欲徙，囊空颖秃赋难工。最嫌春去人犹在，留滞湖山但为穷。②

这首诗是诗人久居在外飘零落拓生活的写照。首句即写独在异乡为异客的思乡心情，第二联却笔调一转，即使如此落魄贫寒却也不失自嘲，诗人将"破阁"喻为"天上"，虽满脸愁容但不失乐观主义的情怀，一个"笑"字将悲愁的气息转换为苦中作乐的襟怀。第三联以"枝冷花寒"比喻"囊空"的困顿生活，末句一个"穷"字点明自己留滞在外的原因。整首诗以纪实与浪漫相结合的写作手法将诗人穷困落魄生活现状表现出来，读来虽感心酸却不感凄凉。黄媛介即使遭受了生活的困顿愁苦，却没有怨天尤人、失魂落魄，在她的诗歌语言中仍旧可以看到乐观、安命乐天的气息，秉承了典型的"温柔敦厚"的儒家诗教精神。

（二）词的创作

媛介作词数量并不多，其中周铭《林下词选》中收录有 5 首，后《全清词·顺康卷》中收录 14 首，张宏生《全清词·顺康卷补编》中收录 5 首。媛介的词多为小令，除以伤春悲秋、抒怀、咏花为主要题材外，还有些词作记录生活片段，如《长相思·春日黄夫人沈闲靓招饮》《忆秦娥·秋夜忆姊月辉》《眼儿媚·谢别柳河东夫人》《蝶恋花·西湖即事》

---

① （清）钱谦益：《有学集》卷二十，李雷《清代闺阁诗集萃编·黄媛介集》，国家清史编纂委员会，2015 年，第 51 页。

② （清）黄秩模：《国朝闺秀柳絮集》卷二十七，清咸丰三年（1853）刻本，第 27 页。

《踏莎行·为闺人题文俶扇头》。

她的词意味隽永，虽为小令但较少花间词的轻柔香艳，其词音韵谐婉，用语含蓄流畅，语淡而情深。如她这首《临江仙》：

> 庭竹萧萧常对影，卷席幽草初分。罗衣香褪懒重薰。有愁憎语燕，无事数归云。
> 秋雨欲来风未起，芭蕉深掩重门。海棠无语伴消魂。碧山生梦远，新水涨平村。①

词中写了一位闺妇的寂寞闲情，作者用"庭竹、幽草、秋雨、芭蕉、重门、海棠"构筑了一幅幽静而雅致的庭宅深院场景，重门深锁之下的女子却形单影只，慵懒寂寥而苦闷，燕子的呢喃都唤不起她的喜悦之情，只好数数归云打发时光。下阕末句将女子的思绪又由近及远，远处的碧山和初涨的新水给人以空间的遐想感，并增添了生活的逸趣。黄媛介因善作画，她在词中也体现了较强的空间感和画面感。

在她有限的词作中，"愁"字是始终贯穿的一个主题，无论是怀人还是送别、咏物之作，其感情基调都是低沉、萧索、黯淡的，这似与黄媛介因贫困而四处谋生的凄苦之心相照映。再如这首《西江月·岁暮》：

> 独坐愁思渺渺，双扉春意盈盈。绣丝慵约梦将成。鸦噪夕阳西影。
> 满户竹风梅雨，沿溪鹅语人声。岁华摇落最惊心。又是一番清冷。②

作者从视觉、听觉各种感官来刻画景物，本来春意盎然的季节，作者却"愁思渺渺"，夕阳西下时，竹风和梅雨相伴，耳中听到乌鸦的聒噪和鹅在水里欢快的叫声，热闹且人声鼎沸，但她内心却怎么也高兴不起来，因为年华已逝，又将老一岁，内心是无比清冷而孤寂的。

这类词作还有较多，较诗而言，词宜言情，因而在词中媛介没有刻意

---

① 程千帆：《全清词·顺康卷》第一册，中华书局2002年版，第239页。
② 同上书，第240页。

地掩饰自己的情感，而是寓情于景，用含蓄之语传达自己苦闷的内心世界。"笛声""青灯""落叶""冷风""秋雨""梅竹""飞絮"等词都是她笔下常用的意象，这些意象清韵雅致，很好地展露了作者身为一介才女清高不俗的气质。

（三）赋的创作

在诗、词、文、赋这几类文体中，赋被公认是创作难度最大的一种文体，它不仅讲究文采，也十分讲究韵律。赋的创作是很多闺阁女性写作的一个盲区。而黄媛介却以自己出众的文采及语言驾驭能力写了多篇辞赋。其赋所存共七篇，分别为《伤心赋·哀昭齐》《写怀赋》《闲思赋》《秋怀赋》《竹赋》《兰花赋》《琴赋》，由清王士禄收于《然脂集》中。其中，《写怀赋》《闲思赋》前有小序，从写作时间上看分别写于 1629 年和 1633 年。

媛介创作以骚体赋和骈赋为主，前三篇为骚体赋，后四篇为骈赋。她的骚体赋，洋洋洒洒，博古论今，文气纵贯，有男性风致。她在《写怀赋》中凭栏登高远望，感念古今，抒发自己有志未成的伤感，这篇赋典故迭出，意境开阔，令人叹服。如她写道：

> 嗟日往而月来兮，寒暑忽其回亘。昔居秋而动悲兮，廓独潜此都房。顾秋日之可哀兮，怅无言而内伤。菊含贞而扬华兮，树怀秋而坠黄。恐商风之入室，惧蟋蟀之在堂，日朦朦而匿景，月炯炯而嗣光。转轩无寐，徘徊彷徨。听钟漏之宵引，怜砧杵之夜忙。秋山洗翠，秋声易商。吁！嗟三秋之逝兮，叹玄冬之无成。四序忽其代序兮，觉春风之坐盈。衣不绵而自暖兮，袖不举而自轻。言新光之可赏兮，念往事而暗惊。①

文中作者通过季节变换、寒暑过往、日月交替将对时间消逝的紧迫感和自己有志未展的怅然感表现出来。文末作者写道："若果遂于夙心兮，必效上贤之遗事。拟卜居于山林，乐悠悠以养志。拥缥缃而可娱，购良田而可治。"这篇赋表现了黄媛介不俗的人生理想和旨趣，作为一名女性而有如此的志向和高洁的人生理想也只有黄媛介一人了，无怪乎明末学者姜

---

① （明）王士禄：《然脂集》卷四，稿本。

绍书称她为"此闺阁而有林下风者也"。

骈赋也是黄媛介擅长的一种文体。在她所作的七篇中《秋怀赋》《竹赋》《兰花赋》《琴赋》为骈赋体，其所咏之物气韵高洁，超凡脱俗，与黄媛介的潇洒风骨映为表里。媛介喜欢魏晋小赋，她曾在《闲思赋》序中记："癸酉六月，读向秀《思旧赋》，爱之。复感陈王《洛神赋》之绝妙。因作《闲思赋》以传漂渺之怀。"① 她在《竹赋》中抒发对竹的仰慕："烛我几兮明我窗，入我耳兮洁我觞。我与尔兮为友朋，偕黄耇兮永昭彰。"②《兰花赋》中赞其洁身自好的品格："尔草英英，德秉惟清。离烟散影，挺秀怀贞。来空山而独好，处幽林而自馨。"③ 而《琴赋》则借琴声而抒发自己心事难诉的愁苦之音："有精诚兮无言声，抚深怀兮高正音。高正音兮难遇，小弦急兮如夺。波洋洋兮山来，气泠泠兮灵活。怅幽深兮鹤立，谩顾我而不发。于是怨脱十指，音生七弦。悉古今之郁事，问旻旻之青天。"④ 叠音词的使用若音韵流转，语随琴声，可和可歌。黄媛介的赋用语清逸雅洁，情真而语切，作者善于想象铺排，以象征手法来抒发情怀，读来口齿生香，余音袅袅。无怪乎文坛大家王士禛也夸赞道："皆令作小赋，颇为魏晋风致。"⑤

纵观黄媛介一生，她清隽高洁、才情过人、勇为人先的品质实为江南众闺阁女性之翘楚。然而她却贫寒困顿，坎坷飘零，才高命蹇，可悲可叹，唯有其身后留下的众多诗文翰墨及众人对她极高的赞誉可抚慰她清介又悲苦的心。

第二节　恪尽妇职，才学富赡——陈尔士

一　生平述略

陈尔士（1785—1821），字炜卿，一字静友，余杭人。刑部员外郎陈绍翔女，国子生陈世望、监生陈世杰姊妹，工科掌印给事中钱仪吉妻，钱

---

① （明）王士禄：《然脂集》卷四，稿本。

② 同上。

③ 同上。

④ 同上。

⑤ （清）王士禛：《池北偶谈》卷十二，中华书局 2005 年版，第 289 页。

宝惠、钱邕醇母。著有《听松楼遗稿》四卷。其生卒年由阳湖董祐诚《听松楼遗稿》序中可得："内政积勋，禀命不融，以道光元年六月二日卒于京师，年三十有七。"① 由此，可推得陈尔士生于乾隆五十年（1785），卒于道光元年（1821）。

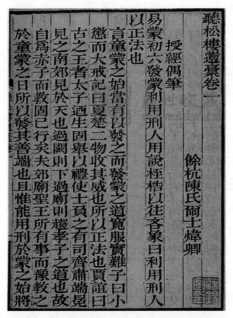

图 12-2　陈尔士《听松楼遗稿》卷首书影

注：清道光元年刻本，采自上海图书馆

陈尔士著述丰富，除诗词外，她还写有不少散文及释经之作，学识在闺门中可谓丰厚。今见陈尔士《听松楼遗稿》四卷，道光元年（1821）刻本，前金孝维、董祐诚、王照圆撰序。卷一为《授经偶笔》，共 38 则，其中主要为对经学中经典语录的阐释及自己的心得体会；卷二为序、述、传、记、赞、题、跋，共 13 首，内容包含闺阁仪范及对子女的训言，其中包含很多陈尔士对闺门伦理道德之看法，另有琐言杂记及人物传记、述略等；卷三有家书 29 则，均为陈氏对家中成员的身体康健、子女读书学习的关照及琐碎家事的交代，语淡而情深；卷四存古今体诗 58 首，诗余 14 首；附录有论 3 首。

① （清）陈尔士：《听松楼遗稿》序，清道光元年（1821）刻本，第 2 页。

陈尔士父陈绍翔，号东园，余杭人。捐员外郎，补刑部直隶司。奉旨督南城米厂，不辞劳瘁，以疾告归。为人乐善好施，以善行称于乡，卒年五十五。其夫钱仪吉，字蔼人，号衎石、颿上樵者，钱陈群孙。性耿介，工诗文，嘉庆十三年（1808）进士，授户部主事，累迁至刑科给事中。后因公罢归。其生平博通经史，著述丰富。陈尔士生于官宦之家，自幼受到良好的家庭教育及文化熏陶，成年后又嫁入秀水望族钱氏家族，丈夫博学多闻，夫妇相谐，因而炜卿能够得到持续的文化滋养，并在闲暇之余进行文学创作。《两浙輶轩续录》卷五十三评曰："氏幼习经史，工吟咏。仪吉居京师，丁艰，奉枢南归。氏独居邸第，肃庀家政，督子保惠读，不中程度，夜不得息。体素羸，积瘁成疾。殁前一时犹令幼子读《易》，床下论说如平时。"①

据陈尔士在《听松楼女训序》中所记，我们可以了解她主要的生平活动迹轨。序中云：

> 予自辛酉冬归钱氏，未逾四月，先舅弃世，不得稍尽妇职，终身以为憾。戊辰，良人入词馆，己巳改官户曹。逮迎养京师，予亦随侍。辛未年姑传内政……秋八月，良人奉榇归里，以积逋之无以偿也，予率儿女留京师，竟不克躬承窀穸。②

从上可知，陈尔士于嘉庆辛酉年（1801）归钱仪吉，嘉庆己巳年（1809）改户部主事，由此在京师供职，炜卿亦随宦京师。嘉庆丁丑年（1817），姑丧，钱仪吉奉榇归里，炜卿独率儿女留京师。1817年至1819年写了家书29则。炜卿身体素羸弱，加上督课孩子夜不得息，积劳成疾，于道光元年六月卒于京师，时年三十七岁。

二 文学创作成就

炜卿虽寿年不永，但她的文学创作却颇有可观之处，诗、词、文都留下一定数量的作品，其文学创作成就主要体现在以下三个方面：

---

① （清）潘衍桐：《两浙輶轩续录》卷五十三，《续修四库全书》第1627册，上海古籍出版社1995年版，第187页。

② （清）陈尔士：《听松楼遗稿》卷二，清道光元年（1821）刻本，第1页。

（一）诗歌创作

《听松楼遗稿》中存其作古今体诗 58 首，题材涉及写景、感怀、咏物、题咏历史人物、题画、寄赠、纪事。炜卿五言、七言、古体、今体诗皆工，其诗作语言凝练沉静，句意委婉蕴藉不直露。其写景小诗颇有韵致，如《望湖亭》：

> 望湖亭子镇湖流，山色波光面面浮。卅里荷香清沁肺，千峰黛色秀横眸。
> 谁安水槛供垂钓，或倚雕栏看系舟。最是晚来风景好，碧天凉作月华秋。①

诗人以望湖亭的风光为主题，将亭、波光、山色、荷、舟融为一体，末句语句畅达明快，表现出诗人愉悦舒畅的心境。陈尔士自幼生活较为优越，后嫁入秀水望族之家，家计生活均可自足，因而在其诗作中也较多的写景抒怀之作，如在《七夕》中我们可以看到她闲适淡泊的生活状态：

> 梧桐金井露华秋，瓜果聊因节物酬。却语中庭小儿女，人间何事可干求。②

诗人在金秋时节品瓜果赏美景，庭院中小儿女嬉戏玩耍相伴，这是何等的幸福满足，还有何事放不下的呢。诗人以明快的语言表达了七夕时节愉悦淡泊的心境，诗作情韵相融，读来富有生活趣味。陈尔士因随宦京师，远离家乡，因此，她的诗作中还有不少表达思乡情怀的作品，如《曙色》：

> 曙色一窗白，残灯半壁黄。昨宵魂不寐，乡梦亦难长。
> 饥鼠窥虚幌，疏钟度隔墙。起闻归雁唳，清涕欲沾裳。③

---

① （清）陈尔士：《听松楼遗稿》卷四，清道光元年（1821）刻本，第 1 页。

② 同上书，第 7 页。

③ 同上书，第 6 页。

陈尔士于 1809 年随宦京师后，其间多年在外独自抚育子女，思乡之情不可抑制。夜晚，诗人屋内残灯与饥鼠相伴，孤苦难眠，早上起来听闻归雁的鸣叫声更加勾起了作者的思乡之情，情不自禁落下泪来。作者用语情深真挚，读来让人感动。类似作品还有《丙子七月十四日作》《夜作怀故山》。除今体诗作外，陈尔士还善作拟古诗，诗风飘逸雄奇。其诗集中存两首古体诗作，一为《太常仙蝶歌》：

> 漆园栩栩游，无何之乡不得住。罗浮小凤皇，文采不离乌桕树。岂如太常之仙蝶，昨集余堂今两日。薄观环立无惊猜，吸果餐英总静逸。漆点眼，金缕衣，足履黄，须染绯。移时五色忽变幻，構苍襜赤争光辉。春风生兮一相见，春风罢兮秋阳晞。童稚旧识宾如归，知我抱拙忘世机，海沤百住其无违，仙之驹兮盍常依。惜哉滕王妙笔今已矣，那能传此色相日日悬闺帏。①

诗人以"太常仙蝶"的传说故事为主题，开篇所写充满浪漫瑰丽的想象，如入仙境。接着诗人思绪驰骋，先描绘仙蝶之形为"漆点眼，金缕衣，足履黄，须染绯"，后作者又将想象与传说相结合，把仙蝶之形与神相结合，写得美轮美奂。另一首《木槿》：

> 木槿花，朝开暮乃落。莫惜韶光不久长，明发花开仍绰约。松寿千年忽作薪，竹茂一林俄扫箨。物情修短那须论，开意荣枯终有托。君不见，月纪冀莫岁纪桐，此花纪日将无同。②

诗人借题咏木槿花花开花落、松树伐为薪、笋壳被扫的三个事实，隐喻事世之无常，人世之无奈，体现诗人含有宿命论的观点。

（二）词学创作

与其诗作相比，陈尔士的词更显女性风致，其《遗集》卷四中存词 14 首。词中常写闺愁，情思细腻，用语轻软、基调哀怨。如写乡思之愁的《浪淘沙·秋蝉》：

① （清）陈尔士：《听松楼遗稿》卷四，清道光元年（1821）刻本，第 5 页。

② 同上。

　　　　无奈夕阳残，落叶阑珊。愁中还又话乡山。高柳隋堤秋梦里，一翼吟烟。

　　　　坐听小窗前，瘦损朱颜。飞蓬衰鬓问谁怜。嗯尽五更声欲断，露冷风寒。①

　　整首词情感悲凉低沉，词人以秋蝉悲鸣、落日残阳、阑珊落叶的意象暗示词人悲寂愁苦的思乡心情，"瘦损朱颜""露冷风寒"一语颇让人怜。词作语言清丽婉约。再如《虞美人·秋雨》：

　　　　湿云一片低如雨，飒飒风吹雨。新凉偏又聒人愁，独对小窗青晕一灯留。

　　　　庭前老树惊秋早，飘落知多少。病来百事怕思量，枉是半堆风叶聚空廊。②

　　此词也写秋景，同样离不开一个愁字，作者以秋雨、老树、落叶与独对青灯、病里思量的孤寂闺妇相映衬，感慨人生所经受的悲苦病痛，词风哀愁、孤独、颓唐。炜卿也有些词作则相对较为抒缓，情感体验更平和，如《浣溪沙·冬闺》：

　　　　闲坐房栊看日斜，帘风阵阵峭寒加，自携金鸭款梅花。

　　　　冻水一方休洗砚，轻烟几缕任煎茶，锦书无标忆天涯。③

　　该词写冬日闺阁生活的一个场景，词人以思妇口吻描绘寒冷冬天里闲坐煎茶思亲的寂寥生活，虽写思妇但不媚俗，且自带一种清雅气息，体现出作者高雅的审美品位和生活态度。这类闺妇词作在炜卿创作中较为多见，其词既有北宋清丽婉约词的遗风又带有南宋清雅词人的韵致。炜卿咏物词作也值得一读，如《天香·水仙》：

---

① （清）陈尔士：《听松楼遗稿》卷四，道光元年（1821）刻本，第 14 页。

② 同上。

③ 同上。

　　翠箭擎寒，粉黄拂艳，盈盈乍隔秋水。湘梦云回，玉魂烟锁，温蔼一窗晴意。飞琼不见，问带上、仙题怎寄。纵是深藏金屋，难抱碧岩清致。

　　芳姿是谁竟丽，只梅花、晚妆同试。抹倒万红千紫，独明珠佩，一段心情泉石。但付与、枯桐写幽思，尽耐牵萝，琅玕静倚。①

　　此词为炜卿所作唯一一首长调，语言精丽雅致，虽为咏水仙，却熔铸了词人的生命与情感，词作中透露着一种愁绪，一种对绽放生命的赞叹以及花终凋谢的怅然之感。词人以"盈盈秋水""金屋藏娇"之典故以增强词曲的丰富性及美感，在对水仙的刻画方面也十分细腻，开头一句有形、有色、有神，词风清空骚雅，风格颇似姜夔。其他咏物词还有《白牡丹》《杨花》《咏柳》。

　　（三）散文创作

　　陈尔士散文创作较丰富，其文体涉及序、述、传、记、赞、题、跋、随笔、书信、论。

　　陈尔士幼读经史，有深厚的经学功底，且陈尔士生活在乾嘉时期，注重经学的考据之风盛行，受时代主流学术思想的影响，她在教诲子女时也常援引经学言论。卷一《授经偶笔》中有不少《易》《诗》《礼记》《论语》中的经典言论，其中大多为关于品德、妇德、礼仪方面训诲告诫子女之言论，如"致礼以治，躬则庄敬。心中斯须不和不乐，而鄙诈之心入之矣""尊长于已逾等，不敢问其年""女子十年不出，姆教婉娩听从""男不言内，女不言外"② 等。对这些典籍言论陈尔士均一一阐释发微，颇具朴学之风。沈善宝《名媛诗话》评其为："历来闺媛通经者甚少，矧能阐发经旨，洋洋洒洒数万言，婉解曲喻，援古诫今，嘉惠后学不少，洵为一代女宗。"③

　　卷三为家书，主要为陈尔士在京师时写与自己子女的书信，书信中大都为谈论子女学业、身体、家中生计之管理、对丈夫的思念及对长辈身体

---

① （清）陈尔士：《听松楼遗稿》卷四，清道光元年（1821）刻本，第15页。

② （清）陈尔士：《听松楼遗稿》卷一，清道光元年（1821）刻本，第1—13页。

③ （清）沈善宝：《名媛诗话》卷五，王英志《清代闺秀诗话丛刊》第一册，凤凰出版社2010年版，第426页。

之关照。炜卿极重视子女的学业，她在 29 封书信中几乎每封都谈及子女的学习长进情况，足见其督课子女之勤。对其子阿英（即钱保惠）炜卿甚为重视，用笔甚多，言语切切。尤为难得的是，阿英并非陈尔士的亲生孩子，但她仍能视如己出，关爱备至。这些书信语言虽不富文采，但质朴情深，为母的拳拳之心跃于纸面。且读己卯年（1819）十一月二十六日作《谕英儿》：

> 连接汝信，于路平安。是月初旬可以到家，慰慰。我屡欲作信与汝，而无暇。自汝南旋后，膝前甚觉寂寞，虽有诸弟妹慰情，而心中甚怅念汝。汝当体我心，格外保重，所学不可荒废。语言一切格外谨慎，成礼后即收拾行装，明年正月务必北上，以慰倚闾之望。切嘱。计此信到时在年底矣。想汝在昆山，外舅外姑之慈爱，汝夫妇琴瑟静好为慰。新妇将从汝北行，远别父母，依恋可知。汝须劝解之。①

此为炜卿在收到阿英报平安信后的回信，信中直言对阿英的思念并嘱咐阿英保重身体，不可荒废学业。时阿英已娶妻，陈尔士还想到媳妇远别父母的种种不适应，要求阿英悉心关照，互相关爱。其间言语之关怀及细致之体贴使人动容，足见陈尔士为母之殚精竭虑。另附于卷四诗词后有论 3 篇，分别为《郑厉公杀原繁论》《介之推不受禄》《秦穆公用孟明》，其作也是为其子保惠学作论时做的示范。保惠在论后题云："先妣平日不轻议人得失，故论辩之文不多作，作亦不存。甲戌之春保惠始学为论，先妣间尝拟作以示准程。今检箧中仅存三首，吾父以非性情所存，命勿以入集。"②

炜卿因长期生活在官宦之家，自幼受女训之教，陈尔士在女子闺范礼仪方面也十分重视，自己常以身垂范。她在嫁于钱仪吉后，因身体羸弱，对其姑、舅未能尽到全力照顾，为此她深感愧疚，在其《听松楼女训序》中云："未逾四月，先舅弃世，不得稍尽妇职，终身以为憾。"③ 后嘉庆辛

---

① （清）陈尔士：《听松楼遗稿》卷三，清道光元年（1821）刻本，第 18 页。

② （清）陈尔士：《听松楼遗稿》卷四，清道光元年（1821）刻本，末页。

③ （清）陈尔士：《听松楼遗稿》卷二，清道光元年（1821）刻本，第 1 页。

未年（1811）其姑又病，而炜卿身体羸弱多病，因未能尽力奉养其姑而感到"终不得以纾吾罪"。[①] 作为妻子及母亲的身份，她时刻牢记自己的职责本分，践行着传统儒家之社会伦理关系并推而广之。在其《妇职集编序》中，她认为："夫女子之德，贵乎柔顺。故《坤》之象曰：'柔顺利贞。'《文言》曰：'阴虽有美，含之以从。王事弗敢成也。地道也，妻道也，臣道也。'言坤道至柔，弗敢专也。"[②] 此作可称为陈尔士的女德观念的体现，她极力赞同儒家观念中对女性的要求，将女德放在一个十分重要的位置，且认为对于女孩尽早教习女教之德，方能做到"及其长也，十五而笄，二十而嫁。十年教训，习惯胸中，乃知敬舅姑无违，事夫主以礼，此教之力也"[③]。为了教习闺阁女子，她"爱采集经、史，析其条目，曰：敬舅姑、事夫主、和娣姒、待媵妾、教子女、御卑仆"[④]。除了这两篇序外，她还在《述训》中褒扬钱氏家族中先姑的嘉言惠行，以"俾子女诵览垂法"。[⑤] 类似诸类作品还有不少，陈尔士都能引经据典，阐理发微，其才学使人叹服。沈善宝《名媛诗话》中评："内载《授经偶笔》、序、述、记、赞、跋、论、家书诸著作，议论恢宏，立言忠厚，诗犹馀事耳。"[⑥]

正是受传统儒家礼教思想之浸染，陈尔士在"殁前一时，犹令幼子读《易》床下，论说如平时"[⑦]。在生命的最后一刻都不忘记自己作为母亲的本职，可敬可叹。从陈尔士的诸多散文中我们可以看到一位相夫教子、恪尽妇职的贤妻良母的身影，她才学富赡，著书立说引经据典，同时又秉承传统之儒家礼教思想，具有牺牲自我之精神，她是中国传统闺阁女性中具有德、才、美之特质的一个典型缩影。

----

① （清）陈尔士：《听松楼遗稿》卷二，清道光元年（1821）刻本，第1页。

② 同上书，第2页。

③ （清）陈尔士：《听松楼遗稿》卷三，清道光元年（1821）刻本，第1页。

④ 同上书，第2页。

⑤ 同上。

⑥ （清）沈善宝：《名媛诗话》卷五，王英志《清代闺秀诗话丛刊》第一册，凤凰出版社2010年版，第424页。

⑦ （清）潘衍桐：《两浙輶轩录》卷五十三，《续修四库全书》第1627册，上海古籍出版社1995年版，第187页。

第三节　句里传神，才高咏絮——沈彩

一　生平简况

沈彩，字虹屏，号扫花女史、青山要人、供香小史，自称胥山蚕妾，芷汀散人，吴兴人。平湖贡生陆烜侧室。著有《春雨楼集》14 卷，乾隆四十七年（1782）刊本。另有《春雨楼书画目》一卷，民国雪映庐钞本。民国十三年（1924），罗振常辑《蟫隐庐丛书》，内收《春雨楼诗》一卷，《春雨楼杂文》一卷及《采香词》二卷，除《蚕词》一题二首外，其余内容均见于《春雨楼集》。另有陆氏求是斋抄本，为陆氏"当湖乡先哲遗著"之一，同样为十四卷首一卷末一卷，但书末有陆烜、沈彩题跋各一则。

图 12-3　沈彩小像

注：采自《春雨楼集》中

沈彩有咏絮之才，其《春雨楼集》著述丰富，各体皆有，其创作数量之多在闺阁女性中较为罕见。其文集前有乾隆四十七（1782）年萧山汪辉祖题序及乾隆四十四年（1779）其夫陆烜序。内中有赋 7 篇，诗 268 首，词 66 首，文 10 篇，题跋 61 则。《续檇李诗系》评云："虹屏为老友陆梅谷爱姬。梅谷家多储藏，凡图书铅椠纷置左右，虹屏以一身掌之。性

明慧，工诗善画，尤工小楷，得管夫人笔妙。"①

　　沈彩原籍吴兴，自幼入彭家为婢，后彭玉嵌嫁与陆烜，沈彩亦随嫁为妾。《春雨楼集》序中云："吴兴故家女也，年十三归余。"② 陆烜之妻彭玉嵌亦为海盐彭氏家族之才女，工诗词，善书画。甚为难得的是，彭玉嵌还能亲自指点沈彩，"授以唐诗，教以女诫"。③ 沈彩聪慧，"稍知文义，流览书史，过目不忘"。④ 嫁与陆烜后，沈彩的文学创作又得到其夫的帮助指授。其夫陆烜，生于平湖陆氏家族，其家族为当地一文化望族，自三国始即文化名人辈出，先后出现了陆机、陆云、陆贽、陆陇其等名人，明清时期平湖陆氏更产生进士40人，显赫江南。

　　沈彩之夫陆烜，字梅谷，秋阳，号巢子或巢云子。工诗画，喜藏书，家有"奇晋斋"，内中藏书丰富。为诸生，一赴乡试不售，后不意仕进隐居胥山，专事吟咏著述、校刊鉴赏及藏书刻书。沈彩受其夫影响，加上自幼得彭夫人指点，沈彩对诗文书画也浸淫日多，她性喜风雅，能文善画，喜抄书藏书刻书，也精于鉴赏。其《春雨楼集》就是在其夫帮助下的自刻之本，甚为难得。

　　沈彩与陆烜妻彭玉嵌相处较融洽，两人常有唱和之作，虹屏还曾为彭玉嵌整理文稿，玉嵌在其《铿尔词》序里记："余诗学于及笄之年，自归梅谷家，又数年，始喜为之。其体本多绮语，非妇人所宜，又满意者少，故率不留稿。兹所存，皆出于虹屏记忆收拾。"⑤ 沈彩对才女彭玉嵌也十分尊敬，曾在《戏述三首》中云："十三娇小不知名，学弄乌丝写未成。却拜良师是大妇，横经曾作女书生。"⑥

二　主要文学成就

　　沈彩"清华端重，智慧聪俊"，她曾得到陆烜妻彭玉嵌的指授，加之

---

① （清）胡昌基：《续槜李诗系》卷三十八，清宣统三年（1911）刻本，第21页。

② （清）沈彩：《春雨楼集》序，胡晓明《江南女性别集》三编上，黄山书社2011年版，第6页。

③ 同上。

④ 同上。

⑤ （清）彭贞隐：《铿尔词》，平湖陆氏求是斋钞本，第1页。

⑥ （清）沈彩：《春雨楼集》卷七，胡晓明《江南女性别集》三编上，黄山书社2011年版，第60页。

勤敏专注，因而她"十年以来，文翰遂多"，① 其创作涉及诗、词、文、赋等各体，数量亦堪称宏富。

（一）诗歌创作

各体中，沈彩作诗最多，工五、七言，所咏多为写景、咏物、游赏、闺思、题画等。《春雨楼集》中卷二至卷七为诗，共计 268 首。沈彩作诗主张"诗抒性情"，与清袁枚之"性灵说"有异曲同工之妙。她在《与汪映辉夫人论诗书》中云：

> 夫诗者，道性情也。性情者，依乎所居之位也。身既为绮罗香泽之人，乃欲脱绮罗香泽之习，是其辞皆不根乎性情。不根乎性情，又安能以作诗哉！故如《关雎》之淑女和悦，不能为《终风》《绿衣》之怨也；《谷风》之思妇愁苦，不能为《桃夭》《草虫》之乐也……言为心声，犹自写照，用自写照而顾揣摹他人之面目，不亦可笑矣乎！故彩窃以为诗者，惟本乎性情，必思无邪。素其时位，求声成文，有兴观群怨之风，而不失温柔敦厚之旨，斯可矣。②

沈彩认为，作诗以性情为首，要言为心声，不矫揉造作，同时作诗也要兼顾儒家所提倡的兴观群怨之风及温柔敦厚之旨。沈彩较喜作绝句，诗风多样，有效玉台体之绮丽柔媚之诗风，也有追随唐人清新自然诗风的佳作。在《春雨楼集》卷一中较多玉台体之诗作，如《效玉台体》《江南春》《探春》《海棠二绝》，其诗多写闺阁女子之姿态及情思，如"红豆相思树，花开秋日长。自怜罗带减，不敢绣鸳鸯""蜻蜓有情随浅步，鸳鸯无梦惹相思"③ 等句。沈彩对诗有自己独到的见解，她作诗善熔铸前人诗句，造语能推陈出新，追崇唐诗兴象空灵之风致，她在《与夫人论诗偶成》中谈道：

---

① （清）沈彩：《春雨楼集》序，胡晓明《江南女性别集》三编上，黄山书社 2011 年版，第 6 页。

② （清）沈彩：《春雨楼集》卷十，胡晓明《江南女性别集》三编上，黄山书社 2011 年版，第 81 页。

③ （清）沈彩：《春雨楼集》卷二，胡晓明《江南女性别集》三编上，黄山书社 2011 年版，第 12 页。

　　　羚羊挂角处，无迹少人知。偶尔成佳句，泊然何所思。
　　　从来兰似草，莫认菌为芝。微雨空闺里，茶香细论诗。①

　　此作写如何作诗，作者认为作诗如同羚羊挂角无迹可求，没有固定的作诗方法，只有靠自己的琢磨和顿悟。作诗的方法都有类似之处，但诗作却有优劣、高雅与低俗之分。在沈彩的诗中有很多清新淡雅的写景之作，如她的《清秋临眺》：

　　　清秋如静女，窈窕不多妆。菱浦微弯月，枫林小著霜。
　　　山眉修人画，波縠滑生光。更拟褰裳去，三湘畹芷香。②

　　诗句简洁雅致，用语精妙，诗人善于设喻，将清秋时的景色比喻为一位化着淡妆的女子，淡雅不明艳却清韵动人，"枫林小著霜"将初秋时的典型特色渲染了出来。整首诗如一幅水墨画卷，给人以美的享受。还有她的《晚景偶成》：

　　　弯环月子恰如弦，雨散池塘四月天。一架蔷薇香扑鼻，轻衫小扇晚风前。③

　　虹屏诗作总给人以心情愉悦之感，她善用比喻、拟人的修辞手法使诗句语言形象生动富有情趣。在此诗中，作者将如弦之月、雨散池塘、扑鼻蔷薇融入诗中，抒发人间四月景物之美，末句"轻衫小扇晚风前"则写出诗人悠闲惬意的心境。除了写静态之景外，她还善写动物，如"一双蛱蝶浑无赖，飞上浓香夜合花""一晌微吟答天籁，青蛙拍板蚓吹箫""蜕蝶新花抱，蟫鱼故册游"，在她笔下这些自然界的动物都是那样可爱而富有情趣。
　　在沈彩的诗中，写景咏物之作明丽轻快，读之如怡。其设境造语体现出诗人对大自然的细心观察及对生活的热爱。她的诗很少有悲戚之感，虽

---

　　① （清）沈彩：《春雨楼集》卷六，胡晓明《江南女性别集》三编上，黄山书社 2011 年版，第 50 页。
　　② 同上书，第 45 页。
　　③ 同上书，第 48 页。

很少涉及家庭生活以外的现实题材，但诗人这些原汁原味的性灵之作也颇可打动人心，折射出在康乾盛世下闺阁女性所特有的一种优游闲雅之气。

（二）词学创作

沈彩写词亦丰，其词集名为《采香词》，存词 66 阕。小令、中调、长调皆作，小令居多。词多写景、咏物、纪事、抒写闺思。词学李清照、朱淑真，词风细腻婉约，闲雅有情思，集中还有多首以李清照、朱淑真曾作词牌为题的填词作品。虹屏之词富有生活气息，常以夜读、春游、题画，泛舟、唱和等为题，表现词人优游卒岁充满文人雅趣的生活情调，如《菩萨蛮·题写兰》：

> 绿窗何物消长昼，蛟螭血玉摩挲久。试手更临书，棠梨春雨馀。
> 书馀留墨汁，却写幽兰叶。未拟点花攒，先题诗句看。①

此词写作者平时观书练字、题写诗句充满墨香气息的雅致生活，词中作者用语雅洁，情韵潇洒。陆烜家中金石字画收藏甚丰，给沈彩提供了很好的书香环境，使她能静心于学。在很长的一段时间里，沈彩以诗文、字画及鉴赏来消磨时光，过着文人闲雅的生活。此类作品还有《玉蝴蝶·春日题临十三行后》《甘草子·临黄庭帖》《赤枣子·春日作字》《忆王孙·作字》等。她在《忆王孙·作字》中写到了自己细致临帖的情形："偶濡象管试临池，法帖鹅群拟献之。仔细端详下笔迟。似相思，手托香腮不语时。"② 在《南乡子·冬夜临书》中，她还记述自己天寒地冻时节临摹书法作品："快雪时晴，今夜寒窗月倍明。尚喜临池研冻墨。端溪石，兰吹频呵香雨湿。"③

沈彩还有不少写景抒情的小词，犹以写春日最多，如这首《减字木兰花·春日》：

> 洗妆初罢，闲坐海棠红影下。且展瑶函，兰吹咿唔读二南。

---

① （清）沈彩：《春雨楼集》卷九，胡晓明《江南女性别集》三编上，黄山书社 2011 年版，第 75 页。

② （清）沈彩：《春雨楼集》卷八，胡晓明《江南女性别集》三编上，黄山书社 2011 年版，第 66 页。

③ 同上书，第 64 页。

无端触绪，杨柳如帷莺对语。欲写春词，谑浪深防大妇知。①

小词上阕写作者梳洗罢，坐于灯下读《周南》《召南》中诗句的优雅生活；下阕写书中的诗句触动了自己，读诗如杨柳与帷莺对语。末句甚为有趣，欲写春词却又不想让大妇彭玉嵌知道。这种妻妾之间微妙的心理活动由沈彩妙笔写出，让人忍俊不禁。沈彩作词俏皮幽默，常能以调侃之语入词，使词中带着谑浪之色彩，反映出词人性格之活泼可爱。

沈彩写景词作，并不单纯写景，她还常融自己的闺阁生活于词中，如《苏幕遮·秋夜》：

粉霜零，珠漏促。一线钩陈，已直西楼角。十二阑干花外曲。侧置匡床，稳坐芙蓉褥。
月如人，人似玉。对月吟诗，诗句从心琢。天许幽闲斑管搦。静夜篝灯，惯谱鸳鸯族。②

此词写秋夜里词人对月吟诗的情景，词上阕勾画场景，下阕写自己灯下对月吟诗的生活画面。词人情景交融，用语精丽，富有浪漫文人之气息。除这类写景题咏的作品外，沈彩词风多样，也有咏缠足、咏戏浴等较香艳之作。

总体而言，沈彩之词有的清雅，有的幽默俏皮，有的香艳明丽，写景抒怀都极少愁苦之音，反映出词人夫唱妇随，琴瑟静好的从容风致。正如她在《满江红·偶作》中描述了自己沉浸于书香之家的闲雅生活及愉悦心情："有时谱，司花牒。有时写，簪花帖。任血染啼鹃，于吾何涉。大妇多才红豆女，主君奇贵黄金叶。愿相从，左右浥香风，身如蝶。"③

（三）赋

刘勰云："人享七情，应物斯感，感物吟志，莫非自然"④，借物于自然界的各种物象来寄托承载人的情感，是情感传达的一种有效途径，也是

---

① （清）沈彩：《春雨楼集》卷九，胡晓明《江南女性别集》三编上，黄山书社2011年版，第74页。

② （清）沈彩：《春雨楼集》卷八，胡晓明《江南女性别集》三编上，黄山书社2011年版，第70—71页。

③ 同上书，第68页。

④ （南朝梁）刘勰：《文心雕龙·明诗》译注，上海古籍出版社2010年版，第23页。

富有表现力的一种手法。

图 12-4 沈彩《春雨楼集》书影

注：清乾隆四十七年刊本，采自上海图书馆

沈彩共作赋 7 篇，分别为《书带草赋》《鹦湖渔灯赋》《盆荷赋》《七夕赋》《芙蓉堤赋》《菊影赋》及《骂赋》。所作为咏物赋和一篇讽刺类赋作。选材范围较狭小，但文字清新优美，一花一草一灯一影均可入题，描写细致入微，很好地发挥赋之体物抒情之功能。沈彩善借物以咏怀。其赋作常融以典故联想阐发，带有作者闲雅生活之情趣。如她写《盆荷赋》：

> 其为叶也，始田田，终蔼蔼；小如钱，大如盖。初日照之益妍，清风吹矣何害。其为花也，或放双头，或开十丈。红紫争芳，青黄竞爽。讶五色之陆离，周四方而相向。于是移栽庭院，培植轩窗。滋以勺水，盛以瓷缸。乍绿茎之抽一，旋红影之分双。香扑眉宇，色似面庞。瓶桂逢君而结伴，盆兰得尔为友邦。①

---

① （清）沈彩：《春雨楼集》卷一，胡晓明《江南女性别集》三编上，黄山书社 2011 年版，第 8 页。

　　此赋中，沈彩不仅描写荷叶荷花妙曼的身姿，也写到作者移荷入盆后妆点庭院赏玩之雅趣。文末更以诗结尾："太华峰头玉女盆，移来金屋醉清尊。一枝折赠人何处，不待秋风已断魂。"[①] 盆荷虽美，但此美又谁来同赏呢？诗中传达出作者略带伤感又孤寂的心情。其赋文字优美可读，间以周敦颐《爱莲说》之句增加文采，体现了沈彩较强的熔铸语言的能力。《七夕赋》为沈彩所作的其中一篇骈赋，赋作同样语言华美，对仗工整，句协音律。她在赋中多处援引典故，借七夕时节加以铺陈，点出自己的心迹：

　　　　中秋未至，元夜已过。商声应令，流火载歌。三唐退暑，七叶生柯。迢迢今夕，耿耿明河。尔乃玉露频倾，金风徐扇。曲巷天高，回廊月转。北斗阑干，南星隐现。乌鹊填桥，青鸾下殿。则有人间乐事，天上销魂。日中晒腹，楼外曝裈。宗元拜手，子晋乘轩。黄姑得配，织女为婚。汉则百子池头，唐则长生殿里。宵中染指之花，夜半倚肩之语。试穿九引之针，漫握五色之缕。珠丝之落何方，金梭之坠谁所？[②]

　　赋中以七夕美好的爱情传说为题，当中援引宗元拜手、子晋乘轩之典故，配以百子池、长生殿的爱情故事为佐料，极大地增强了作者的文学内涵及表现力。赋中染指甲及月下穿针之民俗也增添了全文的生活气息。同样此赋也暗隐心意，在歌咏浪漫爱情的同时，作者也寄托了自己希望能得到同样美好爱情与幸福婚姻的愿望。

　　在沈彩赋作中还有一篇《骂赋》十分有趣，此赋作于乾隆辛丑（1781）年，一日沈彩见一邻女因口角而盛怒大骂，令身为闺阁女子的沈彩很不可思议，于是写下此篇，以作讽刺。沈彩才高，能将如此骂人之场面借喻发挥，典故频频，洋洋洒洒信手写来，不着脏字，体现出沈彩之诙谐幽默，如她写道：

---

　　① （清）沈彩：《春雨楼集》卷一，胡晓明《江南女性别集》三编上，黄山书社 2011 年版，第 9 页。

　　② 同上。

骂人有如易水风寒，函关日射。太子饯徐，渐离击筑。把袖咸阳，献图陛下。持匕首以批鳞，恨药囊之救驾。爰箕倨以倚柱，变和歌而笑骂。若夫踞床洗足，借箸运筹。定秦失策，扰楚乱谋。令趣销印，安用封侯，悔摄衣而延入，将吐哺其不休。伊公事之几败，骂竖儒以如仇。①

作者将骂人场面比作荆轲刺秦王的激烈情形，其中之惊心动魄读来如临现场，又以张良进言刘邦，刘邦骂郦生之情形作比，字字珠玑，句句婉讽，妙趣横生。

纵观沈彩之赋，以咏物小赋为主，用语生动形象贴切，引经据典，曲意绵绵，不愧被赞誉为"句里传神，才高咏絮"。②

（四）散文创作

沈彩有文 10 篇，其中包括表、记、序、论、说、启等各体，内容丰富驳杂，主要探讨对诗歌创作、音乐、历史人物的看法及见解。

沈彩为文善于思辨体悟，对待人和事能够一分为二地去分析。如在《东溪泛舟记》中写自己与夫子泛游东溪之趣，虽为游记，但作者在游中体验生活并以事寓理，记叙、描写、抒情、议论融为一体，行文有王安石、苏轼之风。其中，写景一段文字优美："于时已立秋，天气清肃，白露下瀼瀼，寿星若环若璧，已宿鹑首之次，两岸荻花萧然，栖鸟不惊，微波不动，白云鳞鳞，皆贴水底。"③沈彩善于捕捉画面，精于渲染，以寥寥数语道出了溪流两岸之空幽。在行文结构上作者也兼顾首尾之呼应，以夫子对游玩的认识开头，结尾处也进一步阐发自己对游玩的看法："顾余足履六尺地，从未尝游；游，止此，然而已饫清兴。苟不得清兴，虽足迹遍天下，以为未始游可也。"④作者认为游玩不在于走多少地方，行到多远，而在于游玩时的一种心境，倘若能在游中得到清兴，那么无论游多远

---

① （清）沈彩：《春雨楼集》卷一，胡晓明《江南女性别集》三编上，黄山书社 2011 年版，第 11 页。

② （清）沈彩：《春雨楼集》序，胡晓明《江南女性别集》三编上，黄山书社 2011 年版，第 5 页。

③ （清）沈彩：《春雨楼集》卷十，胡晓明《江南女性别集》三编上，黄山书社 2011 年版，第 83 页。

④ 同上。

都是心情愉快满足的。文中包含朴素辩证的生活道理，体现出沈彩对生活感悟之深及思考问题的能力。在《辽萧后论》中作者则谈到对女性慎言慎行的重要性，为文犀利。她开头便云：

> 凡事必慎于其微，而谨于其乎。况身为妇人，为猜嫌之易起；贵为母后，为尤悔之丛生，而可不检其微乎哉？且妇人无才之谓之德，无才之谓福，不幸而有才，尤易以败检而获凶咎处也。古来之以败德失行而获凶咎者，无论已乃有实无过恶，而身卒不免，若辽萧后是也。①

在此段论中沈彩以辽国萧后被人陷害利用为例，指出她虽有才但不够慎其言，结果反而为才所累。虽然萧后是蒙冤而死，但作者同时也指出："夫萧后诚冤，余谓亦萧后不检细行，有以自取也。"② 作者对萧后做了一分为二的分析，最后沈彩发出感慨："慎尔歌诗，谨其笔墨，以明哲保身，又岂独妇人宜然哉！"③ 此论可看作沈彩对为人处世尤其是女性慎言慎行以处世的心得体会，沈彩此言虽有些许无奈，但也不失为适应封建社会体制需要而必须遵从的戒律。

沈彩语言艺术之高超还体现在她白描摹写之功力。在《赵千里画宫娥记》中，沈彩记载了画家赵千里细致描摹十六名宫女的过程，这十六名宫女每人神态动作各异，有倚槛独坐者、有两人玩池中蟾影者、有抚琴不弹目送飞鸿者、有燃烛摊书者、有握管吟诗者、有二人对弈者、有二个倚肩行游，面怀凄怆、萧寂无聊神色者，个个不同，作者以神妙之笔加以一一刻画，惟妙惟肖如在眼前。

沈彩还喜作题跋，题于不少书法绘画作品后，今存题跋 61 则，其所作短小简洁，多为她临摹书法绘画之心得总结，也有关于纸品、笔砚、金石之鉴赏，文人交往之雅趣等，如《跋干蕉叶上书》《跋竹衣上书》《跋梅谷主人画》《跋虫窠纸上书》，均为沈彩对纸品、画品之鉴赏心得。甚

---

① （清）沈彩：《春雨楼集》卷十，胡晓明《江南女性别集》三编上，黄山书社 2011 年版，第 81 页。

② 同上。

③ 同上。

　　为难得的是，在沈彩的题跋中，还谈及与日本人的交往。沈彩生活在清代乾隆中末期，中国已开始与国外有了一定的接触，而沈彩也敏锐地感受到这一异域的气息，她在《跋书赠日本人湛如》及《跋倭纸上书词》二文中，提到日本友人湛如慕名前来登门请书之事，同时她也对日本友人带来的纸赞叹不已，认为"纸有浪纹针眼，云彼中取海苔所造，揭开隐隐有香，作玫瑰气。恐即古蜜香苔纸也"①。从沈彩的题跋中，我们可知她对书画作品涉猎广泛，所观书法有王羲之、王献之、米芾、李公麟、郑思肖、张芝、钟繇、赵孟𫖯、颜真卿等人的作品，陆氏家中所藏字画之丰令人叹服，也无怪乎沈彩的书画修养如此深厚了。

　　近人罗振常在《春雨楼集》序中评曰："屏虹能文能诗能词，所著《春雨楼集》载之志乘，虽未见传本，然观其藏书跋语，妍雅无伦，想见其人之明慧。"②今阅沈彩之诗词文赋，深为其才情所叹服，在盛清才女辈出的时代，沈彩以自己丰厚的文学作品给世人展示一位才情女子洒脱的性情及深厚的文人修养，她与丈夫陆烜同攻铅椠，共研书画的琴瑟之谐成就了一段艺坛佳话，其文学创作也成为探索盛清闺阁才女生活状态与文学创作旨趣的一扇窗口。

---

　　①（清）沈彩：《春雨楼集》卷十二，胡晓明《江南女性别集》三编上，黄山书社 2011 年版，第 93 页。

　　②（清）沈彩：《春雨楼集》补遗，胡晓明《江南女性别集》三编上，黄山书社 2011 年版，第 113 页。

结　　语

　　纵观整个明清时期嘉兴的女性文学创作，望族女性当仁不让地成为创作的主力军。明代望族女性作家虽数量寥寥，但已呈星火燎原之势，在明末清初时开始大放异彩。黄媛介、项佩、沈榛、彭琰、彭珫、吴黄等一批女性作家虽身处乱世，却以自身的人格魅力和才情在江南文化圈赢得了赞誉。黄媛介为闺塾名师，才情声震江南；吴黄、沈榛在明清易代之际变卖金银首饰以助抗清义兵军饷，深明大义；彭琰、彭珫以诗画称颂一时。她们的文学创作成为整个江南流域喜诗书、重艺文之风雅传统的一种投射。

　　清代时嘉兴的望族女性作家数量骤增，有清一代共出现了342名望族女性作家，其中产生了邵振华、沈彩、陈尔士、鲍诗、赵棻、严永华、周颖芳、郑静兰、徐自华等一大批在文学创作上颇有建树的望族女性作家。周颖芳、邵振华在文学创作观念、叙事文体的拓展上走在全国女性前列，周颖芳创作的弹词作品《精忠传》，以历史英雄为主题，将作者的"家国情怀"和对社会不平之气的"女史"传统表现得淋漓尽致，成为叙事体文学的一部力作，为我国弹词艺术留下了宝贵的文化遗产。桐乡才女邵振华创作了章回体小说《侠义佳人》，为女性的自由、平等权利大声疾呼，控诉了封建旧体制对女性的压制与摧残，表现出作者进步的女性观。郑静兰、徐自华两位望族才女在接受时代新思想的洗礼后，对社会怀有士大夫般深切的社会责任感，她们以刚健写实的诗风表达对腐朽晚清政府的不满及对争取民主、自由新思想的向往。

　　嘉兴望族女性的创作在明代和清代各自呈现不同的时代特点，从明代传统"温柔敦厚"的闺阁之作到明代末期闺阁才女对动荡现实的关注，从清代初期盛世气象下的欢愉之气再到清代中后期封建末世下内忧外患的社会写实，以及西方新学涤荡下的凝重与抗争，嘉兴望族女性以敏锐的慧心透视着社会，以诗文纪实，创作了大量反映时代风貌的文学作品。她们的创作既带有家族的特色，同时又将个体与社会融为一体，体现了知识女性广阔的视野和不凡的胸襟气度。

在整个明清时期，嘉兴望族女性创作了 355 种个人的别集作品，为一地闺阁文学的传播贡献巨大。她们打破了女性集体失语、禁声的状态，以自己独立的面貌向世人证明了自己的存在价值，她们的诗文作品也被广泛收录于女性的诗文总集、选集及地方文学总集中，望族女性作为一个性别符号有力地改写了原先"女子无才便是德"的陈腐思想，为一地女性追求进步、民主及平等之思想奠定了坚实的基础。

附录一

嘉兴望族女性作家生平及著述

明代部分：

1.（明）沈纫兰，字闲靓，海昌人。沈淳女，黄洪宪子媳。幼工书，雅善临池，业以孝行闻。喜作古诗，不为平熟之调，七言亦仿佛温李。有《效颦集》《锄隐》《浮玉亭词》《宾庐》诸稿（均未见）。

2.（明）黄双蕙，字柔嘉，嘉兴人。黄洪宪孙女，沈淳外孙女，黄承昊仲女，太学孙洪基聘妻。赋性温慈，兼有静慧，好读书，髫年喜禅，年十六而逝，诗词才华可比叶小鸾。有《禅悦剩稿》（未见）。

3.（明）黄淑德，字柔卿，秀水人。黄正宪幼女，屠姚孙妻。髫年通文史，解音律，夫亡早寡，后礼佛隐居，卒年三十四。着《遗芳草》一卷（未见）。

4.（明）项兰贞，字孟畹，嘉兴人。项德成女，著名藏书家项元汴之孙女，解元黄涛母。其诗最工写景，清婉有致。事姑孝，理家有才，年仅三十二而卒。著有《裁云草》《月露吟》《映寒斋吟稿》《咏雪斋遗稿》（均未见）。

5.（明）周慧贞，字小朗，一字挹芬，又作挹芬，江苏吴江人。明吏部尚书周用玄孙女，鸿胪周文亨女，周丕显妹，嘉兴黄洪宪曾孙媳，孝廉黄凤藻妻，年二十六而卒。善画，工诗词，吟咏虽少，意调颇逸。著有《剩玉篇》二卷（一名《周挹芳诗集》，未见）。

6.（明）黄德贞，字月辉，嘉兴人。黄守正女孙，黄媛介从妹，孙曾楠室，女诗人周兰秀妯娌，女诗人孙兰媛、孙蕙媛母，二女俱能文，子渭璜，亦名下士。少工诗赋，与归淑芬辈为词坛主持。著有《冰玉》《雪椒》《避叶》《蕉梦》《劈莲词》《藏笑曲》（均未见）。与归淑芬、申蕙共辑《名闺诗选》（未见）《彤奁词选》（未见）《闺秀百家词馀》（上海图书馆馆藏)。

7.（明）陆观莲，字少君，号雨鬟道人，嘉善石辉里人。嘉善魏塘陆氏第四女，桐庐诸生㳙丹生妻，㳙讷、女诗人㳙默母。著有《蒋湖寓园草》（一名《㳙氏闺隐集》，未见）。

8.（明）陆圣姬，字文鸾，一作文峦，嘉兴人。明抚州知府陆广孙女，周檠妻。性敏慧，能读书，工诗文，著有《文鸾草》（未见）。与女诗人桑贞白时相唱和，辑有《檇李二姬倡和集》（嘉兴市图书馆馆藏）。

9.（明）徐范，字义静，一字仪静，又字塞媛，号玉卿，嘉兴人。徐海门女，布衣徐真木姊，寒士范为既妻。喜吟咏，诗为沈纫兰所刻，已佚，著有《红馀草》（未见），辑有《香闺秀翰》（一名《玉台名翰》，未见）。

10.（明）虞嫄，海盐人。虞烈女，监生董湄妻，董升嗣母。幼通文艺。著有《节妇录》（未见）。

11.（明）卜氏，道号悟玄，嘉兴人。明嘉靖四十一年（1562）进士卜相女，陶澄中妻。著有《悟玄诗稿》（未见）。《嘉兴县志》卷十四《词翰·附闺秀》："幼育于至戚姚太氏弘谟家，手授经史，博览群书，遂工吟咏。"

12.（明）姚少娥，自号青娥居士，秀水人。姚元瑞女，诸生范应宫妻，万历二十八年（1600）应天举人范明泰叔母。年十八归范君和，才德两全。著有《玉鸳阁遗草》二卷（未见）。《檇李诗系》卷三十四评："扶床诵书，博通群籍。二十六而卒。王端淑曰：'青娥诗骨寒思宵，气清意冷，下笔独别。'"

13.（明）于启璋，字静媛，嘉兴人。于世华女，西陵沈蕃妻，海宁沈祐孙媳，沈端嫂。性耽文史。著有《针馀草》（未见）。

14.（明）孙兰媛，字介畹，嘉兴人。孙曾楠与黄德贞长女，孙蕙媛姐，陆渭室，陆宛梾母。濡染家学，雅工词语。词工小令，多韵语，不杂脂粉，自是香闺雪艳。王端淑评其诗为："介畹诗如行云流水，在有意无意间。"兼善画兰竹。与妹静畹同为禾中闺秀之冠。著有《砚香阁词》（未见）。

15.（明）孙蕙媛，字静畹，自号天水内史，平湖籍，嘉兴人。黄德贞次女，孙兰媛妹，庄国英继妻，庠生庄洪琮嫡母，陆宛梾姨母。词工小令，能与介畹争胜。著有《愁余草》（未见）。

16.（明）黄观娇，秀水人。黄鹤年与张氏孙女，湖广按察副使黄倧第三女，黄正色、黄洪宪、黄正宪姊妹，屠应埈孙媳，屠叔章子媳，万历间诸生屠中孚妻，女诗人沈纫兰、黄淑德姑母，女诗人黄德贞、黄媛贞、黄媛介从姑母。工诗。

17.（明）姚氏，桐乡人。顾汉妻，明万历进士顾尔行孙媳，太学生顾尧京子媳，顾时新、顾英、顾繁母。娴礼，工诗，佐夫训课子女。著有《松兰轩遗稿》（未见）。

18.（明）吴青霞，海盐人。明万历四十七年进士吴麟瑞女，处士沈三锡妻。能诗。有《惜阴楼剩稿》《青霞寄学吟》（均未见）。

19.（明）虞瑶洁，字晓鉴，海盐人。明万历四十四年进士虞廷陛孙女，崇祯十五年壬午举人虞相尧女，康熙十八年己未进士虞兆清妹，海宁查巍旭妻，查建新、查祥、查览母。《海宁州志稿》卷三十九《列女志·才媛》曰："性贞静，工诗。以子祥览贵，累赠安人。"

20.（明）虞兆淑，字蓉城，槜李人。虞廷陛孙女，虞兆清妹，虞兆潍、虞瑶洁姊妹，海盐徐赓元妻。尤工于词。著有《玉映楼词》（未见）。（光绪）《海盐县志》卷二十载："读书能诗，壶政徐闲，不废吟咏，积成卷轴。后自以才华艳藻，非女子盛德事，忽取存稿俱付之炬。益勤女工，不辞劳瘁。中年病殁。赓元从零篇断简中得《玉映楼诗馀》若干首。"

21.（明）沈榛，字伯虔，一字孟端，嘉善麟溪人。明天启五年进士、江西南昌府推官沈德滋女，云南巡抚钱士晋孙媳，钱士升嗣孙媳，举人钱棻子媳，池州府推官钱黯妻。工吟咏，卒年五十二，室名曰"松籁阁"。与嘉兴黄德贞、归淑芬、申蕙、孙兰媛合辑《古今名媛百花诗馀》（上海图书馆馆藏）。著有《洁园全稿》（未见）、《松籁阁诗词稿》（武汉大学图书馆、河南大学图书馆、嘉兴图书馆馆藏）。

22.（明）沈栗，字仲恂，号麟溪内史，嘉善人。沈德滋次女，沈榛妹，"柳洲派"词人陈谊臣妻，钱烈岳母，蒋纫兰姨母。其诗多正始之音。著有《麟溪内史集》（未见）。

23.（明）彭琰，一作季琰，字幼玉，海盐人。明昭毅将军彭绍贤孙女，彭宗孟从女，彭宗砺女，上海知县彭长宜、南昌知府彭期生妹，女诗人彭琬妹，邑庠生朱叔荀子媳，诸生朱嘉生妻，邑增生朱正标、邑廪生朱毓期母，女诗人彭孙莹、彭孙婧姑母。王端淑称其"才情两足"，诗不多见，而名句络绎。著有《闲窗集》《彭幼玉遗集》（均未见）。

24. （明）项佩，字吹聆，秀水人。凤阳府同知项元濂女，吴统持妻，蒲圻知县吴弘济孙媳。喜读书，工诗，能书善画。著有《藕花楼集》八卷（未见）。

25. （明）吴黄，字文裳，嘉善人。吴道中孙女，钱士升长子媳，举人钱栻妻，女诗人钱复，沈榛从母，女诗人蒋纫兰从祖母。幼承庭训，擅长词翰书画。顺治二年（1645）与钱复（士升女），夏淑吉、沈榛（钱黯妻）等变卖金银饰物以助抗清义兵军饷。夫早逝，叔钱棅殉难，全家赖其筹划操劳。乡人盛赞黄深明大义。著有《荻雪诗文稿》六卷（未见）。

26. （明）项贞女，秀水人。嘉靖四十三年举人项元深孙女，国子生项道亨女，女诗人项佩从女，项兰贞从姊妹，周应祁聘妻。夫死后自缢而亡，万历七年（1579）旌表。精女工，解琴瑟，通《列女传》，事母极孝。能诗。

27. （明）沈凤华（约1576—约1592），字伯姬，秀水人。沈启原孙女，修撰沈自邠长女，沈德符、沈超宗、沈鸾桢姊妹，嘉善王俸外孙女，项德桢子媳，项鼎铉妻。生而颖异，有诗才，工楷书，其书法遒劲，酷肖欧阳，所书有《墨刻古诗十九首》行世。许字黄承昊，年十八将婚而夭。

28. （明）沈瑶华，字无非，秀水长溪人。沈自邠次女，沈凤华妹，沈翠华从姊，沈超宗、沈鸾桢姊妹。有诗集，毁于火。

29. （明）沈翠华，秀水人，太学生沈自郇女，沈纯祉姊妹，沈瑶华、沈凤华从姊妹，贡生屠懋和妻。性颖慧，能诗，有诗集，毁于火。

30. （明）黄婉，桐乡濮院人，黄永女。幼敏慧，通诗礼，善文辞。洪武中选入宫，为宫正司女史。有诗一帙（未见）。

31. （明）朱妙端（1423—1506），字静庵，一字令文，又字仲娴，海宁人，后移居海盐。朱祚次女，朱褆妹，周济妻，周梦龄母，嘉靖二十九年（1550）进士周国卿祖母。著有《静庵集》（未见）、《自怡集》（未见）、《杂文史论》（未见）、《静庵剩稿》（复旦大学图书馆、华东师范大学图书馆、河南大学图书馆、辽宁大学图书馆、北京大学图书馆、四川大学图书馆、上海图书馆馆藏）。著述甚富，时称为"女中诗豪"。

32. （明）彭琬，一作季琬，字玉映，海盐人。明昭毅将军彭绍贤孙女，彭宗砺女，上海知县彭长宜、南昌知府彭期生妹，女诗人彭琰姊，南京右军都督府金书提督马孟骅媳，德安知县马士宏妻，马受黄母，女诗人彭孙莹、彭孙婧姑母，女诗人彭贞隐曾祖姑。与其妹幼玉并称双璧，同寓西湖。王瑞淑称玉映诗："巧慧俊冷，不作浅浮小语。"著有《挺秀堂集》（一名《萝月轩集》，未见）。

清代部分：

1. 黄媛介，字皆令，秀水人。布衣杨世功妻，女诗人黄德贞、沈纫兰、黄淑德从妹，项兰贞、黄双蕙、孙兰媛、孙蕙媛、屠瑶芳姨母。髫龄即娴翰墨，好吟咏，工书画。楷书仿《黄庭坚》，画似吴仲圭，而简远过之。乙酉鼎革，家被蹂躏，乃跋涉于吴越之间，因生活贫困为闺塾师。平生交游广泛，与王端淑、商景兰、沈宜修等名媛交游。著有《越游草》《离隐歌》《湖上草》《如石阁漫草》等（均未见），为明末清初众才女之翘楚。

2. 黄媛贞，字皆德，秀水人。黄洪宪族女，黄媛介之姊，贵阳知府朱茂时侧室，朱彝谟母。能诗词，工书法。著有《云卧斋诗集》一卷、《云卧斋诗馀》一卷（浙江省图书馆馆藏）。

3. 鲍诗，字今晖，平湖人。鲍怡山次女，监生张云锦室，女诗人顾慈从母。姐妹四人，皆工诗善画，而诗尤有声。知书、善画、能诗。著有《舞堂小稿》《吾亦爱吾庐诗钞》《吾过集》（均未见）。

4. 顾慈，字昭德，江苏无锡人。监察御史顾光旭女，女诗人顾端妹，平湖张永年孙媳，诸生张世昌子媳，举人张诚继妻，举人张湘任母，女诗人张凤从母。七岁受《毛诗》《女诫》诸书，能通大义，旁及汉魏、六朝、三唐，靡不研究。著有《韵松楼诗稿》一卷（上海图书馆、嘉兴市图书馆馆藏），内有诗 75 首。

5. 沈鑫，韫珍，嘉兴人。沈翼鹏女，平湖举人孙湘任妻，张诚与顾慈子媳，张金镛、张炳堃、张宝珊、增廪生张金钧、张苌臣母，张宪和祖母。自幼明大义，事母孝，课子严而有法。著有《能闲草堂稿》一卷，附张湘任《抱璞亭诗集》后（上海图书馆、嘉兴市图书馆馆藏）。

6. 张凤（1788—1833），字含珍，号兼葭女史，平湖人。清女诗人、画家。平湖张诚女，张湘仁妹，高兰曾妻。性贞静，不苟言笑，少读诗书，才德兼备。诗多唐音，著有《读画楼诗稿》2 卷，诗稿为其夫高兰曾刊行（上海市图书馆馆藏）。

7. 孙湘畹，字九兰，号苏友，平湖人。增广生孙烺女，张湘任从弟媳，府庠生张采妻。工诗善画。著有《茜窗居诗钞》二卷（一名《茜窗吟稿》，未见）、《红馀词》（未见）。

8. 钱蘅生（？—1846），字佩芳，号杜香，平湖人。翰林院庶吉士钱人杰女，孙湘任与女诗人沈鑫子媳，翰林院侍讲张金镛妻，张宪和、张缵和（早殇）母。幼受庭训，读古、唐诗数百首。归侍讲，乃以诗相唱和，著有《梅花阁遗诗》（四川大学图书馆、上海图书馆、嘉兴图书馆馆藏）；《绛跌山馆词录》，附张金镛《躬厚堂集》后（北京大学图书馆、北京师范大学图书馆、南京师范大学图书馆、四川大学图书馆、郑州大学图书馆、上海图书馆、嘉兴市图书馆馆藏）。

9. 张苕荪（1843—1871），字月娟，平湖人。兼葭围张氏第二十五世张定围女，张湘任从女，岁贡张金圻妹，张金澜从妹，胡乃柏继妻，张宝珊、张文珊从姊妹。幼承其家学，女红之暇，耽于吟咏。著有《饯月楼诗钞》一卷，附张金圻《园居录诗鉴》后（上海图书馆馆藏）。

10. 张宝珊，字兰君，平湖人。张诚与女诗人顾慈孙女，张湘任与女诗人沈鑫长女，张金镛、张炳堃妹，女诗人张文珊、张炳堃、增廪生张金均、张荩臣姊，诸生沈嗣昭妻。工诗。

11. 张文珊，字子琼，张宝珊妹，平湖人。张诚与女诗人顾慈孙女，张湘任与诗人沈鑫次女，张金镛、张毓达、女诗人张宝珊妹。进士谢恭铭子媳，贡生谢沂妻。工诗，尤以《咏王嫱》评价甚高，为温柔敦厚之典型。

12. 高孟瑛（？—1860），字茗卿，平湖人。张诚与女诗人顾慈从外孙女，国子生钱耀妻，高红珊、高佩珩姊。著有《审韵楼诗集》十六卷（未见）、《审韵楼词》（未见）。

13. 高红珊，字擎卿，平湖人。张诚与顾慈外孙女，女诗人高孟瑛妹，高佩珩姊。

14. 高佩珩，字润卿，平湖人。张诚与顾慈外孙女，女诗人高红珊妹。

15. 屠莲佩，字瑶芳，嘉兴人。屠成烈女，黄德贞媳，孙渭璜妻。其词情思婉约，不让乃姑。著有《咽露吟》《钿奁遗咏》（均未见）。

16. 周兰秀，字叔英、弱音，吴江人。周应懿孙女，诸生周邦鼎与女诗人沈媛女。女诗人沈大荣、沈宜修、沈倩君、沈静专、张倩倩、李玉照、顾孺人外甥女，女诗人叶纨纨、叶小纨、叶小鸾表妹，天启年间诸生孙弘祖子媳，诸生孙愚公妻。与嘉兴籍女诗人黄德贞为妯娌，女诗人孙兰媛、孙蕙媛、屠菬佩从母。幼承庭训,雅善吟咏,又工绘事。著有《粲花遗稿》,未刊刻而亡,愚公有《悼内诗》。

17. 陆宛棂,字端毓,嘉兴人。诸生陆渭与女诗人孙兰媛女。适同里刘氏,工诗。

18. 孔传莲,桐乡人。康熙二十七年(1688)岁贡孔毓瓒幼女,孔传忠、孔传志妹,陕西宜川县丞嘉兴冯锦继妻,乾隆十三年(1748)进士冯浩母,乾隆二十六年进士(1761)冯应榴、乾隆四十六年进士(1781)冯集梧、廪贡生冯省槐祖母。生平工诗,善笺札,著有《礼佛馀吟》(未见)。

19. 孔继孟,字德隐,桐乡人。孔传莲从女,孔传忠次女,监生夏祖勤妻。幼读书,明大义,娴吟咏,年二十于归,惜二十六夫亡,后守节三十余年,乾隆年间旌表。著有《桂窗小草》(未见)。

20. 孔继瑛,字瑶圃,桐乡人。孔传莲从女,乾隆七年(1742)举人孔继元姊妹,女诗人孔继坤姊,女诗人孔继孟从妹,沈廷光妻,乾隆三十年(1765)进士沈启震、沈启晋母,女诗人沈宛珠、郑以和祖母。瑶圃工书善画,课子严而有法。著有《南楼吟草》《诗馀》一卷、《鸳鸯佩传奇》(均未见)。

21. 孔继坤,一字继堃,字芳洲,桐乡青镇人。孔传志次女,孔传莲从女,孔继元姊妹,女诗人孔继瑛妹,孔继孟从妹,知县高士敦继妻。工诗词,善画,多姊妹唱和之篇。著有《听竹楼偶吟》(未见)。

22. 孔兰英,桐乡人,监生孙世球女,诸生汪圣清聘妻。孤贫,以针黹供母膳,工诗画,许字圣清,未婚而卒。著有《爱日轩诗草》(未见)。

23. 孔素英,字玉田,桐乡人。诸生孔毓楷女,贡生嘉定金尚东继妻。善画山水、人物、花鸟,画毕即题诗其上,能作晋人小楷,人称“闺中三绝”。著有《兰斋稿》二卷、《飞霞阁题画诗》二卷、《画跋》一卷(均未见)。

24. 孔昭蕙,字树香,桐乡人。贡生孔广南长女,女诗人孔继瑛、孔继坤、孔继孟从孙女,孔兰英从女,孔昭燕姊、孔昭莹从姊,女诗人沈宛珠、郑以和表姊,嘉兴诸生朱万均妻,朱其镇、朱其镣母。秉性娴雅,孝事父母,诗才敏妙,吴澹川、顾樊桐皆推重之。著有《桐华书屋诗钞》(未见)。

25. 孔昭蟾,字月亭,桐乡人。孔广南次女,孔昭蕙妹,上舍钱潢妻。著有《月亭诗钞》（未见）。

26. 孔昭燕，号玳梁，桐乡人。孔广南季女，诸生杨某聘妻。工吟咏，幼受业于长姊，未嫁而卒。

27. 孔昭莹，字明珠，桐乡人。沈廷光与女诗人孔继瑛孙媳，孔广田女，沈启震子媳，沈禄生妻，孔昭蕙从妹，孔昭蟾、孔昭燕从姊妹。

28. 胡若兰，字畹香，平湖人。胡炯女，诸生孔昭灿妻，孔宪乔母。擅文辞，娴吟咏，年三十四夫亡。著有《锄月山房诗草》（未见）。

29. 沈宛珠，字月波，号淑园，桐乡人。沈廷光与女诗人孔继瑛孙女，沈启震女，县丞唐晋锡妻。词旨雅令，唱酬甚富。著有《怡致轩诗稿》（未见）。

30. 郑以和，字琴仙，号芝云，桐乡人。郑树声孙女，举人郑熙女，进士沈廷光与孔继瑛孙媳，河南主薄沈潭生妻，沈启震子媳，沈宜人母，女诗人沈宛珠弟媳。少具咏絮才，与诸兄相唱和。著有《爨馀集》（上海图书馆馆藏）。

31. 沈宜人，嘉善人。河南主簿沈潭生与郑以和女，郑凤镲妻，沈佩玉从姐妹。幼娴闺训，读书通大义，性至孝。

32. 沈佩玉，字竹君，桐乡人。沈廷光与孔继瑛曾孙女，沈启震孙女，磁州知州沈旺生女，沈宜人从姊妹，内阁中书叶克昌妻。

33. 金顺（1720—1750），字德人，江苏太仓人。金檀女，适桐乡汪曾裕。能书工画，尤以写生为著，工诗。早寡，以节孝称。著有《传书楼诗稿》（北京大学图书馆、北京师范大学图书馆、复旦大学图书馆、辽宁大学图书馆、河南大学图书馆、吉林大学图书馆、四川大学图书馆、上海图书馆、嘉兴市图书馆馆藏）。

34. 汪瓀，字催弟，乌程人。金顺小姑，德清徐以坤室。工诗。著有《修竹吾庐诗》（未见）。

35. 汪曰采，字伯荀，号于繁，乌程籍，桐乡人。国学生汪延泽长女，华亭袁修璞室。承母训，娴吟咏。著有《醉愚轩诗稿》（未见）。

36. 汪曰杼，字七襄，号绚霞，乌程籍，桐乡人。汪延泽次女，桐乡严锡康妻，严辰、云南石阡知府严谨，女诗人周颖芳、女诗人严昭华、严永华、严季和、女诗人严澂华嫂。工诗善画。著有《雕清馆诗草》（一卷）（郑州大学图书馆、上海图书馆馆藏）。

37. 汪懋芳，字兰畹，乌程籍，桐乡人。议叙主事汪尚仁女，诸生董庆槐妻，董恂母。工诗，其子少孤，赖母教以成。著有《寿花轩诗集》（北京大学图书馆、北京师范大学图书馆、复旦大学图书馆、辽宁大学图书馆、河南大学图书馆、吉林大学图书馆、四川大学图书馆、嘉兴市图书馆、上海图书馆馆藏）。

38. 赵棻，字仪姞，一字子逸，号次鸿、婉卿，晚号善约老人，上海人。袁枚随园女弟子归佩珊表妹，汪延泽继妻，汪曰桢、汪曰枢、汪曰桓、汪曰采、汪曰琛、汪曰杼、汪曰杏母。性耽文史，长于议论，幼即能诗词，长乃为古文及骈体。著有《滤月轩集》七卷（北京师范大学图书馆、华东师范大学图书馆、复旦大学图书馆、河南大学图书馆、武汉大学图书馆、上海图书馆、嘉兴图书馆馆藏），曾评注《温氏母训》。

39. 劳若华（1834—?），号蕙榜女史，桐乡人。劳勋成与沈蕊女，王桂森妻，劳乃宣姊，劳绡、女词人劳纺、女作家邵振华姑母。诗学宋人，词则清新婉约。著有《绿萼仙居吟稿》（上海图书馆馆藏）。

40. 劳若玉（1838—?），桐乡人。劳勋成与沈蕊次女，女诗人劳若华妹，进士劳乃宣姊，候选运库大使孔庆霖妻。

41. 劳绡（1864—1936），字绚文，桐乡人。劳勋成与沈蕊孙女，劳乃宣与孔蕴薇长女，孔繁淦妻。女词人劳纺、女诗人邵振华姊。识天文、精算术、通音律、善诗词，有才女之称。著有《运筹学》（未见）。

42. 劳纺（1867—1901），字织文，自号织文女史，桐乡青镇人。劳勋成与沈蕊孙女，劳乃宣与孔蕴薇次女，劳湘妹，劳缜、劳绗章、劳健章、劳琳姐，同治七年进士陶模子媳，陶葆廉继室。著有《织文女史诗词遗稿》（未见），《女诫浅释》（上海图书馆馆藏）。

43. 劳琳（1895—1972），字善文，桐乡人。劳乃宣幼女，沈曾植媳，沈慈护室。

44. 劳缜，字缌文，桐乡人。劳乃宣三女，适宝应刘启彬。

45. 沈蕊（1816—1883），字止乡，嘉兴人。沈涛女，女诗人沈棻姊劳介甫室，女诗人劳若华、劳若玉、劳乃宣母。词工长调，多写景、题画、怀古，格调清新。著有《来禽仙馆诗稿》（上海图书馆馆藏）。

46. 邵振华（1881—1924），一名在刚，字襄君，自号绩溪问渔女史，安徽绩溪伏岭下村人。廪贡生兼袭云骑尉邵作舟女，劳绗章继妻，劳勋成与沈蕊孙媳，女诗人劳纺弟媳，劳元裳、劳茹母。著有《侠义佳人》四十四回（未见）。

47. 严永华（1836？—1890），字少蓝，桐乡人，清末女诗人、画家。严廷玉女，沈秉成继室，沈延馨、沈瑞琳、沈瑞麟母。能诗善绘，尤精山水，为母所授。著有《纫兰室诗钞》3 卷、《鲽砚庐诗钞》2 卷（北京大学图书馆、华东师范大学图书馆、复旦大学图书馆、吉林大学图书馆、南开大学图书馆、郑州大学图书馆、上海图书馆馆藏）、《联吟集》1 卷（未见）、《古文词》若干卷（未见）。

48. 严澂华（1840—1869），字穉芗，桐乡人。严廷玉女，严辰、严谨、严永华妹。能诗善画，未字卒。著有《含芳馆诗草》（华东师范大学图书馆、嘉兴市图书馆馆藏）。

49. 严昭华（1834？—1896 后），字小云，桐乡人。云南顺宁知府严廷钰与女诗人王瑶芬长女，严澂华、严永华姊，上元李景福室。中年丧夫，后又丧子女及幼孙，研习道书，强抑悲思，晚居苏州。著有《紫佩轩诗稿》（清华大学图书馆、北京大学图书馆、南开大学图书馆、华东师范大学图书馆、郑州大学图书馆、上海图书馆馆藏）。

50. 周颖芳（1829—1895），字惠凤，钱塘人。女诗人、女弹词家郑贞华女，女诗人严杏徵、严寿慈、严颂萱与严开弟母，女诗人李淑、荫生沈瑞琳与女画家龚韵珊、沈瑞麟舅母。通书史，谙吟咏。著有《砚香阁诗草》二卷（未见）、《精忠传弹词》二卷（中国国家图书馆馆藏）。

51. 严杏徵（1854—1909 年后），字兰初，桐乡人。云南顺宁知府严廷钰与王瑶芬孙女，云南石阡知府严谨与女诗人周颖芳长女，海宁马敏妻，女诗人严寿慈、严颂萱姊。著有《品箫楼诗钞》（嘉兴市图书馆馆藏）。

52. 严寿慈（？—1909），字吟侣，自号白凤词人，桐乡人。云南石阡知府严谨与女诗人周颖芳次女，女诗人严杏徵妹，女诗人严颂萱姊，平湖乍浦举人许文勖妻。师吴大澄治古文辞及训诂学，又师顾沄学画。著有《敷教录》《白凤吟馆诗稿》（均未见）。

53. 严颂萱，字玫君，桐乡人。云南石阡知府严谨与女诗人周颖芳三女，上元李梦梅妻。能书画，善弹琴。著有《澹清吟馆诗草》（中国国家图书馆馆藏）。

54. 王瑶芬（1800—1883），字云蓝，金陵籍，桐乡青镇人。婺源两淮盐运使王凤生女，严廷玉室。工诗。著有《写韵楼诗钞》（复旦大学图书馆、吉林大学图书馆、苏州大学图书馆馆藏）。

55. 严钿，字也秋，自号坐月吹笙楼主人，桐乡人。严辰从妹，适马桥马氏。工诗，曾题许夔梅画兰四绝，颇秀隽。著有《布衣女子诗钞》《返魂香室诗稿》（均未见）。

56. 严鉌，字少畹，桐乡人。严大烈曾孙女，光禄寺署正严宝传孙女，附贡生严廷琛孙女，女诗人严钿、严锦、拔贡严纷、女诗人严针姊妹，光绪十四年（1888）副贡严震、庠生严文浩姑母。未字早夭。

57. 严针（1834?—1877?），字指坤，桐乡人。严大烈曾孙女，光禄寺署 严宝传孙女，附贡生严廷琛季女，云南顺宁知府严廷珏与女诗人王瑶芬从女，严宝善妻，周积荫、周积兰、周积茜母。著有《宜琴楼遗稿》（华东师范大学图书馆、吉林大学图书馆、上海图书馆、嘉兴图书馆馆藏），《红鹅阁诗稿》（未见）。

58. 杨庆珍，号梦花女史，嘉兴人。四川简州州判杨念慈女，山东海阳知县钱人杰次子媳，监生钱元坦妻，举人张宪和舅母。著有《绣馀吟稿》（未见）。

59. 吴芳珍，字韵卿，号清麿，平湖人。雍正八年进士吴嗣爵孙女，乾隆四十三年进士吴璥第四女，女诗人吴瑛侄女，中城兵马司副指挥李增厚妻，四川学政李德仪母，女诗人李德纯叔母。工书。著有《清麿阁吟草》（未见）。《清代闺阁诗人征略》卷八："吴芳珍，善抚琴，丝桐三弄，不辍吟咏。长于古风及五七言长排，诗词浩瀚。"

60. 刘绮梅，号香雪，平湖人。儒士刘士淳女，廪生林寿椿妻。幼承庭训，得伊葭村先生指授，遂能吟咏。于归后，仅一载卒，年三十有一。著有《静妙斋诗存》（未见）。

61. 蒋纫兰，字秋佩，嘉善人。钱楞孙媳，吴黄从孙媳，诸生钱煐子媳，礼部尚书钱以垲妻。十龄即通经史大义，工韵语，尤善长短句。性灵洒濯，有道韫遗风。著有《鲜洁亭绣余诗存》（河南大学图书馆、武汉大学图书馆馆藏）。

62. 钱复（1713—1775），字象缘，又字吹兰，号蓉裳，嘉善人。明末清初女诗人。明大学士钱士升孙女，翰林院侍讲查嗣瑮第三子媳，河南中牟县丞查开继妻。著有《桐花阁诗钞》《拾瑶草》（均未见）。

63. 谢韫晖，嘉善人。举人孙在镐孙媳，孙镆嗣孙媳，诸生孙霖妻，女诗人孙淡英、孙兰馨、冯孝娥嫂，孙静娟从母。工诗。

64. 冯孝娥，嘉善人。余杭训导孙慎机妻，孙饴椒嫂，孙淡英、孙兰馨嫂，孙静娟母。

65. 孙淡英，字兰雪，号菊人，嘉善人。知县孙在镐孙女，孙霖、孙饴、孙慎机姐妹，监生浦永妻。博学能诗文，诗专尚性灵，不事雕绘，善绘兰竹，有管夫人笔法。著有《绣闲集》（未见）。

66. 孙兰馨（1698—?），嘉善人。孙衍女，钱黯与沈榛孙媳，钱廷铨聘妻。淑慎通书，刻有《幽贞录》（未见）。

67. 孙静娟，嘉善人。孙衍孙女，孙慎机与冯孝娥女，谢韫晖、孙淡英、孙兰馨从女。

68. 陈素贞，字纫秋，嘉善人。江苏阳湖文人杨晋藩妻，杨庆华、杨际华、女诗人杨璇华、杨瑾华、杨昭华母。能诗。著有《织云楼诗集》五卷（郑州大学图书馆、上海图书馆馆藏）。

69. 周瑶，字兰屿，号藁卿，嘉善人。乾隆十九年进士周翼洙孙女，陕西武功知县周鼎枢女，乾隆十九年进士周升恒从女，礼部尚书姚文田妻，刑部候补主事姚晏、姚衡、姚梦薇母。工诗，其诗清丽婉约，不多作，附存于其夫文集中。著有《红蕉阁诗集》（未见）。

70. 彭孙婧，字娈如，海盐人。彭宗孟孙女，闽清令刘世教外孙女，廪生彭原广与刘氏女，锦县县令陈遇辰妻。彭长宜、彭期生、女诗人彭琰、彭琬从女，彭孙遹、彭孙莹姊，河间太守陈所学孙媳，诸生陈昌懋子媳，钱塘教谕陈遇麟嫂，陈元永、陈元琳母，府学生陈元礼、高陵知县陈师遵、陈贻美、盐场大使陈贻縠从母。著有《盘城草游》（又名《盐城草游》，未见）。

71. 彭孙莹，字信芳，海盐人。昭毅将军彭绍贤曾孙女，彭宗孟孙女，彭原广与刘氏女，庠生徐复贞妻。彭长宜、彭期生、女诗人彭琰、彭琬从女，女诗人彭孙婧妹，吏部侍郎彭孙遹姊，山东巡抚徐从治子媳，徐统原、诸生徐拔慧母。幼颖慧，娴文史，其诗词隽永。著有《碧筠轩诗草》（上海图书馆馆藏）。

72. 陈元琳，字玉英，海盐人。彭广元外孙女，陈所学曾孙女，锦县县令陈遇辰与女诗人彭孙婧女。女诗人彭孙莹、彭孙遹甥女，清康熙八年（1669）武举人沈定颖妻。著有《渤海遗吟》（未见）。

73. 徐妙清，字雪轩，海盐人。贡生徐恺元女，彭期生孙媳，女诗人彭孙婧、彭孙莹从子媳。"武原二仲"之一彭孙贻子媳。康熙年间（1662—1722）监生彭翥曾妻。事亲甚孝，自谓诗词非闺阁中所宜，不可流传于外，死之日悉取而焚之。

74. 吴元善，字体仁，海盐人。贡生吴化龙女，朱之沆嗣孙媳，朱桢长子媳，庠生朱奏妻，邑庠生朱衣母，邑庠生朱璋、朱璜、朱琮祖母。著有《玉轩吟稿》（未见）。

75. 潘佩芳（1766—1787），钱塘人。侍御潘庭筠女，朱星炜孙媳，朱程奎弟媳，海盐朱文佩妻，朱潘森母。少工诗，喜藏书，善画兰，因署其斋曰"画兰室"，卒年二十二。著有《画兰室诗稿》（未见）。

76. 李壬（1777—1807），字佩青，嘉兴人。贡生李三才女，监生朱春烜子媳，诸生朱诞之妻，朱方增嫂，朱承铨母。《海盐画史》载："李壬，世居嘉兴。年二十三归海盐朱茂才。好读书，能为诗。兼工绘事，作禽鱼花鸟，皆栩栩有生趣。"

77. 楼秋畹（1793—1838），字佩馨。诸生朱诞之侧室，朱承铨、朱承铽母，朱澜、朱潮祖母。旌表节孝。著有《兰韵楼诗稿》（一作《兰韫楼诗稿》，未见）。

78. 朱美英（1803—1838），字蕊生，海盐人。朱文佩女，候选盐大使钱塘蒋勤施妻，朱美镠妹，朱星炜孙女，附贡生朱昌颐从妹，女诗人朱玙从姊，史学家朱希祖姑。工诗文。著有《倚云楼遗草》一卷（吉林大学图书馆馆藏）。

79. 朱玙（1811—1845），字葆英，一字小茝，海盐人。朱方增次女，监生朱春恒孙女，朱埏之从女，女诗人周润、朱美英从妹，孔宪彝继妻。幼失母，事父至孝，喜好诗词书画，卒年三十五。著有《金粟词》一卷（河南大学图书馆、武汉大学图书馆馆藏）、《小莲花室遗稿》二卷（北京大学图书馆馆藏）。

80. 胡绣珍，字宠仙，海盐人。海盐诸生朱埏之侧室，朱承铣母。旌表节孝。著有《寒香室存稿》（未见）。

81. 徐人雅，字藕仙，自号"藕仙女史"，海盐人。书画家徐纯德女，乾隆间海宁诸生朱兰如妻。性至孝，读书能诗。其夫早逝，事翁姑以孝称，抚孤成立。著有《纺馀吟稿》（未见）。

82. 郑静兰（1844—1913），字松筠，桐乡人。光禄寺署郑宝锴女，福建平和县典使、仁和范鸿书妻。幼承庭训，工诗。著有《焦桐集》（嘉兴市图书馆馆藏）。

83. 徐恒和，字久和，海盐人。孝廉方正李应占继室。性耽文史，兼工小诗。著有《借树楼草》（未见）。

84. 金颖弟（1750—？）字兰省，一字兰雪，嘉兴籍，仁和人。金德瑛孙女，贡生金忠泽与女诗人张密女，诸生戴宸妻。卒年三十。著有《兰省吟稿》（未见）。

85. 金孝维（1752—1849），字仲芬，嘉兴人。金德瑛孙女，金洁次女，钱豫章妻。性清严，寡言笑，处事宽而有制，卒年九十有七。著有《有此庐诗钞》（上海图书馆馆藏）。

86. 金慧珠，字瑶卿，嘉兴人。候选知县金兆盘女，朱彭寿妻。著有《韵红轩诗钞》十六卷（未见）。

87. 李蕙草，嘉兴梅里人。李知敬长女，李三才、李四维姊妹，李寿昌与女诗人李壬姑母。娴吟咏，早卒。著有《听鹂阁吟草》（未见），与诸妹有《咏物介和诗》（未见）。

88. 李瑞草，嘉兴梅里人。李光暎孙女，李知敬次女，李三才、李四维姊妹，李蕙草妹，李嘉、李宝姊，女诗人李壬姑母。能诗。

89. 李嘉，嘉兴梅里人。李知敬三女，李三才、李四维姊妹，李蕙草、李瑞草妹，李宝姊，贡生陈畹兰妻，女诗人李壬姑母。工诗。

90. 李宝，嘉兴梅里人。李光暎孙女，李知敬四女，诸生张家毂妻，张锡光母，女诗人李壬姑母。能诗。

91. 李檀，自号梅里女史，嘉兴人。永昌知府李宗渭女，福建粮储道高衡妻，女诗人吴筠姑母。著有《生香乐意斋稿》（未见）。

92. 徐自华（1873—1935），字寄尘，号忏慧，石门崇德人。徐多镠女，梅福均妻，梅履庆、梅子蓉母。生而敏慧，长娴文翰，喜吟咏。著有《听竹楼诗》（未见）、《炉边琐忆》（未见）、《忏慧词》（华东师范大学图书馆、吉林大学图书馆、南京大学图书馆、上海图书馆馆藏）。

93. 李纫兰，字介祉，嘉兴人。钱仪吉与陈尔士子媳，钱保惠妻。工诗。

94. 徐蕴华（1884—1962），字小淑，号双韵，崇德人。徐多镠季女，林景行妻，徐自华妹，林北丽母。"秋社"早期社员，"南社社员"，后任崇德女子师范学校校长。

95. 钱庆韶，字文琴，嘉兴人。钱汝恭孙女，侍读学士钱福胙女，钱仪吉姊，户部主事李培厚妻，云南按察使李德荬母。工诗。

96. 钱卿藻，字佩芬，秀水人。举人钱聚朝女，钱卿铢妹，四川学政朱遁然妻，诸生朱定基母。能诗，兼工画。早卒，遗墨经乱散佚，仅存手稿十余幅及画册八叶。

97. 钱与龄，字九英，嘉兴人。钱陈群孙女，举人钱汝恭妻女，大理寺丞、吴江蒯嘉珍妻，女诗人蒋聪婆母。著有《闺女拾诵》《仰南楼闻见集》（均未见）。《黎里续志》卷十载："少承曾祖母南楼老人家学，尝署所居曰'仰南楼'。复得从兄箨石宗伯指授，无纤媚柔弱之态。工诗，不多作。"

98. 钱德容，字孟端，嘉兴人。钱浚孙女，钱楷女，四川潼川知县阮祜妻。有诗一册。

99. 吴筠（1773—1808），字湘萍，号畹芬，嘉兴梅里人。上虞训导吴基季女，孝廉李贻德妻，道光十五年举人李文贲母。幼聪悟，十岁后殚力于诗，由魏至近时名集，靡不采揽。遗稿与其夫合刻行世。小诗浏亮，长歌雄健，卓然成家。惜年仅二十余卒。著有《早花集》（北京师范大学图书馆、吉林大学图书馆、四川大学图书馆、苏州大学图书馆、上海图书馆馆藏）。

100. 戴小琼（？—1821），号兰亭，性爱菊，又号菊亭，别号"墨华道人"，嘉兴人。沈涛妻，女诗人沈蕊、沈莱母。性耽吟咏。著有《华影吹笙阁遗稿》，附于沈毅《画理斋诗稿》后（上海图书馆馆藏）。

101. 周润（1792—1832），字漱芸，海盐人。朱美镠室。少承母训，为同邑陈广文女弟子，《毛诗》《内则》，皆卒业焉。于归后，事姑课子，各尽其道。

102. 朱筠，字梅侣，号爱竹，自号东楼老人。嘉兴人。诸生朱万均与女诗人孔昭蕙侄女，女诗人朱森妹，举人钱青选继妻，钱松坪继母。工楷书，得大令十三行笔法，兼擅墨菊。著有《半椽梅吟稿》，附钱青选《小镜湖庄诗集》后（嘉兴市图书馆馆藏）。

103. 朱莹（？—1860?），字仲玉，号子琼，嘉兴人。广东学政朱阶吉女，张庆荣妻。著有《兰心阁诗草》（上海图书馆、嘉兴市图书馆馆藏）。《竹里诗萃》卷十六载："女史诗雅健庄重，绝无闺阁脂粉态。当日一门风雅，解元唱随之乐，随秦嘉徐淑不得专美于前矣。"

104. 朱钰，字双璧，号研溪，又号餐花女史，嘉兴人。朱阶吉次女，女诗人朱莹妹，嘉兴谢雍泰妻。著有《无为室吟稿》《十六国春秋吟》《裁红阁骈体文》《留云居诗稿》《籁阁诗》十卷、《餐花仙史遗稿》（均未见）。

105. 沈茉，字梦蘅，嘉兴人。沈涛次女，女诗人沈蕊姊，陕西粮储道韩泰华妻。著有《维扬吟社稿》（未见）、《小停云馆诗稿》（上海图书馆馆藏）。

106. 顾静，字息君，归安人。副贡生李寅妻，州同知李绳远、李良年、李符与李瑶京母，女诗人李檀从祖母，监生李菊房、李英房、李蓉房曾祖母。著有《青霭楼集》（未见）。

107. 李瑶京，字西瑶，一作西琼，秀水人。明经李寅与顾静长女，李绳远、李良年、李符姊妹，李瑶生姐，祝翼锽妻。

108. 吴宗宪，秀水人。户部郎中王玑从孙媳，贡生王澄妻。著有《清闺集遗稿》一卷（吉林大学图书馆、北京大学图书馆、复旦大学图书馆馆藏）。《两浙輶轩录》载："氏幼孤，鲜终兄弟。能读父书，独与母居，克尽孝养。及归橘堂，惠助脱簪，恩流奉寻。所著遗稿，悱恻缠绵。盖孝弟之思，仁义之性，时流露于行间。夫岂颂椒咏絮者所可同日语哉！"

109. 赵畹兰，字伙佩，秀水人。国子生赵琴女，吴江陈三陞妻。素工诗词，清道光二十七年（1847）旌表节孝。《松陵女子诗征》评为："赵为秀水望族，从母自幼独甘淡泊，蔬食为常，素工诗词。自归余仲父补堂先生，时相倡和，学益进。先生捐馆舍，时从母年二十五，欲自殉，屡为家人所觉，乃抚嗣守节，除间安视膳外，足不下楼，亦不与家事。越三十一年卒。搜得《遗诗》二卷，《词》一卷。"著有《评月楼诗词稿》，由其夫陈三陞刊刻（华东师范大学图书馆、复旦大学图书馆、吉林大学图书馆、南开大学图书馆、北京大学图书馆、中国人民大学图书馆、苏州大学图书馆、上海图书馆馆藏）。

110. 汪汝溶，字澹芗，秀水人。汪孟锔女，汪如洋妹，嘉兴朱雪君妻。能诗。

111. 汪畹玉，江苏吴县人，后徙居平湖。汪彝铭女，汪如蕃妹，汪如澜姊妹，汪汝溶从姊妹。著有《兰香阁稿》（未见）。《柳溪诗征》卷六载："汪畹玉，如藩妹，适袁，住东袁埭。"

112. 汪玳，字杏圃，秀水人。诸生李德华妻，女诗人李蟠从女。夫早殁，不数年抑郁以卒。著有《晴岩草》（未见）。

113. 杨素中，自号青田生，秀水人。诸生杨文淳长女，女诗人杨素书、杨素英、杨素华姊，太学生刘文煜妻。早寡。著有《煮石轩诗》

（未见）。

114. 杨素书，字燕山，自号种竹主人，嘉兴人。诸生杨文淳第四女，女诗人杨素中、杨素华妹，杨素英姊，会稽窦德辉妻。素书莳花种竹，具有林下之风。著有《茗香楼集》（未见）。

115. 杨素英，秀水人。诸生杨文淳第五女，女诗人杨素中、杨素华、杨素书妹，山阴钱景超室。

116. 杨素华，秀水人。诸生杨文淳第三女，女诗人杨素中妹，杨素书、杨素英姊，山阴王德昭妻。著有《香雪楼吟稿》（未见）。

117. 计采，字小娥，秀水人。贡生计楠孙女，同邑王氏妻，桐乡诗人孙贯中女弟子。有"闺中三绝"之誉，诗尤擅长。

118. 计珠容，字芸仙，秀水闻川人。计光炘次女，计贻孙姊妹，郎中沈兆珩妻。作诗有思致，亦能画，俱承家学。

119. 计珠仪（1822—1847），字蕊仙，秀水人。计光炘长女，计贻孙姊妹，画家陶琳子媳，陶震元妻。善诗，工写生，又工韵语。卒年二十六。

120. 钱聚瀛（1809—1850），字斐仲，号餐霞女史，别号雨花女史，秀水人。钱宝甫女，贡生戚士元妻。能诗画，兼工倚声。所作花卉，纤丽柔媚，有赵文俶画风。致词主姜、张，类多商音。著有《论词十二则》（未见）、《餐霞吟稿》（未见）、《雨花盦诗馀》一卷（复旦大学图书馆馆藏）、《雨花盦词话》（上海图书馆、嘉兴市图书馆馆藏）。《小檀栾室汇刻闺秀词》评："工诗能画，尤擅倚声。"

121. 钱韫素（1818—1895），字定娴，自号又楼，秀水人。钱景文女，监生李尚暲妻，李邦黻母。通经史文辞及医学，书抚孙虔礼，画守南楼家法，故自号又楼。卒年七十八。著有《月来轩诗稿》，辑入《上海李氏易园三代清芬录》（华东师范大学图书馆、河南大学图书馆、山东大学图书馆、上海图书馆、嘉兴市图书馆馆藏）。

122. 陶馥，字兰娟，秀水闻川人。同知陶管与吴秀淑长女，吴江周兆勋继妻，陶馨姊。工诗善画。著有《兰娟吟草》《霜闺写恨集》《驱愁吟草》《慈湖吟草》《慈湖吟草诗馀》（均未见）。

123. 陶谘，字月娟，号月娟女史，秀水闻川人。画家陶琳与沈道娴次女，陶鍴妹，殷兆钧妻。善画花卉，工诗。

124. 陶鍴，字翠娟，秀水闻川人。画家陶琳与沈道娴长女，陶谘姊，女画家沈玉珩姨母。自幼濡染家学，嗜画花卉，模仿元人小品，辄清洁有致。并嗜作诗，秀雅可诵。著有《翠娟吟稿》（未见）。

125. 朱遼，字虔斋，秀水人。朱嵩龄女，监生陈克鋐妻，女诗人陈品闺母。著有《慈云阁诗存》（未见）。《续槜李诗系》云："虔斋乐府秀丽似六朝，五七古希风初盛，近体不落中晚以下，视宋元人夷然不屑也。"

126. 金芳荃（1833—?），字畹云，秀水人。监生金献琛与平湖沈氏女，选用知县、平湖陈景迈妻。著有《绚秋阁诗词稿》（未见）。

127. 胡顺，字坤德，秀水人。州判胡双槐次女，国学生丁廷挨子媳，丁德致妻。幼颖慧，嗜读书，通《诗》《礼》《内则》及《三唐近体》《词综》诸集。其诗温丽清新，度越寻常。著有《焚馀小草》（未见）。

128. 蔡芸，字仲芬，桐乡青镇人。蔡鸿恩女，江苏候选通判周善旅妻，女诗人严针表姊。著有《多伽罗室诗草》（中山大学图书馆馆藏）。

129. 李心慧（1755—1838），桐乡人。阳江知县金孝继妻，举人金升吉、监生金衍鼎母。能诗。

130. 陆蕙心，桐乡乌镇人。进士陆炘孙女，举人陆世采女，归安名士沈咸孚妻。少娴吟咏，诗格清新。

131. 陆费稚香，桐乡人。中丞陆费璟女，许桂身妻。少孤，寄居德清徐畹兰女史家。著有《佩兰吟草》（未见）。

132. 陆瑀华，桐乡人。道光十六年（1836）进士陆以湉妹，训导严铨聘室。性贞静而慧，十岁学诗，出笔韶秀。著有《裁香室诗钞》（未见）。

133. 陆费思温，字玉如，桐乡人。监生陆费森女，陆费湘于妹，沈福荣妻。于归半年而寡，旋以疾卒。

134. 陆费湘于，字季斋，桐乡人。监生陆费森女，云骑尉赵贞复继妻，赵宗侃母。其诗有祖风。

135. 汪汝澜，又作汪汝兰，字听月，乌程籍，桐乡人。汪涟与张氏女，汪如洋、汪汝溶、汪畹玉从姊，海宁举人许申琼继妻。著有《双桂楼小草》（未见）。

136. 徐咸安，桐乡人。徐焕谟孙女，徐钧次女，南浔张钧衡妻。著有《韫玉楼遗稿》（清华大学图书馆、华东师范大学图书馆、复旦大学图书馆、吉林大学图书馆馆藏）。

137. 魏月如，字恒卿，号金波，又号西园女史，桐乡栖凤里人。明经魏光烈女，乾隆四十五年举人海盐陆以谦妻。善写生，兼工山水，吟咏间作，归陆未久，以心疾卒。著有《丛桂吟稿》（未见）。

138. 沈云芝，平湖人。海盐谈少琴子媳，谈文烜妻，谈文红嫂。有《云芝遗诗》（未见）。

139. 屈凤辉（1750—1779），字梧清，平湖人。屈作霖长女，庠生屈宗到妹，举人屈宗建、屈宗谈姊妹，屈何焕从姊妹，举人胡之恒妻。工于咏物，清新可诵。其诗冲淡，在韦、柳之间。著有《古月楼诗钞》（未见）。

140. 钱涓，字裻文，平湖人。松溪县令钱嘉征女，南楼老人陈书与钱纶光从女，举人钱泮娟，刑部侍郎钱陈群从姊妹，诸生薛振猷妻。工诗。著有《抱雪吟》一卷（未见）。

141. 陆言（1651—1695），字鹦仙，平湖人。中书舍人陆浚睿与谭氏孙女，陆棻长女，朱彝尊表侄女，沈季友妻，沈埙、沈坼母。工诗。

142. 陆素心（1772—1789），字兰垞，平湖人。诸生陆梦求女，举人徐熊飞妻，举人徐金镜母。《续槜李诗系》载："兰垞九岁失恃，父耕南先生家居，教授兰垞，秉承庭训，博学工诗，归吾友徐雪庐孝廉，甫七年，以病殁，诗矩矱三唐，秀洁如新柳含烟，青翠可挹，闲作小赋，雅丽绝伦，得六朝风致。"著有《碧云轩诗钞》（上海图书馆馆藏）。

143. 陆荷清，字孟贞，平湖人。训导陆宗莲女，举人陆敦伦姊，徐熊飞继妻，徐金镜继母。著有《唐韵楼稿》。（上海图书馆馆藏）。

144. 吴瑛（1735—1752），字若华，一字雪湄，平湖人。吏部右侍郎吴嗣爵女，监生屈作舟妻。幼好吟咏，兼工制艺，于《左传》《文选》诸书，无不精悉。年十八归屈氏，不数月卒。所著诗，工稳秀丽，时多刻画语。著有《芳荪书屋存稿》《制艺》一卷（复旦大学图书馆、上海图书馆馆藏）。

145. 徐贞，字兰贞，平湖人。海宁吴霖、吴嵘弟媳，名士吴骞侧室。工诗。著有《珠楼女史遗稿》一卷，附吴骞《拜经楼集外诗》中（北京大学图书馆、嘉兴市图书馆馆藏）。

146. 陈书（1660—1736），字仲玉，号上元弟子，晚年自号南楼老人，海盐人。陈文斋长女，女诗人陈縠姊，太学生钱纶光继妻，钱陈群、钱峰、钱界母。能诗善画。《国朝画征录》载："善花鸟虫草，笔力老健，风神简古。上舍家贫而好客，夫人典衣鬻饰以供。尝卖画以给粟米，虽屡空晏如也。课子严而有法，长陈群康熙辛丑进士，入翰林，今官通政、北直学政；次峰，廪生，早卒；次界，宝鸡县知县，亦善画草。卒年七十有七。"著有《纺馀闲课》《复庵吟稿》（均未见）。

147. 吴恒，字兰贞，号望云，海盐人。监生吴有榆女，吴修姊，女诗人吴惇、吴慎姊妹，仁和张罛曾妻。著有《望云楼诗存》（未见）。

148. 吴慎（1774—1818），字厚安，号滿盒，自号硤川女史，海盐澉浦人。吴有榆女，查揆妻，查世燮、女诗人查瑞梓母。幼通音律，作小诗甚清绝，著有《琴媵轩诗稿》（嘉兴市图书馆馆藏）。

149. 吴惇，字履贞，号砚云，海盐人。吴有榆女，书画家吴修姊，贡生查有新妻，廪贡生查人骏、查人濮母。

150. 张丹，字涵中，海盐人。张五松女，马鸿昌孙媳，马文豪妻子媳，监生马绪妻，马国纬、马用俊母。涵中赋姿明秀，自幼以淑慎称。针绣外，颇工吟咏，风晨月夕，搦管赋诗。甫脱稿，旋又焚弃。

151. 陆瞻云，字蘅矶，海盐人。康熙进士陆莹清长女，嘉善沈麟振妻，年八十一卒。自幼读书，精通义理，著有《周易注》（未见），《适吾庐诗存》（上海图书馆馆藏）。

152. 彭贞隐，字玉嵌，海盐人。礼部侍郎彭孙遹孙女，女诗人彭孙莹、彭孙婧从女。平湖贡生陆烜妻，举人陆坊母。工诗词，书学钟太傅《荐季直表》。著有《鼓瑟集》（未见），《铿尔词》二卷（上海图书馆馆藏）。

153. 朱澄，字听秋，号荻庵，嘉善人。直隶总督朱一蜚孙女，钱陈群外孙女，朱锦昌女，金均妻，金汝珪、女诗人金淑弟媳，州判金铨母。幼承母教，能诗。著有《荻庵诗钞》（上海图书馆馆藏）、《闻学庐集》（未见）。

154. 张步萱，字贻令，号纸田，海盐人。张上发与陈氏女，庠生李步云室。幼慧好学，读书能明大义，为诗本性情，参以古法，不入时趋，诗虽不多，颇有可采，年二十四以疾卒。著有《嗣香楼诗稿》二卷（未见）。

155. 胡玳簪，小字五儿，嘉善人。朱澄侍女，嘉兴钱福胙子媳，钱仪吉侧室。性颖慧，能诗。体弱善病，婚仅两月而殁。

156. 金兰贞（1814—1882），字纫苏，嘉善人。青田教谕金韵铃女，平湖举人王丙丰妻，女诗人周研芬表姊。幼随父括苍任，工诗善画，年二十三归王，空贫早寡，抚孤成立。著有《绣佛楼诗钞》（复旦大学图书馆、上海图书馆馆藏）。

157. 陈葆懿，字纯卿，号静宜，嘉善人。国子生陈世鉁长女，山西解州州判桐乡陆宪曾妻，陆芝祥母。能诗工书，性至孝。著有《醇宜女史遗稿》（上海图书馆馆藏）。

158. 陈葆贞，字静宜，自号静宜女史，嘉善人。国子生陈世鉁次女，山西解州州判桐乡陆宪曾妻。与姊葆懿并娴吟咏，与其夫闺中唱和，教子成名。著有《绮馀书屋诗稿》（又名《绮馀室吟草》，未见）。

159. 周之瑛，字研芬，嘉善人。两淮盐补大使周尔垲女，女诗人周瑶侄孙女，女诗人金兰贞表妹，无锡知县丁廷鸾继妻。幼好词翰，兼精绘事，有扫眉才子之称，风格在中、晚唐之间，与其夫唱随相得。著有《薇云室诗稿》（河南大学图书馆、北京大学图书馆、上海图书馆馆藏）。

160. 吴芬，字西书，石门人。吴曾贯长女，女诗人吴芳姊，德清沈鹏飞妻。性淑慧，父授经史，一过即成诵。尤好杜少陵诗，诗笔苍劲。中年丧夫，守节终身。著有《仪惠阁遗稿》（未见）。

161. 吴芳（？—1861）字芊塘，石门人。吴曾贯次女，女诗人吴芬妹，石门诸生胡斯煌妻。幼聪慧，随任秦中，父授以《毛诗》《历朝诗选》，兼与讲论史学，所著多咏史之作。著有《看山楼诗草》（又名《椒堂女史遗稿》，未见）。

162. 陈尔士（1785—1821），字炜卿，一字静友，余杭人。刑部员外郎陈绍翔女，钱仪吉妻，钱宝惠、钱鄤醇母。幼习经史，工吟咏。著有《听松楼遗稿》四卷（吉林大学图书馆、南开大学图书馆、北京大学图书馆、中国人民大学图书馆、苏州大学图书馆、清华大学图书馆、中山大学图书馆、上海图书馆馆藏）。

163. 李怀，字玉燕，江苏华亭人。瑞金知县李灏女，曹重妻，女诗人曹鉴冰母。能诗，著有《问花吟》《连环乐府》《双鱼谱传奇》（均未见）。

164. 李心蕙，字云芝，上海人。梧州知府李宗袁女，嘉兴钱陈群子媳，云南储粮道钱汝丰妻。工诗，幼随父李宗袁之任粤西。殁后，诸子辑其遗诗，名《偶吟存草》（未见）。

165. 冯佩笙，字禅仙，桐乡人。副指挥冯开耀女，沈葆恩妻。工诗。著有《禅仙遗稿》（未见）。

166. 葛定，字静能，号静斋，桐乡人。钱锦章妻，工诗兼善绘事，年十七归于钱，越十二年而寡，嘉庆二十三年（1818）旌表。工诗，兼善绘事。著有《竹素馆诗钞》《历代后妃始末略》（均未见）。

167. 葛绿，字梅轩，嘉兴人。杨元照妻，著有《梅轩剩草》一卷（未见）。《嘉兴府志》卷七十九《列女·才媛》："少聪慧，喜读书。归杨元照为室。事姑甚孝，主中馈亦井井有法。第课子女，篝灯至夜分不辍，书声与纺织声相间。"

168. 彭淑慧，嘉兴人。明诸生彭谏孙女，比部彭辂女，德府右长史沈铨子媳，大理卿沈玄华继妻。

169. 沈静专（1691—?），一作尃，字曼君，自号上慰道人，江苏吴江人。沈侃孙女，礼部郎中沈璟幼女，嘉兴吴昌运妻，吴玉蕤母。早寡，能诗。著有《适适草》一卷（上海图书馆馆藏），《颂古》一卷（未见），《郁华楼草》一卷（未见）。《宫闺氏籍艺文考略》云："曼君清新苕颖，于姊妹间，别是一调。七绝佳处如新簧春炙，么弦夜弹，泠泠可听。"

170. 陈筠，字翠君，海宁人。南安同知陈亿长女，女诗人陈慧珠姊，候选州同知马中骥子媳，山西乐平尉马青上妻，与女诗人陈克毅、陈静嘉、陈似兰为从姊妹。著有《蓬莱阁诗稿》（未见）。

171. 归淑芬，字素英，嘉兴人。高阳继妻。著有《云和阁静斋诗馀》。与黄德贞、申蕙共辑《名闺诗选》（未见）。善诗，兼工书画。与黄德贞、沈榛、申蕙、孙蕙媛辑有《古今名媛百花诗馀》（上海图书馆馆藏）。

172. 申蕙，字兰芳，别号诗农，江苏长洲人。明吏部尚书申明行曾孙女，申胤荣女，沈廷植妻。诗苍老，不作闺阁中语。著有《缝云阁集》（未见）。与归淑芬齐名，其诗集与归淑芬《云和阁诗》并称《二云阁诗草》。

173. 王炜，一作王辰，字功史，又字辰若，江苏太仓人。王家颖女，海盐陈光绎妻，为江宁籍（今南京）女诗人吴山女弟子。能诗善画，书学卫夫人，画竹师管夫人，花鸟师赵文俶。著有《翠微楼集》《燕誉楼稿》《续列女传》（均未见）。

174. 赵昭，字子惠，法号德隐，江苏吴县人。赵灵均与女画家文俶女，平湖诸生马班妻。祖母陆卿子，母文端容，俱擅词翰之席，赵昭承其家学，亦擅文辞。后入空门，更号德隐，结庵于洞庭西山中。著有《侣云居遗稿》《竹净轩诗话》（均未见）。

175. 吴朏，字方恒，一字华生，又字凝真，号冰蟾子，江南华亭人。承天府通判吴丕显女孙，吴叔纯女，嘉善诸生曹烺妻，曹重、曹埈母。诗词皆工，尤善绘事。著有《忘忧草》《风兰集》《独啸集》《采石篇》（均未见），并与子媳李怀、孙女曹鉴冰合辑有《三秀集》（未见）。

176. 张贞，字慕洁，海盐人。候选州同知张宏基女，监生朱文煌妻，朱宗城、女诗人朱淑娟母。著有《漱香集》四卷（未见）。

177. 颜畹思，字宛在，桐乡人，颜学易孙女，颜俊彦女，吴兴郁某妻。著有《水一方吟草》（未见）。

178. 颜佩芳，字芳在，号柔仙，桐乡人。颜学易孙女，颜俊彦女，江苏吴江周代妻。著有《绣阁草馀钞》（失于兵火）、《偶叶草》（未见）。

179. 徐蕙贞，字兰湘，石门人。贡生徐多鉁季女。雅好读书，书法尤佳，有晋人风格，卒年二十一。著有《度针楼遗稿》（吉林大学图书馆、上海图书馆馆藏）。

180. 徐简，字文漪，嘉兴人，古董商吴玛副室。其诗秀艳，轻清宛转。著有《佩兰阁草》《香梦居集》（均未见）。

181. 沈珵，字未男，嘉善人。工部主事丁彦妻。早没。王端淑《名媛诗纬初编》评其诗为："珵诗刻画入情入理，直令物无遁形，虽少陵复起，不能过也。"

182. 施璲昭，平湖人。邑庠生施时泰孙女，平阳训导施鉉女，沈炳孚妻。有遗诗一卷，未刊。早年夭卒。

183. 马福娥，字兰斋，平湖人。生而敏慧，能诗。刑部郎中马德澧孙女，马嘉标女，户部右侍郎马绍曾妹，嘉兴沈宏略妻，荫生马肯堂姑母。著有《断钗集》（未见）。

184. 殳默（约1651—1667），字斋季，小字墨姑，嘉善人。女诗人陆观莲与山人殳丹生女，殳讷妹。生而奇慧，九岁能诗。著有《闺隐集》（一名《季斋诗草》，未见）。

185. 沈蕙端，字幽馨，嘉兴人。庠生顾必泰室，吴江光禄寺卿沈璟从孙女。少工诗词，尤精曲律，尝作小令，著有《挽昭齐琼章》为时人所传。

186. 陈瑞麟，字兰若，海盐人。著有《绿窗闲吟》（未见）。《湖海楼妇人集》评："若兰著有闺词百首，娟丽去花蕊夫人不远。"

187. 沈畹，字振兰，桐乡人。吴隽室。著有《馀香诗草》（未见）。

188. 潘畹芳，江苏吴江人。潘凯女，吴江编修潘耒妹，秀水庠生陈铉室，刑部主事陈王谟母。《盛湖志》载："雅好吟咏，子王谟由庶常改秋部，秉母教，有文誉。"

189. 褚静贞，字绣馀，嘉兴人，桐乡沈灏室。著有《绣馀剩稿》（未见）。

190. 钱彻，字玩尘，嘉兴人。钱复生女，著有《清真集》（未见）。《续槜李诗系》评为："幼娴文翰，及笄名噪一时，负才不遇，后嫁旗宦，竟成反目，归故里以诗自遣，顿困悒郁以终。"

191. 徐宜芬，字琬如，海盐人。徐钟元女，江南学政杨中讷室，女诗人杨守俭、杨守闲母。

192. 范氏，秀水人。嘉善计骏有室。幼娴女红，兼能诗，年十六适计，卒年二十六。《石濑山房诗话》："范氏，性至孝，负气节，夫亡，翁姑相继殂，谢氏以一身经营丧葬，事毕自沉于溪。"

193. 费孺人，姓倪氏，桐乡人。石门费胜初继室。其诗清婉秀雅。著有《映雪吟稿》（未见）。

194. 黄钰，字佩珩，海盐人。黄燮清女，湖北孝感知县钱塘宗景藩室。通诗史，善绘事，仕女尤工。

195. 沈金，字竹梅，平湖人。沈子卞女，庠生邵松室。幼工吟咏，著有《山青堂集》（未见）。

196. 蒋素贞，字兰如，嘉兴人。兰如工诗，尤精倚声，婉丽秀发，善于言情。著有《德滋堂稿》（未见）。

197. 杨守俭，字姒音，海宁人。江南学政杨中讷女，海盐县丞彭载弈室。诗禀庭训，多清丽之音。著有《静君阁稿》（未见）。

198. 施芳，字蕙贞，嘉善人。诸生胡然室，松阳训导胡秉谦母。一门风雅，极倡随乐事。著有《结绮吟》（未见）。

199. 闻璞，字楚璞，石门人。闻誉彦女。终身未嫁。著有《醉鹤楼集》（未见）。

200. 林桂芳，字兰九，号蕉轩，平湖人。庠生陆埔室。幼时失恃，与姊同时禀严训，事父以孝闻。年二十适陆茂才。工诗。著有《生翠集》《蕉轩别集》（未见）。

201. 沈宜人，嘉兴人。太常少卿陆绍琦室，编修陆树本母。能诗。

202. 钱氏，海盐人。庠生杨玢室，知县杨志梁母。能诗。

203. 程芬，石门人。乌程庠生施重芬室。著有《吐凤轩稿》（未见）。

204. 陈茝，字挹芳，嘉善人。诸生许钰室。工于写诗，早寡，守节。《两浙��轩续录》中收录。

205. 丁文鸾，字鸣和，长兴人。知县丁槲女，海盐知县沈燮文室。著有《倚云楼诗稿》（未见）。《石濑山房诗话》载："鸣和性至孝，年十四，母王氏疾，笃割股以疗。迨明府宦死桂阳，扶榇归葬，延明师训诸孤，力学以绍衣裘，诗笔娟秀，不杂脂粉。"

206. 范素英，字栖霞，嘉兴人。自幼以孝闻。著有《养疴轩小稿》（未见）。

207. 吴巽，字道娴，嘉兴人。监生吴孝则女，监生郑联室，著有《听鸿楼诗稿》（未见）。《梅里诗辑》评为："道娴诗和雅庄重，如其为人，故有林下风致，不徒无脂粉气已也。当与郑贞懿《肃雝集》方孟旋《纫兰阁集》并驾齐驱，哭母一篇，凡一千四百六十字，在闺阁中直欲横绝古今矣。"

208. 范孺人，钱塘人。州同知范允鈇女，秀水陆绍琦子媳，翰林院编修陆树本室。

209. 沈佩，字飞霞，桐乡人。石门吴起代室，幼颖敏，事两大人甚孝。著有《绣余残稿》（未见）。

210. 周氏，吴江人。教授周旅嘉女，监生张大鹏室。女红之暇，每事吟咏。著有《苹香阁诗草》（未见）。

211. 沈兰，字蕴贞，嘉兴人。蕴贞能诗，兼工长短句。著有《雪斋诗馀》《绣余遗笔》（未见）。

212. 陈克毅，字盈素，海宁人。知府陈志俊女，嘉善监生曹相龙室。著有《余生集》（未见）。

213. 李嬡（1780—1804?），字子姗，号梦兰，秀水人。贡生李大有女，吴江陈蕊元室。少颖悟，通韵语。适中表陈蕊元，仅四载卒，年二十五。著有《梦兰遗诗》（未见）。

214. 陆云，字衡机，海盐人。知县赵泰女，举人沈麟振室。能诗。

215. 沈瑛，字八咏，海盐人。州同知沈兆祁女，庠生朱栋隆室。工诗。

216. 俞光蕙，字滋兰，海盐人。户部侍郎俞兆晟女，金坛大学士于敏中室。

217. 程芝，字端卿，桐乡人。贡生程世机女，乌程生员程世机女，乌程生员施重芬室。精女红，通文墨，惜结缡二十日而夫殁。著有《吐凤轩诗草》（未见）。

218. 姚淑，字嗣徽，平湖人。善集唐人诗句成章，组织之工，几天衣无缝。

219. 徐源，字方白，号冰谷，嘉兴人。女诗人叶定甥女，字沈某，未婚卒，守节。能诗。

220. 李贞媛，字椒云，平湖人。李耕烟女，知县陆培室，举人陆锡周、庠生陆锡母。著有《凝香阁集》（未见）。

221. 沈璠，字九如，海盐人。州同知沈兆祁女，庠生冯功遂室。能诗。

222. 陈绚，字莲慧，海宁人。监生陈璞女，海盐监生张上发室，女诗人张步蘐母。幼敏慧，娴习闺范，览书史，知大义。闲习韵语，著有《吟香阁集》（未见）。

223. 陈受之，字寿芝，嘉兴人。陈世侃孙女，宛平知县陈基女，诸生沈爱莲妻，监生沈文治、候选县丞沈福年母，女诗人卢静芳、陈登峰、陈品闺从姊妹。著有《玩芳楼剩稿》（未见）。《续梅里诗辑》卷十二载："孺人尝手写唐贤诗数册，寻绎吟讽，遂深见解。为小诗不事雕饰，而婉丽可讽。"

224. 陈品闺，字筠斋，海盐人。运同陈克鋐女，廪生陆肇锡室。《续槜李诗系》评："筠斋秉姿明秀，慧业过人，尝读二十一史，凡三过绝无遗忘，作诗操笔立就不假思索。于归二载以疾卒，年仅二纪，识者早有福慧难兼之论。"

225. 汪亮，字映辉，号采芝山人，桐乡人。指挥汪文柏孙女，归安庠生费树楩室，著有《采芝山人诗存》（嘉兴市图书馆馆藏）。《香树斋续集》评："采芝山人，吾郡右族汪氏女，父叔兄弟为郡守，郎官咸有治绩，山人幼娴妇道，能诗善画。"

226. 陆全，平湖人。庠生王垣室。著有《松石居诗》（未见）。

227. 程宜人，桐乡人。编修德清徐天柱室。著有《波罗密室琴谱》一卷（未见）。徐氏累世簪缨，而家仅中产。宜人勤俭持家，事祖姑及姑甚孝。子养源、养潜、孙璜辈，咸能博闻敦行，卓然负时名，皆宜人所教。

228. 孙潮，字月波，嘉兴人。吴柱室。著有《印雪书屋诗集》（未见）。

229. 徐宜人，桐乡石门人。监生董行灏女，知州徐承勋室。其诗有意度，年三十三卒，未竟所作。著有《徐宜人遗诗》（未见）。

230. 朱兰，字畹芳，平湖人。沈晋儒室，幼嗜吟咏，于归后乃尽弃去，所传遗稿，寥寥数章而已。著有《先得月楼遗诗》（上海图书馆馆藏）。

231. 陈珊生，字文烺，自署乍川女史，平湖人。举人陈士麟妹，监生盛钧妻，盛芷香母。善诗。著有《绣馀吟》（未见）。

232. 李氏，嘉兴人。监生郑祖谦室。著有《黄梅诗草》（未见）。

233. 王范，字幼娴，桐乡人。太学生王涵斋次女，庠生李灵皋室。早寡，无子女。著有《蕉雨楼吟卷》三卷（未见）。

234. 陆锡贞，字若筠，平湖人。钱天树室。幼端淑，娴礼，其诗刻划幽秀，颇有隽句。殁前三日，悉以平昔所作投药火燃之。

235. 查氏，嘉善人。知县查学女，庠生钱庭柯室。早寡，守节三十年，乾隆四十九年（1784）题旌。著有《自怜吟》（未见）。

236. 李祥芝，秀水人。教谕李杰女孙。幼颖悟，从其父授经。性纯孝，母殁号泣不已，遂得疾，及笃，呼婢尽焚其诗，唯未汇入稿者不得焚。

237. 朱霞（1749—1804），字佩云，海盐人。监生朱芎臣女，庠生祝桂发室，祝旦华嗣母。能诗。

238. 徐秀芳，字蟾女，震泽人。徐蟾长女，秀水监生李大诚室，女诗人徐彩霞姊。早慧，承父教，工吟咏。著有《秀芳遗诗》（未见）。

239. 邵文媛，平湖人。邵松长女，邵英媛姊，沈文媛表姊妹。能诗。

240. 王荃，字静媛，号芦村，嘉兴人。王坦庵女，史遇孙媳，庠生史先震妻。著有《饮绿轩残稿》（未见）。《梅里志》载："女红之暇，辄习韵语。归史秀才先震，未二载即病。病中尽焚其稿。殁后，先震检具殓具，得零草数纸，汇钞成帙。"

241. 张贞，字拾翠山人，海盐人。庠生周树声室。能诗。家虽赤贫，倡和自若。

242. 徐彩霞，江苏震泽人。徐蟾次女，女诗人徐秀芳妹，秀水监生李大福室。著有《彩霞遗诗》一卷（未见）。《黎里志》载："徐彩霞，性端重，不苟言笑。适李大福，与秀芳姊妹为妯娌，诗篇唱酬无虚日。后痛姊殉夫，感悼成疾，未几亦卒。诗稿尽失，今所存若干首，附《秀芳遗诗》后。袁太史枚《随园诗话》中俱采其诗。子一，德纯，嗣大咸后，堂弟达源有《女兄秀芳彩霞传》。"

243. 高璎，字含贞，号晚香，平湖人。侍郎高士奇元孙女。《石濑山房诗话》载："晚香为文恪公女孙，幼慧工诗，尤擅花鸟，钩皴煊染，气运生动，自然入妙，尺幅人争宝之，惜遇人不淑，依母家以居，以笔墨为生涯，方之黄媛介弁玉文鹿门偕隐之乐，远不逮矣。"

244. 金荷，字品莲，号小红，嘉兴人。金永成次女。未字卒。著有《吟香阁稿》（未见）。

245. 梅玉卿，字瑶仙，天津人。海盐监生陈孝治侧室。著有《红豆山房稿》（未见）。

246. 孙蕴雪，字贞白，嘉善人。平湖庠生郭又隗室。好吟咏，年二十归又槐，惜孙二十六时又槐殁，后守节三十余年。著有《红馀集》《梦楼吟稿》（未见）。

247. 叶定，字带华，秀水人。叶香仲女，诸生许殿芳室。自幼聪慧，长而能文，适许殿芳，琴瑟和谐。

248. 卢兰露，钱塘人。杭州卢鹤山女，石门贡生胡家琪室。著有《倡随集》（未见）。《续携李诗系》载："卢氏家世多藏书，兰露博览经史，故能诗文。"

249. 梅清，字冰若，号月楼，秀水人。海盐监生张辰竹室。著有《月楼吟稿》（未见）。《续携李诗系》评为："月楼明慧，善操琴，尤精绘事，设色花鸟娟秀绝伦，既嫔以孝谨称，暇则怡情翰墨，每写一图，辄题其上，年三十赋未亡，守节三十载，诗笔冲和淡远，得风雅正范。"

250. 德容（？—1659），俗姓朱，名又贞，嘉善人。张介子媳，大理寺左评事张我朴妻，国子生张燮母。因张君为科场所累，全家发遣。乃上疏，捐躯赎罪。后为尼。著有《璇闺集》《猗兰集》《幽恨集》《归云集》（均未见）。

251. 沈玙，字涵碧，一字十洲，海盐人。州同知沈兆祁女，女诗人沈瑛、沈璠姊妹，陈均妻，诸生陈文锦、女诗人陈云涛母，州同知陈钧室。著有《就雪楼诗稿》一卷、《花月联吟》一卷（均未见）。

252. 朱韫玉，字介石，海盐人。朱九初女。能诗。

253. 曹蔚文，嘉善人。监生曹相龙女，女诗人卢静芳、陈受之、陈顺、陈绚、陈登峰、陈品闺表姊妹，字钱塘举人徐绍堂，未嫁卒。能诗。

254. 顾德，字慎仪，海盐人。监生杨文海继室。习女训，娴内则。年二十二适杨省斋为继室。事翁姑以孝称。著有《绣月楼稿》（未见）。

255. 彭玉嵌，海盐人。平湖贡生陆烜室，举人陆坊母。工诗。

256. 徐锦，字珠村，嘉兴人。庠生朱辰应室。工诗，中年好读《易》。著有《红馀小草》（未见）。

257. 程静贞，字素庵，海盐人。吴天麟室。工诗善琴，年三十三卒。

258. 许玉芬，海宁人。康熙五十六年举人许惟枚与女诗人朱梅女，监生许惟松与女诗人张畹从女，嘉兴陆树本与范孺人次女媳，乾隆二十二年进士陆昌祖妻。著有《篆云楼稿》（未见）。

259. 朱衣珍，字也点，平湖人。庠生陆梦求室。著有《树萱小草》（未见）。

260. 范氏，秀水人。州同知范绍濂女，陆树本子媳，监生陆绳祖室。能诗。

261. 陈玉徽，海盐人。进士陈尧女，王煜室，博通经史，工诗画，尤精小楷。年二十四而寡，守节三十余年。著有《冰崖诗草》（未见）。

262. 蒋永端，字含章，嘉兴人。知县蒋熏曾孙女，蒋元澄妹，同邑沈芳洲室。著有《焚馀草》（未见）。《国朝杭郡诗三辑》评曰："含章幼好吟咏，尝取其曾祖南村退叟《陶诗评释》，日夜读之。诗境冲淡，五言尤近韦。"

263. 沈文媛，平湖人。庠生潘宗敬室。夫贫复多病，资文媛纺织度日，事姑以孝闻。工诗。

264. 查淑顺，字蕙圃，海宁人。编修查慎行曾孙女，查昌裯女，查莱妹，海盐庠生冯桂甡室。著有《揽秀轩稿》（未见）。《续檇李诗系》载："蕙圃幼慧能诗，丰神绰约，几欲临风吹去。适海盐冯生，惜年不永。"

265. 徐氏，秀水人。徐晨山女，桐乡沈世勋聘妻，夫亡，未婚守节五十年。贤而有才，有诗传世。

266. 姚庄仁，字静岩，号静仁，江苏嘉定人。姚天衢女，雄县知县嘉兴汪钺妻。工诗。

267. 邵英嫒，平湖人。邵松次女，邵文嫒妹，沈文嫒表姊妹。能诗。

268. 钱珠，字映川，嘉兴人。监生钱敏修女，海盐崔炆室。能诗。

269. 劳纯一，字安歧，石门人。劳心斋长女，仁和刘玉峰室。著有《绝尘轩稿》（未见）。

270. 胡氏，秀水人。孝廉方正胡树栯女，云南盐井提督胡潢孙女，陆昌祖继室。能诗。

271. 曹氏，自号虚全子，秀水人。许字姚鼎黄。夫亡，矢志守贞。生长闺帏，性聪敏，乐观古人书。端行孝友，习女红之外，时作诗以自遣。著有《睡馀集》（未见）。

272. 孙畹兰，自号爱莲主人，石门人。严州教授孙王纶女，嘉善贡生陈秉元室。早殁，秉元编其诗曰《饮恨吟》（未见）。

273. 王允执，字舜华，号散花女史，嘉善人。监生王焉飞女，县丞曹锡祺室。潜心书史，手不释卷，年十八归邑丞曹君锡祺，随官入蜀，甫半载卒于署。诗稿散佚。

274. 任湘，字兰因，海盐人。庠生许师谦室。著有《海上杂吟》《红馀小稿》（均未见）。

275. 任梦檀，嘉兴人。光祖女孙，诸生陆颐高室。著有《碎锦集》（未见）。

276. 李璠，字瑶圃，嘉兴人。贡生李旦华女，张之梁室。著有《倚阁吟》（未见）。《石濑山房诗话》载："瑶圃少孤，从其祖敬堂，明府学。性敏慧，通习孝经、毛诗、小戴记、列女传诸书，尤酷嗜唐人诗，脱口辄谐声，律复秀丽有致，适同里张文石，治家有法，闺阃之内自相倡和，年五十余遘疾，卒其病。"

277. 毕氏，海盐人。庠生朱盈科室。适槎客先生，家贫。朝夕自课其子，至成立。

278. 赵德珍，字兰素，德清人。监生岐凤女，平湖进士杨于高室。作诗有晚唐遗响，卒年三十三。著有《得月楼存稿》十卷（《绣余吟课》一卷，北京师范大学图书馆、嘉兴市图书馆馆藏；其余九卷均未见）。

279. 戴素蟾，字月卿，号柔斋，嘉善人。吴江教谕宋景和室。《续槜李诗系》中评曰："柔斋明慧工诗，与嗣君承瓛女贞琇、贞佩、贞球、贞琬并擅风雅，闺阃之内更唱迭和，又以其夫金庭有《闻川棹歌》之作，续成四百余篇，远近艳称之。"

280. 沈彩，字虹屏，号扫花女史，平湖人。贡生陆烜侧室，性明慧，工诗善画，尤工小楷，得管夫人笔妙。著有《春雨楼集》（华东师范大学图书馆、复旦大学图书馆、南开大学图书馆、南京大学图书馆、北京大学图书馆、郑州大学图书馆、上海图书馆馆藏）。

281. 孟折莲，平湖人。孟用久女。性聪敏，观书过目成诵，诗亦清雅可喜。惜早夭，不能成帙。

282. 徐新庆，字淑媛，海盐人。监生李应占室，贡生徐鉴渭女。《石濑山房诗话》评为："淑媛颖慧，端丽，涉略书史，平生持大义，尝曰：'读书以变化气质、笃厚伦纪为务，岂徒急功名，驰声誉哉！'人服其言。"

283. 朱素，字月楼，平湖人。著有《牡丹亭集》（未见）。

284. 李畹，号梅卿，嘉兴人。诸生李能容女，进士冯登府室。早娴翰墨，工诗词。著有《随月楼诗词稿》（未见）。

285. 陈贞筠，字兰卿，海宁人。陈廷槐孙女，监生陈克明女，桐乡受长龄妻，举人陈鸿年、陈鸿保从姊妹。著有《兰卿初稿》（未见）。

286. 俞绣，字针史，平湖人。廪生胡金题室，胡基昌长子媳，胡金胜、女诗人胡缘嫂。

287. 周桐春，字琴宜，号藤溪女史，海盐人。庠生张步香室，与女诗人张步蘐为姑嫂。著有《栖凤楼吟稿》（未见）。

288. 袁华，字缦华，嘉兴人。袁逊斋女，杨伯润室。诗作多雅音，闺房唱和诸作，宛转生情，尤得《国风》遗意。著有《缦华楼诗钞》（上海图书馆馆藏）。

289. 吾德明，字左芬，海盐人。候选州判萧应榹室。性端敏，尤娴礼教。著有《岂园吟》（未见）。

290. 唐敏，字梦兰，嘉兴人。平湖庠生邵洙室。著有《竹影轩诗》（未见）。《续槜李诗系》中评："梦兰五古冲淡似陶、韦，七古豪放似杜韩，兼有初唐风调，近体亦在宋、元之间，洵闺中之骚坛飞将也。虽主中馈，米盐凌杂间犹吟哦不辍。"

291. 张镜蓉，字庆先，海盐人。张肯堂女，庠生任百卿室。著有《荫红阁诗存》（未见）。

292. 胡缘（1785—1808），字香轮，号碧窗，平湖人。副贡生胡昌基女，监生许景钟室。性纯孝，多艺，尤工吟咏。著有《琴韵楼诗》二卷

（未见）。

293. 陆彬，字雯英，号莲舫，平湖人。诸生陆廷璋女，庠生徐甄室。娴文翰，工针绣，以孝谨闻。著有《评花问月楼稿》（未见）。

294. 金淑修，秀水人。侍郎徐嘉炎母。诰赠一品太夫人。善山水，局度轩敞，有丈夫气，不轻作，故流传绝少。有《颂古合响集》（北京大学图书馆馆藏）。

295. 宫婉兰，字嬚婉，海盐人。进士伟缪女，诸皋冒褒室。工诗善画。著有《梅花楼集》（未见）。

296. 汪娴，嘉兴人。汪淇女，汪文桂、汪文梓、汪文柏妹。聪慧寡言，有天女风度。许字戴判官之子，年十四未嫁而没。著有《瓣香楼词》（未见）。

297. 陈宝玲，字慧娟，自署慧娟女史，秀水人。陈鸿诰女，工诗画，人以"不栉进士"目之。著有《学吟稿》（未见）。

298. 金镜淑，字顺之，震泽人。桐乡副贡施曾锡室，乾隆三十九年举人施福元母。自幼读书，娴吟咏，事父母甚孝。夫因疾亡，后守节三十二年。

299. 张俪青，桐乡人。乌程诸生沈思美室。工吟咏。著有《绣馀杂吟》（未见）。

300. 朱素诚，字淑珠，桐乡人。朱振羽女，嘉兴岳廷枋室。少孤，家綦贫，于归后，孝事翁姑，以贤德闻。著有《德隐楼诗草》（未见）。

301. 金淑，字文沙，号慎史，嘉善人。诸生沈锡章室。早寡，以诗画名世。著有《得树楼集》《墨香居画识》（未见）。

302. 沈毂，字采石，嘉兴人。沈光春与女诗人许英女，沈涛姊，崇安主簿曾颐吉妻，女诗人沈蕊、沈茮姑母。善画山水，花卉、人物，有《白云洞天诗》一卷（未见）、《画理斋诗稿》（上海图书馆、嘉兴市图书馆馆藏）。

303. 许英，字梅村，钱塘人。峻山女，嘉兴沈江春室。著有《清芬阁集》（未见）。

304. 程娴，字渊湛，号湘蘅，晚号念春老人，桐乡人。少孤，聪慧绝伦，工诗。著有《渊湛诗钞》（未见），未及刊行，毁于劫火。

305. 汪铃（1711—1796），字月珠，桐乡人。候选知州程尚赟室。幼娴吟咏，夫亡年仅二十一，毁容守志，遗两女，亦能诗。

306. 王文瑞（1822—1904），字秋霞，嘉兴竹里人。诸生王宗恒与女诗人沈可增孙女，王福申幼女，廪贡生王逢辰从妹，张省三妻。著有《韵篁楼吟稿》二卷（复旦大学图书馆、华东师范大学图书馆、北京大学图书馆、清华大学图书馆、嘉兴市图书馆、上海图书馆馆藏）。

307. 戴兰英，字瑶珍，嘉兴人。江宁知县、钱塘袁枚从子媳，袁知次子媳，袁恩官母。早寡。著有《瑶珍吟草》（未见）。

308. 沈道娴，字兰英，嘉兴人。陶世仁子媳，陶品玉、陶管弟媳，监生陶琳妻，陶豁、陶碣母。幼即以诗名。著有《紫薇花馆诗稿》（未见）。《燃脂馀韵》卷五称："兄弟娣姒，互相师友，一门风雅，人多羡之。"

309. 朱森（？—1809），字树芳，嘉兴人。诸生朱万钧与女诗人孔昭蕙侄女，女诗人朱筠姊，廪生朱其鑠、朱其镇从姊，诸生孙志钤妻。著有《梅花溪诗词》（未见）。

310. 孔广芬，字映左，桐乡人。常熟景如椿弟媳，安肃道景如柏妻，景炎母。著有《丛桂轩诗稿》（未见）。

311. 钱继芬，字伯芳，嘉兴人。钱楷从女，阮元子媳，阮祜继妻。工诗画。

312. 陆尊辉，字映楼，桐乡人。嘉庆九年（1804）举人陆瀚孙女，陆以湉、女诗人陆瑀华从孙女，山西解州州判陆宪曾女，同治七年（1868）进士陆芝祥姊妹，归安冯寿金妻。孝友柔和，体弱多病。生二子而卒，年未三十也。

313. 王元珠，字淑龄，又字餐霞，嘉兴人。王庭与蒋氏幼女，康熙十一年（1672）举人徐振刚妻，贡生徐灿然母，徐怀永、徐怀仁祖母。著有《宏训楼集》《竞秀阁稿》《宫词百首》（均未见）。《梅里志》卷十四《闺秀》评："淑龄凤承庭训，绰有渊源。芍药之花、葡萄之树，题咏殆遍，可想见其林下风致矣。"

314. 黄琇（？—1864），字佩瑜，海盐人。清戏曲家、湖北宜都知县黄燮清次女，黄钰妹，海盐冯绪曾妻。幼年解文翰，咸丰九年（1859）适同里冯绪曾，同治元年（1862）随父黄燮清宦宜都，同治二年（1863）自鄂归沪，同治三年（1864）殁于沪。

315. 史瑶卿，字玉亭，石门人。巡检郑铣妻。著有《吟香阁集》《梅隐阁集》（均未见）。

316. 朱薇，字紫芝，嘉兴人。教授朱珊元女，朱采姊妹，监生林应荣妻。著有《景芬楼诗词稿》（未见）。

317. 李道漪（1886—1908），字蕙卿，嘉兴人。李璠孙女，宜宾知县李镛与汤淑英女，李道沛姊，李道河、李道溥、李道洋、李道瀛、李道沅、李道湘妹。道漪幼工女红，喜诗词。著有《霞绮楼仅存稿》（上海图书馆馆藏）其诗词见于合刻《李氏诗词四种》（吉林大学图书馆、南京大学图书馆、四川大学图书馆馆藏）。

318. 吴玉书（1841—1922），号倚槎老人，嘉兴人。吴金圃女，太学生陆承镜继妻，陆祖游、陆祖穀、陆祖治母，桐乡画家董耀女弟子。著有《挹兰室诗》二卷（未见）、《鸳湖女史画稿》二卷（未见）、《淡水室诗草》（未见）。

319. 吴润卿，字砚斋，石门人。贡生吴森长女，国学生胡杓妻。著有《浣香记事》《浣香小咏》（均未见）。《（光绪）石门县志》载："吴润卿性至孝，尝刲股疗父母病。与妹文卿俱读书，能诗。绣床妆阁之旁，时相唱和。"

320. 吴文卿，字墨斋，石门人。廪生吴森次女，郑某妻。著有《墨斋吟稿》（未见）。

321. 吴玖（1767—1815），字瑟兮，石门人。吴克谐女，程同文继妻，乾隆十六年（1795）举人吴廷镛姊妹。幼有才名，著有《写韵楼诗草》《写韵楼画册》（均未见）。《桐乡县志》卷十八载："幼慧，母授以《毛诗》《论语》，能通大义。性特高洁，随宦京师十余年，视华侈宴乐之事泊然无所好，暇时惟玩阅文史。尤喜画花卉，学白石翁山水，得倪黄意，见者不知其为闺阁笔墨也。嘉庆二十年卒于京师，时年四十九。"

322. 吴瑛，字琼华，嘉兴人。曹昌燕妻。著有《箴功馀艺》（未见）。《（光绪）嘉兴府志》卷七十九载："工吟咏，适同邑曹昌燕，昌燕殁，吴瑛年四十，绣佛长斋，甘受茶苦。"

323. 吴湘，字筠仙，一作韫仙，石门人。嘉善诸生许锡曾妻。著有《贻清阁诗稿》（未见）。《撷芳集》卷五十八评："梅亭许君元配吴孺人者，延陵望族，语水名门。村传黄叶，芳华之世胄非遥，阁号贻清，丽藻之仙才莫匹。"

324. 沈金蕊，字穗卿，号竺香，海盐人。平江主簿沈起鲸次女，海宁查仲诰妻，袭云骑尉查美栻母。好作小楷及五七言诗。著有《绣麟楼吟稿》（未见）。

325. 沈玉筠，号净香，嘉兴梅里人。廪贡生沈学诗孙女，诸生沈爱莲姊，陶孟生孙媳，陶贵成子媳，陶镇妻。性慧善病，年未三十而卒。著有《闲情草》（未见）。

326. 沈琬，字梦窗，嘉兴人。严州训导沈崧女，嘉善监生浦民则妻，嘉兴二十二年（1817）进士浦曰楷母。梦窗幼承母训，工诗词，教子成名，训女洁芳亦能诗。教子甚严，六经四书皆亲自讲授。著有《操杼馀吟》《梦窗诗馀》（均未见）。

327. 姚仙霞（1839—1875），号尊梅仙史，嘉兴人。姚星垣女，姚洁云姊，道库大使嘉善王姚泰继妻。性至孝，好参禅理，工吟咏。生平爱梅，体弱多病，卒于吴门，年三十六。著有《吟香阁诗草》一册（吉林大学图书馆、郑州大学图书馆、嘉兴图书馆馆藏）。

328. 查荃，字韫芳，嘉兴人。直埭大城县知县蔡寿臻妻，蔡鸿銮子媳。工诗。著有《花溪诗草》，汇入夏卿藻《蔡氏闺秀集》（中山大学图书馆馆藏）。

329. 蔡继琬，字韵真，桐乡人。蔡鸿勋长女，乌程沈肇祖妻。工诗。著有《云吉祥室诗草》，汇入夏卿藻《蔡氏闺秀集》（中山大学图书馆馆藏）。

330. 胡兰，字畹香，嘉兴人。盐运司提举胡兆怀女，海宁监生朱鸣冈妻。著有《畹香居诗稿》（未见）。

331. 倪梦庚（1696—1771），字莲仙，平湖人。倪惠和女，屠杰妻，屠耀母。能诗。著有《听松书屋诗草》（未见）。《平湖经籍志》卷三十六载："莲仙厚德，庄静有仪，敦节孝，通文墨。课子辉鳌之暇，兼课族中子弟，以代纺织。性耽吟咏，所著《梦庚集诗稿》。"

332. 倪氏，桐乡人。康熙三十一年（1692）举人费胜初继妻。著有《映雪斋吟稿》（未见）。《续檇李诗系》卷三十七载："费胜初，字茂泉，康熙壬申举乡饮宾。继配倪氏，诗一卷，清婉秀雅，闺阁中之杰出者。"

333. 徐氏，嘉兴人。徐必达孙女，庠生陈耆卿妻。著有《孤筠吟草》（未见）。

334. 夏卿藻，字季芬，桐乡青镇人。蔡銮坡子媳，蔡鸿勋妻。著有

《焚馀遗草》，汇入《蔡氏闺秀集》（中山大学图书馆馆藏）。

335. 曹珍，字岫云，嘉善枫泾人。举人曹复元孙女，曹汤鼎女，吴昌柱妻。著有《岫云小草》（未见）。

336. 张葆祉，字福田，海盐人。诸生张心言女，乾隆五十九年（1794）举人朱兆熊孙媳，韶州知府朱栻之子媳，廪贡生朱元炅继妻。能诗。著有《体亲楼初稿》（未见）。

337. 张常熹（1821—?），字少和，嘉兴人。张廷济女，张邦梁、张庆荣妹。张福熙、张晋燮姑母，嘉善候补府经历查世璜继妻。著有《静宜楼吟稿》（未见）。

338. 张淑，字若兰，嘉兴人。海盐吾轼孙媳，女诗人吾德明弟媳，贡生吾德沛妻。著有《钞香阁集》（未见）。《两浙輶轩续录》卷五十二载："梅会里得金风亭，长馀韵，闺阁皆能翰墨。若兰居此，与冯庶常柳东室李夫人，蝉吟莺恼，叠寄诗筒，里中传为佳话。"

嘉兴望族女性别集存佚考

1.《效颦集》《浮玉亭词》《锄隐宾庐诸稿》，沈纫兰撰（未见）。《槜李诗系》（崇祯《嘉兴县志》）《闺秀集初编·附诗馀》《彤奁续些》《众香词·礼集》《古今名媛百花诗馀》《闺秀词钞续补卷》《伊人思》《列朝诗集小传》《历代妇女著作考》著录。

2.《禅悦剩稿》，黄双蕙撰（未见）。《槜李诗系》《全清词·顺康卷》《闺秀词钞》《伊人思》《历代妇女著作考》著录。

3.《遗芳草》，黄淑德撰（未见）。《列朝诗集·闰四》《槜李诗系》《（崇祯）嘉兴县志》《然脂集·诗部十九》《全明词》《闺秀词钞》《伊人思》《历代妇女著作考》著录。

4.《裁云草》《月露吟》《咏雪斋遗稿》，项兰贞撰（均未见）。

《槜李诗系》《列朝诗集·闰四》《古今女史》《闺秀集·附诗馀》《（崇祯）嘉兴县志》《名媛诗归》《然脂集》《名媛诗纬初编》《林下词选》《闺秀词钞》《闺秀诗话》《明词汇刊本·淳村词》《全清词·顺康卷》《历代妇女著作考》著录。

5.《剩玉篇》，周慧贞撰（未见）。《槜李诗系》《名媛诗纬初编》《全清词·顺康卷》《嘉兴县志》《古今名媛百花诗馀》《闺秀词钞》《历代妇女著作考》著录。

6.《越游草》《离隐词》《湖上草》《如石阁漫草》《南华馆古文诗集》《梅市倡和诗钞》《黄媛介诗辑本》，黄媛介撰（均未见）。《槜李诗系》《撷芳集》《妇人集》《清诗纪事·列女》《昆山胡氏书目》《梅村诗话》《池北偶谈》《诗源初集》《然脂集》《国朝闺秀诗柳絮集》（崇祯）、嘉兴县志》《名媛诗纬初编》《国朝闺秀正始集》《闺秀词钞》《扶轮集续》《彤奁续些》《全清词·顺康卷》《全清词·顺康卷补编》《然脂集·赋部四》《两浙輶轩录》《晚晴簃诗汇》《名媛诗话》《闺秀诗话》《香奁诗话》《历代妇女著作考》著录。

7. 《云卧斋诗集》《云卧斋诗馀》，黄媛贞撰（浙江省图书馆馆藏）。《檇李诗系》《明诗综》《晚晴簃诗汇》《全明词补编》《撷芳集》《两浙輶轩录》《历代妇女著作考》著录。

8. 《鹤舞堂小稿》《吾过集》《吾亦爱吾庐诗钞》二卷，鲍诗撰（未见）。《嘉兴府志》《国朝画征录》《国朝闺秀正始集》《两浙輶轩录》《撷芳集》《小黛轩论诗诗》《燃脂馀韵》《历代妇女著作考》著录。

9. 《韵松楼诗稿》，顾慈撰（上海图书馆、嘉兴市图书馆馆藏）。《平湖经籍志》《闺籍经眼录》《历代妇女著作考》著录。上海图书馆见《韵松楼诗集》一卷，清光绪六年（1826）刻本，前有弟葆之序，由其子张湘任撰行述，朱为弼填讳。内存诗75首。

10. 《能闲草堂稿》一卷，沈鑫撰（上海图书馆、嘉兴图书馆馆藏）。《两浙輶轩录续录》《历代妇女著作考》著录。附于其夫张湘任《抱璞亭诗集》后（上海图书馆藏，清光绪元年（1875）刻本）。

11. 《读画楼诗稿》二卷，张凤撰（上海图书馆馆藏）。《平湖经籍志》《两浙輶轩录续录》《名媛诗话》《燃脂馀韵》《历代妇女著作考》著录。清道光十四年（1834）年刻本，由其夫高兰曾为其刊行，前有钱福昌题序，兄张湘任撰墓志铭，夫高兰曾撰家传。末有男秉礼谨缮一行，禾郡钱渭山刻一行。分上、下两卷，上卷含诗60首，下卷含诗50首，共计110首。

12. 《茜窗居诗钞》二卷（一名《茜窗吟稿》）、《红馀词》，孙湘畹撰，（均未见）。《嘉兴府志》《当湖历代画人传》《闺秀艺文略》《闺秀诗话》著录。

13. 《梅花阁遗诗》一卷，钱蘅生撰（上海图书馆、嘉兴图书馆、四川大学图书馆馆藏）。《绛跗山馆词录》（北京大学图书馆、北京师范大学图书馆、南京师范大学图书馆、四川大学图书馆、郑州大学图书馆、上海图书馆馆藏）。《海盐张氏涉园书目》《闺秀诗话》《历代妇女著作考》著录。《绛跗山馆词录》附张金镛《躬厚堂诗集》后，清光绪四年（1878）刻本，上海图书馆馆藏。《梅花阁遗诗》前有小叔张炳堃的序："嫂以道光二年壬午十月来归吾兄，性好吟咏，晨昏之暇，与兄酬唱极乐，兄尝绘图以纪事。"后有男宪和跋。《梅花阁遗诗》中存诗54首，词2首。

14. 《饯月楼诗钞》一卷，张苕荪撰（上海图书馆馆藏）。《平湖县志》《两浙輶轩录续录》《历代妇女著作考》著录。该集附于张金圻《园居录诗鉴》后，清光绪元年（1875）刻本，上海图书馆馆藏。《饯月楼诗钞》存词1首，诗42首。前有永康胡凤丹题序，兄炳堃、何国琛、诸可宝、琬崧毓、张凯嵩、丁守存等十人题词，后有杨象济跋。

15.《审韵楼诗集》十六卷、《审韵楼词》，高孟瑛撰（未见）。《槜李诗系》《历代妇女著作考》著录。

16.《冰玉稿》《雪椒稿》《避叶稿》《蕉梦稿》《劈莲词》《藏笑曲》黄德贞撰（均未见）。辑《名闺诗选》（未见）、《彤奁词选》（未见）、《闺秀百家词馀》（上海图书馆馆藏）。《嘉兴府志》《撷芳集》《槜李诗系》《（崇祯）嘉兴县志》《彤奁续些》《全清词·顺康卷》《全清词·顺康卷补编》《古今名媛百花诗馀》《名媛诗话》《历代妇女著作考》著录。

17.《砚香阁词》，孙兰媛撰（未见）。《槜李诗系》《当湖历代画人传》《闺秀词钞》《撷芳集》《嘉兴府志》《两浙輶轩录》《历代妇女著作考》著录。

18.《愁余草》，孙蕙媛撰（未见）。《槜李诗系》《全清词·顺康卷》《全清词·顺康卷补编》《古今名媛百花诗馀》《闺秀词钞》《撷芳集》《桐乡县志》《历代妇女著作考》著录。

19.《咽露吟》《钿奁遗咏》，屠茝佩撰（均未见）。《槜李诗系》《全清词·顺康卷》《全清词·顺康卷补编》《撷芳集》《晚晴簃诗汇》《闺秀词钞》《古今名媛百花诗馀》《嘉兴府志》《历代妇女著作考》著录。

20.《粲花遗稿》，周兰秀撰（未见）。《槜李诗系》《闺秀词钞》《伊人思》《平湖县志》《历代妇女著作考》著录。

21.《礼佛馀吟》，孔传莲撰（未见）。《两浙輶轩录》《续槜李诗系》《国朝闺秀正始集》《撷芳集》《小黛轩论诗诗》《闺秀诗话》《历代妇女著作考》著录。

22.《桂窗小草》，孔继孟撰（未见）。《续槜李诗系》《晚清簃诗汇》《桐乡县志》《晚晴簃诗汇》《历代妇女著作考》著录。

23.《南楼吟草》《鸳鸯佩传奇》《慎一斋诗集》《瑶圃集》，孔继瑛撰（均未见）。《撷芳集》《石濑山房诗话》《国朝闺秀柳絮集》《桐乡县志》《两浙輶轩录》《历代妇女著作考》著录。

24.《听竹楼偶吟》，孔继坤撰（未见）。《桐乡县志》《撷芳集》《国朝闺秀正始集》《晚晴簃诗汇》著录。

25. 《爱日轩草》，孔兰英撰（未见）。《国朝闺秀正始集》《桐乡县志》《撷芳集》《晚晴簃诗汇》著录。

26. 《兰斋稿》二卷、《飞霞阁题画诗》二卷、《画跋》一卷，孔素英撰（均未见）。《桐乡县志》《国朝闺秀正始集》《嘉兴府志》《撷芳集》《晚晴簃诗汇》著录。

27. 《桐华书屋诗钞》四卷、词一卷，孔昭蕙撰（未见）。《冷庐杂识》《续檇李诗系》《两浙輶轩续录》《桐乡县志》《双溪诗话》《燃脂馀韵》《闺秀诗话》著录。

28. 《月亭诗钞》，孔昭蟾撰（未见）。《桐乡县志》著录。

29. 《锄月山房诗草》，胡若兰撰（未见）。《桐乡县志》《清闺秀艺文略》著录。

30. 《怡致轩诗稿》，沈宛珠撰（未见）。《桐乡县志》著录。

31. 《爨馀集》，郑以和撰（上海图书馆馆藏）。该集为清光绪二十八年（1902）刻本，见于上海图书馆，前有桐乡县志的小传，存诗 22 首。后附郑静兰《焦桐集》一卷。

32. 《传书楼诗稿》，金顺撰（北京大学图书馆、北京师范大学图书馆、复旦大学图书馆、河南大学图书馆、吉林大学图书馆、辽宁大学图书馆、四川大学图书馆、上海图书馆、嘉兴市图书馆馆藏）。《两浙輶轩录》《撷芳集》《清史稿艺文志》《桐乡县志》著录。该集为清光绪四年（1878）汪曰桢会稽学署重刻本

33. 《修竹吾庐诗》，汪璀撰（未见）。《两浙輶轩录续录》《撷芳集》《湖州府志》《国朝闺秀正始集》著录。

34. 《醉墨轩诗钞》，汪曰采撰（未见）。《两浙輶轩录》《湖州府志》著录。

35. 《雕清馆诗草》一卷，汪曰杼撰（郑州大学图书馆、上海图书馆馆藏）。《乌程县志》著录。该集为咸丰十一年（1861）刻本，共收诗 81 首，前有其兄汪曰桢撰序。

36. 《寿花轩诗集》一卷，汪懋芳撰（北京大学图书馆、北京师范大学图书馆、河南大学图书馆、辽宁大学图书馆、四川大学图书馆、嘉兴市图书馆、上海图书馆馆藏）。《湖州府志》著录。该集为咸丰八年（1858）刊本，汪曰桢列入荔墙丛书，前有赵棻女史撰序。内存古今体诗 48 首。

37. 《滤月轩集》七卷，赵棻撰（北京师范大学图书馆、华东师范大

学图书馆、复旦大学图书馆、河南大学图书馆、武汉大学图书馆、上海图书馆、嘉兴图书馆馆藏)。《清史稿艺文志》《松江府续志》《小黛轩论诗诗》《燃脂馀韵》《闺秀诗话》《闺秀词话》著录。该集道光十年庚寅(1830)刊本，前有严锡康识及自序。共诗集 2 卷，诗余 1 卷。道光二十七年丁未(1847)，又刊诗续集 2 卷，文集 1 卷，诗余 22 首。清咸丰八年戊午(1858)又刊续集 1 卷，诗 8 首，诗余 6 首，现存于上海图书馆。该集包含诗集 4 卷、文集 4 卷、诗余 1 卷，共计 7 卷。

38.《绿尊仙居吟稿》，劳若华撰(上海图书馆馆藏)。该集为手写稿本，前有劳若玉题字。内中存诗 28 首，另有绿尊仙居词 25 首。

39.《运筹学》，劳湘撰(未见)。

40.《织文女史诗词遗稿》，劳纺撰(未见)。

41.《女诫浅释》一卷，劳纺撰(上海图书馆馆藏)。《闺秀词钞》著录。《女诫浅释》为扫叶山房石印本，列入德育丛书之五。前有其夫陶葆廉序，后有自跋。

42.《侠义佳人》四十四回，邵振华撰(未见)。

43.《来禽仙馆词稿》一卷，沈蕊撰(上海图书馆馆藏)。《清闺秀艺文略》著录。该集为手写稿本。

44.《纫兰室诗钞》三卷、《鲽砚庐诗钞》二卷、《联吟集》一卷、《古文词》严永华撰(北京大学图书馆、华东师范大学图书馆、复旦大学图书馆、吉林大学图书馆、南开大学图书馆、郑州大学图书馆、上海图书馆馆藏)。该集为清光绪十七年(1891)刻本，上海图书馆藏，内中包括《纫兰室诗钞》三卷、《鲽砚庐诗钞》两卷、《联吟集》一卷。前有严辰、张之万、龚易图、朱福诜撰序。1919 年重刊。

45.《含芳馆诗草》，严澂华撰(华东师范大学图书馆、嘉兴市图书馆馆藏)。该集为光绪十年甲申(1884)刻本，附于其兄严谨《清啸楼诗钞》后，为次妹严永华所刊，内中存诗 80 首，附桐乡县志孝女传，兄严辰撰小传及墓志铭、奏稿、传略、题诗、联语等。

46.《紫佩轩诗稿》(含词稿)，严昭华撰(清华大学图书馆、北京大学图书馆、南开大学图书馆、华东师范大学图书馆、郑州大学图书馆、上海图书馆馆藏)。《昆山胡氏书目》著录。该集为光绪二十二年丙申(1896)刻本，前有伯兄严锡康题词，后有侄滨跋，子壻陈恩澍题诗 4 首。末有姑苏梓文阁刊版一行。

47.《精忠传弹词》二卷，周颖芳撰（中国国家图书馆馆藏）。《中国俗文学史》著录。1931年商务印书馆排印本，有李枢、徐德升序。全书凡七十三回。

48.《写韵楼诗钞》，王瑶芬撰（北京大学图书馆、吉林大学图书馆、上海图书馆馆藏）。《桐乡县志》著录。该集为清同治十年（1871）刻本，前有道光己亥陆以湉撰序，女史孔昭蕙郑贞华题词，后有女永华识。内中存诗219首。

49.《布衣女子诗钞》《返魂香室诗稿》，严钿撰（未见）。《清闺秀艺文略》著录。

50.《宜琴楼遗稿》，严针撰（华东师范大学图书馆、吉林大学图书馆、上海图书馆、嘉兴图书馆馆藏）。《红鹅阁诗稿》（未见）。《海盐张氏涉园书目》著录。该集为清光绪二十三年（1897）刻本，卷首题桐乡女史归汝南严针指坤著，末有男积荫、积兰、积莂敬编，有严锦公绣题四绝句。内中存诗92首。

51.《品箫楼诗钞》，严杏徵撰（嘉兴市图书馆馆藏）。清闺秀艺文略著录。

52.《澹香吟馆诗钞》，严颂萱撰（中国国家图书馆馆藏）。昆山徐氏书目著录。昆山徐氏藏有光绪三十四年戊申（1908）抄本

53.《敷教录》《白凤吟馆诗稿》，严寿慈撰（均未见）。平湖经籍志著录。

54.《荻雪诗文稿》六卷，吴黄撰（未见）。《柳溪诗征》《石濑山房诗话》《嘉善县志》著录。

55.《松籁阁诗词稿》，（明）沈榛撰（武汉大学图书馆、河南大学图书馆、嘉兴市图书馆馆藏）。《洁园全稿》（未见）。《古今名媛百花诗馀》（上海图书馆馆藏）。《嘉善县志》《嘉兴历代人物考略》《闺秀词话》著录。

56.《麟溪内史集》，沈栗撰（未见）。《嘉善县志》著录。

57.《绣余诗存》《鲜洁亭诗词稿》，蒋纫兰撰（未见）。《燃脂馀韵》《小檀乐室汇刻闺秀词》《续槜李诗系》《嘉兴府志》著录。

58.《桐花阁诗钞》《拾瑶草》，钱复撰（未见）。《两浙𬨎轩录》《（光绪）嘉善县志》著录。

59.《绣闲集》，孙淡英撰（未见）。《续槜李诗系》《石濑山房诗话》

《清史稿艺文志》《清代闺阁诗人征略》《两浙輶轩录》著录。

60.《幽贞录》，孙兰馨撰（未见）。《嘉善县志》著录。

61.《挺秀堂集》（一名《萝月轩集》），彭琬撰（未见）。《槜李诗系》《撷芳集》《两浙輶轩录》《晚晴簃诗汇》著录。

62.《闲窗集》《彭幼玉遗集》，彭琰撰（未见）。《槜李诗系》《（光绪）海盐县志》《晚晴簃诗汇》《然脂集》《妇人集》《闺秀诗话》著录。

63.《盘城草游》（又名《盐城草游》），彭孙婧撰（未见）。《（光绪）海盐县志》《晚晴簃诗汇》《撷芳集》《众香词》《国朝闺秀正始集》《槜李诗系》《燃脂馀韵》《闺秀诗话》著录。

64.《碧筠轩诗草》，彭孙莹撰（上海图书馆馆藏）。《两浙輶轩录补遗》著录。

65.《彭瑟集》（未见）、《铿尔词》二卷，彭贞隐撰（上海图书馆馆藏）。《昆山胡氏书目》著录。民国癹华馆刊本，平湖葛昌楣咏莪校刊。前有陆烜序，玉嵌自序，后有沈彩跋，上卷27首，下卷22首。盖取春风沂水以自寓。又平湖葛氏传朴堂、海盐张氏涉园均藏有旧钞本。该集为抄本，上海图书馆藏，前有西泠钱以宁题序。内中存诗121首，词10首。

66.《春雨楼集》十四卷，沈彩撰（国家图书馆、上海图书馆、北京大学图书馆、华东师范大学图书馆、复旦大学图书馆、南开大学图书馆、南京大学图书馆、郑州大学图书馆馆藏）。《湖州府志》《撷芳集》著录。该集为乾隆四十七年（1782）刻本，据稿本覆刻，前有汪辉祖、梅谷序及图赞、题词。卷一有赋7篇，卷二至卷七为诗，卷八卷九采香词，卷十卷十一为文，卷十二至卷十四题跋。

67.《渤海遗吟》，陈元琳撰（未见）。《清代闺阁诗人征略》《石濑山房诗话》著录。

68.《玉轩吟稿》，吴元善撰（未见）。《嘉兴府志》《续槜李诗系》著录。

69.《漱香集》四卷，张贞撰（未见）。《清闺秀艺文略》《海盐画史》《续槜李诗系》著录。

70.《画兰室诗稿》，潘佩芳撰（上海图书馆馆藏）。《两浙輶轩续录》《海盐画史》著录。海盐张氏涉园藏有钞本，附于其夫朱文佩《春华秋实之斋诗集》后，无序跋，诗仅6首。

71.《兰韵楼诗稿》（一作《兰韫楼诗稿》），楼秋畹撰（未见）。

《两浙輶轩续录》著录。

72.《倚云楼遗草》，朱美英撰（未见）。《国朝杭郡诗三辑》《杭州府志》《两浙輶轩续录》《名媛诗话》著录。

73.《金粟词》，朱玙撰（河南大学图书馆、武汉大学图书馆馆藏）。《小莲花室遗稿》（国家图书馆、上海图书馆、北京大学图书馆馆藏）。《贩书偶记》《国朝闺秀柳絮集校补》《小黛轩论诗诗》著录。《小莲花室遗稿》为道光二十五年乙巳（1845）刻本，前有兄昌颐及叶俊杰序，弟宪恭评跋，王大堉、兄辰煦、闺秀施绮题辞、徐比玉后序、挽诗、传略、诔辞、事略等一卷附于后。

74.《寒香室存稿》，胡绣珍撰（未见）。《两浙輶轩续录》著录。

75.《纺馀吟稿》，徐人雅撰（未见）。《两浙輶轩续录》著录。

76.《借树楼草》，徐恒和撰（未见）。《两浙輶轩续录》《清代闺阁诗人征略》著录。

77.《兰省吟稿》，金颖弟撰（未见）。《清代闺秀艺文略》著录。

78.《有此庐诗钞》一卷，金孝维撰（上海图书馆馆藏）。《清代闺秀艺文略》《晚晴簃诗汇》著录。该集为清道光二十二年（1842）刻本

79.《听鹂阁吟草》《咏物介和诗》，李蕙草撰（未见）。《嘉兴县志》《续梅里诗辑》著录。

80.《华影吹笙阁遗稿》，戴小琼撰（上海图书馆馆藏）。《闺秀诗话》《嘉兴县志》著录。该集为清道光二十五年（1845）刻本，（上海图书馆存，附于沈毅女史《画理斋诗稿》后），前有潘曾莹序，存诗22首。

81.《半椽梅吟稿》，朱筠撰（嘉兴市图书馆馆藏）。《嘉秀近代画人搜铨》著录。该集附钱青选《小镜湖庄诗集》后，嘉兴市图书馆馆藏。

82.《兰心阁诗草》，朱莹撰（上海图书馆、嘉兴图书馆馆藏）。《竹里诗萃》《海盐涉园张氏书目》著录。该集为咸丰八年戊午（1858）刊本，与其夫张庆荣《稻香楼诗稿》合刻，总名曰《世美堂集》。存诗50首，后有男晋燮跋。

83.《无为室吟稿》《十六国春秋吟》《裁红阁骈体文》《留云居诗稿》《籁阁诗》十卷、《餐花仙史遗稿》，朱钰撰（均未见）。《嘉兴府志》《嘉善县志》《嘤鸣馆杂缀》著录。

84.《小停云馆诗稿》，沈茱撰（上海图书馆馆藏）。《维扬吟社稿》（未见）。《燃脂馀韵》著录。

85.《韵红轩诗钞》十六卷，金慧珠撰（未见）。《清闺秀艺文略》著录。

86.《闺女拾诵》《仰南楼闻见集》，钱与龄撰（未见）。《苏州府志》《黎里续志》著录。

87.《德容诗》一册，钱德容撰（未见）。《名媛诗话》著录。

88.《青霭楼集》，顾静撰（未见）。《然脂集》著录。

89.《清闺集遗稿》，吴宗宪撰（北京大学图书馆、吉林大学图书馆、复旦大学图书馆馆藏）。《嘉兴府志》《清代闺阁诗人征略》著录。该集刊入《秀水王氏家藏集》，咸丰五年（1855）刻本，内存诗 30 首，有咸丰四年族孙王褧之识。

90.《评月楼诗词稿》，赵畹兰撰（北京大学图书馆、中国人民大学图书馆、复旦大学图书馆、华东师范大学图书馆、吉林大学图书馆、南开大学图书馆、苏州大学图书馆、上海图书馆馆藏）。《苏州府志》著录。

91.《晴岩草》，汪玳撰（未见）。《梅里词辑》著录。

92.《石轩诗》，杨素中撰（未见）。《撷芳集》著录。

93.《茗香楼集》，杨素书撰（未见）。《撷芳集》著录。

94.《月来轩诗稿》一卷，钱韫素撰（华东师范大学图书馆、河南大学图书馆、山东大学图书馆、上海图书馆、嘉兴图书馆馆藏）。《嘉秀近代画人搜铨》《闺秀诗话》《香奁诗话》著录。该集为清宣统元年（1909）铅印本，与其夫李尚暲《优盋罗室诗稿》合印。前有顾莲序，闵萃撰家传，于邕撰《李府君夫妇合传》，后有男邦黻跋。存诗 161 首。辑入《上海李氏易园三代清芬录》。

95.《餐霞吟稿》《雨花盦词话》《雨花盦词》一卷，钱聚瀛撰（复旦大学图书馆、上海图书馆、嘉兴市图书馆馆藏）。《小檀栾室汇刻闺秀词》《嘉秀近代画人搜铨》《小黛轩论诗诗》著录。

96.《吉羊室遗诗》六卷，陶馥撰（均未见）。《闺籍经眼录》《黎里续志》著录。吴江柳氏钞本，卷首题秀水陶复兰娟著。卷一为《兰娟吟草》初集，卷二曰二集，卷三曰《霜闺写恨集》，卷四曰《驱愁吟草》、卷五曰《慈湖吟草》，附诗余，卷六曰《劫馀吟草》。有柳弃疾识。

97.《翠娟吟稿》，陶镉撰（未见）。《墨林今话》《闻湖诗三钞》《松陵女子诗征》著录。

98.《佩兰吟草》，陆费稚香撰（未见）。《清闺秀艺文略》著录。

99.《裁香室诗钞》，陆瑀华撰（未见）。《桐乡县志》《两浙輶轩续录》《冷庐杂识》《燃脂馀韵》《闺秀诗话》著录。

100.《古月楼诗钞》，屈凤辉撰（未见）。《嘉兴县志》《平湖县志》《撷芳集》《国朝闺秀正始集》著录。

101.《抱雪吟》一卷，钱涓撰（未见）。《檇李诗系》《平湖县志》《众香词》《撷芳集》著录。

102.《碧云轩诗钞》，陆素心撰（上海图书馆馆藏）。《湖州府志》《平湖县志》《国朝闺秀正始集》《石濑山房诗话》《平湖经籍志》《词综补遗》《闺秀诗话》《续檇李诗系》著录。该集初刊于乾隆五十七年（1792），前有父陆耕南序。嘉庆二十年（1815）乙亥再与陆荷清《唐韵楼钞》合刻，后有男陆金镜跋。内中存诗 50 首。

103.《唐韵楼稿》，陆荷清撰（上海图书馆馆藏）。《平湖县志》《当湖诗文逸》著录。该集为嘉庆二十年乙亥（1815）刻本，与陆素心《碧云轩诗钞》合刻。有弟陆敦伦序，男陆金镜跋，存诗 71 首。

104.《纺馀闲课》《复庵吟稿》，陈书撰（未见）。《南楼老人花鸟山水册》《陈南楼花鸟册》《木庵文稿》一卷（上海图书馆馆藏）。《撷芳集》《国朝画征录》《名媛诗话》《国朝闺秀正始集续集补遗》《小黛轩论诗诗》著录。

105.《望云楼诗存》，吴恒撰（未见）。《杭州府志》《硖川诗续钞》著录。

106.《琴腠轩诗稿》，吴慎撰（嘉兴市图书馆馆藏）。《杭州府志》《硖川诗续钞》《国朝杭郡诗三辑》著录。旧钞本，前有查伯葵序，存诗 95 首。

107.《荻庵诗钞》《问字庐集》，朱澄撰（上海图书馆馆藏）。《嘉善县志》《两浙輶轩续录》《小黛轩论诗诗》《燃脂馀韵》《闺秀诗话》著录。

108.《绣佛楼诗钞》，金兰贞撰（复旦大学图书馆、上海图书馆馆藏）。《平湖县志》《嘉善县志》《两浙輶轩续录》《晚晴簃诗汇》《平湖经籍志》《嘉兴历代人物考略》著录。该集为光绪二年丙子年（1876）刻本，前有马承昭、唐步蟾题序，金安清跋，钱塘汪绳武等题词。存诗 84 首。附《嘉兴府志》《嘉善县志》小传。

109.《听松楼遗稿》，陈尔士撰（北京大学图书馆、清华大学图书馆、吉林大学图书馆、南开大学图书馆、苏州大学图书馆、中国人民大学图书馆、中山大学图书馆、上海图书馆馆藏）。《杭州府志》《两浙輶轩续录》《名媛诗话》《燃脂馀韵》《闺秀诗话》著录。该集为道光元年辛巳（1821）刻本。前有金孝维、王照圆、董佑诚题序，卷一：授经偶笔；卷二：序述传记赞题跋 13 首；卷三：家书 29 则；卷四：古今体诗 58 首；词 14 首；附录论 3 首。后有男保惠识。

110.《问花吟》《连环乐府》《双鱼谱传奇》，李怀撰（均未见）。《众香词》《嘉善县志》著录。

111.《偶吟存草》，李心蕙撰（未见）。《嘉兴府志》著录。

112.《慈云阁诗存》，朱逮撰（未见）。《续槜李诗系》著录。

113.《遗惠阁遗稿》，吴芬撰（未见）。《石门县志》著录。

114.《看山楼诗草》（又名《椒堂女史遗稿》），吴芳撰（未见）。《石门县志》《嘉兴府志》《槜李诗系》著录。

115.《芳荪书屋存稿》四卷、《制艺》一卷，吴瑛撰（复旦大学图书馆、上海图书馆馆藏）。《石濑山房诗话》《清代闺阁诗人征略》《平湖经籍志》《名媛绣针》《续槜李诗系》著录。《芳荪书屋存稿》四卷，《制艺》一卷今藏上海图书馆，同邑孙氏雪映庐藏。清乾隆十八年（1753）刻本，长洲沈德潜、大兴邵泰、秀水徐临、韩江唐思撰序。又父吴嗣爵、兄吴焕序。

116.《早花集》，吴筠撰（北京师范大学图书馆、吉林大学图书馆、四川大学图书馆、上海图书馆、嘉兴市图书馆馆藏）。《两浙輶轩续录》《梅里志》著录。

117.《生香乐意斋稿》，李檀撰（未见）。《续槜李诗系》著录。

118.《双桂楼小草》，汪汝澜撰（未见）。《续槜李诗系》著录。

119.《薇云室诗稿》一卷，周之瑛撰（北京大学图书馆、河南大学图书馆、上海图书馆馆藏）。《嘉善县志》《晚晴簃诗汇》《清代闺阁诗人征略》著录。

120.《绚秋阁诗词稿》，金芳荃撰（未见）。《晚晴簃诗汇》《全清词钞》著录。

121.《焚馀小草》，胡顺撰（未见）。《续槜李诗系》著录。

122.《韫玉楼遗稿》一卷，徐咸安撰（清华大学图书馆、华东师范大学图书馆、复旦大学图书馆、吉林大学图书馆馆藏）。《晚晴簃诗汇》

著录。

123.《珠楼女史遗稿》，徐贞撰（北京大学图书馆、嘉兴市图书馆馆藏）。《海昌备志》《续槜李诗系》著录。

124.《醇宜女史遗稿》，陈葆懿撰（上海图书馆馆藏）。《嘉善县志》著录。

125.《绮馀书屋诗稿》，陈葆贞撰（未见）。《名媛诗话》《燃脂馀韵》《闺秀诗话》著录。

126.《适吾庐诗存》《周易注》，陆瞻云撰（上海图书馆馆藏）。《石濑山房诗话》著录。

127.《璇归诗》《漪兰集》《幽恨集》《归云集》，德容撰（均未见）。《历代妇女著作考》《两浙𫐐轩录》《晚晴簃诗汇》著录。

128.《红蕉阁诗集》，周瑶撰（未见）。《晚晴簃诗汇》《国朝闺秀诗柳絮集》著录。

129.《香雪楼吟稿》，杨素华撰（未见）。《撷芳集》著录。

130.《丛桂吟稿》，魏月如撰（未见）。《撷芳集》《桐溪诗述》著录。

131.《节妇录》，虞嬑撰（未见）。《槜李诗系》《海盐县志》《海昌备志》著录。

132.《静庵集》《自怡集》《杂文史论》，朱妙端撰（均未见）。《静庵剩稿》（复旦大学图书馆、华东师范大学图书馆、河南大学图书馆、辽宁大学图书馆、北京大学图书馆、四川大学图书馆、上海图书馆馆藏）。《槜李诗系》《海宁州志稿》著录。

133.《文鸾草》，陆圣姬撰（未见）。《槜李二姬倡和集》（嘉兴市图书馆馆藏）。《嘉兴县志》《槜李诗系》《闺秀诗话》著录。

134.《适适草》一卷，沈静专撰（上海图书馆馆藏）。《颂古》一卷、《郁华楼草》（未见）。《槜李诗系》《宫闺氏籍艺文考略》著录。

135.《红馀草》《香闺秀翰》，徐范撰（未见）。《槜李诗系》《嘉禾征献录》《续梅里诗辑》《远香诗话》著录。

136.《藕花楼集》八卷，项佩撰（未见）。《槜李诗系》《静志居诗话》《名媛诗纬初编》《松陵女子诗征》《全清词·顺康卷》著录。

137.《云和阁静斋诗馀》《名闺诗选》，归淑芬撰（未见）。与黄德贞、沈榛、申蕙、孙蕙媛辑有《古今名媛百花诗馀》（上海图书馆馆藏）。

《槜李诗系》《秀水县志》《撷芳集》《槜李文系》著录。

138.《缝云阁集》，申蕙撰（未见）。《槜李诗系》《撷芳集》著录。

139.《翠微楼集》《燕誉楼稿》《续列女传》，王炜撰（均未见）。《海盐县志》《槜李诗系》《名媛诗选》《名媛诗纬初编》《全清词·顺康卷》著录。

140.《侣云居遗稿》《竹净轩诗话》，赵昭撰（均未见）。《槜李诗系》《当湖诗文逸》《燃脂馀韵》《众香词》《槜李文系》著录。

141.《忘忧草》《风兰集》《独啸集》《采石篇》，吴胐撰（均未见）。《众香词》《撷芳集》《嘉善县志》《清代闺阁诗人征略》《嘉兴历代人物考略》《闺秀集》《全清词·顺康卷》《槜李诗系》著录。

142.《绣馀吟稿》，杨庆珍撰（未见）。《历代妇女著作考》《当湖诗文逸》著录。

143.《在水一方吟草》，颜畹思撰（未见）。《桐乡县志》《松陵女子诗征》《槜李诗系》《闺秀诗话》著录。

144.《偶叶草》《绣阁草馀钞》，颜佩芳撰（未见）。《槜李诗系》《松陵女子诗征》《燃脂馀韵》《名媛诗纬初编》著录。

145.《佩兰阁草》《香梦居集》，徐简撰（未见）。《静志居诗话》《名媛诗纬初编》《槜李诗系》《撷芳集》《全清词·顺康卷》《小黛轩论诗诗》著录。

146.《静妙斋诗存》，刘绮梅撰（未见）。《历代妇女著作考》《两浙輏轩续录》《当湖诗文逸》著录。

147.《断钗集》，马福娥撰（未见）。《槜李诗系》《撷芳集》《众香词》《闺秀诗话》著录。

148.《蒋湖寓园草》（一名《殳氏闺隐集》），陆观莲撰（未见）。《槜李诗系》《柳溪诗征》《燃脂馀韵》《闺秀诗话》《苏州府志》《嘉兴府志》著录。

149.《闺隐集》（一名《季斋诗草》），殳默撰（未见）。《槜李诗系》《柳溪诗征》《晚晴簃诗汇》《燃脂馀韵》《闺秀诗话》著录。

150.《绿窗闲吟》，陈瑞麟撰（未见）。《妇人集》《燃脂馀韵》《续槜李诗系》《闺秀诗话》著录。

151.《馀香诗草》，沈畹撰（未见）。《续槜李诗系》著录。

152.《映雪吟稿》，费孺人撰（未见）。《续槜李诗系》著录。

153.《山青堂集》，沈金撰（未见）。《续檇李诗系》著录。

154.《德滋堂集》，蒋素贞撰（未见）。《续檇李诗系》著录。

155.《生翠集》《蕉轩别集》，林桂芳撰（未见）。《平湖县志》《两浙輶轩续录》著录。

156.《倚云楼诗稿》，丁文鸾撰（未见）。《湖州府志》《苏州府志》《国朝闺秀正始集》《续檇李诗系》著录。

157.《养疴轩小稿》，范素英撰（未见）。《清代闺阁诗人征略》《续檇李诗系》著录。

158.《听鸿楼诗稿》《三分明月阁词》，吴巽撰（均未见）。《梅里诗辑》《梅里词辑》《名媛绣针》《石濑山房诗话》《梅里志》《续檇李诗系》著录。

159.《绣余残稿》，沈佩撰（未见）。《桐乡县志》《全清词·顺康卷》《续檇李诗系》著录。

160.《苹香阁诗稿》，周氏撰（未见）。《嘉兴府志》《续檇李诗系》著录。

161.《绣余遗笔》《雪斋诗馀》，沈兰撰（均未见）。《续檇李诗系》著录。

162.《馀生集》一卷，陈克毅撰（未见）。《杭州府志》《撷芳集》《小黛轩论诗诗》《续檇李诗系》著录。

163.《凝香阁集》，李贞媛撰（未见）。《平湖县志》《撷芳集》《续檇李诗系》著录。

164.《吟香阁集》，陈绚撰（未见）。《续檇李诗系》著录。

165.《采芝山人诗存》，汪亮撰（嘉兴市图书馆馆藏）。《嘉树轩诗钞》（未见）。《桐溪诗述》《撷芳集》《国朝画征录》《续檇李诗系》著录。

166.《松石居诗》一卷，陆全撰（未见）。《平湖县志》《两浙輶轩录补遗》《续檇李诗系》著录。

167.《听松书屋诗草》，倪梦庚撰（未见）。《平湖县志》《两浙輶轩录》《续檇李诗系》《历代妇女著作考》《平湖经籍志》《石濑山房诗话》著录。

168.《黄梅诗草》，李氏撰（未见）。《梅里志》《续檇李诗系》著录。

169.《蕉雨楼吟草》三卷，王范撰（未见）。《续槜李诗系》《撷芳集》著录。

170.《自怜吟》，查氏撰（未见）。《续槜李诗系》著录。

171.《红豆山房稿》，梅玉卿撰（未见）。《两浙輶轩录》《燃脂馀韵》《闺秀诗话》《续槜李诗系》著录。

172.《红馀集》《梦楼吟稿》，孙蕴雪撰（未见）。《续槜李诗系》《嘉兴府志》《乍浦备志》著录。

173.《清心玉映楼稿》，张氏撰（未见）。《燃脂馀韵》《闺秀诗话》《续槜李诗系》著录。

174.《倡随集》，卢兰露撰（未见）。《续槜李诗系》著录。

175.《月楼吟稿》，梅清撰（未见）。《续槜李诗系》《石濑山房诗话》《硖川诗钞》著录。

176.《绣月楼稿》，顾德撰（未见）。《续槜李诗系》《石濑山房诗话》著录。

177.《红馀小草》，徐锦撰（未见）。《两浙輶轩录》《续槜李诗系》《撷芳集》《燃脂馀韵》《闺秀诗话》著录。

178.《吐凤轩稿》，程芬撰（未见）。《续槜李诗系》著录。

179.《树萱小草》，朱衣珍撰（未见）。《续槜李诗系》《两浙輶轩录补遗》著录。

180.《冰崖诗草》，陈玉徽撰（未见）。《石濑山房诗话》《续槜李诗系》著录。

181.《焚馀草》，蒋永端撰（未见）。《续槜李诗系》《梅里诗辑》著录。

182.《揽秀轩稿》，查淑顺撰（未见）。《续槜李诗系》《两浙輶轩录补遗》著录。

183.《海上杂吟》《红馀小稿》，任湘撰（未见）。《续槜李诗系》著录。

184.《倚吟阁》，李璠撰（未见）。《石濑山房诗话》《燃脂馀韵》《闺秀诗话》《续槜李诗系》著录。

185.《得月楼存稿》十卷、《绣馀吟课》一卷，赵德珍撰（北京师范大学图书馆、嘉兴市图书馆馆藏）。《续槜李诗系》《平湖经籍志》著录。

186.《清靡阁吟草》，吴芳珍撰（未见）。《历代妇女著作考》《国朝闺秀正始续集补遗》《清代闺阁诗人征略》《苏州府志》著录。

187.《栖凤楼吟稿》，周桐春撰（未见）。《续檇李诗系》著录。

188.《竹影轩诗》，唐敏撰（未见）。《石濑山房诗话》《两浙輶轩录》《续檇李诗系》著录。

189.《荫红阁诗存》，张镜蓉撰（未见）。《续檇李诗系》著录。

190.《琴韵楼诗》二卷，胡缘撰（国家图书馆藏）。《灵芬馆诗话》《两浙輶轩续录》《晚晴簃诗汇》《续檇李诗系》著录。

191.《嗣香楼诗稿》二卷，张步萱撰（未见）。《续檇李诗系》《珠楼遗稿》《硖川诗钞》《檇李文系》《清代闺阁诗人征略》著录。

192.《评花问月楼稿》，陆彬撰（未见）。《两浙輶轩续录》《续檇李诗系》著录。

193.《颂古合响集》，金淑修撰（北京大学图书馆馆藏）。《秀水县志》《撷芳集》《清代闺阁诗人征略》著录。

194.《梅花楼集》，宫婉兰撰（未见）。《重修扬州府志》《江苏诗征》《清代闺阁诗人征略》著录。

195.《针馀草》，于启璋撰（未见）。《众香词》《全清词·顺康卷》《清代闺阁诗人征略》著录。

196.《绣馀杂吟》，张俪青撰（未见）。《桐乡县志》《湖州府志》《清代闺阁诗人征略》著录。

197.《德隐楼诗草》，朱素诚撰（未见）。《桐乡县志》《清代闺阁诗人征略》著录。

198.《得树楼集》《墨香居画识》，金淑撰（未见）。《墨香居画识》《墨林今话》《燃脂馀韵》《闺秀诗话》《清代闺阁诗人征略》著录。

199.《画理斋集》，沈毅撰（上海图书馆、嘉兴市图书馆馆藏）。《白云洞天诗》一卷（未见）。《闽川闺秀诗话》《嘉秀近代画人搜铨》《清代闺阁诗人征略》著录。

200.《岂园吟》，吾德明撰（未见）。《两浙輶轩续录》《清代闺阁诗人征略》著录。

201.《惜阴楼剩稿》《青霞寄学吟》，吴青霞撰（未见）。《历代妇女著作考》《续檇李诗系》《杭州府志》《海宁州志稿》著录。

202.《缦华楼诗钞》，袁华撰（上海图书馆馆藏）。《缉雅堂诗话》《嘉秀近代画人搜铨》《清代闺阁诗人征略》著录。

203.《碎锦集》，任梦檀撰（未见）。《两浙轩续录》《闺秀诗话》《燃脂馀韵》《清代闺阁诗人征略》著录。

204.《先得月楼遗诗》（又名《绣馀集》），朱兰撰（上海图书馆馆藏）。《两浙轩续录》《平湖经籍志》《清代闺阁诗人征略》著录。

205.《结绮吟》，施芳撰（未见）。《清闺秀正始再续集》《嘉善县志》《清代闺阁诗人征略》著录。

206.《度针楼遗稿》，徐蕙贞（吉林大学图书馆、上海图书馆馆藏）。《嘉兴历代人物考略》《清代闺阁诗人征略》著录。

207.《听竹楼诗》《忏慧词》，徐自华撰（华东师范大学图书馆、吉林大学图书馆、南京大学图书馆、上海图书馆馆藏）。《炉边琐忆》（未见）。《嘉兴历代人物考略》《闺秀诗话》著录。

208.《双韵轩诗词稿》，徐蕴华撰（未见）。《嘉兴历代人物考略》著录。

209.《韵篁楼吟稿》，王文瑞撰（清华大学图书馆、北京大学图书馆、复旦大学图书馆、华东师范大学图书馆、上海图书馆、嘉兴市图书馆馆藏）。《鸳湖求旧录》《竹里诗萃续编》《词综补遗》著录。

210.《瑶珍吟草》，戴兰英撰（未见）。《名媛诗话》《两浙轩续录》著录。

211.《紫薇花馆诗稿》，沈道娴撰（未见）。《槜李女诗人辑》《清代闺阁诗人征略》著录。

212.《梅花溪诗词》，朱森撰（未见）。《国朝闺秀正始集》《小黛轩论诗诗》著录。

213.《从桂轩诗稿》，孔广芬撰（未见）。《撷芳集》《小黛轩论诗诗》著录。

214.《学吟稿》，陈宝玲撰（未见）。《闺秀诗话》著录。

215.《玄悟诗稿》，卜氏撰（未见）。《历代妇女著作考》《（崇祯）嘉兴县志》著录。

216.《玉渊阁诗草》二卷，姚少娥撰（未见）。《历代妇女著作考》《名媛诗归》《静志居诗话》《槜李诗系》著录。

217.《竞秀阁稿》《宏训楼集》，王元珠撰（未见）。《历代妇女著作考》《梅里志》著录。

218.《饮绿轩残稿》，王荃撰（未见）。《历代妇女著作考》《梅里诗辑》《梅里志》著录。

219.《吟香阁集》《梅隐阁集》，史瑶卿撰（未见）。《历代妇女著作考》《国朝闺秀正始续集》著录。

220.《景芬楼诗词稿》，朱薇（未见）。《历代妇女著作考》著录。

221.《霞绮楼仅存稿》，李道漪撰（上海图书馆馆藏）。《历代妇女著作考》著录。

222.《挹兰室诗》二卷、《鸳湖女史画稿》二卷、《淡水室诗草》，吴玉书撰（均未见）。《历代妇女著作考》《濮院志》《嘉秀近代画人搜铨》著录。

223.《浣香记事》《浣香小咏》，吴润卿撰（均未见）。《历代妇女著作考》《（光绪）石门县志》著录。

224.《墨斋吟稿》，吴文卿撰（未见）。《历代妇女著作考》《清闺秀正始再续集初编》著录。

225.《写韵楼诗草》《写韵楼画册》，吴玖撰（均未见）。《历代妇女著作考》《桐溪诗述》《（光绪）桐乡县志》著录。

226.《箴功馀艺》，吴瑛撰（未见）。《历代妇女著作考》《（光绪）嘉兴府志》著录。

227.《贻清阁诗稿》，吴湘撰（未见）。《历代妇女著作考》《撷芳集》著录。

228.《绣麟楼吟稿》，沈金蕊撰（未见）。《历代妇女著作考》《海盐画史》著录。

229.《闲情草》，沈玉筠撰（未见）。《历代妇女著作考》《续梅里诗辑》著录。

230.《操杼馀吟》《梦窗诗馀》，沈琬撰（均未见）。《历代妇女著作考》《（光绪）嘉善县志》《（光绪）嘉兴府志》著录。

231.《吟香阁诗草》，姚仙霞撰（吉林大学图书馆、郑州大学图书馆、嘉兴市图书馆馆藏）。《历代妇女著作考》《（光绪）嘉善县志》著录。

232.《花溪诗草》，查荃撰（中山大学图书馆馆藏）。《历代妇女著作考》《梅里诗辑》《梅里志》著录。存于夏卿藻《蔡氏闺秀集》中，清同治年间刻本。

233.《畹香居诗稿》，胡兰撰（未见）。《历代妇女著作考》著录。

234.《玉映楼词》，虞兆淑撰（未见）。《历代妇女著作考》《（光绪）海盐县志》《全清词·顺康卷》著录。

235.《映雪斋吟稿》，倪氏撰（未见）。《历代妇女著作考》《续槜李诗系》著录。

236.《孤筠吟草》，徐氏撰（未见）。《历代妇女著作考》著录。

237.《焚馀遗草》，夏卿藻撰（中山大学图书馆馆藏）。《历代妇女著作考》《乌青镇志》著录。

238.《岫云小草》，曹珍撰（未见）。《历代妇女著作考》《续枫泾小志》著录。

239.《体亲楼初稿》，张葆祉撰（未见）。《历代妇女著作考》《国朝杭郡诗三辑》著录。

240.《静宜楼吟稿》，张常熹撰（未见）。《历代妇女著作考》《竹里诗萃》著录。

241.《钞香阁集》，张淑撰（未见）。《历代妇女著作考》《两浙輶轩续录》著录。

242.《篆云楼稿》，许玉芬撰（未见）。《历代妇女著作考》《槜李诗系》《国朝杭郡诗三辑》《海宁州志稿》著录。

243.《玩芳楼剩稿》，陈受之撰（未见）。《历代妇女著作考》《续梅里诗辑》《竹里诗萃》著录。

244.《兰卿初稿》，陈贞筠撰（未见）。《历代妇女著作考》《国朝杭郡诗三辑》《硖川诗续钞》著录。

245.《织云楼诗集》，陈素贞撰（郑州大学图书馆、上海图书馆馆藏）。《历代妇女著作考》著录。

246.《绣馀吟》，陈玙生撰（未见）。《历代妇女著作考》《平湖经籍志》《清闺秀正始再续集初编》著录。

247.《蓬莱阁诗稿》，陈筠撰（未见）。《历代妇女著作考》《燃脂馀韵》著录。

248.《禅仙遗稿》，冯佩笙撰（未见）。《历代妇女著作考》《国朝闺秀正始续集》著录。

249.《竹素馆诗钞》《历代后妃始末略》，葛定撰（均未见）。《历代妇女著作考》《桐溪诗述》著录。

250.《梅轩剩草》一卷，葛绿撰（未见）。《历代妇女著作考》《（光绪）嘉兴府志》著录。

251.《多伽罗室诗草》，蔡芸撰（中山大学图书馆馆藏）。《历代妇女著作考》《乌青镇志》著录。存于夏卿藻《蔡氏闺秀集》中，清同治年间刻本。

252.《云吉祥室诗草》，蔡继琬撰（中山大学图书馆馆藏）。《历代妇女著作考》《乌青镇志》著录。存于夏卿藻《蔡氏闺秀集》中，清同治年间刻本。

附录三

明清嘉兴府文学家族家集叙录

1.【合刻屠氏家藏二集】十二卷（上海图书馆馆藏）

屠绳德辑，明万历43年刊本。

内存著述二种。其一为屠渐山《兰晖堂集》，卷首有《屠太史兰晖堂序》，嘉靖三十一年壬子孟夏既望屠仲律刻，万历四十三年乙卯孟春望曾孙屠绳德重刻字样。屠渐山，讳应埈，字文升，平湖甲族，尚书康僖公之子，丙戌第进士，被选读书翰林，当授史官。其中所涉文体有：卷一，孝思（四言11首）、乐章（6首）、颂（1篇）、赋（4篇）、五言古诗（9首）、七言古诗（18首）、五律（40首）、七律（57首）；卷二，五言排律（15首）、七言排律（1首）、五言绝句（11首）、七言绝句（23首）、奏疏（8道）、序文（16篇）；卷三，序文（15篇）、碑记（4篇）、杂文（8篇）、书（2篇）；卷四，墓志铭（13篇）、墓表（3道）、传（2篇）、行状（4篇）、祭文（5篇）。附录中有墓志铭（长沙张治撰及四明沈一贯撰）；神道碑（华亭徐阶撰）。《墓志铭》中载其家世："先世陈留人，南宋徙嘉之平湖。嘉靖乙酉举应天乡试第二，丙戌第进士，选翰林院庶吉士。"

其二为屠东湖《太和堂集》6卷，卷首有四人撰序，分别为赐进士及第通议大夫吏部右侍郎兼翰林院侍读学士起居经筵日讲官朱国祚撰序；翰林院侍读学士同郡陈懿典撰序；正德十四年己卯腊月朔赐进士征仕郎户科都给事中云间张弘至撰《太保屠东湖集序》；正德十四年中秋节光禄大夫柱国少传兼太子太傅户部尚书武英殿大学士致仕王鳌撰《檇李屠东湖太和堂集序》。内中包括：卷一内含五言古诗（31首）、七言古诗（52首）；卷二内含五言排律（2首）、七言排律（6首）、七言绝句（80首）、五言律诗（36首）七律（142首）；卷三内含七律（213首）；卷四内含七律（216首）；卷五内含奏疏（15道）、序（14篇）；卷六内含传（1篇）、赞（5 篇）、记（6 篇）、行状（2 篇）、墓志铭（2 篇）、祭文（7 篇）。
附录：墓志铭；神道碑（靳贵撰）；人物志（黄洪宪、李培掌修）。《墓志铭》中记："屠先世出嘉兴海盐后析平湖，子孙遂为平湖人。子 6 女 3，长适嘉兴所千户项镛，次许适国子生黄凤仪，次百户邓嶷。"

2.【平湖屈氏文拾】一卷（上海图书馆馆藏）

屈疆辑，稿本。

内存家族成员 14 人著述。卷首有乙酉（1945 年）冬至晚胡土莹题序，其中收入《平湖屈氏家谱序》，佚名。文集中所存家族成员小传及代表篇目如下：

屈学洙撰《天生桥赋》。皋亭公，讳学洙，字东莱，云南大理府通判，邑志有传；屈树荣撰《重建三公祠及茶亭记》。敦吉公，讳树荣，附贡生，刑部陕西司员外郎，府邑志有传；屈桥年撰《张杨园先生全集后跋》，附《陈谟屈若仓传》。若仓公，讳桥年，号乐余，岁贡生，著有《乐馀吟稿》，邑志有传；屈世楣撰《分给家产谕诸儿》。兰谷公，讳世楣，字彤轩，附贡生，候补主事，邑志有传；屈作梅撰《重刻周道腴大易集义序》《春秋经传类联补注自序》。嵋雪公，讳作梅，字羹和，附贡生，候选训导，著有《春秋经传类联补》；屈何焕撰《典制文详注初集序》。未齐公，讳何焕，字祖望，拔贡生，著有《骚馀吟馆诗稿》八卷，邑志有传；屈何炯撰《华山庙碑跋》《李厓园先生诗集跋》《张杨园先生寒风伫立图跋》，附《顾广誉撰传》《方炯屈芥舟手钞人范后》。芥舟公，讳何炯，字公望，邑庠生，邑志有传；屈为彝撰《适翁说》附《朱壬林屈芷香小传》。芷香公，讳为彝，字奉璋，号芷香，恩贡生，著有《古音阁吟稿校正》；屈宗到撰《古月楼诗钞跋》。芰香公，讳宗到，号菱江，乾隆丁酉举人，府邑志有传；屈为章撰《胡金胜笛家词序》《方竹坪咏花轩遗稿序》《沈香笠镂冰词钞序》《棣园记》，附《石濑山房诗稿序》。发园公，讳为章，字含漪，廪生举孝廉，方正候选训导，著有《紫华舫诗集四卷》《竹沪渔唱词一卷》《续诗稿一卷》；屈宗谈撰《积石山房诗稿序》。诵先公，讳宗谈，号尘庵，增广生，邑志有传，著有《韵兰赋钞》；屈钦邻撰《辟佛说》《沈菊椒传》，附《王大经屈教谕墓志铭》。纯甫公，字虞臣，别字橘齐，道光丁酉科举人大姚教谕，邑志有传；屈承栻撰《潘中丞传》《先考妣事略》。射洪公，讳承栻，字景轩，号师竹，附贡生，官四川射洪县知县；屈疆撰《先考事略》《伯母钱太宜人家传》《先妣潘太恭人事略》《吊怡园鹤文》《记无锡杨荫榆女士死事状》。屈疆原名爔，字伯刚，号弹山，四十后名起，六十改今名。

3.【慎行堂三世诗存】六卷（中国人民大学图书馆馆藏）

徐宝炘、徐宝华辑，清咸丰九年（1859）刻本，民国九年（1920）刊本。

收清徐人杰《疏影山庄吟稿》一卷、徐森《荷香水亭吟草》一卷、《己壬丛稿》一卷，徐师谦《卧梅庐诗存》二卷，《诗余》一卷。

4.【石门吴氏家集】（上海图书馆、吉林大学图书馆馆藏）

吴建勋辑，光绪十八年（1892）壬辰复六月复镌世同堂藏板。

内有著述三种：其一为吴无忌（慎之）《莼渚诗钞卷》（附小词），内收吴凤征《先莼渚府君事略》及诗作《偶感二首》《夏日同人游德云庵小饮》《游南昌百花洲二首》《冬日恋怀》《题文昌宫壁》《借钱不得戏咏》《食瓜》《自嘲》《观戏》等；其二为吴凤征（我山）《西江集》八卷。吴凤征，字舜仪，号我山，浙江石门人。国学生，有《西江集》《南州竹枝词》。内有文《游翠微峰》《始皇帝》《宋侍郎谢文节公桥亭卜卦砚》等；诗有《送春》《春归》《晚行》《官舍感怀》《剑江感怀》《东湖》《先君莼渚府君影像》《柴》《米》《油》《盐》《酱》《醋》《茶》等；词有《临江仙·题画》《如梦令·送春》《桂殿秋·即事》《金缕曲·感怀》等；其三为吴朔（初白）《得秋山馆诗钞》（上下卷）。所作均为诗，如《梅花》《舟中看山偶作》《舟中即事》《鼠叹》《送余少宽茂才过浙秋试》《诗稿被窃复还喜而作》等。

5.【秀水王氏家藏集十二种】二十六卷，附六种二十七卷（复旦大学图书馆馆藏）

清王相辑，咸丰年间刻本。

内存家族中王益朋、王士骏、王琦、王霭、王璋、王矶、王元鉴、王锦、王铮、王澄、吴宗宪（女）、王桢、王相、王裘之十四人的著述。前有咸丰六年彭城孙运锦撰《秀水王氏家藏集序》，有《凡例》。《秀水王氏家藏集总目》包括：

六世伯祖鹤山公《清贻堂存稿》四卷，王益朋著。刻于乾隆二十七年（1762），第一卷诗，第二卷文，第三、四卷奏疏，第五卷制义。王益朋，号鹤山，仁和人，卜居秀水，乙未进士，由庶常改给谏，时镇臣交通海外，潜为腹心，益朋密疏，请槛致军法，寻升太朴卿。《清贻堂存稿》

中记："康熙丙午始，卜居嘉兴北郭外之秋泾桥，去成进士时已十二年矣，《府志》所载，似紊次叙。"五世伯祖逸仲公《清贻堂剩稿》一卷，王士骏著。王士骏，讳士骏，字逸仲，一字秋渚，号放翁、囧卿，鹤山公仲嗣也，有《清贻堂诗钞》《洛游草闲居偶集》《丙寅随笔》《武阳杂咏》等。五世伯祖琢崖公《清贻堂剩稿》一卷，王琦著。公讳琦，原讳士琦，字载韩，一字载庵，号琢崖。五世伯祖介庵公《偷闲集剩稿》，王霭著。公讳霭，字吉人，一字介庵，性严正，博及群书而综核要领，居官务行。高伯祖啸峰公《安流舫存稿》二卷，王璋著。所录均为诗。高伯祖象天公《复初集剩稿》一卷，王玑著。曾伯祖抑齐公《鹅溪草堂存稿》六卷，王元鉴著。曾伯祖绗尚公《兰堂剩稿》一卷，秀水王锦著。曾祖憺园公《憺园草》三卷，王玚著，道光戊子年刻。族伯祖橘堂公《橘香堂存稿》二卷，秀水王澄著。上卷为诗，下卷为词。族伯祖母吴孺人《清闺遗稿》一卷，秀水女史吴宗宪著。所写均为诗。吴孺人，橘堂公之元配，香林公之嫡母也。孺人幼孤，终鲜兄弟，能读父书，独与母居，克尽孝养。族伯狮岩公《絜华楼存稿》三卷，秀水王桢著。王桢，字倚吟，慎齐公长子，嘉庆甲子举于乡。附刻：先父惜庵公《无止境初存稿》六卷，续存稿六卷，《乡程日记一卷》，《无止境初存稿》，鸳湖雨卿王相（惜庵）著。《乡程日记》，王相（惜庵）偶笔。后有墓志，仪征王翼凤撰。另附有《芬乡阁初稿》十卷，王裘之撰。《续乡程日记》，王裘之撰。

6.【秀水董氏五世诗钞】一卷（嘉兴图书馆、上海图书馆、辽宁大学图书馆、北京大学图书馆、山东大学图书馆、河南大学图书馆馆藏）

丛书集成续编集部第 154 册存，内有董世勋、董鸿、董涵、董棨、董耀、董念菜六人诗文，末尾有民国十二年杭县徐珂题跋。

嘉兴图书馆有《董氏丛书》稿本，共九种，十一册，分别是董棨《养素居画学钩元》；董耀《养素居文集》《养素居文集外编》；董念菜《国语校字》；董宗善《老子屑》《保泽斋书目草稿》；董立预辑《国乐汇考》；董巽观《春雨斋词》《无为居士题跋存稿》。其主要内容为：

《老子屑》为二十四年乙亥年五月广川子董宗善著。为老子作注，分上下二编。《国乐汇考》三卷，前有董备凡的序（题于 1951 年 5 月 14 日）及董巽观的跋（1951 年 6 月）。董宗善（1874—1939）字叔骢，号心壶，书画家，董巽观之子。卷一写音律，分别谈《仪礼义疏》《五声入音图》《礼记礼运》《吕氏春秋》《元丰圣训》《月令章句》《隋音乐志》

《古今乐录》。分别释钟、铎、镎于、钲、铙、磬几种乐器的得名、来历、形状及音色特点。卷二讲琴、瑟、琵琶、阮咸、筝、筑、箜篌几种乐器的尺寸大小、音色、特点、由来、掌故。卷三讲箫（总论、名称）、笛（总论、名类、玉笛、铁笛、骨笛）、篪、管、钥、竽、笙、觱篥、埙、缶、鼓（总论、名类、土鼓、石鼓、铜鼓、附鼓匡、鼓槌、鼓架）、柎、相、雅、祝、敔、拍板、木鱼、角、筊诸乐器。

《国语校字》，董念棻著。对《国语》中的疏漏进行校正，尤其是对字的订误。董念棻，一名维诚，字味青，号小匏，枯匏先生子，生于清道光壬辰秀水，为贡生。少从平湖拜硕访溪游，讲求经、史、金石之学，善诗。古文辞名重公卿，工画，得钱晓庭之传，尤以画梅着称。江浙贤人称曰"董梅花"，晚年鬻画养母，著有《诗文杂稿若干卷》。

《养素居画学钩元》一册，董棨著。谈对绘画的心得体会，对初学者有很大帮助。董棨，字乐闲，号石农，养中先生子，生于乾隆壬辰，性笃行，修而学博，精六注，所绘山水、人物、花卉、草虫无不精妙入古，力追宋元明诸大家，亦善书楷，宗鲁公河南行草，宗文敏，允明，兼工铁笔，性耿介而慷慨，有假达官贵人之名以重资多至巨万，而自奉俭约半以济人，尤难可贵也。所著录《诗稿杂记若干卷》。

《养素居诗草》，董耀著。前有蒋宝龄题序，内容多为题画诗，写景诗、记事（所记如焚香、煮茗、扫地、作画、临帖、弹琴、吟诗、读书等）、感怀诗。诗作有《湖上晚棹》《题画》《题画次小山韵》《春江烟雨》《煮茗》《送别鹿坪师》《村居集粉次陆定圃韵》《倚楼闻笛图》《送严丈人入都除官》《汉童谣》《选唐律》《米南宫》《林和靖》《徐烈女诗》《题汪谢城诗集》《题汪子逸夫人滤月图》《残冬即事》《冬夜即事》《题钱小林梅花题图》等。董耀，字枯匏，号小农，乐闲先生子，生于清嘉庆庚申秀水，附生，通群经，尤深于易诗，笃信性理，兼通释老，诗学陶韦年，著有《淑艾录》《学性杂记》《警枕录》《阿弥陀经》《注解养素居文集》，诗集若干卷。

有末尾题跋云："秀水董氏，文献之家也，凤闻以诗、书、画闻于时者五世矣。予既纳交于询五，乃语之曰：'云间王氏有《七叶诗》存，君家五世亦有诗，可得闻欤？'询五乃出其所辑《五世诗钞》以畀予，予读之，俊逸清新，使人忘寐，而海内承平，啸歌自适，楹书传世，不求闻达之高致，亦可于此想见之。习凿齿之论繁仲皇也曰：'虽无名德重位，世世作书生门户。吾于董氏，今亦云尔。梼日未若，予又何幸而得友询五，且因之而得友其兄东苏耶？东苏善诗，又善画，询五乃善画，是皆能继志述事，各得父之一绝而不坠家声者也。今之若是者几人耶？'读竟，并以所知五代六先生之履历，注于姓名之下焉。"（癸亥，中华民国十二年，毂雨徐珂仲可识于上海寓庐。）

7.【海盐张氏两世诗稿】（复旦大学图书馆馆藏）

张柯辑，清嘉庆四年（1799）刻本。

此本为嘉业堂藏书/集部/别集，康熙精刊本，内有两册，著述二种。其一为张惟赤《退思轩诗集》一卷，前有湘潭王岱撰序，及阳城门社弟乔映伍拜题序，序中写内有近体诗16首，古诗2首。收有古体诗《唐镜花》《苦雨行》《欲游南华以微疾不果怅然有作》《天柱滩》《田家行》《莲叶坞感书》《补祝冒辟疆四十初度》等十首，今体诗《访昭子沈大不遇》《舟次酬李经元同年并和来韵》《赠赣令常薇垣》《途经凤台入谒》《白下别许泠湄》《题元冶行乐卷》《寒食下邳即事》《齐河道中》等50首。张惟赤，号螺浮先生，张元济先祖，顺治乙未年进士，曾建涉园，用以藏书刻书。其子张皓亦喜藏书，在涉园中建"研古楼"以藏典籍。张皓有子张芳湄、张芳潢都富藏书，其藏书后归上海商务印书馆涵芳楼，抗战中被毁。其二为张皓《赋闲楼诗集》一卷，前有弟蒋伊拜题序。内有古体诗《月夜》《春夕过白石桥望西山未至》《初开北垣植理竹石》《山齐寓言》《过涿州北》《送张开之归杭州》《观海》《山居即日》《秋池》《田间吟三首》《登池上楼效康乐体》《法花山济公禅院》《题友人所藏黄谷画龙图》等21首。今体诗《湖上观夜渡》《南屏晚回北寺》《返照》《玉田道中》《桥上偶成》《香山寺》《功德林》《同王阮亭先生登金山即次原韵二首》《寄怀徐方虎同年》等58首。末尾题云："先曾大父都谏公、先大父主政公两世诗稿向镂版行，世悉为前贤所评赏者，岁久磨漶，间有散佚。今夏，公馀无事，约略编次，因命从子鹤征、从孙赐采分校付梓，庶先人之遗稿不致泯没云尔，嘉庆四年夏五柯谨识于武林学舍。"

8.【海盐张氏涉园从刊】（上海图书馆、复旦大学图书馆、华东师范大学图书馆、中国人民大学图书馆、北京大学图书馆、清华大学图书馆、厦门大学图书馆、中山大学图书馆馆藏）

张元济辑，清宣统三年（1911）海盐张氏排印本。

内收清代海盐张氏著述7种15卷：张惟赤《入告续》3卷、《遗编》

1卷,《退思轩诗集》1卷;张皓《赋闲楼诗集》1卷;张芳湄《箟谷诗选》1卷;张宗松《扣腹斋诗钞》4卷、《诗余》2卷;张宗橚《藕村词存》1卷;张鹤征《涉园题咏》1卷。

9.【海盐张氏涉园丛刊】续编(上海图书馆、复旦大学图书馆、华东师范大学图书馆、中国人民大学图书馆、北京大学图书馆、清华大学图书馆、厦门大学图书馆、中山大学图书馆馆藏)

张元济辑,民国十七年海盐张氏排印本。

内收清代张氏著述五种,张元济自辑2种,共15卷。其中含:张伯魁《寄吾庐初稿选钞》4卷;张赐采《竺岩诗存》1卷;张廷栋《牛农草舍诗选》4卷;张铁华《西泠鸿爪》1卷;张元济辑《张氏艺文》1卷;《涉园题咏续编》2卷、《补遗》1卷,附《涉园修禊集》1卷。

10.【平湖张氏家集】四种(上海图书馆馆藏)

清张诚、张湘任撰,清光绪元年(1874)年刻本。

内有张诚《婴山小园诗集》十六卷,《婴山小园》晚年手定稿五卷;当湖张湘任《抱璞亭文集》十卷,《抱璞亭诗集》五卷。

张世仁,字若元,一作园若,号香谷,平湖人。张友德孙,张永年次子,张世昌弟,张谦、张诚父,诸生。工诗,善书,尤精于弈,兼通医理,著有《香谷诗钞》一卷,《弈谱》,与兄合刻《对床吟》2卷,见《(光绪)平湖县志》。张诚,字希和,号熙河,张世昌子,张湘仁父,张金镛祖父。乾隆四十二年(1777)丁酉举人,工诗。著有《婴山小园诗集》15卷、《婴山小园文集》6卷、《梅花诗话》100卷、《鹤厂词》《峨眉山小志》。《平湖张氏家集·显考熙河府君行述》:"府君生于乾隆十四年六月九日丑时,卒于嘉庆二十年正月初三日亥时,享寿67。授文林郎,丁酉科举人,铨选知县。张湘任,字宗辂,号笠溪,平湖人。张诚与女诗人顾慈子,张金镛、张炳塈、张文珊、张宝珊、张金钧、张苨臣父。嘉庆十六年(1811),应西巡召试,钦取二等,充文颖馆誊录。嘉庆二十四年(1819)举人,好学能文,事亲孝,著有《抱璞亭诗文集》。张金镛(1805—1860),原名敦翟,字良甫,号海门,又号笙伯、忍庵,浙江平湖人。道光二十一年(一八四一)进士,官编修。"

《婴山小园诗集》前有吴璘的序、闽县林寿图的序。《婴山小园诗集》16卷中有古今体诗近743首,秦汉乐府39首,词31阕。卷一为《执砚集》,有上古今体诗36首;卷二《执砚集》,有下古今体诗38首;卷三

《霞芝集》，有古今体诗 50 首；卷四《岱游集》，有古今体诗 62 首；卷五《伍梅集》；有上古今体诗 127 首；卷六《伍梅集》，有中古今体诗 49 首；卷七《伍梅集》，有下古今体诗 48 首；卷八《小西溪集》，有上古今体诗 37 首；卷九《小西溪集》，有下古今体诗 33 首；卷十《蜀游集》，有上古今体诗 38 首；卷十一《蜀游集》，有中古今体诗 43 首；卷十二《蜀游集》，有下古今体诗 58 首；卷十三《岭上白云集》，有上古今体诗 63 首；卷十四《岭上白云集》，有下古今体诗 61 首；卷十五秦汉乐府 39 首；卷十六鹤厂词 31 阕。《婴山小园》中存：卷一为古文；卷二为悬文；卷三为古近体诗；卷四为古近体诗；卷五为词。

张湘任《抱璞亭诗集》中有古今体诗 675 首。词 8 首。其妻沈鑫诗 6 首。《抱璞亭初录》共五卷，《抱璞亭诗集》共十七卷，其中有"先生配沈夫人遗诗近体六首附诸卷末"，名为《能闲草堂集》，槜李沈鑫作，字韫珍。作有《春日》《白荷花》《咏萤敬和姑大人原韵》《秋夜有感》《连接夫子入都途次家书》《丁巳初夏始得长孙宪和行抵湖南之信》等。

《抱璞亭诗集》中有：卷一《晋游稿》，有古今体诗 48 首；卷二《燕台游稿》，有古今体诗 35 首；卷三《前奉讳稿》，有古今体诗 36 首；卷四《后奉讳稿》，有古今体诗 31 首；卷五《留城游稿》，有古今体诗 39 首；卷六《五岳草堂稿》，有古今体诗 36 首；卷七《五岳草堂稿》，有古今体诗 43 首；卷八《五岳草堂稿》，有古今体诗 52 首；卷九《五岳草堂稿》，有古今体诗 64 首；卷十《五岳草堂稿》，有古今体诗 46 首；卷十一《五岳草堂稿》，有古今体诗 27 首；卷十二《重游燕台稿》，有古今体诗 59 首；卷十三《五岳草堂稿》，有古今体诗 32 首；卷十四为《五岳草堂稿》，有古今体诗 76 首；卷十五为《五岳草堂稿》，有古今体诗 52 首；卷十六《五岳草堂稿》，有诗余 8 首；卷十七《能闲草堂稿》，有古今体诗 6 首。

同治十三年岁次甲戌冬月，永康姻愚侄胡凤丹撰《抱璞亭诗钞跋》："为诗一千三百余首，其他古文词称是并录稿弄于家，同治壬申闽县林颖叔方伯自陕回里过鄂小住，适鹿仙需次鄂垣出先人稿相与商订，颖叔为遴其尤雅者，得少作二百三十二首，为初录，五卷。中年所作六百七十五首，诗八阕为正编十六卷，而以先生配沈夫人遗诗近体六首附诸卷末。先生祖学坡公与弟香谷公有《对床吟》，父熙和公有《婴山小园集》，先生子海门有《躬厚堂集》，而鹿仙亦有《抱山楼集》。巾帼中有《韵松楼稿》

则先生之母也，《能闲草堂稿》则先生之配也，至钱杜香与宝珊文珊诸诗采入《闺秀正始集》，则先生之一媳两女也，盖综其家世，靡不手操不律，娴于吟咏。呜呼，一门风雅，何其盛欤！……张氏以五世之久而撰述之富且工如此也，非其源远根深何能臻斯懿美哉！"另有闽县林寿图谨序："尘埃之外，务深造以底于自得，偶发于诗，若有意若无意，朴拙而不流于工巧，雅淡而不涉于凡。"

《抱璞亭文集》有十卷，其中：卷一为经进文字；卷二为赋、议、辩、言；卷三为读、说、记；卷四为传；卷五为序、赞、颂；卷六为书、事、跋；卷七为跋、书、题壁、祭文、哀词、墓志铭；卷八为行述；卷九为书；卷十为家书、训子语。《训子语》："黄山谷云：'平居小节无异于人，临大节而不可夺也，则其人不俗矣。'此格言也。尚服行之。凡人柔则取辱，刚则取憎。取辱则失己，取憎则失人，不失己，亦不失人，君子处身之所珍也。昔汉盖勋与苏正和有怨，及梁鹄将以非罪戮正和，勋救免之，而怨之如初，此古人之高致，吾心向往之。俭，德之共也；侈，恶之大也，此为诸侯言之也，而其下可知矣。择人而交，吾之望也。"

11.【嘉兴三李合集】三十四卷（复旦大学图书馆馆藏）

（清）李菊房编，乾隆间精刻本，嘉业堂藏书。

内存李绳远、李良年、李符三人著述三种。三李：李绳远、李良年、李符。先世江阴，后徙居嘉兴王店镇。李绳远（1633—1708），字斯年，号寻壑，秀水人。由诸生入国学，考授州同知。李良年（1635—1694），原名法远，又名兆潢，字武曾，号秋锦，秀水人，李绳远之弟。诸生，少有隽才。李良年与朱彝尊被时人并称"朱李"。李符（1639—1689），原名符远，字分虎，号耕客，曾受知于曹溶，又与朱彝尊等结诗社。朱彝尊称其为："精研于南宋诸名家，而分虎之词，愈变而极工，方之武会，无异埙篪之选和也。"

第一种李绳远《寻壑外言》五卷，第一卷至第四卷均为诗，第五卷为杂文。第二种李良年《秋锦山房集》十卷（上），此集得自同治甲子夏江阴王氏。卷一 有古今体诗，共四十七首；卷二有古今体诗，共八十五首；卷三有古今体诗，共一百二十三首；卷四有古今体诗，共二百一十九首；卷五有古今体诗，共一百五十八首；卷六有古今体诗，共九十二首；卷七有古今体诗，共一百二十七首；卷八有古今体诗，共一百六十七首；卷九有古今体诗，共一百三十六首；卷十有古今体诗，共八十七首。《秋锦山房集》十二卷（下）卷十一为词；卷十二为词；卷十三为书；卷十四为序；卷十五为序；卷十六为序；卷十七为记；卷十八为记、论、议；卷十九为辩、传；卷二十为志铭、墓表、行状；卷二十一为启、颂、赞、题跋；卷二十二为题跋、祭文。第三种李符《香草居集》五卷，第一卷至第五卷均为诗。

12. 【小峨眉山馆五种】（上海图书馆馆藏）

马国伟、马用俊辑，清嘉庆十八（1813）年棣园刊本。

内有马绪、马国伟、马用俊三人著述五种。第一种马绪（鉴操）《抱朴居诗》（上、下卷）及《抱朴居诗续编》（上、下卷），前嘉兴知府长白伊汤安曾写《诗人马渔邨诔》；第二种马国伟《墓田丙舍录》；第三种马国伟《题赠录》；第四种马国伟《愚庵诗稿》（内存初稿、存稿、续稿）；第五种马用俊《少白诗稿》。

附：《抱朴居士传》："抱朴居士，姓马氏，讳绪，字鉴操，号渔邨，世居海盐之玛城。父文豪，恩贡生，妣朱孺人，居士。"

《国子舍生渔邨马公墓志铭》："所著《抱朴居集》，清和蕴藉，为世所称……生于乾隆四年四月十七日，卒于嘉庆五年正月二日，年六十有二。"《渔邨马君墓表》："君讳绪，字鉴操，渔邨其号，世居海盐横湖里，曾祖必奇祖禹昌皆有隐德，父文豪，恩贡生，以孝行著，妣朱孺人生，君少而孤，兄弟二人，君其长也。甫就塾，即有志于学，既为诸生，有名屡试不售，乃专肆力于诗。清远闲放，飒飒乎有唐人之遗，所居横湖里，水木明瑟，构屋读书其中，琴歌酒座，翛然自得。钱塘朱青湖、彭何春、渚琪皆工诗，君皆与之游，远近遂无不知有诗人马渔邨者。君殁，嘉庆五年正月二日，年六十有二。"

13. 【澄远堂三世诗存】八卷（复旦大学图书馆馆藏）

（清）李绳远编，康熙三十六年（1697）刻本。

该集合刻其曾祖应征、祖士标、父寅之诗。李应征，字伯远，万历癸酉举人，官临安县教谕，迁国子监博士，所著曰"霍园诗存"，凡六卷。李士标，字窿庵，官山东宁海同知，所著曰"苍雪斋诗存"，凡一卷。李寅，字寅生，县学生，所著曰"视彼亭诗存"，凡一卷。

另四库全书存目丛书集部第 394 册有《澄远堂三世诗存》八卷，（清）李绳远编，据北京图书馆藏清康熙三十六年李绳远刻本，前有蒋熏序，内存李氏家族李应征、李士标、李寅三人著述三种。第一种李应征

《霍园诗存》六卷，卷一有风雅拟 5 篇、拟古乐府 33 首、今乐府 11 首、四言 2 首；卷二有五言古体 58 首、七言古体 39 首；卷三有五言近体 185 首、六言近体 2 首；卷四有七言近体 213 首；卷五有五言排体 21 首、七言排体 6 首；卷六有五言绝句 65 首、六言绝句 12 首、七言绝句 83 首。第二种李士标《苍雪斋诗存》一卷，内有五言古体 1 首、七言古体 2 首、五言近体 6 首、七言近体 11 首、五言排体 1 首、五言绝句 2 首、七言绝句 5 首。第三种李寅《视彼亭诗存》一卷，内有五言古体 20 首、七言古体 4 首、五言近体 52 首、七言近体 33 首、五言排体 2 首、五言绝句 3 首、七言绝句 9 首。

14.【闻湖盛氏诗钞】5 卷（嘉兴市图书馆馆藏）

收盛民誉《卢阳集》、盛大镛《匏庵集》、盛枫《鞠业集》、盛熙祚《春草亭稿》、盛禾《膏馥集》。

15.【桂影轩丛刊】5 卷（上海图书馆馆藏）

海盐谈文虹辑，民国十一年（1922）铅印本。

主要记录海盐谈氏家族文献，内有查璐题序及著述五种，分别为：第一种《英甫遗诗》，第二种谈英甫著《桂影轩笔记》，第三种谈文烜著《凤威遗稿》，第四种谈沈云芝著《云芝遗诗》，第五种谈文虹麟祥著《梦石未定稿》。

16.【嘉兴谭氏遗书】十种（清华大学图书馆、北京大学图书馆、南京大学图书馆、苏州大学图书馆、山东大学图书馆、吉林大学图书馆、北京师范大学图书馆、上海图书馆、嘉兴市图书馆均藏）

谭新嘉辑，民国元年（1912）承启堂刻本，民国二十四年（1935）承启堂重刻。

内有谭贞默撰《谭子雕虫一卷》《埽庵诗存一卷》；谭吉璁撰《历代武举考一卷》《肃松录一卷》《鸳鸯湖棹歌一卷》；谭瑄撰《续刑法叙略一卷》；谭新嘉辑《碧漪集四卷》。

17.【杨伯润刊嘉兴三朱遗编】四卷（华东师范大学图书馆、吉林大学图书馆、复旦大学图书馆、南开大学图书馆、北京大学图书馆、上海图书馆、嘉兴市图书馆馆藏）

杨伯润辑，清光绪十五年刊本。

内存朱氏著述 3 种四卷。第一种朱广川（松溪）《政和堂遗稿》，存诗 60 首。《政和堂遗稿》中均为诗作，如《送别》《书室即景》《五丈原》《西塞山》《咸阳怀古》《明妃村》《赤壁怀古》《读史十九首》《经古寺》《丙辰偶感》等。第二种朱嘉金（曼翁）《矐仙吟馆遗稿》，存诗61首，另有诗余6首。内有同治元年四月娄东愚弟王鎏白甫识，有光绪十五年九月姻弟杨伯润拜识字样。《矐仙吟馆遗稿》中有大部分为诗作，如《春郊晚步》《新晴晚望》《瘦马》《虫声》《珠江怀古》《舟中七夕》《花田》《游飞来寺》《舟中不寐》《旅感》《秋柳》《风声》《雨声》《泉声》；也有部分诗余（词），如《陂塘柳·石门道中雨》《河传·客夜闻雨》《连理枝·倪秋桥新婚》等。第三种朱光炽（昌甫）《清芬馆词草》，内有词15首，如《南乡子·春词》《一半儿·秋夜》《浪淘沙·秋词》《大江东去·秋鸿埋骨有作》《菩萨蛮·春闺》《江城梅花引·不寐》等。

18.【桐乡毕氏遗著】三卷（南开大学图书馆、上海图书馆馆藏）

（清）毕槐、毕灏撰，宣统二年（1910）木活字本。

内有著述三种，末尾有毕心粹题识。第一种毕灏著《息影庐诗剩》一卷，内有诗35首，如《行路难》《秋燕四律》《钱江晚眺》《吴门春日》《虞山舟次》《登金山》《笳声》《漏声》等。第二种毕槐（面山）著《公车日记》一卷，内均为日记，有很强的纪实性。第三种毕槐（面山）著《问月山房诗剩》一卷。

19.【李氏家集四种】四十三卷：秋锦山房集二十二卷外集三卷（清华大学图书馆馆藏）

李良年撰，清乾隆二十四年（1759）刻本。

20.【秀水汪氏四家集】（北京大学图书馆馆藏）。

（清）汪孟鋗撰，乾隆二十年（1755）秀水汪氏刻本。

21.【石门吴氏家集】（吉林大学图书馆、上海图书馆馆藏）。

吴建勋辑，光绪十八年（1892）刻本。

内存吴慎之、吴凤征、吴朔三人著述三种。第一种吴无忌（慎之）著《莼渚诗钞卷》（小词附）。吴凤征写有《先莼渚府君事略》，内存诗作有：《偶感二首》《夏日同人游德云庵小饮》《游南昌百花洲二首》《冬日恋怀》《题文昌宫壁》《借钱不得戏咏》《食瓜》《自嘲》《观戏》。第二种吴凤征（我山）著《西江集》八卷。吴凤征，字舜仪，号我山，浙江石门人。国学生，有《西江集》《南州竹枝词》。内有文：《游翠微峰》《始皇帝》《宋侍郎谢文节公桥亭卜卦砚》；有诗如《送春》《春归》《晚行》《官舍感怀》《剑江感怀》《东湖》《先君莼渚府君影像》《柴》《米》

《油》《盐》《酱》《醋》《茶》；词如《临江仙·题画》《如梦令·送春》《桂殿秋·即事》《金缕曲·感怀》。第三种石门吴朔（初白）著《得秋山馆诗钞》（上下卷）。所作均为诗，如《梅花》《舟中看山偶作》《舟中即事》《鼠叹》《送余少宽茂才过浙秋试》《诗稿被窃复还喜而作》等。

22.《彭城三秀集》（嘉善县志著录）

钱氏所刊。内有三位闺秀著述，一为吴夫人黄，字文裳，著有《荻雪集》；二为沈夫人榛，字伯虔，著有《松籁阁遗稿》；三为蒋夫人纫兰，字秋佩，著有《绣余诗存》。姑妇相承，世传风雅。

23.《李氏诗词四种》（吉林大学图书馆、南京大学图书馆、四川大学馆藏）

嘉兴李氏刊本，今有光绪三十四年刻本及民国四年（1915）刻本。

内有四人著述，分别为：李镛《秋棠山馆诗钞》，汤淑清《晚香楼诗词稿》，濮贤娜《意眉阁诗词稿》，李道漪《霞绮楼仅存稿》。

参考文献

一 诗文总集及选集

程千帆：《全清词·顺康卷》，中华书局 2002 年版。

（明）归淑芬、孙蕙媛等：《古今名媛百花诗馀四卷》，清康熙二十三年（1684）刻本。

（明）胡昌基：《续槜李诗系》，清宣统三年（1911）刻本。

胡晓明：《江南女性别集》四编，黄山书社 2010 年版。

（明）黄秩模：《国朝闺秀柳絮集五十卷补遗一卷》，清咸丰三年刻本。

（明）季娴：《闺秀集初编五卷》，《四库全书存目丛书》第 414 册，山东齐鲁书社 1997 年版。

（明）江元禧：《玉台文苑八卷》，《四库全书存目丛书》第 375 册，山东齐鲁书社 1997 年版。

（明）江元祚：《续玉台文苑四卷》，《四库全书存目丛书》第 375 册，山东齐鲁书社 1997 年版。

李雷：《清代闺阁诗集萃编》，中华书局 2015 年版。

（明）潘衍桐：《两浙輶轩续录补遗六卷》，《续修四库全书》第 1685—1687 册，上海古籍出版社 1995 年版。

（明）潘衍桐：《两浙輶轩续录五十四卷》，《续修四库全书》第 1685—1687 册，上海古籍出版社 1995 年版。

（明）钱谦益：《列朝诗集》，中华书局 2007 年版。

（明）阮元：《两浙輶轩录补遗十卷》，《续修四库全书》第 1683—1684 册，上海古籍出版社 1995 年版。

（明）阮元：《两浙輶轩录四十卷》，《续修四库全书》第 1683—1684

册，上海古籍出版社 1995 年版。

（明）沈季友：《槜李诗系》，影印文渊阁四库全书第 1475 册，上海古籍出版社 1987 年版。

（明）沈宜修：《伊人思一卷》，《丛书集成续编》第 148 册，上海书店出版社 1994 年版。

（明）完颜恽珠：《国朝闺秀正始集二十卷，附录一卷，补遗一卷》，道光十一年（1831）红香馆刊本。

（明）汪启淑：《撷芳集八十卷》，清乾隆五十年（1785）刻本。

（明）王士禄：《然脂集》，稿本。

肖亚男：《清代闺秀集丛刊》，国家图书馆出版社 2014 年版。

（明）徐乃昌：《闺秀词钞》十六卷，清宣统元年（1909）刻本。

（明）徐乃昌：《小檀栾室汇刻闺秀词》十集，清宣统三年（1911）刻本。

（明）徐世昌：《晚晴簃诗汇》，《续修四库全书》第 1629—1633 册，上海古籍出版社 1995 年版。

（明）许灿、沈爱莲：《梅里诗辑》，清道光三十年（1850）刻本。

张宏生：《全清词·顺康卷补编》，南京大学出版社 2008 年版。

（明）郑文昂：《古今名媛汇诗二十卷》，《四库全书存目丛书》第 383 册，山东齐鲁书社 1997 年版。

（明）钟惺：《名媛诗归三十六卷》，《四库全书存目丛书》第 339 册，山东齐鲁书社 1997 年版。

（明）朱彝尊：《明诗综》，影印文渊阁四库全书第 1459—1460 册，台北商务印书馆 1986 年版。

（明）朱彝尊、王昶：《明词综》，《续修四库全书》第 1730 册，上海古籍出版社 1995 年版。

二　作家诗文别集

（清）陈尔士：《听松楼遗稿》，清道光元年（1821）刻本。

（清）戴小琼：《华影吹笙阁遗稿》，清道光二十五年（1845）刻本。

（清）顾慈：《韵松楼诗集一卷》，清道光六年（1826）刻本。

（清）劳乃宣：《桐乡劳先生遗稿》民国十六年（1927）桐乡卢氏刻本。

（清）劳若华：《绿尊仙居吟稿》，稿本。

（清）陆荷清：《唐韵楼诗钞》，清嘉兴二十年（1815）刻本。

（清）陆素心：《碧云轩诗钞》，清嘉庆二十年（1815）刻本。

（清）彭孙莹：《碧筠轩诗草》，抄本。

（清）钱蘅生：《绛跗山馆词录》，清同治三年（1864）刻本。

（清）钱蘅生：《梅花阁遗诗》，清同治三年（1864）刻本。

（清）钱韫素：《月来轩诗稿》，清宣统元年（1909）铅印本。

（明）沈榛：《松籁阁诗词稿》，稿本。

（清）沈彩：《春雨楼集》十四卷，清乾隆四十七年（1782）刻本。

（清）沈毅：《画理斋诗稿》，清道光二十五年（1845）刻本。

（清）沈蕊：《来禽仙馆词稿》，稿本。

（清）汪懋芳：《寿花轩诗略》《丛书集成续编》第 139 册，上海书店出版社 1994 年版。

（清）汪曰杼：《雕青馆诗草》咸丰十一年（1861）刻本。

（清）王瑶芬：《写韵楼诗钞》，清同治十年（1871）刻本。

（清）吴筠：《早花集》，清抄本。

（清）吴瑛：《芳荪书屋存稿》，清乾隆十八年（1753）刻本。

（清）严辰：《清溪严氏家谱》，清光绪十八年（1892）刻本。

（清）严諴：《遗琴楼遗稿》，清光绪二十三年（1897）刻本。

（清）严永华：《纫兰室诗钞》，清光绪十七年（1891）刻本。

（清）严昭华：《紫佩轩诗稿》，清光绪二十二年（1896）刻本。

（清）张凤：《读画楼诗稿》，清道光十四年（1834）刻本。

（清）张苕苏：《饯月楼诗钞》，清光绪元年（1875）年铅印本。

（清）赵棻：《滤月轩集》，清同治十二年（1873）刻本。

（清）郑以和：《爨馀集》，光绪二十八年（1902）刻本。

（清）朱莹：《兰心阁诗草》，清咸丰八年（1858）刻本。

（清）朱玙：《小莲花室遗稿》，清道光二十五年（1845）刻本。

三　诗话、家集、家谱、方志、史料

（清）毕槐、毕灏撰：《桐乡毕氏遗著》，宣统二年（1910）木活字本。

（清）蔡丙圻纂：《黎里续志》十六卷，清光绪二十五年（1899）

刻本。

（清）淮山棣华园主人：《闺秀诗评》，光绪三年丁丑（1877）申报馆排印本。

嘉兴市志编纂委员会：《嘉兴市志》，北京书籍出版社1997年版。

（清）蒋宝龄：《墨林今话》，民国十四年（1925）上海扫叶山房石印本。

金兆蕃重修：《金氏如心堂谱》一册，民国二十三年（1934）铅印本。

（清）孔宪文：《孙氏宗谱不分卷》，清光绪三十三年（1907）刻本。

（清）劳健章：《劳氏遗经堂支谱》，民国十五年（1911）石印本。

（明）李培、黄洪宪纂修：（万历）《秀水县志》，台北成文出版社1970年版。

（清）李菊房编：《嘉兴三李合集》三十四卷，乾隆年间精刻本。

（清）李良年撰：《李氏家集四种》，清乾隆二十四年（1759）刻本。

（清）李绳远编：《澄远堂三世诗存》八卷，康熙三十六年（1697）刻本。

（清）卢学溥修：《乌青镇志》四十四卷，民国二十五年（1936）刻本。

（清）陆以湉：《冷庐杂识》，中华书局1984年版。

（清）马国伟、马用俊辑：《小峨眉山馆五种》，清嘉庆十八年（1813）棣园刊本。

（清）彭润章纂：（光绪）《平湖县志》，光绪十二年（1886）刻本。

（清）彭孙贻：《彭氏旧闻录》，《丛书集成续编》，上海书店出版社1994年版。

（清）钱鸿文：《浙善钱氏世系续刻三卷》，民国三年（1914）铅印本。

（清）钱谦益：《列朝诗集小传》，上海古籍出版社1983年版。

（清）钱以垲：《嘉善钱氏家传》，清雍正元年（1723）刻本。

屈疆辑：《平湖屈氏文拾》一卷，稿本。

（清）沈善宝：《名媛诗话十二卷》，《续修四库全书》第1706册，上海古籍出版社1995年版。

（清）沈尧咨：《濮川诗钞》四十三卷，《四库全书存目丛书》第414

册，山东齐鲁书社 1997 年版。

（清）孙振麟：《孙氏家乘》，民国二十八年（1939）石印本。

（清）谈文虹辑：《桂影轩丛刊》五卷，民国十一年（1922）铅印本。

（清）谭新嘉：《嘉兴谭氏家谱十卷》，光绪二十一年（1895）慎远义庄刻本。

（清）谭新嘉辑：《嘉兴谭氏遗书十种》，民国元年（1912）承启堂刻本，民国二十四年（1935）承启堂重刻。

（清）陶元藻：《全浙词话》，中华书局 2013 年版。

（清）陶元藻：《全浙诗话》，浙江古籍出版社 2015 年版。

（明）屠绳德辑：《合刻屠氏家藏二集》十二卷，明万历四十三年刻本。

（清）汪孟鋗撰：《秀水汪氏四家集》，乾隆二十年（1755）秀水汪氏刻本。

（清）王士禛：《池北偶谈》，中华书局 1982 年版。

（清）王士禛：《池北偶谈》，中华书局 2005 年版。

（清）王相辑：《秀水王氏家藏集十二种》，咸丰年间刻本。

（清）王蕴章：《燃脂馀韵》六卷，民国九年（1920）上海商务印书馆铅印本。

王英志：《清代闺秀诗话丛刊》，凤凰出版社 2010 年版。

（清）吴璠修：宋修（槜李）吴氏族谱，咸丰九年（1859）抄本。

（清）吴建勋辑：《石门吴氏家集》，光绪十八年（1892）刻本。

夏辛铭纂：《濮院志》三十卷，民国十六年（1927）刊本。

《秀水董氏五世诗钞》一卷，丛书集成续编集部 154 册，上海书店出版社 1994 年版。

（清）徐宝炘、徐宝华辑：《慎行堂三世诗存》，清咸丰九年（1859）刻本，民国九年（1920）刊本。

（清）许瑶光、吴仰贤纂：（光绪）《嘉兴府志》，光绪四年（1878）刊本。

（清）严辰纂：（光绪）《桐乡县志》，光绪十三年（1887）刻本。

（清）杨伯润辑：《杨伯润刊嘉兴三朱遗编》，清光绪十五年刊本。

杨谦纂：《梅里志》十八卷，《续修四库全书》第 716 册，上海古籍出版社 1995 年版。

（清）余丽元纂：（光绪）《石门县志》，《中国地方志集成》第 26 册，江苏古籍出版社 1991 年版，据光绪五年（1879）刻本影印。

（清）张诰纂：《平湖张氏家乘》十卷，清乾隆五十九年（1794）耤洲山庄刻本。

（清）张庚撰：《国朝画征录》，《四库全书存目丛书》子部 73 册，山东齐鲁书社 1997 年版。

（清）张柯辑：《海盐张氏两世诗稿》，清嘉庆四年（1799）刻本。

（清）张廷玉：《明史》，中华书局 1974 年版。

（清）张诚：《平湖张氏家集》，清光绪元年（1874）刻本。

（清）张诚、张湘任撰：《平湖张氏家集》，清光绪元年（1874）年刻本。

（清）张元济辑：《海盐张氏涉园丛刊》，清宣统三年（1911）海盐张氏排印本。

（清）朱丙寿：《海盐朱氏族谱》，清光绪十七年（1891）刻本。

（清）朱嵩龄辑刻、朱守葆续补：《秀水朱氏家乘》一册，清乾隆二十八年（1763）刻本。

（清）朱彝尊：《静志居诗话》，人民文学出版社 1990 年版。

朱端：《海盐画史》，民国二十五年（1936）幽芳簃石印本。

四　现代研究专著

［美］艾尔曼：《经学、政治和宗族——中华帝国晚期常州今文学派研究》，江苏人民出版社 2005 年版。

［美］白馥兰：《技术与性别》，江苏人民出版社 2005 年版。

鲍震培：《清代女作家弹词小说论稿》，天津社会科学院出版社 2002 年版

陈东原：《中国妇女生活史》，商务印书馆 2015 年版。

陈心蓉：《嘉兴历代进士研究》，黄山书社 2012 年版。

陈寅恪：《隋唐制度渊源略论稿》，中华书局 1963 年版。

陈颖修：《江南文化：空间分异及区域特征》，中国社会科学出版社 2014 年版。

陈正祥：《中国文化地理》，生活·读书·新知三联书店 1983 年版。

丁辉、陈心蓉：《明清嘉兴科举家族姻亲谱系整理与研究》，中国社

会科学出版社 2016 年版。

多洛肯：《明代浙江进士研究》，上海古籍出版社 2004 年版。

多洛肯：《清代浙江进士群体研究》，中国社会科学出版社 2010 年版。

樊树志：《晚明史》，复旦大学出版社 2003 年版。

［加］方秀洁：《跨越闺门——明清女性作家论》，北京大学出版社 2014 年版。

方福祥：《嘉兴望族的家族教育》，浙江人民出版社 2011 年版。

付建舟：《两浙女性文学：由传统而现代》，中国社会科学出版社 2011 年版。

［美］高彦颐：《闺塾师》，江苏人民出版社 2005 年版。

高达观：《中国家族社会之演变》，上海书店出版社 1997 年版。

龚肇智：《嘉兴明清望族疏证》方志出版社 2011 年版。

郭绍虞：《中国文学批评史》，商务出版社 2010 年版。

贺艳秋：《浙江妇女发展史》，杭州出版社 2013 年版。

胡文楷：《历代妇女著作考》，上海古籍出版社 1985 年版。

胡晓真：《才女彻夜未眠——近代中国女性叙事文学的兴起》，北京大学出版社 2008 年版。

江庆柏：《明清苏南望族文化研究》，南京师范大学出版社 1999 年版。

李湜：《明清闺阁绘画研究》，紫禁城出版社 2008 年版。

梁乙真：《清代妇女文学史》，山西人民出版社 2015 年版。

梁乙真：《中国妇女文学史纲》，上海三联书店 2014 年版。

凌冬梅：《浙江女性藏书》，浙江工商大学出版社 2015 年出版。

罗时进：《地域·家族·文学》，上海古籍出版社 2010 年版。

［美］曼素恩：《缀珍录》，江苏人民出版社 2005 年版。

梅新林《中国文学地理形态的与演变》，上海人民出版社 2014 年版。

倪禹功：《嘉秀近代画人搜铨》，上海书店出版社 1998 年版。

潘光旦：《明清两代嘉兴的望族》，上海书店出版社 1997 年版。

钱穆：《中国文化史导论》，九州出版社 2011 年版。

沈立东、葛汝桐：《历代妇女诗词鉴赏辞典》，中国妇女出版社 1992 年版。

宋清秀：《清代江南女性文学史论》，上海古籍出版社 2015 年版。

孙殿起：《贩书偶记》，上海古籍出版社 1999 年版。

谭正璧：《中国女性文学史》，百花文艺出版社 1991 年版。

陶鸿飞：《越女天下秀》，大众文艺出版社 2010 年版。

陶水木、徐海松：《浙江地方史》，浙江人民出版社 2012 年版。

王嘉良：《浙江文学史》，杭州出版社 2008 年版。

王晓燕：《清代女性诗学思想研究》，四川大学出版社 2014 年版。

［美］魏爱莲：《美人与书：19 世纪中国的女性与小说》，北京大学出版社 2015 年版。

［美］魏爱莲：《晚明以降才女的书写、阅读与旅行》，复旦大学出版社 2016 年版。

吴承学：《晚明文学思潮研究》，湖北教育出版社 2002 年版。

吴仁安：《明清江南望族与社会经济文化》，上海人民出版社 2001 年版。

夏晓虹：《晚清女性与近代中国》，北京大学出版社 2004 年版。

徐扬杰：《中国家族制度史》，武汉大学出版社 2012 年版。

徐志平：《浙江古代诗歌史》，杭州出版社 2008 年版。

严迪昌：《清诗史》，浙江古籍出版社 2002 年版。

袁行霈：《中国诗歌艺术研究》，北京大学出版社 2009 年版。

张宏生、张雁：《古代女诗人研究》，湖北教育出版社 2002 年版。

张丽杰：《明代女性散文研究》，中国社会科学出版社 2009 年版。

章太炎：《国学概论》，上海古籍出版社 2011 年版。

赵青：《嘉兴历代才女诗文征略》，浙江大学出版社 2014 年版。

［日］中川忠英：《清俗纪闻》，方克、孙玄龄译，中华书局 2006 年版。

朱光潜：《诗论》，广西师范大学出版社 2004 年版。

朱丽霞：《清代松江府望族与文学研究》，上海古籍出版社 2006 年版。

五　参考期刊论文

陈宝良：《明代妇女的教育及其转向》，《社会科学辑刊》2009 年第 6 期。

段继红：《缠绵深挚、轻灵婉秀基调下的浑厚和弦——清代女性词异彩纷呈的艺术风格》，《名作欣赏》2009 年第 6 期。

段继红：《清代女诗人研究》，博士学位论文，苏州大学，2005 年。

郭蓁：《论清代女诗人生成的文化环境》，《山东社会科学》2008 年第 8 期。

郭蓁：《清代女性诗人群的总体特征——以清初至道咸诗坛为中心》，《齐鲁学刊》2008 年第 5 期。

韩荣荣：《雍乾女性词人研究》，博士学位论文，南京师范大学，2014 年。

胡丽心：《论晚清女性弹词小说的式微》，《晋阳学刊》2008 年第 4 期。

黄晓丹：《“花间”与“诗教”之间：清前期女性写作传统的构建》，《苏州大学学报》2011 年第 4 期。

康维娜：《清代浙江闺秀文章研究》，博士学位论文，南开大学，2010 年。

李贵连：《黄媛介生平经历与山阴祁氏家族女性交游考述》，《长春大学学报》2011 年第 5 期。

李菁：《陈继儒嘉兴诗文交游考》，《牡丹江教育学院学报》2012 年第 4 期。

李静、刘蔓：《从〈名媛诗话〉看清代女性文人的贞节观》，《辽东学院学报》2010 年第 1 期。

李舜华：《“女性”与“小说”与“民国化”——对明清以来迄晚清民处性别书写的重新思考》，《明清小说研究》2001 年第 3 期。

刘宝春：《南朝东海徐氏家族文化与文学研究》，博士学位论文，山东师范大学，2010 年。

娄欣星、梅新林：《明清环太湖流域家族女性文人群体的兴起及特点》，《云南师范大学学报》2014 年第 3 期。

陆草：《论清代女诗人的群体性特征》，《中州学刊》1995 年第 5 期。

梅新林、陈玉兰：《江南文化世家的发展历程与研究趋势》，《华南师范大学学报》2011 年 6 月。

钱成：《从家族文学传承看清代泰州女性文学繁荣的原因和特征》，《辽宁教育行政学院学报》2010 年 3 月。

宋清秀：《略论清代女性文学史的分期及历史特征》，《浙江师范大学学报》2014 年第 5 期。

宋清秀：《论明末清初才女文化的特点》，《求索》2005 年第 9 期。

宋清秀：《清代闺秀诗学观念论析》，《文学遗产》2014 年第 5 期。

宋清秀：《清代女性文学群体及其地域性特征分析》，《文学评论》2013 年第 5 期。

孙虎：《清代嘉兴文学家族与地方文缘关系研究》，《苏州科技学院学报》2015 年第 5 期。

孙虎：《清代江南家族文学环境与文学创造力生成》，《求索》2012 年第 6 期。

孙良同：《明代浙江作家研究》，博士学位论文，上海师范大学，2006 年。

孙宜康：《明清文人的经典论与女性观》，《江西社会科学》2004 年第 2 期。

王郦玉：《明清女性的文学批评》，博士学位论文，华东师范大学，2015 年。

魏中林、花宏艳：《晚清女诗人交际网络的近代拓展》，《暨南大学学报》2011 年第 2 期。

吴建国：《汪明然与晚明才姝交游考论》，《中国文学研究》2010 年第 4 期。

许微维：《清代女诗人闺阁生活感受的变化及其影响因素》，《沈阳农业大学学报》2015 年第 1 期。

杨萍：《清代女性词中女性意识的觉醒》，《东北师范大学学报》2005 年第 6 期。

张清华：《明代女性作家研究》，博士学位论文，上海师范大学，2011 年。

朱则杰：《清代女诗人丛考》，《江南大学学报》2013 年第 2 期。

左永明：《明代嘉兴府作家研究》，硕士学位论文，上海师范大学，2013 年。